Indu Sundaresan
Pfauenprinzessin

Indu Sundaresan

Pfauenprinzessin
Roman

Aus dem Amerikanischen von
Marion Balkenhol

KRÜGER■■VERLAG

Die Originalausgabe erschien 2002
unter dem Titel »The Twentieth Wife«
im Verlag Pocket Books/Simon & Schuster, New York
© 2002 by Indu Sundaresan
Deutsche Ausgabe:
© Wolfgang Krüger Verlag GmbH, Frankfurt am Main 2003
Satz: Pinkuin Satz und Datentechnik, Berlin
Druck: Clausen & Bosse, Leck
Printed in Germany 2003
ISBN 3-8105-1921-9

Für meine Eltern,
Oberst R. Sundaresan und Madhuram Sundaresan,
für alles, was ich bin

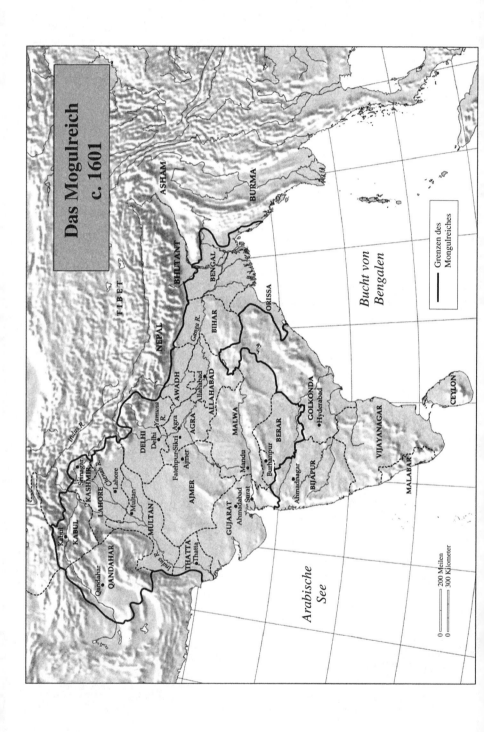

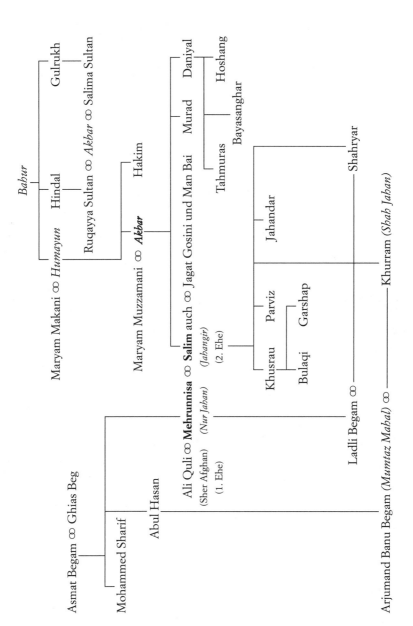

Prolog

Heulend fuhr der Wind in die Zeltbahn am Eingang und riss sie an den Nähten beinahe entzwei. Ein Schwall eisiger Luft drängte herein, streckte arktische Finger in warme Nacken und verzehrte die spärlichen blauen Flämmchen des Feuers. Die Frau, die in einer Ecke auf der dünnen Baumwollmatte lag, schauderte. Schützend legte sie die Arme über den gewölbten Leib und stöhnte. »Ayah …«
Die Hebamme erhob sich gemächlich, wobei spröde Gelenke knackten, und humpelte zum Eingang. Sie befestigte die Zeltplane, trat an die Bettstatt, hob die Decke und lugte der Gebärenden zwischen die Beine. Die Frau zuckte zusammen, als schwielige, schmutzverkrustete Finger in sie hineinstießen.
Die Ayah wirkte zufrieden. »Jetzt dauert es nicht mehr lange.«
Das Feuer im Kohlenbecken in der Ecke flammte munter auf, als die Hebamme Luft in den glühenden Kameldung fächerte. Mit schmerzverzerrtem Gesicht lehnte sich die Frau zurück. Der Schweiß auf ihrer Stirn wurde kalt. Wenige Minuten später zog ihr die nächste Wehe ins Kreuz. Sie biss sich auf die Unterlippe, um nicht laut aufzuschreien, denn sie wollte die Menschen draußen vor dem Zelt nicht beunruhigen. Auf den Gedanken, dass der heulende Sturm selbst den lautesten Schrei verschluckt hätte, kam sie nicht.
Draußen brach früh die Nacht über das Lager herein. Männer

kauerten um ein blakendes, knackendes Feuer; der Wind pfiff ihnen um die Ohren, blies ihnen Sand in Augen und Kleidung und stach wie Nadeln auf ihren Gesichtern.

Am Rande der Wüste außerhalb von Kandahar standen ein paar verschlissene alte Zelte in einem engen Kreis. Kamele, Pferde und Schafe drängten sich rings um das Lager aneinander und suchten Wärme und Deckung vor dem Sturm.

Ghias Beg löste sich aus der Gruppe am Feuer, bahnte sich einen Weg durch die Tiere und stapfte zu dem Zelt, in dem seine Frau lag. Vor der flatternden schwarzen Zeltwand kauerten drei Kinder, kaum sichtbar im fliegenden Sand, die Arme umeinander gelegt, die Augen vor dem Sturm geschlossen. Ghias Beg berührte den ältesten Jungen an der Schulter. »Mohammed«, schrie er gegen den Lärm des Windes an. »Wie geht es deiner Mutter?«

Das Kind hob den Kopf und schaute mit Tränen in den Augen zum Vater auf. »Ich weiß nicht, Bapa.« Seine Stimme war leise und kaum zu hören; Ghias musste sich zu ihm hinabbeugen. Mohammed krallte sich mit der Hand an seine Schulter. »O Bapa, was soll nur aus uns werden?«

Ghias kniete nieder, zog Mohammed in die Arme und drückte ihm einen sanften Kuss auf den Haaransatz, wobei er mit dem Bart Sand aus Mohammeds Haaren schabte. Zum ersten Mal in der ganzen Zeit hatte der Junge Furcht gezeigt.

Über den Kopf seines Sohnes hinweg warf er seiner Tochter einen Blick zu. »Saliha, geh und sieh nach deiner Maji.«

Das kleine Mädchen erhob sich schweigend und schlüpfte ins Zelt.

Als sie eintrat, sah die Frau auf. Sie streckte eine Hand nach Saliha aus, die sofort an ihre Seite eilte.

»Bapa will wissen, wie es dir geht, Maji.«

Asmat Begam lächelte. »Ja, *beta*. Geh und sag Bapa, es dauert nicht mehr sehr lange. Sag ihm, er braucht sich keine Sorgen zu machen. Und du sei auch unbesorgt. Hörst du, *beta*?«

Saliha nickte und richtete sich auf, um zu gehen. Einem Impuls folgend, beugte sie sich noch einmal über ihre Mutter, nahm sie fest in den Arm und barg ihren Kopf an Asmats Schulter.

Die Hebamme schnalzte missbilligend mit der Zunge und kam aus ihrer Ecke. »Nein, nein, fass deine Mutter nicht an, kurz bevor das Kind zur Welt kommt, jetzt wird es ein Mädchen, weil du eins bist. Geh und nimm deinen bösen Blick mit.«

»Lass sie, Ayah«, protestierte Asmat schwach, als die Hebamme ihre Tochter nach draußen scheuchte, verstummte aber rasch, denn sie wollte nicht mit der Frau zanken.

Ghias hob eine Augenbraue, als er Saliha sah.

»Bald, Bapa.«

Er nickte und wandte sich ab. Nachdem er das Turbantuch über dem Gesicht festgesteckt hatte, kreuzte er die Arme über der Brust und entfernte sich vom Lager, in gebeugter Haltung gegen den heulenden Wind ankämpfend. Im Schutz eines großen Felsens ließ er sich schwerfällig zu Boden gleiten und bedeckte das Gesicht mit beiden Händen. Warum hatte er es so weit kommen lassen?

Ghias' Vater war Höfling des Schahs von Persien gewesen. Sowohl Ghias als auch sein älterer Bruder Mohammed hatten als Kinder eine gute Erziehung genossen. Sie waren von stetig anwachsendem Wohlstand umgeben und hatten eine glückliche Kindheit verlebt, während sie, bedingt durch die Aufgaben des Vaters, zuerst nach Khurasan, dann nach Yazd und schließlich nach Isfahan umgezogen waren, wo Mohammed Sharif im vergangenen Jahr, 1576, als Wesir von Isfahan starb. Wäre alles seinen normalen Gang gegangen, hätte Ghias sein sorgloses Leben als Adliger weitergeführt, hätte seine Schulden bei Schneidern und Weinhändlern alle zwei bis drei Monate mühelos getilgt und für die Ärmeren eine offene Hand gehabt. Doch es sollte nicht so sein.

Der alte Schah starb und Schah Ismail II. bestieg den Thron von Persien; das neue Regime war Ghias' Familie nicht wohl gesinnt. Ebenso wenig wie die Schuldner, dachte Ghias und lief hinter den schützenden Händen rot an. Wie Pariahunde, die an einem Abfallhaufen schnüffeln, waren die Schuldner über den Haushalt seines

Vaters hergefallen, hatten geübte Blicke über Möbel und Teppiche schweifen lassen. Auf Ghias' Schreibtisch hatten sich Rechnungen gestapelt, die sowohl ihn als auch Asmat verwundert hatten. Die *vakils* – Beamte seines Vaters – hatten sich immer darum gekümmert. Doch die *vakils* waren verschwunden. Es war kein Geld da für die Schuldner, denn das Eigentum seines Vaters – Ghias' Erbe – war nach dessen Tod an den Staat zurückgefallen.

Einer der Höflinge des Schahs, ein langjähriger Freund seines Vaters, setzte Ghias über sein Schicksal in Kenntnis: Tod oder Gefangenschaft im Schuldturm. Da wusste Ghias, dass er nicht länger als Ehrenmann in Persien leben konnte. Sein Kopf sank noch tiefer in die Hände, als er an ihre übereilte nächtliche Flucht dachte, ehe die Soldaten kamen, um ihn festzunehmen. Sie hatten Asmats Schmuck in ein Bündel gepackt, zusammen mit goldenen und silbernen Gefäßen und anderen Wertsachen, mit denen sie unterwegs handeln konnten.

Zu Anfang hatte Ghias keine Ahnung, wo er Zuflucht suchen sollte. Sie schlossen sich einer Karawane von Kaufleuten an, die nach Süden zogen, und unterwegs war immer wieder von Indien die Rede. Warum auch nicht, hatte Ghias gedacht. In Indien herrschte der Mogulkaiser Akbar, der als gerecht, freundlich und vor allem offen gegenüber gebildeten, gelehrsamen Männern galt. Vielleicht fände er eine Stellung bei Hofe und könnte so einen neuen Anfang machen.

Ghias hob den Kopf, denn der pfeifende Wind ließ einen Moment lang nach, und in der plötzlichen Stille war der schwache Schrei eines Neugeborenen zu hören. Sogleich wandte er sich nach Westen, Richtung Mekka, kniete auf dem harten Boden nieder und hob beide Hände. *Allah, gib, dass das Kind gesund und die Mutter wohlauf ist*, betete er still. Nach dem Gebet ließ er mutlos die Arme hängen. Noch ein Kind, jetzt, da er vom Pech verfolgt war. Er drehte sich zum Lager um, dessen schwarze Zelte im Sandsturm kaum zu erkennen waren. Er sollte zu Asmat gehen, zu seiner geliebten Frau, doch die Füße wollten ihm nicht gehorchen.

Ghias lehnte sich an den Felsen und schloss die Augen. Wer hätte gedacht, dass die Schwiegertochter des Wesirs von Isfahan in einer solchen Umgebung ihr viertes Kind zur Welt bringen würde? Oder dass dessen Sohn aus der Heimat fliehen müsste, ein Flüchtling vor dem Arm der Justiz? Schlimm genug, dass er seiner Familie Schande bereitet hatte, doch was danach während ihrer Reise geschah, war noch schlimmer gewesen.

Auf dem Weg nach Kandahar im Süden hatte die Karawane Duscht-e-Lut durchquert, die große Wüste Persiens. Die Ödnis war von eigenartiger Schönheit; meilenweit unfruchtbares Land, aus dem anscheinend wie aus dem Nichts großartige dunkelrosa Klippen aufstiegen. Doch auch diese Klippen waren trügerisch; sie hatten einer Gruppe Wüstenräuber als Versteck gedient, bis es für die vom Unglück verfolgte Karawane zu spät war.

Ghias schauderte und zog sich den rauen Wollumhang fester um die Schultern. Die Diebe waren unter schrillem Geschrei über sie hergefallen. Sie hatten fast nichts zurückgelassen; der Schmuck war verschwunden, ebenso die goldenen und silbernen Gefäße, und die Frauen waren an Ort und Stelle vergewaltigt worden. Asmat war nur deshalb davongekommen, weil sie hochschwanger war. Nach den Plünderungen löste sich die Karawane auf, da die Menschen auf der Suche nach einer Zuflucht in alle Richtungen flohen. Im Anschluss an das Gemetzel fand Ghias zwei alte Maultiere, auf denen sie abwechselnd nach Kandahar ritten. Unterwegs bettelten sie in den zahlreichen Karawansereien um Almosen.

Erschöpft und ungepflegt war die Familie nach Kandahar eingezogen, wo eine Gruppe afghanischer Nomaden ihnen Unterschlupf gewährte und gerade so viel Nahrung abgab, wie sie entbehren konnte. Doch Ghias hatte nur wenig Geld, selbst die Reise nach Indien schien unmöglich. Jetzt hatten sie auch noch ein weiteres Kind.

Nach ein paar Minuten erhob er sich und ging langsam auf das Zelt zu.

Asmat schaute von ihrem Bett auf. Ghias wurde das Herz schwer, als er die dunklen Ränder unter ihren Augen bemerkte. Sie lächelte ihm zu. Ihr Gesicht war unsagbar ausgemergelt, die Haut über den Wangenknochen war zum Zerreißen gespannt. Er streckte die Hand aus und strich ihr sanft das noch immer schweißverklebte Haar aus der Stirn. In Asmats Arm gebettet und in ein altes Tuch gewickelt lag ein kleines Kind.

»Unsere Tochter.« Asmat überreichte Ghias das Neugeborene.

Mit dem Kind auf den Armen überkam Ghias erneut Hilflosigkeit. Da lag es, gewaschen und gewickelt, ein winziges Kind, für dessen Überleben er zu sorgen hatte. Die Kleine war schön. Wohlgeformte Arme und Beine, dichtes, glänzendes schwarzes Haar und lange, gebogene schwarze Augenwimpern, die auf zarten Wangen ruhten.

»Hast du dir einen Namen für sie ausgedacht?«, fragte er seine Frau.

»Ja …«, antwortete Asmat und zögerte ein wenig. »Mehrunnisa.«

»Meh-ru-nnisa«, wiederholte Ghias langsam, »die Sonne unter den Frauen. Ein passender Name für dieses schöne Kind.« Er berührte die kleine Faust des Neugeborenen, die es im Schlaf unter dem Kinn zusammengerollt hatte. Dann reichte er Mehrunnisa wieder seiner Frau. Es war abzusehen, dass Asmat ihr Kind nicht selbst stillen konnte. Sie würde nur wenig Milch haben. Das hatten die langen Monate bewirkt, in denen sie dem Hungertod nahe waren. Woher sollten sie das Geld für eine Amme nehmen?

Ein Finger bohrte sich in seine Rippen. Die Hebamme hatte ihn angestoßen und streckte ihm die offene Handfläche entgegen.

»Tut mir Leid. Ich habe nichts, was ich dir geben könnte.«

Sie schaute missmutig drein und spuckte zähflüssigen brauen Tabaksaft auf den Boden. »Nichts«, murrte sie, als sie aus dem Zelt ging. »Auch ein Mädchen sollte wenigstens *etwas* wert sein.«

Ghias zog sich in eine Ecke zurück, rieb sich müde die Stirn und sah zu, wie ihre Kinder Mohammed Sharif, Abul Hasan und Saliha sich um ihre Mutter und das neugeborene Schwesterchen versammelten.

Sie konnten es sich nicht leisten, das Kind zu behalten. Sie mussten es weggeben.

Der Wind legte sich in der Nacht so plötzlich, wie er eingesetzt hatte. Am klaren Himmel funkelten die Sterne wie Diamanten. Ghias stand am nächsten Morgen in aller Frühe auf, als es noch dunkel war. Er setzte sich vor sein Zelt. Ein Becher mit heißem *chai*, der mehr wässrige Milch als Teeblätter enthielt, wärmte ihm die Hände und den durchfrorenen Körper. Kurz darauf färbte sich der Himmel im Osten in prächtigen Rot-, Gold und Bernsteintönen. Nach dem Sturm hatte die Natur ein neues Farbgewand angelegt.

Er langte unter sein Schultertuch und zog die vier kostbaren Münzen hervor, die in seinem Kummerbund steckten. Die Morgensonne verwandelte die Goldmünzen in flüssiges Feuer, das sich auf seiner schmutzigen Hand entzündete. Das war alles, was ihnen an irdischen Gütern geblieben war. Die Diebe hatten die Münzen übersehen, die Asmat in ihrer *choli* versteckt hatte, und Ghias war entschlossen, mit diesem Geld die Weiterreise nach Indien zu bezahlen. Darüber hinaus würde das Gold aber nicht ausreichen, um zu überleben.

Ghias drehte sich um und warf einen Blick auf die türkisfarbenen Kuppeln und Minarette, die sich in der Ferne deutlich vor dem roten Morgenhimmel abhoben. Vielleicht fände er in Kandahar Arbeit. Ghias hatte in seinen dreiundzwanzig Lebensjahren noch keinen einzigen Tag gearbeitet. Doch Asmat brauchte Lammfleisch und Milch, um wieder zu Kräften zu kommen, die Kinder benötigten mehr Kleider, da der Winter kurz bevorstand, und das Neugeborene ... Ghias wollte nicht an sie denken, sie in Gedanken nicht einmal beim Namen nennen. Was hatte es für einen Sinn, wenn sich doch ein anderer um sie kümmern würde? Er erhob sich, als die Sonne sich vom Horizont löste, am Himmel aufstieg und mit ihren goldenen Strahlen das Lager übergoss. Er hatte die Zähne zusammengebissen, und aus seinen Augen leuchtete der harte Glanz neuer Entschlossenheit.

Es war Nachmittag, als Ghias mit gebeugten Schultern vor einer Bäckerei in der schmalen Straße des örtlichen Basars stand. Die Falten seiner *qaba* schleiften über die gepflasterte Straße. Die Menschen liefen umher, rempelten ihn an, riefen ihren Freunden etwas zu und ließen lauthals Bekannte grüßen.

Ghias hob den Kopf und schaute mit leerem Blick in die Ferne. Zunächst hatte er sich um eine Stellung als Lehrer für die Kinder der wohlhabenden Adligen in der Stadt beworben. Doch beim Anblick seiner zerlumpten Kleider und seines schmutzigen Gesichts hatte man ihm die Tür gewiesen. Dann suchte er sich als Arbeiter zu verdingen, doch seine kultivierte Aussprache und seine Redeweise verrieten den Adligen in ihm.

Plötzlich stieg Ghias der köstliche Duft nach frischem *nan* in die Nase. Sein Magen knurrte eindringlich und erinnerte ihn daran, dass er nach dem Becher *chai* am Morgen nichts gegessen hatte. Er drehte sich um und sah zu, wie der Bäcker festen weißen Teig mit den Händen breit klopfte, mit einer Holzschaufel aufnahm und dann sorgfältig durch ein Loch im Boden an die Wände des glühend heißen Ofens in der Erde schlug. Eine Viertelstunde danach schälte der Bäcker das frisch gebackene Brot mit einer Eisenzange von den Ofenwänden. Er legte das helle, rostgoldene Brot auf einen Stapel neben dem Eingang.

Der Brotduft war eine Qual. Ghias zog eine Goldmünze hervor und sah sie an. Ehe er sich eines Besseren besinnen konnte, hatte er zehn Stück *nan* gekauft und mit dem Wechselgeld in einem Laden nebenan ein paar Spieße mit frisch gegrilltem Lammkebab, auf dem eine Marinade aus Limonen und Knoblauch glänzte.

Er steckte den wertvollen Schatz unter seine *qaba* und bahnte sich einen Weg durch den Basar. Das heiße *nan* wärmte seine Brust, bei den Düften lief ihm das Wasser im Mund zusammen. Asmat und die Kinder würden für ein paar Tage zu essen haben, es war kalt, das Fleisch würde sich halten, und vielleicht würde sich ihr Schicksal wenden …

»He, Bauer! Pass doch auf!«

Ghias spürte einen Stoß, und die Pakete mit Fleisch und Brot fielen zu Boden. Eilig bückte er sich und breitete die Arme aus, ehe die Menschenmenge über das Essen trampelte.

»Verzeiht, *Sahib*«, sagte er über die Schulter.

Hinter ihm herrschte Schweigen. Ghias, der eifrig seine Essenspakete aufsammeln wollte, bemerkte zunächst nicht, dass der Kaufmann stehen geblieben war und ihn betrachtete. Er wandte sich zu dem Mann um und schaute in freundliche Augen in einem sonnenverbrannten, runzligen Gesicht. »Verzeiht«, wiederholte Ghias, »ich hoffe, ich habe Euch nicht verletzt.«

»Nicht im Geringsten«, erwiderte der Kaufmann und musterte Ghias. »Wer seid Ihr?«

»Ghias Beg, Sohn des Wesirs von Isfahan«, antwortete Ghias. Als er dann die Überraschung auf dem Gesicht des Mannes sah, zeigte er wehmütig auf seine zerrissene *qaba* und die schmutzige Pumphose. »Die waren einmal glänzend und rein. Aber jetzt ...«

»Was ist geschehen, *Sahib*?« Respekt klang aus den Worten des Kaufmanns.

Ghias betrachtete die Hände des Mannes, die von Arbeit zeugten, den Dolch, der in seinem Kummerbund steckte, seine abgetragenen, schweren Lederstiefel. »Wir waren unterwegs nach Kandahar, als man uns alle Habseligkeiten raubte«, erwiderte er. Vor Hunger konnte er kaum sprechen.

»Ihr seid fernab der Heimat.«

Ghias nickte. »Eine lange Geschichte. Eine Wendung des Schicksals, deshalb musste ich fliehen. Darf ich fragen, mit wem ich die Ehre habe?«

»Malik Masud«, sagte der Kaufmann. »Erzählt mir Eure Geschichte, *Sahib*. Ich habe Zeit. Wollen wir uns in den *chai*-Laden setzen?«

Ghias schaute über die Straße auf den Laden, in dem ein Kessel mit kochender Milch und Gewürzen dampfte. »Ihr seid freundlich, Mirza Masud, doch ich kann Eure Gastfreundschaft nicht annehmen. Meine Familie wartet auf mich.«

Masud legte Ghias einen Arm um die Schultern und schob ihn auf den Laden zu. »Habt ein Nachsehen mit mir, *Sahib*. Bitte, tut mir den Gefallen, ich möchte Eure Geschichte hören.«

Noch immer zögernd, ließ Ghias sich zu dem Laden führen. Dort nahm er Schulter an Schulter mit den anderen Gästen Platz, legte sein kostbares Paket mit Lammkebab und *nan* sorgsam auf seinen Schoß und erzählte Masud alles, was geschehen war, auch über Mehrunnisas Geburt.

»Allah hat Euch gesegnet, *Sahib*«, sagte Masud und stellte seinen leeren Becher ab.

»Ja«, erwiderte Ghias. Tatsächlich war er gesegnet, auch wenn er gerade in einer schwierigen Lage steckte. Asmat, die Kinder, sie waren in der Tat ein Segen. Auch das Neugeborene ...

Ghias erhob sich von der Bank. »Ich muss jetzt gehen. Die Kinder haben sicher Hunger. Habt Dank für den *chai*.«

Im Weggehen hörte er Masud sagen: »Ich bin unterwegs nach Indien. Würdet Ihr meine Karawane begleiten, Mirza Beg? Ich kann Euch nicht viel bieten, nur ein Zelt und ein Kamel, das Euer Hab und Gut trägt. Aber wir sind gut bewacht, und ich kann Euch versichern, dass Ihr auf der Reise in Sicherheit sein werdet.«

Ghias kam sofort zurück und setzte sich. Auf seinem Gesicht spiegelte sich die Überraschung, die er empfand. »Warum?«

Masud tat die Frage mit einer wegwerfenden Handbewegung ab. »Ich werde dem Mogulkaiser Akbar in Fatehpur Sikri meine Aufwartung machen. Wenn Ihr mir bis dorthin folgt, kann ich Euch vielleicht bei Hofe vorstellen.«

Ghias starrte ihn an, konnte er doch kaum glauben, was er da gerade vernommen hatte. Nach so vielen Schwierigkeiten, nach all den Entbehrungen und der drohenden Verzweiflung, kam hier ein Geschenk Allahs. Aber er konnte dieses Angebot nicht einfach annehmen. Er hatte als Gegenleistung nichts zu bieten. Als Sohn eines Adligen, selbst ein Adliger, durfte er sich nie für die Freundlichkeit eines anderen in dessen Schuld begeben. Warum tat Masud das für ihn?

»Ich ...«, stammelte er, »ich weiß nicht, was ich sagen soll. Ich kann nicht ...«

Masud beugte sich über den verwitterten Holztisch des Ladens zu ihm hinüber. »Sagt ja, *Sahib*. Vielleicht könnt Ihr mir helfen, wenn es mir in Zukunft einmal schlecht geht.«

»Das werde ich, Mirza Masud, ohne zu zögern, selbst wenn Ihr das hier nicht für mich getan hättet. Aber es ist zu viel. Ich bin Euch für den Vorschlag zu Dank verpflichtet, doch ich kann ihn nicht annehmen.«

Masud strahlte. »Mirza Beg, das ist für mich nicht viel. Bitte, sagt zu. Ihr schenkt mir das Vergnügen Eurer Gesellschaft während der Reise. Es ist einsam, seit meine Söhne nicht mehr mit mir reisen.«

»Natürlich bin ich einverstanden«, erwiderte Ghias und schmunzelte über die Beharrlichkeit des Kaufmanns. »Alles, was ich als Dank anbieten kann, reicht nicht aus.«

Masud beschrieb Ghias, wie die Karawane zu finden war, und die beiden Männer trennten sich auf dem Basar. In den folgenden Stunden, während Asmat und die Kinder ihre armselige Habe zusammenpackten, saß Ghias draußen vor dem Zelt und dachte an die Begegnung mit Masud. Früher, vor langer Zeit, hatte Ghias' Vater ihm einmal erzählt, dass ein Adliger ebenso großzügig Hilfe annimmt, wie er sie gewährt. Eingedenk der Worte seines Vaters – das einzige Vermächtnis, das er noch besaß – war Ghias bereit, Masuds Hilfe anzunehmen und sich später erkenntlich zu zeigen.

Sie verabschiedeten sich von den Nomaden, die ihnen Unterschlupf gewährt hatten. In einem Anfall von Leichtsinn schenkte Ghias den freundlichen, aber armen Nomaden großzügig seine letzten drei Goldmünzen. Sie hatten seine Familie bei sich aufgenommen, als kein anderer dazu bereit war, ihnen fühlte er sich zuerst verpflichtet, Masud würde er ein Leben lang dankbar sein. Er hatte das Geld aufgehoben, um damit die Reise nach Indien zu bezahlen, jetzt war es nicht mehr nötig. Sie machten sich auf den Weg zu Masuds Lager. Dort versorgte man sie mit einem guten Zelt und Mahlzeiten

19

aus der Gemeinschaftsküche, bis es Asmat wieder gut genug ginge, dass sie in der Lage wäre, für die Familie zu kochen.

Die Karawane, insgesamt fast einen Kilometer lang und einer sich windenden Schlange gleich, brach nach Kabul auf. Im Laufe der folgenden Wochen kam Asmat allmählich zu Kräften, ihre Wangen nahmen Farbe an, und ihr langes Haar glänzte wieder. Die älteren Kinder waren gut genährt und zogen mal fröhlich neben der Karawane her, mal kletterten sie auf die Kamele, um sich auszuruhen. Doch nicht alles war gut. Ghias hatte noch immer kein Geld, um eine Amme zu bezahlen, und obwohl Mehrunnisa ein wenig Ziegenmilch trank, wurde sie von Tag zu Tag hinfälliger. Schlagartig fielen ihm die drei Goldmünzen ein; sie wären jetzt nützlich gewesen. Andererseits hatten die Nomaden trotz ihrer Armut seiner Familie geholfen ... nein, die Entscheidung war die richtige gewesen. Als Asmat sich nach dem Geld erkundigte, hatte Ghias ihr mit fester Stimme genau das geantwortet, ohne einen Blick auf seine Tochter zu werfen.

Einen Monat nach Mehrunnisas Geburt, auf dem Weg von Kabul nach Osten, schlug die Karawane ihr Lager im Süden des Hindukusch auf. Der Tag ging zur Neige, der Himmel überzog sich mit Ockertönen. Die Farben des Landes wirkten gedämpft: der weiße Schnee stumpf, Felsen und Gestein schmierig blauschwarz, das absterbende Gras schmutzig braun. Langsam kroch die Kälte des Winters durch die Schichten aus Wolle und unter Baumwollumhänge. Jenseits des Lagers blinkten die Lichter eines Dorfes, das am Berghang klebte. Es war die letzte Ortschaft, durch die sie für die nächsten paar Wochen kommen würden. Noch weiter entfernt stieg der Weg in die Berge zum Khaiberpass hin an.

Ghias half Asmat, Zweige und trockene Äste für ein Feuer zu sammeln. Dann setzte er sich neben sie und sah zu, wie sie einen welken Kohlkopf und Karotten schälte, die sie zusammen mit einer Lammhaxe zu *kurma* verarbeitete. Ihre Hände waren in der Kälte rau geworden, die Knöchel standen weiß hervor. Mehrunnisa lag eingewickelt in ihrem Zelt. Mohammed, Abul und Saliha spielten mit den anderen Kindern in der Dämmerung. Von seinem Sitzplatz aus hörte Ghias ihre entzückten Schreie, als sie sich mit Schneebällen bewarfen.

»Sie werden kalt und nass«, sagte Asmat und schaute von ihrer Arbeit auf. Sie stellte einen gusseisernen Tiegel auf den provisorischen Herd: drei flache Steine, im Dreieck aufgestellt, die das Holzfeuer in der Mitte schützten.

»Lass sie ruhig«, sagte Ghias leise und beobachtete sie. Asmat schüttete ein wenig Öl aus einem irdenen Krug in den Tiegel, wartete, bis es heiß war, und fügte Kardamomschoten, ein paar Knoblauchzehen und ein Lorbeerblatt hinzu. Als Nächstes kamen die Lammfleischstücke, die sie kräftig anbriet und mit einem Holzlöffel umrührte.

»Wann hast du kochen gelernt?«, fragte Ghias.

Asmat lächelte und steckte sich eine lockige Strähne hinter das Ohr. Mit hochrotem, von der Hitze des Feuers glühendem Gesicht achtete sie genau auf das Fleisch. »Das habe ich nie gelernt, Ghias, und das weißt du auch. Ich habe meine Mahlzeiten immer vorgesetzt bekommen. Sie tauchten wie aus dem Nichts auf, als hätte man sie hergezaubert. Aber die Frau im Zelt nebenan hat mir dieses *kurma* beigebracht.« Sie wandte ihm ihr besorgtes Gesicht zu. »Bist du es leid? Ich kann noch ein anderes Rezept lernen.«

Ghias schüttelte den Kopf. »Nein, leid bin ich es nicht. Obwohl wir es seit einem Monat jeden Abend essen«, fügte er mit verschmitztem Lächeln hinzu.

»Zweiundzwanzig Tage«, sagte Asmat. Sie gab das Gemüse zum Fleisch und goss Wasser in den Tiegel. Hinzu kamen ein paar Prisen Steinsalz aus einem Leinensack, eine Spur Knoblauchpulver, gemahlener Chili und Kardamom, dann deckte Asmat den Tiegel zu und lehnte sich zurück. Sie schaute zu Ghias auf. »Wenigstens lasse ich das *kurma* nicht mehr anbrennen.«

»Asmat, wir müssen etwas besprechen.«

Sie wandte sich von ihm ab und zog einen Kupfertopf hervor. Asmat tauchte die Hand in einen anderen Sack, gab fünf Hand voll Weizenmehl daraus in den Topf und begann, das Mehl mit Wasser und Öl zu einem Teig für *chapatis* zu kneten. »Ich muss mich um das Essen kümmern, Ghias.«

»Asmat …«, sagte er sanft, doch sie sah ihn nicht an. Ihr Rücken war steif, die Bewegungen ruckartig.

Mehrunnisa begann zu schreien. Asmat und Ghias drehten sich gleichzeitig zum Zelt um und warteten. Wieder schrie die Kleine, schwach und kraftlos. Dann wurde sie still, als hätte es sie zu viel Mühe gekostet. Asmat beugte sich wieder über den Teig und begann ihn wie besessen zu bearbeiten. Die Haare fielen ihr ins Gesicht, sodass es den Blicken ihres Mannes entzogen war. Zuerst tropfte eine Träne in den Teig, dann die nächste. Asmat knetete sie hinein. Ghias stand auf und trat zu ihr. Er nahm sie in die Arme, und sie verkroch sich darin. So saßen sie eine Weile, Asmat lehnte sich an Ghias, die Hände noch im Mehl.

»Asmat«, sagte Ghias leise, »wir können es uns nicht leisten, Mehrunnisa zu behalten.«

»Ghias, bitte.« Asmat hob ihr Gesicht und schaute ihn an. »Ich will versuchen, sie zu stillen. Oder sie gewöhnt sich an die Ziegenmilch, oder wir suchen eine Amme für sie. Die Frauen haben gestern von einer Bäuerin gesprochen, die gerade ein Kind bekommen hat. Wir könnten sie fragen.«

Ghias senkte den Blick. »Womit sollen wir sie bezahlen? Ich kann Malik nicht um Geld bitten.« Er machte eine weit ausholende Geste. »Er hat uns schon so viel gegeben. Nein«, das Herz tat ihm weh, als er weitersprach, »es ist besser für uns, sie am Straßenrand auszusetzen, damit sie jemand findet, jemand, der genug Mittel hat, für sie zu sorgen. Wir können es nicht mehr.«

»Du hättest das Geld behalten sollen …« Asmat entwand sich seiner Umarmung und begann zu schluchzen. Doch Ghias hatte Recht, er hatte immer Recht. Die Nomaden brauchten das Geld. Aber nun war es Asmat nicht mehr möglich, für das Kind zu sorgen, und die Tränen hörten nicht auf.

Ghias erhob sich, ließ seine Frau am Feuer zurück und trat ins Zelt. Er hatte lange darüber nachgedacht. Asmat konnte das Kind

22

nicht stillen, denn ihr Milchfluss war versiegt, und jeder Schrei brach ihr das Herz, denn ihr Kind schrie nach Milch, und sie hatte keine mehr. Sie tauchten ein sauberes Tuch in Zuckerwasser und ließen Mehrunnisa daran saugen, doch das reichte nicht aus. Sie hatte beunruhigend rasch an Gewicht verloren und war jetzt viel kleiner als zu ihrer Geburt. Ghias war zutiefst beschämt, dass er nicht für seine Familie sorgen konnte, dass er es so weit hatte kommen lassen. Seine Entscheidung schmerzte ihn, doch nach seinem Dafürhalten musste es getan werden. Er konnte nicht zusehen, wie Mehrunnisa von Tag zu Tag schwächer wurde. Wenn er sie als Findelkind zurückließe, würde jemand anderes sie großziehen und sich um sie kümmern. Ghias wusste, dass es solche Fälle gab, in denen Menschen Kinder am Wegesrand aufgelesen und sie an Kindes statt in ihr Haus geholt hatten. Er nahm das Kind auf den Arm und griff nach einer Laterne. Mehrunnisa war wieder in den Schlaf gesunken, einen unruhigen, hungrigen Schlaf. Als er aus dem Zelt trat, sagte er zu Asmat:»Ich mache es lieber jetzt, solange sie schläft.«

Asmat rannen Tränen über die Wangen, und sie schaute ihm stumm nach, als er sich vom Lager entfernte. Am Rande der Ortschaft wickelte er das schlafende Kind in seinen Umhang und legte es am wichtigsten Zufahrtsweg unter einen Baum. Dann drehte er den Docht der Laterne hoch und stellte sie neben das Bündel. Bestimmt würde bald jemand das Kind entdecken, denn es war noch nicht dunkel, und auf der Straße waren noch viele Reisende unterwegs. Mit einem Gebet auf den Lippen drehte sich Ghias zur Ortschaft um, die sich den steilen Berghang hinaufzog. Ein scharfer Windstoß wehte den Rauch von Holzfeuern aus den Schornsteinen des Ortes herüber. Vielleicht jemand aus dem Dorf, bitte, Allah, jemand mit einem guten Herzen. Er schaute noch einmal auf sie hinab. Sie war so klein, so schmächtig; ihr Atem drückte den Stoff des Umhangs kaum ein.

Ghias wandte sich zum Gehen. In diesem Augenblick erklang ein leises Wimmern aus dem Bündel am Straßenrand. Er ging wieder zurück und streichelte mit einem Finger über die Wange des Kindes.

»Schlaf, meine Kostbare«, murmelte er auf Persisch. Die Kleine seufzte, besänftigt durch den Klang seiner Stimme und seine Berührung, und schlief wieder ein.

Mit einem letzten Blick auf Mehrunnisa ging Ghias rasch davon. Einmal nur, an einer Biegung, drehte er sich zu ihr um. Er zitterte jetzt in der Kälte. Das Licht der Laterne flackerte in der zunehmenden Dunkelheit; hoch ragte der Baum darüber auf, knorrige, winterkahle Äste ausstreckend. Mehrunnisa, in ein Bündel gewickelt, konnte er kaum noch erkennen.

Während die Dunkelheit herabsank, nahmen die Berge in Erwartung der Nacht violette Farbschattierungen an. Das Weiß des Schnees leuchtete kurz auf und wurde dann stumpf. Stille legte sich in sanften Falten über das Lager. Müdigkeit dämpfte die Stimmen, Holzstücke und Asche stoben in einem Funkenregen von den Lagerfeuern auf. Der Wind aus dem Norden nahm zu und pfiff durch die kahlen Bäume. Ein Musketenschuss hallte durch die Berge und klang in leisen Echos aus. Gerade als der letzte Laut verstummt war, erfüllte ein schrilles Jammern die Luft.

Die Gruppe der heimkehrenden Jäger blieb überrascht stehen, und Malik Masud bat mit erhobener Hand um Ruhe. Sie waren in der Nähe des Lagers, und im ersten Moment vernahmen sie nur das Knacken der Lagerfeuer. Dann hörten sie es wieder.

Masud wandte sich an einen seiner Männer. »Sieh nach, was es ist.«

Der Diener trat mit den Hacken in die Flanken des Pferdes und ritt auf die Schreie zu. Kurz darauf kam er zurück und hielt Mehrunnisa auf den Armen. »Ich habe ein kleines Kind gefunden, *Sahib*.«

Masud sah auf das brüllende Kind hinab. Es wirkte irgendwie vertraut. Und dann war er sich sicher, denn der Umhang, in den sie gewickelt war, gehörte Ghias Beg; er hatte ihn dem jungen Mann geschenkt.

Er runzelte die Stirn. Wie konnte Ghias ein so schönes Kind aussetzen? Während die Jäger ins Lager zurückkehrten, versank er ins

Grübeln. Er dachte an seine erste Begegnung mit Ghias. Über den jungen Mann hatte er sich rasch ein Urteil gebildet, so wie er es ein Leben lang mit allen Männern gemacht hatte, und er hatte wie üblich richtig gelegen. Hinter der zerlumpten Kleidung und dem verschmutzten Gesicht erkannte Masud Intelligenz und Bildung. Zwei Eigenschaften, die der Mogulkaiser Akbar schätzte, das wusste er. Ghias hatte auch etwas Liebenswertes an sich, dachte Masud. Im vergangenen Monat hatten die beiden Männer fast jeden Abend ein paar Stunden miteinander verbracht; für Masud war es, als wäre sein ältester Sohn, der sich jetzt in Khurasan niedergelassen hatte, wieder bei ihm. Als die Jäger ins Lager kamen, stieg Masud vom Pferd und befahl einem Diener, Ghias zu ihm zu bringen.

Kurz darauf betrat Ghias Masuds Zelt.

»Setzt Euch, mein Freund«, bat Masud und fuhr fort:»Ich habe das Glück gehabt, ein ausgesetztes Kind hier in der Nähe zu finden. Sagt, hat Eure Gemahlin nicht gerade ein Kind zur Welt gebracht?«

»Ja, Masud.«

»Würdet Ihr sie dann bitten, dieses Kind für mich zu stillen?« Masud zeigte Mehrunnisa. Ghias schaute völlig überrascht auf seine Tochter, dann auf Masud. Der ältere Mann lächelte.

»Sie ist jetzt wie eine Tochter für mich«, sagte Masud, als er einen reich bestickten Beutel hervorzog und ihm ein paar Goldmünzen entnahm.»Bitte, nimm dies für ihren Unterhalt.«

»Aber ...«, begann Ghias und streckte die Arme nach Mehrunnisa aus. Bei seiner Berührung wandte sie ihm den Blick zu.

Masud wischte seine Einwände mit einer Handbewegung weg.»Ich bestehe darauf. Ich kann Eure Familie nicht mit einem zusätzlichen Kind belasten, ohne dafür zu sorgen.«

Ghias beugte den Kopf. Nun stand er in einer weiteren Schuld, die er unmöglich abzutragen vermochte.

Asmat saß im Zelt, als Ghias mit Mehrunnisa hereinkam. Sie starrte auf das Bündel in seinen Armen, erkannte, dass es ihre Tochter war, und streckte instinktiv die Arme nach ihr aus.»Du hast sie zurückgebracht?«

25

»Es war Malik.«

Asmat drückte Mehrunnisa an sich. »Allah will, dass wir dieses Kind behalten, Ghias. Wir sind wirklich gesegnet.« Liebevoll lächelte sie auf das gurgelnde Kind hinab. »Aber wie …«

Schweigend zog Ghias die Goldmünzen hervor. Sie leuchteten matt im Laternenschein. »Allah will, dass wir dieses Kind behalten, Asmat«, sagte Ghias leise.

Am nächsten Tag erklärte sich eine Frau, die mit der Karawane reiste, dazu bereit, das Kind zusammen mit ihrem eigenen zu stillen. Die Karawane überquerte den Khaiberpass unversehrt und zog weiter nach Lahore. Von dort aus führte Malik Masud seine Karawane nach Fatehpur Sikri, wo Akbar Hof hielt. Fast sechs Monate nach dem Tag, an dem Mehrunnisa geboren wurde, traf die Karawane im Jahre 1578 in der Residenz von Fatehpur Sikri ein.

Ein paar Wochen danach, als Malik anlässlich des täglichen *darbar* dem Herrscher Akbar seine Aufwartung machen wollte, nahm er Ghias mit. Während die anderen Kinder auf der Straße spielten, wartete Asmat bei Malik in einem Innenhof auf ihren Mann. Sie hielt die sechs Monate alte Mehrunnisa in den Armen. Mehrunnisa brabbelte ins ernste Gesicht ihrer Mutter und gab sich die größte Mühe, sie zu einem Lächeln zu bewegen. Asmat, tief in Gedanken versunken, merkte es nicht. Sie fragte sich, ob sie am Ende ihrer langen, ermüdenden Reise angekommen waren. Ob sie Wurzeln schlagen und in diesem fremden Land überleben könnten. Ob Indien jetzt ihre Heimat wäre.

Kapitel 1

»Als meine Mutter kurz vor der Entbindung stand, schickte er (Akbar) sie ins Haus des Scheichs, auf dass ich dort geboren werde. Nach meiner Geburt gaben sie mir den Namen Sultan Salim, doch mein Vater nannte ... mich nie Mohammed Salim oder Sultan Salim, sondern immer nur Shaiku Baba.«

A. Rogers und H. Beveridge, Übers. & Hg.,
Memoirs of Jahangir

Zu dieser Tageszeit waren die Straßen für gewöhnlich verlassen, doch heute schob sich eine dicht gedrängte Menschenmenge über den Moti-Basar. Geschickt manövrierten sich die Menschen an einer friedfertigen Kuh vorbei, die mitten auf der schmalen Straße ruhte und mit rhythmisch mahlenden Kiefern ihre morgendliche Mahlzeit aus Gras und Heu verdaute.

Ladenbesitzer priesen lauthals ihre Waren an. Sie saßen bequem vor ihren voll gestopften, würfelförmigen Läden, die direkt am Rand der mit Ziegelsteinen gepflasterten Straße standen. Ein paar Frauen, verschleiert hinter dünnem Musselin, beugten sich über das Geländer der geschnitzten Holzbalkone über den Läden. Ein Mann, der einen gezähmten Affen an der Leine führte, schaute zu ihnen auf, als sie ihm zuriefen: »Lass ihn tanzen!« Er verbeugte sich und stellte seine Spieldose auf den Boden. Sobald die Musik einsetzte, begann der Affe zu hüpfen. Er trug ein blaues Wams und einen mit Troddeln versehenen Fes auf dem Kopf. Nach der Vorführung klatschten die Frauen und warfen dem Mann silberne Münzen zu. Als er diese von der Straße aufgelesen hatte, verbeugte er sich noch einmal tief, gemeinsam mit dem Affen, und ging mit dem Tier davon. An der Straßenecke spielten Musikanten auf ihren Flöten und Trommeln; Menschen unterhielten sich ausgelassen mit Freunden und mussten brüllen, um sich in dem allgemeinen Lärm verständlich zu machen; Verkäufer boten limonengrüne Brause in gekühlten Messingkelchen an; Frauen feilschten laut und gut gelaunt.

Zwischen den beiden Häuserfronten und den Läden, die davor dicht an dicht die Hauptstraße des Basars säumten, ragten in der Ferne die Festungsmauern von Lahore in den Himmel. Sie trennten den Herrscherpalast und die Gärten von der Stadt.

Die Stadt feierte. Prinz Salim, Akbars ältester Sohn und rechtmäßiger Erbe, sollte in drei Tagen, am 13. Februar 1585, verheiratet werden. Salim war der Erste der drei königlichen Prinzen, der heiratete, und wenn die unzeitgemäße Hitze, der Staub und der Lärm auch unerträglich waren, die Menschen von Lahore ließen sich nicht davon abhalten, an diesem Tag zum Basar zu gehen.

In einem der inneren Höfe von Ghias Begs Haus herrschte Schweigen, unterbrochen nur von den fernen Klängen der Flöten auf dem Basar. Die Luft war still und vom Duft der Rosen und des Jasmins erfüllt. In einer Ecke sprudelte ein Springbrunnen und verspritzte Wassertropfen, die zischend auf dem heißen Steinpfad verdampften. Mitten im Hof breitete ein riesiger Pipalbaum seine mit dreieckigen Blättern dicht belaubten Äste aus.

Im kühlen Schatten des Pipalbaumes saßen fünf Kinder im Schneidersitz auf Jutematten, die Köpfe eifrig über ihre Tafeln gebeugt. Die Kreide in ihren Händen quietschte beim Schreiben über den glatten schwarzen Schiefer. Doch immer wieder hob ein Kind den Kopf, um der Musik in der Ferne zu lauschen. Nur ein Mädchen saß still da und schrieb den Text aus einem persischen Buch ab, das aufgeschlagen vor ihm lag.

Mehrunnisa verfolgte mit äußerst konzentrierter Miene die Bögen und Linien, wobei ihre Zungenspitze zwischen den Zahnreihen hervorlugte. Sie war fest entschlossen, sich nicht ablenken zu lassen.

Neben ihr saßen ihre Brüder Mohammed und Abul sowie ihre Schwestern, Saliha und Khadija.

Eine Glocke läutete, und ihr Klang hallte im stillen Innenhof wider.

Sogleich sprangen die beiden Jungen auf und liefen ins Haus; kurz darauf folgten ihnen Saliha und Khadija. Nur Mehrunnisa blieb noch, vertieft in ihre Arbeit. Der *mulla* der Moschee, ihr Lehrer, klappte sein Buch zu, faltete die Hände im Schoß und betrachtete das Kind.

Asmat trat in den Hof und lächelte. Das war sicher ein gutes Zeichen. Nach so vielen Jahren voller Klagen und Wutanfälle und der Frage »Warum muss ich lernen?« und »Ich langweile mich, maji« hatte Mehrunnisa sich am Ende offenbar doch mit ihren Lektionen ausgesöhnt. Früher war sie stets die Erste gewesen, die losrannte, sobald die Glocke zur Mittagszeit läutete.

»Mehrunnisa, Zeit für das Mittagessen, *beta*«, rief Asmat.

Beim Klang der Stimme ihrer Mutter hob Mehrunnisa den Kopf. Azurblaue Augen schauten zu Asmat auf, und Grübchen bildeten sich, als Mehrunnisa lächelte und dabei ebenmäßige weiße Zähne zeigte mit einer Lücke vorn, wo ein zweiter Zahn noch wachsen musste. Sie erhob sich von der Matte, verneigte sich vor dem *mulla* und ging mit leicht schwingenden Röcken auf ihre Mutter zu.

Mehrunnisa betrachtete ihre Mutter. Maji war immer so ordentlich, hatte die Haare mit duftendem Kokosöl geglättet, sodass sie glänzten, und im Nacken zu einem Knoten zusammengefasst.

»Hat dir der Unterricht heute Spaß gemacht, *beta*?«, fragte Asmat, als Mehrunnisa zu ihr kam und sanft ihren Arm berührte.

Mehrunnisa rümpfte die Nase. »Der *mulla* bringt mir nichts bei, was ich nicht schon weiß. Er selbst scheint *nichts* zu wissen.« Als Asmat die Stirn runzelte, fragte sie rasch: »Maji, wann gehen wir zum Königspalast?«

»Ich vermute, dein Bapa und ich müssen nächste Woche an den Hochzeitsfeierlichkeiten teilnehmen. Wir haben eine Einladung erhalten, Bapa wird am Hofe bei den Männern sein, ich bin in die *zenana* des Großmoguls gerufen worden.«

Sie traten ins Haus. Mehrunnisa ging langsamer, um sich den Schritten der Mutter anzupassen. Mit acht Jahren reichte sie Asmat bereits bis zu den Schultern und wurde rasch größer. Mit ihren bloßen Füßen glitten sie geräuschlos über sie die kalten Steine der Veranda.

»Wie sieht der Prinz aus, Maji?«, fragte Mehrunnisa und versuchte, nicht allzu neugierig zu klingen.

Asmat überlegte einen Augenblick lang. »Er sieht gut aus, bezaubernd.« Mit verhaltenem Lachen fügte sie hinzu: »Und vielleicht ein wenig launisch.«

»Werde ich ihn zu sehen bekommen?«

Asmat hob die Augenbrauen. »Woher dein plötzliches Interesse an Prinz Salim?«

»Nur so«, beeilte sich Mehrunnisa zu erwidern. »Eine Hochzeit bei Hofe – und wir nehmen daran teil. Wen heiratet er?«

»Du nimmst an den Feierlichkeiten nur teil, wenn du deine Aufgaben fertig hast. Ich werde mit dem *mulla* über deine Fortschritte sprechen.« Asmat lächelte ihre Tochter an. »Vielleicht will Khadija auch mitkommen?« Khadija und Manija waren zur Welt gekommen, als sie schon in Indien waren; Manija war noch zu klein für den Unterricht und noch nicht alt genug, um auszugehen.

»Vielleicht«, versetzte Mehrunnisa mit einer wegwerfenden Handbewegung. Dabei rutschten ihre grünen Glasarmringe mit hellem Klirren über das Handgelenk bis an den Ellbogen. »Aber Khadija hat keine Ahnung von Anstand und Etikette bei Hofe.«

Asmat warf lachend den Kopf in den Nacken. »Aber du?«

»Gewiss.« Mehrunnisa nickte eifrig. Khadija war ein kleines Kind; sie konnte im Unterricht morgens keine zwanzig Minuten still sitzen. Alles lenkte sie ab, die Vögel in den Bäumen, die Eichhörnchen, die nach Nüssen kletterten, die Sonnenstrahlen, die durch die Pipalblätter drangen. Doch das brachte sie vom Thema ab. »Wen heiratet Prinz Salim, Maji?« fragte sie noch einmal.

»Prinzessin Man Bai, Tochter des Raja Bhagwan Das von Amber.«

»Heiraten Prinzen immer nur Prinzessinnen?«

»Nicht unbedingt, aber die meisten Ehen von Monarchen sind politisch bedingt. In diesem Fall möchte unser Mogul Akbar die

30

Freundschaft mit dem Raja festigen, und Bhagwan Das seinerseits ist auch um engere Bindungen an das Reich bestrebt. Schließlich ist er jetzt ein Vasall des Herrschers.«

»Wie es wohl ist, einen Prinzen zu heiraten«, sagte Mehrunnisa mit träumerisch verklärtem Blick, »und Prinzessin zu sein ...«

»Oder eine Padsha Begam, *beta*. Prinz Salim ist der rechtmäßige Thronerbe, wie du weißt, und seine Gemahlin, oder seine Gemahlinnen, werden alle Herrscherinnen sein.« Asmat belächelte die schwärmerische Miene ihrer Tochter. »Doch genug über die königliche Hochzeit.« Ihr Ausdruck wurde noch weicher, als sie Mehrunnisa über die Haare strich. »In ein paar Jahren wirst du uns verlassen und ins Haus deines Mannes ziehen. Dann werden wir über deine Hochzeit reden.«

Mehrunnisa warf ihrer Mutter einen kurzen Blick zu. Herrscherin von Indien! Wenn Bapa nach Hause kam, erzählte er, was er tagsüber erlebt hatte, kleine Geschichten über die Entscheidungen Akbars, über die Frauen in der *zenana*, die, hinter einem Wandschirm verborgen, beobachteten, was bei Hofe vor sich ging, schweigend zuweilen, doch dann ließ sich auch hin und wieder eine wohltönende Stimme mit einem Scherz oder einem Kommentar vernehmen. Der Mogulkaiser hörte immer auf sie, wandte stets den Kopf zu dem Wandschirm, um zu hören, was sie zu sagen hatten. Was für ein Segen, dem Harem des Herrschers anzugehören, bei Hofe zu sein. Wie gern wäre sie doch als Prinzessin zur Welt gekommen, dann würde sie einen Prinzen heiraten, vielleicht sogar Salim. Doch dann wären Asmat und Ghias nicht ihre Eltern. Bei dem Gedanken stockte ihr das Herz. Sie ließ ihre Hand in die der Mutter gleiten. Gemeinsam gingen sie zum Speisesaal.

Noch auf dem Weg dorthin zog Mehrunnisa an Asmats Arm und wiederholte: »Kann ich mit dir zu der Hochzeit gehen, Maji? Bitte!«

»Wir wollen sehen, was dein Bapa dazu zu sagen hat.«

Als sie den Raum betraten, schaute Abul auf, klopfte auf den Diwan neben sich und forderte Mehrunnisa auf: »Komm, setz dich hierher.«

Mehrunnisa schenkte ihm ein flüchtiges Lächeln und setzte sich. Abul hatte versprochen, an diesem Nachmittag mit ihr *gilli-danda* unter dem Pipalbaum zu spielen. Er konnte es viel besser als sie; er traf den *gilli* sechs- bis siebenmal, ehe er zu Boden fiel. Aber er war ja auch ein Junge, und als sie einmal versucht hatte, ihm beizubringen, einen Knopf anzunähen, hatte er sich alle Finger mit der Nadel blutig gestochen. Wenigstens traf sie den *gilli* viermal hintereinander. Sie faltete die Hände und wartete, bis Bapa das Zeichen gab, dass die Mahlzeit beginnen konnte. Die Diener hatten rote Satintücher auf den persischen Teppichen ausgebreitet. Jetzt kamen sie nacheinander herein und trugen dampfenden, mit Safran gewürzten *pulau* auf, Ziegencurry in würziger brauner Soße, eine mit Knoblauch und Rosmarin geröstete Lammkeule und einen Salat aus Gurken und Fleischtomaten mit einer Prise Steinsalz, etwas Pfeffer und Limonensaft. Der Tafeldecker kniete nieder und verteilte das Essen auf Teller aus chinesischem Porzellan. Anschließend trat zunächst Stille ein, während die Familie aß, wobei jeder nur die rechte Hand benutzte. Als sie fertig waren, wurden Messingschalen mit heißem Wasser und einem Stück Limone hereingetragen, damit sie sich die Hände waschen konnten. Anschließend gab es eine heiße Tasse *chai*, gewürzt mit Ingwer und Zimt.

Ghias lehnte sich in die Seidenkissen seines Diwans zurück und schaute in die Runde. Sie waren wunderbar, dachte er, diese Menschen, die seine Familie waren. Zwei Söhne und vier Töchter bereits, jeder auf seine Weise etwas Besonderes, alle strotzten vor Leben. Mohammed, sein Ältester, war ein wenig grob und schwänzte manchmal je nach Laune den Unterricht, doch das würde sich mit der Zeit sicher ändern. Abul ließ eher Ähnlichkeit mit seinem Opa, Ghias' Vater, erkennen. Er hatte den Gleichmut seines Großvaters, gepaart mit einem gewissen Übermut, mit dem er seine geliebten Schwestern zu plagen pflegte. Umso mehr Grund dafür, dass er ihnen auch weiterhin zugetan wäre, wenn sie älter wurden. Saliha wurde jetzt eine junge Dame und war plötzlich sogar ihrem eigenen

Bapa gegenüber schüchtern. Khadija und Manija waren noch Kinder, unfertig, naseweis, neugierig auf alles. Mehrunnisa hingegen … Ghias lächelte im Stillen und ließ den Blick zuletzt auf ihr ruhen; sie war sein Lieblingskind, ein Glückskind. Für gewöhnlich war er nicht abergläubisch, doch er hatte so ein Gefühl, als wäre Mehrunnisas Geburt ein gutes Omen für ihn gewesen. Alles hatte in der Zeit nach dem Sturm in Kandahar seinen Anfang genommen.

Acht Jahre waren seit ihrer überstürzten Flucht aus Persien vergangen. Hier, in diesem geborgenen Raum, fühlte Ghias sich urplötzlich in jenen Augenblick zurückversetzt, der seiner Einführung an Akbars Hof durch seinen Freund Malik Masud unmittelbar vorausging. Sie waren an den bedrohlich wirkenden Palastwachen vorbei in das blendende Sonnenlicht des *divan-i-am* getreten, den Audienzsaal in Fatehpur Sikri. Der Hof war überfüllt. Die Kriegselefanten des Mogulkaisers standen ganz hinten in einer Reihe und traten von einem Fuß auf den anderen. Ihre Stirn war mit goldener und silberner Livree geschmückt, und auf dem dicken Nacken saß jeweils ein Elefantentreiber, der seine Knie hinter die Ohren des Tiers klemmte. Als Nächstes kam eine Reihe Kavallerieoffiziere auf exakt zueinander passenden Arabern. Der dritte, äußerste Rang war den Bürgerlichen vorbehalten. Der zweite Rang um den Herrscherthron war für Kaufleute und den niederen Adel bestimmt. Hier, hinter dem Hofadel, stellten sich Ghias und Masud auf.

Als der Mogulkaiser angekündigt wurde, verneigten sie sich von der Hüfte aus. Mit einem kurzen Blick hinter sich sah Ghias, dass die Elefanten schwerfällig auf die Knie fielen und die Elefantentreiber dabei in einen spitzen Winkel kippten; die Pferde und die Kavallerieoffiziere neigten den Kopf. Als sie sich aus der Begrüßung erhoben, erblickte er voller Ehrfurcht über ein Meer von Turbanen hinweg die Gestalt auf dem Thron weit vorn.

Alle standen still, als der Hofmarschall, verantwortlich für die offiziellen Petitionen, in dem für ihn typischen Singsang vortrug, was an diesem Tag anlag. Benommen hörte Ghias zu und beobachtete die Vorgänge – überwältigt von der Wolke aus Sandelholzduft, von

33

der Pracht des Herrscherthrons mit seinen von Jaspis übersäten, mit Gold beschlagenen Säulen und den roten Samtvorhängen, vom glatten Marmorboden vor dem Thron. Schließlich rief man Masud nach vorn. Ghias ging mit ihm, und gemeinsam vollzogen sie den *taslim*, wobei sie die rechte Hand an die Stirn legten und sich von der Hüfte aus verneigten.

»Willkommen daheim, Mirza Masud«, sagte Akbar.

»Habt Dank, Eure Majestät«, erwiderte Masud und richtete sich wieder auf.

»Die Reise war angenehm, nehmen wir an?«

»Allah und Eurer Majestät sei Dank«, sagte Masud.

»Ist das alles, was du uns von deiner Reise mitgebracht hast, Mirza Masud?« fragte Akbar und deutete auf die Pferde, die Seidenstoffe und die auf Platten ausgelegten Früchte aus der Karawane.

»Ein Geschenk noch, Eure Majestät.« Masud deutete mit einem Kopfnicken auf Ghias. »Erlaubt mir die untertänigste Bitte, Mirza Ghias Beg an Eurem Hof einzuführen.«

»Tritt vor, Mirza Beg. Unsere Augen sind nicht mehr, wie sie einmal waren, tritt vor, damit wir dich besser sehen.«

Ghias richtete sich schließlich aus seinem *taslim* auf, trat ein paar Schritte vor und hob den Blick zum Herrscher empor. Er sah einen stämmigen, majestätischen Mann vor sich mit freundlichem Gesicht und einem Muttermal auf der Oberlippe. »Woher kommst du, Mirza Beg? Wer ist dein Vater?«

Ghias stolperte über seine Worte, als er es erzählte. Jeder gesprochene Satz hallte in seinen Ohren wider, sein Hals war trocken, seine Handflächen schweißnass. Als er fertig war, schaute er den Mogul beklommen an. Hatte er sein Wohlgefallen gefunden?

»Eine gute Familie«, sagte Akbar. Zu seiner Rechten gewandt, fragte er: »Was meinst du, Shaiku Baba?«

Da sah Ghias das Kind, das neben dem Herrscher saß, einen kleinen Jungen von vielleicht acht, neun Jahren. Er hatte die Haare mit Öl zurückgekämmt, seine kurze Jacke und seine Hose waren aus golddurchwirkter Seide. Prinz Salim, der Erbe des Reiches. Salim

34

nickte feierlich, wobei die Reiherfeder an seinem kleinen Turban auf und ab hüpfte. In dem Versuch, den Tonfall seines Vaters nachzuahmen, sagte er mit klarer Kinderstimme:»Wir mögen ihn, Majestät.« Akbar lächelte.»Ja, wir auch. Komm uns gelegentlich wieder besuchen, Mirza Beg.« Ghias verneigte sich.»Eure Majestät sind zu gütig. Es wird mir eine große Ehre sein.« Akbar nickte dem Hofmarschall zu, der den Namen des nächsten Bittstellers auf seiner Schriftrolle vorlas. Malik Masud gab Ghias ein Zeichen. Die beiden Männer verbeugten sich noch einmal und traten rückwärts wieder an ihre Plätze. Sie sprachen nicht. Als der *darbar* beendet war, verließ Ghias den Saal wie betäubt. Die freundlichen Worte des Mogulkaisers klangen ihm noch in den Ohren. Am nächsten Tag war er wieder an den Hof gegangen und hatte stundenlang gewartet, bis Akbar Zeit fand, ihm fünf Minuten Gehör zu schenken. Nachdem sie ein paar Tage miteinander geplaudert hatten, verlieh der Mogulkaiser ihm eine *mansab* für dreihundert Pferde und ernannte ihn zum Höfling.

Mit Hilfe des *mansab*-Systems verteilte der Kaiser Rang und Ehren. Eine *mansab* bedeutete Landbesitz, aus dessen Ertrag der Unterhalt für eine bestimmte Anzahl von Pferden für die Kavallerie oder von Soldaten für die Infanterie des Moguls bestritten wurde. Ghias' *mansab* konnte demnach mit ihren Erzeugnissen eine Kavallerie von dreihundert Pferden unterhalten. Das alles musste Ghias erst lernen. Der Hof eines Moguls war anders als die Höfe in Persien.

Im Laufe der Jahre machte sich Ghias bei Akbar unentbehrlich. Er begleitete ihn auf Jagden und Feldzügen und unterhielt ihn mit Geschichten von persischen Höfen. Akbar gefielen Ghias Bemühungen, und so gewährte er ihm das Land und die Baumaterialien für zwei prächtige Häuser, das eine in Agra, das andere in Fatehpur Sikri.

Heute hatten sie sich in einem gemieteten Haus in Lahore zum Mittagsmahl zusammengefunden. Seit ein paar Monaten braute sich eine neue Bedrohung an der nordwestlichen Grenze des Reiches zusammen. Die Kundschafter des Mogulkaisers hatten gemeldet, Abdullah Khan, der König von Usbekistan, bereite einen Überfall auf Indien vor. Fatehpur Sikri war zwar offiziell die Hauptstadt des Reiches, doch es lag dem Mogul in dieser Situation zu weit ab im Südosten. Akbar wollte näher am Feldzug gegen den usbekischen König sein und erteilte den Befehl, nach Lahore umzuziehen. Der gesamte Hofstaat war mit dem Kaiser gereist und hatte die neu errichtete Stadt Fatehpur Sikri wie ausgestorben hinter sich zurückgelassen.

Allah war seiner Familie gnädig gewesen, überlegte Ghias, während er sich über das bärtige Kinn strich. Sie lebten im Überfluss, nicht zu vergleichen mit dem verarmten Zustand, in dem sie nach Indien gekommen waren. Dicke Teppiche aus Persien und Kaschmir bedeckten den Steinboden. An den getünchten Wänden hingen in Messing gerahmte Gemälde und Miniaturen. Kleine Tische aus poliertem Teak und Sandelholz dienten als Untersatz für Kunstwerke aus aller Welt: chinesische Porzellanstatuen, silberne und goldene Schachteln aus Persien, Elfenbeinfiguren aus Afrika. Die Kinder trugen Kleider aus feinstem Musselin und aus Seide, und von dem Schmuck, den Asmat trug, hätte eine arme Familie ein Jahr lang leben können.

Er konnte noch immer nicht an den Segen glauben, der ihm zuteil geworden war, wie viel sie in den vergangenen Jahren hinzugewonnen hatten. Die Kinder waren hier aufgeblüht, waren stark und widerstandsfähig geworden und liebten Land und Leute, als wären sie hier geboren. Abul, Mohammed und Saliha hatten anfangs nur sehr zögernd neue Sprachen und Gebräuche lernen und mit den Kindern der benachbarten Großgrundbesitzer und Adligen spielen wollen. So jung sie auch waren, sie hatten noch viele Erinnerungen an die lange, traumatische Reise aus Persien hierher. Für Mehrunnisa war alles neu und wunderschön. Die Dialekte von Agra lernte sie mühelos. Die sengende, trockene Hitze der Ebene zwischen Indus und Ganges schien sie nicht zu stören; bis zu ihrem fünften Lebensjahr lief sie in einem dünnen Baumwollhemd durchs Haus und bockte, wenn sie sich für Festlichkeiten und besondere Anlässe herausputzen musste. Für sie war der Status ihrer Familie selbstverständlich, da Ghias ständig befördert wurde und sie in immer größere Häuser umzogen, bis Akbar ihnen ein eigenes Haus schenkte. Sie kannte nur dieses Leben. Ghias hatte sich am meisten um Asmat gesorgt, die er entwurzelt und hierher gebracht hatte. Als ihr Vater sie in seine Obhut gab, hatte er sicher nicht damit gerechnet, dass Ghias sie so weit von ihren Eltern fortführen würde.

Ghias betrachtete sie voller Stolz und warmherziger Liebe. Asmat war im frühen Stadium einer neuen Schwangerschaft, die nur an der kleinen Rundung ihres Bauches zu erkennen war. Die Zeit hatte Asmats Schönheit in seinen Augen keinen Abbruch getan. Die vergangenen Jahre hatten ein paar Haare grau gefärbt und ein paar Falten in ihr Gesicht geprägt. Doch es war dasselbe liebe Gesicht, derselbe vertrauensvolle Blick. Sie war tapfer gewesen und hatte ihm Kraft gegeben. Nachts, wenn sie schweigend nebeneinander lagen und die Dunkelheit sie einhüllte, tagsüber, wenn er zu Hause arbeitete oder las und sie vorbeiging, ihre Armreifen klingelten und ihr Rock wispernd über den Boden schleifte. Nach islamischem Gesetz waren vier Frauen erlaubt, doch bei Asmat hatte Ghias einen tiefen, dauerhaften Frieden gefunden. Er hatte nicht das Bedürfnis, eine andere Frau auch nur anzusehen oder daran zu denken, noch eine Frau zu nehmen. Sie war alles für ihn.

Eine abrupte Bewegung riss ihn aus seinen Gedanken. Mehrunnisa saß auf der Kante ihres Diwans, die Augen funkelten vor Aufregung. Mit ungeduldigen Händen glättete sie die langen Falten ihres plissierten Rockes. Er wusste, sie wollte etwas sagen und konnte nicht stillhalten. Er schaute sie an und dachte noch einmal an die vergangenen acht Jahre, wie anders sie gewesen wären, wenn sie Mehrunnisa nicht gehabt hätten. Eine riesige Lücke hätte sich in ihrem Leben aufgetan, die nie mehr zu füllen gewesen wäre, und hätten sie noch so viele Kinder gehabt. Wie hätte ihm ihr melodisches »Bapa!« gefehlt, wenn er nach Hause kam und sie sich mit den Worten in seine Arme warf:»Gib mir einen Kuss, vor allen anderen. Ich zuerst, ich zuerst!«

Ghias neigte den Kopf. *Allah sei Dank.*

Dann stellte er seine Tasse ab und sagte:»Seine Majestät war heute Morgen beim *darbar* gut gelaunt. Er freut sich sehr auf die bevorstehende Hochzeit des Prinzen.«

»Bapa …« Abul und Mehrunnisa sprachen beide gleichzeitig, erleichtert darüber, dass das erzwungene Schweigen während des Mittagessens endlich gebrochen war. Asmat und Ghias wachten sehr streng darüber, dass während der Mahlzeiten nicht geredet wurde, ein Zeichen für gute Manieren. Erst wenn Ghias sprach, durfte sich der Rest der Familie anschließen.

»Ja, Mehrunnisa?« Mit einer Handbewegung brachte Ghias seinen Sohn zum Schweigen.

»Ich möchte zur Hochzeit in den Mogulpalast gehen«, sagte Mehrunnisa, um dann hastig hinzuzufügen:»Bitte.«

Ghias schaute Asmat mit fragend hochgezogener Augenbraue an. Sie nickte.»Du kannst die Jungen mitnehmen, Mehrunnisa und Saliha bleiben bei mir.«

Mehrunnisa zog am Schleier ihrer Schwester.»Kannst du etwas sehen?«

»Nein«, sagte Saliha mit beinahe weinerlicher Stimme. In diesem Augenblick schubste eine der Damen auf der Empore der *zenana* sie mit dem Ellbogen zur Seite, und schon machten sich die nachdrängenden Damen vor dem Wandschirm aus Marmorfiligran breit.

Mehrunnisa reckte den Hals und stellte sich auf Zehenspitzen, bis der Spann ihrer Füße zu schmerzen begann. Es hatte keinen Sinn. Sie sah nur die Rücken der Damen aus Akbars Harem, die mit lauten Ausrufen die Szene unten im Thronsaal kommentierten.

Sie sank wieder auf die Fersen und tippte ungeduldig mit dem Fuß auf den Steinboden. Endlich war der Tag der Hochzeit gekommen, und sie hatte nicht den kleinsten Blick auf die Feier oder auf Prinz Salim erhaschen können. Es war ungerecht, dass ihre Brüder im Hof unter ihnen anwesend sein durften, während sie zwangsläufig mit dem Rest des Mogulharems hinter den *parda* verbannt war.

Noch ungerechter war dabei, dass sie nicht einmal alt genug für den Schleier war, doch ihre Mutter hatte aus irgendeinem Grund darauf bestanden, sie mit auf die Empore des Harems zu nehmen. Mehrunnisa hüpfte auf und ab und versuchte, über die Köpfe der Haremsdamen hinwegzuschauen. Sie war sich in diesem Augenblick gar nicht recht bewusst, dass sie im Mogulpalast war. Alles, jeder einzelne Gedanke, kreiste um Salim. Als die Tore sich geöffnet und die Wachen sie argwöhnisch beäugt hatten, ehe sie Asmat und ihren Töchtern Einlass in den Haremsbereich gewährten, hatte sich Saliha ehrfürchtig vor ihnen verbeugt. Mehrunnisa hatte sie gar nicht beachtet, denn ihr Blick schoss überallhin, ohne die in allen Regenbogenfarben schimmernden Seiden, die funkelnden Juwelen oder die makellos geschminkten Gesichter zu sehen. Ihr einziger Gedanke galt dem Versuch, eine gute Stelle am Wandschirm zu finden, um den Prinzen zu sehen. Jetzt hatte man sie und ihre Schwester nach hinten abgedrängt, weil sie jünger und kleiner als alle anderen waren. Aber Mehrunnisa musste einen Blick auf den Prinzen werfen. Sie verstand selbst nicht, warum das so wichtig war, sie spürte nur, dass sie sich noch nie in ihrem Leben etwas so sehr gewünscht hatte.

»Ich werde sie zur Seite schieben und einen Blick nach unten werfen.«

»Das darfst du nicht! Wir sind hier im Harem des Mogulkaisers, und das sind die ranghöchsten Damen des Reiches«, flüsterte Saliha entsetzt und ließ Mehrunnisas Hand nicht los.

»Mit sehr schlechten Manieren«, erwiderte Mehrunnisa schnippisch. »Ich bin schon viermal aus dem Weg geschubst worden. Wie sollen wir denn Prinz Salim sehen? Sie sind ja nicht aus Wasser, dass wir durch sie hindurchsehen können.«

Sie entzog ihre Hand Salihas Griff und lief nach vorn. Sie tippte einer der Konkubinen auf die Schulter, und als diese sich umdrehte, schlüpfte sie durch die Öffnung, presste ihr Gesicht an den Wandschirm und krallte sich am Marmor fest.

Mehrunnisa zwinkerte rasch ein paar Mal, um die Augen dem blendenden Sonnenschein im Hof anzupassen, und warf einen Blick auf die Gestalt, die auf dem Thron an der gegenüberliegenden Seite saß. Akbar trug seine prachtvolle Staatsrobe, und die Juwelen an seinem Turban glitzerten, als er seinen Ministern gnädig zunickte. Die Augen des Herrschers glänzten verdächtig, während er auf seinen Sohn schaute. Mehrunnisas Blick glitt weiter zu Prinz Salim, und ihr stockte der Atem. Von ihrem Standpunkt aus sah sie nur sein Profil. Seine Haltung war anmutig, breite Schultern, die Füße breitbeinig fest auf dem Boden, die rechte Hand am juwelenbesetzten Dolch in seinem Kummerbund. Prinzessin Man Bai stand neben ihm, das Gesicht hinter einem roten, goldbestickten Musselinschleier verborgen. Wenn die Prinzessin doch nur einen Schritt zurückträte, damit sie, Mehrunnisa, den Prinzen ein wenig besser sehen könnte, dachte sie und presste das Gesicht an den Wandschirm. Vielleicht, wenn sie sich nach rechts beugte ... Der Priester, der die Zeremonie leitete, hatte gerade die Frage gestellt, ob Prinz Salim gewillt sei, Prinzessin Man Bai zur Frau zu nehmen. Nun wandte er sich an die Prinzessin.

Mehrunnisa wartete mit dem Rest des Hofes schweigend auf Man Bais Antwort. In diesem Augenblick zerrte eine Hand sie grob an der Schulter. Sie wandte sich um und sah eine aufgebrachte Konkubine, die sie zornig anfunkelte.

»Wie kannst du es wagen?«, zischte die Konkubine zwischen den Zähnen hervor. Ihr Gesicht war wutverzerrt.

Mehrunnisa wollte schon etwas erwidern, doch noch ehe sie den Mund aufmachen konnte, holte die junge Frau mit der Hand aus und schlug Mehrunnisa ins Gesicht. Ihre edelsteinbesetzten Ringe ritzten Mehrunnisa die Wange auf.

Mehrunnisa fuhr sich mit zitternder Hand an die schmerzende Stelle und starrte die Konkubine mit weit aufgerissenen Augen im blassen Gesicht an. Niemand – *niemand* – hatte sie je geschlagen, nicht einmal ihre Eltern.

Während sie die Frau wütend anblickte, traten ihr Tränen in die Augen und liefen über ihre Wangen, noch ehe Mehrunnisa sie zurückhalten konnte. Sie wischte sie mit dem Handrücken ab. Unterdessen beugte sich die Konkubine über sie, die Hände in die Hüften gestemmt. Mehrunnisa zuckte nicht mit der Wimper, sondern biss sich auf die Lippe, um sich eine Entgegnung zu verkneifen, hallte doch der Schlag noch in ihren Ohren nach. Mit einem Mal war sie schrecklich allein. Irgendwo im Hintergrund sah sie Saliha, der alle Farbe aus dem Gesicht gewichen war. Aber wo war Maji?

»Verzeiht.« Asmat war hinter Mehrunnisa getreten. Sie legte einen Arm um ihre Tochter und zog sie von der wütenden Konkubine fort. »Sie ist doch nur ein Kind ...«

»Lasst sie in Ruhe!«, befahl eine voll tönende, herrische Stimme. Mutter und Tochter drehten sich zu der Sprecherin um. Es war Ruqayya, die Hauptfrau Akbars, die Padshah Begam. Streit witternd, wandten sich die umstehenden Damen vom Thronsaal ab und dem Drama auf der Empore des Harems zu. Ihre Gesichter strahlten vor Spannung. Ruqayya griff so selten in Auseinandersetzungen ein, dass dieses Kind etwas Besonderes sein musste. Eine Gasse tat sich zwischen Mehrunnisa und der Padshah Begam auf, und alle Augen wandten sich Akbars Hauptfrau zu.

Sie war nicht schön, eher reizlos. Sie gab sich nicht einmal die Mühe, die grauen Strähnen im Haar mit einer Hennaspülung zu vertuschen. Neugierige schwarze Augen glitzerten in einem runden, pausbäckigen Gesicht.

Ruqayya hatte für Akbar eine weitaus größere Bedeutung als seine geistlosen Konkubinen, die nur seiner körperlichen Befriedigung dienten. Er schätzte ihre rasche Auffassungsgabe, ihren scharfen Verstand und ihre angenehme Gegenwart. Aufgrund ihrer gesicherten Stellung im Harem unternahm Ruqayya keinen weiteren Versuch, den Mogulkaiser zu betören, was auf jeden Fall eine Zeitverschwendung war, da täglich ein frisches, neues Gesicht im Harem auftauchte. Sie überließ es den jüngeren Mädchen, Akbars körperliche Bedürfnisse zu befriedigen, während sie sicherstellte, dass er in allen anderen Belangen zu ihr kam. Aus dieser Gewissheit heraus erwuchs ihr ruhiges, bestimmtes Auftreten, ihre völlige Beherrschung und Selbstsicherheit. Sie war die Padshah Begam.

Ruqayya winkte mit einer drallen, juwelengeschmückten Hand. »Komm her«, und zur Konkubine gewandt sagte sie schroff: »Du solltest wissen, dass man ein Kind nicht schlägt.«

Das Mädchen zog sich unwillig in eine Ecke zurück, die schwarz geschminkten Augen funkelten böse.

Mehrunnisa, deren Mund plötzlich wie ausgetrocknet war, ging auf die Padshah Begam zu. Sie wischte die feuchten Hände an ihrem Rock ab und wünschte sich irgendwo anders hin, nur nicht hier.

Der Duft von Ketaki-Blumen zog Mehrunnisa in die Nase, als die Padshah Begam ihr einen Finger unter das Kinn schob und ihren Kopf anhob. »Du willst also die Hochzeitsfeierlichkeiten sehen, wie?« Ruqayyas Stimme klang überraschend sanft.

»Ja, Eure Majestät«, erwiderte Mehrunnisa leise und senkte den Kopf, um die verräterische Zahnlücke zu verbergen.

»Gefällt dir Prinz Salim?«

»Ja, Eure Majestät«, Mehrunnisa zögerte und schaute lächelnd auf, vergessen war die Zahnlücke, »er ist … er ist schöner als meine Brüder.«

Die umstehenden Damen brachen in schallendes Gelächter aus, das bis in den Hof hinunter zu hören war.

Ruqayya hob gebieterisch die Hand. »Dieses Kind findet Salim schön«, verkündete sie den Damen. »Ich frage mich, wie lange es dauern wird, bis sie ihn anziehend findet.« Abermals hallte Gelächter durch den Raum.

Verwirrt schaute sich Mehrunnisa um.

Die Hochzeitszeremonie war gerade beendet, und der Priester trug die Ehe in sein Buch ein. Die Damen wandten ihre Aufmerksamkeit dem Thronsaal zu, und Mehrunnisa flüchtete dankbar in die Arme ihrer Mutter. Asmat schob ihre Tochter zur Tür und gab Saliha ein Zeichen, sich ihnen anzuschließen.

Als sie hinausgingen, sagte Ruqayya, ohne in ihre Richtung zu schauen: »Das Mädchen amüsiert mich. Bringt sie bald zu mir, dass sie mir aufwartet!«

Mehrunnisa und Asmat Begam verbeugten sich vor der Herrscherin und verließen die Gemächer.

Die Hochzeitsfeiern dauerten noch fast eine Woche an, doch Mehrunnisa, verängstigt nach ihrer Begegnung mit Ruqayya, weigerte sich, daran teilzunehmen. Die Konkubine hatte sie nur ein wenig geärgert; die Padshah Begam mit ihren glitzernden Augen und der Aura von Macht beunruhigte Mehrunnisa. Asmat Begam und Ghias Beg machten Akbar und seinen Gemahlinnen täglich ihre Aufwartung und nahmen an den Lustbarkeiten teil.

Wenige Tage später erteilte Ruqayya den Befehl, Mehrunnisa in den kaiserlichen Harem zu schicken.

Kapitel 2

»Die Begam war Mehrunnisa sehr zugetan; sie liebte sie mehr als andere und hatte sie stets um sich.«
B. Narain und S. Sharma, Übers. & Hg.,
A Dutch Chronicle of Mughal India

Ein großer Eunuch mit hängendem Schnurrbart empfing Mehrunnisa und Asmat am Eingang zu Ruqayyas Palast. Er hielt Asmat mit ausgestrecktem Arm zurück.

»Nur das Kind«, sagte er. Dann, als er plötzliche Besorgnis in Asmats Augen aufkeimen sah, ließ er sich herab hinzuzufügen: »Man wird sie sicher nach Hause geleiten, aber nur das Kind darf eintreten.«

Asmat nickte. Es wäre ohnehin sinnlos gewesen zu streiten. Sie beugte sich zu Mehrunnisa hinab und flüsterte ihr zu: »Sei brav, *beta*. Es wird dir nichts geschehen, hab keine Angst.« Dann war sie fort. Mehrunnisa sah ihrer Mutter nach und wollte sie bitten, bei ihr zu bleiben. Wie konnte Asmat sie nur mit dem komisch aussehenden Mann allein lassen?

Als sie sich umdrehte, begegnete sie dem abschätzenden Blick des Eunuchen.

»Du bist also das Kind, das ihr gefällt«, sagte er missmutig. Er trat zurück, damit sie in ein dunkles Vorzimmer gehen konnte. Dahinter schimmerte das sonnige Rechteck eines Hofes durch. Der Eunuch hinderte Mehrunnisa mit einer Hand am Weitergehen. »Dreh dich um.«

Mehrunnisa drehte sich langsam um und spürte das ungewohnte

Gewicht ihres wehenden, bestickten Rockes. Die weite Bluse hing lose um ihre Schultern, wenn sie auch im Rücken fest geschnürt war. Zu Hause trug sie dünne Röcke aus Musselin oder *salwar*-Hosen. Asmat hatte ihr, zu Ehren der Padshah Begam, die besten Sachen angezogen, obwohl es nur ein Morgenbesuch war und nicht einmal ein Festtag. Der Eunuch legte ihr einen Finger in den Nacken und drehte sie herum, bis sie mit dem Gesicht zu ihm stand.

Er zog Mehrunnisas Zopf über ihre Schulter, prüfte, ob er bis zur Hüfte reichte, und berührte ihre Wangen. Dann kniff er sie und beäugte ihre Zähne. Mit hochrotem Gesicht wich Mehrunnisa vor dem über ihr aufragenden Mann zurück. Was war sie, ein Pferd, das zum Verkauf anstand?

Der Eunuch lachte und entblößte dabei seine von Betelblättern rot gefärbten Zähne.»So dünn, so mager.« Er stach ihr in die Rippen.»Man betrachte nur die Knochen, die hier rausstehen. Geben dir deine Eltern nicht genug zu essen? War die Frau deine Mutter? Ja, *die* ist hübsch. Aber du, sogar deine Zähne haben eine Lücke. Ich frage mich, was sie in dir sieht. Sie wird deiner bald überdrüssig sein. Komm«, sagte er und zerrte sie hinter sich her, wobei sich seine Fingernägel in ihren Arm bohrten.»Und denk dran, dass du nichts von dem wiederholst, was ich gerade gesagt habe. Vielleicht ist das deine erste Lektion, mein Kind. Sprich nie über Dinge, die du im Harem erfährst.«

Noch immer lachend, zerrte und zog er Mehrunnisa den Korridor entlang zum Badehaus. Sklavenmädchen, an denen sie vorüberkamen, verbeugten sich vor dem Mann. Mit klopfendem Herzen sah Mehrunnisa das und entzog sich nicht seinem Griff. Maji war nicht bei ihr; sie war ganz allein mit diesem sonderbaren Geschöpf mit dem teigigen Gesicht und dem herabhängenden Schnurrbart. Wer war das? Und warum hatte er hier, im Harem der Frauen, so viel Macht?

Die Padshah Begam bereitete sich auf ihr Bad vor, als Mehrunnisa den *hammam* betrat. Inzwischen bedeckte eine dünne Schweißschicht ihre Stirn, und ihre Achselhöhlen wurden feucht. Wenn die-

45

ser Mann schon so seltsam war, wie würde erst die Padshah Begam sein? Neulich war sie sehr Furcht erregend gewesen. Der Eunuch ließ Mehrunnisas Arm los und verneigte sich tief vor Ruqayya.

»Das Kind ist hier, Eure Majestät.«

Ohne auf Ruqayyas Antwort zu warten, schlüpfte er rückwärts aus dem Raum. Mehrunnisa war allein. Sie stand still und blinzelte ins Sonnenlicht, das aus einem Oberlicht auf sie herabflutete und ein Gittermuster auf den Boden warf. In einer Ecke klingelten goldene Armreifen. Dort saß die Padshah Begam auf einem Hocker und ließ sich von geschmeidigen, muskulösen Sklavinnen, deren Haut in allen Brauntönen der Erde schimmerte, den Schmuck abnehmen. Daneben stand ein Eunuch und hielt ein Silbertablett in den Händen, auf das die Juwelen gelegt wurden. In der Mitte des Raumes war ein achteckiges Becken in den Boden eingelassen. An den Innenwänden des Beckens liefen Holzbänke entlang.

»Komm her, mein Kind.«

Als sie die Stimme der Padshah Begam vernahm, ging Mehrunnisa in die Ecke des Raumes, wo Ruqayya in einer pfauenblauen Seidenrobe mit goldenen Stickereien saß. Die Stelle, an der sich die Finger des Eunuchen in ihren Arm gebohrt hatten, tat noch immer weh, doch plötzlich wäre ihr sogar seine Anwesenheit lieb gewesen. Sie wollte nicht allein hier in diesem halbdunklen Raum sein, der nur durch ein paar Sonnenstrahlen von oben erhellt wurde, wo Sklavenmädchen und Eunuchen sie mit unverhohlener Neugier musterten.

»*Al-Salam aleikum*, Eure Majestät.«

»Mehrunnisa«, sagte Ruqayya und lehnte sich an eine Säule. »Ein hübscher Name. Setz dich.«

Mehrunnisa trat zu ihr und setzte sich. Ruqayya streckte die Hand aus und berührte Mehrunnisas dichtes schwarzes Haar.

»So schöne Augen. Du kommst aus Persien?«

»Ja, Eure Majestät.«

Kleine Falten entstanden auf Ruqayyas Gesicht, als sie lächelte.

»Wer ist dein Vater?«

»Mirza Ghias Beg, Eure Majestät.«

»Wer ist dein Großvater?«

So ging die Unterhaltung fünf Minuten lang weiter. Meistens stellte die Padshah Begam die Fragen – über Mehrunnisa, Asmat, Ghias, ihre Brüder. Was sie machte, welcher *mulla* sie unterrichtete, was sie gerade gelesen hatte. Nach dieser Unterhaltung erschien die Padshah Begam schon weniger Furcht einflößend. Sie schlug einen tiefen, einschläfernden Ton an, während die Sklavenmädchen sie entkleideten und mit Jasminöl massierten. Mehrunnisa sah zu, wie die braunen, öligen Finger einer Sklavin sich über Ruqayyas großen Körper bewegten. Die Sklavin knetete Muskeln in Ruqayyas Schultern, und der Kopf der Padshah Begam sank mit einem Seufzer nach vorn. Die geübten Hände der Sklavin glitten rasch über die Rundungen der Brüste, um den Bauch, über die Oberschenkel.

Anschließend erhob sich die Padshah Begam und stieg in das Becken hinab. Die Haare, aus dem üblichen Knoten gelöst, schwebten schlangengleich im Wasser. Die Sklavinnen, die ihre Baumwollhosen und *choli* anbehalten hatten, gingen mit der Padshah Begam in das Becken. Ruqayya lehnte sich im Wasser zurück, während die Mädchen sie sorgfältig einseiften, ihr die Haare wuschen und ausspülten.

Plötzlich richtete sich die Padshah Begam auf und sagte schroff zu einer Sklavin: »Hast du heute gebadet?«

Das Mädchen, noch sehr jung und verängstigt, stammelte: »Ja, Eure Majestät.«

»Lass sehen«, befahl Ruqayya und schnüffelte an den Händen des Mädchens, im Haar und unter den Armen. Sie wandte sich ab und sagte in gefährlich leisem Ton: »Raus hier. Sofort. Und wage nicht, noch einmal in mein Badewasser zu steigen, wenn du vorher nicht gebadet hast.«

Das Mädchen stolperte tropfnass aus dem Becken und floh aus dem Raum, nasse Fußstapfen hinterlassend.

Mehrunnisa lief es kalt über den Rücken, als sie die Schärfe in Ruqayyas Stimme vernahm, und sie bekam eine Gänsehaut. Sie kauerte sich in eine dunkle Ecke in der Hoffnung, die Padshah Begam würde sie nicht bemerken. Dort blieb sie zwei Stunden lang sitzen, ohne ein Wort zu sagen. Unterdessen wurde Ruqayya angekleidet, wobei sie den Eunuchen mal das eine, dann das andere Kleidungsstück zurückwarf, bis ihr eins schließlich gefiel. Als die Padshah Begam den Raum verließ, warf sie einen Blick zurück auf Mehrunnisa und sagte:»Geh jetzt nach Hause und komm morgen wieder.« Das war alles.

In den darauf folgenden Monaten kam Mehrunnisa, wenn Ruqayya nach ihr rief, sprach, wenn die Padshah Begam reden wollte, saß schweigend neben ihr, wenn nicht. Sie erfuhr, dass die meisten Wutanfälle Ruqayyas nur vorgetäuscht waren. Die Sklavin habe einen unverschämten Blick gehabt, hatte Ruqayya ihr später beiläufig gesagt. Doch das war es nicht. Das Mädchen war zu unreif und zu schüchtern gewesen, um die Padshah Begam anmaßend anzusehen. Zuweilen war Ruqayya wirklich aufgebracht, doch meistens erhob die Padshah Begam die Stimme nur, weil es ihr zustand. Der Titel einer Padshah Begam wurde weder leichtfertig verliehen noch leichtfertig angenommen. Alles, was hinter den Haremsmauern geschah, und ziemlich vieles von dem, was außerhalb vor sich ging, kam Ruqayya über verschiedene Informanten zu Ohren. Nichts war zu groß oder zu klein, als dass es der Padshah Begam entgehen konnte. Jede Krankheit, jede Schwangerschaft, jede ausbleibende Periode, Hofintrigen, Zank zwischen Gemahlinnen und Konkubinen oder Sklavinnen, jede kleinste Information fand ihren Weg in den Palast.

Mehrunnisa begann sich auf diese Besuche bei Akbars Lieblingsfrau zu freuen. Sie war fasziniert von Ruqayyas Launenhaftigkeit, von ihrer Ruhe und Gelassenheit, ihren Tobsuchtsanfällen, aber auch von der Tatsache, wie wichtig sie war. Sie war begeistert, dass Ruqayya sie, Mehrunnisa, interessant fand.

Doch eigentlich wollte sie Salim sehen. Eines Tages, als Mehrunnisa nach einem Besuch bei der Padshah Begam unterwegs zu den Toren des Harems war, geriet sie versehentlich auf das Gelände eines angrenzenden Palastes. Erst als sie von einem Korridor in den nächsten nur noch weiter in den Palast hineinkam, merkte sie, dass sie sich verlaufen hatte. Es war früher Nachmittag, und im Palast herrschte Stille. Selbst die allgegenwärtigen Dienerinnen und Eunuchen waren im dunklen Schatten der Schlafräume verborgen und warteten, dass die Sonne nachließ. Mehrunnisa schaute sich um und versuchte, den Rückweg zu finden. Die Gärten, an denen sie vorüberkam, waren makellos gepflegt, das Gras trotz der Hitze grün, die rosa Blüten der Bougainvilleen hingen schwer an den Ranken herab. Sie kam in einen inneren Hof, der mit Marmor gepflastert war. Darüber sah man durch eine rechteckige Öffnung den blauen Himmel. Tiefe Veranden mit vielen Säulen umschlossen den Hof nach allen vier Seiten. Auch die Säulen waren aus Marmor und strahlten in der Hitze des Hofes ein kühles Weiß aus. Mehrunnisa schlang die Arme um eine Säule, die sie nur zur Hälfte umfasste, und legte die verschwitzte Stirn an den Stein. In einer Stunde würde sie vielleicht jemand finden und ihr den Weg nach draußen zeigen. Sie war zu erschöpft, noch weiter herumzulaufen.

Während sie dort stand, trat ein Mann mit einem silbernen Korb in den Hof. Er war in schlichtes Weiß gekleidet: eine weite *kurta* und enge Hosen, die Füße steckten in Ledersandalen. Mehrunnisa richtete sich an der Säule auf und war nahe daran, ihn zu rufen. Dann schreckte sie zurück. Es war Prinz Salim. Sie schlüpfte hinter die Säule und lugte dahinter hervor. Warum war er allein und ohne Diener?

Salim ging ans gegenüberliegende Ende des Hofes und setzte sich auf eine Steinbank unter einem Niem-Baum, dessen Zweige voller gelber Trauben hingen. Er schnalzte mit der Zunge. Mehrunnisa verschlug es vor Überraschung den Atem, als hunderte Tauben, die unter den Dachvorsprüngen hausten, raschelnd die Flügel ausbreiteten, sich in die Luft schwangen und zum Prinzen flogen. Sie wuselten um seine Füße herum, und die Hälse ruckten heftig unter schillerndem grünweißen Gefieder. Salim öffnete den Korb, langte mit einer Hand hinein und warf Weizenkörner in die Luft. Die Körner fingen das goldene Licht der Sonne ein, ehe sie auf die Marmorplatten herabregneten. Sogleich begannen die Vögel, die Körner aufzupicken, wobei ihre Köpfe auf und ab hüpften. Einige Tiere beäugten den Prinzen erwartungsvoll.

Er lachte, und der Klang seiner Stimme hallte leise durch den stillen Hof. »Ihr seid verwöhnt. Wenn ihr noch mehr haben wollt, dann holt es euch.« Die nächsten Körner hielt er ihnen mit ausgestreckter Hand hin.

Unentdeckt, verborgen hinter der Säule, beobachtete Mehrunnisa, wie die Vögel um ihn herumtrippelten, als könnten sie sich nicht entscheiden, dann flog eine Taube sehr mutig auf und ließ sich auf Salims Schulter nieder. Er rührte sich nicht. Kurz darauf schwärmten die Tauben um ihn herum, er war fast vollkommen hinter grauem, schwarzem und weißem Gefieder verborgen. Mehrunnisa sah den Prinzen wie gebannt an. Einen unendlichen Moment lang gab es nur sie und den Prinzen und das Gurren der Tauben. Jetzt musste er doch spüren, dass er nicht allein war, musste sich umwenden und sie sehen. Wie von unsichtbarer Hand geführt, glitt sie hinter der Marmorsäule hervor, hin in die blendende Helligkeit, die den Prinzen umstrahlte.

»Was machst du hier?« Eine Hand packte Mehrunnisa an der Schulter und riss sie herum. Mehrunnisa erschrak. Dann strich sie ihren Rock glatt und hob das Kinn. Sie begegnete dem Blick des Eunuchen.

»Ich habe mich verirrt.«

»Dumme Gans«, flüsterte er grimmig und schob sie vom Hof. »Du bist in der *mardana*. Weißt du denn nicht, dass es verboten ist, in den Männerbereich einzudringen? Geh jetzt, bevor Prinz Salim dich sieht. Er mag niemanden in seiner Nähe, wenn er die Tauben füttert.«

»Was machst *du* dann hier?«

Der Eunuch hob die Augenbrauen. »Ich bin Hoshiyar Khan.«

Mehrunnisa hob ebenfalls die Augenbrauen. »Und ich bin Mehrunnisa. Aber wer *bist* du?«

50

Er schnalzte mit der Zunge. »Ich ... es spielt keine Rolle. Du musst jetzt gehen, Kind.«

Mehrunnisa drehte sich noch einmal zu Salim um, ehe sie ging. Er saß auf der Bank, summte leise mit den Tauben, und als eine sich auf seinem Kopf niederließ, lachte er wieder und versuchte, sie anzuschauen, ohne den Kopf zur Seite zu neigen.

»Nun komm schon, komm«, sagte der Eunuch ungehalten. »Frauen dürfen nicht in die *mardana*. Das weißt du genau. Der Mogulkaiser lässt dich enthaupten, wenn er es herausbekommt.«

»Nein!«, sagte Mehrunnisa. »Ich habe mich verlaufen, ich bin nicht absichtlich hierher gekommen.«

»Bap re!«, seufzte Hoshiyar und schob sie weiter vor sich her, bis sie beinahe über ihren Rocksaum stolperte. »Sie widerspricht auch noch. Ich finde sie, wie sie den Prinzen anhimmelt, und sie behauptet, sie habe sich verlaufen.«

Er führte sie aus dem Palast und zeigte auf die Tore. »Geh und lass dich hier nicht wieder blicken, sonst reiße *ich* dir den Kopf ab.«

Mehrunnisa streckte ihm die Zunge raus und lief zu den Toren. Sie schaute über die Schulter zurück. Hoshiyar folgte ihr nicht; er stand nur da, und als sie sich umdrehte, zeigte auch er ihr die Zunge.

»Gehst du die Padshah Begam besuchen?«

Erschrocken drehte sich Mehrunnisa herum, woraufhin ihre Haarspangen klimpernd zu Boden fielen. Einige hüpften auf den persischen Teppich, in dessen Muster sie beinahe verschwanden.

»Sieh mal, was du angerichtet hast!«, rief sie und bückte sich, um die Haarspangen wieder einzusammeln, doch ein paar waren hoffnungslos im Teppich verloren und würden sich später in nackte Füße bohren. Sie richtete sich auf und schaute in den Spiegel.

Abul lehnte am Türrahmen und hatte die Arme vor der Brust verschränkt. Abul war jetzt fünfzehn Jahre alt, zu alt, um sie noch zu ärgern, doch sie wusste, dass er einen freien Nachmittag hatte und sie seine beste Zielscheibe war. Saliha beachtete ihn nicht. Khadija und Manija schrien, sobald er in ihre Nähe kam, denn er zog sie unweigerlich an den Haaren oder wickelte ihnen den Rock um den Kopf, sodass sie nichts mehr sehen konnten, und er musste eilig das Feld räumen, ehe Maji oder Bapa ihm eine Standpauke hielten. So suchte er sie auf, wenn seine Freunde ihn nicht zur Jagd oder einem Streifzug durch Wirtshäuser abholten. Letzteres durfte Bapa natürlich nicht wissen. Mehrunnisa vergaß die strikten Anweisungen ihrer Mutter, sich wie eine Dame zu benehmen, und schaute das Spiegelbild ihres Bruders finster an.

Abul schüttelte den Kopf und schnalzte missbilligend mit der Zunge.»Dein Gesicht bleibt am Ende so stehen, und niemand wird dich heiraten. Du hast meine Frage noch nicht beantwortet.«

»Ich gehe nicht, Abul«, sagte Mehrunnisa und brachte ihre Gesichtszüge wieder unter Kontrolle. Allah behüte, dass Abuls Drohung einmal wahr würde.»Es geht dich nichts an. Geh und lass mich meine Frisur richten.«

»Komm mit mir, Nisa. Wir können im Garten Polo mit Schlagstöcken spielen, natürlich ohne Pferde.«

Sie schüttelte den Kopf.»Ich kann nicht. Ich gehe in den Palast. Und jetzt belästige mich nicht, Abul, sonst erzähle ich Bapa, dass du gestern Abend im Wirtshaus warst.«

»Dann sage *ich* Bapa, dass du vor drei Tagen mitgegangen bist. Als Mann verkleidet, mit schwarz angemaltem Schnurrbart, und dass du von drei Schlückchen Wein betrunken warst. Dass ich dich schon früh nach Hause tragen musste. Dass meine Freunde mich noch immer nach dem blassen Jungen fragen, der so einen schwachen Magen hat, dass ›er‹ selbst einem Kleinkind Schande macht.«

Mehrunnisa lief rasch zu Abul hin und zog ihn ins Zimmer. Sie warf einen schnellen Blick vor die Tür. Niemand in Sicht. Sie kniff ihren Bruder in den Arm.»Bist du verrückt? Niemand darf jemals erfahren, dass ich mit dir ins Wirtshaus gegangen bin. Du hast mich dazu gezwungen, Abul.«

Abul grinste.»Ich musste dich nicht lange überreden, Nisa. Du wolltest mitgehen. Sei froh, dass Khadija nicht wach geworden ist

52

und sich gewundert hat, warum du nicht im Bett warst. Bapa hätte dich bestimmt verhauen, wenn er es herausgefunden hätte.«

Mehrunnisa lief ein Schauer über den Rücken. Das war eine große Dummheit gewesen. Verlockend, aber dumm. »Das darfst du niemandem erzählen. Versprich es mir. Los.« Sie kniff ihm noch fester in den Arm.

Abul entzog sich ihrem Griff und rieb sich die schmerzende Stelle. »Schon gut, *baba*. Ich verrate nichts. Aber komm doch heute Abend mit. Wir können dich wieder verkleiden und wie letztes Mal über die Mauer springen.«

Mehrunnisa schüttelte den Kopf und trat wieder vor den Spiegel. »Einmal hat gereicht. Ich wollte es nur mal ausprobieren. Wieso gehst du überhaupt dorthin? All diese Männer, die sich betrinken und auf ihren Diwanen lümmeln, die halb nackten Dienerinnen, die sich auf sie legen …« Sie schüttelte sich. »Es war schrecklich. Da gehe ich nicht wieder hin, Abul. Das ist nicht gut.«

Abul wickelte sich eine ihrer Haarsträhnen um den Finger und zog daran. »Das geht dich nichts an, Nisa. Du hast darum gebeten, mitgehen zu dürfen, und ich habe dich mitgenommen. Jetzt sag du mir nicht, was ich zu tun und zu lassen habe. Das Versprechen, Bapa nichts zu sagen, hält nur so lange, wie du deine Moralpredigten im Zaum hältst. Kapiert?«

Mehrunnisa funkelte ihn wütend an und tastete nach einem Kamm. Ihre Hand fuhr über die flache Schale und stieß dabei einen Flakon mit Khol um, sodass glitzernde Nachtschwärze auf das verzierte Silber rieselte.

»Du bist heute wirklich nervös.« Abul grinste sie spöttisch an. »Das hängt doch nicht etwa mit der Hochzeit im Mogulpalast zusammen?«

»Welche Hochzeit?«, fragte Mehrunnisa betont beiläufig. »Ach so, die von Prinz Salim.«

Abul setzte sich neben sie.

»Ja, genau die meine ich. Prinz Salim heiratet zum zweiten Mal. Die Prinzessin von Jodhpur, Tochter des Udai Singh. Er ist bekannt als der Dicke König. Ich habe ihn gesehen; der Name passt zu ihm. Ich frage mich …«, Abul hob eine fein gearbeitete Glasflasche hoch. Er zog den Stöpsel heraus. Weihrauchduft erfüllte den Raum, »… ob Prinzessin Jagat Gosini wohl auch so dick ist.« Mehrunnisa versetzte ihm einen leichten Klaps auf die Hand. »Du machst die Flasche noch kaputt.« Energisch nahm sie ihre üppigen Haare in Angriff. Als alle Knötchen beseitigt waren und ihr Haar wie eine Schicht glänzender Seide auf ihren Schultern lag, teilte sie es in drei Teile und begann es zu flechten.

Abul hob eine Augenbraue. »Warum bist du so unruhig, Schwesterherz?«

»Bin ich ja gar nicht! Der Prinz hat das Recht, jede beliebige Frau zu heiraten.«

»Stimmt.« Abul nickte. »Und er ist auf dem besten Weg, seinen eigenen Harem zusammenzustellen. Zwei Hochzeiten in zwei Jahren, dabei ist er erst siebzehn. Er hat schon ein Kind von der ersten Frau, obwohl es nur eine Tochter ist, aber bald wird er Söhne für das Reich haben, wenn er in diesem Tempo weitermacht.«

»Na und?« Mehrunnisas Hände waren hinter ihrem Kopf flink an der Arbeit. Sobald der Zopf die richtige Länge hatte, zog sie ihn über die Schulter und flocht vorn weiter. »Was geht mich das an?«

Abul legte den Kopf in den Nacken und lachte. »Jeder weiß, dass du Ruqayya nur besuchst, um den Prinzen zu sehen. Was denkst du dir nur dabei? Dass du ihn als Nächste heiraten wirst? Der Prinz würde dich nie heiraten.«

Mehrunnisas Gesicht lief rot an.

»Warum nicht?« Sie schaute ihn trotzig an. »Das ist … ich meine, wenn ich ihn heiraten wollte, was könnte uns daran hindern?«

Abul schüttete sich aus vor Lachen, sodass er beinahe vom Hocker fiel. Er hob eine Hand und zählte die Gründe an den Fingern auf. »Erstens bist du zu jung. Du bist noch ein Kind, Mehrunnisa. Neunjährige Mädchen heiraten keine Prinzen. Zweitens, alle Prinzen gehen politische Ehen ein und heiraten nur Prinzessinnen. Warum sollte er dich heiraten wollen?«

»Ich bin jetzt vielleicht jung, aber ich werde größer. Und Maji sagt, nicht alle königlichen Ehen werden aus politischen Gründen geschlossen.«

»Aber die von Prinz Salim. Zumindest solange er noch ein Prinz ist. Die *zenana* des Mogulkaisers wimmelt von Frauen, die mit den Fürsten des Reiches verwandt sind. Auf diese Weise hat Akbar das Reich zusammengehalten. Da hast du nicht die geringste Chance.« Abul schmunzelte. »Im Übrigen, bis du erwachsen bist, ist der Prinz ein zügelloser junger Mann. Hast du schon das Neueste von ihm gehört?«

»Was denn?«, fragte Mehrunnisa neugierig, obwohl es ihr widerstrebte, mit dem Bruder darüber zu reden.

»Er hat angefangen zu trinken.« Abul senkte verschwörerisch die Stimme. »Es heißt, er trinkt zwanzig Gläser Alkohol pro Tag.«

»So viel!« Mehrunnisa zog hörbar die Luft ein und riss die Augen weit auf. Sie wusste, dass Salim angefangen hatte zu trinken, denn Ruqayya klagte unentwegt darüber. Der Prinz war stets maßvoll gewesen, doch ein paar Monate zuvor, als er an einem Feldzug bei Attock teilgenommen hatte, um den Aufstand in Afghanistan niederzuschlagen, hatte man ihm Wein empfohlen, um seine Müdigkeit zu vertreiben. Jetzt trank er regelmäßig, wollte man Ruqayya Glauben schenken, die nicht immer eine zuverlässige Quelle war, wenn sie sich über etwas aufregte. Doch nun behauptete Abul dasselbe.

Mehrunnisa schwieg eine Weile und fuhr mit den Fingern an der Gravur einer silbernen Schmuckdose entlang.

»Was hat das mit mir zu tun?«, fragte sie schließlich.

»Meine liebe Nisa«, Abul hatte wieder einen spöttelnden Ton angeschlagen. »Wenn Prinz Salim dich heiraten soll, wird er warten müssen. Wer weiß, vielleicht hat er sich in ein paar Jahren auch zu Tode gesoffen. Dann müsstest du entweder Murad oder Daniyal heiraten, um Padshah Begam zu werden. Nur gut, dass der Mogul noch zwei Söhne hat, die dir von Nutzen sein können.«

Mehrunnisa hob das Kinn und schaute auf ihn herab. »Es geht

hier nicht um mein Leben«, sagte sie würdevoll. »Geh jetzt. Ich muss mich fertig machen. Die Padshah Begam hat nach mir geschickt.«

»Ja, *Eure Majestät*.« Abul verneigte sich lachend vor ihr und ging rückwärts aus dem Raum, als hätte er es mit einer Königin zu tun. Mehrunnisa ergriff einen Elfenbeinkamm und warf ihn nach ihrem Bruder. Sie traf nicht, der Kamm prallte vom Türrahmen ab und fiel zu Boden. Abul grinste und zeigte ihr eine lange Nase. Er verschwand, als sie nach einem Emaillekästchen fasste.

Stirnrunzelnd wandte Mehrunnisa sich wieder dem Spiegel zu. Warum war es so unvorstellbar, dass sie einen Prinzen heiratete? Schließlich war ihr Vater ein geachteter Mann bei Hofe; der Mogulkaiser schätzte seinen Ratschlag. Außerdem heirateten die Moguln, wen sie wollten. Mehrunnisa schloss die Augen. Sie sah wieder Salim vor sich, im weißen Licht des Innenhofes, von Tauben umflattert. Warum musste sie dauernd daran denken?

Rasch sprang sie auf, wechselte die Kleider und hatte kaum noch Zeit für einen Blick in den Spiegel. Die Mogulkaiserin liebte es nicht, wenn man sie warten ließ. In der *zenana* waren bestimmt schon Gerüchte in Umlauf – über die neue Prinzessin, ihre Mitgift, ihren Vater und ob Salim etwas von ihr hielt oder nicht. Jedes kleinste Detail wurde genüsslich des Langen und Breiten erörtert, analysiert und aufgebläht. Mehrunnisa fragte sich, wie es der neuen Prinzessin in den Frauengemächern wohl ergehen mochte. Die erste Frau war eine graue Maus, die hier und da unmerklich piepste, ohne das Leben im herrschaftlichen Harem zu stören. Diese, so hieß es, habe mehr Rückgrat. Es würde sicher interessant sein, sie im Zusammenspiel mit Ruqayya zu erleben. Und falls, nein, *wenn* Mehrunnisa eines Tages Salims Frau würde, müsste sie sich vor dieser Prinzessin in Acht nehmen.

Mehrunnisa hatte keine Ahnung, wie all diese Träume wahr werden sollten, nur, dass es irgendwie möglich sein sollte. Das wusste sie einfach.

Sie nahm den Schleier, befestigte ihn am Kopf und verließ das

Haus mit ihrer Amme. Maji war mit ihrem neuen Sohn Shahpur beschäftigt, der ein paar Monate zuvor geboren war. Im äußeren Hof stieg Mehrunnisa in die Sänfte, die sie zum Mogulpalast tragen würde, wo sie Ruqayya zu ihrer neuesten angeheirateten Stieftochter gratulieren konnte.

Im selben Jahr heiratete Salim noch einmal, wieder die Tochter eines bedeutenden Fürsten. Im Jahr darauf brachte Salims Prinzessin Man Bai, Salims erste Frau, in Lahore einen Sohn zur Welt, den sie Khusrau nannten. Akbar war überglücklich über die Geburt eines neuen Thronerben. Die Woche nach der Geburt des Kindes war von Gartenfesten, Galaveranstaltungen und Festlichkeiten bestimmt.

Im Herbst 1588 zog der Hof des Moguls von Lahore zum ersten Mal nach Srinagar, der Hauptstadt von Kaschmir. Kaschmir hatte lange der Besetzung durch das Mogulreich widerstanden, war aber im Jahr zuvor schließlich von den kaiserlichen Truppen besiegt worden.

Srinagar bezauberte den gesamten Hofstaat. Die Stadt lag in einem Tal inmitten des Himalaja-Gebirges. Die Luft war rein und berauschend wie *amrit*, der Göttertrank. Die niedrigeren Berge, in herbstlichen Rot- und Brauntönen leuchtend, gingen sanft in goldene Felder über, auf denen der Weizen reifte, unterbrochen lediglich vom silbern glitzernden Fluss Jhelum, der sich durch das Tal schlängelte. Dahinter erhoben schneebedeckte Berge ihre majestätischen Gipfel in den weiten blauen Himmel.

Anlässlich der Rückkehr des Hofes nach Lahore im darauf folgenden Jahr beförderte Akbar seinen Höfling Ghias zum *divan* von Kabul. Die Ernennung zum Kämmerer war eine große Ehre, denn Kabul war trotz seiner geringen Größe ein strategisch wichtiger Außenposten für Handel und Verteidigung des Mogulreichs. Kabul lag in einer dreieckigen Schlucht zwischen steilen, unzugänglichen Bergen, und eine lange, sich windende Lehmmauer mit vereinzelten Türmen krönte die niedrigeren Hügel rings um die Stadt.

Ghias zog mit seiner Familie nach Kabul. Seine neuen Pflichten hielten ihn Tag für Tag bis spät in die Nacht wach, während er über den Büchern des Schatzamtes saß. Mehrunnisa kam für gewöhnlich zu ihm und wollte etwas über seinen Tagesablauf erfahren, welche Menschen er kennen gelernt hatte, was er warum zu ihnen gesagt hatte. Manchmal saß sie auch nur still mit einem Buch bei ihm. Hin und wieder wandte er sich mit einer zu addierenden Zahlenreihe an sie oder sprach mit ihr über die Sorgen, die ihm die Beamten bereiteten, oder darüber, dass dem Rechnungsführer der Armee am Ende wieder Einnahmen fehlten. An einem Winterabend, als die Kälte durch die Steinwände des Hauses drang, saßen Mehrunnisa und Ghias eng nebeneinander, um sich zu wärmen. Sie hatte sich an den Rücken des Vaters gelehnt und streckte die Füße zum Kohlenbecken, da sagte Ghias unvermittelt: »Ein neuer Hindu-Priester ist in der Stadt. Auf dem Heimweg habe ich ihn unter dem Banyanbaum aus dem *Ramayana* vortragen hören. Es heißt, er kenne den größten Teil des Werkes von Valmiki auswendig.«

Mehrunnisa drehte sich abrupt zu ihm um. Ihre Augen strahlten vor Begeisterung. »Bapa, können wir ihm zuhören? Ist es in Sanskrit?«

Ghias schmunzelte. »Deine Maji würde tausend Tode sterben, wenn du ausgingest. Vielleicht sollten wir ihn fragen, ob er zu uns kommt?«

Sie klammerte sich an seinen Arm. »O ja, Bapa, bitte.«

»Ich werde mit deiner Maji reden.«

Tags darauf sprach er mit Asmat, doch sie war besorgt. Wie alt der Priester sei, fragte sie. Wäre es richtig, ihn in einen Haushalt mit jungen Mädchen zu holen? Was würden die Leute sagen?

»Aber Asmat, die Kinder haben eine wunderbare Gelegenheit, etwas zu lernen. Wir dürfen ihnen das nicht vorenthalten«, sagte Ghias.

Asmat runzelte die Stirn und zupfte zerstreut an einer Locke. »Ghias, wir müssen aufpassen, dass wir den Mädchen nicht zu viel beibringen. Wie sollen sie je einen Ehemann finden, wenn sie zu gebildet sind? Je weniger sie wissen, umso weniger interessiert sie die

Außenwelt. Mehrunnisa besteht bereits darauf, dass sie mit dir nach draußen gehen darf.«

Ghias lächelte zaghaft. »Ich weiß. Sie fragt, warum eine Frau im Haus bleiben muss, wenn ein Mann nach Belieben kommen und gehen kann.«

Besorgnis huschte über Asmats Gesicht. »Ermutige sie nicht, Ghias. Wir müssen vorsichtig sein, damit die Leute nicht denken, unsere Töchter seien zu arrogant, um gute Ehefrauen abzugeben.«

»Das mache ich nicht. Ich verspreche es dir. Aber es ist ein Vergnügen, immerhin ein Kind zu haben, das sich für meine Arbeit interessiert.« Ghias küsste seiner Frau die Sorgenfalten von der Stirn. »Sie werden schon allzu bald für immer hinter dem *parda* verschwinden, Asmat. Das bisschen, was wir ihnen mitgeben können, müssen wir tun.«

Asmat schaute zu ihrem Gatten auf. »Auch ich möchte dem Priester zuhören. Darf ich, Ghias?«

»Aber gewiss. Wir werden uns alle um ihn versammeln.«

Also kam der Brahmane an vier Abenden in der Woche ins Haus. Er war ein hagerer Mann, ausgezehrt bis auf die Knochen, hatte einen kahl geschorenen Kopf mit einem Zopf am Hinterkopf und trug selbst bei dieser Kälte nicht viel mehr als einen *dhoti*. Er hatte ein düsteres Gesicht, das in Bewegung geriet, sobald er mit seiner wohlklingenden Stimme die Verse aus Valmikis *Ramayana* vortrug. Wenn es ihr möglich war, schloss sich Asmat ihren Töchtern hinter dem dünnen Seidenvorhang an, der sie von den Männern trennte. Mehrunnisa saß für gewöhnlich vorn am Vorhang, dessen Falten sich an ihr Gesicht schmiegten. Um der Schicklichkeit willen musste sie hinter dem *parda* bleiben, doch sie stellte dem Priester Fragen und hörte ihm zu, wenn er ihr ernsthaft antwortete und sich zu ihr umwandte, als wäre sie wirklich von Bedeutung.

Die Tage vergingen. Alle Kinder wurden in Schrift, Arithmetik, Geometrie, Astronomie und in klassischer Literatur unterrichtet. Nach den Aufgaben sorgte Asmat dafür, dass ihre Töchter auch Malen, Nähen, Sticken und die Aufsicht über die Dienerschaft lernten.

Als Ghias eines Tages nach der Arbeit nach Hause kam, saßen seine Frau und seine Töchter auf niedrigen Diwanen und waren eifrig mit ihrer Stickarbeit beschäftigt. »Die Boten haben Nachrichten vom Hof gebracht.« Er zeigte ihnen den Brief.

Asmat überflog das kunstvolle Turktatarisch, die bei Hofe gebräuchliche Sprache. Babur, Akbars Großvater und erster Mogulkaiser von Indien, hatte seine Muttersprache Turktatarisch als Amtssprache eingeführt, um über Timur den Lahmen mit seinen Vorfahren in Verbindung zu bleiben. Diese Praxis war durch die Generationen beibehalten worden. Asmat und Ghias war Turktatarisch bei ihrer Ankunft in Indien fremd gewesen, doch sie hatten sich der Mühe unterzogen, es zu lernen. Die Adligen bei Hofe sprachen Arabisch und Hindi, das auf Sanskrit beruhte, wobei sie freizügig Wörter aus dem Persischen entlehnten. Jetzt waren ihnen all diese Sprachen geläufig. Zu Hause bestritten sie die Unterhaltung in einem merkwürdigen Mischmasch aus Persisch, Hindi und Arabisch, wobei die Kinder mehr zu den Sprachen Hindustans neigten als zum Persischen, der Muttersprache Asmats und Ghias'.

»Lass mich sehen, Maji«, sagte Mehrunnisa.

Asmat reichte ihr den Brief. Mehrunnisa las ihn rasch durch und widmete sich dann wieder ihrer Stickerei. Prinz Salim hatte wieder einen Sohn. Schon zwei Erben für das Reich. Mehrunnisa hatte in der Zeit, in der sie in Kabul waren, nichts mehr von der Padshah Begam gehört; Ruqayya war eine schlechte Briefschreiberin und besaß nicht einmal die Geduld, einem Schreiber zu diktieren. Ohnehin konnte man von der Mogulkaiserin kaum erwarten, dass sie schrieb; aber Mehrunnisa schickte ihr immer wieder einmal einen Brief. Neuigkeiten aus dem Harem gelangten über die Frauen anderer Höflinge zu ihrer Mutter. Es hieß, Prinzessin Jagat Gosini, Salims zweite Frau, sei eine resolute junge Dame, eigensinnig und mit starkem Rückgrat, die sich von niemandem einschüchtern ließ. Allerdings hatte sich noch keine Schwangerschaft angekündigt. Das hielt sie etwas im Zaum.

Mehrunnisa steckte die Nadel in den Stoff und legte die Arbeit beiseite. Sie schaute aus dem Fenster auf die schneebedeckten Berge. Es war ihr schwer gefallen, den Hof zu verlassen, doch Bapa hatte gesagt, es sei nur für ein paar Jahre. Hier in Kabul gab es neue Abenteuer, neue Freundschaften, neue Häuser. Hier hatte sie zum ersten Mal Malik Masud getroffen. Sie wusste, er war ihr Pflegevater; er hatte sie als kleines Kind unter einem Baum gefunden und zu Bapa und Maji zurückgebracht. Mehrunnisa war von dem Kaufmann mit seinem wettergegerbten, sonnenverbrannten Gesicht eingeschüchtert, doch er hatte ihr sogleich die Befangenheit genommen. »Ich bin wie dein Bapa, *beta*«, sagte er. »Du brauchst mir gegenüber nicht zaghaft zu sein.« Er hatte ihr ein Geschenk mitgebracht, einen Ballen dünnen goldenen Musselin für einen Schleier, dessen Gewebe so fein war, dass man den Stoff durch einen Ring ziehen konnte. Nachdem sie ihre Verlegenheit der ersten Begegnung überwunden hatte, lauschte Mehrunnisa stundenlang seinen Erzählungen; über Zelte, die im Wind davonflogen und die Karawane nackt und zitternd unter einem kalten Nachthimmel zurückließen, über wilde Nomadenstämme und ferne Völker. Sie fühlte sich in seiner Gegenwart so wohl, dass sie traurig war, als er wieder mit seiner Karawane aufbrach. An ihn schrieb sie kleine Briefe voller Fragen über die Abenteuer, die er erlebte.

Ihr Vater war in Kabul hoch angesehen; von weit her kamen die Menschen zu ihm, um seinen Rat einzuholen und ihm respektvoll zuzuhören. Sie ließen stets ein kleines Geschenk für ihn auf dem Tisch liegen, einen bestickten Beutel mit schwerem Inhalt oder je nach Jahreszeit Mangos, hellgelb und honigsüß, oder sogar das Pferd, das ein Adliger in den vorderen Hof geführt hatte. Es waren Vorrechte, die zu der Stellung eines *divan* gehörten, sagte Bapa, Privilegien, die sie alle genossen. Aber, und bei diesem Gedanken seufzte Mehrunnisa leise, es war nichts im Vergleich zur herrschaftlichen *zenana* mit ihren schönen Frauen, den Eifersüchteleien und spannenden Intrigen. Sie vermisste Ruqayyas spitze Zunge und ihren scharfen Verstand. Wie kam die Kaiserin mit Prinz Salims stolzer zweiter Frau aus?

»Wann gehen wir wieder nach Lahore zurück, Bapa?«, fragte sie unvermittelt.

Ghias schaute von den offiziellen Dokumenten in der Hand auf. »Wenn der Mogul es will. Ich habe das nicht zu bestimmen. Warum fragst du?«

»Ach, nur so.« Mehrunnisa nahm den Stoff wieder zur Hand und beugte sich über die Stickarbeit. Ruhelosigkeit schwappte über sie hinweg wie eine Welle über den Strand. Je älter sie wurde – Mehrunnisa war jetzt vierzehn –, umso stärker wurde sie von Bapa und Maji eingeengt. Geh nicht zu oft aus, sprich leise, zieh dir den Schleier über das Gesicht, wenn ein Fremder, der nicht zur Familie gehört, zu Besuch kommt. Diese Einschränkungen würden von nun an zu ihrem Leben gehören, denn sie war eine Frau. Wenn sie auch eingesperrt waren, so gelang es den Frauen in der *zenana* des Mogulkaisers trotz allem, die Haremsmauern zu überwinden. Sie besuchten Tempel und Gärten und besichtigten Sehenswürdigkeiten. Sie besaßen Ländereien im Reich und sprachen ohne weiteres mit ihren Verwaltern. Ruqayya beriet Akbar, wenn es um Geschenke, um die Verleihung einer *mansab* oder um seine Feldzüge ging. Obwohl sie den Schleier trug, musste man mit ihrer Stimme rechnen. Nirgendwo sonst im Reich hatten Frauen eine solche Freiheit. Die Gemahlin eines gewöhnlichen Adligen konnte von einer solchen Freiheit nur träumen. Der Mantel der Mogulwürde verschaffte den Haremsdamen einen Freiraum, den sich eine Bürgerliche nie erhoffen konnte.

Mehrunnisa schnalzte gereizt mit der Zunge, als sie feststellte, dass ihre Stiche über das Muster der Tschampakblüten hinausgingen. Sie zog die Nadel aus dem rosa Faden und trennte die Stiche wieder auf. Die Ironie war, dass ausgerechnet der Harem ein Zeichen für den Wohlstand und die Stellung des Mogulkaisers war, sein wichtigster Besitz – bedeutsamer zuweilen als der Staatsschatz oder die Armee. Obwohl er physisch vom Rest der Welt abgeschnitten war, erstreckte sich sein Netzwerk bis in jeden Winkel des Reiches.

Diese Einsichten waren ihr fern von der *zenana* und mit zunehmendem Alter gekommen, denn jetzt war sie in ihrer Bewegungsfreiheit viel eingeschränkter. Mit vierzehn war sie bereits eine Frau im heiratsfähigen Alter. Was sollte aus ihr werden?

Vielleicht war es besser so, dass sie vom Hof des Kaisers weit entfernt waren. Die räumliche Distanz hatte Mehrunnisas Sehnsucht nach der Welt des Hofes nur noch verstärkt. Und jenes Gefühl, dass ihr Schicksal mit dem des Prinzen Salim auf geheimnisvolle Weise verbunden war. Ihr Vater musste einfach an den Hof zurückkehren. Dann konnte sie Ruqayya beobachten, die, obwohl sie nur eine Frau war, Macht über die Höflinge ausübte, die eilfertig ihre Befehle ausführten. Dann würde Mehrunnisa Salims Gemahlin mit eigenen Augen sehen. Und Salim? Es musste einfach einen Weg geben, in seine Nähe zu gelangen. Denn wenn er keine Chance hatte, sie zu treffen, wie sollte sie dann seine Kaiserin werden?

Kapitel 3

*»Baba Shaikuji, warum habet Ihr mich angegriffen, zumal das
Sultanat Euch übertragen wird?
Das Unrecht, mir das Leben zu nehmen, war nicht vonnöten,
hätte ich es Euch doch gegeben, wenn Ihr nur gebeten hättet.«*
W. H. Lowe, Übers., *Munktakhab-ut-Tawarikh*

Die sehnsüchtigen Klänge einer Sitar schwebten vom Balkon hinab in den Audienzsaal der Festung zu Lahore. Zarte, an Bögen hängende Musselinvorhänge blähten sich im Wind, der durch den äußeren Hof wehte. Im Innenraum kringelten sich die bläulichgrauen Schwaden des Räucherwerks in die Höhe und verbreiteten den Duft von Moschus und Aloe. Der weiße Marmorboden des Saales schimmerte matt im Lampenlicht. Außer einem mit Satin bezogenen Diwan in einer Ecke, der von hellen Perserteppichen flankiert war, standen keine Möbel darin.

Prinz Salim lag auf dem Diwan, den Kopf auf ein Samtkissen gebettet, einen Kelch auf der Brust balancierend. Er sah Sklavinnen zu, die sich, in feinsten Musselin gekleidet, zur Musik hin und her wiegten, dass ihre Armreifen klirrten. Das tiefe, eindringliche Trommeln der *tabla* begleitete die Sitar, und Salim drehte den Kopf und schaute zu der Empore auf, hinter deren Wandschirm ein ganzes Orchester versammelt war. Dann fiel sein Blick wieder auf die hübschen Gesichter seiner Haremsdamen.

Sie saßen prächtig gekleidet und zart parfümiert um den Prinzen herum. Sie waren makellos herausgeputzt; jedes einzelne Haar saß dort, wo es hingehörte. Die Damen waren unverschleiert. Das war der Grund, warum die Musiker abgeschirmt waren: Wenn die Haremsdamen ohne den *parda* vor ihrem Herrn erschienen, durfte kein anderer Mann anwesend sein. Salim war ausschließlich von Mitgliedern seines Harems umgeben; Gemahlinnen und Konkubinen, Sklavinnen und Eunuchen.

Der Raum verschwamm vor seinen Augen. Salim hob lässig einen Finger und winkte eine Sklavin zu sich heran. Sie eilte an seine Seite, verbeugte sich anmutig und füllte seinen Jadebecher erneut auf. Salim führte den Becher an den Mund und trank in gierigen Schlucken. Der Alkoholdunst stieg ihm prickelnd in die Nase. In seinem betrunkenen Zustand verschüttete er die hochprozentige gelbe Flüssigkeit auf seine *qaba*.

Jagat Gosini, Salims zweite Frau, berührte ihn am Arm.

Er funkelte sie böse an. »Was ist?«

»Herr«, sagte sie sanft, »Ihr solltet vielleicht von diesen Trauben probieren.«

Salims Blick wurde freundlicher, als er in ihr ruhiges Gesicht schaute. Er öffnete den Mund und ließ sich mit ein paar dicken dunkelroten Trauben füttern, doch sie waren wie Sand auf seiner Zunge. Fünf Jahre Alkohol hatten seinen Appetit auf Essen verdorben. Ungeduldig schob er ihre Hand beiseite.

Zu seiner Rechten saß Man Bai, der er den Titel Shah Begam verliehen hatte, Erste Prinzessin seines Harems. Schließlich hatte sie ihm seinen ersten Sohn, Khusrau, geschenkt. Jagat Gosini gab Man Bai ein Zeichen. Als Salim sich ihr zuwandte, versuchte sie, ihn mit ein paar Süßigkeiten zu locken.

Salim runzelte gereizt die Stirn. Übellaunig schaute er in die Ferne und klopfte mit seinem inzwischen leeren Jadekelch auf den Marmorboden, scheinbar im Einklang mit dem Rhythmus der Musik. Urplötzlich warf er den Becher an eine Sandsteinsäule. Durch den Aufprall zerbrach der Kelch in winzige grüne Teile mit weißen Rändern. Verblüfft hielten die Musiker inne, und die Prinzessinnen blieben wie angewurzelt an ihrem Platz.

»Eure Hoheit ...« Vorsichtig legte Jagat Gosini ihm eine Hand auf den Arm. Salim schob sie fort und kam schwankend auf die Beine.

»Wieso stirbt der Alte nicht?«, schrie er. »Er hat fünfunddreißig Jahre lang geherrscht, es ist an der Zeit, dass die nächste Generation den Thron von Indien besteigt.«

Es war still geworden.

Schwankenden Schrittes ging Salim auf dem Teppich hin und her, die Hände zu Fäusten geballt. Diese erzwungene Tatenlosigkeit lag wie ein Albdruck auf ihm. Er sehnte sich nach Taten, nach wirklichem Einfluss. Schon lange konnte er sich schwer damit zufrieden geben, nur Thronerbe zu sein. Und im Laufe der vergangenen Monate hatten manche seiner Höflinge immer wieder darauf hingewiesen, es sei äußerst ungerecht von Akbar, so lange am Leben zu bleiben, während Prinz Salim reif genug war, die Staatsgeschäfte zu übernehmen. Ihre Argumente schienen so einleuchtend, so richtig.

Salims Beine gaben nach, und er brach auf dem Boden zusammen. Dienerinnen eilten ihm zu Hilfe. Heftig verscheuchte er sie und blieb liegen, den Blick auf die mit Reliefs von vergoldeten Lotosblüten verzierte Saaldecke gerichtet.

Sobald ihm der Gedanke kam, stöhnte Salim auf. Akbar war zu stark. Es war unwahrscheinlich, dass er seinen Thron einfach kampflos aufgeben würde. Aber warum eigentlich nicht? Wenn Akbar im zarten Alter von dreizehn Jahren auf den Thron des Reiches gekommen war, dann war er, Salim, jetzt mit zweiundzwanzig wohl reif genug, die Staatspflichten zu übernehmen.

Salim trommelte wütend mit den Fäusten auf den Boden. Akbar konnte noch viele Jahre leben, und wenn er schließlich starb, wäre es zu spät. Salim würde als alter Mann den Thron besteigen. Was hätte das für einen Sinn? Er rollte sich auf dem Teppich zusammen, und heiße Tränen rannen ihm über das Gesicht.

Jagat Gosini gab allen ein Zeichen, sich zurückzuziehen. Die Musiker und Dienerinnen verbeugten sich und zogen sich schweigend zurück. Sie trat zu ihrem Gemahl. »Schlaft jetzt, Herr«, sagte sie besänftigend, »Ihr seid müde.«

Salim wandte ihr sein tränenüberströmtes Gesicht zu. »Wann werde ich Herrscher sein?«

»Bald, Herr. Kommt, Ihr müsst ruhen.«

Salim ließ sich zum Diwan führen. Schwerfällig legte er sich darauf nieder. Die Lampen wurden gelöscht, der Raum versank in Dunkelheit. Unter den weichen Händen seiner Gemahlin weinte sich der Prinz in den Schlaf.

Salim schlug die Augen auf und schaute sich erstaunt in der ungewohnten Umgebung um. Warum hatte er im Audienzsaal geschlafen? Bei der ersten leisen Bewegung sank er stöhnend zurück auf den Diwan. Sein Schädel hämmerte. Die Zunge war pelzig, und er hatte einen ekelhaften Geschmack im Mund. Er fuhr sich mit der Zunge über die Lippen und schrie: »Wasser!«

Schlagartig fiel ihm der vorangegangene Abend ein. Er musste etwas unternehmen. Salim erhob sich und taumelte in seine Gemächer. Tief in Gedanken ließ er sich bis zu den Hüften in eine Wanne mit warmem Wasser gleiten. Mit dem Dampf zogen allmählich die Pein, der Schmerz und der Alkohol aus seinem Körper. Sollte er tun, was sein Freund Mahabat und die anderen ihm vorgeschlagen hatten – nein – worauf sie angespielt hatten? Seit Monaten gingen ihm immer wieder dieselben Gedanken durch den Kopf. Er hatte ein Anrecht auf den Thron. Doch wie konnte er das dem eigenen Vater antun? Einem Vater, der ihn abgöttisch liebte, dessen Augen strahlten, sobald er Salim sah? Doch was war er, Salim, schon ohne Thron?

Salim schöpfte Wasser mit den Händen und spritzte es sich ins Gesicht, hin und her gerissen zwischen Ohnmachts- und Schuldgefühlen. Wie oft war er schon vor dem Gedanken zurückgeschreckt! Abrupt straffte er die Schultern. Nein, es musste getan werden. Mahabat sagte, auf Humam sei Verlass, er werde es so einrichten, dass Akbar keine schlimmen Schmerzen leiden müsse, sondern nur außer Gefecht gesetzt würde. Dann könnte Salim Mogulkaiser werden …

Wenige Stunden darauf kam *hakim* Humam, Akbars Leibarzt, in die Gemächer des Prinzen. Salim entließ alle Diener. Der *hakim* und

Salim verbrachten eine Stunde lang hinter verschlossenen Türen. Dann ging der *hakim*, in der Rechten einen schweren bestickten Beutel, wie sie für Goldmünzen benutzt wurden.

Salim stand an der Tür zu seinen Gemächern und schaute Humam nach. Beinahe hätte er den Mann noch in letzter Minute zurückgehalten, doch er tat es nicht. Vielleicht, dachte Salim und lehnte mit dem Rücken an den Türpfosten, vielleicht würde ja gar nichts passieren. Weder Salim noch der *hakim* bemerkten einen von Akbars Dienern, der an einer Säule im Haupthof herumlümmelte.

Ein paar Tage darauf schwirrten Gerüchte durch den Palast. Der Mogul sei an Koliken erkrankt, und es habe den Anschein, als werde er sich davon nicht wieder erholen. Die Hofärzte seien machtlos und könnten das Leiden des Mogulkaisers nicht beheben.

Die Nachricht über Akbars Qualen wurden Prinz Salim an einem Spätnachmittag überbracht, als er in einem inneren Hof der *mardana* die Tauben fütterte. Der Eunuch, der die Meldung vortragen sollte, hüstelte, um die Aufmerksamkeit des Prinzen auf sich zu lenken. Salim sah ihn nicht an, hörte, was er zu sagen hatte, und entließ ihn mit einem kurzen Kopfnicken. Eine Taube stupste sanft an seine geballte Faust. Salim öffnete die Hand und ließ die Weizenkörner zu Boden fallen. Er sah zu, wie die Tauben im Staub scharrten. Stimmte es, dass der Mogul ernsthaft krank war? Oder war es nur eine Übertreibung, so wie alle Palastangelegenheiten maßlos übertrieben wurden? Und wenn Akbar nun stürbe?

Salim richtete sich auf und sagte: »Hoshiyar.«

Hinter einer Säule trat ein Eunuch hervor. Hoshiyar Khan war der Erste Eunuch in Salims Harem, der wichtigste Mann dort nach dem Prinzen, war er es doch, der die *zenana* mit akribischer Genauigkeit führte, der Streit zwischen den verschiedenen Frauen schlichtete: Gemahlinnen, Konkubinen, Sklavinnen, Mägde, Köchinnen. Er teilte ihnen auch die geldlichen Zuwendungen aus und beriet sie bei Investitionen.

Er hatte, ebenso wie alle anderen, die Anweisung, seinen Herrn nicht zu stören, doch er hielt sich stets in der Nähe des Prinzen auf.

Hoshiyar hörte zu, verbeugte sich und verließ den Hof. Salim sah ihm nach. Er unterdrückte seine aufsteigenden Schuldgefühle. Was geschehen war, war geschehen. Humam hatte ihm versichert, Akbar werde überleben. Nun hatte er sich anderen Dingen zu widmen.

Salim beauftragte Hoshiyar, Kundschafter in den Palast seines Bruders Prinz Murad zu schicken, um zu überprüfen, was dieser unternahm. Murad war jetzt einundzwanzig und ebenfalls Thronanwärter, genau wie Daniyal. Im Mogulreich galt nicht, wie in Europa, das Erstgeburtsrecht – alle drei Söhne Akbars hatten das gleiche Anrecht auf den Thron.

Die Spione berichteten, Murad sei nicht in dem Zustand, ihm, Salim, den Thron streitig zu machen. Der Prinz war Alkoholiker und nur ein paar Stunden am Tag halbwegs nüchtern. Er hatte keinen Ehrgeiz; Wein und die Frauen seines Harems hatten ihn in absolute Teilnahmslosigkeit getrieben. Und Daniyal war noch zu jung, um eine Bedrohung darzustellen. Keiner der beiden Prinzen genoss das Vertrauen der Adligen bei Hofe, sodass diese zwangsläufig Salim unterstützen würden.

Akbar lag still in seinem Schlafgemach und litt Qualen, ohne seine Befürchtungen laut werden zu lassen. Schmerzen folterten seinen Körper, und Schweiß rann ihm über das Gesicht. Der körperliche Schmerz war jedoch nichts im Vergleich zu der dumpfen Pein in seinem Herzen. Es war gerade so, als säße etwas Großes und Schweres auf seiner Brust. Tags zuvor hatte einer seiner Gefolgsmänner in Salims Diensten um Gehör gebeten und war zu einer Audienz vorgelassen worden. Was er zu sagen hatte, erfüllte Akbar mit unsäglichem Leid.

Der Mogulkaiser warf sich unruhig auf seinem Bett hin und her. Wie konnte er eine so niederträchtige Anklage gegen seinen geliebten Sohn glauben? Doch alle Tatsachen sprachen dafür. Sein Zustand hatte sich von Tag zu Tag verschlechtert. Er war neunundvierzig, im besten Mannesalter, gemäßigt in seinen Gewohnheiten und stets bei guter Gesundheit. Dennoch hielten die Koliken an, die

Schmerzen nahmen zu, und nun lag er im Bett – nur noch ein Schatten seines früheren Selbst.

Als er sich abermals bewegte und vor sich hin murmelte, erhob sich Ruqayya von ihrem Sitz an der gegenüberliegenden Wand, setzte sich dann wieder und schickte die herbeilaufenden Diener mit Handzeichen fort. Schwerfällig ließ sie sich auf den Stuhl sinken und wandte das Gesicht von ihrem Gemahl ab. Sie wollte ihn nicht in diesem Zustand sehen. Salim war nicht ihr Sohn, sie hatte ihn nicht zur Welt gebracht, doch sie hatte ihn von Anfang an geliebt. Seine Handlungsweise verstieß gegen jeden Glauben, lief aller Vernunft zuwider. Schlimmer hingegen, viel schlimmer noch war Akbars Kummer. Wenn er nicht an Koliken starb, dann an seinem Gram, und all die Jahre, in denen der gesamte Harem mit dem Mogulkaiser um einen männlichen Erben gebetet hatte, bis sie sich schließlich über Salims Geburt gefreut hatten, wären sinnlos geworden. Sie alle hatten in ihrer Pflicht versagt, einen guten Menschen aus ihm zu machen.

Während sie regungslos dasaß, kam ihr ein anderer Gedanke in den Sinn, dass nämlich Akbar in gewisser Weise selbst für Salims Zügellosigkeit und Faulheit verantwortlich war. Ruqayya hatte den Mogulkaiser oft warnend darauf hingewiesen, dass der Prinz Verantwortung brauche, dass er zu viel Zeit in der *zenana* zubringe und nicht oft genug mit Kriegern und gebildeten Männern zusammen sei. Doch Akbar wollte nicht auf sie hören, denn wenn er Salim auf einen Feldzug oder zum Unterricht bei einem *mulla* schickte, wäre er nicht mehr in seiner Nähe. Wie konnte Salim Akbars Zuneigung nur so erwidern?

Ein Diener schlich schweigend auf bloßen Füßen in den Raum und flüsterte der Kaiserin etwas ins Ohr. Sie erhob sich und trat ans Bett des Herrschers.

»Euer Majestät, *hakim* Humam ist draußen.«

»Lasst ihn eintreten.«

Ruqayya gab den Eunuchen an der Tür ein Zeichen und zog sich den Schleier über den Kopf. Der Mogul brachte mit Mühe ein »Danke« hervor.

Tränen traten ihr in die Augen und rannen über ihre Wangen. Sie nahm die bleiche Hand zwischen ihre warmen Hände. »Nicht der Rede wert, Herr«, sagte sie schlicht.

Humam betrat den Raum und verbeugte sich. Akbar hob schwach eine Hand und winkte ihn näher zu sich heran. Der Leibarzt trat an das Bett und kniete neben dem Herrscher nieder.

»Wir benötigen Eure Dienste nicht mehr.«

Humam hob überrascht den Kopf. Akbar funkelte ihn böse an.

»Aber, Eure Majestät, ich habe Euch immer gedient und werde es auch weiterhin tun, wenn nötig, mit meinem Leben«, sagte Humam zitternd. Er hatte den Herrscher noch nie in einer solchen Stimmung erlebt. Akbar war für seine Ruhe bekannt, für seine Gelassenheit, und jetzt bekam Humam es mit der Angst zu tun.

»Genug!«, brüllte Akbar mit der Kraft, die ihm seine Wut verlieh. »Geh uns aus den Augen und zeige uns nicht länger dein schändliches Antlitz!«

Rasch kamen zwei Diener und zogen den *hakim* von Akbars Bett fort. Mit gesenktem Kopf huldigte Humam dem Monarchen und ging rückwärts aus dem Raum.

Ruqayya sah Humam nach und fragte sich, ob er sich wohl bewusst war, wie viel Glück er hatte, dass sein Kopf noch auf den Schultern saß. Wäre es nach ihrem Willen gegangen, hätte Humam den nächsten Sonnenuntergang nicht mehr erlebt, doch der Mogulkaiser hatte darauf bestanden, den *hakim* nicht zu bestrafen. Als käme die Todesstrafe für Humam einem Eingeständnis von Salims Schuld gleich, dachte Ruqayya.

In der darauf folgenden Woche hing Akbars Leben an einem dünnen Faden. Langsam, als alle Hoffnung zu schwinden schien, erholte er sich dann wieder mit Hilfe seiner Ärzte und seiner ihm ergebenen Frauen. Doch Akbar war nicht mehr der Alte: Er wurde stiller, in sich gekehrt, und schon bald merkte der Hof, dass sich das Verhältnis zwischen Akbar und dem Thronerben erheblich verschlechterte.

Als die untergehende Sonne wieder einmal das Ende eines Tages verkündete, legte Ghias Beg sorgfältig seine Schreibfeder auf dem Tintenfass ab, stützte die Ellbogen auf das Schreibpult und ließ die goldenen Strahlen auf seiner Arbeit spielen. Er beobachtete, wie die heraufziehende Dunkelheit das Licht über die kahlen Berge jagte, bis einer nach dem anderen vor seinen Augen verschwand. Dann erst wandte sich Ghias vom Fenster ab.

Vor ihm lag ein *ferman*, ein persönlicher Erlass des Mogulkaisers. Darin beglückwünschte Akbar ihn für seine Dienste am Reich als *divan* von Kabul und beorderte ihn schließlich an den Hof nach Lahore zurück.

Vier Jahre, dachte Ghias mit einem Anflug von Glück. Vier lange Jahre harter Arbeit. Sein Vater wäre stolz auf ihn gewesen. Als man ihn hierher schickte, hatte sich Ghias anfangs gesträubt, wenn auch nur im Stillen, denn niemand hätte gewagt, sich dem Befehl des Moguls zu widersetzen oder ihn auch nur infrage zu stellen. Ghias hatte Akbars Hof nicht verlassen und nach Kabul gehen wollen, so wichtig die Stellung auch war. Er hatte Akbar zu schätzen gelernt, ja, er empfand beinahe Ehrfurcht vor ihm und dachte, wenn er erst einmal den Hof verließe, käme dies dem sicheren Ende seiner Karriere gleich.

Doch dem war nicht so. Ghias strich den Erlass noch einmal mit den Händen glatt und überflog den mit schwarzer Tinte geschriebenen Text in Turki und das erhabene Siegel des Monarchen in einer Ecke. Statt ihn zu vergessen, hatte der Mogul ihn anscheinend in diesen vier Jahren durch Spione beobachten lassen, die ihm regelmäßig aus Kabul Bericht erstatteten. Das war ein tröstlicher Gedanke für Ghias, denn er hatte schwer gearbeitet und sich mit Mühe und Hingabe an seine Aufgabe gemacht, die ihm nicht nur durch die Auszeichnungen des Monarchen, sondern auch durch die Dankbarkeit der Menschen in Kabul gelohnt wurde.

Armreifen klirrten an seiner Tür, und Ghias lächelte. In den vergangenen vier Jahren war so viel geschehen. Abul und Mohammed waren inzwischen verheiratet. Für Mohammed war es ein wenig früh gewesen, doch Ghias hatte gehofft, die Ehe werde sein wildes Wesen zügeln. Leider war dies nicht eingetreten. Mohammed war höchstens noch unberechenbarer, noch unzugänglicher geworden. Ghias seufzte. Vielleicht, wenn ein Kind käme ... die Vaterschaft würde sicher eine gewisse Ruhe mit sich bringen. Nachdem Mohammed sich eingerichtet hatte, tat sich für Abul eine sehr gute Partie auf, und auch er war jetzt verheiratet. Noch vor ihm war jedoch Saliha mit einem Adligen namens Sadiq Khan vermählt worden. Es wäre nicht gut gewesen, die Söhne zu verheiraten, solange noch eine ledige Tochter im heiratsfähigen Alter zu Hause war. Saliha kam in eine gute Familie, und Ghias machte es nichts aus, seine ältere Tochter in deren Obhut zu lassen, wenn sie nach Lahore zurückkehrten.

Die anderen Mädchen – Mehrunnisa, Manija und Khadija – waren weiter mit ihrem Unterricht beschäftigt.

Mehrunnisa, ja, sie war jetzt sechzehn und machte ihrem Namen anscheinend alle Ehre, dachte Ghias. Sonne unter den Frauen – sie war ein wundervolles Kind, sowohl körperlich als auch geistig. In all den Jahren, die er nun mit Asmat verheiratet war, hatten sie kein Kind über Gebühr vorgezogen, doch bei Mehrunnisa fiel das schwer. Ihr Lächeln, ihr Lachen, das schelmische Aufblitzen ihrer blauen Augen erfüllten Ghias mit väterlichem Stolz. Wäre es gesellschaftlich akzeptabel, eine Tochter zu haben, die ihr ganzes Leben zu Hause bliebe, hätte Ghias ohne Zögern Mehrunnisa ausgewählt, bei ihm zu bleiben.

Der Gedanke ernüchterte Ghias plötzlich. Mehrunnisa war sechzehn. Wo war die Zeit geblieben? Sie war jetzt alt genug, um verheiratet zu werden.

An jenem Abend, als die Diener nach dem Löschen der Lampen unter Verbeugungen den Raum verlassen hatten, lagen Asmat und Ghias in behaglichem Schweigen nebeneinander.

Asmat ergriff das Wort. »Es wird Zeit, dass wir uns über Mehrunnisas Heirat Gedanken machen.«

Ghias wandte sich dem Gesicht seiner Gemahlin zu, das er in der

Dunkelheit nur erahnen konnte. »Ja, du hast Recht. Sie ist bereits sechzehn.«

»Sie wird uns fehlen«, sagte Asmat leise.

Ghias tastete nach ihrer Hand und hielt sie fest. Er wählte seine Worte mit Bedacht. Er wollte die plötzliche Leere, die bei Asmats Worten über ihn gekommen war, nicht auf sie übertragen. »Sie wird für uns und ihren zukünftigen Gemahl ein Gewinn sein. Wir haben sie gut erzogen.«

»Es muss eine hervorragende Verbindung werden, Ghias. Jemand, der ihre Bedürfnisse versteht, der ihren Verstand fördert. Ich weiß, dass sie eine gute Ehefrau sein wird.«

»Und so soll es auch sein, Liebes. Ich werde meine Freunde nach einem geeigneten Gemahl fragen, und wenn ich ihn finde, werde ich mir die Erlaubnis des Großmoguls einholen.« So wie bei jeder Heirat, die im Umfeld des Hofes stattfand, musste Ghias zumindest der Form halber die Erlaubnis von Akbar erwirken.

Mit diesem Gedanken sank Ghias in einen unruhigen Schlaf.

Auf der anderen Seite des Hofes lag Mehrunnisa wach auf einer Baumwollmatte in ihrem Zimmer. Irgendwo in der Nacht bellte ein Hund einen vorübergehenden Fremden an und jaulte dann vor Schmerz auf, als ihn ein Stein traf. Mehrunnisa lag still, die Hände über dem Bauch gefaltet, doch ihre Gedanken überschlugen sich. Endlich zurück nach Lahore. Zurück an den Hof, in die herrschaftliche *zenana*, zur Padsha Begam mit ihren raschen Gesten und ihrem ätzenden Sarkasmus. Doch vor allem, vor allem zurück zu Salim.

Mehrunnisa drehte sich auf die Seite, bettete den Kopf auf den Arm und schloss die Augen, ein Lächeln auf den Lippen, als der Schlaf sie überkam.

Sie brachen zu ihrer langen Rückreise nach Lahore auf, wo der Mogulkaiser Hof hielt. Der Ritt auf dem stämmigen Bergpferd, das gleichmäßige Klappern der Hufe, rief in Ghias Erinnerungen an einen anderen, weit zurückliegenden Tag wach, als sie zum ersten Mal über den Khaiberpass nach Indien gekommen waren. Damals war das Leben noch unsicher gewesen, kein Tag, an dem sie sich in Sicherheit hätten wähnen können. Die winterliche Kälte hatte sich in ihren erschöpften Körper gefressen. Jetzt war Ghias auf Einladung des Herrschers unterwegs. Am Ende eines jeden Tages ließen sie sich in wetterfesten Zelten aus Segeltuch nieder, schliefen auf daunengefüllten Matratzen, legten den Kopf auf Seidenkissen. Seine Söhne ritten neben ihm. Sie waren inzwischen Männer, keine Kinder mehr, und die Frauen seiner Familie reisten in einer *haudah* auf dem Rücken von Kamelen.

Sobald sie in Lahore angekommen waren, eilte Ghias umgehend zu Akbar, um diesem seine Aufwartung zu machen. Als er sich aus seiner tiefen Verbeugung aufrichtete und den Mogulkaiser anschaute, durchfuhr ihn der Schreck. Akbars Haare waren fast vollkommen weiß, und obwohl sein Gesicht noch die vertraute Ruhe und Freundlichkeit ausstrahlte, lag in seinen Augen eine gewisse Traurigkeit. Ghias warf einen kurzen Blick auf Prinz Salim, der neben dem Thron stand. Er spiegelte dieselbe Trauer wider. Also stimmte es, dachte Ghias. Er hatte die Gerüchte über die Krankheit des Mogulkaisers und *hakim* Humam vernommen. So etwas blieb nie ein Geheimnis.

»Ihr habt dem Reich einen großen Dienst in Kabul erwiesen«, sagte Akbar.

Ghias wandte sich ihm zu. »Eure Majestät sind zu gütig. Ich habe nur getan, was meine Pflicht war.«

»Trotzdem«, fuhr Akbar fort. »Wir sind mit Eurer Arbeit zufrieden.«

Auf ein Zeichen von Akbar trat ein Diener mit einem großen goldenen Tablett vor, auf dem ein juwelenbesetztes Schwert und eine Ehrenrobe lagen. Ghias kniete nieder. Akbar nahm das glitzernde Schwert und den Mantel und überreichte sie Ghias.

Der Harem des Herrschers beobachtete die Vorgänge von einer Empore aus, die durch einen Wandschirm den Blicken entzogen war. Sobald die kurze Zeremonie vorüber war, äußerte sich Kaiserin Ruqayya laut und vernehmlich hinter dem Wandschirm: »Eure Ma-

75

jestät, bittet doch Mirza Beg, seine Frau und seine Tochter zu uns zu schicken, damit sie uns aufwarten.«

Akbar schaute Ghias an.

»So soll es geschehen, Eure Majestät.« Ghias schaute zur Empore auf. »Es wird ihnen eine Ehre sein zu hören, dass Ihr nach ihnen verlangt.«

Er trat an seinen Platz im *darbar* zurück, froh, wieder in Lahore zu sein. Am Ende der Morgenaudienz erschlaffte das Gesicht des Monarchen plötzlich vor Müdigkeit. Prinz Salim reichte seinem Vater eine Hand, zog sie indes fort, als Akbar sich abwandte. Es geschah so schnell, dass es nur wenigen Höflingen auffiel. Der Hofstaat verneigte sich, als der Monarch, gefolgt von Salim, den Saal verließ. Auf dem Heimweg dachte Ghias über den *darbar* nach. Im Laufe der nächsten Wochen würde er mit den anderen Adligen sprechen, um möglichst viel über den Vorfall mit Humam herauszubekommen. Stimmte es? Oder war es nur eine Erfindung von Höflingen, die Prinz Salim nicht mochten? Was für eine Last war doch die Krone, dachte er. Schon immer hatten Herrscher dafür gegen Brüder und Väter und Söhne gekämpft.

Als Mehrunnisa am darauf folgenden Morgen Ruqayyas Gemächer betrat, spielten gerade zwei Konkubinen Akbars Schach miteinander. Ein paar Damen saßen schweigend dabei und verfolgten das Spiel. Von Räucherwerk, das in goldenen und silbernen Gestellen brannte, zog blauer Dunst durch den Raum und verbreitete den Duft von Sandelholz. Neben anderen Frauen knieten Sklavinnen und Eunuchen und boten ihnen Wein und Fruchtgetränke an, oder sie standen da und wedelten ihnen mit Fächern aus Pfauenfedern Luft zu. Ein Vogel piepste, und Mehrunnisa schaute in die Richtung, aus der das Geräusch kam. Eine Konkubine des Herrschers lag auf einem Diwan, die Ellbogen auf ein Samtkissen gestützt. Eine gelbrote Turteltaube hockte auf ihrer Hand. Als sie den Vogel mit Kussgeräuschen lockte, streckte er prompt seinen Schnabel vor. Zur Belohnung bekam er einen Mandelsplitter. Der Vogel gurrte zufrieden und schlug mit den gestutzten Flügeln. Mehrunnisa wandte sich ab und fragte sich, ob sie die Padsha Begam auf sich aufmerksam machen sollte.

In diesem Augenblick sah Ruqayya sie und winkte sie zu sich. Sie saß auf einem Diwan und rauchte eine Wasserpfeife. Mehrunnisa ging mit zaghaften Schritten auf die Padsha Begam zu, denn sie war mit einem Mal befangen. Sie hatte Ruqayya seit vier Jahren nicht gesehen; das war eine lange Zeit. Ruqayyas Haare waren inzwischen reichlich mit grauen Strähnen durchsetzt, und ein paar neue Runzeln prägten das runde Gesicht, doch die Augen waren noch ebenso dunkel und lebhaft wie zuvor, und ihr Blick schoss unentwegt durch den Raum.

»Du bist also wieder zurück?«, fragte Ruqayya zur Begrüßung.

»Ja, Eure Majestät. Wir sind gestern angekommen«, erwiderte Mehrunnisa, und ihr war, als wäre sie nie fort gewesen. Ruqayya besaß die Gabe, allen die Befangenheit zu nehmen, angefangen vom niedrigsten Diener bis hin zu Akbar persönlich. Eine Gabe, die sie, Mehrunnisa, auch lernen sollte. Eine Tages würde Salim sie dafür ebenso schätzen.

»Wie war es in Kabul? Wie ich höre, hat dein Vater sich dort ausgezeichnet.«

Mehrunnisa wollte schon antworten, doch noch ehe sie den Mund aufmachen konnte, trappelte ein kleiner Lockenkopf in den Raum und drängte sich auf Ruqayyas Schoß.

»Mama, will naschen«, verlangte der Kleine gebieterisch und streckte eine pummelige Hand aus.

Mehrunnisa schaute ihn überrascht an. Ruqayya hatte keine Kinder, wer also war dieser Junge? In der *zenana* gab es zwar für jedes dort geborene Kind Hunderte von »Müttern«, doch sie hatte noch nie gesehen, dass ein Kind die autokratische Kaiserin derart um den kleinen Finger wickeln konnte.

Ruqayya strahlte über das ganze Gesicht. Sie beugte sich zu dem silbernen Teller hinüber, der neben ihr stand, und fütterte den Jungen eigenhändig mit *barfis*, ohne darauf zu achten, dass er sich mit den klebrigen Fingern an ihrer Saribluse festhielt und diese über und über mit Fett beschmierte.

»Darf ich dir meinen Sohn vorstellen, Mehrunnisa.« Ruqayya lächelte ihr über den Kopf des Jungen hinweg zu. »Das ist Khurram.«

»Euer Sohn?«, platzte es aus Mehrunnisa heraus, die sich nicht rechtzeitig beherrschen konnte.

»Ja, mein Sohn. Allein meiner.« Ruqayya schlang die Arme um Khurram. Er wand sich auf ihrem Schoß. Sie küsste ihn auf die weichen Locken und ließ ihn los. Während er aus dem Raum lief, gefolgt von seinen Dienern, wandte Ruqayya sich an Mehrunnisa und sagte trotzig: »Ich habe ihn zwar nicht zur Welt gebracht, aber er ist trotzdem mein Sohn.«

»Selbstverständlich, Eure Majestät«, murmelte Mehrunnisa.

»Erzähle mir etwas über deinen Aufenthalt in Kabul.« Ruqayya legte sich auf dem Diwan zurück und nahm das Mundstück der Wasserpfeife zur Hand.

Eine Stunde lang erzählte Mehrunnisa dann mit leiser Stimme, damit sie die Schachspielerinnen nicht störte, hin und wieder angespornt durch eine Frage der Padsha Begam. Noch bevor Mehrunnisa ging, hatte Ruqayya ihre normale gute Laune wiedererlangt. Sie streckte eine Hand aus und berührte sanft Mehrunnisas Gesicht. »Du bist ein schönes Mädchen geworden. Wie alt bist du jetzt?«

Mehrunnisa sagte es ihr.

»Dann ist es an der Zeit, dass du verheiratet wirst. Bald bist du eine alte Jungfer.« Die Kaiserin entließ sie mit einer Handbewegung. »Komm morgen zur selben Zeit wieder.«

Zu Hause erfuhr Mehrunnisa von ihrer Mutter alles über Khurram. Er war Salims dritter Sohn, das erste Kind seiner Gemahlin Jagat Gosini, und hatte die letzten beiden Jahre in Ruqayyas Gemächern verbracht. Jetzt hielt er *sie* für seine Mutter. Akbar hatte ihm den Namen Khurram oder Freude gegeben, denn seine Geburt hatte dem Hof und dem alternden Monarchen viel Freude beschert.

Bei seiner Geburt hatte Ruaqayya das Sorgerecht für Khurram eingefordert. Akbar, der seiner Frau nichts abschlagen konnte, befahl, dass das Kind seiner Mutter entwöhnt und seiner Kaiserin Ruqayya in Pflege gegeben würde. Aber warum ausgerechnet dieses Kind, fragte sich Mehrunnisa. Salim hatte noch mehr Söhne, doch Ruqayya hatte nur diesen haben wollen, den Salims zweite Frau zur Welt gebracht hatte. Die eiserne Prinzessin, die sich stets gegen Ruqayyas Autorität aufgelehnt hatte. Ihre Mutter hatte den Bericht noch nicht beendet, da lächelte Mehrunnisa in sich hinein. Kaiserin Ruqayya war grausam, gnadenlos und gefährlich. Prinzessin Jagat Gosini wäre besser beraten gewesen, sich ihr zu unterwerfen, als sie in Salims Harem eintrat. Infolge ihrer Arroganz war ihr jetzt das Kind genommen worden.

Ein paar Monate vergingen. Mehrunnisa besuchte den Harem, sobald ihr Unterricht beendet war, begierig, die Bücher hinter sich zu lassen. Ihre Beziehung zur Padsha Begam hatte sich unmerklich verändert. Ruqayya behandelte sie nicht mehr wie ein Kind. Mehrunnisa durfte im Raum bleiben, wenn Ruqayyas Verwalter zu ihr kamen und Berichte von allen Ländereien mitbrachten, die der Padsha Begam gehörten. »Hör zu und lerne, Mehrunnisa«, sagte sie. »Eine Frau darf einem Mann nicht völlig vertrauen, weder in Geldangelegenheiten noch in der Liebe.«

Auch Ruqayya verließ sich immer mehr auf Mehrunnisa, vor allem, wenn es um Prinz Khurram ging. Die Padsha Begam wachte eifersüchtig über den Kleinen. Niemand durfte ihm zu nahe kommen und am Ende gar seine Zuneigung gewinnen. Die Gemahlin eines Adligen war zu seiner Kinderfrau ernannt worden. Jeden Morgen stand sie bei Sonnenaufgang auf und kam in die *zenana*, um ihren Aufgaben nachzugehen. Erst abends, wenn Khurram zu Bett gebracht worden war, ging sie wieder. An manchen Tagen aber konnte sie nicht kommen, da sie ihrem Gemahl und den Kindern gegenüber Verpflichtungen hatte. An solchen Tagen übertrug die Kaiserin nach anfänglichem Zögern Mehrunnisa die Verantwortung für Khurram, und im Laufe der Zeit vertraute sie ihr immer mehr.

Die für gewöhnlich nüchterne Ruqayya war geradezu vernarrt in das Kind. Das ging so weit, dass seine Mutter, Prinzessin Jagat Gosini, ihn nur einmal in der Woche kurz besuchen durfte. Mehrunnisa stand dann stets dabei und sah zu, wie Jagat Gosini unter Ruqayyas wachsamen, prüfenden Blicken ihren Sohn traf. Die Prinzessin beachtete Mehrunnisa ebenso wenig wie die anderen Kammerzofen, doch Mehrunnisa bekam Prinz Salims einflussreichste Gemahlin endlich leibhaftig zu sehen.

Khurram war an einem Nachmittag besonders ausgelassen und weigerte sich, seinen Mittagsschlaf zu halten. Er wollte weiterspielen. Sein unaufhörliches Geplapper hatte die Nerven der Padsha Begam strapaziert. Sie schickte Khurram mit Mehrunnisa in den Garten, der zu ihren Gemächern gehörte, mit der Ermahnung, ihn im Schatten zu halten.

Sie saßen zusammen auf der Veranda und beobachteten die Regenbogen, die sich über einem Springbrunnen in der Sonne bildeten. In einer anderen Ecke breitete ein riesiger Pipalbaum seine dichten Äste aus. Ein paar Haremsdamen saßen darunter, den Rock bis über die Knie hochgezogen. Sie verzierten ihre Beine und Füße mit Hennamustern, wobei sie mit der dünnen schwarzen Paste komplizierte, verschlungene Linien zeichneten. Eine Frau beugte sich über eine andere und zog deren *choli* über die Arme, um die Schulter freizulegen. Dann zeichnete sie mit dem zu einem Kegel geformten und mit Henna gefüllten Blatt ein Muster auf eine Schulter, das sich über den Brustansatz hinweg zur anderen Schulter hinzog. War die Hennafarbe erst getrocknet und abgewaschen, hatte die Frau einen Wald roter, leuchtender Blumen auf der Haut. Sie war eine Sklavin des Moguls und würde am Abend für Akbar tanzen, mit wenig mehr als ihren Hennazeichnungen bekleidet. Wenn der Mogulkaiser auch noch so sehr mit Staatsangelegenheiten beschäftigt war, so hatte er doch immer Zeit, sich an seinen einfallsreichen Sklavinnen zu erfreuen.

Für die paar Minuten Tanz wurden sie womöglich mit prächtigen Juwelen von unschätzbarem Wert belohnt, mit Ländereien und Anwesen beschenkt – genug, um für den Rest ihres Lebens ausgesorgt zu haben. Sie hatten nicht Ruqayyas Vorzüge. Ruqayya kannte Akbar schon von Kindesbeinen an, denn sie waren Vetter und Kusine. Sie waren zusammen aufgewachsen in dem Wissen, dass sie eines Tages heiraten würden. Die Kaiserin sprach nie über die erste Zeit ihrer Ehe mit dem Monarchen. Hatte er sie damals vielleicht begehrt? Hatte er sie mit einem Verlangen aufgesucht, das keine andere Frau zu befriedigen vermochte? Oder war ihre Beziehung schon immer so angenehm, beständig und stark gewesen, fest gegründet auf einem unerschütterlichen Vertrauen? Mehrunnisa bewunderte dieses ruhige Einvernehmen. Ob es ihr je gelingen würde, Salim so nahe zu kommen?

Khurram lief zu einem Blumenbeet. Er hob einen Stock auf und begann, zwischen den Mohnblumen zu graben und Erdklumpen über die Schulter zu werfen. Sie schaute auf ihre Hände, die kein Henna aufwiesen. An ihrem Hochzeitstag würde auch sie Zeichnungen darauf tragen. Eines Tages würde sie sich für Salim in Hennamustern kleiden. Errötend steckte sie die Hände hinter den Rücken.

Erde regnete auf sie herab, und sie schaute zu Prinz Khurram, der noch immer begeistert im Erdreich grub. Er heulte auf, als sie zu ihm eilte und versuchte, ihn hochzuheben.

»Lass mich in Ruhe, Nisa. Lass mich! Ich befehle es dir.«

»Eure Hoheit, bitte, Ihr könnt nicht im Dreck spielen. Ihr wisst, dass es verboten ist. Bitte, kommt wieder mit auf die Veranda.«

»Nein!«, schrie er und verzog weinerlich das Gesicht.

Mehrunnisa setzte ihn eilig wieder ab. Khurrams Schreie würden die gesamte *zenana* aufwecken. »Na schön, wir wollen etwas anderes machen. Was würdet Ihr denn gern machen?«

»Spielen, Nisa.«

Alles, nur damit er nicht weiter schrie. »Was denn, Eure Hoheit?«

»Verstecken«, sagte Khurram prompt. »Ich verstecke mich, und du musst mich suchen.«

Mehrunnisa stöhnte. Khurrams Vorstellung von Versteckspiel be-

81

stand darin, hinter die kurzen Hecken entlang der gepflasterten Wege zu kriechen oder auf die hohen Blasenbäume mit ihren lampionartigen Früchten zu klettern. Alles, wobei er schmutzig wurde. Und sie ebenso, dachte sie bedauernd und schaute an ihrer frisch gewaschenen und makellos gebügelten Kleidung herab. Doch sie musste ihm gehorchen.

»Ich zähle bis fünfzig. Versteckt Euch, Hoheit.« Mehrunnisa drehte sich zu einer Säule um, lehnte den Kopf an den kühlen Marmor, schloss die Augen und begann zu zählen.

»Achtundvierzig, neunundvierzig, fünfzig. Ich komme!«

»Ja«, ertönte eine piepsige Stimme.

Mehrunnisa lächelte, als sie die Reiherfeder an Khurrams Turban hinter der Hecke zu ihrer Rechten entlanghüpfen sah. Sie kroch auf allen vieren auf der anderen Seite entlang und rief dabei: »Wo seid Ihr, Hoheit?«

Kurz darauf war sie verschwitzt und schmutzig. Ihr fein plissierter Rock hatte Grasflecken, die Haare hatten sich aus den Nadeln gelöst und klebten an ihrer feuchten Stirn. Mehrunnisa wischte sich das verschwitzte Gesicht ab und hinterließ eine Schmutzspur auf der Wange. Sie würde noch eine ganze Weile so tun müssen, als suchte sie ihn, und sich durch das feuchte Gras kämpfen.

Khurram kicherte, Mehrunnisa drehte sich um und lugte durch die Hecke. Als sie sich wieder abwandte, sah sie zuerst ein Paar Füße in juwelenbesetzten Pantinen aus Ziegenleder. Langsam wanderte ihr Blick nach oben, zu dem perlenbestickten, hellblauen Plisseerock, vor dem juwelengeschmückte Hände gefaltet waren, den dünnen Musselinschleier, der sich im Wind blähte. Das Gesicht der Frau war von klassischer Schönheit. Ihre Hautfarbe war goldbraun, die Augen glitzerten ebenholzfarben unter geschwungenen Augenbrauen, der Mund war ebenmäßig geformt; der Reiz des Gesichtes wurde noch durch hohe Wangenknochen hervorgehoben.

Mehrunnisa rappelte sich eilig auf und fiel beinahe über ihre langen Röcke. »Eure Hoheit, ich habe Euch nicht kommen sehen.«

»So scheint es«, sagte Jagat Gosini. »Wer bist du?«

»Und wer bist *du*?«

Die beiden drehten sich zu Prinz Khurram um, der auf der anderen Seite der Hecke stand, beide Händen in die Hüften gestemmt. Mehrunnisa musste unwillkürlich lächeln; es war eine Haltung, die Ruqayya häufig einnahm, wenn sie aufgebracht war. Sie wandte sich zu Jagat Gosini um.

Ein schmerzlicher Ausdruck huschte über das Gesicht der jungen Frau. Dann riss sie sich zusammen und sagte: »Ich bin Prinzessin Jagat Gosini.«

Prinzessin Jagat Gosini, nicht deine Mutter, stellte Mehrunnisa trocken fest. Im Übrigen, was wollte sie hier überhaupt? Ruqayya wäre wütend über den unangekündigten Besuch.

Khurram deutete gebieterisch und absolut gleichgültig auf den Bogen, der den Ausgang aus dem Garten markierte. »Geh fort. Ich spiele mit Nisa.«

»Ich wollte dich sehen, Khurram.« Jagat Gosini hob die Röcke und sprang über die Hecke. Als sie den gepflasterten Weg überquert hatte, streckte sie eine Hand aus.

Khurram wich ihr aus und lief zu Mehrunnisa. Er klammerte sich an ihren bestickten Rock und sagte: »Geh fort, oder ich sage es meiner Mama.«

»Nein, bitte … ich gehe schon.« Sie bedachte Mehrunnisa mit einem bösen Blick. »Und sag nichts der Padsha Begam, verstanden?«

»Ja, Eure Hoheit«, murmelte Mehrunnisa.

»Wer bist du? Wo ist Khurrams Kinderfrau?«

»Mirza Ghias Beg ist mein Vater, Eure Hoheit.«

»Ach?« Die wohlgeformten Augenbrauen gingen in die Höhe. »Der Name sagt mir nichts. Schicke sofort nach Khurrams Kinderfrau.«

Mehrunnisa stieg Röte ins Gesicht. Um Fassung ringend, atmete sie tief ein und wählte die Worte mit Bedacht. »Eure Hoheit, die Kaiserin wird nach uns schicken, sobald ihre Mittagsruhe vorüber ist. Wir müssen jetzt hineingehen.«

Jagat Gosini nickte. »Denke daran, kein Wort zur Padsha Begam.« Warnend hob sie den Zeigefinger. »Wenn du etwas sagst, werde ich dir das Leben schwer machen.«

»Ich kann den Befehlen Eurer Hoheit nur gehorchen«, sagte Mehrunnisa. Sie fuhr Khurram zärtlich über den Lockenkopf und beobachtete genau, wie sich Jagat Gosinis Miene vor Hass und Kummer verzog. Das Mitgefühl, das kurz in ihr für Jagat Gosini aufgekeimt war, erlosch bei deren unfreundlichen Worten restlos. Die Prinzessin mochte zwar nicht wissen, wer ihr Vater war, aber sie würde sich an Mehrunnisa erinnern. Khurram klammerte sich noch fester an ihre Beine, und Mehrunnisa beugte sich zu ihm herab und nahm ihn auf den Arm. Er lehnte den Kopf an ihre Schulter und sah seine Mutter neugierig an.

Die Prinzessin drehte sich um und ging mit steifen Schritten aus dem Garten. Mehrunnisa trug Khurram in den Schatten eines Niembaumes und setzte sich. Der Prinz legte den Kopf in ihren Schoß und schlief kurz darauf ein. Mehrunnisa betrachtete mit starrem Blick den Dunst, der über den hellgelben Sonnenblumen schwebte. Endlich hatte sie mit Salims zweiter Frau gesprochen. In der *zenana* munkelte man, Jagat Gosini sei in Salims Harem sehr mächtig, sie habe den Prinzen unter der Fuchtel. Doch sie war auf jeden Fall sehr hochnäsig, und es mangelte ihr schlichtweg an Höflichkeit.

Vielleicht könnte sie das alles ändern, überlegte Mehrunnisa. Bis jetzt hatte Salim sie noch nicht gesehen, seitdem sie aus Kabul zurückgekehrt waren. Er kam nur einmal im Monat in Ruqayyas Gemächer – abends, wenn sie bereits nach Hause gegangen war. Außerdem hatte sie mit Bedacht ihre Ungeduld gezügelt, dem Prinzen zu begegnen. In den vergangenen Monaten hatte Mehrunnisa die Haremsdamen beobachtet, um von ihnen zu lernen, wie die *zenana* funktionierte. Jeden Abend führte sie mit ihrem Vater politische Gespräche, wenn dieser sein Tagewerk beendet hatte. Sie sprach mit ihrer Mutter, die andere Paläste im Harem des Moguls besuchte, und sammelte Informationen über das Haremsleben, über Salims Vorlieben und Abneigungen und die Lage bei Hofe. Ghias, selbst meist von impulsiver Natur, war es dennoch gelungen, seiner Tochter einen Teil seiner Geduld zu vermachen, die sie mit größtem Zutrauen in ihre Fähigkeiten nutzte.

Doch jetzt war es an der Zeit, dem Prinzen zu begegnen, dachte Mehrunnisa, angestachelt durch Jagat Gosinis beleidigende Worte. Sie warf einen Blick auf ihr Spiegelbild im Teich neben sich. Viele Menschen hatten ihr gesagt, sie sei schön, doch war sie schön genug für Salim? Gedankenverloren zog sie die Augenbrauen zusammen, pflückte einen Grashalm und fuhr mit den Fingern darüber.

Sie schaute zu den Frauen unter dem Pipalbaum hinüber. Inzwischen waren der gesamte Rücken und die Rückseite der Beine des Mädchens mit Hennamustern bedeckt. Sie lag auf dem Bauch, die Arme weit ausgebreitet, und ließ die schwarze Paste auf dem Körper trocknen. Es ging um Macht; diese Frauen wussten, wie man sie erlangte und wahrte. Von Ruqayya hatte sie gelernt, wie wertvoll Konversation war und wie man Behaglichkeit ausströmte. Bei den anderen Frauen des Harems hatte Mehrunnisa das Selbstvertrauen erlebt, das nur körperliche Schönheit erzeugt.

Kurz darauf lächelte sie und betrachtete den Lockenkopf auf ihrem Schoß. Vielleicht wäre Jagat Gosini vorsichtiger, wenn sowohl ihr Gemahl als auch ihr Sohn Mehrunnisa zu Füßen lägen.

Während Mehrunnisa noch träumend in den Palastgärten saß, wurde dem Herrscher im Thronsaal ein gewisser Ali Quli Khan Istajlu angekündigt. Langsam betrat dieser den Audienzsaal. Vor dem Thron verbeugte er sich so tief, dass der rechte Handrücken den Boden berührte. Dann hob er die Hand an die Stirn, bis er aufrecht vor Akbar stand.

Der Mogulkaiser neigte das Haupt, woraufhin Ali Quli einen kurzen, nervösen Blick auf Abdur Rahim warf. Der Oberbefehlshaber der Armee und Alis Fürsprecher bei Hofe nickte. Er hatte den *taslim* gut ausgeführt.

Ali Quli war neu an Akbars Hof. Ebenso wie Ghias Beg war er von Persien nach Indien geflohen, allerdings erst im Jahre 1578. Ali

Quli war ein Mundschenk des Schahs gewesen. Doch schon damals hatte er gewusst, dass ein Hofamt nicht seine Bestimmung war; er sollte Krieger werden. Er kam nach Multan und schloss sich den kaiserlichen Streitkräften an, die damals den Indus entlang flussabwärts zogen, um den König von Thatta zu belagern. Nach sechs Monaten schwerer Kämpfe kapitulierte Thatta vor den Streitkräften des Mogulkaisers. Ali Quli hatte sich im Kampf hervorgetan. Abdur Rahim war von Ali Qulis Tapferkeit höchst beeindruckt und versprach ihm, ihn bei Hofe einzuführen. Nun stand der Soldat vor der erhabenen Erscheinung des großen Monarchen.

»Ist das der tapfere Soldat, von dem du uns so viel berichtet hast, Abdur Rahim?«, fragte Akbar.

»Ja, Eure Majestät.«

Akbar schaut sich Ali Quli an. Er war ein junger Mann Anfang dreißig, groß, mit breiten Schultern und kräftig, die Gesichtshaut vom harten Sonnenlicht gegerbt. Sein Blick war ohne Furcht.

»Wir sind erfreut über deine Ergebenheit und die Treue zum Thron«, sagte Akbar.

Ein Diener brachte Ali Quli die Ehrenrobe und ein juwelenbesetztes Schwert. Akbar gewährte ihm auch eine kleine *mansab* für zweihundert Kavallerie- und Infanteriesoldaten. Überwältigt von den königlichen Geschenken, sank Ali Quli auf die Knie und dankte dem Herrscher.

Akbar war zufrieden. »Wir haben dir noch mehr Ehre zu gewähren, Ali Quli. Wir hoffen, du bleibst noch viele Jahre bei unserer Armee.«

»Ja, Eure Majestät«, versicherte Ali Quli inbrünstig. Er verbeugte sich noch einmal und zog sich rückwärts aus dem Thronsaal zurück.

Der Mogulkaiser schaute ihm gedankenverloren nach. Er kannte viele Männer wie den jungen Perser: tapfer, abenteuerlustig, wenn auch im Wesentlichen ruhelos. Abdur Rahim, der sonst nicht gerade zu Überschwänglichkeit neigte, hatte dem jungen Mann verschwenderisch Lob gespendet. Doch wie lange würde Ali Quli noch seiner Krone dienen?

Der Soldat brauchte Stabilität, einen Anker, der ihn im Mogulreich hielt. Eine Ehe wäre ein solcher Anker.

Akbars Blick schweifte über die schweigende Versammlung. Welcher seiner Höflinge hatte eine Tochter, die eine geeignete Braut für den persischen Soldaten abgäbe?

Der Blick des Monarchen zog vorüber, glitt umher und blieb schließlich auf einem Mann ruhen. Er forschte in seinem Gedächtnis nach Einzelheiten, die er über die Familie des Höflings wusste. Dann nickte Akbar froh und war sehr zufrieden mit sich. Das wäre eine gute Partie. Gegen Abend würde er mit seiner Kaiserin Ruqayya reden; sie würde ihm sagen, ob er die richtige Entscheidung getroffen hatte.

Der Mogulkaiser hatte Ghias Beg im Auge.

Kapitel 4

»Die Tochter, die Aiafs in der Wüste geboren wurde ... genoss die sorgfältigste und aufmerksamste Erziehung. In Musik, Tanz, Lyrik und Malerei hatte sie unter den Mädchen in ihrem Alter nicht ihresgleichen. Sie war lebhaft, aufgeweckt und humorvoll, ihr Geist hochfliegend und unbeherrscht.«
Alexander Dow, *The History of Hindostan*

Mirza Ghias Beg, Seine Majestät, Kaiser Akbar, wünscht Euch zu sehen«, verkündete Mir Tozak, der Zeremonienmeister, in gewohntem Singsang.

Im privaten Audienzsaal wurde Hof gehalten.

Ghias trat vor und vollzog den *konish*, legte die rechte Handfläche an die Stirn und verneigte sich vor dem Herrscher. Der *konish* besagte, dass der Grüßende seinen Kopf in die Hand der Bescheidenheit legte und den versammelten gekrönten Häuptern darbot, um seine Bereitschaft kundzutun, alles zu tun, was man von ihm verlangte.

Ghias richtete sich auf und blieb stehen. Niemandem wurde das Vorrecht eingeräumt, in Gegenwart des Moguls Platz zu nehmen, und Ghias hätte es als ein Sakrileg betrachtet.

»Mirza Beg, wir haben Euch aus einem besonderen Grund einbestellt.«

»Euer Wunsch sei mir Befehl, Padsha.«

»Habt Ihr eine Tochter im heiratsfähigen Alter?«

Ghias schaute Akbar überrascht an.

»Mehrunnisa heißt sie, Eure Majestät«, rief Ruqayya hinter dem Wandschirm hervor.

»Ach ja, Mehrunnisa. Das ist ein schöner Name«, sagte Akbar. Er wandte sich an Ghias. »Bei Hofe gibt es einen tapferen jungen Mann namens Ali Quli Khan.«

»Ich kann mich gut an den Soldaten erinnern, Eure Majestät«, erwiderte Ghias vorsichtig. Darum also hatte der Großmogul ihn hierher beordert.

»Wir haben beschlossen, ihn zu ehren, Ghias. Und wie könnten wir das besser tun, als ihm die Hand Eurer Tochter zu geben? Es wird eine gute Verbindung sein. Ihr stammt beide aus Persien und habt dieselben Vorfahren und dieselbe Geschichte. Wir wünschen, dass die Ehe geschlossen wird.«

»Ja, Eure Majestät.«

Er wusste, dass die Wünsche des Mogulkaisers einem Befehl gleichkamen. Ihm blieb nichts anderes übrig, als zuzustimmen. Seine Suche nach einem geeigneten Bräutigam für seinen Liebling Mehrunnisa war beendet. Ali Quli hatte Ghias an dem Tag, an dem er bei Hofe vorgestellt wurde, beeindruckt. Alle Zweifel, die ihm plötzlich ungewollt in den Sinn kamen, schob Ghias beiseite und verneigte sich.

»Ich werde sofort mit den Vorbereitungen für die Vermählung beginnen, Eure Majestät.«

Ghias ritt in der heraufziehenden Dunkelheit nach Hause und dachte an seine Audienz beim Herrscher. Während sein Pferd den bekannten Weg nach Hause einschlug, ließ Ghias abermals seinen Gedanken freien Lauf, wie schon den ganzen Tag seit seiner Morgenaudienz bei Hofe. Er zweifelte nicht daran, dass die Padsha Begam Ruqayya die ganze Angelegenheit zumindest teilweise eingefädelt hatte. Ihr Interesse war deutlich geworden, als sie sich bei Hofe zu Wort meldete. Die Kaiserin wollte doch gewiss nur das Beste für seine Tochter? Der Rauch aus den Kochstellen färbte die Abenddämmerung graublau. Der Holzgeruch weckte plötzlich Erinnerungen an den Tag, an dem er Mehrunnisa unter einem Baum zurücklassen hatte in dem Glauben, seine Tochter nie wiederzusehen. Nun, nach all diesen Jahren, sollte sie ihn verlassen.

Der abendliche Ruf zum Gebet, dem vierten an diesem Tag, hallte von den Türmen der Moscheen durch Lahore, als Ghias den ersten Hof seines Hauses betrat. In einem der Innenhöfe waren Asmat und ihre Kinder bereits niedergekniet und schauten Richtung Mekka. Ghias stieg von seinem Pferd, warf die Zügel einem wartenden Stallknecht zu und eilte hinein, um sich seiner Familie anzuschließen.

Sie hoben die Hände zum Gebet und formten lautlos die heiligen Verse mit den Lippen. Zum Schluss verneigten sie sich bis auf den Boden. Mehrunnisa, Khadija, Manija und Shapur erhoben sich von den Knien und gingen ins Haus. Die Dunkelheit sank schnell herab, und die Diener zündeten die Öllampen im Haus und im Hof an. Ghias rief Asmat zu sich.

Mit klirrenden Armreifen trat sie zu ihm. »Warum hast du dich heute verspätet? Der Ruf zum Gebet war bereits ergangen.«

»Ich hatte eine interessante Audienz beim Herrscher.«

Asmat schaute ihn fragend an.

»Er hat verfügt, dass unsere Tochter Ali Quli heiraten soll.«

Asmat setzte sich auf die Steinbank im Garten. »Wer ist das?«

»Ein Soldat, ein sehr tapferer Soldat, der dem Oberbefehlshaber bei der Eroberung von Thatta zur Seite stand.« Ghias zögerte, ehe er hinzufügte: »Ali Quli stammt aus Persien, wie wir, und er war Mundschenk unter dem letzten Schah.«

Asmat zog unwillig die Augenbrauen hoch. Sie schwieg eine Zeit lang und wandte dann vorsichtig ein: »Dann muss er beträchtlich älter als Mehrunnisa sein.«

»Asmat, der Herrscher hat es uns befohlen.« Ghias ergriff ihre Hand. »Ich habe Ali Quli bei Hofe gesehen. Er hat sich im Kampf ausgezeichnet und ist jetzt ein Günstling Akbars. Mit seinem Wunsch, ihm Mehrunnisa zur Frau zu geben, erweist uns der Monarch eine große Ehre. Er will die beiden persischen Familien vereinen.«

»Aber ein gemeiner Soldat, Ghias«, protestierte Asmat. »Was weiß der schon von klassischer Literatur, von Lyrik und Musik? Ist der die richtige Wahl für eine Tochter, die wir so sorgsam großgezogen haben, die derart bewandert in Literatur ist, so gebildet und so ... feinfühlig.«

»Asmat. Es wird eine gute Verbindung sein. Ich bin sicher, Ali Quli wird Mehrunnisa gut behandeln und für sie sorgen. Können wir von einer Verbindung mehr verlangen?«

Zornig entzog Asmat ihm die Hand. »Du müsstest dich reden hören, Ghias. Haben wir das für Mehrunnisa gewollt? Haben wir das so besprochen? Bist du den Bedürfnissen deiner Tochter gegenüber so blind, dass du nicht siehst, wie schlecht diese Partie ist? Es liegt in deiner Verantwortung, dafür zu sorgen, dass sie glücklich wird.«

»Schweig«, fuhr Ghias sie an. »Schick Mehrunnisa jetzt zu mir.«

Asmat erhob sich und schaute auf ihren Gemahl hinab. Ihre Stimme klang ruhig. »Schrei mich nicht an, Ghias. Ich habe in all den Jahren, seitdem wir verheiratet sind, nie deinem Willen zuwidergehandelt. Aber unser Kind in ein solches Haus zu schicken ...«

Ghias schlang die Arme um sie, zog sie an sich und lehnte seinen Kopf an ihren Leib. Moschusduft umhüllte ihn. »Es tut mir Leid.« Seine Stimme klang gedämpft. Er hob den Kopf und schaute Asmat an. Doch sie hatte den Blick abgewandt und stand stocksteif da. Sie hatte Bedenken geäußert, an die er nicht einmal zu denken gewagt hatte, und er hatte sie dafür angeschrien. »Du weißt, dass ich dem Herrscher gehorchen muss. Ali Quli muss unser Schwiegersohn werden, und wir müssen ihn mit der Achtung behandeln, die er verdient hat. Schick Mehrunnisa zu mir.«

Asmat nickte und löste sich aus seiner Umarmung. »Es soll so sein, wie Ihr sagt, Herr.«

Zutiefst verärgert ging sie ins Haus. War Mehrunnisa ihnen dafür zurückgegeben worden? Zugleich war ihr indes bewusst, dass Ghias Recht hatte. In dem Augenblick, als Akbar den Wunsch geäußert hatte, Mehrunnisa und Ali Quli miteinander zu vermählen, war die Angelegenheit bereits entschieden. Ghias blieb nichts anderes übrig. Keine der beiden Familien würde es wagen, sich dem Herrscher zu widersetzen. Trotzdem ... ein Soldat für Mehrunnisa?

91

Langsam schritt Mehrunnisa auf ihren Vater zu. Sein Gesicht war überschattet, Sorgenfalten lagen auf seiner Stirn. Mehrunnisa blieb ein paar Schritte vor ihm stehen und fragte sich, warum er sie hatte rufen lassen. Ihre Mutter hatte einen verärgerten Eindruck gemacht und Mehrunnisa kaum angesehen, als sie ihr Ghias' Bitte überbrachte. Ihre Augen glänzten, als hätte sie geweint.

Mehrunnisa trat vor und legte Ghias eine Hand auf die Schulter. »Bapa …«

»Ah, da bist du ja, *beta*.« Ghias ergriff ihre Hand. Er klopfte auf die Bank neben sich. »Komm, setz dich zu mir. Ich habe dir etwas Wichtiges mitzuteilen.«

Mehrunnisa nahm Platz und schaute ihn an. Ein Lächeln lag auf seinem Gesicht, doch es war aufgesetzt, denn es erreichte die Augen nicht. Eine dunkle Ahnung packte Mehrunnisa, die sie sofort zu unterdrücken versuchte.

»Mehrunnisa, ich habe einen Bräutigam für dich gefunden«, sagte Ghias unvermittelt.

»Oh.« Unwillkürlich nahm sie die Hände aus dem Schoß, stützte sich auf die Kante der Bank und krallte sich mit den Fingern derart hinein, dass sie vom glatten Stein abrutschte. Das konnte nicht sein. Sollte sie schon verheiratet werden? Was war mit Salim?

»Er ist ein sehr gut aussehender Mann, ein tapferer Soldat, ein Prinz unter Prinzen.«

Mehrunnisa blickte kurz auf, voller Hoffnung. Ein Prinz? Ghias konnte doch unmöglich …

»Er heißt Ali Quli Khan Istajlu. Er stammt auch aus Persien, so wie wir. Es ist unser Glück, dass der Mogulkaiser persönlich diese Heirat befohlen hat. Damit erhalten wir eine schöne Möglichkeit, ihm zu dienen …« In diesem Sinne fuhr Ghias fort, doch Mehrunnisa hörte nicht mehr hin.

Mit leerem Blick starrte sie in die heraufkommende Dunkelheit. Sie sollte mit einem gemeinen Soldaten verheiratet werden. Vorbei war der Traum, Kaiserin zu werden und das große Mogulreich zu regieren. Wie abwegig, wie aussichtslos waren ihre Vorstellungen doch gewesen: Kindheitsträume, die am besten in der Kindheit blieben.

Irgendwo in der Ferne hörte sie die Laternenanzünder, die sich auf der Straße grüßten. Der einst so angenehme Duft der sich öffnenden Blumen, der »Königin der Nacht«, schien in der feuchten Nachtluft beinahe erstickend. Die Grillen hatten mit ihrem Zirpen begonnen, das in der Stille des Hofes unnatürlich laut klang. Ihr Vater redete immer noch im Hintergrund.

»Mehrunnisa?«

Mit einem Mal wurde ihr bewusst, dass Ghias verstummt war und sie erwartungsvoll anschaute. »Du hast nichts gesagt, Liebes.«

»Kann ich nein sagen?«

Ghias runzelte die Stirn. »Hast du schon mit deiner Mutter geredet?«

»Was hat Maji mit der Sache zu tun? Ich soll mit einem Soldaten verheiratet werden«, versetzte Mehrunnisa bitter. »Warum …?«

Warum konnte es nicht Salim sein?

Ghias sah sie fest an, bis sie die Augen niederschlug. »Es sieht ganz so aus, als wäre ich zu nachsichtig mit dir gewesen, Nisa, als hätte ich dir zu viel Freiheit gelassen. Doch diese Sache hier duldet keinen Widerspruch. Es ist nicht deine Entscheidung, wen du heiratest. Ich setze dich über die Verbindung in Kenntnis; die meisten Väter würden nicht einmal das tun.«

Bei seinen Worten stiegen in Mehrunnisa heftige Schuldgefühle auf. Sie hatte ihrem Bapa nicht den gebührenden Respekt erwiesen. Noch nie hatte er so mit ihr gesprochen; Ghias konnte seinen Zorn immer gut verbergen.

Sie stand auf und beugte den Kopf.

»Ich werde tun, was immer du von mir verlangst.«

»Willst du denn nicht mehr über deinen Bräutigam wissen, meine Kleine?«, fragte Ghias.

Sie schüttelte den Kopf. »Nein.«

Ein schmerzvoller Ausdruck huschte über Ghias' Gesicht, sodass Mehrunnisa sich zu einem Lächeln zwang und hinzufügte: »Ich will es doch wissen, Bapa. Später vielleicht. Das alles kommt so plötzlich.«

Ghias beugte sich zu ihr und drückte ihr einen Kuss auf die Stirn. »Ja. Nicht jeden Tag erhält ein Mädchen einen so wunderbaren Heiratsvorschlag. Wir sind sehr froh darüber, *beta*.« Er trat einen Schritt zurück. »Und jetzt geh und sieh zu, dass das Essen fertig wird. Ich habe Hunger.«

Am liebsten hätte Mehrunnisa die Arme um ihren Vater geschlungen und ihn verzweifelt angefleht. War die Sache schon entschieden? Einfach nur so? War die Heirat festgelegt, gab es wirklich kein Zurück mehr? Die Miene ihres Vaters war abweisend. Sie konnte andere Fragen stellen – zum Beispiel über ihren zukünftigen Gemahl –, doch nicht solche. Zaghaft streckte sie die Hand aus. Aber die Stimme des Vaters hielt sie zurück. »Du kannst deiner Maji sagen, dass ich morgen bei Ali Quli vorbeischauen werde, um mit ihm über die Vermählung zu sprechen.«

»Ja, Bapa.«

Wie betäubt wankte Mehrunnisa zur Veranda. Verzweiflung erfüllte ihr Herz. Sie warf noch einen Blick zurück auf den Vater.

Ghias saß reglos mit hängenden Schultern auf der Bank, unzufrieden und voller Zweifel.

Am darauf folgenden Tag ging Mehrunnisa wie gewöhnlich in den Palast, um Ruqayya aufzuwarten. Es hatte den Anschein, als wüssten bereits alle von ihrer bevorstehenden Verlobung mit Ali Quli. Die Wächterinnen vor dem Harem, hagere Damen aus Kaschmir, lächelten ihr wissend zu. Die Eunuchen raunten sich kichernd Ali Qulis Namen zu, als sie durch den Hof schritt, und die Sklavinnen, an denen sie vorbeikam, grinsten anzüglich. Mehrunnisa überhörte den wohlmeinenden Spott und beeilte sich, in den Palast der Mogulkaiserin zu gelangen. Ruqayya wurde gerade von drei Sklavinnen mit Duftölen massiert.

»Na, was hältst du von deinem Bräutigam?«, wollte Ruqayya wissen und stützte sich auf einen Ellbogen.

»Ich habe ihn noch nicht gesehen, Eure Majestät.«

»Natürlich nicht. Kein Mädchen, das etwas auf sich hält, sieht seinen Gemahl vor der Verlobung. Aber sag, was hältst du von meiner Wahl?«

»*Eure* Wahl, Majestät?« Mehrunnisa schaute die Kaiserin verwundert an.

»Ja.« Ruqayya schüttete sich aus vor Lachen, ihr rundes Gesicht strahlte vergnügt. »Habe ich nicht eine gute Wahl getroffen?«

»Ja, Eure Majestät«, erwiderte Mehrunnisa leise. Also stand die Kaiserin hinter der Entscheidung. Warum? Und warum hatte Ruqayya nicht schon früher mit ihr darüber gesprochen?

»Es war höchste Zeit, dass du verheiratet wirst, mein Kind. Ali Quli ist ein wenig älter als du, doch er wird dich zu einer perfekten Gemahlin formen. Und er ist Soldat, vielleicht lässt er dich hier bei mir, wenn er auf einen Feldzug geht«, sagte Ruqayya.

Jetzt verstand Mehrunnisa. Ruqayyas Instinkte waren zwar durchaus wohltätig, aber auch etwas eigennützig.

»Ich stehe Euch immer zur Verfügung, Eure Majestät.«

»Ja.« Ruqayya lehnte sich zurück und schloss die Augen. Sie griff nach Mehrunnisas Hand. »Jetzt bist du immer bei mir. Es ist eine gute Verbindung, Mehrunnisa. Der Mogulkaiser persönlich will es so.«

»Ich dachte, Ihr …«, begann Mehrunnisa.

»Akbars Wille ist auch der meine.« Ruqayya sah sie streng an. »Bist du unglücklich? Oder begehrt dein Herz etwa einen anderen?«

»Nein, Eure Majestät. Gewiss nicht«, versicherte Mehrunnisa hastig und wandte sich ab.

Sie spürte Ruqayyas bohrenden Blick im Rücken. Die Padsha Begam war schlau.

»Mehrunnisa«, sagte Ruqayya zärtlich. »Es ist besser so.«

Mehrunnisa sagte nichts und beschäftigte sich damit, einen herumliegenden Schleier zusammenzulegen. Ruqayya würde es nie erraten. Nie käme sie auf den Gedanken, dass Mehrunnisa den Prinzen Salim haben wollte.

Nach ein paar Tagen kamen von Ali Quli Geschenke für die Braut und ihre Familie. Diener trugen Messingtabletts voll Seide, Satin und Juwelen aller Art ins Haus.

Mehrunnisa nahm wie betäubt an der Verlobungszeremonie teil. Ein golddurchwirkter rosa Schleier verhüllte ihr Gesicht. Ein Blick auf ihren zukünftigen Gemahl hatte genügt. Ali Quli hatte den Raum wie der Held einer Schlacht betreten. Er war hoch gewachsen und kräftig. Als er neben ihrem Vater stand, konnte man meinen, sie seien gleich alt. Tatsächlich war Ali Quli nur sechs Jahre jünger als Ghias. Ali Quli war durch und durch Soldat; angefangen bei seiner sonnenverbrannten Haut, dem ungekämmten Bart und dem harschen Lachen, bis hin zu seinen schwieligen Händen, die eher daran gewöhnt waren, eine Streitaxt oder ein Schwert zu halten denn einen Gedichtband.

Sie sah all ihre Träume zerrinnen, als Ghias Beg feierlich versprach, sie mit dem tapferen Soldaten Ali Quli Khan Istajlu zu vermählen. Während der gesamten Zeremonie war ihr Vater bemüht, ihrem Blick auszuweichen.

Prinz Salim hob den Turban und wischte sich mit einem in Kampfer getränkten Handtuch die Stirn ab. Kein Luftzug regte sich. Mit einer Hand beschattete er die Augen und schaute zur Sonne auf. Zwei Uhr, mitten am Nachmittag. Erschöpft schloss er die Augen. Warum hatte er sich dazu überreden lassen?

»Wir sind gleich da, Eure Hoheit.«

Salim wandte sich Jagat Gosini zu. »Hättest du nicht den Abend wählen können? Dann ist es viel kühler.«

»Jetzt ist die günstigste Zeit, Herr. Ihre Majestät, die Kaiserin Ruqayya, hält ihre Mittagsruhe, und wir können eine Weile allein mit unserem Sohn sein.«

»Na gut«, murmelte Salim und setzte unwillig einen Fuß vor den anderen. Sorgen und Unwohlsein quälten ihn. Die Diener, die dem königlichen Paar folgten, redeten zu laut; ihr Gelächter zerrte an seinen Nerven.

Er hätte dem Vorschlag seiner Gemahlin nicht zugestimmt, wenn der Mogulkaiser selbst nicht darauf hingewiesen hätte, er, Salim, käme seinen väterlichen Pflichten nicht nach. Salim verzog das Gesicht. Bei seinen anderen beiden Söhnen, Khusrau und Parviz, hatte es der Herrscher nicht so eilig, ihn auf seine Pflichten hinzuweisen, nur bei Khurram. Denn Akbar sah Khurram am häufigsten, da Letzterer die meiste Zeit in Ruqayyas Gemächern verbrachte.

Seit Akbar zwei Jahre zuvor beinahe an seinen Koliken gestorben war, vermochte er seinen Sohn Salim kaum ohne Misstrauen anzusehen. Salim empfand ehrliche Reue, wenn er daran dachte, dass Humams Übereifer zum Tode Akbars hätte führen können. Aber seine Unzufriedenheit quälte ihn nach wie vor. Das Verlangen, das Gewicht der Krone auf dem Kopf zu spüren, brannte weiter in ihm. Was sollte er tun? Salim suchte die Nähe des Vaters, wollte von ihm lernen, doch ihre ohnehin schwierige Beziehung war nun zerstört wie ein durchlöchertes Spinnennetz. Nicht nur die Erinnerung an den Anschlag stand zwischen ihnen. Auch Salims Höflinge, Mahabat, Qutubuddin, Sayyid – Männer, die er seit seiner Kindheit kannte, besser noch als den eigenen Vater –, stachelten ihn immer wieder gegen Akbar auf. Er fiel ihm schwer, sich ihnen und ihrem Einfluss zu entziehen.

Salim betrat mit seinem Gefolge den stillen Hof vor Ruqayyas Gemächern. Aus den Augenwinkeln sah er eine flüchtige Bewegung, erhaschte einen kurzen Blick auf weißen Musselin. Wie angewurzelt blieb er stehen und hob den Kopf, um besser hinsehen zu können.

Bei Allah! War er im Paradies? Unvermittelt kamen ihm Worte aus dem Heiligen Buch in den Sinn: »Die Rechtschaffenen werden ruhen auf Kissen, deren Futter dicker Brokat ist. Und die Früchte der beiden Gärten werden nahe zur Hand sein. Darinnen werden Keusche sein mit züchtigem Blick, die weder Mensch noch Jinn vor ihnen berührt hat. Herrlich wie Rubine, schön wie Korallen.«

Das alles war sie – und mehr. Noch nie hatte er solche Schönheit gesehen. Er starrte sie unverwandt an, alles andere um ihn herum verblasste. Seine Diener, die wie Elstern schnatterten, verstummten und sahen ihn neugierig an. Jagat Gosini legte Salim eine Hand auf den Arm, doch er schüttelte sie ab und ließ seine Gemahlin unter dem weißen Steinbogen stehen.

Lautlos schlich Salim in den Hof. Er befürchtete, noch die leiseste Bewegung könne sie aufscheuchen und sie davonfliegen lassen. Dann würde er aufwachen und erkennen müssen, dass alles nur ein Traum war.

Das Mädchen saß in Gedanken versunken am Rande eines Goldfischteiches und ließ die Beine ins Wasser baumeln. Der Steinboden wurde von einem darunter fließenden Wasserlauf gekühlt, der in kunstvoll über den Hof verteilten Teichen mündete. Rote Lotusblumen und weiße Lilien blühten auf dem Wasser, und hohe Banyanbäume spendeten Schatten. Die Stille wurde nur durchbrochen vom besänftigenden Summen der Bienen und dem melodischen Gurgeln des Wassers in den Kanälen.

Salim trat leise an ihre Seite und blieb stehen. Er schaute auf glänzendes schwarzes Haar hinunter, sah lange Wimpern, die sich von einer zarten Wange abhoben. Eine hellrote Rose, deren Stengel sich in den Haaren verlor, lag im Nacken auf. Sie erfüllte die Luft ringsum mit ihrem Duft.

»Wer bist du, wunderschöne Frau?«

Mehrunnisa schaute auf und erschrak.

Salim sah in ein Paar überraschte tiefblaue Augen und war verloren.

Hastig erhob sich Mehrunnisa und spritzte Salim dabei nass. Sofort stieg tiefe Röte über den Hals in ihr Gesicht. So stand sie vor ihm, schlank und stolz, mit geradem Rücken.

Salim musterte sie vom Kopf bis zu den Füßen, die noch nass vom Teich und deren Zehennägel mit Henna rot gefärbt waren. Sein Blick glitt langsam nach oben, an den Falten ihres langen blassgelben Rockes entlang, der mit schimmernden weißen Sternen besetzt war, vorbei an ihrer Taille, die unter den Falten eines weißen Chiffonschleiers verborgen war, hinauf zur Rundung ihrer Schultern.

Das Blut pochte in seinen Ohren, als er den schlanken, teilweise unter einem Haarschleier verdeckten Hals sah, an dem der Puls sichtbar flatterte.

»Verzeiht, Eure Hoheit«, sagte Mehrunnisa leise, so leise, dass Salim sich anstrengen musste, um die Worte zu verstehen. Ihre melodiöse Stimme verzauberte ihn nur noch mehr.

Er wollte ihre Hand ergreifen, doch sie wich zurück und wandte dabei das Gesicht ab.

»Weißt du nicht, wer ich bin?«, fragte er.

»Doch, Herr.«

»Hoheit.« Der Zauber, der Salim umfing, war jäh durchbrochen. Jagat Gosini trat zu ihm, das Gesicht von unnachgiebiger Strenge geprägt.

»Wer ist sie?«, fragte Salim, ohne den Blick von Mehrunnisa zu wenden. Sie hatte sich ihm wieder zugewandt.

»Die Tochter irgendeines unbedeutenden Höflings, glaube ich«, antwortete Jagat Gosini. »Wer ist dein Vater?«

Die beiden Frauen sahen einander unverwandt an, und keine von beiden wollte den Blick als Erste senken. Auf einmal lächelte Mehrunnisa, und ihre Mundwinkel zogen nach oben. »Aber Eure Hoheit wissen doch, wer ich bin. Wir sind uns schon einmal hier in den Gärten begegnet.«

»Ach ja?«, sagte die Prinzessin verächtlich. »Daran kann ich mich nicht erinnern.«

»Oh, aber das müsst Ihr, Eure Hoheit.« Mehrunnisas Stimme klang wie ein Glockenschlag, und sie wählte jedes Wort mit Bedacht. Schon wieder diese Beleidigung ihres Bapas. Eine innere Stimme mahnte sie, auf der Hut zu sein und sich Jagat Gosini gegenüber nicht unbesonnen zu äußern, doch ihre Wut übertönte den guten Rat. »Ich passe auf Prinz Khurram auf, Ruqayyas Sohn.«

»*Meinen* Sohn!«

Mehrunnisa drehte sich zu Ruqayyas Gemächern um, deren Fenster im Schatten des Banyanbaumes lagen. »Ja, verzeiht. Euer Sohn, gewiss. Es ist nur, weil er die Padsha Begam mit ›Mama‹ anredet.«

Salim folgte voller Erstaunen diesem Wortwechsel, und sein Blick ging zwischen Mehrunnisa und Jagat Gosini hin und her. Bewunderung für diese wundervolle Frau stieg in ihm auf, die sich so herrlich mit seiner Gemahlin zankte. Sie hatte Mut. Nur wenige Menschen wagten so mit seiner zweiten Frau zu reden. Wer war sie? Wie kam es, dass er sie noch nie gesehen hatte?

Ruhig sagte er zu Jagat Gosini: »Lass uns allein, meine Liebe, ich will mit ihr sprechen.«

Jagat Gosini errötete und straffte die Schultern. »Wir müssen jetzt zu unserem Sohn, Eure Hoheit.«

»Geh schon. Ich komme nach.«

Doch die Prinzessin blieb stehen.

Salim nickte seufzend, denn ihm war klar geworden, was er gerade zu ihr gesagt hatte. Mehrunnisa verbeugte sich vor den beiden und wandte sich zum Gehen. »Wie heißt du?«

Mehrunnisa schüttelte den Kopf und entfernte sich.

Salim machte einen Schritt in ihre Richtung, blieb dann aber stehen, hin- und hergerissen zwischen ihr und Jagat Gosini. Er würde sie wiederfinden. Jede Frau in der *zenana* musste bekannt sein. Sollte sie nicht zum Harem gehören, würden die Wärter wissen, wer sie war und woher sie kam. Ein Blütenblatt der Rose aus ihrem Haar lag auf dem Boden. Salim bückte sich, hob es auf und hielt es sorgsam wie ein kostbares Juwel auf der Handfläche.

Dann machte er eine Bewegung und das Blütenblatt fiel in den Teich. Ein Goldfisch kam angeschwommen und nippte neugierig daran.

»Wir müssen hineingehen, Eure Hoheit.« Jagat Gosinis Stimme war ruhig.

Salim wandte sich ihr zu. »Hältst du es für klug, mit der Tochter eines unbedeutenden Adligen zu streiten, Jagat? Du bist eine Prinzessin, du solltest es besser wissen.«

»Warum verteidigt Ihr sie? Was bedeutet sie Euch? Ihr wisst nicht einmal, wie sie heißt«, schrie sie, und ihre Stimme zitterte vor Empörung.

Salim rieb sich das Kinn und betrachtete die verzerrten Züge seiner Gemahlin. »Das ist ja merkwürdig. Ich frage mich, warum du dich derart über eine Frau erzürnst, die du nicht einmal kennst. Komm, wir wollen zu Khurram gehen.«

Khurram war nicht begeistert, seine Eltern zu sehen. Man hatte ihn in seinem Mittagsschlaf gestört, damit er Leuten vorgeführt wurde, die ihm fast fremd waren. Infolgedessen war er gereizt und laut. Salim saß auf einem Diwan in Ruqayyas Gemächern, und seine Gedanken kreisten nur um Mehrunnisa. Er merkte nicht, dass seine Gemahlin ihm von Zeit zu Zeit einen wachsamen Blick zuwarf.

Am Abend kehrte er in seine Gemächer zurück. Sofort begann er, Erkundigungen einzuziehen. Über Hoshiyar Khan fand er ihren Namen heraus. Er sagte ihn laut vor sich hin, wobei er das »r« sinnlich in die Länge zog. Mehrunnisa, dachte er, ja, sie ist wahrhaftig die Sonne unter den Frauen. Welche Frau konnte den Glanz ihrer Schönheit in den Schatten stellen?

An jenem Abend setzte Jagat Gosini alles daran, ihrem Gemahl die beste Unterhaltung zu bieten. Sie schickte nach den schönsten *nautch*-Mädchen, die ihre Sache vorzüglich machten und sich verführerisch vor dem Prinzen in den Hüften wiegten. Von der kurzen Begegnung mit Mehrunnisa entzückt, sah Salim die Mädchen an und hielt mal die eine, mal die andere für den Engel vom Morgen. Unterdessen sah Jagat Gosini zu, füllte mit tadellos weiblicher Fürsorge seinen Kelch und vergewisserte sich, dass genug Opium in der Wasserpfeife des Prinzen war. Als es Mitternacht wurde, war Salim derart benebelt, dass er sich nicht einmal mehr an Mehrunnisas Gesicht erinnern konnte.

Eine Stunde später kippte er kopfüber vom Diwan und blieb mit ausgestreckten Armen und Beinen liegen. Er war eingeschlafen, noch ehe er auf dem Boden aufschlug. Die Musik verstummte, die Lampen wurden gelöscht, und der schlafende Prinz wurde mit einem kühlen Baumwolltuch zugedeckt.

Prinzessin Jagat Gosini blieb an der Tür zum Audienzsaal stehen und hielt ihre Laterne hoch. Sie war noch immer wütend auf Mehrunnisa. Das Mädchen hatte sie herablassend behandelt und sich nicht ihrem niedrigen Rang entsprechend verhalten. Was hatte sie vor? Reichte es denn nicht, dass sie Khurram in ihrer Obhut hatte, beanspruchte sie jetzt auch noch Salim? Angst, kalt wie eine Winternacht, kroch über sie, als sie daran dachte, wie Salim diese Mehrunnisa angeschaut hatte. Er hatte alles um sich herum vergessen. Die Prinzessin schauderte. Aus dieser Begegnung würde nichts entstehen, das schwor sie sich.

Sie drehte sich um und ging hinaus. Der Raum hinter ihr versank im Dunkeln.

Kapitel 5

»*Als er sie mit Blicken geradezu verschlang, ließ sie wie durch Zufall den Schleier fallen und zeigte sich ihm auf einmal in all ihrem Zauber. Die Verwirrung, die sie bei dieser Gelegenheit zu zeigen vermochte, ließ ihr Antlitz nur noch schöner erscheinen.*«

Alexander Dow, The History of Hindostan

Wispernd fuhr ein Windhauch durch den Garten und raschelte in den länglichen, spitz zulaufenden Blättern der Mangobäume. Die Musselinvorhänge am Fenster wehten mit leichten Wellenbewegungen in den Raum und ließen einen Mondstrahl hindurch. Irgendwo in der Ferne heulte eine Hyäne zu der weißen Scheibe empor, die am mitternächtlichen Himmel schwebte.

Mehrunnisa lag wach im Bett und starrte auf die grauen und schwarzen Schatten an der Zimmerdecke. Ihre Schwester Khadija schlief neben ihr, den Rücken an ihre Schulter gedrückt. Ihre Nähe in dem schmalen Bett war tröstlich. Über die Pflasterstraße jenseits der Gärten klapperten Pferdehufe. Von einem Mangobaum schrie eine Eule herab, die mit scharfen Augen den Garten nach Mäusen absuchte.

Mehrunnisa vergaß alle Geräusche und Düfte der Sommernacht. Zum ersten Mal war sie Salim von Angesicht zu Angesicht begegnet. Eine wahrhaft königliche Aura umgab ihn. Das lag an seiner prachtvollen, mit Rubinen bestickten seidenen *qaba*, an der Halskette aus kostbaren weißen Perlen, an der Smaragdaigrette an seinem Turban; an den Diamanten, die an seinen Fingern und an den Schnallen seiner Schuhe funkelten; all das war strahlend wie die Sonne, die im Hof auf sie herabschien. Viel beeindruckender aber, dachte Mehrunnisa bei sich, war Salims königliches Auftreten. Sein Tonfall, sein ganzes Verhalten war sanft und höflich.

Zeitpunkt und Ort waren ideal gewesen; sie hätte es selbst nicht besser in Szene setzen können. Genau so hatte sie sich ihre erste Begegnung mit Salim immer erträumt. Die Bewegung, mit der er auf sie zutrat, die Frage nach ihrem Namen. Er hatte sie sogar mit der Verwunderung und Ehrfurcht angesehen, die sie sich ausgemalt hatte, als sie sich vornahm, das Herz des Prinzen zu gewinnen.

Mehrunnisa seufzte, drehte sich auf die andere Seite und versuchte, eine bequemere Haltung einzunehmen. Endlich hatte sie Salims Aufmerksamkeit auf sich gezogen. Doch warum zu diesem Zeitpunkt? Nachdem sie bereits einem anderen Mann versprochen war?

Wie verschieden die beiden Männer waren. Seit ihrem achten Lebensjahr hatte sie sich Salim in den leuchtendsten Farben vorgestellt. Er war gütig. Er war bezaubernd. Er war leidenschaftlich. Selbst nach dieser kurzen Begegnung stand für Mehrunnisa fest, dass er alle diese Züge besaß. Immerhin hatte er Anstalten gemacht, Jagat Gosini fortzuschicken, um mit ihr, Mehrunnisa, zu reden. Ein Gefühl des Triumphs wallte in ihr auf, denn der Prinz hatte die arrogante Prinzessin ruhig und souverän in ihre Schranken verwiesen. Er mochte sie also nicht besonders; das machte ihr einen tiefen Eindruck.

Sie hatte gerade an Ali Quli gedacht, als Salim unverhofft auftauchte. Sie konnte sich das Leben, das sie mit Ali Quli führen würde, nicht vorstellen. Die Frau eines Soldaten, womöglich immer allein zu Hause in der Erwartung, dass er von seinen Feldzügen zurückkehrte, und bei seinem Abschied nie wissend, ob er es überleben würde. Und dann jener kurze, verzaubernde Augenblick, als die Zeit stehen zu bleiben schien und sie zu Salim aufblickte.

Als ein neuer Tag über Lahore anbrach, schlief Mehrunnisa endlich ein. Salim, sein bezauberndes Lächeln und vor allem seine majestätische Haltung versüßten ihre Träume.

Zu Hause liefen die Vorbereitungen für ihre Vermählung mit Ali Quli. Wenn ein großes Ereignis bevorstand, kamen die Händler ins

Haus; ein Adliger musste sich nicht zu ihnen bemühen. Tuchhändler breiteten einen Seidenballen nach dem anderen aus, Musselin und Brokatstoffe in roten, blauen und grünen Farbtönen. Am nächsten Morgen saß Mehrunnisa neben Asmat im vorderen Zimmer, als ganze Wolken wallenden Stoffs vor ihnen aufgebauscht wurden. »Dieser hier, *Sahiba*«, sagten die Händler. »Eure Tochter wird in Blau, passend zu ihren Augen, wie eine Prinzessin aussehen.« Asmat und Mehrunnisa lächelten sich hinter ihren Schleiern zu. Woher wussten sie, welche Farbe Mehrunnisas Augen hatten? Aus der Dienerschaft?

An den darauf folgenden Tagen kamen auch Juweliere mit fest in weißes Tuch eingeschlagenen Samtschatullen und legten goldene und silberne Ketten, Armreifen, Kopfschmuck, Ohrringe und Fußringe vor ihnen aus. »Gefällt Euch dieses Muster, *Sahiba*? Oder dieses? Wir fertigen alles in nur zwei Tagen an.« Die Köche kamen, um sich für die drei Festtage mit Kostproben ihrer Kochkünste zu bewerben: goldenes Weizenmarzipan, mit Safran und Zucker gewürzt; *pulaus* aus Lamm und Huhn mit Rosinen; rostfarbene Rahmkugeln, dick mit Zuckersirup bestrichen; dunkelbraune Currys aus saftigem Ziegenfleisch und gebratene, in Limonen und Knoblauch marinierte Fischstücke.

Unterdessen wartete Mehrunnisa darauf, dass Salim nach ihr schickte. Sie konnte nicht richtig daran glauben, dass sie Ali Quli heiraten würde. Nachdem der erste Tag vergangen war, redete sie sich ein, es sei ja nur ein Tag. Er musste herausbekommen, wer sie war, wessen Tochter sie war. Am nächsten Tag erwartete sie jedes Mal, wenn die Diener die Eingangstür öffneten, eine Wache oder einen Eunuchen aus dem Palast zu sehen. Dann wurde ihr bewusst, dass er natürlich nicht einfach nach ihr rufen konnte. Der Etikette musste Genüge getan werden. Er würde mit Akbar reden, und Akbar würde nach ihrem Bapa schicken, und Bapa musste mit ihr sprechen. Und so wartete sie jeden Abend sehnsüchtig auf die Heimkehr ihres Vaters. Wie würde Bapa das Thema ansprechen? Ob er begeistert wäre? Natürlich wäre er begeistert, seine Tochter würde Prinz

Salim heiraten. Es wäre eine unverhoffte Ehre für ihn, für sie alle, dank ihr, Mehrunnisa.

So schleppten sich die Tage zäh dahin, jede Minute eine Ewigkeit. Bapa kam nicht in außergewöhnlich aufgeräumter Stimmung nach Hause, kein Ruf von Salim. Langsam sanken ihre Hoffnungen, sie welkten und verdorrten mit jedem Tag, der verging. Die Hochzeitsvorbereitungen nahmen ihren üblichen Verlauf. Unglücklich, wie sie war, suchte sie nicht den Harem des Moguls auf, um der Padshah Begam aufzuwarten.

Zwei Wochen nach der Begegnung mit Salim schickte Ruqayya eine ungeduldige Aufforderung.

Als Mehrunnisa in den Palast kam, hielt die Padshah Begam ihr eine gehörige Standpauke. »Warum hast du mich in der letzten Zeit nicht besucht, mein Kind?«

Mehrunnisa antwortete nicht und ließ den Kopf hängen.

»Ist es wegen Salim?«

Verwirrt schaute Mehrunnisa zu Ruqayya auf. Zweifellos hatte die Kaiserin durch Salims Dienerschaft von der Begegnung erfahren, denn sie, Mehrunnisa, hatte niemandem auch nur ein Wort darüber erzählt.

»O ja, ich weiß«, sagte Ruqayya auf Mehrunnisas unausgesprochene Frage hin. In sanfterem Tonfall fuhr sie fort: »Komm her, mein Kind.«

Mehrunnisa setzte sich neben die Padshah Begam.

»Natürlich war Salim von dir sehr angetan. Aber glaube mir, er denkt nicht mehr daran. Sein Gedächtnis ist in mancher Hinsicht sehr kurz. Wenn er dich wiedersähe, würde er sich nicht an dich erinnern.«

Mehrunnisa sank das Herz. Stimmte es, was Ruqayya da sagte? Es musste wohl so sein. Deshalb also hatte Salim nicht nach ihr rufen lassen, nicht, weil er mit anderen Dingen beschäftigt war, sondern weil er sich einfach nicht mehr an sie erinnerte.

»Du kannst gar nichts tun, meine Liebe«, fuhr Ruqayya fort. »Bedenke, dass du einem anderen versprochen bist.« Ruqayya legte

Mehrunnisa einen Finger unter das Kinn und hob ihren Kopf an. »Seine Majestät würde die Auflösung deiner Verlobung niemals gutheißen. Niemals. Verstehst du?«

»Ja, Eure Majestät«, sagte Mehrunnisa leise. Sie wandte ihr Gesicht ab. Was nützten denn all diese Ermahnungen? Das Einzige, was zählte, war, dass Salim sie nicht wollte.

Die Padshah Begam schnalzte mit der Zunge und schaute sie scharf an. »Ich bin nicht sicher, ob ich dir das glauben kann. Nimm dich in Acht, Mehrunnisa. Die Ehre deiner Familie hängt von dir ab.«

Der Mina-Basar im Mogulpalast war in vollem Gange. Jeden Monat wurden die Haremspaläste an einem Tag für Kaufleute und Händler geöffnet, damit sie ihre Stände aufbauen und ihre Waren auslegen konnten. Da die Haremsdamen unverschleiert auf den Mina-Basar kamen, durften nur Frauen die Waren verkaufen; die Kaufleute schickten ihre Gemahlinnen und Töchter, die den Stand in ihrem Auftrag führten.

Die Damen der *zenana* kauften ein, handelten und feilschten nach Herzenslust, und der Mogulkaiser schloss sich ihnen dabei an. Der Basar gab den Haremsdamen ein Gefühl von Freiheit und machte ihnen viel Spaß. Akbar nannte das Ereignis daher den »Tag der Freude«.

Prinz Salim stand trübsinnig in einer Ecke des Mina-Basars. Er spannte die Arme an und ließ den Kopf kreisen. Von einem Schmuckstand scholl lautes Gelächter herüber, und Salim drehte sich, einem Reflex folgend, in die Richtung.

Dort stand Akbar, die Arme um zwei hübsche Konkubinen gelegt, die vor Lachen kreischten, als die Dame des Verkaufsstandes versuchte, mit ihnen um zwei Smaragdarmreifen zu feilschen.

Salims Gemahlinnen standen neben ihm und warfen sehnsüchtige Blicke auf die farbenprächtig geschmückten Stände.

Der Prinz rief gereizt nach dem Ersten Eunuchen seines Harems. »Hoshiyar, geh mit meinen Frauen und hilf ihnen, etwas Satin und golddurchwirkten Stoff zu kaufen.«

»Ja, Eure Hoheit.« Hoshiyar Khan verneigte sich, drehte sich um und hob eine Hand, um Salims Frauen mit unbeteiligter Miene über den Basar zu führen. Nachdenklich schaute er den Prinzen an und fragte sich, woher dessen Lustlosigkeit wohl rühren mochte. Seit einigen Wochen war der Prinz nicht er selbst, seit seiner Begegnung mit dem Mädchen in Ruqayyas Gemächern.

Hoshiyar hielt sich peinlich genau auf dem Laufenden. Mit seinem Wissen hatte er sich durch die Ränge in seine gegenwärtige Position hochgearbeitet. Verschlagen und skrupellos hatte er sich aller Rivalen entledigt. Die Damen in der *zenana* begegneten ihm mit Respekt und ein wenig Angst, denn alles Nachteilige, was Hoshiyar in Erfahrung brachte, kam unweigerlich Jagat Gosini zu Ohren. Hoshiyar zollte nur einer Frau Achtung, der Frau, die Salims Harem beherrschte: Jagat Gosini. Außerhalb des Harems sperrte er Augen und Ohren für sie auf, und drinnen war er ihre rechte Hand. Schlau, wie er war, erkannte Hoshiyar die Intelligenz der Prinzessin und versuchte nie, sie auf irgendeine Art zu hintergehen; sie wäre ein mächtiger Feind. Nun machte sie sich Sorgen um Mehrunnisa. Warum? Salim schien sie vergessen zu haben … aber nicht ganz, denn er zappelte wie ein Fisch auf dem Trockenen und schnappte nach etwas, das außerhalb seiner Reichweite war.

»Oh, und nimm die anderen mit, ich will allein sein«, sagte der Prinz.

Die Dienerinnen machten sich ausgelassen auf den Weg. Salim drehte sich langsam um und ging in die Gärten.

Unterwegs rief ihm eine Verkäuferin zu: »Eure Hoheit, seht doch nur diese wunderschönen Vögel!«

Ein junges Mädchen saß an einem Stand, umgeben von Messingkäfigen mit zahlreichen bunten Vögeln. Sie war recht hübsch, und ihre groben Gesichtszüge wurden durch ein Lächeln erhellt. Salim betrachtete sie wohlgefällig. Seine Aufmerksamkeit ausnutzend, holte sie einen Hirtenstar mit leuchtend gelbem Schnabel hervor.

»Ist der nicht hübsch, Eure Hoheit«, versuchte sie ihn zu beschwatzen, geriet dabei aber ins Stammeln.

Salim grinste und sah, wie sie der Mut verließ. Sie war so kühn gewesen, ihn anzusprechen, doch jetzt, da er vor ihr stand, wurde sie mit einem Mal schüchtern. »Wie teuer?«

»Ein Spezialpreis für Euch, *huzur*.« Sie schlug die Augen schicklich nieder. »Nur fünf Rupien.«

»Drei«, sagte Salim lächelnd.

»Oh, *huzur*«, seufzte die Verkäuferin und stellte den Käfig beiseite. »Ich wünschte, ich könnte ihn Euch für drei Rupien verkaufen, aber das Leben ist so teuer …« Plötzlich hellten sich ihre Gesichtszüge auf. »Ich lasse ihn Euch für vier.«

»Nur wenn Ihr noch die beiden Tauben dazugebt«, sagte Salim und deutete auf zwei makellose, ungesprenkelte persische Tauben.

»Abgemacht.«

Salim holte vier Silberrupien aus seinem Kummerbund und reichte sie dem Mädchen. Er hätte ihr für ihre gute Vorstellung gern mehr gegeben, doch damit wäre ihr kleines Spiel verdorben. Er schaute sich suchend nach Hoshiyar um, der wie üblich in seiner Nähe war, obwohl Salim ihm befohlen hatte, sich der Frauen anzunehmen.

Er reichte Hoshiyar den Hirtenstar, die beiden persischen Tauben drückte er an seine Brust. Sie gurrten leise. Er rieb die Wange an ihren Federn und ging die Steintreppe in den Garten hinab. Der Lärm des Basars ließ allmählich nach. Vor ihm erstreckte sich der grüne, im Morgentau glitzernde Rasen. Bienen summten über den Blumen; ihre Flügel schillerten im warmen Sonnenlicht.

Seine Aufmerksamkeit wurde von der Blütenpracht roter Rosen angezogen. Ihre Dornen waren in mühseliger Handarbeit von den Hofgärtnern abgeknipst worden, um die Angehörigen des Moguls zu schützen. Salim bückte sich, und der süße Duft der Rosen stieg ihm in die Nase. Er richtete sich auf und schaute sich nach Hoshiyar um, doch der war nirgends zu sehen. Dann sah er das verschleierte Mädchen, das im Schatten des dicht belaubten Blasenbaumes saß.

»He, du da!«

Sie erhob sich und kam auf den Prinzen zu.

»Halte die für mich fest.« Salim reichte ihr die Tauben, denn er hatte vor, Rosen zu pflücken. Als er zurückkam, stand das Mädchen mit gesenktem Blick da und hatte nur noch eine Taube in den Händen.

»Wo ist der andere Vogel?«, fragte er verärgert.

»Er ist davongeflogen, Eure Hoheit.«

»Wie das?«

»So!«

Zu Salims Verwunderung hob das Mädchen die Hände und ließ den zweiten Vogel frei. Dabei rutschten ihre blauen Glasarmreifen klirrend über die Handgelenke. Die Taube flatterte in den Himmel. Wütend drehte sich der Prinz zu dem Mädchen um. Sie sah der Taube nach. Auf einmal zerrte etwas an seiner Erinnerung. Wo hatte er diese Stimme schon einmal gehört? Warum schien ihm diese Gestalt so vertraut? Eine leichte Brise wehte durch den Garten, und für einen Moment ließ der Schleier die Form ihres Gesichts erkennen.

»Mehrunnisa!«

»Eure Hoheit, verzeiht.«

Salim machte eine ungeduldige Handbewegung und ließ die Rosen fallen. »Vergiss den Vogel. Mehrunnisa! Warum bist du kürzlich vor mir davongelaufen?«

»Ich konnte nicht bleiben.«

»Warum nicht?« Salim ergriff ihre Hand und hielt sie fest. Sie hatte lange, schlanke Finger, die Nägel waren mit Henna gefärbt, die Haut glatt wie Perlen. Lächelnd standen sie voreinander, wortlos, einfach glücklich. Salim zog ihr sanft den Schleier vom Kopf. Er holte tief Luft und atmete langsam wieder aus. Sie war es! Die Frau, die er gesehen hatte, deren Bild auch der Opiumrausch nicht auslöschen konnte. Plötzlich überkam ihn das beinahe schmerzliche Verlangen, sie an sich zu ziehen, ihre Haut an seiner zu spüren, ihre Stimme und ihr Lachen zu hören.

»Du bist die schönste Frau, die mir je begegnet ist, Mehrunnisa.«

Sie neigte den Kopf. Ein Windstoß blies ihr eine Locke über den

Mund. »Aber Ihr habt so viele schöne Frauen in Eurem Harem, Eure Hoheit. Bestimmt gibt es eine, die mich an Schönheit übertrifft!«

Salim neigte den Kopf zur anderen Seite und passte sich ihrem singenden Tonfall an. »Das ist einfach nicht möglich. Was machst du hier allein im Garten? Warum bist du nicht auf dem Basar?«

»Er hat mich ermüdet.«

»Mich auch.« Salim hob ihre Hand an die Lippen und fuhr langsam mit seinen Fingern über den Handrücken. Dann berührte er unter den klirrenden Armreifen ihr Handgelenk.

»Hoheit, Seine Majestät wünscht Euch zu sehen.« Hoshiyar stand oben auf der Steintreppe.

Sie wandten sich zu dem Eunuchen um, der sie unter gesenkten Lidern aufmerksam beobachtete.

»Sag ihm, ich habe zu tun. Ich komme gleich«, sagte Salim.

»Jetzt, Eure Hoheit«, sagte Hoshiyar liebenswürdig. »Seine Majestät mag nicht, wenn man ihn warten lässt.«

Salim wandte sich an Mehrunnisa. »Wartest du auf mich? Ich bin bald wieder da.«

»Wohin sollte ich gehen, Eure Hoheit? Wenn Ihr befehlt, kann ich nur gehorchen.«

Er beugte sich zu ihr vor, und seine Augen blitzten schelmisch. »Und das sagt die Frau, die meine Tauben freigelassen hat! Ich befehle es nicht, Mehrunnisa. Ich bitte darum. Warte bitte, damit ich zu dir zurückkehren kann.«

Als er ging, wandte Mehrunnisa sich ab und sah nicht, wie Hoshiyar sie mit nachdenklicher Miene betrachtete. Der Eunuch rieb sich das Kinn und folgte seinem Herrn an die Seite des Mogulkaisers.

Mehrunnisa setzte sich auf die Steinbank unter dem Baum und zog sich den Schleier wieder über den Kopf. Ein heißes Glücksgefühl durchströmte sie. Er hatte sie also nicht vergessen.

Ein Lächeln umspielte ihre Lippen. Sie hatte ihn längst in den Garten kommen sehen, noch ehe er sie erblickt hatte. Sie war unter den Baum geschlüpft, im Glauben, er könne sie wegen des blenden-

111

den Sonnenlichts im Schatten des Blasenbaumes nicht sehen. Mehrunnisa zog die Knie bis hoch an die Brust und umfasste sie mit beiden Armen. Sie hatte Salim beobachtet. In diesem Augenblick war es ihr einerlei gewesen, dass er sie vergessen hatte, dass er nicht wusste, wer sie war. Ihr hatte genügt, dass das Schicksal ihr diese Chance gegeben hatte. Sie war verblüfft gewesen, als Salim ihr zurief, sie solle die Tauben für ihn halten, und war ohne zu überlegen zu ihm gegangen. Während er ihr den Rücken zukehrte, hatte sie absichtlich eine Taube fliegen lassen, denn sie wollte sehen, wie er darauf reagierte. Mehrunnisa lehnte sich zurück und ging im Geiste jedes Wort und jede Geste Salims durch, seinen Blick, das Gefühl seines Mundes auf ihrer Hand …

Bei dem Geräusch sich nähernder Schritte schaute sie mit einem Lächeln auf, das allerdings schwand, als sie die Mogulkaiserin Ruqayya erblickte, die mit ihrem Gefolge in den Garten kam. *Bitte, Allah, lass sie verschwinden, ehe Salim zurückkehrt.* Ruqayya ließ ihre Dienerinnen stehen und kam zu Mehrunnisa.

Diese stand auf und verneigte sich.

»Was führst du nun schon wieder im Schilde, Mehrunnisa?« Ruqayya setzte sich und klopfte auf den Platz neben sich.

»Ich habe keine Ahnung, wovon Ihr sprecht …«

»Doch. Hör zu. Salim mag zwar nach außen hin ein Mann sein, doch in seinem Herzen ist er noch ein Kind. Er sucht ständig nach seiner idealen Partnerin.« Ruqayya hielt inne und sah Mehrunnisa fest an. »Ich sehe, dass du den Charakter des Prinzen verstehst und dies zu deinem Vorteil zu nutzen weißt.«

»Eure Majestät«, protestierte Mehrunnisa heftig, »das ist ungerecht. Nichts liegt mir ferner. Der Prinz interessiert sich für mich. Warum sollte ich dieses Interesse nicht … ermutigen?«

»Weil du so gut wie verheiratet bist, darum«, sagte Ruqayya streng. »Und Seine Majestät wird einer Auflösung deiner Verlobung nicht zustimmen.«

»Warum nicht?«

»Mein Kind, du warst weit weg vom Hofe, als es sich ereignete.

Prinz Salim hat versucht, den Mogulkaiser durch einen der Hofärzte vergiften zu lassen.«

»Das ist nicht wahr, es ist nur ein Gerücht.«

Ruqayya lächelte finster und sagte: »Zweifelst du an meinem Wort?«

Mehrunnisa schüttelte den Kopf.

»Es stimmt. Aus diesem Grund lagen Akbar und Salim in den letzten beiden Jahren im Streit.« Die Padshah Begam ergriff Mehrunnisas Hand. »Der Mogul wird sein Wort nicht zurücknehmen, schon deshalb nicht, weil Salim ihn auf so schmerzvolle Weise enttäuscht hat.«

»Warum ist Prinz Salim eine Enttäuschung für den Mogul? Ich dachte, er liebte ihn.« Mehrunnisas Stimme klang gedämpft.

Seufzend lehnte sich Ruqayya zurück. »Das tut er auch. Zu sehr vielleicht. Wir alle lieben Salim. Wir haben ihn uns gewünscht, wir haben für ihn gebetet, und als er dann kam, war es geradeso, als hätte Allah uns allen ein Lächeln geschenkt. Aber im Laufe der Jahre … waren Akbar und Salim in den meisten Fällen nicht in der Lage, sich zu einigen. Der Prinz ist ehrgeizig, begabt. Er beansprucht die Krone für sich und will nicht darauf warten. Er hört zu sehr auf seine Kumpane und zu wenig auf uns. Er ist unruhig und mit seinem Leben unzufrieden.«

»Dann sollte Seine Majestät dem Prinzen vielleicht mehr geben?«

Die Padshah Begam schüttelte den Kopf. »Was kann ein Prinz, ein rechtmäßiger Thronerbe, denn noch von seinem Vater bekommen? Salim ist zu jung, um die Krone zu tragen, zu vorschnell in der Erfüllung seiner Wünsche. Der Vergiftungsversuch nagt noch immer an Seiner Majestät; er fühlt sich von seinem Kind betrogen, das er sich so sehr gewünscht hat, das er so gehegt hat. Das kann selbst ich nicht verstehen, Mehrunnisa, und von dir kann man es nicht erwarten. Richte deine Hoffnungen also auf nichts anderes als auf deine Heirat mit Ali Quli. Bedenke, mein Kind, das, was du in Zukunft unternimmst, kann die Stellung deines Vaters bei Hofe untergraben. Das willst du doch nicht, oder?«

»Gewiss nicht, Eure Majestät. Aber wieso ist mein Vater davon betroffen?«

»Mehrunnisa, Mirza Beg hat versprochen, dich mit Ali Quli zu verheiraten. Der Mogul wird nicht damit einverstanden sein, wenn er sein Wort zurücknimmt, und wenn du Salim weiterhin schöne Augen machst, wird dein Vater die Schande auf sich nehmen müssen.«

Schweigen legte sich zwischen die beiden Frauen, während die Padshah Begam die widersprüchlichen Empfindungen auf Mehrunnisas Gesicht betrachtete.

»Was soll ich tun, Eure Majestät?«, fragte Mehrunnisa schließlich.

»Eure Hoheit, die Padshah Begam spricht gerade mit Mehrunnisa.« Hoshiyar hatte sich vorgebeugt und flüsterte die Worte Jagat Gosini ins Ohr.

»Gut. Halte mich auf dem Laufenden.«

Hoshiyar wandte sich zum Gehen, doch die Prinzessin packte ihn am Ärmel und hielt ihn zurück. »Und lass niemanden etwas davon erfahren, Hoshiyar, kein Wort, verstanden?«

Hoshiyar verneigte sich. »Ja, Eure Hoheit. Ich bin die Verschwiegenheit in Person.«

Jagat Gosini nickte und drehte sich zu ihrem Gemahl um. Salim saß neben Akbar in der Mitte des Basars und tippte mit den Füßen einen unhörbaren Rhythmus. Ihr Herr wollte also rasch wieder in die Gärten, um dort seine neueste Errungenschaft zu treffen. Ihr flackernder Blick kehrte zu dem Jongleur vor dem Mogulkaiser zurück. Er ließ drei brennende Fackeln durch die Luft wirbeln und führte sie mit geschickten Händen mal unter dem einen, dann unter dem anderen Bein hindurch. Die Haremsdamen applaudierten laut, als der Jongleur seine Vorführung beendete. Er verneigte sich und machte Platz für den Schlangenbeschwörer mit seinem Korb voller Kobras und dem Mungo an einer Leine.

Jagat Gosini rieb sich die Stirn. Mehrunnisa hatte etwas an sich, das ihr nicht gefiel, und wenn sie ehrlich war, auch etwas, vor dem sie sich fürchtete. Ein schiefes Lächeln huschte über ihre Züge. Von königlichem Geblüt, eine Prinzessin im wahrsten Sinne des Wortes, war Jagat Gosini dazu erzogen worden, sich selbst für etwas Besonderes zu halten. Als ihre Heirat mit Prinz Salim arrangiert wurde, hatten sich ihre Erwartungen erfüllt. Denn Salim würde Mogul werden, und sie würde als seine Kaiserin über die *zenana* herrschen, und eines Tages würde Khurram den Thron des Mogulreiches besteigen. Jetzt hatte es den Anschein, als zöge am Horizont eine neue Bedrohung für ihre ehrgeizigen Pläne auf.

Wenn Mehrunnisa in die *zenana* einträte, bräche ein Kampf um die Macht aus, so viel war sicher. Das Mädchen besaß eine böse Zunge und hatte kein Gefühl für Etikette, keine Ahnung, wie man sich in Gegenwart von Hoheiten verhielt. Sollte Salim ihr auch weiterhin stur nachträumen, könnte sie, Jagat Gosini, durchaus den Vorteil einbüßen, den sie im Laufe der Jahre so sorgfältig aufgebaut hatte. Sie war nicht bereit, ihn kampflos aufzugeben. Es hatte Zeit gekostet, die Vorherrschaft vor den Müttern von Khusrau und Parviz zu erringen, doch es war ihr am Ende gelungen. Wenn Salim Mogul würde, dann würde *sie* die Padshah Begam.

Jemand berührte sie an der Schulter.

»Die Gärten sind leer, Eure Hoheit.«

»Danke, Hoshiyar.« Jagat Gosini entfernte sich von der Gruppe um den Herrscher mit einem grimmigen Lächeln auf den Lippen.

Prinz Salim erhielt schließlich die Erlaubnis, sich entfernen zu dürfen. Er lief in die Gärten und fand sie verlassen vor. Hoshiyar folgte ihm.

»Wo ist sie, Hoshiyar?«, fragte Salim und drehte sich zu dem Eunuchen um. »Sie hat gesagt, sie wollte warten.«

»Es hat eine ganze Weile gedauert, Eure Hoheit.«

»Wo finde ich sie?«

Hoshiyar zögerte und suchte nach einer angemessenen Antwort. Die Prinzessin wäre außer sich, wenn sie es erführe, doch andererseits, warum sollte er es dem Prinzen nicht sagen …

»Antworte mir, Hoshiyar. Zauderst du, weil meine Gemahlinnen eifersüchtig sind?«, fragte Salim, und in seinen Augen blitzte Verständnis auf.

»In den Gemächern der Padshah Begam. Sie ist zu Besuch bei Ruqayya.«

Salim schenkte dem Eunuchen ein Lächeln. »Gut. Vergiss nie, dass ich dein Herr bin, du erstattest mir Bericht, nicht meinen Gemahlinnen. Ist das klar?«

»Vollkommen, Eure Hoheit«, erwiderte Hoshiyar mit ehrlichem Gesicht.

Diesmal ging Mehrunnisa Salim nicht so leicht aus dem Sinn.

Der lange, heiße Sommer in Lahore war in einen angenehmen Herbst übergegangen. Die Sonne stand nicht mehr so hoch, und wenn sich der Nachmittag näherte, kündigten ihre schwindenden Strahlen Abkühlung an. Alle Fenster in den Mogulpalästen waren am Abend vor der Außenluft geschlossen, und in den Räumen flackerten Kohlenpfannen.

Seit Mehrunnisas Begegnung mit dem Prinzen in den Gärten waren zwei Wochen vergangen. Tagsüber besuchte sie nach wie vor Ruqayya, ohne zu wissen, dass Salim an den meisten Abenden seine Stiefmutter aufsuchte in der Hoffnung, Mehrunnisa dort zu treffen. Die Padshah Begam sprach mit Mehrunnisa weder über Salims Besuche noch über Salim selbst oder ihre Unterhaltung im Garten. Ruqayya beobachtete still und hatte ihre Freude an dem Drama, das sich um sie herum abspielte. Dann überredete die Mogulkaiserin Mehrunnisa eines Tages, als diese gerade nach Hause gehen wollte, länger zu bleiben. Ihre Dienerinnen hatten ihr gesagt, Salim wolle sie an jenem Abend wieder besuchen.

»Darf ich für ein paar Minuten hinausgehen, Eure Majestät?«, bat Mehrunnisa. Die Luft im Raum war stickig. Der Rauch aus den Kohlebecken schwebte in nicht enden wollenden Kringeln zur Decke empor, vermischt mit dem schweren Sandelholzduft, mit dem die Padshah Begam ihre Gemächer gern parfümierte.

»Geh nur, mein Kind.« Ruqayya winkte ihr lässig zu und lehnte sich auf einem Diwan zurück. Heute mussten sich Salim und Mehrunnisa treffen, und zwar in ihrem Beisein, damit sie ihnen ein wenig Vernunft beibringen konnte. Diese Verliebtheit war einfach sinnlos, wenn auch spannend für den gesamten Harem. Der Mogul würde es niemals gutheißen.

Mehrunnisa verneigte sich vor der Padshah Begam, raffte die blaue Seide ihres Rockes zusammen und schlenderte aus den Gemächern. Die Sonne versank hinter dem Horizont und färbte den Himmel im Westen hinter den Türmen und Minaretten der Stadt in allen Goldschattierungen. Von den fernen Moscheen scholl in den klingenden Stimmen der Muezzins die Aufforderung zum Gebet herüber. *Allah-u-Allah-u-Akbar ...*

Mehrunnisa kniete sich auf den Boden, um zu beten. Dann lehnte sie den Kopf an eine kühle Sandsteinsäule und schloss die Augen. Sie war erschöpft. Zu Hause und hier im Harem musste sie so tun, als sei nichts geschehen. Ruqayya sprach nicht darüber, obwohl sie Mehrunnisa unentwegt beobachtete.

Sie atmete tief ein und beugte sich über die Veranda in die kühle Abendluft. Wenigstens wussten Maji und Bapa von all dem nichts. Doch die Verstellung forderte ihren Tribut. Mehrunnisa aß und schlief kaum noch, und im Laufe des Tages entstanden tiefe Ringe unter ihren Augen. Ihre Gesichtszüge waren von Erschöpfung gezeichnet.

Dabei musste sie unentwegt an Salim denken. Mehrunnisa lächelte unwillkürlich. Die erste Begegnung in den Gärten der *zenana* war so flüchtig gewesen; sie war damals nicht auf ihn vorbereitet. Die zweite während des Mina-Basars war genauso verlaufen, wie sie es sich gewünscht hatte, bis der Mogul ihn zu sich gerufen hatte. Beim Abschied hatte er gesagt, *warte auf mich, Mehrunnisa.* Wie süß ihr Name aus seinem Munde klang.

»Mehrunnisa?«

Sie erstarrte. Das konnte nicht sein ... Mehrunnisa richtete sich auf und drehte sich langsam um, denn sie wusste, wer sie gerufen hatte.

Salim stand vor ihr.

Niemand war außer ihnen auf der Veranda, die kalte Abendluft hatte auch die letzten Bummler an die Kohlebecken in den Räumen getrieben.

Schweigend sahen sie sich an. Auch Salim wirkte müde, dachte Mehrunnisa und hätte liebend gern die Furchen auf seiner Stirn geglättet. Sie hob die Hände, um sich den Musselinschleier vor das Gesicht zu ziehen.

»Nein«, bat Salim, streckte eine Hand aus und zog sie wieder zurück, als habe er Angst, Mehrunnisa zu berühren. »Ich möchte dich ansehen, bitte.«

Sie zögerte und ließ dann die Arme sinken. Sollte er sie doch ansehen, so wie sie ihn, ohne vom Schleier daran gehindert zu werden. Zum letzten Mal. Noch während sie ihn betrachtete, fasste sich Salim plötzlich ein Herz, hob ihr Gesicht mit den Fingerspitzen an, beugte sich vor und berührte ihren Mund sanft mit seinen Lippen.

In Mehrunnisa loderte ein Feuer auf. Kein Mann hatte sie bisher geküsst, kein Mann hatte sie mit solcher Zärtlichkeit berührt. Hier und jetzt war Salim einfach ein Mann, der als Beweis äußerster Zuneigung und mit liebevollem Blick seinen Mund auf ihre Lippen gelegt hatte.

Und sie war einem anderen versprochen.

Mehrunnisa wich zurück und schob Salim von sich. »Ich kann nicht, Eure Hoheit.«

»Warum?«, fragte Salim mit lachenden Augen.

Ja, warum eigentlich nicht? Hingebungsvoll streckte sie eine Hand aus, um seine Kinnlinie zu berühren und daran langsam entlangzufahren bis zur anderen Seite. Seufzend legte Mehrunnisa beide Hände um sein Gesicht und zog ihn zu sich heran. Sie bedeckte seine Augenbrauen, die geschlossenen Augen, die hohen Wangenknochen mit sanften Küssen. Sie folgte den Linien seines Mundes mit ihrem Atem und sog seinen reinen Geruch ein. Zuletzt legte sie ihr Gesicht an seine Wange.

»Jetzt muss ich die Gunst zurückgeben«, sagte Salim heiser und nahm ihre Hände in die seinen. Sanft und voller Zärtlichkeit drückte er zunächst die eine, dann die andere an seinen Mund. Danach schmiegte er den Kopf in ihre Halsbeuge, das Gesicht nur knapp über ihrem Busen. Mehrunnisa stöhnte und legte den Kopf in den Nacken. Jeder einzelne Nerv wurde von seiner Berührung zum Leben erweckt, ihre Haut bebte unter seiner Zunge. Sie schloss ihn in die Arme und rieb ihr Kinn an seinem Haar. Woher wusste sie, was zu tun war, obwohl sie so etwas noch nie gemacht hatte?

Es war Salim, der sich aus der Umarmung löste. Im goldenen Licht des Abends standen sie voreinander und schauten sich schwer atmend an. »Du duftest nach Rosen.«

»Meine Mutter ...«, stammelte Mehrunnisa. Was hatte er gesagt? Was versuchte sie zu sagen? »Meine Mutter stellt Rosenwasser für unser Bad her.«

Salim schaute sie mit einer Intensität an, unter der sie erschauerte. »Du wirst bald zu mir kommen, Mehrunnisa. Ich weiß, dein Vater ist Mirza Ghias Beg. Ich werde den Mogulkaiser bitten, morgen einen offiziellen Antrag zu schicken, nein, noch heute.« Er lächelte verschmitzt. »Was soll ich dir zur Hochzeit schenken? Eine Menagerie von Vögeln, die du freilassen kannst?«

Sie aber sollte das Eigentum eines anderen werden. Sie hätte es nicht tun dürfen, ihn nicht so wild küssen dürfen. Doch in den letzten Wochen hatte er all ihre Gedanken beherrscht. Warum, Allah, mussten sie sich auf diese Weise begegnen, wenn doch nichts daraus werden durfte? Warum war er überhaupt in ihr Leben getreten, wenn er doch nicht ihr gehören sollte? Matt sagte sie: »Ich werde in ein paar Wochen verheiratet, Eure Hoheit.«

Salim runzelte die Stirn. »Das hat mir niemand gesagt. Aber«, er ergriff ihre Hand, »das ist kein Problem. Ich werde den Herrscher bitten, deine Verlobung zu lösen. Du wirst bald die meine, Mehrunnisa.«

Mehrunnisa entzog ihm die Hand. »Nein, Eure Hoheit, bitte nicht. Mein Vater hat mich bereits jemandem versprochen. Nähme er sein Wort zurück, wäre seine Ehre zerstört. Bitte ...«

»So schlimm kann es nicht sein, Mehrunnisa. Der Mogulkaiser selbst hat schon viele Ehen auf seinen Befehl hin aufgelöst, erst recht Verlobungen. Ein Wort von ihm …«

»Nein, Eure Hoheit«, rief Mehrunnisa, denn Ruqayyas mahnende Worte klangen noch in ihren Ohren. Sie glaubte noch immer nicht, dass Salim dafür verantwortlich war, Akbars Tod geplant zu haben. Nicht dieser Salim, der vor ihr stand. Es war ein Gerücht, das im Laufe der Jahre hässlich und groß geworden war und mit jedem Erzählen willkürlich Arme und Beine bekommen hatte. Dennoch war die Entfremdung zwischen Vater und Sohn allgemein bekannt. Da gab es keinen Ausweg. Plötzlich traten ihr Tränen in die Augen. Sie beweinte den Verlust Salims, die Angst um die Ehre ihres Vaters, die Furcht vor ihrer Zukunft, alles.

Der Prinz wischte sanft eine Träne von Mehrunnisas weicher Haut. »Geh jetzt, meine Teure«, sagte er sanft. »Ich werde alles richten. Und sei unbesorgt.«

Auf seinen Befehl hin nahm Mehrunnisa ihre Röcke zusammen und huschte auf bloßen Füßen über die Marmorveranda davon. Sie wusste, dass Salim noch an der Stelle stand, an der sie ihn verlassen hatte, und ihr nachschaute, doch sie drehte sich nicht noch einmal zu ihm um.

Mehrunnisa lief aus dem Palast und rief nach Dai Dilaram, ihrer Begleiterin. Dai kam aus den Unterkünften der Dienerinnen, mit denen sie geplaudert hatte, warf einen Blick auf ihren verwirrten Schützling und führte sie eilig nach Hause.

Unterwegs saß Mehrunnisa reglos in der Sänfte. Die Sache war zu weit gegangen, um sie noch allein bewältigen zu können. Nach ihrer Unterhaltung mit der Kaiserin hatte sie endlich angefangen, ernsthaft nachzudenken. Was Ruqayya sagte, stimmte: Wenn ihre Verlobung gelöst würde, zöge dies eine große Unehre für ihren Vater nach sich. Und Ghias Schmerz zuzufügen war das Letzte, was sie wollte. Sie war gegenüber den Dingen, die um sie herum vor sich gingen, blind gewesen, so wild entschlossen, Salim zu gewinnen, dass sie ihm schöne Augen gemacht hatte, ohne sich über die Folgen im Klaren zu sein. Gerade eben noch … doch das war unwiderstehlich gewesen, sie hatte ihn einfach berühren müssen. Jetzt war Salim entschlossen, sie nicht zu vergessen. Wenn er nun zum Mogul ginge? Ihr Vater würde in Ungnade fallen und der Lächerlichkeit preisgegeben. Es würde heißen, er habe seine Tochter absichtlich in die *zenana* geschickt, um den Prinzen zu bezaubern. Gerüchte würden kursieren, dass Ghias Beg sein Wort nicht halte und man ihm nicht trauen könne.

Bei dem Gedanken stockte Mehrunnisa der Atem. Ihr blieb nur eine Möglichkeit. Sie musste es ihrer Mutter sagen. Asmat würde wissen, wie man mit der Situation umging. Aber Salim … sein Kuss … nein, ihre Mutter musste es erfahren, nicht den Kuss, aber alles andere. Schon als die Sänfte in den äußeren Hof ihres Anwesens kam, grauste Mehrunnisa bereits vor der Begegnung mit ihrer Mutter, denn wenn Asmat es wüsste, würde ihr Vater es früher oder später auch erfahren.

An jenem Abend hörte Asmat entsetzt ihrer Tochter zu, ohne sie zu unterbrechen. Sie sprach sofort mit Ghias, und beide kamen zu dem Entschluss, dass es am besten wäre, sich an die Kaiserin zu wenden. Am nächsten Morgen suchte Asmat Ruqayya auf und beklagte das Verhalten des Prinzen.

Die Kaiserin war sehr besorgt darüber, wie weit die Geschichte bereits gediehen war. Sie hatte gedacht, es handelte sich auf Salims Seite nur um ein unbedeutendes Geplänkel, wusste sie doch, wie launenhaft ihr Stiefsohn war. Sie schickte dem Mogul eine Botschaft.

Akbar suchte sie noch am selben Nachmittag in ihren Gemächern auf, und Ruqayya kam ohne Umschweife auf Salims neueste Eroberung zu sprechen. Während dieser Unterhaltung stürmte der Prinz unangemeldet in Ruqayyas Gemächer.

»Eure Majestät, ich habe eine Bitte.« Er eilte auf seinen Vater zu und setzte sich ihm zu Füßen. In seiner Hast hatte Salim die Hofetikette beiseite gelassen. Jeder, der in die Nähe des Moguls kam, hatte die traditionelle Ehrenbezeugung auszuführen, ungeachtet seines Alters, seines Standes oder seiner Verwandtschaft mit dem Herrscher.

»Du vergißt deine Manieren«, sagte Akbar verärgert.

Salim vollzog eine halbherzige Begrüßung.

»Nun, worum geht es?«, fragte Akbar.

»Ich möchte die Tochter eines gewissen Mirza Ghias Beg heiraten, Eure Majestät. Sie heißt Meh…«

»Das geht nicht«, fiel Akbar ihm ins Wort. »Sie ist verlobt und soll heiraten, und wir haben unser Wort gegeben. Wir können unser Versprechen nicht zurücknehmen.«

Salim starrte seinen Vater ungläubig an. Was kümmerte es ihn, wenn Salim die Tochter eines Höflings heiratete? Er zwang sich, höflich zu bleiben. »Aber, Eure Majestät, das kann doch leicht umgestoßen werden, wenn Ihr es befehlt.«

»Nein, Salim. Die Verlobung fand auf unseren Befehl statt, und wir werden unser Wort nicht brechen.« Akbar wandte sich beim Reden von seinem Sohn ab.

Salim konnte es kaum fassen. Aber er wusste, dass er damit entlassen war. Langsam erhob er sich, verbeugte sich vor seinem Vater und ging mit bleiernen Schritten aus dem Raum. Er sehnte sich verzweifelt nach Mehrunnisa; er hatte in der Nacht zuvor kaum geschlafen. Jeder Gedanke, jeder Traum hatte mit ihrem Gesicht zu tun, mit dem Gefühl, sie in seinen Armen zu spüren, mit der Berührung ihrer Haut. Er verzehrte sich nach ihr. Doch er würde nicht bei seinem Vater um sie betteln. Salim wusste, dass er Unrecht getan hatte, damals, vor all den Jahren. Jetzt hatte es den Anschein, als wollte Akbar ihm nicht entgegenkommen. Er hatte immer wieder versucht, seine Reue zu zeigen, ohne tatsächlich zuzugeben, was er getan hatte. Wenn der Mogulkaiser doch nur in dieser einen Angelegenheit nachgegeben hätte … denn schon nach dieser kurzen Zeit bedeutete ihm Mehrunnisa mehr als jede andere Frau. Vor der Tür lehnte er sich an die Wand und ließ den Kopf an einer kühlen Marmorsäule ruhen. *Mehrunnisa.*

Als Salim ging, sah Ruqayya, wie sich das Gesicht des Monarchen in Sorgenfalten legte. Plötzlich wirkte er älter, als er war. Akbar seufzte und neigte das Haupt. »Wir werden mit Mirza Beg reden.«

Noch in derselben Woche verkündeten Trompeten Ali Qulis Ankunft bei Ghias Beg. Alle Männer des Haushalts – Ghias, Mohammed, Abul und Shahpur – warteten im vorderen Hof auf den Bräutigam. Ali Quli hatte keine Familie in Indien, so dass der Oberbefehlshaber der Armee mit ihm ritt und die Frauen seines Hauses hinter ihnen in Sänften getragen wurden. Mehrunnisa saß in ihrem Zimmer. Ihr Kopf beugte sich unter dem Gewicht des mit Goldfäden durchwirkten und bestickten roten Hochzeitsschleiers. Ihre Hände trugen Hennamuster, die Sandelholzpaste auf ihrem Körper schimmerte golden, und ihre Augen waren mit Kohol schwarz umrandet. Die Frauen um sie herum, Nachbarinnen, Freundinnen und Kusinen, hoben immer wieder aufs Neue ihren Schleier, um lauthals ihre Schönheit zu bekunden. Sie lachten über die Tränen in ihren Augen, denn es war die richtige Haltung für eine Braut, die bald ihr Vaterhaus verlassen sollte. Asmat hatte alle Hände voll zu tun, rief den Dienerinnen zu, frischen Tee zu servieren und Tabletts mit Süßigkeiten herumzureichen. Sie schaute ihre Tochter nicht an. In der letzten Woche hatte niemand viel mit Mehrunnisa geredet. Maji und Bapa verrieten nicht, was wirklich geschehen war, man gab einfach bekannt, die Hochzeit sei auf Befehl des Herrschers vorverlegt worden. Selbst Saliha war zum Fest noch nicht aus Kabul eingetroffen, sie war noch unterwegs.

In den langen Stunden vor der eigentlichen Zeremonie saß Mehrunnisa reglos da und wartete. Sie verdrängte alle Gedanken. Anscheinend hatte sie Bapa enttäuscht, obwohl es richtig gewesen war, es ihnen zu sagen. Ruqayya hatte ihr befohlen, zu Hause zu bleiben und erst wieder in den Palast zu kommen, wenn sie verheiratet war. Von Salim und über Salim hörte sie nichts.

Die Hochzeitszeremonie war kurz, doch die Feier dauerte die ganze Nacht hindurch. Ali Quli geleitete sie mit dem üblichen Tamtam nach Hause. Bevor sie im äußeren Hof in die Sänfte stieg, klammerte sich Mehrunnisa an Ghias Beg, bis er sie von sich stoßen musste. »Sie liebt uns alle«, sagte er zu Ali Quli, der die Szene beobachtete.

Ali Quli lachte herzhaft und entblößte dabei die Zähne. »So wie sie mich bald lieben wird, Mirza Beg.«

Asmat und Ghias zuckten zusammen. Ohne noch einmal zu ihnen zurückzuschauen, stieg Mehrunnisa in die Sänfte. Sie hielt den Blick auch dann noch abgewandt, als die Träger die Sänfte schulterten und langsam aus dem Hof trabten.

In der Abgeschiedenheit des Brautzimmers hob Ali Quli den Schleier und erblickte zum ersten Mal Mehrunnisas Gesicht. Unwillkürlich streckte er die Hand danach aus. Er fuhr über die Brautschminke, winzige weiße Punkte, die über ihren Augenbrauen bis hinab bis zur Wölbung ihrer Wangen aufgemalt waren. Sie zitterte. Ali Quli achtete nicht darauf. Er konnte sein Glück kaum fassen; er hatte geglaubt, die Heirat würde seine Verbindung zu Ghias Beg festigen, doch er hatte sich nie vorgestellt, dass seine Gemahlin so schön sein könnte.

Während Ali Quli sich über sein Glück wunderte und seine Hochzeitsnacht genoss, ertränkte Prinz Salim jeden klaren Gedanken in Wein.

Kapitel 6

*»Sie trachtete danach, den Prinzen Salim zu erobern, und es
gelang ihr bei einem Fest durch geschickten Einsatz ihres
Zaubers und ihrer Fertigkeiten, ihn zu verhexen. Doch sie
wurde mit Ali Quli verheiratet, einem persischen Adligen von
äußerstem Mut und größter Tapferkeit.«*
— Beni Prasad, History of Jahangir

Vor ein paar Stunden war der Tag zur Neige gegangen und hatte das Licht hinter dem flachen Horizont jenseits der Festung von Lahore verschwinden lassen. Während sich die Erde von der Sonne abwandte, wurden die Straßen nur von kleinen Lichtflecken erhellt, der größere Teil lag im Dunkeln. Die Basare waren leer, die Läden fest verschlossen, die Ziegelsteinhäuser an den Ufern des Ravi duckten sich hinter ihre hohen Mauern und unter große Tamarisken. Nachts gingen nur wenige Menschen durch die Straßen. Selbst hier, am Sitz des Mogulhofes, war es nicht ungefährlich, allein unterwegs zu sein, denn die Nacht lockte Diebe, Mörder, Geister und Dämonen an.

Ghias Beg saß auf der Treppe des inneren Hofes, in dem die Frauen seines Hauses wohnten. Der Boden war mit grau gescheckten Granitplatten ausgelegt, umsäumt von einer breiten Veranda, von der Türen in mehrere Räume führten. Ghias saß schweigend da und ließ die Sorgen seines Arbeitstages verklingen. Arjumand schlief in seinen Armen, ihr Gesicht ruhte am festen weißen Stoff seiner Baumwoll-*kurta*, deren Stickerei sich bereits in ihre Haut eingedrückt hatte. Er schaute auf sie hinab. Sie hatte den Daumen im Mund, ihre kleinen Beine baumelten von seinem Schoß, die andere Hand klammerte sich durch die Öffnung der *kurta* an seine Brust.

Ihr Rock war bis zu den Knien hochgerutscht, und er strich ihn wieder hinunter, wobei seine Finger durch einen kleinen Riss in der silbern durchwirkten Bordüre glitten.

Sie sah aus wie Mehrunnisa, dachte er. Sie hatte dieselben dichten schwarzen Haare, die jetzt hinten zusammengebunden waren, aber über die Hüfte reichten, wenn sie offen herabfielen. Derselbe Schalk in ihren Augen, die grau wie Sturmwolken am Himmel waren, dasselbe entzückte Lachen, wenn sie sich freute, dieselben zusammengezogenen Brauen, wenn man ihr etwas abschlug. Sie war genau wie Mehrunnisa. Aber sie war nicht Mehrunnisas Kind.

Ghias zog Arjumand zärtlich den Daumen aus dem Mund. Sie wehrte sich, dann ließ sie es, tief im Schlaf, mit sich geschehen. Für eine Sechsjährige eine ungesunde Angewohnheit. Doch Abul hatte sich noch so große Mühe geben können, weder ihm noch seiner Gemahlin war es gelungen, Arjumand diesen Trost zu nehmen. Arjumand war Abuls Tochter, und jetzt schlief sie in den Armen ihres Großvaters. Ghias warf einen Blick über den Hof, wo die beiden Frauen knieten.

Mehrunnisa und Asmat arbeiteten schweigend und tauchten ihre Hände in das *rangoli*-Pulver, das in kleinen Tonschüsseln neben ihnen stand. Fackeln, die in Halterungen an den Säulen des Hofes steckten, tauchten die beiden in Licht. Die Stelle hingegen, an der Ghias saß, lag im Schatten. Sie hatten zwei Stunden zuvor mit der Herstellung des *rangoli*-Musters begonnen, und jetzt erblühten die flachen Steine des Hofes in allen Farben und Mustern. Jasmin aus weißem Reismehl, zarte geschlossene Knospen und frisch erblühte Blumen; lange Mangoblätter aus grünem Pulver; Hibiskus in Rottönen; Lotus in seidigem Rosa; dreieckige Pipalblätter, deutlich in Sandsteinbraun geädert.

Mehrunnisa hockte sich auf die Fersen. Ihre Hände waren bis an die Handgelenke mit den kreidigen Pulvern bedeckt. »Es sieht aus wie ein unwirklicher Wald aus den wilden Träumen eines Menschen.«

Lächelnd füllte Asmat das Grün eines Mangoblattes auf, wobei das Pulver in einem genauen Muster aus ihren Händen rann und nicht über die Kreidelinie hinausreichte, die sie zuvor gezeichnet hatten. »Je farbiger das *rangoli*, umso herzlicher begrüßen wir Manijas neue Familie. Eigentlich ist dieses Musterzeichnen mit Reispulver ein Hindu-Brauch, aber er passt zu Manijas Hochzeit.«

Mehrunnisa rieb sich die Stirn, um einen plötzlichen Schmerz zu lindern. Dabei hinterließ sie einen blauen Streifen über ihrer Augenbraue. »Wie ist ihr Gemahl, Maji?«

»Er heißt Qasim Khan Juviani. Ich habe ihn nur kurz bei der Verlobungszeremonie gesehen. Dein Bapa sagt, es sei eine gute Familie. Er ist Dichter, sagte mir Manija.«

Mehrunnisa beugte sich wieder über die irdenen Schüsseln und schaufelte etwas gelbes Pulver in ihre Hände. »Ein Dichter. Und was schreibt er?«

»Liebesgedichte. Gestern hat er Manija ein Gedicht geschickt.« Asmat verfiel in einen sehnsüchtigen Tonfall. »Seine Augen dürsten nach ihrem Anblick, sein Herz schlägt im Rhythmus seiner Schritte, mit jedem Atemzug ruft er ihren Namen.«

Mehrunnisas helles Lachen tänzelte durch die warme Nachtluft. »Und wir zeichnen einen Zauberwald auf Stein, um die Frauen seiner Familie willkommen zu heißen. Was würde er sagen, wenn er dieses *rangoli* sähe?«

»Ganze Bände, kann ich mir vorstellen. Aber er wird nie so weit in die Unterkünfte der Frauen hineinkommen, das weißt du.«

»Manija heiratet«, sagte Mehrunnisa nach einer Pause. »Zuerst Khadija, dann Manija. Es ist kaum zu glauben.«

»Dein Bapa und ich hätten euch gern alle bei uns, so wie Abul und Mohammed jetzt bei uns wohnen. Aber Töchter gehören einem anderen, gleich nach ihrer Geburt schon. Wir sind nur die vorübergehenden Wächter unserer Töchter, *beta*«, sagte Asmat. »Sie wachsen auf, sie heiraten und ziehen in ihr wahres Zuhause. Sie haben eigene Kinder.«

Bei den Worten ihrer Mutter warf Mehrunnisa einen kurzen Blick zu ihrem Bapa hinüber. Ghias änderte die Haltung seiner Arme, damit Ajurmand bequemer schlafen konnte. Dann schlug Mehrunnisa die Augen nieder. Sie versuchte mit aller Macht, sie zurückzuhalten, doch die Träne rann langsam über ihre Wange und tropfte auf das *rangoli*-Muster, ein Tautropfen auf einem Mangoblatt, der das trockene Pulver darunter in ein dunkleres Grün verwandelte. Mehrunnisa wandte sich von Asmat ab in der Hoffnung, sie hätte es nicht bemerkt. Sie wollte nicht, dass Asmat sah, wie ihr nach diesen Worten plötzlich das Herz schwer geworden war. *Sie haben eigene Kinder.*

Sie war nun vier Jahre mit Ali Quli verheiratet. Doch in ihrem Haus war kein Kindergeschrei zu hören. Es war außerdem nur ein Haus, kein Zuhause, denn Ali Quli war nur selten da. Fünf Tage nach der Hochzeit war er wieder mit dem Oberbefehlshaber zu einem Feldzug aufgebrochen. Acht Monate lang herrschte dann Stille. Kein Brief an sie, nur Nachrichten durch Boten. Als er zurückkam, war ihr Gemahl ein Fremder, ein Mann, den sie fünf Tage lang gekannt hatte. Er war kein schlechter Mann, dachte Mehrunnisa. Er schlug sie nicht, war nicht direkt grausam zu ihr, so wie die Ehemänner anderer Frauen. Als wären sie Hunde, unrein, unberührbar und dienten ausschließlich rein fleischlichen Begierden. Diese Art von Schmerz fügte Ali Quli ihr nicht zu, doch sein Schweigen war beinahe noch schmerzhafter. Es war, als wäre sie ihm gleichgültig.

Dann, in ihrem ersten Ehejahr, setzte Mehrunnisas Monatsblutung aus, nachdem Ali Quli zurückgekehrt war. Beim Anblick von Essbarem wurde ihr übel, der Duft von Tschampakblüten ließ sie würgen, Kopfschmerzen marterten ihren Schädel. Sie schlief nur wenig, kurze Augenblicke tagsüber, bis sich eines Tages, als sie ein warmes Bad nahm, das Wasser um sie herum hellrot färbte. Nach dieser Fehlgeburt war ihr, als hätten Elefanten sie zertreten, langsam, Glied für Glied, bis nur noch Dumpfheit übrig blieb.

Die Schande blieb länger an ihr haften, als Monate vergingen, ohne dass sie erneut schwanger wurde. Einmal hatte Ali Quli zu ihr gesagt: »Das kommt nur, weil du mir untreu bist. Denkst du an einen anderen Mann?« Mehrunnisa hatte erschrocken aufgeblickt.

Stimmte das? Nahmen die Gedanken an Salim ihrem Körper die Fähigkeit, das Kind eines anderen auszutragen? Doch sie dachte nicht an Salim. Zumindest nicht unentwegt. Nicht jeden Tag. Hin und wieder, wenn sie müde war, wenn ihre Gedanken ihr nicht gehorchten, dachte sie an ihn. An die erste Begegnung in den Gärten der Mogulkaiserin, an die zweite auf dem Basar. An die dritte … an die Küsse … – das letzte Mal, dass sie ihn gesehen hatte.

»*Beta*.« Asmat legte Mehrunnisa eine Hand auf die Schulter und drehte sie zu sich herum. Als sie die Spur auf ihrer Wange sah, wischte sie die Träne mit dem Zipfel ihres Schleiers ab. »Es wird geschehen, *beta*.«

Mehrunnisa zwang sich zu einem Lächeln. Sie wollte kein Mitleid, nicht einmal von Maji. In den vergangenen vier Jahren hatten alle sie bemitleidet. Mohammed, Abul, Khadija, Manija. Mohammed und Abul hatten Kinder, Khadija, die erst seit sechs Monaten verheiratet war, war bereits schwanger, und ihr Leib wölbte sich in Vorfreude auf das Kind. »Ich glaube«, sagte Mehrunnisa mit Bedacht, um Majis mitfühlenden Blick loszuwerden, »ich glaube, es geschieht bald, Maji.«

Asmat legte die Hände sanft auf das Gesicht ihrer Tochter. »Wie lange schon?«

»Zwei Monate.«

Asmat lachte, nahm Mehrunnisa in die Arme und gab ihr einen Kuss. »Du hast es mir nicht gesagt. Warum? Wir müssen es feiern.«

»Nein, Maji, bitte«, entgegnete Mehrunnisa und entzog sich der Umarmung ihrer Mutter. Sorgenfalten bildeten sich auf ihrer Stirn. »Noch nicht, nicht so früh.«

»Warum? Wir haben doch allen Grund, uns zu freuen. Eine Hochzeit im Haus, ein weiteres Enkelkind, was will ich mehr? Wir müssen es deinem Bapa sagen.«

Asmat hob eine Hand, um Ghias zu sich zu winken, doch Mehrunnisa gebot ihr Einhalt. »Nein, Maji. Ich will es noch niemandem erzählen. Wir müssen abwarten. Ich hätte es dir nicht gesagt …«

Asmat ließ die Hand sinken und schaute Mehrunnisa an. »Nicht einmal mir, *beta*? Wie kannst du es deiner Mutter nicht erzählen? Weiß Ali Quli es?«

»Nein.«

»Warum?«, fragte Asmat. »Dein Gemahl muss es wissen. So etwas verbirgt man nicht. Es ist ein Grund zum Jubeln. Ein Kind in der Familie, vielleicht sogar ein Sohn, das *muss* dein Gemahl wissen.«

Mehrunnisa schüttelte den Kopf und wünschte, sie hätte es Asmat nicht gesagt. Wie sollte sie ihre Angst erklären? Wie sollte sie ihr sagen, dass sie täglich nach Blut schaute, dass sie nur kurze Bäder in klarem Wasser nahm und nie einen Blick nach unten warf, weil sie nicht sehen wollte, wie sich das Wasser färbte?

»Ich kann es ihm nicht sagen. Noch nicht.«

Asmat wandte sich von ihrer Tochter ab, füllte das nächste Blatt und rückte dabei ein wenig von ihr ab. »Mehrunnisa, Ali Quli muss von diesem Kind etwas erfahren. Dein Gemahl muss immer mehr wissen als wir, denn du gehörst jetzt zu ihm, nicht zu uns. Du bist die Zierde seines Hauses, deine Gedanken müssen ausschließlich um ihn kreisen. So wie ich an deinen Bapa denke.«

»Aber wir sind nicht wie Bapa und du, Maji«, flüsterte Mehrunnisa mit bebender Stimme. »Wir führen eine andere Ehe.«

»Ja, das sehe ich auch so. Aber es ist eine Ehe. So hat es zu sein. Vielleicht haben dein Bapa und ich früher Fehler gemacht. Vielleicht hätten wir dich mit einem anderen Mann verheiraten sollen, einem, der dich besser verstanden hätte. Doch wir konnten auf einen persönlichen Befehl des Moguls nicht anders eingehen. Wenigstens hat sich Ali Quli nicht nach einer anderen Frau umgesehen. In dieser Hinsicht gleicht er deinem Bapa.«

Mehrunnisa schaute Asmat starr an, verräterische Tränen nahmen ihr wieder die Sicht. »Bapa hat nie wieder geheiratet, weil du, weil wir alle seine Welt vollkommen ausfüllen. Ali Quli macht sich sehr wenig aus mir, ich nehme in seiner Welt nur wenig Raum ein. Warum verteidigst du ihn? Um mich musst du dir Sorgen machen. Du bist meine Mutter, nicht die seine. Hast du mich so vollständig

130

an ihn abgegeben, dass es dir gleichgültig ist, wie es mir geht?«
Noch während ihr die Worte entschlüpften, wusste Mehrunnisa,
dass sie besser ungesagt geblieben wären. Asmat beugte sich über
ihre Arbeit und schaute sie nicht an. Sie hatte die Augen geschlossen, als leide sie unter Qualen. Mehrunnisa wollte sich entschuldigen und ihr den Schmerz nehmen. Sie glaubte nicht, dass ihre Eltern
sie aufgegeben hatten. Sie wusste, dass sie unentwegt an sie dachten,
mehr als ihr Gemahl. Doch sie mussten das Gesicht wahren, selbst
ihr gegenüber. Asmat hatte bereits mehrere Regeln der Etikette gebrochen, als sie sich in dieser Weise über Ali Quli äußerte, als sie –
vier Jahre danach – erwähnte, wie sehr Ghias und Asmat es bedauer-
ten, Mehrunnisa mit Ali Quli vermählt zu haben. Über so etwas
sprach man einfach nicht. Wenn das Schicksal eine Ehe bestimmt
hatte, dann wurde die Ehe geschlossen, die Hochzeit gefeiert, und
man würde überleben, wie auch immer.

»Ich wünsche«, sagte Asmat leise, und Mehrunnisa beugte sich
zu ihr, um sie zu verstehen. »Ich wünsche dir so sehr ein Kind, Nisa.
Weil du ein Kind haben willst. Weil es dich glücklich machen wird.
Wenn ich andere Frauen davon abhalten könnte, dich ständig zu
fragen, warum du kein Kind hast, dann würde ich es tun. Wenn ich
deinen Schoß mit einem Kind füllen könnte, würde ich es tun.«

»Maji, ich hätte nicht so mit dir reden dürfen.«

»Doch.« Asmat schüttelte bedächtig den Kopf. »Ist schon gut,
beta. Aber«, sie sah Mehrunnisa wieder mit gefasster Miene an,
»wenn du morgen nach Hause gehst, musst du es Ali Quli sagen. Er
hätte es als Erster erfahren sollen. Du darfst nichts Ungehöriges tun,
Nisa. Niemand sollte mit dem Finger auf dich zeigen und sagen, du
habest einen Fehler begangen. Der äußere Schein muss unter allen
Umständen gewahrt bleiben.«

Mehrunnisa seufzte. Immer gab es Einschränkungen in der Gesellschaft: wie man zu leben und zu essen hatte, sogar worüber man
reden durfte und worüber Stillschweigen zu bewahren war. In jungen Jahren war es einfacher für sie gewesen, im Schutz von Bapa und
Maji. Jetzt aber, als verheiratete Frau, wurde sie sehr genau beobach-

tet. Mehrunnisa hing diesen Gedanken noch nach, als Asmat erneut das Wort ergriff. Diesmal erhellte ein Lächeln ihre Augen, und Lachfalten verbreiteten sich um ihren Mund. »Aber es wird ein Kind geben. Wir sind wie zwei alte Frauen mit eingebildeten Ängsten. Sei stark, *beta*. Vielleicht verstehe nicht einmal ich, welchen Kummer du durchmachst, denn ich habe diese Erfahrung nicht gemacht. Doch ich werde zu Allah beten, dass er deinem Kind das Leben schenkt und dir das Glück, das eine Mutterschaft mit sich bringt.«

»Sag es Bapa nicht, Maji«, bat Mehrunnisa rasch.

»Er wird es verstehen, *beta*. Ob ich es ihm sagen soll oder nicht, er wird es verstehen. Und eines Tages wird er auch dein Kind in den Schlaf singen, so wie er jetzt Arjumand in den Armen hält.«

Sie schauten zu Ghias hinüber. Er war im Sitzen eingeschlafen und hatte sich an die Säule gelehnt. Seine Enkelin lag ausgestreckt auf ihm. Das Tagewerk und die Stille der Nacht hatten sich unmerklich über sie gelegt. Mehrunnisa beugte sich wieder vor, froh, dass ihre Mutter kein Aufhebens um sie machte, denn falls das Undenkbare geschehen sollte, hätte sie sich dessen geschämt. Sie war froh, dass Asmat nicht darauf bestand, sie solle das *rangoli* nicht weiterzeichnen und sich lieber hinlegen. Wenn Hände und Geist beschäftigt waren, hatte sie keine Zeit, darüber nachzudenken, was hätte sein können. Maji war immer praktisch veranlagt gewesen. Es gab zu viele andere Dinge zu tun, als stundenlang in müßiger Betrachtung dessen zu verbringen, wie das Leben hätte werden können, wenn dies oder jenes nicht eingetreten wäre.

Der nächste Morgen graute zu früh für Mehrunnisa, die nur ein paar Stunden geschlafen hatte. Sie hatte mit Asmat in der Nacht noch weitere drei Stunden lang zügig gearbeitet. Davor hatte Asmat sich erhoben, um Ghias zu wecken, ihm Arjumand aus den Armen zu nehmen und beide ins Bett zu bringen. Als sie zurückkam, beendeten die beiden Frauen das *rangoli* schweigend. Hin und wieder sah Mehrunnisa, wie ihre Mutter sie besorgt anschaute, sobald sie eine Hand ins Kreuz legte, um den Schmerz zu lindern, oder an einem herben Stück getrockneter Mango saugte, das Asmat ihr aus der Küche mitgebracht hatte. Als sie fertig waren, leuchtete der ganze Hof in allen Farben. »Jetzt geh schlafen, Nisa. Du musst erschöpft sein, und mit dir wird auch das Kind müde«, sagte Asmat. Dann schloss sie Mehrunnisa in die Arme, die ihren Kopf an die Schulter der Mutter lehnte. So blieben sie eine Weile stehen. Mehrunnisa roch die welken Jasminblüten in Asmats Haaren, vernahm den steten Schlag ihres Herzens und empfand einen Trost, der ihr lange nicht zuteil geworden war.

Als Mehrunnisa ihr Vaterhaus verließ, stand der Milchmann mit seinen Kühen an der vorderen Treppe. Da sie verschleiert war, blieb sie stehen und sah zu, wie er das angeschwollene Euter einer Kuh massierte und dann seinen irdenen Topf der Magd zeigte. Nachdem die misstrauische Magd in den Topf gelugt hatte, um sich zu vergewissern, dass er nicht zur Hälfte mit Wasser gefüllt war, um das Milchvolumen auf unredliche Weise zu vergrößern, klemmte er sich den Topf zwischen die Knie, sprach leise mit der Kuh und drückte dann mit geübten Händen die Euterzitzen. Während der Milchmann und die Magd sich unterhielten, huschte Mehrunnisa davon und kehrte ins Haus ihres Gemahls zurück. Vier Diener folgten ihr im Abstand von ein paar Schritten.

Maji sagte, Ali Quli müsse es erfahren, also wollte sie es ihm sagen. Obwohl sie noch müde von der vorangegangenen Nacht war, obwohl ihr der Rücken schmerzte und ein bitterer Geschmack auf ihrer Zunge lag, fühlte sich Mehrunnisa innerlich erleichtert. Das Gespräch mit Maji hatte ihre Ängste gelindert. Jetzt war alles anders. Ali Quli und sie würden ein Kind haben, dieses Kind lebte in ihr. Das ewige Nachfragen hätte ein Ende. Ali Quli wäre stolz auf sie, und gemeinsam würden sie ein Zuhause schaffen. Nicht wie das von Maji und Bapa, aber trotzdem ein Zuhause. Nun müsste sie nicht mehr andere Frauen mit ihren Kindern beobachten und das Gefühl haben, von Qualen verzehrt zu werden. Auch sie hätte ein Kind, sodass sie getrost alt und griesgrämig werden konnte und das Kind ihren Launen nachzugeben hätte. Mehrunnisa lachte, und es klang wie plätscherndes Wasser, ein glückliches Lachen.

Als sie zu Hause eintraf, ging sie durch den Hof zu Ali Qulis Zimmer. Qasim, sein Diener, lag schnarchend vor der Tür. Mehrunnisa bückte sich und rüttelte ihn an der Schulter.

Mit einem Aufschrei schreckte er mitten aus einem Traum in die Höhe und starrte sie an. »*Sahiba*, wann seid Ihr zurückgekommen? Der *Sahib* erwartet Euch noch nicht. Ich werde ihm Bescheid geben ...«

»Nicht nötig«, sagte Mehrunnisa.

»Aber *Sahiba*«, Qasim rappelte sich mühsam auf und humpelte umher wie eine verletzte Katze. »Es ist besser ...«

Doch da hatte Mehrunnisa bereits die Tür zu Ali Qulis Zimmer aufgestoßen. Sie blieb wie angewurzelt stehen. Ali Quli schlief im Bett, das mitten im Raum stand. Er hatte lässig ein Bein über eine Sklavin gelegt, sie mit einem Arm umfangen, das Kinn in die Höhlung ihrer bloßen Schulter gebettet.

Es war, als hätte sie ein Flintenschuss getroffen, als wäre eine Hälfte von ihr beim Anblick ihres Gemahls und der Sklavin zerfetzt worden. In diesem Augenblick wachte Ali Quli allmählich auf und sah Mehrunnisa an seiner Zimmertür stehen. Er weckte die Sklavin mit einem Klaps und sagte: »Geh jetzt.«

Das Mädchen wachte auf, sah ihre Herrin, zog eilig ihre *choli* über und floh. Mit gesenktem Blick huschte sie an Mehrunnisa vorbei aus dem Zimmer. Als sie fort war, schlug Mehrunnisa die Tür vor Qasims neugierigen Blicken zu.

Ali Quli stützte sich auf einen Ellbogen und sagte: »Sie war nur eine Sklavin, Mehrunnisa. Du solltest dankbar sein, dass ich keine andere Frau nehme.«

»Und woher wolltet Ihr wohl die Zeit für sie hernehmen, Herr?«, fragte Mehrunnisa verbittert. »Wann wolltet Ihr sie denn sehen? Wann mit ihr reden? Eine andere Frau nähme zu viel Zeit von Euren Feldzügen in Anspruch. Sie wollte verwöhnt werden, wünschte sich neue Kleider und dass Ihr sie darin bewundert.«

»So wie du.« Ali Quli setzte sich im Bett auf und zog das blaue Bettlaken über die Hüften.

Mehrunnisa lehnte sich an die Tür und ließ sich zu Boden gleiten. Sie nahm ihr Gesicht in beide Hände. »Ich bitte Euch um so wenig. Aber das, noch dazu in meinem eigenen Haus, das ist zu viel. Ich beklage mich nicht, wenn Ihr ins Haus der Freuden geht oder die *nautch*-Mädchen besucht. Warum in meinem Haus, in dem Bett, in dem ich geschlafen habe?«

»Ein Bett, das nicht fruchtbar ist«, schrie Ali Quli mit zornentbrannter Miene. »Wie kannst du es wagen, so mit mir zu reden? Meine Gründe infrage zu stellen? Ich habe dich geheiratet, weil Akbar es mir befohlen hat. Muß er dir jetzt befehlen, ein Kind zu bekommen?«

Mehrunnisa sah ihn an, wie gelähmt nach seinen Worten. *Aber ich trage doch dein Kind unter dem Herzen. Ich bin gekommen, dir die Neuigkeit zu bringen, dass wir ein Kind bekommen, und ich treffe dich mit einer anderen Frau im Bett an.* Warum schmerzte das so? Sie wusste von seinen Liebeleien mit den *nautch*-Mädchen, wusste auch, dass es zuweilen die Sklavinnen aus ihrem Haus waren, doch diesmal hatte sie es zum ersten Mal mit eigenen Augen gesehen. Maji hatte geraten, sie müsse es ihrem Gemahl sagen. Aber selbst Maji konnte nicht verlangen, dass sie es ihm unter diesen Umständen mitteilte.

»Verzeiht«, sagte sie langsam. »Vielleicht ist es besser, Ihr nehmt Euch eine andere Frau.«

Ali Quli lachte, legte sich in die Kissen zurück und verschränkte die Arme hinter dem Kopf. Die ersten Sonnenstrahlen drangen durch die filigranen Ornamente der Fensterläden. Er betrachtete ihr verzweifeltes Gesicht durch halb geschlossene Augen. »Das mache ich vielleicht.«

Kampfgeist stieg in Mehrunnisa auf. Sein Spott war zu viel für sie. Dies war die erste richtige Unterhaltung, die sie seit vier Jahren führten, so lange hatten sie noch nie miteinander geredet. Sie sagte gereizt: »Soll ich sie für Euch aussuchen, Herr? Wie hättet Ihr es denn gern? Lange Haare, schlank, Augen, die ein Dichter loben würde? Aus guter Familie? Vielleicht sollte ihr Vater ein wichtiger Minister bei Hofe sein? Eine solche Verbindung würde Euch sicher Glück bringen.«

Ali Quli sprang mit einem Satz aus dem Bett und band sich die Enden des Lakens um die Hüfte. Mit langen Schritten ging er auf Mehrunnisa zu und packte ihr Gesicht mit seiner großen Hand. Er kam ihr mit seinem Gesicht so nahe, dass sie seinen säuerlichen Atem roch. Heiser flüsterte er: »Du redest zu viel für eine Frau, Mehrunnisa. Als wärst du eine Königin, als hättest du Königin werden wollen. Doch wo ist das Gold in deinen Adern? Wer sind deine Vorfahren? Welche Länder haben sie erobert? Wo sind ihre Denkmäler, die an ihr Leben erinnern, wo ihre Grabmale? Und wer ist dein Vater? Ein persischer Flüchtling. Ein Mann, der aus seinem Land floh, nur mit den Sachen, die er am Leibe trug, und die waren zerfetzt, als er schließlich nach Indien kam.«

Mehrunnisa versuchte, sich mit beiden Händen aus seinem Griff zu befreien, doch er hielt sie so fest, dass ihr Kiefer schmerzte. Es fiel ihr schwer, zu sprechen, doch es gelang ihr, ein paar Worte hervorzubringen. »Auch Ihr seid Perser, Herr. Vergesst das nicht. Ihr habt in Indien ebenso Zuflucht gefunden wie mein Vater. Unter denselben Umständen.«

»Aber ich, Mehrunnisa, bin Soldat. Ich kämpfe in Schlachten. Ich bringe andere Männer um. In meinem Blut ist Eisen. Und was ist dein Vater? Nur ein unbedeutender Beamter, der mit Zahlen umgeht.«

Mehrunnisa nahm ihre ganze Kraft zusammen und versuchte, Ali Quli von sich zu stoßen. Doch er war viel stärker. Plötzlich, ebenso unvermittelt, wie er aus dem Bett gesprungen war, ließ er ihr Gesicht los und lehnte sich zurück. Ihre Knie berührten sich jetzt. Mehrunnisa rieb sich die Wange und wusste, dass seine Finger Spuren auf ihrer Haut hinterlassen würden. Sie konnte nicht zu Manijas Hochzeit gehen, die Leute würden über sie reden. Maji und Bapa würden sich große Sorgen machen.

»Mein Vater ist der Divan-i-buyutat – der Meister, der für die Instandhaltung der Mogulpaläste zuständig ist«, sagte sie, »kein unbedeutender Beamter. Ihr wisst das genau. Aufgrund seiner Stellung bei Hofe genießt Ihr gewisse Privilegien. Eine vergrößerte *mansab*, das Kommando über eine Heeresdivision – das alles habt Ihr ihm zu verdanken.« Eigentlich sollte sie nicht so mit ihm reden, Frauen schlugen gegenüber ihren Ehemännern nicht diesen Ton an. Maji hatte mit Bapa nie so geredet, zumindest nicht, wenn Mehrunnisa in Hörweite war. Doch in diesem Augenblick verachtete sie ihn, schrak vor dem Gedanken zurück, dass sie sein Kind austrug. Sie wollte ihn nie wiedersehen, ungeachtet der Gegenbeschuldigungen, die das zur Folge hätte. Wie konnte er sich erdreisten, ihren Bapa zu beleidigen? Wer war *er* denn, ihren Bapa zu beleidigen?

Ali Quli machte eine abrupte Bewegung mit den Händen, und Mehrunnisa duckte sich, was sie sogleich bereute. Doch er hatte sie bislang noch nie geschlagen, und er unterließ es auch jetzt. »Ich weiß, dass du meinst, unter deiner Würde verheiratet zu sein«, schrie er. »Dein Bapa und deine Maji denken genauso. Weil ich ohne Familie hierher gekommen bin. Weil ich ein Diener des Schahs war. Ein Mundschenk. Vier Jahre lang habe ich diese Behandlung von deiner Familie ertragen.«

»Bapa und Maji haben nie ein Wort gesagt«, schrie Mehrunnisa.

»Das brauchten sie nicht. Ihr Gehabe, ihre Blicke, ihr Verhalten mir gegenüber spricht Bände. Doch wer bist du, Mehrunnisa? Du benimmst dich, als wärst du von königlichem Geblüt. Aber hat deine Mutter vielleicht auf Samt und Seide gelegen, als du zur Welt kamst? Welche Trompeten haben deine Geburt verkündet, welche Kanonen wurden dir zu Ehren abgefeuert? Welche Köche haben über Tiegeln geschwitzt, um süße Köstlichkeiten für die Münder derer herzustellen, die sich nach deiner Geburt erkundigen wollten? Welche Bettler hat dein Vater eingekleidet und mit Essen versorgt als Zeichen seiner Freude über deine Geburt? Welche Feierlichkeit kannst du für dich in Anspruch nehmen? Ein nacktes Zelt, ein Wintersturm. Eine Mutter, die bei deiner Geburt fast gestorben wäre. Ein Vater, der den Entschluss fasste, dass du lieber bei anderen aufwachsen solltest.«

Mehrunnisa schaute ihn lange unverwandt an, seine Worte versengten sie innerlich, als wäre ihre Haut Stück für Stück in Brand geraten. Trotz ihrer Qualen erkannte sie, dass seine Worte ironischerweise beinahe poetisch klangen, wenn er außer sich vor Zorn war. Sie hatte nicht mehr die Kraft und sagte mit tonloser Stimme: »Warum lasst Ihr Euch nicht von mir scheiden, Herr? Ihr müsst nur vor zwei Zeugen *talaq, talaq, talaq* sagen.«

Ali Quli schüttelte den Kopf. »Nein, dein Vater ist noch immer von *gewissem* Nutzen, obwohl ich ihn nur für einen Beamten halte. Es sieht ganz so aus, als könne man als Ghias Begs Schwiegersohn Respekt erwarten. Deshalb«, er beugte sich vor und berührte ihr Gesicht, diesmal sanft, »ist es nicht so einfach, wie du denkst. Nichts im Leben ist leicht. Wir sind für den Rest unseres Lebens verheiratet, meine liebe Mehrunnisa. Bedenke, dein Leben lang wirst du nicht mehr als die Frau eines gemeinen Soldaten sein. Bete zu Allah, dass ich bald befördert werde, sonst wirst du deiner noblen Familie nie wieder erhobenen Hauptes begegnen können.«

Damit erhob er sich vom Boden, bückte sich, um Mehrunnisa zur Seite zu schieben, öffnete die Tür und ging hinaus. Dabei rief er: »Qasim, mach mir meinen *chai*.«

Mehrunnisa saß wie versteinert da und schaute auf ihre Hände. Sie hatte keine Gelegenheit gehabt, Ali Quli mitzuteilen, warum sie so früh am Morgen zu ihm gekommen war. Sie hörte, wie ringsum der Haushalt in Bewegung geriet, wie die Mägde Wasser aus dem Brunnen im Hof holten, wie die Kehrer den Steinboden der Veranden fegten. Sie empfand nichts mehr, keinen Kummer, keinen Seelenschmerz, nur Taubheit.

Noch während sie dort saß, setzte der erste Schmerz ein. Genauso wie die anderen zuvor. Er fuhr ihr mit Macht ins Kreuz und in den Bauch, als griffe eine riesige Zange nach ihr. Mehrunnisa schloss die Augen, als die Schmerzen sie durchfluteten. Jetzt müsste sie sich keine Entschuldigung ausdenken, warum sie nicht an Manijas Hochzeit teilnehmen konnte. Jetzt würde Maji nicht fragen, warum sie nicht kam. Sie umschloss den Leib mit einem Arm, rollte sich zur

Seite und legte das Gesicht auf den kalten Steinboden. Wieder ein Kind verloren, das kaum in ihr war, kaum zu leben begonnen hatte und jetzt fort war. *Es konnte nicht sein.* Es war unvorstellbar – ein Leben ohne Kind, das Leben, das Ali Quli ihr ausgemalt hatte, als unfruchtbare Frau eines gewöhnlichen Soldaten.

Ihre Lippen formten ein stilles Gebet. Tränen verschleierten ihr die Sicht auf den Raum, und ihr Atem stockte. *Bitte, Allah, nicht schon wieder, lass mich dieses Kind behalten. Bitte.*

Doch dann spürte sie den warmen Schwall von Blut zwischen den Beinen.

Bis zum Jahre 1599 hatte sich das Mogulreich weit über das Gebiet von Hindustan ausgebreitet, umfasste Kandahar und Kabul im Nordwesten, Kaschmir im Norden, Bengalen im Osten und reichte bis Berar im Süden. Die offizielle Ausrufung der Staatsgewalt wurde an jedem Freitag vor den Mittagsgebeten in den klingenden Stimmen der Muezzins von den Moscheen im gesamten Reich verlesen. *Gegrüßet seist du, Akbar Padshah, mächtigster Herr.* In Zentralindien war es dem Mogulkaiser sogar gelungen, die Rajputenkönige zu unterwerfen, heldenhafte Krieger und eine grimmige, stolze Rasse. Mit jedem eroberten Königreich wurden Töchter, Schwestern, Kusinen und Nichten mit der Familie des Mogulkaisers verheiratet, um die neu gebildeten Allianzen zu festigen und sich gegen weitere Aufstände abzusichern.

Nur ein Königreich hielt noch stand. Udaipur lag im Südwesten des Rajputengebietes – ein zerklüftetes, unwirtliches Land mit niedrigen Bergen, kahlen Ebenen und Buschwerk, in dem Wasser und Regen, bedingt durch die heiße Wüste Thar im Norden, nur eine vage Erinnerung waren. Doch Udaipur lag unter der unbarmherzig sengenden Sonne am Ufer des Picholasees, in dessen Umgebung das Land dank des reichlich vorhandenen Wassers fruchtbar, grün und üppig war, umgeben von den kahlen Hügeln des Landes. Hier hatte Rana Pratap Singh mit einer Sturheit und Überheblichkeit geherrscht, die sich einzig aus seiner Zugehörigkeit zu den Rajputen ergab. Er war stolz darauf, aus einem unbesiegbaren Volk zu stammen, und wütend darüber, dass sich jemand, und sei es auch ein großer Herrscher, erdreistete zu glauben, Udaipur, *sein* Land, sei Teil eines Großreiches.

Rana Pratap Singh starb in einer Hütte am See. Durch das Fenster seiner Behausung blickte er auf die Ziegelmauern des Palastes, den einer seiner Vorgänger zu bauen begonnen hatte, doch während seiner eigenen Herrschaft hatte nicht genug Frieden geherrscht, um den Palast fertig zu stellen. Seine Söhne standen um ihn, als er sich auf seine Matratze niederlegte, und sie schworen, Pratap Singhs Kampf gegen Akbar fortzusetzen. Bis zum letzten Atemzug würden sie ihr Land verteidigen, damit es nicht dem Mogulreich einverleibt würde. Als Ältester seiner siebzehn Söhne und als sein rechtmäßiger Nachfolger kam Amar Singh zur Tür herein, um seinem Vater die letzte Ehre zu erweisen. Dabei blieb sein Turban an einem Dachziegel hängen und wurde ihm vom Kopf gezogen. So starb Rana Pratap Singh, der das Mogulreich abgewehrt hatte, mit diesem Bild vor Augen. Dass sein Sohn, ohne Turban und ohne Ehrgeiz, ein leichtes Leben führen würde. Dass er nicht lange herrschen würde. Dass er dieses geliebte Königreich verlieren würde.

Kaiser Akbar saß in Ruqayyas Gemächern am Fenster, die in Leder gebundenen und mit Goldreliefs versehenen Kopien der *Akbarnarma* auf dem Schoß. Er berührte das Relief auf dem Einband. Abul Fazl hatte gesagt, dass die drei Bände die Zeit seiner Herrschaft umfassten, die ersten beiden enthielten die Geschichte seiner Rechtsgrundsätze, der dritte einen Bericht über den Alltag. Seine Finger fuhren über die ihm fremden Buchstaben der ersten Seite. Akbars Großvater hatte die *Baburnama* geschrieben, die Herrschaft seines Vaters war von seiner Tante Gulbadan Begam in der *Humayunama* festgehalten worden. Und jetzt das hier. Ein Bericht aus erster Hand für die Nachwelt. Blumig, voller Lob und zuweilen übertrieben in dem Versuch zu gefallen, war es Abul Fazl dennoch gelungen, das Wesentliche seines Lebens einzufangen.

Draußen vor den Fenstern ging die Palastwache durch die Nacht und verkündete mit melodiöser Stimme die Stunde. »Zwei Uhr, und alles ruht!«

Der Mogul legte die *Akbarnama* neben sich auf den Diwan, wickelte langsam seinen Turban ab und formte aus dem bestickten Seidentuch einen Ball. Es war schon spät und Zeit für ihn, schlafen zu gehen. Müdigkeit kroch an ihm hoch, während er sich bedächtig auszog, den Mantel aufschnürte, die Seidenhose gegen eine Baumwollhose eintauschte und sich eine weite, weiße *kurta* überzog, ebenfalls aus Baumwolle.

Er blies die Öllampe am Fenster aus, und als seine Augen sich an die Dunkelheit gewöhnt hatten, trat er ans Bett und schaute auf die beiden Gestalten hinab. Ruqayya lag quer im Bett, und Prinz Khurram hatte seine kleinen Arme fest um ihren Hals geschlungen. Das Laken, das ihnen als Decke diente, war heruntergerutscht. Akbar bückte sich und zog es sacht über die beiden.

Murad. Der Name seines Sohnes schoss ihm durch den Kopf, und er setzte sich. Zum ersten Mal, seitdem er die Nachricht vernommen hatte, ließ er seinen Tränen freien Lauf. Nach all den Jahren des Wartens auf männliche Erben war er schließlich mit drei Söhnen gesegnet worden. Jetzt hatte er nur noch zwei. Murad war tot.

Akbar hatte Murad ein paar Monate zuvor fortgeschickt, um den Feldzug im Süden zu leiten. Er hatte gehofft und gebetet, dass das Kommando über die Armee des Mogulkaisers ihm den Genuss von Alkohol und Drogen austreiben würde. Doch das war nicht geschehen. Murad war ein schwacher Führer, unfähig, die Männer zu lenken, sodass kleinliche Reibereien unter den Befehlshabern der Armee ausgebrochen waren. Dann hatte Akbar die Meldung erreicht, Murad sei sehr krank und läge nach Alkoholexzessen im Sterben. Daher hatte der Herrscher Abul Fazl geschickt, den Ersten Kanzler des Reiches, der ihn wieder gesund pflegen sollte. Doch Fazl kam zu spät. Murad war ins Koma gefallen, und am vierten Tag nach Fazls Ankunft, am 2. Mai 1599, gestorben.

Fazl stellte fest, dass die Armee nur noch ein zusammengewürfelter Haufen war, die Männer desillusioniert und ohne Disziplin. Der Mogul, der kaum Zeit hatte, Murads Tod zu betrauern, hatte Fazl zum Oberkommandierenden ernannt, um ihm die Autorität zu verleihen, die Streitkräfte wieder zu sammeln. Jetzt hatte Fazl an Akbar geschrieben und um seine Anwesenheit im Dekkan, dem Zentralgebirge Indiens, gebeten.

Akbar senkte den Kopf. Er hatte immer so viel zu tun und nur wenig Zeit nachzudenken. Allein die Nacht bescherte ihm die Abgeschiedenheit und Stille, in der er diese Gedanken zulassen konnte. Im Gegensatz zu Salim hatte er seine Söhne Murad und Daniyal kaum gekannt. Sie waren als Kinder zu ihm gekommen, behütet von Ammen und *ayas*, und bei feierlichen Anlässen ebenso schnell in seiner Nähe aufgetaucht, wie sie wieder verschwunden waren. Dennoch hatte er ihrer Erziehung erhöhte Aufmerksamkeit gewidmet, allerdings nur aus der Entfernung – die besten Lehrer, die besten Kinderfrauen, das Beste von allem, was ein Prinz verlangen konnte. Trotzdem waren Murad und Daniyal zu sehr dem Alkohol und den Frauen ihres Harems zugetan. Jetzt war Murad tot. Salim hatte ihn enttäuscht. Daniyal trank zu viel.

Er war ein Herrscher mit drei Erben, von denen noch zwei übrig waren, in die er kein großes Vertrauen setzte.

Eine zärtliche Hand streichelte über seinen Hals.

»Leg dich hin«, sagte Ruqayya leise.

Akbar schmiegte sich in ihre Hand und atmete den Duft des Öls ein, das Ruqayya für ihre Haut benutzte. Er drehte sich zu ihr um. Sein Gesicht war noch nass von den Tränen, die er um seinen Sohn vergossen hatte. Sie setzte sich im Bett auf.

»Komm«, sagte sie und streckte ihm die Arme entgegen.

Der Herrscher erhob sich, sank in ihre Umarmung und lehnte den Kopf an ihre Brust. Die Tränen flossen jetzt ungehindert. In dieser Haltung verharrten sie eine geraume Zeit. Sie wiegte ihn, strich ihm die Haare aus der Stirn, wischte ihm die Tränen ab. Dann legten sie sich hin, ohne sich voneinander zu lösen, und nahmen Prinz Khurram behutsam in ihre Mitte.

»Wir müssen in den Dekkan, Ruqayya«, sagte Akbar leise. Wie immer hatte sie ihm Trost gespendet. Er kannte sie schon sein Leben lang. Ruqayya war seine Kusine, die Tochter seines Onkels Hindal. Er erwartete nichts von ihr. Es spielte keine Rolle, dass sie ihm keine Kinder schenkte. Denn er hatte stets einzig und allein Ruqayya gewollt, kein Kind von ihr. Als sie um Salims dritten Sohn bat, hatte Akbar den kleinen Khurram gern seiner Mutter Jagat Gosini fortgenommen und Ruqayya gegeben, ohne zu fragen, warum ausgerechnet dieser Sohn und kein anderer, warum jetzt nach so vielen Jahren. Ruqayya bekam von ihm alles, was sie sich nur wünschte. So einfach war das. Jetzt war Khurram sieben Jahre alt, zu alt, um in Ruqayyas Bett zu schlafen, doch er wollte es, und sie wollte es auch. Wenn also Akbar die Nacht bei Ruqayya verbringen wollte, schliefen alle drei in einem Bett.

Khurram rührte sich in ihrer Umarmung und nahm eine etwas bequemere Haltung ein. Im Schlaf ergriff er mit einer Hand die *kurta* seines Großvaters und mit der anderen eine lose Strähne aus den ergrauenden Locken seiner Großmutter und zog die beiden näher zu sich heran.

Ruqayya beugte sich über Khurrams Kopf und gab Akbar einen Kuss auf die Wange. »Wenn Mirza Abul Fazl Eure Anwesenheit im Dekkan für erforderlich hält, Majestät, dann müsst Ihr dorthin. Er würde nicht darum bitten, wenn es nicht wichtig wäre. Bijapur und Golconda wären wertvolle Ergänzungen zum Reich, solltet Ihr sie erobern.«

»Ja«, sagte Akbar, noch immer leise, um Khurram nicht zu wecken. »Wir führen diesen Feldzug nun bereits seit fünf Jahren, ohne Erfolg.«

»Er wird kommen, Eure Majestät. Wenigstens ist die Bedrohung aus Usbekistan beseitigt, die uns hierher nach Lahore geführt hat, nachdem König Abdullah Khan gestorben ist. An der nordwestlichen Grenze des Reiches gibt es nun keine Pflichten mehr.«

Akbar drehte sich auf den Rücken und starrte zur dunklen Decke empor. »Was ist mit Udaipur? Rana Pratap Singh ist tot, und sein

Sohn Amar Singh ist jetzt Rana. Er muss sich noch an seine neuen Pflichten gewöhnen. Wenn wir jetzt zuschlagen, wird Udaipur früher oder später zum Reich gehören.«

»Vielleicht solltet Ihr mit der Eroberung von Udaipur bis zu einem günstigeren Zeitpunkt warten, Eure Majestät«, sagte Ruqayya.

Akbar wandte ihr das Gesicht zu und suchte im Dunkeln ihre Augen. »Wir können nicht allzu lange warten, Ruqayya. Seit Rana Pratap Singhs Tod sind zwei Jahre vergangen. Je länger, desto besser nutzt Amar Singh die Gelegenheit, um sich gut einzurichten.«

»Ihr habt Rana Pratap Singh geachtet.«

»Er war ein tapferer Mann, ein König, der seinen Titel zu Recht trug«, sagte Akbar düster. »Udaipur ist das einzige Königreich der Rajputen, das wir nicht haben erobern können. Wir haben Rana Pratap Singh dafür bewundert. Fähig zu sein, der Armee des Moguls immer aufs Neue Widerstand zu leisten … doch so sehr wir ihn auch bewunderten und es unterlassen haben, Udaipur nach dem Tode Pratap Singhs zu annektieren, so ist nun die Zeit des Handelns gekommen. Nicht nur aus politischen Gründen, das weißt du, Ruqayya. Amar Singhs Männer plündern und berauben regelmäßig Karawanen, die Waren von den östlichen in die westlichen Häfen bringen. Zumindest innerhalb des Reiches müssen unsere Untertanen frei und ohne Furcht reisen. Solange Udaipur unabhängig bleibt, ist das nicht möglich.«

»Und wem wollt Ihr den Oberbefehl für den Feldzug nach Udaipur übertragen, Eure Majestät?«

»Raja Man Singh. Er wird ein guter Anführer sein.«

Ruqayya legte eine Hand an Akbars Wange. »Schickt Salim, Eure Majestät.«

»Ohne Raja Man Singh?«

»Nein, mit ihm. Überlasst Salim das Oberkommando über die Armee. Er braucht diese Verantwortung.«

Ein langes Schweigen legte sich zwischen sie. Dann sagte Akbar nachdenklich: »Wird Salim es schaffen, Ruqayya?«

»Es gibt nur eine Möglichkeit, das festzustellen, Eure Majestät.

Wenn er nach Euch den Thron besteigen soll ... und Allah möge verhüten, dass es allzu bald geschieht, muss er darauf vorbereitet sein. Nach dem Vorfall mit Humam hat er unter den Edelleuten bei Hofe an Ansehen verloren. Sie müssen ihm vertrauen können. Ohne Vertrauen werden sie ihn nicht unterstützen, wenn er an die Macht kommt«, sagte die Padshah Begam.

Bei ihren Worten überkam Akbar tiefe Traurigkeit. Er hatte sich in den vergangenen acht Jahren gezwungen, nicht über den Vergiftungsversuch nachzudenken. Selbst mit Ruqayya hatte er nicht über seine Angst gesprochen, Salim könnte in irgendeiner Weise dafür verantwortlich sein. Jetzt endlich sprach er das Thema an. »Und haben wir recht daran getan, den *hakim* zu entlassen?«

»Ja, in Bezug auf den *hakim* war es richtig, was Salim betrifft, so werden wir es wohl nie erfahren, Eure Majestät. Dennoch müsst Ihr nicht meinen, er liebte Euch nicht und sei Euch nicht zugetan. In gewisser Weise war er noch ein Kind, das sich von seinen Anhängern leicht verführen ließ, ohne an die Folgen zu denken. Ich kann nicht glauben, dass er Euch den Tod wünschte. Das dürft Ihr nicht annehmen. In den letzten Jahren hat er immer wieder seine Reue gezeigt. Schickt ihn also nach Udaipur und zeigt ihm, dass Ihr ihm vertraut. Daraus wird eine neue Freundschaft zwischen Euch entstehen.«

Akbar zog Khurram näher zu sich heran und spürte die Wärme des kleinen Körpers in den Armen. »Salim hat uns Khurram geschenkt. Dieses kleine Kind bringt uns so viel Freude, Ruqayya. So wie Salim, als er geboren wurde.« Er schaute seine Gemahlin an. »Wie kommt es, dass du so klug bist? Woher rührt diese Weisheit?«

Sie lachte leise im Dunkel der Nacht und zog das Laken hoch, um sie alle zuzudecken. »Von Euch. Durch Euch. Salim ist auch unser Kind; wir müssen ihn hegen; wir müssen ihn pflegen, und wenn er einen Fehler begangen hat, müssen wir ihm verzeihen. Jetzt müsst Ihr schlafen, Eure Majestät.«

Und so schliefen sie in inniger Umarmung ein. Ehe er die Augen schloss, betete Akbar im Stillen, Ruqayya möge Recht behalten. Das Herz war ihm schwer nach Murads Tod und mit der Aussicht, dass sich die Beziehung zu seinen beiden verbleibenden Söhnen verschlechtern könnte, bei dem Gedanken, dass ihm nur noch wenig Zeit auf Erden bliebe, um sein geliebtes Reich zu festigen und sicher in die Hände von Salim zu übergeben.

Ein paar Wochen darauf zogen der gesamte Hof und die *zenana* mit dem Großmogul in den Dekkan um. Ghias Beg und Asmat gingen mit dem Hofstaat. Die Basare leerten sich, die meisten Händler zogen mit Akbar, die Edelleute schlossen ihre Häuser ab und folgten dem Hof.

Ali Quli wurde unter Prinz Salims Kommando nach Udaipur geschickt. Er beschloss, Mehrunnisa nicht mitzunehmen. Sie blieb allein in Lahore zurück.

Kapitel 7

»*Zu der Zeit, da Akbar in allgemeinem Wohlstand in die
Provinzen des Dekkan ging und ich gegen den Rana zu Felde
ziehen musste, trat er in meine Dienste. Ich verlieh ihm den
Titel Shir-afghan (Der den Tiger zu Fall bringt).*«
A. Rogers und H. Beveridge, Übers. & Hg.,
The Tuzuk-i-Jahangiri

Die beiden Männer ritten Seite an Seite vor der Armee her. Sie saßen auf lebhaften Arabern, schwarz mit elfenbeinfarbenen Socken der eine, dunkelgrau mit einer verblüffend weißen Mähne der andere. Prinz Salim wandte sich an seinen Begleiter und versuchte mit einer ruckartigen Handbewegung, sein Pferd zu zügeln.

»Du hast ein schönes Pferd.«

Ali Quli verbeugte sich im Sattel. »Ich habe es einem arabischen Händler abgekauft, Eure Hoheit. Es stammt aus einer guten Zucht. Wenn Ihr mein Pferd haben wollt, wäre es mir eine Ehre, es Euch zu schenken. Bitte, nehmt es, wenn es Euch beliebt.«

Anerkennend betrachtete Salim die starken Konturen des Rosses, die glatten, muskulösen Flanken und die üppige weiße Mähne. Es war auf jeden Fall ungewöhnlich. Wie war Mehrunnisas Mann an dieses Pferd gekommen?

»Wäre mein Bruder Daniyal hier, hätte er dein Ross sogleich in Beschlag genommen. Er liebt Pferde über alles.«

»Euer Hengst ist auch außergewöhnlich, Eure Hoheit«, sagte Ali Quli. »Ihr habt einen erlesenen Geschmack, wenn es um Pferde geht.«

Salim nickte und nahm verwundert Ali Qulis übertriebenes Auftreten zur Kenntnis. Warum überschlug er sich schier vor Unterwürfigkeit? Salim hatte darum gebeten, dass der Soldat seiner Armee zugeordnet wurde, weil er den Mann, den Mehrunnisa geheiratet hatte, mit eigenen Augen sehen wollte. Er hatte ihn aus den Reihen herausgegriffen, damit er ihn, Salim, auf ihrer letzten Etappe begleitete. Er wies mit seiner juwelenbesetzten Peitsche in die Ferne. »Wir sind fast am Ziel.«

»Habt Ihr einen Plan, wie wir vorgehen, Eure Hoheit?«, fragte Ali Quli.

»Ja. Sobald wir uns niedergelassen haben, schicken wir Truppen aus, die Außenposten einrichten sollen. Ich dachte an Untala, Mohi und Chittor als Ausgangspositionen. Von dort aus unternehmen die Leutnants mit kleinen Stoßtrupps Überraschungsangriffe. Der Rana muss unter beständiges Sperrfeuer gesetzt werden, damit er ermüdet und zur Kapitulation gezwungen wird.«

»Die Truppen des Rana werden dem Angriff der Armee nicht standhalten, Eure Hoheit.« Nach kurzem Zaudern fügte der Soldat hinzu: »Habt Ihr schon Kommandanten für die Außenposten gefunden?«

»Noch nicht.« Aha, daher also wehte der Wind. Salim wandte sich Ali Quli zu. »Wie ich sehe, wärst du dazu bereit.«

»Ja, Eure Hoheit«, sagte Ali Quli eifrig. »Ihr werdet stolz auf mich sein.«

»Das bezweifle ich nicht«, sagte Salim. »Deine militärischen Heldentaten sind legendär. Doch deine Gesellschaft bereitet mir Freude, Ali Quli. Ich möchte, dass du hier bleibst. Für die kaiserlichen Truppen werden wir andere Befehlshaber finden.«

»Wie es Euch beliebt, Eure Hoheit«, sagte Ali Quli.

Enttäuschung zeigte sich auf Ali Qulis Gesicht. Eine weitere Frage lag Salim auf der Zunge, doch er hielt sich zurück. Es war lange her, viele, viele Jahre, doch er erinnerte sich noch daran, wie er hatte lachen müssen, als Mehrunnisa beim Mina-Basar die Taube freigelassen hatte. Niemand hätte das in seiner Gegenwart gewagt. Doch sie hatte dem Vogel die Freiheit geschenkt, die schlanken Hände in die Luft gestreckt, während sie dem Flug des Tieres folgten. Dann hatte sie ihn spöttisch angesehen. *Was sagt Ihr nun, Eure Hoheit?*

Salim schaute in die Ferne. Ein leichter Wind wirbelte im Osten braune Staubwolken auf, die Bäume und Sträucher einhüllten. Salim zog sich sein Turbantuch über Nase und Mund. *Mehrunnisa.* Die Sonne unter den Frauen. Der Name war wunderschön und passte genau zu ihr. Er hatte nur kurze Momente mit ihr verbracht, die ihm jedoch wie ein ganzes Leben erschienen. Dabei dachte er durchaus nicht ständig an sie. Nur ihr Name war in sein Gedächtnis gebrannt; ihr Gesicht erschien ihm in seinen Träumen und entschwand, ehe er aufwachte. In seiner *zenana* waren zahlreiche Frauen aus vielen Ländern, und doch war keine darunter, die ihr gleichkäme. Dieser Mann, der neben ihm ritt, war ihr Gemahl. Er ging jeden Abend zu ihr nach Hause. Ob er sie gut behandelte? Liebte sie ihn? Bei dem Gedanken erfasste ihn ungeahnter Schmerz.

»Hast du Kinder, Ali Quli?«, fragte er unvermittelt.

»Nein, Eure Hoheit. Allah hat es nicht für richtig befunden, mich zu segnen. Meine Frau ist unfruchtbar.«

Salim wandte sich ab. Die Worte stießen ihm sauer auf. Viele Männer redeten derart abfällig über ihre Frauen. *Das war der Mann, mit dem sie verheiratet war, der sich so gefühllos einem Fremden gegenüber äußerte?* »So schlimm kann es nicht sein«, sagte Salim. »Vielleicht solltest du sie zu einem Arzt schicken. Die können Wunder bewirken.«

Ali Quli schaute ihn frech an. »Offenbar nicht bei ihr. Sie ist sehr schön, Eure Hoheit. Eine wunderbare Frau, aber anscheinend unfähig, mir Kinder zu schenken. Wenn Ihr sie nur sehen könntet … aber das ist ja leider verboten.«

Salim packte seine Zügel noch fester, wobei er den Kopf seines Pferdes in die Höhe riss. Es juckte ihm in den Fingern, Ali Quli ins Gesicht zu schlagen, um das hässliche Grinsen von seinen Lippen zu wischen. Zähneknirschend brachte er hervor: »Du darfst nicht so über die Frau reden, die dein Zuhause ziert, Ali Quli. Das gehört sich nicht.«

»Aber vielleicht –«, der Soldat wandte sich mit forschendem Blick an Salim, »haben Eure Hoheit meine Gemahlin früher schon einmal gesehen.«

Salims Kopf fuhr herum. »Wie kommst du darauf?«

Ali Quli hob die Schultern. »Nur so ein Gedanke, Eure Hoheit. Mehrunnisa pflegte die Herrscherin Ruqayya im Harem des Mogulkaisers zu besuchen.«

»Nein.«

Ali Quli verbeugte sich noch einmal, und als er den Kopf hob, wirkte er zerknirscht. »Verzeiht, Eure Hoheit, dass ich vermutet habe, Ihr hättet meine Gemahlin gesehen. Und falls Ihr Eure Meinung über das Kommando der Außenposten ändern solltet, denkt bitte an mich.«

Was hatte das eine mit dem anderen zu tun? Noch immer erzürnt, hob Salim eine Hand zum Zeichen, dass ihre Unterredung beendet war. Ali Quli fiel zurück. Salim spornte sein Pferd zum Galopp an und fegte durch Unterholz und Gebüsch. Staub wirbelte auf und stach in seinen Augen. Keine Kinder. Was machte es schon? Ihm hätte es schon genügt, sie in seiner *zenana* zu haben, zu wissen, dass er nachts an ihrer Seite liegen und zusehen konnte, wie sie schlief. Vier Jahre lang hatte er die Gedanken an Mehrunnisa verdrängt. Sie war die Frau eines anderen; nie würde sie ihm, Salim, gehören. Mit der Zeit meinte er, sie müsse ihn vergessen haben. Jetzt, beim Anblick von Ali Quli, überfiel ihn die Sehnsucht von neuem, so stark, dass es ihn verblüffte. Er sollte den Soldaten mit auf den Feldzug schicken und ihn nicht an seiner Seite behalten. Welchen Sinn sollte das haben? Jedes Mal, wenn er Ali Quli sah, würde er an Mehrunnisa erinnert. Doch jedes Mal, wenn er Ali Quli sähe, so respektlos er auch war, konnte er vielleicht ein wenig mehr über sie erfahren. Jetzt wusste er, dass sie keine Kinder hatte. Womöglich würde er später noch andere Dinge herausbekommen. Kleine Happen, die er horten und bewahren konnte, wenn er Mehrunnisa selbst schon nicht haben konnte.

Wieder stieg Wut in ihm auf. Warum hatte Akbar ihm nicht die

Erlaubnis erteilt, Mehrunnisa zu heiraten? Für den Mogul wäre es ein Leichtes gewesen zuzustimmen, doch er hatte es nicht getan. Salim empfand immer noch heftigen Zorn über diese Entscheidung seines Vaters. Nie würde er das vergessen können. Hinzu kam jetzt auch noch das Gefühl, dass der Mewar-Feldzug vergeblich war. Als Salim in Lahore aufbrach, hatte er voller Ideen bezüglich des Angriffs auf den Rana gesteckt. Während des Anmarsches indes zerfielen all diese Pläne, schienen sich einfach aufzulösen. Seine Freunde Mahabat und Koka wiesen darauf hin, dass lange, beschwerliche Monate auf irgendeinem militärischen Außenposten ohne Harem oder andere wichtige Annehmlichkeiten vor ihnen lägen. Es wäre doch viel besser, die Truppen des Moguls unter dem Befehl fähiger Leutnants dorthin zu schicken und die Operationen von Ajmer aus zu leiten.

Nach langem Zögern erklärte Salim sich einverstanden. Ihm war nicht recht wohl dabei. Sein Vater hatte ihn ausgesandt, den Feldzug zu überwachen, um sich der Krone würdig zu erweisen. Aber, wie Mahabat wieder einmal richtig sagte, wann würde er diese Krone erhalten?

Als er mit seinem Gefolge in Ajmer eintraf, ließ sich Salim in den bequemen Herrscherpalästen nieder und wartete auf Nachrichten von der Kriegsfront. Die Tage vergingen. Er genoss es, den König zu spielen und die Huldigungen der zahlreichen Ortsansässigen entgegenzunehmen, die ihren Prinzen sehen wollten.

Die Tatenlosigkeit verlor rasch ihren Reiz, und Salim beschloss, nach Nagaur, nördlich von Ajmer, zu gehen. Noch weiter im Norden lag die Wüste Thar, und in den Wäldern an ihrem südlichen Rand, in der Nähe von Nagaur, befanden sich die Jagdgründe des Mogulkaisers, berühmt für ihren großen Bestand an Geparden. Salim schlug das Lager in der Nähe der Stadt auf. Die Jagdgesellschaft des Prinzen stand Tag für Tag früh am Morgen auf und verbrachte den ganzen Tag in den Wäldern.

Eines Tages kehrte das Gefolge des Prinzen siegreich und erschöpft ins Lager zurück und zog die erlegten Kadaver hinter sich her. Der Ruf zum Abendgebet erklang, und alle fielen mit dem Gesicht nach Westen auf die Knie. Nach dem Gebet erhob sich Salim von seinem Gebetsteppich und trat vor sein Zelt.

Ein Stallknecht kam auf ihn zugelaufen. »Eure Hoheit, eine Tigerin und ihre Jungen streunen in der Nähe des Zeltes herum. Sie haben sich wahrscheinlich von den Trommlern während der Jagd aufscheuchen lassen.«

»Führe mich zu ihnen.« Aufgeregt packte Salim sein Gewehr und folgte dem Stallknecht. Sie kamen an Ali Quli vorbei, der ganz in der Nähe an einem Baumstamm lehnte und sich ausruhte.

»Eure Hoheit, es ist unklug, das Lager zu verlassen«, rief er.

»Dann komm mit, Ali Quli«, schrie Salim und war bereits im Wald verschwunden.

Ali Quli steckte hastig seinen Dolch in den Kummerbund und lief hinter Salim und dem Stallknecht her. Kurz darauf hatte er sie eingeholt. So schnell wie möglich eilten sie durch den dunklen Wald. Die Sonne stand inzwischen niedrig im Westen. Das dichte Laubdach der Bäume schloss auch das Dämmerlicht aus. Zwei Tage zuvor hatte ein für die Jahreszeit ungewöhnliches Gewitter die Jagdgründe durchnässt, und das Unterholz roch noch immer feucht und dumpfig. Der Stallknecht zündete die Fackel an, die er bei sich trug.

»Hier, Eure Hoheit«, flüsterte er und hielt einen Busch zur Seite, damit Salim vorangehen konnte.

Sie waren an eine kleine Lichtung gekommen. Der Stallknecht hielt die Fackel hoch, und die Dunkelheit wich bis an die Ränder der Lichtung zurück, in deren Mitte vier Tigerjunge, nicht größer als eine Hand voll, miteinander spielten. Sie waren allein. Sie drehten sich um und schauten die Neuankömmlinge aus neugierigen, unerschrockenen goldenen Augen an. Ein Tigerjunges lief auf Salim zu und tappte furchtlos mit der Pranke auf seine Stiefel. Salim lachte entzückt, hob das Tigerjunge auf und drückte es an sich. Das Junge strömte einen strengen Geruch aus und war an einem Ohr noch blutverschmiert von einer Kratzwunde, welche die Mutter noch

152

nicht geleckt hatte. Er kraulte das Tier im Nacken, das vor Zufriedenheit schnurrte. Der Blick aus den hellen Augen wurde weicher. Ali Quli lugte besorgt in das Halbdunkel. »Eure Hoheit, die Tigerin ist bestimmt in der Nähe. Gebt Acht.«

Salim beachtete ihn nicht und streichelte die gelben und schwarzen Streifen, die sich in Bogenform über den Rücken des Tigerjungen zogen.

Plötzlich leuchteten zwei weiß glühende Augen in der Dunkelheit, und in den Büschen direkt vor Salim war ein tiefes Knurren zu hören. Der Prinz erschrak und schaute auf. Das Herz schlug ihm bis zum Hals. Vor ihm hockte eine große, wütende Tigerin, bereit zum Sprung. Sie war wie aus dem Nichts aufgetaucht. Kein Geräusch hatte sie angekündigt. Salim schaute sich mit wildem Blick suchend nach seiner Büchse um. Sie lag am Boden, nur ein paar Fußbreit entfernt; doch bis er sie erreicht hätte, wäre die Tigerin längst über ihm. Er schaute zur Tigerin und hielt das Junge zwischen klammen Fingern.

Ali Quli beobachtete seinen Prinzen, und die Worte, die er sagen wollte, blieben ihm im Halse stecken. Das Junge, das die Spannung spürte und vom Geruch der Mutter erregt war, wand sich in Salims festem Griff und miaute. Die Tigerin knurrte noch lauter aus den Tiefen ihres Brustkorbes. Ali Quli räusperte sich und raunte dem Prinzen zu: »Lasst das Junge los, Eure Hoheit.«

Salim hörte ihn nicht. Er hielt regungslos den schillernden Blick der wütenden Tigerin.

Der Stallknecht stand nicht weit entfernt, wie angewurzelt. Seine Fackel verbreitete einen unheimlichen Schein über die Lichtung. Sie erhellte die drei Männer, Statuen gleich, und das ebenso regungslose, geduckte Tier ihnen gegenüber.

Ali Quli fuhr langsam mit der Hand an den Dolch. In dem Augenblick, als er den Griff umfasste, sprang die Tigerin mit lautem Brüllen vor.

Salim packte das blanke Entsetzen. Er versuchte, den Blick abzuwenden, doch es gelang ihm nicht. Seine Füße wollten ihm nicht gehorchen. Instinktiv wusste er ohnehin, dass er der Tigerin nicht entkommen könnte. Gebannt sah er zu, wie der riesige Leib der Tigerin vom Boden abhob, wie sie die Zähne bleckte und mit weit aufgerissenem Maul auf ihn zuflog. Die Zeit blieb beinahe stehen, die Pranken des Tieres kamen immer näher …

Plötzlich, als die Tigerin nur noch wenige Zentimeter vom Prinzen entfernt war, warf sich ihr ein Mann entgegen. Die Tigerin fiel schwer zu Boden. Ali Quli war auf ihr. Salim regte sich nicht, während Ali Quli und die Tigerin miteinander rangen. Dann kam schlagartig Bewegung in ihn. Er ließ das Junge fallen, hob seine Büchse auf und drückte sie an die Schulter. Doch er konnte nicht schießen, aus Angst, den Soldaten zu treffen.

Die wütende Tigerin ließ eine kräftige Pranke vorschnellen und bohrte Ali Quli ihre Krallen in die Schulter. Er schrie vor Schmerz auf und versuchte, mit der freien Hand in den muskulösen Körper über sich zu stechen. Mit einem Ruck riss das Tier den Soldaten hoch, der daraufhin wie eine Stoffpuppe durch die Luft flog und auf dem Rücken landete. Als der riesige Rachen voll scharfer weißer Zähne auf ihn zukam, hob Ali Quli den Dolch und hieb ihn unter Aufbietung aller Kräfte bis ans Heft ins Herz der Tigerin. Blut spritzte und ergoss sich über seine Hand und seine Kleider, während die Tigerin laut brüllend zusammenbrach.

Unterdessen war das gesamte Lager herbeigelaufen, aufgescheucht durch die Unruhe. Mit der Büchse im Anschlag kroch Salim zu Ali Quli. Er lag reglos am Boden, halb vom Körper des Tieres verdeckt. Salim gab seinen Dienern ein Zeichen, die herbeieilten, um die Tigerin von Ali Quli zu ziehen und ihm auf die Beine zu helfen.

Der Prinz umarmte den Soldaten. Ali Quli zuckte zusammen, als der Prinz ihm den Arm um die Schulter legte, von der blutige Hautfetzen herabhingen.

»Ich verdanke dir mein Leben«, sagte Salim mit belegter Stimme.

»Das meine steht Euch stets zu Diensten, Eure Hoheit«, erwiderte Ali Quli und wurde vor Schmerz beinahe ohnmächtig.

»Nehmt ihn mit und versorgt seine Wunden.«

Während seine Diener Ali Quli auf eine provisorische Bahre legten und ihn ins Lager trugen, ließ Salim die Büchse zu Boden fallen und blieb still stehen. Der kalte Schweiß brach ihm aus. Die Brokat-*qaba* klebte an seiner Brust, getränkt mit Ali Qulis Blut und dem der Tigerin. Heftig zitternd schälte er den Stoff von seiner Haut. Das Tigerjunge, das er auf dem Arm gehabt hatte, kam zurück und grub die Zähne in das Leder seines rechten Stiefels. Es hatte noch nicht erkannt, dass seine Mutter nur wenige Fuß entfernt tot dalag. Salim betrachtete das Junge, dann den Körper der Tigerin. Es war dumm von ihm gewesen, das Junge auf den Arm zu nehmen; er hätte wissen sollen, dass die Mutter in der Nähe war. Das Problem, dachte Salim wehmütig, als er sich bückte, um das Junge am Nackenfell emporzuheben, war nur, dass Raja Man Singh mit Nachdruck das Kommando über den Feldzug gegen Udaipur übernommen hatte, sodass Salim wie üblich nur wenig übrig blieb, womit er sich die Zeit vertreiben konnte. Der Kaiser ließ sich weit entfernt im Dekkan über den Feldzug auf dem Laufenden halten, Raja und Akbar tauschten regelmäßig Briefe und Botschaften aus; nur selten zogen sie Salim zurate.

Das Tigerjunge strampelte in seinem Griff, und er barg es an seiner Brust. Angewidert sah er zu, wie es das Blut vom Mantel schleckte. Er ging ins Lager zurück und erteilte dort den Befehl, die vier Tigerjungen in seine persönliche Menagerie zu bringen.

Am nächsten Morgen stand Salim auf und betete für das Wohlergehen des Mannes, der ihm das Leben gerettet hatte. Dann erließ er ein Edikt, in dem er verkündete, Ali Quli Khan Istalju gebühre ab sofort der Titel Sher Afghan oder »Der den Tiger zu Fall bringt«. Das war das Mindeste, was er tun konnte. Bei Licht besehen, wollte er eigentlich nicht in der Schuld ausgerechnet dieses Mannes stehen. Des Mannes, der die Frau geheiratet hatte, die er, Salim, liebte.

Salim setzte sein Siegel unter das Edikt und blies die glänzende Tinte trocken. Ali Quli hatte ihm das Leben gerettet, doch sein neuer Titel und die damit verbundene Ehre würden Mehrunnisa zugute kommen. Er berührte das raue Papier. Eines Tages, nachdem es durch viele Hände gegangen war, würde Mehrunnisa das Edikt lesen. Plötzlich überkam ihn das Verlangen, ihr eine Zeile zu schreiben, einen Satz, von dem sie wusste, dass er ihn an sie gerichtet hatte. Er nahm die Feder noch einmal zur Hand und setzte unter die Worte des Schreibers den Satz: »Möget Ihr für immer in Frieden leben.« Als die Tinte trocken war, rief Salim einen Diener, der das Dokument zu Ali Quli brachte. Mit ihm ging die Botschaft an die Frau, die er nur dreimal gesehen hatte, die Frau, die er nicht vergessen konnte.

»Mit dem Staatsschatz in Händen werdet Ihr das Reich beherrschen, Eure Hoheit.«

»Sch-sch…« Prinz Salim stellte seinen Kelch scheppernd auf dem Silbertablett ab, das neben ihm stand. Er warf rasch einen Blick um sich. Die Diener hatten sich in gebührendem Abstand breitbeinig an den Säulen aufgestellt, die Hände auf dem Rücken. Ihre Mienen waren ausdruckslos.

Salim seufzte erleichtert und nahm den Kelch wieder an sich. Nachdenklich betrachtete er über den Rand des Kelches hinweg die drei eifrigen Gesichter. Mahabat Khan, Qutubuddin Khan Koka und Sayyid Abdullah lächelten ihm aufmunternd zu. Die vier Männer saßen auf niedrigen Diwanen im Audienzsaal von Salims Gemächern im Herrscherpalast zu Ajmer. Der Raum war groß, hatte gewölbte Decken und Steinbögen, die sich zu den Gärten hin öffneten. Salim und seine Vertrauten, die ihm am treuesten ergeben waren, steckten in der Mitte die Köpfe zusammen. Die drei Männer waren im gleichen Alter wie Salim und zusammen mit dem Prinzen aufgewachsen.

Mahabat Khan war schlank, drahtig und kompakt. Seine wettergegerbte, straffe Haut war von der Sonne gebräunt, und in dem sauber rasierten Gesicht blitzten schwarze, intelligente Augen. Seine geölten Haare waren nach hinten gekämmt und kräuselten sich leicht an den Enden. Er war von schier grenzenloser Energie; so saß

156

Mahabat denn auch, ganz seinem Wesen entsprechend, auf der Kante des Diwans, aufrecht und wachsam. Mahabat war im Alter von zehn Jahren in den Mogulpalast gegeben worden, um Salim Gesellschaft zu leisten. Einige Jahre später war er zu den Ahadis berufen worden, der Leibgarde der Mogulfamilie.

Qutubuddin Khan Koka war ebenfalls in der *zenana* des Moguls aufgewachsen. Kokas Mutter, Tochter eines hohen Adligen, war Salims erste Amme, und die beiden Jungen waren wie Stiefbrüder aufgewachsen, da sie die Milch derselben Mutter getrunken hatten. Koka hatte schon immer zur Leibesfülle geneigt und sich in den vergangenen Jahren gehen lassen. Er räkelte sich genüsslich auf seinem Diwan, strich sich über den üppigen Schnurrbart, der über sein Gesicht wucherte. Die meisten nahmen sein ruhiges, unerschütterliches Wesen und seine gute Laune als selbstverständlich hin, ohne den scharfen Verstand hinter der Fassade zu sehen, die er sorgsam vor der Außenwelt aufrechterhielt.

Sayyid Abdullah war nach Salims erster Heirat in den Haushalt des Prinzen gekommen und hatte sich rasch in seinen engsten Kreis hochgedient. Der Prinz fühlte sich zunächst zu Sayyid hingezogen, weil er geistreich war und ein gewinnendes Wesen besaß. Er sah sehr gut aus; groß, mit breiten Schultern, einer Hakennase, feinen, schmalen Augenbrauen und einem starken Mund. Sayyid achtete sehr auf sein Äußeres und war entschlossen, das, womit ihn die Natur so reichlich beschenkt hatte, noch zu verbessern. Was Salim aber am meisten für ihn einnahm, war seine absolute, rückhaltlose Ergebenheit.

Diese drei Männer, dachte Salim, waren in der Tat sein engster Kreis – zusammen mit Mohammed Sharif, der heute nicht anwesend war, da er mit Fieber darniederlag. Von der äußeren Erscheinung her hätten die vier Männer nicht unterschiedlicher sein können. Im Gegensatz zu den drei anderen war Sharif klein, hatte pummelige Hände und kurze Beine, eine hohe Stirn, einen sauber gestutzten Schnurrbart und kalte, berechnende Augen. Was sie jedoch zusammengeführt hatte, war ihre Treue zu Salim, eine Treue, die im Laufe der Jahre immer wieder auf die Probe gestellt worden war. Manchmal indes waren sie von gefährlicherem Eifer; wie zum Beispiel im Jahre 1591, als sie ihn ermuntert hatten, gegen seinen Vater zu rebellieren. Jetzt schlugen sie ihm vor, den Staatsschatz in Agra zu stürmen und das Vermögen des Reiches zu konfiszieren.

Er betrachtete sie versonnen. Vielleicht schadete es nicht, sich anzuhören, was sie zu sagen hatten. Sein Verstand war ausnahmsweise scharf wie ein Metzgermesser; Mahabat Khan hatte sich entschieden gegen seine übliche Morgendosis Opium ausgesprochen und um eine Geheimaudienz gebeten. Salim hatte die drei Männer schweigend angehört. Dabei keimte eine Idee in ihm auf.

Ein Jahr war vergangen, seitdem er in Ajmer eingetroffen war – ein äußerst langweiliges Jahr. Zu Beginn war er gefeiert und verhätschelt worden, doch mit der Zeit ließen die Bürger kaum noch ihre Arbeit stehen, um ihm zuzuwinken.

Der Feldzug gegen den Rana von Udaipur kam auch nicht voran. Dem verschlagenen Amar Singh waren erfolgreiche Überraschungsangriffe auf alle Außenposten gelungen, mit denen er die kaiserliche Armee zerstreute. Es war kein echter Schaden entstanden, doch es brauchte Zeit und Geld, um die Streitkräfte wieder zu sammeln und die Offensive neu zu planen.

Einen Monat zuvor hatte der Mogulkaiser Raja Man Singh, Salims Schwager, auf seinen Gouverneursposten in Bengalen zurückbeordert. Anscheinend hatte Usman, der Letzte der afghanischen Abtrünnigen in Indien, erneut rebelliert, und Man Singh wurde von Mewar aus losgeschickt, den Aufstand zu unterdrücken. Die Bedrohung aus Afghanistan plagte das Reich nun schon seit Jahren; sie hatten Akbars Vater aus Hindustan vertrieben. Das kleinste Anzeichen von Unruhen wurde daher sehr ernst genommen.

Demzufolge fehlte ihm jedoch ein starker Befehlshaber für die Streitkräfte, dachte Salim verärgert. Akbar hatte ihn nicht mit dem Oberbefehl betraut; dass er ihn hierher geschickt hatte, war letztlich nur eine leere Geste gewesen. Jetzt war er nicht mehr bereit, auf das Schlachtfeld zu gehen und die Streitkräfte zu sammeln. Das hieß, seine Anwesenheit in Mewar war nicht erforderlich. Doch wohin sollte er gehen? Bestimmt nicht in den Dekkan; Akbar würde ihm umgehend das Kommando über den nächsten langen, ermüdenden Feldzug übertragen, diesmal vor *seiner* Nase.

Während Salim über seinen Problemen brütete, trug ihm Mahabat Khan die Bitte um eine Privataudienz vor. Bisher war sich Salim des Thrones sicher gewesen, vor allem, seitdem Murad tot war und nur Daniyal als Konkurrent übrig blieb. Dann wies Koka gelassen darauf hin, dass Prinz Daniyal mit Akbar im Dekkan sei, und wer wisse schon, wie sehr sie sich angenähert hätten.

Salim erschrak bei dem Gedanken. Würde sein Vater ihn übergehen und Daniyal das Reich vermachen? Konnte er sich das leisten? Die ganzen Jahre über hatte er sich gewünscht, nein, verzweifelt danach gesehnt, endlich den Thron zu erben; und nun hatte es den Anschein, als wollte Daniyal, der vor dem Gesetz das gleiche Anrecht hatte, ihm am Ende noch sein Lebensziel streitig machen. Da erst begann er ihnen zuzuhören. Nach dem Raub des Staatsschatzes würde das Reich unangefochten ihm gehören, denn das Leben des ganzen Landes hing vom Reichtum des Staatsschatzes ab.

Schließlich schaute Salim von dem bernsteinfarbenen Wein in seinem Kelch auf. »Wie kann ich den Staatsschatz in Agra an mich bringen? Er ist gut bewacht.«

Mahabat, Koka und Abdullah lächelten einander zu.

»In Agra steht nur noch der Rumpf einer Armee«, sagte Koka bedächtig. »Der Rest der Streitkräfte ist hier oder mit dem Großmogul im Dekkan.«

Salim schüttelte den Kopf. Das bedeutete, ein zweites Mal gegen den Vater zu rebellieren. Diesmal gäbe es kein Zurück. Bei dem Vergiftungsversuch war Akbar kaum misstrauisch gewesen, er hatte keinen unwiderlegbaren Beweis. Doch die Erbeutung des Staatsschatzes – das wäre eine offene Meuterei.

»Die Zeit ist reif, Eure Hoheit«, drängte Abdullah. »Wir müssen jetzt etwas tun. Wer weiß, wie lange der Großmogul noch lebt? Kann sein, dass es noch Jahre dauert, bis er stirbt und Ihr den Thron von Indien besteigt.«

»Warum noch länger warten, Eure Hoheit?«, schloss sich Mahabat Khan an. »Seine Majestät hat deutlich gemacht, dass er Euch als Thronerben wünscht. Wenn Ihr den Staatsschatz erbeutet, wird der Herrscher Euch als den nächsten Mogul anerkennen und sich aus dem Leben am Hofe zurückziehen.«

Salim schüttelte wieder den Kopf. »Ich weiß nicht, ob das gut geht. Es ist ein großer Schritt.«

»Der richtige Schritt, Eure Hoheit.« Koka lächelte siegesgewiß unter seinem Schnurrbart. »Ihr habt vor zehn Jahren das Mannesalter erreicht. Und, hat der Herrscher das anerkannt? Nein. Stattdessen behandelt er Euch wie ein Kind. Er überträgt Euch keine Verantwortung.«

»Er hat mich geschickt, den Rana von Udaipur zu unterwerfen«, wandte Salim zögernd ein.

»Eine aussichtslose Sache, Eure Hoheit. Seine Majestät hätte Euch in den Dekkan schicken sollen. Aber dort ging er selbst hin, weil er Eurem Kommando nicht traute«, erwiderte Mahabat.

Salim biss sich auf die Lippe. »Das kann ich nicht tun«, stöhnte er. »Und wenn der Herrscher es nun herausbekommt, noch ehe wir in Agra eintreffen?«

»Wir werden unter größter Geheimhaltung reisen, Eure Hoheit«, sagte Koka. »Wir können das Gerücht verbreiten, Ihr wäret aufgrund einer Krankheit ans Bett gefesselt. Niemand wird wissen, dass Ihr nicht hier seid. Denkt nur an die Reichtümer des Staatsschatzes.«

Mit einem Ruck hob Salim den Kopf. Er sah die riesigen Gewölbe der Festung vor sich. Dicke Stränge schwanenweißer Perlen, glitzernde Rubine, Diamanten und Smaragde. Teakholztruhen, randvoll mit Gold- und Silbermünzen. Das alles befand sich in der Schatzkammer und setzte Staub an. Bei der letzten Zählung war der Schatz auf zweihundert Millionen Rupien festgelegt worden.

Aber … es war gewiss ein Fehler. Der Mogulkaiser wäre zutiefst getroffen, wenn er von Salims Aufstand hörte. Das alte Dilemma, die immer wieder auftretenden Zweifel, die Salim seit Jahren lähmten, stiegen wieder in ihm auf. Was sollte er tun? Der Prinz senkte den Kopf und dachte dabei an Mehrunnisa. Sie war inzwischen bestimmt eine schöne Frau. Ali Quli erwähnte sie nicht mehr, nicht einmal beiläufig. Salim ertappte sich zuweilen dabei, dass er ihn fragen wollte, doch er hielt sich immer zurück. Wie konnte ein Mann sich nach der Frau eines anderen erkundigen? Ja, wenn die Dinge anders gelegen hätten, dann wäre sie *seine* Frau. Ein trotziger Glanz trat in Salims Augen. »Ihr habt Recht. Es wird Zeit. Der Mogulkaiser kann mich nicht mehr wie ein Kind behandeln.« Er wandte sich an die drei Männer. »Morgen brechen wir nach Agra auf. Bereitet alles für den Marsch vor.«

»Wie Ihr wünscht, Eure Hoheit.« Die drei Männer lächelten einander zu und gingen unter Verbeugungen rückwärts aus dem Raum.

Kapitel 8

> »*Der Prinz, durch diese Gunst beflügelt und mit stolzgeschwellter Brust, beschloss … aufzubrechen und antwortete, er werde erst dann um Frieden verhandeln, wenn er mit seiner Armee auf dem Schlachtfelde sei … Der Ehrgeiz dieses jungen Prinzen ist offensichtlich, man redet darüber, doch sein Vater nimmt alles hin …*«
> William Foster, Hg., The Embassy of Sir Thomas Roe to India

Der Winter kam mit beißender Kälte nach Lahore und brachte aus den Bergen im Norden Frost mit. Zu allen anderen Jahreszeiten war die Stadt der sengenden Sonne ausgesetzt. Die Monsunregen verspäteten sich, dann blieben sie ganz aus, und der Ravi trat nicht über die Ufer – stattdessen war er an den Rändern ausgedörrt und kroch seicht und langsam wie eine Riesenpython in der Hitze daher. Sechs Monate waren vergangen, seitdem Akbar mit seinem Hofstaat zu seinem Feldzug im Dekkan aufgebrochen war und allem Anschein nach das Leben der Stadt mit sich genommen hatte. Der Sommer war grausam gewesen; jetzt, da die Erde sich von der Sonne abkehrte, fegten trockene, eisige Winde durch die fast leeren Straßen und Gassen.

Nur wenige Menschen trotzten der Kälte und dem Wind in einer Basarstraße, die dicht am Schutzwall der Festung von Lahore entlangführte. Bettler hockten vor brennenden Abfallhaufen und zogen sich die Lumpen um den zitternden Körper; ein Verkäufer röstete frische Maiskolben über einem Kohlenbecken und bestreute sie anschließend mit einer Mischung aus Chilipulver und Kreuzkümmel. Das brachte Wärme in kalte Mägen. Ein paar unerschrockene Männer und Frauen eilten vorüber, Tücher fest um Kopf und Schultern gewunden.

Eine Frau schlenderte langsam mit gesenktem Kopf durch den Basar und versuchte, die Aufmerksamkeit der vorübereilenden Männer nicht auf sich zu lenken, obwohl von ihr ohnehin nur wenig zu sehen war. Sie war ganz in Dunkelblau gekleidet; ihr Schleier bestand aus dickem, undurchsichtigem Musselin und fiel in schweren Falten fast bist auf die Füße. Ihr wirbelnder Rock fegte über das Straßenpflaster und dämpfte das Geräusch ihrer Schritte. Nur wenn ein heftiger Windstoß durch die Straße wehte, wurden die Kleider so eng an ihren Körper gepresst, dass Formen zu erkennen waren. Dann schauten die Männer mit gierigen Augen auf die Wölbung ihrer Brust, auf die Einkerbung der Taille, auf den Schwung ihrer Hüften. Aber sie kamen ihr nicht zu nahe, denn sie wussten, auch ohne etwas zu erkennen, dass sie keine gewöhnliche Frau war.

Mehrunnisa beachtete sie nicht. Sie blieb auf einer Seite des Basars stehen und schaute zu den roten Ziegelmauern der Festung auf, die sich in den blauschwarzen Himmel über ihr erhoben. Auf der anderen Seite dieser Mauern war ihr Zuhause. Sie zog eine verschleierte Hand hervor und berührte die löchrigen Ziegel, deren Kälte in ihre Hand drang. Seit sechs Monaten, seit der Kaiser aufgebrochen war, nachdem Prinz Salim die Stadt verlassen hatte und ihr Mann fort war, streifte sie nun durch die Basare. Ali Quli wäre entsetzt, wenn er davon erführe. Selbst Bapa und Maji würden sich schütteln. Von Ali Quli würde sie zu hören bekommen, *wie ein Nachtschattengewächs, als hättest du keinen Beschützer, keinen Ehemann. Andere Frauen tun das nicht; sie bleiben zu Hause, wo ihre Männer sie halten, warum tust du es nicht?* Von Bapa käme, *du musst Acht geben, beta. Die Welt da draußen ist böse.*

Trotzdem hätte Mehrunnisa nicht im Hause bleiben können, wo niemand war, mit dem sie reden konnte, niemand, der zu Besuch kam, wo es nichts zu tun gab. Auch der Harem war umgezogen, ein Teil mit Akbar in den Dekkan, ein anderer zurück nach Agra. Anfangs war Mehrunnisa mit den Dienerinnen über die Basare gelaufen, doch sie waren immer laut, zankten sich und blähten sich ob ihrer Stellung auf. Sie hatte die ganze Zeit nur Streit schlichten müs-

sen. Dann hatte sie allen außer zwei Dienern verboten, sie zu begleiten, und auch diese mussten ihr in gebührendem Abstand unauffäl-
lig folgen. Sie würden für ihre Sicherheit sorgen. Die Besitzer der
Verkaufsstände warfen ihr neugierige Blicke zu, stellten aber keine
Fragen; beim Anblick der Goldmünzen in ihrer Hand waren sie
schweigsam und zuvorkommend. Es war schließlich das Einzige,
womit sie sich beschäftigen konnte, jetzt, da die Stadt nach dem
Weggang des Hofstaates schlief.

Ein angenehmer Duft stieg Mehrunnisa in die Nase. Sie drehte
sich um und sah einen Verkäufer, der Erdnüsse und Kichererbsen
röstete, wobei sein Löffel an den Rand der zischenden, flachen gusseisernen Schlüssel schepperte. Da ihr plötzlich kalt wurde, trat sie
zu ihm und bot ihm ein paar Münzen an. Er verzog den Mund zu
einem breiten Grinsen und entblößte gelbe, vom Tabak gefärbte
Zähne. Dann nahm er eine Münze aus ihrer Hand und ließ seine ver-
schmierten Finger dabei länger als notwendig auf ihrer Handfläche
ruhen. Mehrunnisa schnitt unter dem Schleier eine Grimasse. Die
Welt war in der Tat böse, doch solange diese Männer sie nur anschauten und nicht belästigten, war der Preis für diese Freiheit nicht
zu hoch. Der Verkäufer löffelte die Erdnüsse in einen aus Papier geformten Kegel, drehte ein Ende zu und reichte ihn Mehrunnisa. Sie
nahm ihn entgegen und achtete diesmal sorgsam darauf, dass sich
ihre Hände nicht berührten. Dann wärmte sie sich an der Tüte die
Hände und ging die Straße hinunter zu dem *chai*-Laden an der
Ecke.

Der Rest des Basars war geschlossen. Den Ladenbesitzern war es
zu kalt, in ihren Ständen herumzulungern, und den Käufern war es
zum Bummeln und Feilschen zu kalt. Man konnte nur noch *chai*
trinken und *bidis* rauchen. Mehrunnisa betrat die Teestube und setzte sich auf eine Bank. Der Besitzer, ein dicker, unfreundlicher Mann,
nickte ihr kurz zu und brüllte dann: »Mohan!«

Ein kleiner Junge eilte hinter dem Laden hervor und schlug mit
den Armen, um die Kälte zu vertreiben. Er trug nur eine verschlissene kurze Hose und eine *kurta*. Er wartete, bis sein Herr Tee in eine

irdene Tasse geschüttet hatte. Diese trug er langsam und unter großer Konzentration zu Mehrunnisa. Er hatte es beinahe geschafft, da lehnte ein Gast sich zurück und stieß mit ihm zusammen. Ein paar dampfende Tropfen spritzten dem Jungen auf die Hände. Er schaute mit den großen Augen in seinem kleinen Gesicht zu ihr auf. Mehrunnisa nahm ihm die Tasse aus den Händen. »Wir sagen nicht, dass du etwas verschüttet hast.« Sie wusste, der Ladenbesitzer würde ihn schlagen, wenn er es erführe. Der Junge wischte sich die Hand an seiner ohnehin schon fleckigen *kurta* ab und nahm das Geld von Mehrunnisa in Empfang. »Danke, *Sahiba*.«

Mehrunnisa saß in dem Laden und lauschte den Gesprächen der Männer um sie herum, während sie an ihrem mit Zimt und Ingwer gewürzten und stark gezuckerten *chai* nippte. Zwei Tage zuvor war ein Brief von ihrem Gemahl eingetroffen, der erste überhaupt. Darin hatte er seine Geschichte, wie er Prinz Salim vor der Tigerin gerettet hatte, noch einmal erzählt. Man nenne ihn jetzt Sher Afghan. Der den Tiger zu Fall bringt. Ein beeindruckender Titel. Salim würde ihn oder das, was er getan hatte, nie vergessen: Der Name würde ihn daran erinnern. Mehrunnisa stellte ihre Tasse auf der Holzkiste ab, die als Tisch diente, und beobachtete, wie sich der Dampf in der Luft auflöste. Sie hätte zu gern gewusst, ob Salim ahnte, dass Ali Quli mit ihr verheiratet war.

Sie lehnte sich an die rußgeschwärzten Wände des *chai*-Ladens. Ali Quli hatte nur wenig über den Vorfall im Dickicht erzählt, doch sie konnte sich die Szene vorstellen. Ungestüm und unbesonnen, wie Salim war, hatte er es nicht abwarten können, die Tigerjungen auf den Arm zu nehmen, auch wenn ihm klar gewesen sein musste, dass sich die Tigerin in der Nähe aufhielt. Aber er machte es trotzdem. Obwohl er wusste, dass eine Mutter immer ihre Jungen beschützt.

Ein kurzer, stechender Schmerz in der Brust trieb ihr Tränen in die Augen. Sie nahmen ihr die Sicht und rannen dann unbemerkt über die Wangen. Eine Mutter. Das Wort hatte einen so schönen Klang. Am schwersten fiel es ihr, die andauernden forschenden Fragen und die guten Ratschläge abzuwehren. Warum? Nimm dieses

Pulver jeden Abend in Milch verdünnt. Faste am Abend des Vollmondes. Sei demütig. Die Pein war zuweilen körperlich spürbar. Ihre Arme schmerzten vor Verlangen, ein Kind zu tragen.

»*Sahiba!*«

Eine feste Hand auf ihrer Schulter riss Mehrunnisa aus ihren Gedanken. Sie schaute sich um und sah, dass eine ihrer Mägde neben ihr kauerte. Ihr Herzschlag stockte. Was war geschehen?

»Was ist los, Leela?«, fragte sie und stand dabei auf. In der Teestube herrschte angespanntes Schweigen. Alle Männer schauten in ihre Richtung. Mehrunnisa zog das Mädchen hoch und eilte mit ihr aus dem Laden. Ihren *chai* ließ sie auf der Holzkiste stehen.

»*Sahiba*, es geht um Yasmin. Es ist so weit, aber irgendetwas stimmt nicht.«

Mehrunnisa blieb stehen und starrte die zitternde Dienerin verständnislos an. Sie war noch sehr jung, noch keine zehn Jahre vielleicht, doch die Dienerinnen merkten sich weder Geburts- noch Todesdaten, sodass man es nie genau wusste. Leela war noch ein Kind.

»Was stimmt denn nicht?«, fragte sie.

Leela schüttelte den Kopf und zog Mehrunnisa an der Hand auf die Festung zu. »Ich weiß nicht, *Sahiba*. Der Arzt hat zu tun; eine Hebamme ist nicht aufzutreiben. Ich glaube, sie wollen nicht kommen, weil Yasmin nicht verheiratet ist. Sie braucht Hilfe, *Sahiba*.«

Mehrunnisa stand noch immer wie angewurzelt vor dem *chai*-Laden und schaute die schmutzige Straße entlang, auf deren Pflastersteinen Winterdreck haftete. Yasmin war eine ihrer Sklavinnen, für ein paar Rupien gekauft. Auch sie war jung und hübsch, und ihr gutes Aussehen hatte Ali Qulis Aufmerksamkeit erregt. Mehrunnisa hatte die Sache so lange nicht beachtet, bis Yasmins Leib sich zu runden begann. Dann war sie in Lahore zurückgeblieben und hatte nichts zu tun, als das Kind ihres Gemahls im Bauch einer anderen Frau wachsen zu sehen.

»Kommt, *Sahiba*!«

Leela kniete jetzt vor Mehrunnisa und drückte ihr tränenverschmiertes Gesicht an ihre Hand. Was kümmerte dieses Kind eine andere Sklavin im Haushalt? Sie waren weder Geschwister noch anderweitig verwandt und kannten sich erst seit einem Jahr. Dennoch bat Leela um das Leben der anderen Sklavin. Mehrunnisa wandte sich kurz ab und schaute mit leerem Blick die Basarstraße hinunter. Dann wandte sie sich mit undurchdringlicher Miene an das junge Mädchen, das vor ihr kniete.

»Komm«, sagte sie und streckte eine Hand aus. Die Männer im Laden beugten sich über ihren *chai* und sahen ihnen nach, als sie hastig Hand in Hand durch die Straße eilten. Mehrunnisas Schleier umwehte sie wie eine blaue Wolke. Ihre beiden Diener, die neben dem Laden *bidis* geraucht hatten, schnipsten diese hastig an den Straßenrand und liefen hinter ihrer Herrin her.

Als sie zu Hause ankamen, hatten sich die meisten Dienerinnen inzwischen im ersten Hof versammelt. Sie machten traurige Mienen. Manche dieser Frauen hatten selbst Kinder und wären doch gewiss in Bezug auf die Geburt und das Gebären kundiger als sie. Warum halfen sie Yasmin nicht? Es war nichts als Vorurteil und Trägheit und ein wenig Bosheit. Yasmin war eine Waise und hatte keinen Beschützer. Sie war schwanger, ohne verheiratet zu sein. Sie hatten Yasmin in den letzten sechs Monaten geächtet. Mehrunnisa hatte es zugelassen, denn sie war selbst wütend und zutiefst verletzt, dass diese Frau das Kind ihres Gemahls austragen sollte, während sie kein einziges länger als ein paar Monate bei sich behielt.

Sie zog den Schleier ab und funkelte die versammelte Dienerschaft böse an. Sie erteilte Befehle, die ihnen wie Musketenschüsse um die Ohren flogen. »Holt heißes Wasser! Macht euch auf die Suche nach einem *hakim* oder einer Hebamme! Nein, keine Widerrede, sagt ihnen, ich hätte sie hierher befohlen. Sauberes Bettzeug, Laken, Handtücher, alles. Melkt die Ziege für das Kind, falls es die Brust der Mutter nicht annimmt. Eilt euch!«

»Es hat keinen Zweck, *Sahiba*«, meldete sich eine ältere Dienerin zu Wort. »Sie schreit schon zu lange, das Kind in ihr ist bestimmt schon längst tot. Und die wird es auch nicht mehr lange machen. Die Zeitverschwendung kann man sich sparen.«

»Warum hat man mir nicht früher Bescheid gesagt?«

Sie zuckten mit den Schultern und wichen ihrem Blick aus, schauten auf die Mauern, in den verhangenen Himmel, zu Boden, nur um dem blauen Feuer in Mehrunnisas Augen nicht zu begegnen. In diesem Augenblick wimmerte Yasmin abermals hinter den Unterkünften der Dienerschaft. Mehrunnisa schauderte. Es war ein leises, wildes Wehklagen, unwirklich und unmenschlich. Der Jammerschrei zog wie eine dünne Spur durch das Haus und wand sich um sie, ehe er erstarb.

Mehrunnisa schnippte mit den Fingern als Zeichen für die Dienerinnen, hob ihre Röcke und lief eilig zu den Unterkünften hinter dem Haus. Man hatte Yasmin in einen Hühnerschuppen gelegt, als ihre Wehen einsetzten. Mehrunnisa betrat den Stall und musste bei dem Gestank von Blut, der ihr in die Nase stieg, beinahe würgen. Auf dem Stroh unter dem Mädchen hatte sich ein roter Fleck ausgebreitet, der in den Lehmboden sickerte. Die Hühner gackerten und pickten neugierig neben ihr herum. Übelkeit stieg in Mehrunnisa auf; sie lief wieder ins Freie und erbrach den *chai*, den sie getrunken hatte. Ihr war immer noch flau im Magen, als sie sich den Mund abwischte, ihr Gesicht mit dem Schleier verhüllte und wieder hineinging.

Yasmin lag reglos auf dem Heu. Der Unterkörper war unbedeckt, der Bauch aufgebläht, und die Arme lagen schlaff an den Seiten. Sie hatte den Kopf Mehrunnisa zugewandt und schaute sie aus riesigen, verängstigten Augen an. Schweiß durchtränkte ihre Haare und hatte auf dem Kissen einen dunklen runden Fleck gebildet.

Mehrunnisa legte dem Mädchen eine Hand auf die Stirn. »Es wird alles gut, Yasmin.«

Erkennen flackerte in ihren Augen auf. »Verzeiht …«

Mehrunnisa schüttelte den Kopf. Wozu? Ihr war nichts anderes übrig geblieben. Sie alle – dieses Sklavenmädchen, die Dienerinnen, Mehrunnisa – waren Eigentum ihres Gemahls. Wie hätte dieses Mädchen ihm etwas abschlagen sollen?

»Leela«, sagte sie zu dem Mädchen, das ihr gefolgt war und jetzt

168

an der Tür stand. »Bring die Hühner nach draußen und mach den Stall sauber. Öffne die Fenster einen Spaltbreit, damit frische Luft hereinkommt.«

In diesem Augenblick ergriff die nächste Wehe Yasmins Körper, und ihr leises Aufheulen erfüllte den Schuppen. Ihr Bauch bebte und zuckte, das Kind in ihr strebte nach draußen, ihr Körper versuchte, es auszustoßen, doch beides ohne Erfolg. Mehrunnisa wusch sich die Hände in dem Eimer mit kaltem Wasser, der für die Hühner bereitstand, und kniete sich vor Yasmins gespreizte Beine. Hier stimmte etwas nicht. Warum kam das Kind nicht? Selbst wenn es tot wäre, müsste es herausgepresst werden, sonst würde Yasmin sicher sterben. Mehrunnisa hatte zu Hause und im Harem des Moguls genügend Geburten mit angesehen und wusste, was geschah. Sie hatte miterlebt, wie Ärzte und Hebammen darum gekämpft hatten, das Kind oder die Mutter wieder ins Leben zurückzuholen. Mit den Fingern einer Hand drang sie zwischen die Oberschenkel und versuchte von Yasmins Gesicht abzulesen, ob es schmerzte. Doch Yasmin war jenseits von Schmerzempfindungen.

Mehrunnisa ertastete eine Rundung und zog ihre blutverschmierten Finger zurück. Das Kind war bereits zur Hälfte draußen, doch sie hatte es im Halbdunkel des Hühnerstalls nicht sehen können. Sie fürchtete sich beinahe davor, was sie entdecken würde, und streckte noch einmal den Arm aus. Ihre Hände glitten über ein winziges, glattes rundes Gesäß. Mehrunnisa, die noch immer kniete, schloss die Augen. Auf ihrer Stirn bildeten sich trotz der Kälte im Schuppen Schweißperlen. Das Kind kam mit dem Steiß zuerst. Was konnte sie machen? Gab es eine Möglichkeit, das Kind zu drehen? *Allah, steh uns bei.* Die nächste Wehe setzte ein, und Yasmin schrie erneut auf.

Mehrunnisa spürte, wie sich das Kind gegen ihre Hände zwängte.

»Leela!«, rief sie das wild um sich blickende Mädchen zu sich. »Halte Yasmin aufrecht. Hilf ihr in die Sitzhaltung. Keine Widerrede, tu, was ich dir sage.«

Als die beinahe ohnmächtige Yasmin aufrecht saß und sie anschaute, sagte Mehrunnisa: »Wenn die nächste Wehe kommt, musst du fest pressen. So fest du kannst. Verstanden?«

Yasmin starrte sie mit leeren Augen an. Leela sagte: »Ich werde ihr helfen, *Sahiba*.«

Mehrunnisa wandte sich wieder dem Kind zu. Als Yasmin erneut schauderte und den Mund aufriss, um einen unheimlichen Schrei auszustoßen, beugte Leela sich über sie und sagte streng: »Drücken, Yasmin, drücken.«

Während das Mädchen presste, langte Mehrunnisa in die Scheide, bekam ein glitschiges Bein zu fassen und zog es sanft hinaus. Das andere Bein lag noch am Kopf an. Mehrunnisa tastete sich in Yasmins Körper vor und fand das andere Bein. Kurz darauf kam es ebenfalls nach draußen. Beinahe zu einfach, dachte Mehrunnisa, denn jetzt musste noch der Kopf, der schwerste und größte Körperteil, geboren werden. Eine Dienerin kam herein mit einem Kupferkessel voll warmen Wassers und ein paar Tüchern. Sie tauchte ein paar Handtücher in das Wasser und wischte den kleinen Körper ab. Er war zu kalt und blaugrau; die Nabelschnur war verschrumpelt. Mehrunnisa hielt das Kind in den Tüchern warm und wartete auf die Wehen. Dabei betete sie, es möge sicher herauskommen. Sie hatte schwierige Geburten bisher nur von fern gesehen, aber ahnte anscheinend instinktiv, was zu tun war. Woher diese Kraft oder das Wissen kamen, wusste sie nicht.

Es dauerte dreißig Minuten, ehe das Kind in Mehrunnisas erschöpfte Hände schlüpfte. Yasmin sank mit blutleerem Gesicht auf das Strohlager zurück. Ihr Puls war an den schmalen Handgelenken kaum noch zu spüren. Überrascht stellte Mehrunnisa fest, dass die Blutung beinahe aufgehört hatte.

Mehrunnisa betrachtete das glitschige, blutige, schreiende Kind auf ihren Armen. Es war ein Junge. Ihr Gemahl hatte seinen Erben … von einer anderen Frau. Ein Kind, das er nie anerkennen würde.

Unterdessen hatten sich die restlichen Dienerinnen draußen vor dem Schuppen versammelt und lugten neugierig hinein. Auch die Hebamme kam, geführt von einem Stallknecht. Mehrunnisa deutete mit einem Kopfnicken auf Yasmin. »Säubere sie und auch das Kind. Du sollst eine Belohnung erhalten.«

Dann kroch sie in eine Ecke des Schuppens und lehnte sich an eine Wand. Von dort beobachtete sie, wie die Hebamme an Yasmin herumwischte und sie abtupfte, wie sie ihre Gebärmutter durch Massieren wieder in die richtige Lage brachte und Heilumschläge für die Haut anlegte. Auch das Neugeborene wurde gesäubert und Mehrunnisa gebracht. Sie hielt das Kind und sah ihm beim Schlafen zu. Ihre Hände waren noch immer überzogen von getrocknetem Blut, seinem und seiner Mutter Blut. Sie folgte seinem Haaransatz mit einem Finger, tippte auf die kleine Nase und führte seine winzige eingerollte Faust an ihre Lippen. Dabei packte sie ein tiefer Schmerz. Wann würde sie ein eigenes Kind in Armen halten?

Die Hebamme flößte Yasmin eine Hühnerbrühe ein, nahm ihren Lohn entgegen und ging. Noch immer saß Mehrunnisa da und hielt das Kind. Würde das Mädchen überleben?

Sie legte ihren Kopf an den winzigen Kopf des Kindes und schloss die Augen. Mitten in Schmutz und Blut stieg der zarte Duft neugeborenen Lebens im Stall auf und hüllte sie ein. Das Kind ruhte in ihrer Armbeuge, so winzig, so zufrieden und nichts ahnend von seinem Schicksal. Und wenn sie niemals ein Kind bekäme? Diesen schrecklichen Gedanken verdrängte sogleich ein anderer, der noch stärker war. Wenn Ruqayya befehlen konnte, dass einer Prinzessin das Kind genommen wurde, warum sollte es nicht bei einer mittellosen, verwaisten Dienerin möglich sein? Sie könnte Yasmin jederzeit mit einer Abfindung entlassen und in ein entlegenes Dorf schicken. Sie würde nie darüber reden. Mehrunnisa hatte das Kind auf die Welt gebracht. Es musste ihr gehören.

Prinz Salim zügelte sein Pferd, wendete und gebot mit erhobener Hand Schweigen. Hinter ihm glänzten die Türme und Minarette von Agra in der Sonne.

»Heute Abend rasten wir«, verkündete Salim laut. »Morgen werden wir die Festung stürmen. Schlagt hier das Lager auf.«

Mahabat Khan ritt zu ihm, das hagere braune Gesicht in Sorgenfalten gelegt. »Wir müssen sofort weiter zur Festung vorrücken, Eure Majestät. Wir dürfen keine Zeit verlieren.«

»Sieh dir doch die Männer an.« Salim machte eine ausholende Geste. »Sie sind nicht in der Verfassung, in den Kampf zu ziehen.«

Die beiden Männer wandten sich um und schauten auf die hohläugigen Soldaten, deren Gesichter staubbedeckt waren; ihre Pferde hatten nach dem langen, beschwerlichen Marsch Schaum vor dem Maul. Niemand hatte in den vergangenen vier Wochen viel geschlafen. Sie waren mitten in der Nacht in Udaipur aufgebrochen. Salims Dienern hatte man befohlen, der Armee auszurichten, der Prinz läge krank zu Bett, doch diese Entschuldigung würde nicht lange vorhalten. Früher oder später würde ein Befehlshaber ihn persönlich aufsuchen wollen, und dann wäre die Täuschung aufgedeckt. Während sie das Reich in seiner gesamten Breite in Richtung Agra durchquerten, betete Salim, die Nachricht über seine Flucht möge den Mogulkaiser erst erreichen, wenn es zu spät wäre. Sonst wäre all dies umsonst gewesen – der beschwerliche Ritt durch die sengende Sonne, die ihre Haut verbrannte, die kurzen Ruhepausen, um etwas zu essen, die Pferde abzureiben und zu füttern, die wenigen kostbaren Stunden Schlaf.

»Wenn wir heute Nacht hier bleiben, wird uns das Überraschungsmoment fehlen, Eure Hoheit. Der Gouverneur Qulich Khan wird Zeit haben, sich auf eine Belagerung vorzubereiten. Wir müssen weiter«, sagte Mahabat mit fester Stimme.

»Aber wenn Qulich Khan uns mit einer Armee anrücken sieht, schöpft er bestimmt Verdacht«, erwiderte Salim und fuhr sich mit einer Hand durch das Haar. Es war staubig, und er hatte seit einer Woche nicht gebadet. Dazu hatte die Zeit nicht gereicht. »Wir sind alle müde vom Marsch. Wie sollen wir uns denn verteidigen, wenn Qulich angreift?«

»Das wird er nicht, Eure Hoheit«, sagte Mahabat. »Was ist denn natürlicher als ein Prinz, der mit seiner Armee in die Festung einreitet? Er wird nicht misstrauisch werden.«

Salim schaute Mahabat an, dann nach hinten auf seine Armee, darum bemüht, die erforderliche Entscheidung zu fällen. Schließlich sagte er: »Dann lass uns weitermarschieren.« Die Soldaten hoben matt ihre Schilde und Speere und bestiegen ihre lahmenden Pferde.

Die Sonne ging am westlichen Himmel unter, als sie sich der Festung näherten. Die Festung von Agra, aus Sandstein erbaut, leuchtete hellrot. Alles schien ruhig zu sein, kein Hinweis auf ungewöhnliche Betriebsamkeit. Salim entspannte sich in seinem Sattel und ließ die Schultern zurückfallen. Mahabat hatte Recht. Qulich hatte von ihrer Ankunft nichts gehört. Salim würde einfach in die Festung reiten und den Staatsschatz an sich nehmen. Nichts wäre leichter.

Sie gelangten an das Delhi-Tor auf der Westseite der Festung. Salims Müdigkeit verflog allmählich, und seine Lebensgeister erwachten. Jetzt gab es kein Zurück mehr; entweder er erbeutete den Staatsschatz oder floh für den Rest seines Lebens vor der Armee des Kaisers. Das Unternehmen hatte unter größter Geheimhaltung stattgefunden, doch Salim wusste, dass es vor dem Mogulkaiser keine Geheimnisse gab. Akbar hatte ein mächtiges Reich aufgebaut, und ein Stützpfeiler dieses Reiches war sein ausgeklügeltes System von Spionen. Ihre einzige Hoffnung bestand darin, Agra zu erreichen, noch ehe der Monarch Qulich Khan über ihre Absichten unterrichten konnte.

Nun hatte es den Anschein, als wären seine Wünsche erfüllt worden. Alles war ruhig und normal. Die riesigen Holztore waren geschlossen und die Zugbrücke hochgezogen, doch das war nicht ungewöhnlich. Er hob eine Hand und zügelte sein Pferd vor dem Graben.

Salim wandte sich an Mahabat und nickte.

»Öffnet das Tor. Seine Hoheit, Prinz Salim, ist angekommen!«, schrie Mahabat zu dem Wächter auf dem Turm empor.

Die riesigen Tore schwangen leise auf, und die Zugbrücke wurde auf gut geölten Rädern abgelassen. Salim gab seinem Pferd eifrig die Sporen.

In diesem Augenblick kam eine kleine Gruppe heraus, angeführt vom Gouverneur.

»Willkommen in Agra, Eure Hoheit.« Qulich Khan verneigte sich vor dem Prinzen. »Nehmt bitte im Namen der Stadt diese Geschenke entgegen.« Er zeigte auf die Diener hinter ihm. Sie trugen große Silbertabletts, auf denen sich Satin und Seide stapelte. »Es ist in der Tat eine große Ehre für uns ...«

Ein plötzliches Geräusch lenkte Salim ab. Er schaute empor. Fast lautlos waren Kanonen an die Schutzwälle gerollt worden. Sie standen auf den Zinnen und zeigten mit ihren schwarzen häßlichen Mäulern auf seine Armee. Auf dem Bollwerk der Festung, das ihm noch wenige Minuten zuvor harmlos erschienen war, standen überall Soldaten mit Gewehren. Qulich Khans Absichten lagen klar auf der Hand.

»Eure Hoheit, wir können die Festung leicht einnehmen. Da sind nicht viele Soldaten«, raunte Mahabat dem Prinzen zu.

Salim schüttelte den Kopf. Für einen Zusammenstoß mit den Streitkräften des Großmoguls war es noch zu früh. Seine Männer waren erschöpft und konnten sich kaum aufrecht im Sattel halten. Im Gegensatz dazu wirkte Qulichs Armee gut ausgeruht und kampfbereit. Koka und Abdullah ritten herbei und unterstützten Mahabats Bitte. Qulich Khan beendete gerade seine Ansprache. Sein letzter Satz ließ Salim aufhorchen.

»Was habt Ihr gesagt?«, fragte er den alten Mann.

»Ihre Majestät, Maryam Makani, die Witwe des Mogulkaisers, heißt Euch willkommen, Eure Hoheit«, wiederholte Qulich Khan.

Seine Großmutter! Salim spürte, wie ihm die Röte ins Gesicht stieg. Er konnte nicht vor Maryam Makani treten, wenn er gegen seinen Vater rebellierte. Plötzlich kam er sich wieder wie ein Kind vor; er erinnerte sich an die herrische Stimme seiner Großmutter, wenn sie mit ihm schimpfte, nachdem er etwas angestellt hatte. Damit war seine Entscheidung gefallen. Wenn seine Großmutter ihn zu sehen wünschte, sollte er lieber fortgehen, ehe sie einen einunddreißigjährigen Mann mit ihrem bezwingenden Blick zu einem Kind herabsetzte. Salim dachte geschwind nach, wie er möglichst elegant aus dieser Situation herauskam.

»Ich bin nur nach Agra gekommen, um zu prüfen, ob Ihr auch gut auf den Staatsschatz Acht gebt, Qulich Khan.«

»Die Besorgnis Eurer Hoheit ist verständlich.«

Vernahm er da Sarkasmus? Salim verdrängte den Gedanken und fuhr fort: »Ich lasse Agra in Euren Händen, und ich bin sicher, dass Ihr die Festung verantwortungsvoll bewachen werdet. Drückt meiner Großmutter mein Bedauern darüber aus, dass ich ihr diesmal keine Aufwartung machen kann.«

Qulich Khan verneigte sich. »Ihr könnt Euch auf mich verlassen, Eure Hoheit. Ich werde dem Mogul unter Einsatz meines Lebens dienen, falls erforderlich.«

»Gut. Gut.« Salim wandte sich an seine Männer. »Wir wollen weiterreiten.«

Die Armee zog sich zurück. Salim warf noch einmal einen Blick zurück auf die Festung. Hinter ihren Mauern lag der Staatsschatz, angefüllt mit Reichtümern, die ihm seinen Traum erfüllt hätten. Qulich Khan stand mit finsterer Miene an den Toren, die Arme vor der Brust verschränkt. Er verbeugte sich noch einmal vor dem Prinzen. Salim nickte und drehte sich wieder um.

Enttäuscht und matt bis auf die Knochen gelangte Salims Armee ans Ufer des Yamuna bei Agra. Seine Pläne waren gescheitert. Akbar würde davon erfahren und wütend werden. Womöglich war der Herrscher bereits auf dem Rückweg aus dem Dekkan.

Salim rieb sich müde die Schläfen. Schon wieder hatte er versagt. So wie ihm jeder Versuch misslang. Irgendwie hatte der Gouverneur von Agra von seinem Kommen erfahren. Und wenn er es wusste, dann war es auch dem Mogul bekannt. Eine Auseinandersetzung mit seinem Vater war das Letzte, worauf er aus war. Er musste Agra verlassen und sich irgendwo in Sicherheit bringen. Bei der Betrachtung des vorbeiziehenden Flusses kam ihm plötzlich ein Gedanke. Er konnte seine Ländereien in Allahabad aufsuchen und von dort aus sein weiteres Vorgehen planen. Jetzt konnte er nicht denken, er brauchte einfach Ruhe. Salim rief Mahabat Khan zu sich und befahl, ein Boot solle ihn den Yamuna flussabwärts nach Allahabad bringen. Die Armee sollte auf dem Landwege folgen.

Als Salims Boot ablegte, stand ein Mann nachdenklich in der aufkommenden Dämmerung und sah zu, wie das Boot von der Dunkelheit verschluckt wurde.

Ali Quli drehte sich um und ging langsam davon.

Angesichts der Mogulstreitkräfte in Agra erkannte er, wie dumm es wäre, wenn er seinen Herrscher verriete. Er konnte dem Prinzen nicht nach Allahabad folgen. Es wäre nicht feige, wenn er Salim zu diesem Zeitpunkt verließe, nur klug. Der Mogulkaiser war noch immer viel stärker als der Prinz. Es ging einfach darum, den richtigen Führer zu wählen, und er entschied sich für den Mogul. Er hatte nicht die Absicht, sein Leben lang dem Leichtsinn des Prinzen zu folgen.

Während Salims Armee sich auf den Marsch nach Allahabad vorbereitete, schlich Ali Quli unbemerkt in die Stadt und suchte das Haus seines Schwiegervaters auf. Eine Woche danach schickte er Mehrunnisa in Lahore eine Nachricht, in der er sie aufforderte, nach Agra zu kommen.

Akbar schritt in seinen Gemächern auf und ab, die Hände auf dem Rücken verschränkt, Zornesröte im Gesicht. Am Ende des Raumes drehte er sich mit einem Ruck um, sodass seine seidene Schärpe flatterte.

Der Mogul schlich sich an die schweigende Gestalt heran. »Wir können den Bedingungen des Prinzen nicht zustimmen.« Seine Stimme bebte vor Wut.

Khwaja Jahan fuhr zusammen. »Eure Majestät, der Prinz zeigt echte Reue. Er wünscht die Versöhnung.«

Akbar funkelte Salims Gesandten an. »Wenn er wollte, dass wir ihm verzeihen, würde er keine Bedingungen an unsere Milde knüpfen. Warum ist er mit einer großen Armee gekommen, wenn er uns um Vergebung bitten will? Er muss seine Armee auflösen und nur mit ein paar Dienern zu uns kommen«, sagte Akbar. »Das kannst du ihm ausrichten. Wir wollen ihn allein sehen, ohne seine Armee. Und wir werden seinen Gefolgsleuten keine Immunität garantieren.«

»Ja, Eure Majestät.« Khwaja Jahan verneigte sich. Langsam schritt er rückwärts.

Akbar ergriff noch einmal das Wort. »Sagt dem Prinzen, er müsse unseren Befehlen gehorchen. Wenn er es nicht kann, dann soll er nach Allahabad zurückkehren. Wir werden ihm nicht die Erlaubnis erteilen, uns seine Aufwartung zu machen.«

Khwaja Jahan verbeugte sich noch einmal und öffnete sich selbst die Tür.

Als diese hinter ihm zuglitt, ließ Akbar sich schwer auf den Diwan fallen und fuhr sich mit den Fingern durch das Haar. Warum lehnte Salim sich gegen ihn auf? Salim hatte versucht, den Staatsschatz in Agra an sich zu bringen, und es wäre ihm auch gelungen, wenn Akbar nicht über ein äußerst effektives Netz von Spionen verfügte. Kaum hatte er von Salims Abmarsch aus Ajmer erfahren, hatte Akbar eine Nachricht an Qulich Khan geschickt. Jetzt hatte sein abtrünniger Sohn einen Hof in Allahabad eingerichtet. Akbar war zu Ohren gekommen, dass er dort König spielte, seinen Gefolgsleuten Ländereien schenkte, Edikte verfasste und Titel an seine treuen Mitstreiter austeilte.

Der Mogul hatte in aller Eile von seiner Belagerung der Festung Asir im Dekkan zurückkehren müssen. Zum Glück war die Festung gefallen, kurz bevor die Nachricht von Salims Doppelspiel eintraf. Akbar hatte daraufhin zwei Läufer nach Agra geschickt und war ihnen beinahe auf den Fersen gefolgt. Er hatte seine Angelegenheiten hastig erledigt und es Abul Fazl überlassen, den Rest des Feldzugs zu leiten.

Nach sechs Monaten Verhandlungen mit Salims Gesandtem Khwaja Jahan hatte sich Akbar schließlich bereit erklärt, seinen Sohn zu treffen. Doch Salim war so unklug, mit einer Armee von siebzigtausend Mann Kavallerie und Infanterie anzurücken, als befände er sich auf einem Feldzug.

Blicklos starrte Akbar aus dem Fenster. Nachdem er seinen Sohn so viele Jahre gehegt hatte, erhob Salim sich gegen ihn, nur um des Thrones willen.

Der Kaiser war noch in seinen Gemächern, als man ihm die Antwort seines Sohnes überbrachte. Der Prinz hatte beschlossen, nach Allahabad zurückzukehren. Er wollte seine Armee nicht auflösen.

Akbar entließ den Boten mit finsterem Blick. Er musste im Hinblick auf Salim etwas unternehmen. Wer könnte ihm in dieser Hinsicht am besten raten?

Seine Miene hellte sich auf. Abul Fazl natürlich. Neben seinen Pflichten als Erster Minister war Fazl auch der Lehrer der Prinzen gewesen. Vielleicht konnte der seinen Sohn zur Vernunft bringen. Der Mogulkaiser ließ die Schreiber kommen. Per Eilboten wurde ein kaiserliches Edikt geschickt, mit dem Fazls Erscheinen bei Hofe angeordnet wurde.

»Der Herrscher hat nach Abul Fazl schicken lassen, Eure Hoheit«, sagte Mahabat Khan.

Salim sah seinen Höfling bestürzt an. »Bist du sicher?«

Mahabat nickte. »Der Läufer hat die Nacht in einer Weinschänke verbracht und zu viel geredet. Einer unserer Leute hat es gehört.«

Salim sackte auf den Kissen seines Throns in sich zusammen. Er hatte sich in Allahabad einen Thron aus schwarzem Schiefer anfertigen lassen und nannte sich Sultan Salim Schah. Damit wollte er dem Befehl des Vaters trotzen, die Armee aufzulösen und unbewaffnet vor ihm zu erscheinen.

Viele Monate waren seit der verrückten Jagd nach Agra vergangen, wo er den Staatsschatz hatte erbeuten wollen, mehr noch nach jenem verhängnisvollen Versuch, sich mit Akbar zu versöhnen, und jetzt ließ der Kaiser Fazl zu sich kommen. Warum Fazl? Was sollte das? Abul Fazl hatte ihn nie leiden können, doch er war einer der engsten Vertrauten Akbars, der Mann, dem er die Fürsorge für seine Söhne anvertraut hatte. Er hatte Fazl in den Dekkan geschickt, um nach Murad zu sehen, der kurz nach seiner Ankunft dort starb. Jetzt holte er ihn zurück, damit er sich des nächsten Sohnes annahm. Akbar hing an Abul Fazl, umso mehr noch, als dieser die *Akbarnama* fertig gestellt hatte, ein Werk, wofür er ihm große Ehre zuteil werden ließ. Doch Akbar hatte die drei Bände der *Akbarnama* nicht gelesen, sondern sie nur voller Ehrfurcht betrachtet.

Der große Mogulherrscher war Analphabet; er konnte weder lesen noch schreiben. Das aber hatte Akbar nicht davon abgehalten, die Bekanntschaft der gebildetsten und kultiviertesten zeitgenössischen Dichter, Schriftsteller, Musiker und Architekten zu pflegen – wobei er sich bei den Unterhaltungen mit ihnen einzig und allein auf sein bemerkenswertes Gedächtnis verließ.

Salim seufzte. Der Mogulkaiser wusste stets so viel mit seiner Zeit anzufangen. Er schlief nur wenig, nur vier Stunden jede Nacht, und jeder Tag war voller Staatspflichten, Zeit für den Harem, Zeit für die Hofmusikanten und Maler und Dichter. Und ihm, Salim, fiel es schon schwer, sein kleines Königreich im Reich zu beherrschen.

»Warum hat der Herrscher nach Fazl rufen lassen?«, fragte er.

»Um den Streit zwischen Euch und Seiner Majestät zu schlichten, daran besteht kein Zweifel«, erwiderte Mahabat.

»Abul Fazl wird die Sache nur noch schlimmer machen. Er war noch nie mein Freund. Er hat mich vor dem Großmogul immer schlecht gemacht«, sagte Salim. »Wenn er an den Hof kommt, werde ich meinen Vater nie wiedersehen. Der Herrscher wird mir nie erlauben, ihm meine Aufwartung zu machen.«

Ein kurzes Schweigen trat ein. Mahabat, Koka, Abdullah und Sharif schauten einander besorgt an. Fazls Eintreffen bei Hofe wäre auch für sie eine Katastrophe. Ihnen stand bereits die Anklage wegen Aufwiegelei bevor, und die Armee des Großmoguls brannte darauf, sie festzunehmen. Fazl könnte Akbar überreden, Salim zu vergeben, doch ihre Köpfe saßen nur noch lose auf den Schultern; leider konnten sie sich nicht darauf berufen, mit dem Mogul verwandt zu sein.

»Was soll ich tun?«, fragte Salim. »Wir können nach Agra zurückkehren, und ich werde Seine Majestät um Vergebung bitten.«

»Nein, Eure Hoheit«, sagte Sharif entschlossen. »Wir müssen ein wenig Zeit verstreichen lassen, ehe Ihr zurückkehrt. Jetzt aber ...«, er zögerte, »ist der Herrscher äußerst empört und nicht sehr einsichtig.«

»Aber es besteht keine Möglichkeit, dass er einlenkt, bevor Fazl dort eintrifft. Und der Mann wird alles nur noch schlimmer machen«, wiederholte sich Salim. Er wusste, warum eine Versöhnung mit Akbar für seine Höflinge zum jetzigen Zeitpunkt nicht klug war. Doch er würde sie vor dem Zorn des Vaters schützen, sie hatten sich auf Gedeih und Verderb mit ihm zusammengetan, es war das Mindeste, was er für sie tun konnte. Dennoch, Fazl würde nicht helfen. Davon war Salim überzeugt. Er wäre nur ein störender Einfluss. Was war die Alternative?

»Dann darf er nicht nach Agra kommen«, sagte Koka in seiner bedächtigen Art. Heimtücke sprach aus seinem teigigen Gesicht.

Salim schaute ihn verwundert an. »Was willst du damit sagen? Er hat den Befehl vom Kaiser erhalten, er wird aus dem Dekkan nach Agra zurückkehren.«

»Stimmt. Doch die Reise aus dem Dekkan ist sehr ...« Koka legte eine feine, bedeutsame Pause ein, »sagen wir, riskant und voller Gefahren? Wer weiß«, er verdrehte die Augen und schaute zur Decke, »vielleicht kommt Fazl gar nicht an seinem Ziel an.«

Salim starrte ihn an. Sein Pulsschlag raste. Wagte er zu tun, was Koka vorschlug? Es wäre gefährlich; er stand bereits in einem schweren Konflikt mit Akbar. Anscheinend hatte er jedoch keine andere Wahl. Das und nichts anderes war es; das Risiko, dass Fazl sicher in Agra ankäme und weiterhin Gift in die Ohren seines Vaters träufelte und ihn vielleicht dazu überredete, den Thron an Daniyal zu vererben, war zu groß. Er schaute sich rasch um; sie waren allein im Audienzsaal. Die Diener hatte man hinausgeschickt.

Dessen ungeachtet senkte er die Stimme und beugte sich zu seinen Männern vor. »Du hast Recht. Immerhin leben wir in gefährlichen Zeiten. Räuber und Diebe machen unsere Straßen unsicher. Ein kleiner Unfall, ein Missgeschick, wer weiß?« Er breitete die Arme aus.

Die fünf Männer lächelten einander zu.

»Wer kann diese … äh … Arbeit am besten erledigen?«

»Bir Singh Deo, Eure Hoheit«, erwiderte Mahabat ohne Umschweife.

»Der Führer der Bundela-Rajputen aus Orchha?« Salim runzelte die Stirn. »Rebelliert er nicht gerade gegen das Reich?«

»Ja, aber Bir Singh ist ein Söldner. Wenn wir es ihm nur ordentlich lohnen, übernimmt er jede Aufgabe. Im Übrigen ist hinlänglich bekannt, dass Ihr Euch mit dem Herrscher überworfen habt, und Bir Singh kämpft gern gegen die Interessen des Reiches.«

»Wenn du meinst, dass er der Richtige ist …«, begann Salim zaudernd.

»Ja, Eure Hoheit«, fiel Abdullah ihm ins Wort. »Nicht der Schatten eines Verdachts sollte auf Euch fallen, und deshalb muss der … M… Mörder jemand sein, der keine Verbindung zu Eurem Hof hat.«

Salim rieb sich das Kinn. »Ihr habt Recht. Fazl ist Minister, und der Herrscher wird seinen Tod nicht einfach hinnehmen. Er wird bestimmt seinen Mörder verfolgen.« Er schaute auf. »Können wir Bir Singh trauen? Wenn er uns nun täuscht?«

Mahabat lächelte; eigentlich war es eher eine Grimasse. »Das kann er nicht. Selbst wenn der Mogul ihm diese Tat verziehe, so gibt es noch andere, deren er sich ebenso schuldig gemacht hat. Er weiß, dass er nicht mit dem Leben davonkommt. Er wird wieder in sein Versteck in Orchha zurückkehren. Schließlich leben die Bundelas schon seit Jahren dort und gehen den kaiserlichen Truppen erfolgreich aus dem Weg.«

Salim starrte seine Höflinge an. Er konnte seine Entscheidung nun nicht mehr rückgängig machen. Alles, was er bisher getan hatte, verblasste vor diesem Befehl, doch es war wichtig.

»Schickt nach Bir Singh. Wir dürfen keine Zeit verlieren.«

Abul Fazl wurde von dem Mordkomplott gegen ihn in Kenntnis gesetzt, doch er änderte seine Route nicht. Seine Begründung war einfach: Akbar hatte ihn auf dem schnellsten Wege nach Agra beordert. Deshalb erhöhte er die Zahl seiner Leibwächter und brach auf. Fazl und seine Männer wurden dreimal angegriffen und wehrten ihre Gegner ab. Als Fazl die Ortschaft Sur durchquerte, überfielen die Bundelas ihn und seine Männer ein viertes Mal. Ein heftiger Kampf brach aus, Fazl gelang es, die Angreifer zurückzuschlagen, war jedoch gezwungen, sich unter einen Baum zu flüchten, da er verletzt war und blutete. Dort fand ihn der Anführer der Bundelas bei Bewusstsein, doch unter großen Schmerzen leidend, und enthauptete ihn.

Kapitel 9

*»Ich schreibe dies in der Absicht, darauf hinzuweisen,
dass kein Unglück größer ist als ein Sohn, der durch sein
unannehmbares Verhalten und sein ungebührliches Betragen ...
ohne Sinn und Verstand verstockt und rebellisch gegenüber
seinem Vater wird ...«*
A. Rogers und H. Beveridge, Übers. & Hg.,
The Tuzuk-i-Jahangiri

Reglos saß der Mogulkaiser in seinen verdunkelten Gemächern. Die seidenen Vorhänge waren vor die Fenster gezogen worden. Tränen rannen ihm über das Gesicht und durchnässten den Brokatkragen seines Mantels.

Akbar schloss die Augen und lehnte sich in das Samtkissen zurück. Er hatte sich auf Fazls Ankunft gefreut, und nun hatten ihm zwei Boten die Nachricht von dessen Tod überbracht. Mit Abul Fazl hatte er einen engen, geschätzten Freund verloren. Hinzu kam, dass sein Sohn bei dem Mord anscheinend seine Hand im Spiel gehabt hatte. War das möglich? Hatte Salim Fazls Tod geplant?

Akbar wischte sich mit zitternder Hand die Tränen ab. Seine Soldaten hatten Fazls enthauptete Leiche unter einem Baum gefunden. Man hatte den Minister nicht einmal in Würde sterben lassen. Jetzt berichteten ihm seine Kundschafter, den Kopf habe man Salim geschickt. Wie konnte sein Sohn kaltblütig den Freund des eigenen Vaters ermorden? Rebellion war so eine Sache, aber Mord ...

Akbar verbarg das Gesicht in der Armbeuge. Drei Tage waren vergangen, seitdem ihn die Nachricht von Fazls Tod erreicht hatte. Danach hatte er sich in seinen Gemächern eingeschlossen, niemanden vorgelassen, mit niemandem gesprochen, nicht einmal mit seinen Haremsdamen. Womit hatte er diese Söhne nur verdient? Murad war tot, Daniyal führte ein zügelloses Leben, war von Alkohol und Opium abhängig, und Salim … er hatte mehr getan als seine Brüder, dem Vater das Herz zu brechen.

Langsam erhob sich Akbar vom Diwan und trat ans Fenster. Er klinkte den Riegel auf und öffnete die filigran gearbeiteten Fensterläden. Es war früh am Nachmittag, die Sonne stand hoch am Himmel und bleichte alles ringsum zu gleißendem Weiß aus. Die Hitze schlug ihm entgegen; er trat vom Fenster zurück, froh über diese Empfindung nach drei Tagen betäubender Trauer. Es war so heiß, dass jeder Atemzug in seiner erschöpften Lunge brannte. Von hier aus sah Akbar nur die von der Hitze versengten Ebenen jenseits des Yamuna, auf denen vereinzelt verkrüppelte Bäume standen. Irgendwo da draußen im Staub der Ebenen lag die Stadt Fatehpur Sikri, deren Sandsteingebäude allmählich verfielen. Diese Stadt hatte er für Salim errichten lassen.

Akbar war siebenundzwanzig gewesen, als Salim zur Welt kam; vierzehn Jahre hatte er damals über das Reich geherrscht und war bereits ein altgedienter Monarch. Ein Monarch, der schon viele Jahre verheiratet war, der große Länder und verschiedene Völker sein Eigen nannte. Doch er hatte niemanden, dem er sie hätte vermachen können. Ein Herrscher ohne Erben. Seine vielen Frauen hatten unterdessen viele Söhne zur Welt gebracht. Manche waren schon bei der Geburt tot – von vollkommener Gestalt, hatten ihm die Ärzte gesagt, Finger und Zehen ausgebildet, dichtes Haar auf dem Kopf und im Leib der Mutter zu stattlicher Größe herangewachsen. Doch in der kleinen Brust war kein Herzschlag zu hören. Manche waren in früher Kindheit gestorben, nachdem er sie bereits in den Armen gehalten und mit einem Lächeln auf den Lippen gesehen hatte, wie sie kräftig an der Brust ihrer Amme saugten.

Da er sich um ein Reich zu kümmern hatte, war es ihm nicht weiter schwer gefallen, diese Geistersöhne zu vergessen, dachte Akbar. Er hatte im Alter von dreizehn Jahren schon den Thron bestiegen, demzufolge war in ihm ein tiefes Verantwortungsgefühl für sein Volk herangereift. Für jeden Einzelnen in seiner unmittelbaren Umgebung. Für seine Haremsdamen, die Soldaten seiner Armee, die Edelleute bei Hofe. Ein Monarch konnte sich nicht persönlichem Kummer hingeben, daher unterließ er es. Dennoch hatte ihn nagender Schmerz gequält. Akbar hatte überall Trost gesucht: in der Religion, auf geistiger und körperlicher Ebene. Er hatte Heilige und Gurus und Ärzte aufgesucht in der Hoffnung, der eine oder andere wäre imstande, ihm zu sagen, warum er ein so großes Reich hatte, aber niemanden, dem er es vermachen konnte; ihm zu sagen, er *werde* den Sohn bekommen, nach dem er sich so sehr sehnte.

Diese Suche hatte ihn zu Shaikh Salim Chisti geführt. Der Shaikh war ein Sufi-Heiliger, der in einer Höhle außerhalb von Sikri lebte, einem kleinen, unbedeutenden Ort sechzehn Meilen von Agra entfernt. In dieser Höhle hatte Akbar, der Mogulkaiser von Indien, seine mit Perlen und Diamanten besetzten Pantinen ausgezogen und sich neben dem Shaikh auf die blanke Erde gesetzt. Drei Söhne werden Euch geboren, Eure Majestät, hatte der Shaikh gesagt. Drei hervorragende Söhne. Euer Name wird nicht aussterben, Euer Reich wird gedeihen. Es ist Allahs Wille.

Hamida Banu, Akbars Hindufrau, war um diese Zeit schwanger geworden, und am 31. August 1569 kam Salim schreiend und strampelnd auf die Welt. Genau wie der Shaikh vorhergesagt hatte.

Daraufhin, dachte Akbar, lehnte sich wieder aus dem Fenster und legte zum Schutz vor der gleißenden Helligkeit die Hand über die Augen, hatte er in Sikri eine ganze Stadt errichtet. Er hatte sie Fatehpur – Sieg – Sikri genannt, nach der Eroberung von Gujarat.

Von seinen Gemächern aus konnte er die Stadt nicht sehen – die Sonne verwischte die Konturen am Horizont –, und Fatehpur Sikri war zu weit entfernt, doch er erinnerte sich noch an jede Einzelheit der Planung. Akbars Architekten und Baumeister standen seinen Befehlen ablehnend gegenüber. Es sei zu weit von der Hauptstadt Agra entfernt. Aber Fatehpur Sikri solle doch die Hauptstadt des Reiches werden, hatte Akbar entgegnet. Niemand von hohem Ansehen lebe dort. Das wäre aber so, wenn der Mogulkaiser in der Stadt wohne. Keine Quelle, Eure Majestät, lautete ihr Einwand. Hebt einen See aus, befahl Akbar. Und so geschah es. Ein riesiger See wurde ausgehoben und mit Wasser gefüllt. Im Jahre 1571, zwei Jahre nach Salims Geburt, waren die Grundmauern für eine Moschee und einen Herrscherpalast in Sikri gelegt worden.

Der Hof des Moguls hatte fünfzehn Jahre in Fatehpur Sikri residiert. Jahr für Jahr schwand das Wasser im See dahin, immer wieder fiel die Regenzeit aus, der Staub schluckte die roten Sandsteingebäude der Stadt und verwandelte alles in dunkle Brauntöne. Da wusste Akbar, dass es an der Zeit war, die Stadt zu verlassen. Er war mit dem Hof nach Lahore umgezogen, um die Bedrohung, die im Nordwesten vom König Usbekistans ausging, im Auge zu behalten.

Die Stadt, die er für seinen Sohn gebaut hatte, lag verlassen da. Er war nie wieder dorthin zurückgekehrt.

Doch es gab an diese Zeit auch schöne Erinnerungen, die er selbst jetzt noch hegte, da ihn Salims Handlungsweise so sehr bestürzte. Als Salim vier Jahre alt war, hatte Akbar ihm das Schwimmen im See beigebracht. Die Diener hatten einen kleinen Bereich im Wasser mit Samtleinen abgesperrt. Eines Morgens in aller Frühe, noch ehe die Sonne aufging, strahlte der Himmel über ihnen in rotgoldenen Tönen. Salim schrie fünf Tage lang.

»Nein, Bapa, ich will nicht schwimmen. Ich hasse das Wasser. Es macht mir Angst.«

»Aber Könige haben doch keine Angst, Shaiku Baba«, sagte Akbar lächelnd. Er nannte ihn Shaiku Baba. Sein eigentlicher Name lautete Salim – nach dem heiligen Shaikh Salim Chisti; Shaiku Baba war ein Kosename, ebenfalls zu Ehren des Heiligen.

»Nein! Ich will nicht. Du kannst mich nicht zwingen. Ich will nicht gehen.«

»Morgen, Salim«, sagte Akbar streng. Der Junge musste lernen, Befehlen zu gehorchen.

»Ich komme nicht mit.«

Doch an jenem Morgen stand er in der frühen Morgendämmerung bibbernd am Ufer des Sees – das Gesicht noch zerknittert vom Schlaf, sein verdrießlicher Schmollmund blau vor Kälte –, denn Akbar lehrte ihn auch, dass gekrönte Häupter stets ihre Verabredungen einhalten und Befehlen Folge leisten. Wer nicht wisse, wie man Befehle zu befolgen hatte, wisse nicht, wie sie zu erteilen waren.

Akbar stand bereits im Wasser. Um seine Hüfte blähte sich der *dhoti* auf, und durch die kühle Morgenluft entstand auf Armen und Brust eine Gänsehaut. »Spring, Shaiku Baba!«, rief er.

Salims Kinderfrauen drängten sich um ihn, und Akbar spürte trotz der Verschleierung ihr Missfallen, denn sie warfen ihm durch den Musselin entrüstete Blicke zu.

»Spring, *beta*!«

Eine Kinderfrau zog Salim die Sachen aus, bis er nackt vor seinem Vater stand und die Arme um sich schlang. Seine Rippen standen deutlich hervor, seine Beine waren lang und dürr. Er hatte dichtes, üppiges Haar, das ihm bis auf die Schulterblätter fiel. Er bedeckte seine Blöße nicht, sondern stand nur da und schaute seinen Vater trotzig an.

Akbar hätte ihn in diesem Augenblick beinahe in den Palast zurückgeschickt, denn die Furcht in Salims Augen ließ seine Entschlossenheit, seinem Sohn das Schwimmen beizubringen, ins Wanken geraten. Doch es hätte keinen Sinn, zu nachgiebig zu sein. Salim musste es lernen. Daher sagte er: »Willst du ein großer Monarch werden?«

Salim nickte. Er hatte die Arme noch immer um sich gelegt und wandte den Blick nicht vom Gesicht des Vaters ab.

»Wie kannst du dann vor so etwas Einfachem wie Wasser Angst haben?«

Salim nahm drei Schritte Anlauf und sprang dann vom Rand des Anlegers direkt in die Arme des Vaters.

Und jetzt sagten ihm seine Kundschafter, der kleine Junge sei für Abul Fazls Tod verantwortlich. Der Kaiser setzte sich schwerfällig auf den Boden. Durch das offene Fenster über ihm drang noch immer Hitze in den Raum. Salim hatte sich einst im Wasser an ihn geklammert. Damals hatte ihn sein Draufgängertum verlassen. Selbst heute noch spürte Akbar die kleinen Arme um seinen Hals. Salim hatte die Beine fest um seine Hüften geschlungen und das tränennasse Gesicht an seine Schulter gebettet. Damals, als er noch ein Kind war, hatte Salim auf ihn gehört. Jetzt hörte er nicht mehr zu. Ähnlich wie Fatehpur Sikri schien ihre Bindung dazu bestimmt, in der Sonne auszutrocknen, von Staub, Schmutz und Spinnweben überzogen zu werden. Er hatte die Stadt, die er für seinen Sohn gebaut hatte, verlassen, und jetzt hatte sein Sohn ihn verlassen.

Langsam hob der Mogul den Kopf. Er wurde neuerdings so müde. Alles erschöpfte ihn. Die Hofärzte konnten nichts feststellen, doch er sah es ihren Augen an. *Das Alter. Das Ende eines erfüllten Lebens.* Akbar seufzte. Er würde diese Sache hinter sich bringen und sich mit seinem Sohn aussöhnen müssen. Salim war der natürliche Thronerbe. Vielleicht konnte er Salim in der kurzen Zeit, die ihm auf Erden noch beschieden war, Charakterstärke einflößen, damit er des Thrones würdig war.

Akbar erhob sich und ging in die *zenana.* Zuerst suchte er den Palast seine Padshah Begam auf. Sie erwartete ihn bereits. Sobald er seine Gemächer verlassen hatte, waren Diener zu Ruqayya geeilt, um sein Eintreffen anzukündigen. Er traf sie zusammen mit Salima Sultan Begam an, auch eine seiner Lieblingsfrauen. Er war mit Salima zusammen aufgewachsen, sie waren Vetter und Kusine und enge Freunde, noch ehe Akbar sie heiratete.

Bei Ruqayya und Salima fühlte sich Akbar wohler als anderswo, selbst in den königlichen *darbars.* Sie waren sein Trost. Jetzt saßen sie wie erwartet bei ihm und sprachen über Haremsangelegenheiten, bis er bereit war zu reden. Schließlich brachte er in abgehackten Sätzen seinen Kummer zum Ausdruck. Trauer über Fazls Tod, Schmerz über Salims Rolle dabei. Eine Versöhnung indes erwähnte er nicht. Salima, die Akbar viele Jahre kannte, ein Leben lang, brach am darauf folgenden Tag nach Allahabad auf. Sie wusste, und Ruqayya wusste es auch, dass Akbar seinen Sohn wiedersehen wollte. Es war an der Zeit. Also machten sich die beiden Frauen, wie immer in stillem Einvernehmen, daran, die Welt des Kaisers wieder in Ordnung zu bringen.

Salim und Akbar trafen sich im Thronsaal vor den Augen des gesamten Hofes. Seit drei Jahren hatten sie sich nicht gesehen. Dennoch bestand der Mogulkaiser auf einer öffentlichen Begegnung. Der Saal für öffentliche Audienzen war bis an die Grenzen der Belastbarkeit mit Höflingen und Zuschauern angefüllt. Die Nachricht vom Streit zwischen Vater und Sohn hatte sich über Läufer und Reisende im gesamten Reich verbreitet. Fast jeder Anwesende hatte ein begründetes Interesse daran zu sehen, wie sich die Begegnung gestalten würde; das Schicksal des Reiches hing von diesem Augenblick ab.

Auf der Haremsempore hinter dem Thron drängten sich die Damen der *zenana*. Auch sie beobachteten die Vorgänge diesmal mit stiller Verwunderung. Direkt vorn am Wandschirm saß die Mogulkaiserin Ruqayya. Zu ihrer Rechten hatte Salima Platz genommen, die Salim heim zu seinem Vater gebracht hatte. Niemand wusste, was sie dem Prinzen gesagt hatte oder wie die Begegnung ausgefallen war. Aber es war ihr gelungen, ihn dazu zu überreden, ohne große Armee zurückzukehren. Als Salim nach Agra kam, war er zuerst in den Harem gegangen, um seiner Großmutter, Maryam Makani, seine Aufwartung zu machen, sodass die Damen ihn bereits gesehen hatten. Nur eine Person, die mit der *zenana* verbunden war, ohne ihr wirklich anzugehören, hatte ihn viele Jahre lang nicht gesehen.

Schweigend stand Mehrunnisa hinter Ruqayyas Diwan, nahe genug am Wandschirm, um leicht hindurchschauen zu können. Bis zur Ankunft des Prinzen bei Hofe dauerte es ein paar Minuten, und ihr schien, als habe sie bis zu diesem Augenblick die Luft angehalten. Mehrunnisa schaute zu Boden und fragte sich, ob der Prinz sich wohl verändert hatte. War die Zeit gnädig mit ihm umgegangen? War er gealtert? Hatte diese Jagd durch das Reich auf der Suche nach vergeblichen Zielen ihm sichtbar zugesetzt?

Es war so dumm, dachte sie, sich von Männern wie Mahabat, Koka und Sharif in die Irre führen zu lassen. Wenigstens kehrte er jetzt an den ihm zugedachten Platz an der Seite seines Vaters zurück. Möge Allah geben, dass er dort bliebe. Vielleicht könnte sie ihn dann gelegentlich sehen, selbst das würde ihr genügen nach all den

Jahren, in denen sie sich nach seinem Anblick verzehrt hatte … Sie verzog das Gesicht und schaute auf, als die Trompeten erklangen und Salims Eintreffen ankündigten. Eigentlich war es dumm von ihr, all die Jahre mit dem einen Mann verheiratet zu sein und zugleich ohne Unterlass an den anderen zu denken … Vielleicht wäre es anders, wenn Ali Quli und sie ein Kind hätten. Sanft legte Mehrunnisa eine Hand auf ihren Leib und dachte an jenen Winternachmittag in Lahore im Hühnerschuppen. Yasmin hatte überlebt … und das Kind nicht haben wollen. Dennoch hatte Mehrunnisa es nicht genommen. Sie sehnte sich verzweifelt nach einem Kind. Aber es sollte ihr eigenes sein, nicht die Leibesfrucht einer anderen Frau. Daher hatte sie das Kind wieder Yasmin gegeben und sie fortgeschickt. Mehrunnisa senkte den Kopf. Ihre Hand lag noch immer auf ihrem Bauch. Würde sie je Kinder haben?

Da kündigte der Zeremonienmeister Prinz Salim an, und sie sah auf.

Langsam schritt er in den Thronsaal, begleitet von ein paar Höflingen. Es fiel auf, dass Mahabat Khan und Koka in diesem Gefolge fehlten. Mehrunnisa beobachtete, wie Akbar sich von seinem Thron erhob und die paar Stufen zur Mitte des Saales hinabschritt. Tränen standen dem Herrscher in den Augen. Er breitete die Arme aus, und Salim, der sich zum *konish* verbeugte, richtete sich auf und ließ sich von seinem Vater umarmen. Der Hof sah schweigend zu, als die beiden Männer einander in den Armen lagen.

Salim trat einen Schritt zurück und betrachtete Akbar erschrocken. Sein Vater war in den drei Jahren unglaublich gealtert. Die Schultern waren knochig, das Haar des Moguls beinahe weiß, Sorgenfalten prägten seine Stirn.

»Bapa, ich werde dir vierhundert meiner Kriegselefanten ausliefern.«

»Wir haben dich bei Hofe vermisst …« Mitten im Satz versagte dem Mogul die Stimme.

Auf ein Zeichen von Akbar brachten Diener Ehrenroben und juwelenbesetzte Schwerter herbei.

»Tritt näher, Salim.«

Akbar nahm seinen mit Juwelen besetzten Staatsturban ab und setzte ihn Salim auf. Die Versammelten hielten hörbar die Luft an. Salim betastete verwundert die ungewohnte Last auf seinem Kopf, und seine Finger glitten über die Juwelen. Wie angenehm das Gewicht doch war.

»Du erweist mir eine große Ehre, Bapa«, sagte Salim leise, sodass nur der Mogul es hören konnte.

Akbar schaute ihn eingehend an, und Salim begegnete seinem Blick, ohne mit der Wimper zu zucken. Er wollte seinen Vater noch einmal berühren, ihn umarmen und sich für den Wahnsinn der vergangenen Jahre entschuldigen. Doch in Akbars Blick lag keine Vergebung, nur Kummer und Missbilligung.

»Das Reich braucht einen Erben, Salim. Außer dir gibt es niemanden.«

»Ist das der einzige Grund, warum Ihr um meine Rückkehr nach Agra gebeten habt, Eure Majestät?«, fragte Salim mit aufsteigendem Zorn.

»*Wir* haben nicht um deine Rückkehr gebeten«, sagte Akbar.

»Nein.« Salim führte seine Hand noch einmal an den Turban und richtete ihn, sodass er fest auf seinem Kopf saß. »Ihr habt nicht darum gebeten, das weiß ich. Ich bitte um Erlaubnis, mich zurückziehen zu dürfen, Eure Majestät.«

Akbar nickte. Salim nahm den Turban ab und legte ihn ehrerbietig in die Hände seines Vaters. Er verneigte sich und ging mit langsamen Schritten rückwärts aus dem Thronsaal, vorbei an den Höflingen in der ersten Reihe, den Edelleuten in der zweiten und den Bürgerlichen in der dritten. Die Kriegselefanten standen in einer Reihe im äußeren Hof. Alle Anwesenden beobachteten ihn, doch seine Miene war undurchdringlich und verriet nicht, was in ihm vorging.

Bis er den Saal verlassen hatte, herrschte Stille. Jetzt, da sie den leisen Wortwechsel zwischen den beiden Männern vernommen hatten, brachen die Haremsdamen in aufgeregtes Geschnatter aus, und die Edelleute taten es ihnen gleich.

Denn der Mogulkaiser hatte mit der Übergabe seines Turbans an den Sohn unmissverständlich deutlich gemacht, dass er Salim als seinen Erben wünschte.

Mehrunnisa trat mit heißem Gesicht ein Stück vom Wandschirm zurück. Salim hatte sich nicht verändert, zumindest nicht nach außen hin. Der *darbar* löste sich auf, sobald der Herrscher und Salim den Hof verlassen hatten. Jetzt würde Frieden im Reich herrschen. Außerdem würde Salim hier in Agra bei seinem Vater bleiben, wohin er gehörte. Eine der Damen ließ im Vorbeigehen einen Namen fallen, woraufhin Mehrunnisas Kopf ruckartig herumfuhr. Ein Kälteschauer überlief sie. Sogar sie hatte es vor lauter Bestreben, Salim zu sehen, vergessen. Doch ihr hätte klar sein sollen, dass nicht alles gut war. Auch sie hatte nicht an Khusrau gedacht.

»Der Mogul wünscht, dass ich mich wieder dem Mewar-Feldzug anschließe.« Prinz Salim schritt wütend in seinen Gemächern auf und ab.

Bestürzt schauten Mahabat Khan, Koka und Abdullah von ihrer Arbeit auf. Mohammed Sharif war als Gouverneur in Allahabad zurückgeblieben.

»Wann?«, fragte Mahabat und legte das Dokument beiseite, in dem er gerade gelesen hatte.

»Sobald wie möglich.« Salim verlangte mit einem Handzeichen nach Wein.

»Aber warum, Eure Hoheit? Sowohl der Oberbefehlshaber der Armee als auch Prinz Daniyal sind im Dekkan. Sie können doch leicht nach Mewar marschieren und das Kommando über die Streitkräfte des Moguls übernehmen.«

Salim trank den Wein in großen Zügen leer und hielt seinen Kelch zum Nachschenken hin. »Ihr wisst, dass Daniyal ein schlechter Führer ist. Er trinkt zu viel und verbringt zu viel Zeit in seinem Harem. Ich muss der Armee Vertrauen einflößen und die Stimmung unter den Männern heben. So lauten die Worte des Herrschers, nicht meine.«

»Eure Hoheit«, drängte Abdullah, »Ihr könnt Agra in einer so wichtigen Zeit nicht verlassen. Ich bitte um Vergebung, wenn ich es sage, doch der Kaiser ist nicht bei guter Gesundheit – er ist alt und ...« Abdullah ließ den Rest des Satzes in der Luft hängen.

Salim wusste, was er sagen wollte; Akbars Tod stand nahe bevor. Wenn Salim Agra jetzt verließe, wäre er zu weit entfernt, um den Thron zu beanspruchen, wenn Akbar stürbe. Ungehalten trommelte er mit den Fingern auf einen kleinen Rosenholztisch. Was spielte das für eine Rolle? Der Mogulkaiser hatte ihn zum Erben bestimmt. Wenn er auch nicht fortgehen wollte, so hätte er wenigstens etwas zu tun.

Die Heimkehr nach Agra hatte nicht alle seine Erwartungen erfüllt. Salim und Akbar verbrachten mehr Zeit miteinander als vor ihrem Zerwürfnis, doch es war nicht mehr so wie früher. Zu vieles war geschehen, der Versuch, den Staatsschatz zu erbeuten, Fazls Tod. Nur im königlichen Harem fühlten sie einander nahe, wenn die Damen jegliche Spannung zwischen ihnen zerstreuten.

Die drei Männer beobachteten den Prinzen mit scharfem Blick. Merkte er nicht, in welcher Situation er bei Hofe war? Salims Machtspiele und sein ungeduldiges Drängen nach der Krone hatten ihn den meisten mächtigen Adligen bei Hofe entfremdet. Nachdem er seines Anrechts auf den Thron versichert worden war, hatte der Prinz keinen Versuch unternommen, die Höflinge auf seine Seite zu ziehen. Jetzt, da das Verhältnis zu seinem Vater weiter angespannt war, stellten sich die Edelleute offen gegen ihn.

»Ich weiß, dass es nicht klug ist, jetzt fortzugehen«, sagte Salim. »Doch mein Vater hat es mir befohlen, und ich wage nicht, mich ihm zu widersetzen. Im Übrigen muss ich mir um meinen Anspruch auf den Thron keine Sorgen machen. Der Kaiser persönlich hat mich in aller Öffentlichkeit als seinen Erben bezeichnet. Daniyal ist keine wirkliche Bedrohung, wer ist sonst noch da?«

»Prinz Khusrau, Eure Hoheit.« Zum ersten Mal meldete sich Qutubuddin Koka zu Wort.

Salim schaute ihn erschrocken an. »Khusrau? Mein eigener Sohn?«

»Ja, Eure Hoheit. Ich habe gehört, dass Raja Man Singh und Mirza Aziz Koka eine Koalition gebildet haben, die ihn unterstützt.«

Raja Man Singh, der Bruder von Salims erster Frau Man Bai, war Khusraus Onkel. Er war noch in Bengalen, wo er den afghanischen Aufstand unterdrückt hatte, doch seine Freunde bei Hofe blieben ihm trotz dieser Entfernung ergeben.

Mirza Aziz Koka war Akbars Stiefbruder und neuerdings Khusraus Schwiegervater. Aziz Koka und Man Singh, Khusraus Schwiegervater und sein Onkel, waren in hohem Maße daran interessiert, dass der Sechzehnjährige den Thron des Mogulreiches bestieg. Er wäre Wachs in den Händen dieser Staatsmänner.

»Der Mogul wird niemals damit einverstanden sein, Khusrau auf den Thron zu heben, denn damit würde er sich über die natürliche Erbfolge hinwegsetzen. Im Übrigen, wie kommt mein eigener Sohn dazu, sich gegen mich aufzulehnen?«, schrie Salim aufgebracht. Er schaute zur Seite, denn die Ironie seiner Worte war ihm nicht entgangen. Khusrau folgte doch nur dem Beispiel seines Vaters. Doch so einfach war es nicht. Salim hatte Khusrau als Kind kaum zu Gesicht bekommen; man hatte ihn nur zu besonderen Anlässen kurz zu seinem Vater vorgelassen, damit dieser ihn betrachten konnte. Doch dann war er rasch wieder zu seinen Ammen und Dienerinnen gebracht worden. Salim war diesem Sohn nicht einmal sehr zugetan, hauptsächlich, weil er ihn nie richtig kennen gelernt hatte.

»Umsicht ist geboten, Eure Hoheit«, sagte Mahabat Khan. »Mirza Koka empfängt nun schon seit vielen Tagen Höflinge und bittet sie dabei zweifellos um ihre Unterstützung. Angesichts dieser Vorkommnisse wäre es besser, nicht nach Mewar zu gehen.«

»Ich kann nicht glauben, dass Khusrau gegen mich rebellieren wird, noch ehe ich die Krone überhaupt trage. Was soll ich denn machen? Ich kann gegenüber dem Mogul nicht ungehorsam sein«, sagte Salim. Doch wie konnte er fortgehen bei dieser neuen Bedrohung, die sich auftat?

»Vielleicht könntet Ihr vortäuschen, nach Mewar zu gehen. Wenn Ihr Euch erst einmal von der Hauptstadt entfernt habt, könnten wir

unseren Marsch ja hinauszögern ...« Mahabats Augen leuchteten.
»Wir können jederzeit eine Ausrede erfinden, Eure Hoheit.«
Salim schaute die drei Männer an. Sie hatten Recht, er konnte die
Hauptstadt jetzt nicht verlassen.

Der Prinz brach mit seiner Armee auf und erreichte nach einem
Tagesmarsch Fatehpur Sikri. In der Stadt, die sein Vater zur Feier
der Geburt seines Sohnes hatte errichten lassen, in der Stadt, die
sein Vater gern zur Hauptstadt des Reiches gemacht hätte, schlug er
das Lager auf. Der Aufenthalt in Fatehpur Sikri hatte etwas Trös-
tendes; Salim war in den Palästen aufgewachsen, er hatte mit Mahabat, Koka und Sharif dort Verstecken gespielt, es war die Heimat
seiner Kindheit. Doch ebenso wenig, wie er die glücklichen Tage
mit dem Mogulkaiser – als das Reich noch nicht zwischen ihnen
stand – wieder heraufbeschwören konnte, waren auch die Hoffnungen auf eine freundschaftliche Beziehung zu Akbar unwiderruflich
zerstört. Das Vertrauen konnte nie wiederhergestellt werden. Unter
dem Einfluss seiner Mitstreiter schickte Salim laufend Botschaften
an Akbar; die Armee sei nicht gut ausgerüstet, es sei nicht genügend Kavallerie vorhanden, um die Infanterie zu unterstützen, die
Elefanten seien krank, und so weiter, verbunden mit der Forderung,
die Anzahl der Soldaten zu erhöhen, bevor er nach Mewar weiterziehen konnte.

Nach einem Monat schickte ihm Akbar, der über Salims Verzöge-
rungstaktik empört war, eine Botschaft mit dem Befehl, zu seinen
Besitzungen in Allahabad zurückzukehren und dort Steuern einzu-
treiben, um die Armee zu seiner Zufriedenheit auszurüsten. Salim
war einverstanden und ging nach Allahabad.

Mirza Koka und Raja Man Singh spürten, wie unzufrieden der Mogulkaiser mit Salim war, und verdoppelten ihre Anstrengungen,
Khusrau als einen weiteren Thronerben zu präsentieren. Sie hatten
einen großen Vorteil; Khusrau war ein bezaubernder, gebildeter, gut
aussehender junger Mann, der beim Volk viel beliebter war als sein
Vater. Prinz Salim war unbeliebt, erstens wegen seines Aufstands,

zweitens weil er bei Abul Fazls Ermordung seine Hand im Spiel gehabt hatte.

So kam es, dass die nächste Generation gegen den Vater rebellierte, so wie Salim es vormachte. Während Vater und Sohn die Unternehmungen des anderen aufmerksam verfolgten, starb der nächste Thronerbe.

Prinz Daniyal, Akbars zweiter überlebender Sohn, hatte man die Verantwortung für die Kriege im Dekkan unter der Führung des Oberbefehlshabers der Armee übertragen. Daniyal verlebte seine Tage in trunkenem Dämmerzustand und vergnügte sich mit seinen Frauen und Sklavinnen. Akbar hatte dem Oberbefehlshaber eine Botschaft zukommen lassen, in der er ihn mit deutlichen Worten aufforderte, besser auf seinen Schützling Acht zu geben. Aus Angst vor dem Zorn des Moguls hatte der General eine drogenfreie Zeit für Prinz Daniyal angeordnet; er sollte weder Alkohol noch Drogen bekommen, gesunde Nahrung wurde anempfohlen, und der Prinz sollte von Rauschmitteln fern gehalten werden.

Zwei Dinge liebte Daniyal vor allem, seinen Alkohol und die Jagd. Er hatte einer seiner Lieblingsbüchsen sogar den Namen »Wie die Totenbahre« gegeben, denn mit dieser Büchse angeschossen zu werden bedeutete unweigerlich, von der Jagd auf einer Totenbahre heimzukehren. Diese Büchse war letztendlich der Anlass, warum er aus seinem Palast in Burhanpur mit den Füßen zuerst hinausgetragen wurde. Des Alkohols beraubt und akut unter Entzugserscheinungen leidend, befahl Daniyal seinem Jagdmeister, ihm etwas zu trinken zu bringen. In der Hoffnung, dem Prinzen zu gefallen, schmuggelte der Jagdmeister in der Büchse doppelt gebrannten Alkohol in den Palast. Die Überreste von Schießpulver und Rost im Lauf des Gewehrs vermischten sich mit dem Alkohol, und nachdem Daniyal davon getrunken hatte, erkrankte er schwer. Nach einer Leidenszeit von vierzig Tagen starb der Prinz.

Nach Daniyals Tod betrachtete Salim seinen Sohn Khusrau als eine reale Bedrohung für seinen Anspruch auf den Thron. Was Salim zuvor für eine vage Idee seiner Höflinge gehalten hatte, eine Vermutung, die er gleichwohl beachtet hatte, schien sich zu bewahrheiten. Khusraus Anhängerschaft erfuhr starken Zulauf. Während Salim in Allahabad weilte, waren Khusrau und seine Förderer bei Hofe in der Nähe des Herrschers, der Tag für Tag schwächer wurde. Die Adligen bei Hofe begannen, ihre Loyalität offen zu zeigen, selbst jene, die bislang hartnäckig neutral geblieben waren. Der Tod des Moguls schien kurz bevorzustehen, und der nächste Thronerbe würde sie für ihre Unterstützung reichlich entlohnen. Neutral zu bleiben, wenn es auch weniger gefährlich war, als für den Falschen einzutreten, war längst nicht so lohnend. In ganz Agra wurden heimliche Treffen abgehalten, um die Risiken abzuschätzen und am Ende zu dem Entschluss zu kommen, dass Khusrau die größte Aussicht auf Erfolg hatte. Dann gingen die Adligen hin und boten ihre Unterstützung an.

Zwei religiöse Fraktionen wandten sich in Allahabad an Prinz Salim. Zuerst kam die Sufi-Fraktion der Naqshbandis, orthodoxe Muslime, die Akbars liberale Einstellung nicht teilten. Sie sandten Akbars Ersten Zahlmeister Shaikh Farid Bukhari als Botschafter zu Salim mit dem Versprechen, für seine Sache einzutreten, wenn er nach der Thronübernahme traditionelles islamisches Recht fördern wolle. Ihre Unterstützung war wichtig, und Salim erklärte sich bereitwillig mit ihren Forderungen einverstanden. Der Unterstützung der Sufi-Fraktion unter Shaikh Salim Chisti war er sich bereits sicher.

Die zweite religiöse Gruppe, die auch einen starken Einfluss im Land ausübte, waren die portugiesischen Jesuiten. Die Portugiesen waren schon seit langem in Indien und hatten in vielen Städten im Norden Missionsstationen eingerichtet. Ihre Unterstützung war teilweise deshalb wertvoll, weil sie die Kontrolle über die wichtigsten Überseehäfen Goa, Surat und Cambay hatten, die größten Häfen mit Zugang zum Arabischen Meer. Jeglicher Handel mit Europa oder den Ländern des Nahen Ostens wurde zwangsläufig über die Portugiesen abgewickelt. Während die Landrouten für den Handel noch immer genutzt wurden, nahmen die Seewege als Einnahmequelle an Bedeutung zu. Die Jesuitenpriester verhielten sich so lange wie möglich neutral; sie erkannten, dass Khusrau ihren Interessen eher entspräche als Salim, doch schließlich stellten sie sich auf die Seite von Prinz Salim, da sie spürten, dass er am Ende doch siegen werde.

Während Khusrau einen Plan ausheckte, wie er seinem Vater den Thron entreißen könnte, fuhr Salim fort, seine Pseudomonarchie in Allahabad zu genießen. Khusraus Mutter, Prinzessin Man Bai, war über diese Kluft zwischen ihrem Sohn und ihrem Gemahl zutiefst bekümmert. Sie schrieb Khusrau viele Briefe, in denen sie ihn ermahnte, ihn auf seine Gehorsamspflicht gegenüber dem Vater hinwies und ihn anflehte, seine ehrgeizigen Pläne aufzugeben. Doch Khusrau stellte sich ihren Argumenten gegenüber taub. Die Verlockungen des Throns waren zu mächtig; müsste er die Herrschaft seines Vaters abwarten, würde es noch mindestens dreißig Jahre dauern, bis er den Thron besteigen könnte. Am Ende gab Man Bai auf, nahm eine Überdosis Opium und stürzte Salims Hof in Trauer.

Als die Nachricht über den Tod seiner Schwiegertochter nach Agra vordrang, schickte der Mogulkaiser Salim Geschenke und ein Beileidsschreiben, doch eine persönliche Begegnung zwischen Vater und Sohn fand nicht statt. Der Mogul bestand noch immer darauf, dass Salim seine Sachen packen und nach Mewar gehen sollte, um den Feldzug zu überwachen, und Salim setzte sich standhaft zur Wehr. Vater und Sohn lagen darüber auch weiterhin im Streit, denn der Mogul sah in Khusrau keine Bedrohung für Salims Anrecht auf den Thron.

Mit leerem Blick starrte Mehrunnisa aus dem Fester, ein aufgeschlagenes Buch auf dem Schoß. Draußen glänzte die Sonne auf dem Yamuna und verwandelte den Fluss in ein sanftes Silberband. Bienen summten träge um die in feurigem Orange leuchtenden Bougainvilleen, die an den Mauern des Hauses emporrankten. Agra schien in der Hitze zu dösen, doch Mehrunnisa war hellwach, und ihre Gedanken überschlugen sich.

Sie hatte genau verfolgt, wohin Salim gegangen war. Jeder Schritt, den der Prinz unternommen hatte, befremdete seinen Vater, die Adligen bei Hofe und jetzt auch die Bürger. Eine Monarchie ist ohne Unterstützung durch das Volk nicht lebensfähig, doch das erkannte Salim nicht. Selbst der Harem, der ihn immer geliebt und bestärkt hatte, rückte von Prinz Salim ab. Die Damen sahen betrübt mit an, dass Akbar nur noch ein Schatten seiner selbst war. Er siechte dahin, und sein Tod wurde durch Salims Verhalten noch beschleunigt.

Mehrunnisa runzelte die Stirn. Mahabat, Koka und Sharif brachten Salim in Gefahr, nur weil sie es nicht abwarten konnten, das Reich zu beherrschen. Sie zweifelte nicht daran, dass Salims Gefährten regieren würden, sollte Salim an die Macht kommen.

Wenn sie mit ihm verheiratet wäre … nein, dahin wollte sie ihre Gedanken nicht wieder lenken, doch sie drängten sich ihr auf. Wenn sie ihn nur hätte führen können, dann hätte sie ihm geraten, abzuwarten und den richtigen Moment abzupassen. Schließlich gehörte der Thron ihm. Er war der unbestrittene Erbe des Reiches, doch jetzt wurde Khusrau als der nächste Herrscher in den Vordergrund gestellt. Dieser unreife Junge, wie sollte er herrschen? Er konnte es natürlich nicht, demzufolge wäre eine Regentschaft notwendig, was zu Unruhen in der Bevölkerung führen würde. Das ganze Reich könnte zerfallen.

Plötzlicher Lärm lenkte sie ab. Als ihr Gemahl in den Raum stürmte, war sie ruhig und gefasst wie immer. Ihre Miene gab Mehrunnisas Gedanken nicht preis.

»Was kann ich für Euch tun, Herr?«, fragte Mehrunnisa ruhig.

Ali Quli ließ sich auf den Diwan neben sie fallen. Sein Gesicht war vor Aufregung gerötet. Er schaute seine Gemahlin an. »Ich habe Neuigkeiten … gute Nachrichten.«

Sie wartete darauf, dass er fortfuhr.

»Mirza Koka und Raja Man Singh unterstützen Khusrau als den nächsten Thronerben.«

»Ich weiß.«

»Nun, ich will mich ihnen anschließen.«

Mehrunnisa runzelte die Stirn. »Sich der Fraktion gegen Prinz Salim anschließen?«

»Ja. Der Prinz ist weder klug noch weise. Khusrau wird ein besserer Herrscher. Im Übrigen«, Ali Quli grinste, »ist er ein Kind, und wir werden das Reich beherrschen.« Er rieb sich die Hände. »Denk doch nur an die Macht, die Armee, die unter meinem Kommando stehen wird, die Kavallerie und Infanterie ...« Seine Stimme verlor sich, während er an seine Ehren dachte.

»Herr ...«, Mehrunnisa zögerte noch und war unsicher, wie sie fortfahren sollte. »Wie Ihr bereits gesagt habt, ist Khusrau noch ein Kind. Wenn ...« – dieses Wort betonte sie –, »wenn er zum Herrscher gemacht wird, brechen Unruhen im Reich aus. Es ist widernatürlich, den rechtmäßigen Thronerben zu übergehen. Khusraus Zeit ist noch nicht gekommen. Im Übrigen hat sich Prinz Salim nun seit fast fünfzehn Jahren nach dem Thron gesehnt. Meint Ihr, er gibt seinen Anspruch so einfach auf? Die endgültige Entscheidung liegt bei Akbar, und der wird Prinz Salim nicht im Stich lassen. Es wäre gegen die Gesetze der Erbfolge, das Land in die Hände eines jungen Enkels zu legen, solange sein Sohn noch lebt.«

»Aber wenn der Herrscher stirbt? Was dann?«

»Der Herrscher wird bestimmt Prinz Salim ernennen, noch ehe er stirbt. Seine Majestät ist sich seiner Pflichten und Verantwortlichkeiten gegenüber dem Reich sehr wohl bewusst. Wenn Khusrau die Entscheidung anficht, wird es unnötiges Blutvergießen geben, und die Menschen werden im Kampf für eine aussichtslose Sache sterben, denn Salim ist der Stärkere von den beiden«, erwiderte Mehrunnisa.

»Khusrau hat Raja Man Singh auf seiner Seite. Vergiss nicht, dass der Raja wahrscheinlich der erfahrenste Soldat im ganzen Reich ist: Ein Geplänkel zwischen Salim und Khusrau kann nur mit Salims Niederlage enden.«

»Und was ist mit dem Volk? Und den anderen Adligen bei Hofe?

Glaubt Ihr denn, sie stimmen einer Aussetzung der Erbfolge zu, der seit Chagatai, dem Sohn Dschingis Khans, Folge geleistet wird?«

»Tja …«, lenkte Ali Quli ein. An die anderen Adligen hatte er nicht gedacht. Mirza Koka und Raja Man Singh gehörten zwar zu den mächtigsten Edelleuten bei Hofe, doch es gab auch noch andere, deren Unterstützung notwendig war. Ali Quli wurde rot. Warum konnte seine Frau nicht so sein wie andere Gemahlinnen? Sie folgten bereitwillig den Anregungen ihres Gemahls, ohne zu fragen. Warum war es bei Mehrunnisa anders?

»Mirza Koka wirbt gerade um die Unterstützung der anderen Adligen. Sie werden bestimmt unsere Sache fördern«, versetzte er trotzig.

»Khusrau wird sicher verlieren«, sagte Mehrunnisa und hätte ihn am liebsten wegen seiner Begriffsstutzigkeit angeschrien. Wäre Ali Quli weniger Soldat und ein wenig mehr Politiker gewesen, hätte er die Aussichtslosigkeit der ganzen Sache eingesehen. Wie konnte ein Mann, der im Kampf so tapfer war, in allen anderen Lebensbereichen so töricht sein? Khusrau konnte Salim nur töten, um an die Macht zu kommen, und selbst wenn es ihm gelänge, würde er sich nicht lange halten. »Es ist besser, diesmal neutral zu bleiben. Wir müssen abwarten, wie die Dinge sich entwickeln, Herr.«

»Nein!«, sagte Ali Quli. »Ich habe mich entschieden. Ich werde Prinz Khusrau unterstützen, und das ist mein letztes Wort.«

Im Hinausgehen drehte er sich noch einmal um. »Ich bin nicht hergekommen, weil ich dich um Rat fragen wollte, Mehrunnisa. Ich wollte dir nur mitteilen, was ich vorhabe, doch selbst das war unnötig …« Er hob eine Hand, als sie etwas entgegnen wollte. »Sei still und hör zu. Beschränke deine Interessen auf das Haus und die Kinder, die du haben solltest. Das hier ist Männersache. Nur weil du deine Pflichten als Frau nicht erfüllen kannst, heißt das noch lange nicht, dass du dich in dieser Angelegenheit einmischen kannst.«

»Sprecht nicht so mit mir«, sagte Mehrunnisa, denn seine Worte schnitten ihr ins Herz.

»Ich rede mit dir, wie es mir gefällt. Ich bin dein Ehemann. Ich weiß, dein Vater ist ein mächtiger Höfling, ich weiß, der Mogul achtet ihn. Doch du lebst unter meinem Dach. Du bist meine Frau und nicht mehr die Tochter deines Vaters. Ist das klar?«

Sie starrte ihn wütend an und verachtete ihn in jenem Augenblick mehr denn je zuvor. Vergessen waren alle Lektionen aus der Kindheit, dass man dem Gemahl gehorchen müsse. Ali Quli beugte sich über sie, nahm ihr das Buch aus den Händen und küsste ihre Handflächen, eine nach der anderen. »Gut zu sehen, dass du vor meiner Berührung nicht zurückweichst.«

Damit stolzierte er aus dem Raum.

Als er fort war, sank Mehrunnisa langsam auf den Teppich und schaute auf ihre Hände. Sie spuckte hinein und rieb die Handflächen zornig am Teppichflor ab, um die Erinnerung an seine Lippen und seine Berührung auszulöschen. Dann sackte sie zusammen und blieb einfach liegen. Die Haare fielen ihr über das Gesicht, die Tränen flossen ungehemmt und nahmen ihr den Atem. Sie war unendlich müde. Eine Stunde später lag sie noch immer auf dem Teppich, dessen Muster sich in ihre nasse Wange eingeprägt hatte. Es gab kein Zurück von dieser Ehe, keinen Ausweg aus diesem Leben. Es musste so weitergehen. Sie musste weitermachen. Schritt für Schritt, ein Lächeln auf den Lippen bei Familienfesten.

Mehrunnisa drehte sich auf den Rücken und starrte an die Decke. Sie legte eine Hand leicht auf ihren Bauch, zunächst auf ihren Rock, dann fuhr sie mit der Hand unter den Stoff und berührte ihre Haut. Fünf Wochen bereits. Und jeden Tag hielt sie Ausschau nach Blut. Fünf Wochen, und sie hatte es Ali Quli nicht gesagt.

Mit der Hand auf dem Bauch dachte sie an den Mann, an den sie gebunden war. Drei Jahre zuvor, als Prinz Salim Mewar verlassen und versucht hatte, den Staatsschatz zu erbeuten, hatte Ali Quli den Prinzen in Agra verlassen und mit der Armee nach Allahabad ziehen lassen. Das war eine kluge Entscheidung gewesen. Es wäre falsch gewesen, dem Kaiser wegen des Prinzen zu trotzen, obwohl Mehrunnisas Herz für Salim schlug, trotz all seiner Fehler. Es war noch immer unklug, Akbar zu trotzen. Denn Mehrunnisa wusste aus ihren Unterhaltungen in der *zenana* und aus den Andeutungen der Damen, dass Akbar trotz allem, was Salim in der Vergangenheit getan haben mochte, noch immer zu ihm hielt und nicht zu Khusrau. Für den Herrscher war Khusrau ein Nichts, ein Kind, eher eine Plage denn eine echte Bedrohung. Er konnte nicht damit einverstanden sein, Khusrau vor Salim auf den Thron zu setzen. Deshalb beachtete er ihn nicht, auch wenn der junge Prinz bei Hofe weilte. Salim müsste sich dennoch hier in Agra zeigen, dachte Mehrunnisa. Es war unklug, sich zu diesem Zeitpunkt nicht in der Hauptstadt aufzuhalten.

Mehrunnisa erhob sich vom Boden, als eine plötzliche Welle der Übelkeit in ihr aufstieg. Sie lief in den Hof hinaus und erbrach das Frühstück aus *chapatis* und Enteneiern. Der Magen drehte sich ihr um, als sie sich den ekligen Geruch vom Mund wischte. Sie blieb lange im Hof, ohne darauf zu achten, dass eine vorbeigehende Dienerin sie sehen könnte, wie sie zitternd und bebend an der Säule lehnte. *Bitte, Allah, bitte, lass es leben. Lass mich meine Pflichten als Frau erfüllen. Lass mich eine Frau sein.* Denn sie wusste, man würde sie erst dann als Frau ansehen, wenn sie ein Kind hätte.

Zwei Wochen danach kehrte Prinz Salim aus Allahabad nach Agra zurück, als reagierte er auf einen stillen Ruf von Mehrunnisa. Wieder empfing ihn der Kaiser im Thronsaal, und wieder nahm Akbar vor der ganzen Versammlung seinen Herrscherturban ab und setzte ihn Salim auf. Es war eine Warnung an alle Zeugen, vor allem an Raja Man Singh und Mirza Aziz Koka, und schließlich an alle, die Khusrau unterstützten, Ali Quli eingeschlossen. Akbar kränkelte, daran bestand kein Zweifel, doch er hatte sich vom Krankenbett erhoben, um Salim vor den Augen aller in Empfang zu nehmen.

Diese offen gezeigte Zuneigung sorgte für Panik im Lager um Khusrau.

Kapitel 10

»Das verärgerte Akbar; doch seine Empörung wuchs an, als Khusrau in diesem Augenblick vortrat und seinen Vater in Gegenwart des Großmoguls mit unziemlichen Worten beschimpfte. Akbar zog sich zurück und rief am nächsten Morgen Ali zu sich, um ihm mitzuteilen, der Ärger über Khusraus schlechtes Benehmen habe ihn krank gemacht.«
H. Blochmann und H. S. Jarrett, Übers., *Ain-i-Akbari*

Der Sommer des Jahres 1602 bescherte Agra gleißend helle, glutheiße Tage. Monatelang dörrten die Ebenen zwischen Indus und Ganges in der Hitze einer unbarmherzigen Sonne. Flüsse trockneten zu Rinnsalen aus und legten sandige oder kiesige Flussbetten frei. Fischer versuchten verzweifelt, sich den Lebensunterhalt zu verdienen, und Bauern schauten mit ängstlichem Blick zum wolkenlosen Himmel empor, während die Reisfelder verdorrten und Schößlinge gelb und durchsichtig wurden. Selbst der Yamuna, der in weiten, sanften, glasklaren Biegungen durch die Stadt floss, wurde infolge des Wassermangels träge und schlammig. Die sommerlichen Monsunregen verspäteten sich wie gewohnt, doch in diesem Jahr schien es, als kämen sie überhaupt nicht mehr.

In den Mogulpalästen in Agra gab sich das Leben den Anschein von Normalität. Eine beklommene Stille hatte sich über das Reich gelegt, nachdem Prinz Salim zwei Monate zuvor nach Agra zurückgekehrt war. Akbar blieb jetzt öfter in seinen Gemächern und nahm nur noch selten an den täglichen *darbars* im Thronsaal teil. Wenn der Mogulkaiser dann erschien, erschraken Höflinge und andere Besucher, wenn sie sein Gesicht sahen, das von Tag zu Tag bleicher wurde, seine hagere Gestalt und seine gebeugte Haltung. Das Ende war nahe, selbst Akbar schien es zu wissen. Daher ließ er Salim auf einem besonderen Sitz zu seiner Rechten neben dem Thron Platz nehmen und tat somit dessen Anspruch auf das Reich kund. Khusrau stand dabei für gewöhnlich viel weiter unten und kochte vor Wut.

So vergingen die Sommertage in quälender Langsamkeit. Hinter den Haremsmauern kursierten Gerüchte; Mägde, Sklavinnen, Wächterinnen, Eunuchen, Zofen, Nebentanten, Kusinen, Töchter, Frauen und Konkubinen – niemand gab sich mehr die Mühe, vorsichtig zu sein. Dennoch hing ihrer aller Leben davon ab, wer den Thron bestieg. War es Salim, würde sein derzeitiger Harem die *zenana* beherrschen, bei Khusrau wäre es seine Gemahlin, die Tochter von Aziz Koka. Ein schauderhafter Gedanke, denn Khusraus Zeit war ganz gewiss noch nicht gekommen. Unter all diesen Frauen saß Ruqayya. Als Akbars Padshah Begam hatte sie am meisten zu verlieren. Nicht genug, dass ihr Gemahl sterben würde, darüber hinaus würde sie zu einer Mogulwitwe degradiert. Ihr blieben vielleicht noch der eine oder andere kleine Luxus; sie dürfte ihren Palast behalten, ihre Dienerinnen, selbst ihr Einkommen bliebe ihr erhalten, doch sie hätte keine Macht mehr. Es wäre ein leerer Titel, ein ohnmächtiger Palast, und sie verlöre unweigerlich an Ansehen.

Das alles würde an Salims Hauptfrau, Prinzessin Jagat Gosini, übergehen.

Nur Mehrunnisa wusste, wie sehr die Mogulkaiserin den Gedanken verabscheute, dass Jagat Gosini ihren Platz in der *zenana* einnehmen würde. Ruqayya verzehrte sich vor Kummer um ihren Gemahl, um ihre Stellung in der *zenana* und um Khurram, der jeden Tag viel Zeit am Bett seines Großvaters verbrachte, ihm vorlas, mit ihm redete oder ihm einfach nur die Hand hielt, wenn Akbar kurz eingenickt war. Es war herzzerreißend mit anzusehen, wie zärtlich der junge Khurram mit Akbar umging, den er besser kannte als seine Eltern. Während Salim auf dem Feldzug in Mewar und auf seinen Gütern in Allahabad war, hatte Khurram weiter bei Ruqayya im Harem gelebt.

Mehrunnisa hielt sich von den Intrigen fern, so gut es eben ging, obwohl sie die *zenana* täglich aufsuchte. Von Salim sah sie sehr wenig, denn außer seinen öffentlichen Auftritten beim täglichen *darbar* kam er nicht oft in die *zenana*. Alle, selbst der Mogulkaiser, schienen auf etwas zu warten. Und das ereignete sich an einem sengenden Sommertag, als die Sonne sich dem westlichen Horizont näherte und glühende Strahlen nach Agra schickte.

Akbar, den die anhaltende Spannung zwischen Salim und Khusrau verärgerte, befahl ihnen, einen Elefantenkampf im Haupthof der Festung anzusetzen. Der Hof war ein großes, unbepflanztes Gelände mit festgestampftem Boden in der nördlichen Ecke der Befestigungsmauern. Gegen drei Uhr hatte sich der Hof mit festlich gekleideten Zuschauern und Anhängern beider Prinzen gefüllt. Edelsteine glitzerten an Ohren, Armen und Handgelenken, Brokatmäntel und kostbar bestickte Schärpen leuchteten in der Sonne. Den Männern, Bürgerlichen wie Höflingen, waren drei Seiten vorbehalten, an der vierten erhob sich ein lang gestreckter, kühler Marmorpavillon, dessen Säulen und Boden mit Blumen und Blättern aus Lapislazuli, Karneol und Jaspis ausgelegt waren. Er hatte scharf angewinkelte Dachvorsprünge, die das Regenwasser vom flachen Dach des Pavillons ableiteten, und vier achteckige Türme mit Dächern aus gehämmertem Kupfer, die im Licht der untergehenden Sonne orangefarben leuchteten. Der Thron des Herrschers, ebenfalls aus Marmor, war unter den Vordächern im Pavillon aufgestellt, die ihn vor der Hitze schützten. Das eine Ende des Pavillons war hinter einem feinen Marmorfiligran verdeckt, dessen Steinmaschen teilweise schlanker als die Finger einer Frau waren. Der Wandschirm bestand aus einer einzigen Marmorscheibe, hinter der sich die gesamte *zenana* versammelt hatte. Da die Damen hinter dem Wandschirm sicher waren, hatten sie den Schleier abgelegt.

Mehrunnisa stand ein Stück hinter Kaiserin Ruqayya und hatte die Hände vor sich gefaltet. Ruqayya saß in ihrer gewohnten arroganten Haltung auf dem Diwan, zurückgelehnt in die Kissen, das rauchende Mundstück einer Wasserpfeife graziös in der Hand haltend. Ihrem Blick entging nichts, wie immer. Zu ihrer Rechten saß Prinzessin Jagat Gosini. Die beiden Frauen hatten kaum Notiz voneinander genommen, als Ruqayya den Pavillon betrat. Jagat Gosini hatte sich gemeinsam mit den anderen Frauen erhoben. Doch in jeder kleinsten Bewegung und der Verbeugung war Widerwille spürbar, und sie schien deutlich zu machen, dass Ruqayya eines nicht allzu fernen Tages diejenige wäre, die ihr Achtung erweisen müsste. Über Mehrunnisa schaute Jagat Gosini völlig hinweg.

Nun beugte sich die Padshah Begam vor und warf durch den Wandschirm einen Blick auf Akbar. Auch Mehrunnisa schaute in seine Richtung. Der Mogul wirkte ausnahmsweise einmal ausgeruht; er hatte eine ruhige Nacht verbracht. Wenn er jemandem zulächelte, wie zum Beispiel dem zwölfjährigen Jungen, der neben ihm saß, erhellte sich sein Gesicht mit dem früheren Zauber, und Mehrunnisa spürte, wie Ruqayya sich entspannte. Als sein Großvater ihm zulächelte, nahm Prinz Khurram dessen Hand und küsste sie. Akbar traten Tränen in die Augen, und er tätschelte Khurram mit zitternder Hand den Kopf. Der Prinz lehnte sich an den Großmogul. Da wehte ein Windstoß Staub auf die Veranda, und Khurram juckte die Nase, sodass er sich abwandte und nieste.

Hinter dem Wandschirm griffen Ruqayya und Jagat Gosini gleichzeitig in ihre Bluse und zogen ein seidenes Taschentuch hervor.

»Ma!«, bat Khurram mit Blick auf den Wandschirm, die Hand vor der Nase.

»Hier, *beta*.« Ruqayya gab einer Sklavin ein Zeichen, die dem Prinzen das Taschentuch durch eine Lücke im Marmorwandschirm reichte.

Khurram putzte sich die Nase, steckte das Seidentuch in den Ärmel seines kurzen Mantels und sagte: »Danke, Ma.«

Mehrunnisa sah, wie Jagat Gosini zusammenzuckte und ihr Taschentuch langsam wieder in die Bluse steckte. Die Prinzessin versuchte es zu vertuschen, doch alle Frauen hinter der Haremseinfriedung waren Zeugen dieser unwillkürlichen Reaktion auf Khurrams Niesen geworden. Jagat Gosini saß wie erstarrt mit unbeweglicher, hassverzerrter Miene da. Im Laufe der letzten Jahre, als Akbar und Salim sich vorsichtig anzunähern schienen und sich dann doch wieder überwarfen, hatte der Mogulkaiser Ruqayya gebeten, Khurram mehr Zeit mit Prinzessin Jagat Gosini verbringen zu lassen – als Geste des guten Willens. Ruqayya hatte sich, wenn auch zögerlich, damit einverstanden erklärt, betrachtete sie doch diesen Jungen, den sie wie ihren eigenen großgezogen hatte, als ihren Besitz. Khurram wusste also, dass Jagat Gosini die Frau war, die ihn zur Welt gebracht hatte, doch Ruqayya war seine »Ma«. Er war ein respektvolles Kind und behandelte die Prinzessin mit höflicher Zuneigung und Achtung. Seine Liebe aber gehörte Ruqayya. Nach einigen Monaten wurde Jagat Gosini sich dessen schmerzhaft bewusst.

Mehrunnisa wandte sich dem Hof zu, als die Trompeten Prinz Salims Signal bliesen. Er ritt auf einem weißen Pferd direkt vor den Thron des Herrschers. Dort angekommen, verneigte sich Salim im Sattel. Die Damen reckten den Hals, um einen Blick auf den Prinzen zu werfen.

»Wie heißt Salims Elefant?«, fragte Ruqayya mit lauter Stimme.

»Giranbar, Eure Majestät«, antworteten Mehrunnisa und Jagat Gosini wie aus einem Munde. Die Prinzessin warf einen kurzen, flackernden Blick auf Mehrunnisa und wandte sich errötend ab, als Ruqayya sie ostentativ mit hochgezogener Augenbraue ansah.

»Aha, Giranbar«, sagte Ruqayya. »Ich erinnere mich, den Elefanten vor ein paar Wochen in den Stallungen gesehen zu haben. Er ist groß und stark. Salim sagt, er frisst zehn Kilo Zuckerrohr täglich. Er wird den Kampf sicher gewinnen. Er hat noch nie verloren, weißt du.«

»Ja, Eure Majestät, aber Prinz Khusraus Elefant Apurva ist auch unbesiegt«, sagte Mehrunnisa.

»Nein, nein«, entgegnete die Padshah Begam und schüttelte eigensinnig den Kopf. »Giranbar muss gewinnen. Apurva wird heute verlieren.«

Mehrunnisas nachdenklicher Blick ruhte auf Ruqayyas Hinterkopf. Aus irgendeinem Grund waren der Hof, die Bürger und die *zenana* gleichermaßen davon überzeugt, dass der Ausgang des bevorstehenden Kampfes bestimmen würde, wer der rechtmäßige Thronerbe wäre. Ruqayya wollte, dass Salim gewann. Es war Akbars

Wille, also wünschte es sich Ruqayya auch, obwohl Jagat Gosini ihre Stellung in der *zenana* an sich reißen würde, wenn Salim an die Macht käme. Die vergangenen beiden Monate waren lang und unangenehm gewesen. Alle warteten auf etwas. Auf Akbars Tod. Darauf, wer den Thron besteigen würde. Den Tod des Mogulkaisers nicht gerade zu wünschen, aber doch herbeizusehnen, damit eine Entscheidung fiele, flößte vielen Angst ein.

Die Hitze half nicht, dachte Mehrunnisa, als sie in den Hof hinausschaute. Draußen war es hell, und hier drinnen war es kühl, dunkel und erstickend. Ein plötzlicher Schmerz fuhr ihr ins Kreuz, und sie legte eine Hand darauf. *Nicht schon wieder.* Es war noch früh, daher hatte sie es Ruqayya nicht gesagt, hatte nicht um Erlaubnis bitten wollen, sich setzen zu dürfen, obwohl ihr Körper nach Ruhe verlangte. Der Schmerz kam wieder, ein kurzes Ziehen in der Gegend, wo die Wirbelsäule auf das Becken trifft. Sie lehnte sich an eine Säule und versuchte normal zu wirken und keine Aufmerksamkeit auf sich zu lenken, obwohl sie beinahe zu ersticken drohte. Wenn auch nur eine Frau sie ansähe, wüsste sie, was Mehrunnisa durchmachte.

Mehrunnisa rang nach Luft und wartete darauf, dass der Schmerz wiederkehrte. Er kam nicht. Sie richtete sich wieder auf, ehe Ruqayya sich umdrehen und fragen konnte, warum sie nicht bei ihr stand. Mehrunnisa bemerkte indes nicht, dass Prinzessin Jagat Gosini mit scharfem Blick mehrmals in ihre Richtung schaute, ehe sie sich abwandte, sobald Trompetenklänge Prinz Khusraus Eintreffen ankündigten. Mit raschem Blick hatte Jagat Gosini die kleine Rundung von Mehrunnisas Bauch erfasst; sie hatte gesehen, wie Mehrunnisa die Farbe aus dem Gesicht wich und wie sie ins Schwanken geriet.

»Noch eins. Gut.« Jagat Gosini sagte es so leise, dass selbst ihre Sklavinnen es nicht hörten. Sie schaute durch den Wandschirm auf den Prinzen.

Prinz Khusrau ritt vor den Herrscher, stieg ab und verneigte sich. Akbar nickte ihm nur kurz zu, und der Prinz wandte sich mit hochroter, aber entschlossener Miene ab. Dann verbeugte er sich steif vor Salim, ritt auf die andere Seite des Hofes und zügelte sein Pferd.

Mit lautem Jubel begrüßte die Menge die beiden Elefanten, die von ihren Führern hereingebracht wurden. Mehrunnisa sah, dass Prinz Salim einen kurzen Blick auf Apurva warf und sich dann besorgt an Mahabat Khan wandte, der neben ihm stand. Sie hätte ihm am liebsten zugerufen, er solle die Sorgenfalten glätten. Apurva sah zwar groß und wild aus, doch Giranbar stand ihm in nichts nach. Der Kampf versprach spannend zu werden. Die Menge verstummte, als der Schiedsrichter des Kampfes, in rotgoldene Livree gekleidet, vor den Balkon des Herrschers ritt.

»Eure Majestät, wir warten auf Euer Zeichen.«

Akbar wandte sich an Khurram. »Würdest du gern das Zeichen geben, Khurram?«

»Ja, Dadaji«, erwiderte Khurram eifrig. Dann erkundigte er sich beim Schiedsrichter: »Wo ist die Reserve?«

»Er wird hereingeführt, Eure Hoheit«, antwortete der Mann. In diesem Augenblick brachte man Rantamhan, den Elefanten des Mogulkaisers, in die Einfriedung. Die Regeln eines Elefantenkampfes enthielten die lockere Bestimmung, die meist von der Laune des Moguls abhing, dass der Ersatzelefant dem Verlierer des Kampfes zu Hilfe kommen sollte, falls der Kampf zu leicht von einem Elefanten gewonnen wurde. Rantamhan war der Ersatzelefant, zwar nicht so groß wie Apurva oder Giranbar, doch mit reichlich Narben übersät, die seine kämpferischen Fähigkeiten zur Genüge belegten.

»Der Kampf soll beginnen!«, rief Khurram.

Die Menge johlte. Salim und Khusrau ritten langsam aufeinander zu. Giranbar und Apurva wurden in die Mitte des Hofes geführt und standen sich gegenüber, zwischen sich einen niedrigen Erdwall, der am Morgen eigens zu diesem Zweck aufgeschüttet worden war.

Die Trompeten erklangen, und die Elefantenführer, die für den Kampf besonders ausgebildet waren, trieben die Elefanten an. Die beiden Tiere liefen auf den Erdwall zu und rammten mit lautem Aufprall aneinander. Sie zogen sich zurück, wendeten dann, angespornt von ihren Führern, und prallten erneut aufeinander. Schon bald war Khusraus Elefant von den Schlägen benommen und geriet ins Taumeln. Und dann wurde Akbars Elefant in den Kampf gedrängt.

Salims Edelleute sprangen wütend auf, als sie sahen, dass Rantamhan die Kampfstätte betrat. Sie brüllten: »Keine Hilfe für Apurva«, und warfen Stöcke, Steine und alles, was ihnen in die Finger kam, um den Elefanten zu vertreiben. Einer der Steine traf Rantamhans Führer, der daraufhin am Kopf blutete.

Im gesamten Hof brach Chaos aus, die Männer fluchten und schimpften auf Rantamhan. Khusrau löste sich aus der Gruppe bei den Elefanten und ritt stürmisch zu Akbars Thron.

»Eure Majestät, bitte sagt den Männern des Prinzen, sie sollen sich nicht einmischen. Apurva hat das Recht, sich von Rantamhan helfen zu lassen«, schrie er mit wutentbranntem Gesicht.

Akbar wandte sich an Prinz Khurram. »Geh zu deinem Vater und sag ihm, er solle seine Anhänger zurückhalten, sonst werden wir den Kampf beenden und alle Elefanten beschlagnahmen.«

»Sofort, Eure Majestät.« Khurram sprang vom Pavillon herab und lief in die Kampfarena.

»Danke, Eure Majestät.« Khusrau wendete sein Pferd.

»Einen Augenblick noch, Khusrau«, rief Akbar hinter ihm her. Als der Prinz sich wieder zu ihm umdrehte, winkte Akbar ihn näher zu sich heran.

»Denke an deine Stellung bei Hofe, Khusrau. Du bist ein Prinz von königlichem Geblüt. Es ist höchst unziemlich, sich derart über seinen Vater zu beklagen. Wo bleibt deine Achtung vor deinen älteren Verwandten?«, fragte Akbar.

Khusrau lief rot an. »Ich bitte um Vergebung, Eure Majestät.«

»Das musst du auch. Geh jetzt und lass dich nicht wieder blicken, ehe du Manieren gelernt hast.« Der Herrscher blickte starr geradeaus.

Mehrunnisa sah, dass Khusrau sich umschaute, um zu sehen, wer seinen Wortwechsel mit dem Herrscher mit angehört hatte. Dann, als er zur *zenana* hinüberschaute, versteifte er sich. Was der Harem wusste, würde die ganze Stadt, nein, das gesamte Reich bis morgen erfahren. Khusrau riss wild sein Pferd herum und galoppierte zu seinen Gefolgsleuten.

Als Khurram zu seinem Vater kam und die Botschaft des Herrschers überbrachte, versuchte Salim, seine Anhänger unter Kontrolle zu bringen. Doch die Männer waren zu erregt und wollten nicht aufhören. Inzwischen lärmte der gesamte Hof und hallte von den Worten »Keine Hilfe für Apurva« wider. Die Bürger schlossen sich dem Kampf an, schrien, brüllten, kämpften miteinander und hatten ihren Spaß an der Sache. Niemand achtete auf den Kampf der Elefanten.

Der aufgebrachte Giranbar verjagte zunächst Khusraus Elefanten Apurva, dann wandte er sich Rantamhan zu, dem fürstlichen Eindringling. Rantamhan, der Salims Elefanten nicht ebenbürtig war, floh ans Ufer des Yamuna, und als er sah, dass Giranbar seinem Führer nicht mehr gehorchte und ihm folgte, sprang er in den Fluss. Nach einer Stunde gelang es den Helfern schließlich, die Elefanten zu trennen, indem sie mit Booten zwischen sie fuhren und den erregten Giranbar aufhielten.

Längst hatte sich der Mogulkaiser von seinem Thron erhoben und in seine Gemächer zurückgezogen, verärgert und angewidert von der offenen Zurschaustellung des Hasses zwischen seinem Sohn und dem Enkel.

Als Akbar aufbrach, eilten die Haremsdamen zu den Türen, und in ihrer Hast stieß eine der Frauen mit Mehrunnisa zusammen. Letztere stolperte und fing sich wieder. Auf die Entschuldigung der Frau hin zwang sie sich zu einem Lächeln. Ein plötzlicher Schmerz durchzuckte ihren ganzen Körper. Mehrunnisa ging in den Palast zurück, den Rücken vor Schmerz gekrümmt. Krämpfe hielten ihren Leib gefangen. Dann wartete sie wieder auf das Blut zwischen den Beinen.

Der unglückliche Mogul lag in jener Nacht mit hohem Fieber im Bett. Bei dem Gedanken an die Feindschaft zwischen Salim und Khusrau wurde ihm das Herz schwer. Wenn er die Kluft bestehen ließe, würde in seinem geliebten Reich ein Bürgerkrieg ausbrechen, in dem Reich, das er in neunundvierzig Jahren aufgebaut hatte. Dass Khusrau den Thron bekäme, kam nicht infrage. Er war noch zu jung, und es wäre gefährlich, einer Regentschaft das Reich in die Hände zu legen. Salim war der rechtmäßige Thronerbe, und Akbar wollte nicht in die Erbfolgegesetze eingreifen.

Doch die Pläne des Kaisers mussten warten. Denn Akbar war schwer krank, begann zu delirieren und war nur zeitweise bei Bewusstsein. Die Hofärzte waren hilflos, und allen war klar, dass das Ende nahe war.

Ein paar Tage vergingen. Prinz Salim feierte in seinem Palast in Agra, der ein paar Meilen flussabwärts von der Mogulfestung lag, seinen Sieg über Khusrau. Es war ein Zeichen des Himmels, dachte er, er würde Mogulkaiser von Indien werden. Das Wort hallte in ihm wider wie ein köstliches Lied, das man nicht oft genug hören konnte. Doch sein Glück war von Kummer getrübt. Denn Akbar lag im Sterben. Salim ging jetzt öfter zu ihm. Anfangs misstrauten Ruqayya und die anderen Haremsdamen den Besuchen. Mit wachen Augen beobachteten sie Akbar, um erste Anzeichen von Ermüdung oder Verärgerung über die Anwesenheit seines Sohnes festzustellen. Allmählich erst legte sich ihr Misstrauen. Salim saß stundenlang am Bett seines Vaters, las ihm etwas vor, wenn er es wünschte, war da, wenn er die Augen nach einem unruhigen Schlaf aufschlug, und kehrte erst spät abends in seinen Palast zurück, wenn der Herrscher ihn gebeten hatte zu gehen. »Sei unbesorgt wegen Khusrau«, sagte Akbar eines Nachmittags zu ihm. »Ja, Eure Majestät«, antwortete Salim und war fest entschlossen, sich keine Gedanken zu machen. Der Kampf der Elefanten hatte einen nachhaltigen Eindruck hinterlassen. Für Salim stand fest, dass er an die Macht käme. Was konnte Khusrau schließlich noch ausrichten?

Doch Salim unterschätzte Khusrau und seine Verbündeten. Während der Prinz sich im Palast des Moguls aufhielt, begannen Khusraus Gefolgsleute, ernsthaft Pläne zu schmieden.

213

Solange Akbar krank darniederlag, sollte Mirza Aziz Koka als Erster Minister des Reiches die Rolle des bevollmächtigten Vizeregenten ausüben. Um die Stellung seines Schwiegersohns zu festigen, entließ Mirza Koka insgeheim alle alten Diener Akbars und besetzte die Posten in und um die Festung mit seinen eigenen Leuten. Doch Khusrau war noch immer unsicher.

»Reicht das auch?«, fragte er seinen Schwiegervater, und die Sorgen standen ihm auf der jungen Stirn geschrieben. »Mein Vater führt das Kommando über eine große Armee. Er wird gegen uns kämpfen.«

»Wir können noch etwas tun«, sagte Mirza Koka langsam. »Wir können den Prinzen gefangen nehmen, wenn er das nächste Mal den Herrscher besucht. Auf diese Weise droht uns keine Gefahr von seiner Armee.«

Khusrau klatschte vor Vergnügen in die Hände. »Das ist ein wunderbarer Plan, Mirza Koka. Aber …« – die Freude schwand aus seinem Gesicht – »ich will nicht, dass mein Vater umgebracht wird. Er wird doch nicht in Gefahr sein, oder?«

»Nein, Eure Hoheit«, versicherte ihm Koka beschwichtigend. »Wir werden ihn einfach einsperren, bis Ihr zum Mogul gekrönt seid.«

Khusrau nickte. »Gut.«

Mirza Koka betrachtete ihn nachdenklich. War der Prinz so naiv? Glaubte er wirklich, er könnte sich an der Macht halten, solange sein Vater noch lebte? Er müsste einen kleinen Unfall arrangieren, während Salim im Gefängnis saß, dann gehörte ihnen die Krone für immer.

Am nächsten Tag, als Salim gerade aus seinem prächtigen Boot steigen wollte, um den Mogul zu besuchen, kam ein junger Mann aus der Festung auf ihn zugelaufen.

»Hoheit, bitte, kehrt um. Hier seid Ihr in großer Gefahr.«

Mahabat Khan zog Salim sofort ins Boot zurück und stellte sich schützend vor ihn. Er fragte den jungen Mann: »Welche Gefahr? Rede.«

»Mirza Koka plant, Euch zu fangen und in der Festung einzusperren, Eure Hoheit«, keuchte der Mann außer Atem. »Er hat alle Diener des Herrschers entlassen, in der Festung sind nur noch Anhänger des Prinzen Khusrau.«

Kaum hatte er zu Ende gesprochen, zischte ein Pfeil an Mahabat Khans Ohr vorbei. Der junge Mann stürzte zu Boden und hielt sich den blutenden Arm.

Mahabat drückte Salim nach unten und legte sich schützend über ihn. Er schrie den Bootsleuten zu, die eilig vom Pier ablegten. Der Prinz schob Mahabat zur Seite und schaute über den Bootsrand. Er sah den Bogenschützen, der jetzt über der Brustwehr der Festung sichtbar wurde, den Bogen hob und auf den jungen Mann am Boden zielte. Dann drückte Mahabat den Prinzen wieder in das Boot, und sie ruderten hastig zurück zu Salims Palast. Dort rief Mahabat nach den Wachen und geleitete ihn hinein.

Salim ging mit unsicherem Schritt in seine Gemächer. Der Mund war ihm wie ausgetrocknet. Sein eigener Sohn hatte versucht, ihm das Leben zu nehmen. Wie hatte Khusrau so tief sinken können? War die Krone einen solchen Verrat wert? Einen Augenblick lang wurde er von Schuldgefühlen übermannt. Er, Salim, hatte einst ebenso sehr wie Khusrau nach der Krone verlangt. Er begehrte sie noch immer, aber jetzt stand sie ihm rechtmäßig zu. Khusraus Vorgehen indes war heller Wahnsinn; seinen Vater kaltblütig in aller Öffentlichkeit, im vollen Licht des Tages umzubringen – wie hätte er Salims Tod vor dem Reich gerechtfertigt?

»Bring mir Wein«, brüllte er einen vorbeikommenden Diener an, der daraufhin hastig davonhuschte.

Salim schaute auf. Sein Blick fiel auf Jagat Gosini, die sich vor ihrem Gemahl verneigte. »Ihr kommt früh zurück, Eure Hoheit. Ich hoffe, Seiner Majestät geht es gut.«

»Man hat versucht, mich gefangen zu nehmen. Ich bin nur knapp dem Tode entronnen«, sagte Salim.

Tief erschrocken fragte die Prinzessin: »Von wem? Wer wagt es, Euch nach dem Leben zu trachten?«

»Khusrau«, sagte Salim müde und setzte sich auf den Diwan.

Die Diener brachten ein großes Silbertablett mit einer Karaffe Wein und Kelchen herein. Jagat Gosini wartete still ab, während Salim seinen Wein trank, aber ihre Gedanken überstürzten sich. Wenn Khusrau so geistesgegenwärtig war, seinen eigenen Vater gefangen zu nehmen, was würde er dann Khurram antun? Ihr Sohn befand sich in der Festung in Agra. Für gewöhnlich hatte die Padshah Begam Ruqayya ein Auge auf ihn, so viel gestand sich Jagat Gosini nur in Gedanken ein, doch wenn der Mogul krank war, kreiste die Aufmerksamkeit der Kaiserin nur um ihn.

»Eure Hoheit, Khurram ist beim Herrscher. Meint Ihr …«, sie zögerte. »Meint Ihr, er ist dort sicher?«

»Khusrau würde seinem eigenen Bruder nichts zuleide tun«, sagte Salim.

Die Prinzessin schüttelte bedächtig den Kopf. Wenn Salim eine Bedrohung für Khusraus Anspruch auf den Thron darstellte, dann auch Khurram. Auch er war ein Prinz von königlichem Geblüt und hatte ein ebenso großes Anrecht auf den Thron wie Khusrau.

»Trotzdem …«, beharrte sie, »mir wäre lieber, wenn er bei uns in Sicherheit wäre.«

»Dann lass ihn holen«, sagte Salim. »Geh jetzt. Ich will nachdenken.«

»Ja, Eure Hoheit.« Die Prinzessin ging in ihre Gemächer, ließ sich ihre Schreibutensilien bringen und schrieb an ihren Sohn.

Khurram verweigerte sich dem Befehl seiner Mutter hartnäckig. Er bestand darauf, bei seinem Großvater zu bleiben, solange dieser noch am Leben wäre, und all ihre schönen Worte könnten ihn nicht umstimmen. Als Jagat Gosini seine Antwort erhielt, siegte der Zorn über ihre Sorge. Das alles war wie üblich Ruqayyas Werk. Hätte die Padshah Begam zugelassen, dass sie, Jagat Gosini, ihren Sohn großzog, wie es normal war, hätte er jetzt auf sie gehört. Eines Tages würde sie es der Padshah Begam heimzahlen, und dieser Tag *würde* kommen, wie auch immer.

Unterdessen war Mirza Aziz Koka nicht untätig. Er ließ den Informanten töten, sobald Salim geflohen war. Dann, als er erkannte, dass er den Prinzen nicht gefangen nehmen konnte, rief er Raja Man Singh zu sich. Ein Versuch war fehlgeschlagen, und die beiden Männer wussten, dass ihnen ein zweiter versagt war. Etwas anderes musste unternommen werden. Die beiden Höflinge beschlossen, eine Versammlung einzuberufen, zu der sie alle Edelleute des Hofes einluden. Dort stellten sie Khusrau als Thronerben vor und baten um Unterstützung. Es war ein kühnes Unterfangen, doch das Einzige, was ihnen nun noch übrig blieb. Alles musste in der Öffentlichkeit geschehen.

Die Versammlung war noch nicht beendet, da überbrachte ein Spion aus Agra Salim schon die Meldung, die Kanonen auf der Brustwehr der Festung zeigten auf seinen Palast und würden in Feuerbereitschaft gebracht. Den Mordversuch noch frisch im Gedächtnis, geriet Salim einen Moment lang in Panik. Ohne zu überlegen, befahl er, alles zu packen und Pferde für einen sofortigen Aufbruch nach Allahabad bereitzustellen. Koka, Abdullah und Mahabat Khan mussten ihre Überredungskünste aufbringen, um Salim dazu zu bewegen, in Agra zu bleiben. Eine Abreise zu diesem Zeitpunkt hätte doch fatale Folgen. Akbar konnte jederzeit sterben, und wenn Salim dann nicht zur Stelle wäre, würde man sofort Khusrau zum Herrscher krönen. Schließlich hatte Salim ein Einsehen in ihre Argumente. Er hatte sich vorübergehend von Angst überwältigen lassen. Trotz allem, was er im Leben getan und empfunden hatte, war Salim niemals furchtsam gewesen. Jetzt wusste er, was Angst war. Und dazu kam gleich der tiefe Schmerz über Khusraus Vorgehensweise. Der Anschlag auf sein Leben hatte ihm die ernüchternde Erkenntnis gebracht, dass Khusrau es mit seinem Anspruch auf den Thron tödlich ernst meinte.

Salim war damit einverstanden, in Agra zu bleiben, doch er wollte sich von Mahabat, Koka und Abdullah nicht überreden lassen, Emissäre zu der Versammlung zu schicken, um die Adligen auf seine Seite zu locken. Er hatte sein Möglichstes getan. Wenn er jetzt an die Macht kommen sollte, so lag es allein in Allahs Händen.

Unterdessen entwickelte sich die Versammlung nicht zu Khus-raus Gunsten. Während ein Teil der Edelleute noch immer unsicher war, wem er Gefolgschaft leisten sollte, äußerte insbesondere eine Gruppe lautstark eine abweichende Meinung. Die Barha Sayyids, eine alte Mogulfamilie, die mit dem Herrscherhaus verbunden war, protestierte heftig dagegen, dass Khusrau den Thron übernahm. Sie wandten ein, Salim sei der natürliche Thronerbe, und es sei gegen die Gesetze der Chagatai-Erbfolge, Khusrau auf den Thron zu he-ben. Das derzeitige Herrscherhaus gehe nicht nur auf Timur, son-dern auch auf Dschingis Khan zurück.

Angesichts einer derart starken Opposition wurde die Versamm-lung abgebrochen; die Barha Sayyids waren eine einflussreiche, mächtige Familie, und es wäre gefährlich gewesen, sich ihnen zu wi-dersetzen. Also weigerten sich die Edelleute, Khusrau zu unterstüt-zen, und Sayyid Barha, das Oberhaupt der Familie, ritt zu Salim und erstattete ihm Bericht über den Ausgang.

Mirza Koka, der die Gefahr erkannte, in der er schwebte, eilte auf schnellstem Wege in Salims Palast und bat ihn demütig um Verge-bung. Salim zeigte sich angesichts seines Sieges großzügig und ver-zieh Mirza Koka. Doch während Khusrau von seinem Schwiegerva-ter im Stich gelassen wurde, ließ sich Raja Man Singh nicht beirren: Er brachte Khusrau heimlich aus der Festung von Agra in ein Ver-steck. Er hatte vor, ihn auf einem Boot nach Bengalen zu bringen, wo er, Raja Man Singh, Ländereien besaß.

Die Nachricht traf mitten in der Nacht ein. Die sengenden Sommer-tage gingen endlich zur Neige, als sich indigoblaue Wolken über den Horizont heranwälzten und eine kühle, wohl tuende Brise durch die mit Ziegelsteinen gepflasterten Straßen wehte. Fenster wurden ge-öffnet, um die Abendluft hereinzulassen. Träge Pariahunde in den Basaren hoben den Kopf, um gierig frische Luft in sich aufzuneh-men. In den Gärten leuchteten die Rasenflächen, blühten die Blu-men, und selbst die Erde schien zu lächeln. Endlich setzten nach so vielen Monaten trockener Hitze die Monsunregen ein. Als es dunkel wurde, zogen Wolken vor den heißen, bleichen Mond, der reglos am Himmel stand. *Charpoys* und Kinderbetten wurden für die Nachtruhe hinaus auf Veranden und unter Dachvorsprünge geschoben. Die Stadt schlief ein in Vorfreude darauf, vom Prasseln eines Leben spendenden Regengusses wach zu werden.

Doch gerade als sich die Träume mit dem Duft von Regen und der Erlösung von der Hitze schmückten, galoppierte ein Bote auf seinem Pferd durch die stillen Straßen auf Prinz Salims Paläste zu. Eine Stunde darauf ritt Salim in den Haupthof des Mogulpalastes ein. Er zügelte sein Pferd, sprang ab und warf einem wartenden Stallknecht die Zügel zu. Während er im Eilschritt durch die Flure zu den Gemächern des Mogulkaisers lief, bemerkte Salim, dass die Diener und Sklaven, an denen er vorüberkam, sich viel tiefer verneigten als bisher. Mit klopfendem Herzen stürmte Salim in Akbars Zimmer. Er blieb gleich an der Tür stehen und betrachtete die stille Gestalt auf dem Bett in der Mitte des Raumes.

Zwei Öllampen flackerten neben dem Bett des Moguls in der leichten mitternächtlichen Brise. Die Fenster und Türen, die ins Freie führten, waren weit geöffnet, und Musselinvorhänge wehten sacht ins Zimmer. Aus den Augenwinkeln sah Salim im Schatten Menschen, viele Menschen. Klirrende Armbänder lenkten seine Aufmerksamkeit in die andere Ecke des Raumes, und er erkannte die runden Konturen von Ruqayyas Kopf. Neben ihr, über die Kissen des Diwans gebeugt, saß Salima Sultan Begam, eine weitere Gemahlin Akbars, und schluchzte leise.

In diesem Augenblick rührte sich der Herrscher.

»Ist der Prinz da?«

Salim zog es das Herz zusammen, als er das Röcheln seines Vaters vernahm. Er trat an das Bett, ergriff Akbars Hand und küsste sie.

»Ich bin hier, Bapa.«

»Shaiku Baba.« Akbar traten unvergossene Tränen in die Augen. Mit zitternder Hand glättete er Salims Haar.

Salim schaute seinen Vater unverwandt an, ebenfalls mit den Tränen kämpfend. Akbar hatte ihn immer Shaiku Baba genannt, als er

219

noch ein Kind war. Viele Jahre waren vergangen, seitdem sein Vater ihn zuletzt liebevoll angeredet hatte, vor allem mit diesem Kosenamen.

»Strengt Euch nicht an, Bapa«, sagte Salim leise, »ich bin hier, bis Ihr eingeschlafen seid.«

Akbar lächelte. »Jetzt gibt es nur noch die ewige Ruhe. Doch zuvor muss ich etwas tun …« Er wandte sich an seine Diener.

Zwei Eunuchen traten mit den Staatsroben des Moguls und seinem Krummschwert vor. Auf ein Zeichen des Moguls wurden die Roben um den Prinzen gelegt, und Akbars Krummschwert, das »Fath-ul-mulk«, band man ihm mit einem Gürtel um die Hüfte. Dann lehnte sich der Mogul entspannt in die Kissen zurück.

Salim sank auf die Knie, barg das Gesicht in den Händen und begann zu schluchzen.

»Weine nicht, Baba«, brachte Akbar mühsam hervor. Er holte tief Luft und fuhr fort: »Wir vertrauen dir die Fürsorge für das Volk dieses großen Reiches an, den gesamten Wohlstand des Staatsschatzes und seine Verwaltung.« Akbar flüsterte jetzt nur noch, und Salim beugte sich vor, um die Worte seines Vaters zu verstehen. »Kümmere dich um deine Mütter. Alle Haremsdamen sind jetzt von dir abhängig … sorge für sie.« Akbar deutete mit einer umfassenden Geste auf die weinenden Menschen im Raum. »Kümmere dich um die Diener, sie haben uns gute Dienste geleistet. Komme deinen Pflichten nach …« Der Herrscher erlitt einen Hustenanfall.

»Das werde ich, Bapa«, sagte Salim, und Tränen rannen ihm über das Gesicht. »Ich werde alles tun, was Ihr mir sagt.«

So verharrten sie eine Weile, Salim hatte die Stirn an die Hand des Vaters gedrückt, und der Mogul lag mit friedlicher Miene auf dem Bett. Dann erhob sich der Prinz und ging dreimal um das Bett des Vaters herum. Trotz all ihrer Meinungsverschiedenheiten hatte ihn niemand so bedingungslos geliebt wie sein Vater. Schmerzhaft kamen Salim all die Jahre in Erinnerung, in denen sie einander fremd geworden waren.

Er verbrachte die kühle Nacht an Akbars Seite und hielt ihm die

Hand. Als die Monsunwolken schließlich ihre Regenlast abwarfen, der Duft der feuchten Erde aufstieg und eine schwache Sonne am Horizont im Osten aufging, merkte Salim, dass der Atem seines Vaters immer langsamer wurde, bis er nicht mehr zu spüren war, und wie die Hand in der seinen erkaltete.

Am darauf folgenden Tag sorgte Salim dafür, dass die letzten Riten für Akbar vollzogen wurden. Seine Leiche wurde zweimal gewaschen – zuerst mit reinem Wasser, dann mit Kampferwasser – und mit einem sauberen weißen Tuch bedeckt. Der Mogulkaiser wurde in drei weitere Laken gehüllt und dann in einen Sandelholzsarg gelegt. Akbar hatte ein paar Monate zuvor in Sikandara mit dem Bau eines Grabmals für sich begonnen, sechs Meilen von Agra entfernt. Da wollte er seine ewige Ruhe finden. Die Grabstätte war noch nicht viel mehr als gerodetes Gelände. Nur die erste, quadratisch geformte Ebene war fertig gestellt, umgeben von den Bögen für Veranden. Der mittlere Bogen erhob sich zehn Meter über dem Boden.

Es regnete den ganzen Morgen über, die Pfade waren schlammig und aufgeweicht, als die Leiche zu Fuß zur Grabstätte getragen wurde. Salim ging mit dem Leichenzug, barfuß und ohne Kopfbedeckung wie die anderen Trauernden. Er trug die Bahre seines Vaters auf den Schultern und sah zu, wie sie an ihren endgültigen Ruheplatz gestellt wurde. Salim kniete nieder und küsste den kalten Marmor, der Akbars Grab bedeckte. Nachdem die Trauernden gegangen waren, stand er draußen im Regen, der sich mit seinen Tränen vermischte. Wenn das Grabmal fertig gestellt wäre, würde es als Denkmal für die Größe seines Vaters bestehen bleiben. Noch über Jahre hinaus würden Menschen aus ganz Hindustan hierher kommen, um dem großen Herrscher die Ehre zu erweisen. Er, Salim, würde sich um dieses geliebte Reich nach bestem Vermögen kümmern. Künftige Generationen sollten Akbars Entscheidung für seinen Erben gutheißen.

Eine Woche der Trauer um den Mogulkaiser wurde angeordnet.

Schließlich wurde Salim nach beinahe fünfzehn Jahren der Sehnsucht nach dem Thron von Indien in der Festung von Agra zum Herrscher gekrönt.

Er gab sich den Titel Nuruddin Mohammed Jahangir Padshah Ghazi.

Der Nachwelt würde er als Jahangir, Mogulkaiser von Indien, in Erinnerung bleiben.

Kapitel 11

»*Allahs grenzenloser Güte ist zu verdanken, dass ich in meinem 38. Lebensjahr nach der ersten siderischen Stunde am Donnerstag, dem 20. Jumada-s-sani 1014 anno Hegirae (24. Oktober 1605), in der Hauptstadt Agra den Thron bestieg.*«
A. Rogers und H. Beveridge, Übers. & Hg.,
The Tuzuk-i-Jahangiri

Die Morgensonne lugte über die Dächer und warf leuchtende Lichtbänder in die Straßen. Weiß schimmerten die Turbane, die seidenen Röcke glänzten, als die Menge begierig an der Reihe von Soldaten vorbeidrängte. Den ganzen Morgen hatten sie in den Straßen gewartet, manche sogar schon seit dem Abend zuvor. In der Nacht hatte es wieder geregnet, und die Menschen hatten unter Jutematten und Baumwollschirmen Schutz gesucht. Für viele unter ihnen würde dieser Tag, an dem ein Mogulkaiser zum ersten Mal in der Öffentlichkeit auftrat, nur einmal im Leben vorkommen. Sie warteten bereitwillig auf diesen Augenblick, komme was da wolle. Endlich wurde ihre Geduld belohnt, als das Gefolge des Kaisers um die Straßenecke bog.

»Padshah Salamat!«, brüllte die Menge. »Heil unserem Herrscher!«

Mogulkaiser Jahangir lächelte. Er saß aufrecht auf seinem herrlich herausgeputzten Pferd, dessen Zaumzeug aus reinem Silber gehämmert war. Der Sattel war aus tiefblauer, mit Rubinen besetzter Seide, und den Kopf des Pferdes zierte ein Strauß weißer Gänsefedern. Dem Herrscher folgten seine beiden Söhne, Prinz Khurram und Prinz Parviz, dahinter folgten Koka, Abdullah, Mahabat Khan und Sharif, seine wichtigsten Minister.

Während Jahangir langsam durch die Straße ritt, ging von den Balkonen über ihm ein Schauer aus Jasmin und Tagetes auf ihn nieder. Die Blütenblätter wirbelten durch die frische Morgenluft und verbreiteten ihren Duft. Jahangir tauchte eine Hand in seine Satteltasche, zog ein paar Silbermünzen heraus und warf sie in die Menge, die dankbar jubelte. Die Menschen bückten sich nach dem Geld und drängten die Soldaten beiseite, die versuchten, sie unter Kontrolle zu halten.

Das alles galt ihm, dachte Jahangir triumphierend. Die Menschen liebten ihn. Er war ihr Herrscher.

Eine plötzliche Stille legte sich über die Menge, als die Sonnenstrahlen den Mogulkaiser in all seiner Pracht erfassten. Er trug einen langen Mantel aus Brokat, mit Rubinknöpfen bestickt, eine eng sitzende Seidenhose und edelsteinbesetzte Schuhe. Um seine Taille lag ein goldener Kummerbund, an dem ein mit Smaragden und Perlmutt eingelegter Dolch hing. Rubine, Smaragde und Diamanten glitzerten an seinen Fingern. Auf dem Kopf saß der Staatsturban, gesäumt von milchig weißen Perlen und verziert mit einer Reiherfeder, die von einem taubeneigroßen Diamanten gehalten wurde. Es war ein majestätischer Anblick – der Herrscher des wahrscheinlich wohlhabendsten Reiches seiner Zeit. Die Menge verstummte in Ehrfurcht.

Jahangir lächelte beglückt. Zum ersten Mal seit dem Tod seines Vaters trat er in der Öffentlichkeit auf. Die Krönung war eine kurze, übereilte Angelegenheit gewesen, zum einen, weil er noch trauerte, zum anderen, weil die Bedrohung durch Khusrau, der sich noch immer bei Raja Man Singh versteckte, auch weiterhin bestand.

Doch jetzt war er endlich der Mogulkaiser von Indien. Das Gefolge zog langsam durch Agra zur Festung, die man durch das so genannte Amar-Singh-Tor betrat. Kennzeichnend für diesen Zugang waren drei rechtwinklig zueinander angeordnete Tore, die angreifende Feinde verwirren sollten. Sie ritten die steile Rampe vorbei am letzten, von Sandsteinmauern gesäumten Tor hinauf in den Hof des Palastes. Der Mogul zügelte sein Pferd und schaute zu einer der Emporen auf, wo sich Damen in farbenfrohen Musselinen drängten.

Eine Dame stand vorn, abseits von den anderen. Ein juwelenbesetzter Turban zierte ihre Haupt. Als ein leichter Windstoß ihr den Schleier ans Gesicht drückte, sah Jahangir, wie ein stolzes Lächeln ihre Lippen umspielte. Jagat Gosini verneigte sich tief vor ihm, und als sie den Kopf wieder hob, verneigte sich Jahangir im Sattel seinerseits vor seiner Hauptfrau.

Ruqayya stand nicht auf der Empore. Sie hatte beschlossen, sich in ihre Gemächer zurückzuziehen, denn sie trauerte noch um Akbar. Da Ruqayya nicht dort war, fehlte auch Mehrunnisa.

Jahangir und Jagat Gosini schauten einander über die Breite des Hofes hinweg an. Die Hofmusikanten begannen zu spielen. Die lederbespannten Trommeln dröhnten laut unter den Schlägen. Die goldenen Troddeln an den Trompeten der Musikanten flatterten im Wind. Große Messingbecken tönten im Rhythmus der Musik. Das Sonnenlicht tänzelte auf dem Meer aus Edelsteinen und schimmerte auf den goldbestickten *qabas* und Schärpen. »Lang lebe Mogulkaiser Jahangir!« Der Ruf hallte von den Wänden wider, als die versammelten Edelleute ihre Faust in die Luft streckten. »Heil der Padshah Begam Jagat Gosini!« Die Frauen auf den Emporen schlossen sich dem Jubel an. Jahangir und Jagat Gosini hoben die rechte Hand an die Stirn und verneigten sich immer wieder. Er lächelte ihr zu, stieg vom Pferd und bahnte sich einen Weg durch die Höflinge zu seinem Thron.

In der Mogulfestung zu Agra wurde im Thronsaal Hof gehalten. Der Thron an der einen Seite war auf einem kleinen Balkon etwa fünf Fuß über dem Boden aufgestellt, umschlossen von einer Vorlaube, die von Marmorsäulen getragen wurde. Zwei riesige Holzelefanten zierten die Front des Balkons, vor dem Sklaven mit Fliegenklatschen standen. Die Adligen hatten sich in drei Gruppen um den Thron herum versammelt; die Entfernung zum Herrscher entsprach ihrem jeweiligen Rang.

»Lasst Mirza Ghias Beg vortreten!« Die Stimme des Hofmarschalls klang durch den stillen Hof.

Ghias Beg trat vor und verneigte sich zum *taslim*. Zu Beginn der Woche war Mehrunnisa bei ihnen gewesen, und Vater und Tochter hatten nach dem Mittagessen in friedlichem Einvernehmen schweigend zusammen im Garten gesessen. Ghias hatte sie eingehend betrachtet und sich gefragt, warum hin und wieder ein kleines Lächeln ihre Augen aufhellte. Wie schön seine Tochter doch war! Schöner noch, freundlicher und sanfter als seine anderen Kinder, eine Tatsache, die er sich nie eingestehen würde. Könnte er ihr doch nur den Kummer nehmen, der sie immer wieder befiel. Was war der Grund dafür? Dass sie kein Kind hatte? Als Mann pflegte Ghias nicht mit den Frauen seines Haushalts zu tratschen oder sich den Klatsch über Frauengeschichten anzuhören, doch Mehrunnisas Kinderlosigkeit traf ihn zutiefst, denn es schmerzte sie sicher auch.

»Erzähl«, forderte er sie auf, beugte sich vor und drückte ihr einen Kuss auf die Stirn.

»Denk daran, die Ehrenbezeugung richtig auszuführen, Bapa«, erwiderte sie. »Ich weiß«, sie tat seinen aufkommenden Protest mit einer Handbewegung ab, »ich weiß, du hast den *konish* schon so oft ausgeführt, noch dazu vor Akbar persönlich, doch jetzt sind neue Zeiten angebrochen, und mit neuen Zeiten wird es neue Ehren und neue Belohnungen geben. Oh, Bapa, wie schön ist das alles für dich!«

»Wir können nur hoffen«, murmelte Ghias, wenn auch lächelnd.

Dann waren sie beide ernst geworden, denn sie mussten an Ali Quli denken. Mehrunnisas Gemahl hatte Prinz Khusrau, der jetzt zutiefst in Ungnade gefallen war, unverhohlen unterstützt. Ali Qulis Dummheiten wären für Ghias nicht von Belang, aber für Mehrunnisa als seine Gemahlin wogen sie schwer. Die wahren Auswirkungen würden sie erst mit der Zeit zu spüren bekommen.

Die rechteckigen Stoffwedel unter der Decke des Thronsaals fächelten leise vor und zurück, in Gang gesetzt von einem am Boden entlanglaufenden Seil. Ghias spürte den kühlen Luftzug im Nacken, als er sich aus der Verbeugung vor Jahangir aufrichtete. Vor vielen

Jahren hatte sich Salim einmal in Mehrunnisa verliebt. Wäre daraus etwas entstanden, dann wäre seine Tochter jetzt Padshah Begam. Er wartete, bis der Mogulkaiser das Wort ergriff.

Jahangir schaute von seinem prächtigen Thorn herab. »Mirza Beg, ich bin mit deinem Dienst am Reich und an meinem geschätzten Vater zufrieden.«

»Ich habe nur meine Pflicht getan, Eure Majestät.«

»Und das hast du gut gemacht, Mirza Beg«, sagte Jahangir. »Fortan wirst du neben Wazir Khan *divan* des Reiches sein.«

Ghias Beg erzitterte am ganzen Körper. Er hatte einen neuen Titel erwartet, gewiss, aber gleich *divan*? Allah musste ihm ein Lächeln geschenkt haben. Dann dachte er an die Zeit vor achtundzwanzig Jahren, als er auf einer geschäftigen Basarstraße in Kandahar am äußersten Rand des Mogulreichs gestanden und sich gefragt hatte, wie er seine Familie ernähren sollte. In seinem Kummerbund hatten nur noch vier kostbare Goldmünzen gesteckt. Jetzt war er Schatzmeister dieses Reiches. »Ich danke Euch, Eure Majestät. Es ist eine große Ehre für mich.«

Jahangir nickte. »Du sollst außerdem Itimadaddaula genannt werden.«

»Säule der Regierung.« Ghias neigte den Kopf und genoss den Augenblick. Nachdem ihm eine solche Ehre zuteil geworden war, würde es ihm schwer fallen, sich auf den Rest des *darbar* zu konzentrieren. Schweigend verneigte er sich noch einmal vor dem Kaiser und trat rückwärts wieder an seinen Platz.

Jahangir drehte sich um und nickte dem Hofmarschall zu.

»Rufe Mohammed Sharif auf!«

Mohammed Sharif trat vor. Er war als Gouverneur in Allahabad geblieben, als Salim nach Agra zurückkehrte, um seinem Vater beizustehen. Sharif wurde zum Ersten Minister ernannt; ihm wurde der Titel Großwesir verliehen.

Bir Singh Deo, jener Aufständische, der Abul Fazl auf Jahangirs Befehl hin ermordet hatte, kam nun an die Reihe; er wurde mit einer *mansab* für dreitausend Pferde und dem Titel Raja beschenkt. Selbst

227

ihn vergaß der neue Großmogul nicht. Fazls Tod war für seine Pläne notwendig gewesen, auch wenn er seinem Vater viel Leid zugefügt hatte. Solche Entscheidungen über Leben und Tod gehörten nun einmal zum Gebaren eines Monarchen.

Dann war es an der Zeit, sich mit den Abtrünnigen zu beschäftigen.

Es wurde still im Hof, als die Stimme des Hofmarschalls erneut erklang. »Ali Quli möge vortreten!«

Die Höflinge bildeten eine Gasse und machten den Weg für Mehrunnisas Gemahl frei. Trotzig trat Ali Quli vor und verneigte sich tief.

Jahangir schaute ihn lange an. Was sollte er mit diesem Mann anfangen? Ali Quli hatte ihn in Agra verlassen und sich der Fraktion um Khusrau angeschlossen. Sollte er ihn wegen Untreue zum Tode verurteilen? *Damit wäre Mehrunnisa frei.* Wie aus dem Nichts tauchte dieser Gedanke auf, ohne Vorwarnung. Jetzt, da er an der Macht war, könnte sie ihm gehören. Er schaute auf seine Hände, auf den Ring aus Rubinen und Diamanten, den Akbar getragen und ihm, Salim, geschenkt hatte. Seit jenem Abend auf der Veranda vor Ruqayyas Gemächern waren so viele Jahre vergangen. Damals waren sie beide jung, eigentlich noch Kinder gewesen. Doch es war unmöglich, dass sie sich noch daran erinnerte; zu viel Zeit war vergangen. Er schaute auf und begegnete Ali Qulis unerschrockenem Blick, wohl wissend, dass der gesamte Hof ihn beobachtete. Er hatte diesem Mann den Titel »Der den Tiger zu Fall bringt« verliehen, weil er ihm in den Wäldern bei Mewar das Leben gerettet hatte. Er stand in seiner Schuld.

»Wir haben beschlossen, deine Missetaten zu übersehen, Ali Quli«, sagte Jahangir. »Du wurdest von Aufwieglern in meinem Reich fehlgeleitet, doch dein langjähriger mutiger Einsatz auf dem Schlachtfeld und die Dienste, die du mir erwiesen hast, sprechen für dich. Du sollst den Distrikt von Bardwan in Bengalen erhalten. Bereite deine Abreise für morgen vor.«

Der Hof brach in überraschtes Gemurmel aus. Der Kaiser hatte

Ali Quli verziehen! Jahangir nickte befriedigt. Er hatte richtig gehandelt; Akbar wäre einverstanden gewesen.

»Ruhe im Hof!«, schrie der Hofmarschall.

Die Adligen verstummten, als ein Diener an Mir Tozak herantrat. Sie flüsterten miteinander. Der Hofmarschall ging zu Jahangir.

»Eure Majestät, Prinz Khusrau bittet um Gehör.«

Bei diesen Worten hielt der gesamte Hofstaat erneut verblüfft die Luft an. Die erste Audienz des neuen Mogulkaisers sorgte jetzt schon für Überraschung und Spannung. Die Höflinge hätten am Abend viel Gesprächsstoff, und bis morgen hatten sich die Nachrichten bestimmt im gesamten Reich herumgesprochen.

Jahangir schmunzelte angesichts dieser Reaktion. Nur wenige wussten, dass man Khusrau gefangen genommen und unter Aufsicht gestellt hatte. Jahangir hatte es so angeordnet.

»Er soll hereinkommen.«

Raja Man Singh und Khusrau betraten den Thronsaal. Khusrau schlich mit gesenktem Kopf hinter dem Raja her und wich dem Blick des Vaters aus. Onkel und Neffe huldigten dem neuen Herrscher kurz.

»Tritt vor, Khusrau«, befahl Jahangir.

Khusrau folgte seinem Vater nur zögernd. Jahangir erhob sich, stieg von seinem Thron und umarmte seinen Sohn vor den Augen aller. Ein anerkennendes Raunen lief durch die Reihen der Adligen. Der Herrscher trat zurück, hielt aber Khusraus steife Schultern noch fest. Was sollte er mit diesem Sohn anfangen? Jetzt, da die Krone fest auf seinem Kopf saß, war Khusrau keine offene Bedrohung mehr für ihn, doch konnte er sich dessen jemals ganz sicher sein? Er betrachtete seinen Sohn, und einen Moment lang begegnete Khusrau seinem Blick mit dem Ausdruck blanker Gehässigkeit. Dann schlug der Prinz die Augen nieder.

Jahangir schrak zurück, ließ seinen Sohn los und kehrte zu seinem Thron zurück. Er bemühte sich um einen neutralen Tonfall.

»Du hast mich verraten«, sagte er laut. »Das Reich war Zeuge der Treulosigkeit eines Sohnes gegenüber dem Vater. Dein Vorgehen hat

dir Schande bereitet, und jetzt bist du hier und bittest um Vergebung. Ich werde dir verzeihen, schließlich bist du mein Sohn. Der
Hof soll mit eigenen Augen sehen, dass ich dich trotz deines Verrats
liebe.«

Die Adligen nickten anerkennend.

Jahangirs Blick suchte Mir Bakshi, den Zahlmeister bei Hofe.
»Gib Prinz Khusrau einhunderttausend Rupien und ein Haus, in
dem er wohnen kann.«

Khusrau fiel auf die Knie und murmelte: »Danke, Eure Majestät.
Eure Großzügigkeit ist grenzenlos. Ich schäme mich meiner Missetaten und bitte um Vergebung, wenn ich Euch Kummer bereitet
habe.«

Dann wandte sich Jahangir an Raja Man Singh. Der alte General
richtete sich stolz auf und schaute unter weißen, buschigen Augenbrauen zum Herrscher empor.

Man Singh hatte Khusrau ursprünglich heimlich aus der Festung
geholt, weil er die Absicht hatte, ihn mit nach Bengalen zu nehmen,
doch nachdem Jahangir nun einmal gekrönt war, erkannte er, dass
sich die Mühe nicht lohnte. Im Übrigen hatten die beiden festge-
stellt, dass ihnen alle Straßen versperrt waren. Jahangir hatte entlang
des Yamuna und auf dem Weg nach Bengalen Wachen aufgestellt,
die Raja Man Singh und Khusrau höflich wieder zur Rückkehr auf-
forderten. Man hatte sie zwar nicht festgenommen, doch Man Singh
verstand den Fingerzeig und brachte Khusrau nach Agra zurück,
um vor Jahangir Abbitte zu leisten.

Der Herrscher wusste, dass er Raja Man Singh nicht in gleicher
Weise öffentlich bloßstellen konnte wie Khusrau. Es wäre jetzt besser, ihn zu beschwichtigen. Er brauchte Raja Man Singh in Bengalen,
einer Brutstätte für Abtrünnige und noch immer die Hochburg ver-
schiedener Rebellen. Das feuchte Klima war ungesund und geradezu
ein Nährboden für die Unzufriedenheit in der Bevölkerung. Der
Gouverneur von Bengalen musste demzufolge ein starker Politiker
und ein tapferer Kämpfer sein. Man Singh war beides, ebenso wie Ali
Quli. Obwohl die beiden zuvor zugunsten Khusraus kollaboriert hat-

ten, konnten sie in Bengalen nur wenig für seinen Sohn ausrichten, solange dieser in Agra unter Jahangirs Aufsicht stand.

»Raja Man Singh, ich verzeihe dir, dass du dich an Khusraus Revolte beteiligt hast. Es war verständlich, wenn man bedenkt, in welcher Beziehung du zu ihm stehst. Als Zeichen meiner Vergebung soll Eure *mansab* auf zweitausend Pferde erweitert werden, und die Stellung des Gouverneurs von Bengalen bleibt Euch erhalten«, sagte Jahangir, während Mir Tozak eine ärmellose Weste als Ehrenrobe brachte und ein edelsteinbesetztes Schwert, um es dem Raja zu schenken.

»Ich danke Euch, Eure Majestät.« Man Singh verneigte sich vor dem Großmogul und trat zurück an seinen Platz.

Damit war die Audienz an diesem Tag beendet.

Jahangir lag auf seinem herrschaftlichen Lager und schaute zum goldenen Baldachin empor. Der erste Tag voller Pflichten war zu Ende gegangen.

Mogulkaiser! Jahangir schauderte unter der Erkenntnis, dass dieses Wort nun ihn bezeichnete. Solange Khusrau unter Aufsicht stand, war er, Jahangir, der unbestrittene Herrscher. Und das sollte auch so bleiben. Es war eine Verpflichtung, die ihn ebenso begeisterte wie entmutigte. Er würde der Verantwortung gerecht werden. Jahangir hatte sofort Mohammed Sharif, seinen Großwesir, kommen lassen.

»Mohammed, ich möchte, dass rund um die Uhr eine Wache um Khusraus Gemächer postiert wird. Niemand darf ihn ohne meine Erlaubnis aufsuchen. Außerdem sollen Spione in seiner Dienerschaft eingesetzt werden. Khusrau hat seinen Thronanspruch noch nicht aufgegeben, das habe ich ihm heute bei Hofe angesehen. Sorge dafür, dass er von jeglicher Verbindung mit der Außenwelt abgeschnitten ist.«

»So soll es geschehen, Eure Majestät.« Mohammed Sharif verzog das Gesicht zu einem Grinsen; seine kalten Augen leuchteten plötzlich. Mohammed und Prinz Khusrau hatten sich schon vor Khusraus Revolte nicht verstanden, und Mohammed war froh, für die Bewachung des Prinzen zuständig zu sein. Einen besseren Kerkermeister hätte Jahangir nicht wählen können.

Jetzt, nachdem die Nacht hereingebrochen und er allein war, nachdem Diener und Gemahlinnen fortgeschickt waren, sagte Jahangir seinen Titel laut vor sich hin. »Nuruddin Mohammed Jahangir Padshah Ghazi.« Nuruddin bedeutete »Licht des Glaubens«, mit Padshah wurde der Mogulkaiser oder das Oberhaupt des Hauses Timur bezeichnet, und Jahangir hieß »Eroberer der Welt«.

Jahangir lächelte. Er war Herrscher der Welt, er war die Sonne für sein Volk. Sie waren von seiner Freigebigkeit so abhängig wie der Bauer vom Sonnenlicht. Er war das Oberhaupt des Hauses Timur, das höchste Symbol unabhängiger Staatsgewalt.

Der Tag war in der Tat sehr zufriedenstellend verlaufen, dachte Jahangir. Alle, die ihn unterstützt hatten, waren öffentlich belohnt worden, und die Abtrünnigen hatte er bestraft … alle außer einen. Mirza Aziz Koka, Khusraus Schwiegervater. Jahangir schnalzte mit der Zunge. Khusrau, immer wieder Khusrau. Im Hinblick auf Mirza Koka musste etwas getan werden, er konnte unmöglich noch länger hier in Agra so nahe bei Khusrau wohnen. Irgendetwas musste mit Mirza Koka geschehen.

Jahangir schloss die Augen, während die Konturen des Raumes im Dämmerlicht verschwammen.

»Mirza Aziz Koka, Jahangir, unser Herrscher, wünscht Euch zu sehen.«

Die Türen am anderen Ende des Audienzsaales schwangen auf gut geölten Scharnieren leise auf.

Die Adligen bildeten eine Gasse, um Khusraus Schwiegervater Platz zu machen. Mirza Koka trat mit gesenktem Kopf vor.

Mahabat Khan und Mohammed Sharif, die als Zeichen ihrer Stellung bei Hofe direkt neben dem Mogulkaiser standen, lächelten einander zu. Hinter dem Thron drängten sich die Haremsdamen auf der Empore, verborgen hinter einem filigranen Marmorwandschirm. Mirza Koka war im königlichen Harem aufgewachsen. Er war bei den Damen sehr beliebt, und sie waren vollzählig erschienen, um Zeuginnen seiner Verurteilung zu werden.

Mirza Kokas Schritte hallten in dem stillen Saal wider. Vor dem Thron angelangt, huldigte er dem Kaiser und wartete, den Blick auf den Boden geheftet, dass Jahangir das Wort an ihn richtete.

Jahangir schaute ihn an und rümpfte angewidert die Nase. Mirza Koka hatte Khusraus Rebellion in jeder Hinsicht vorangetrieben, und im Gegensatz zu Raja Man Singh hatte er sich nie als Soldat hervorgetan. Daher war er für den Thron nicht von Nutzen.

»Mirza Koka, dein Tun hat uns sehr missfallen.«

»Ich habe Eure Majestät um Vergebung gebeten, die mir auch gewährt wurde«, erwiderte Mirza Koka und hob den Blick.

»Dennoch hat man dich hierher beordert, damit der Rat über dein Schicksal entscheiden kann«, sagte Jahangir schneidend.

Im indischen Mogulreich war der Monarch die absolute, unmittelbare Macht, und alle Versammelten wussten, dass Jahangir nach einem Ausweg suchte, wie er den alten Politiker erneut vor Gericht bringen konnte. Alle wussten auch, warum.

Jahangir wandte sich an Mahabat Khan. »Mahabat, was wäre eine geeignete Strafe für das Verbrechen, das Mirza Koka gegen den Herrscher begangen hat?«

»Es kann nur eine geben, Eure Majestät, und das ist der Tod«, erwiderte Mahabat. »Mirza Koka hat sich in der Tat eines schweren Verbrechens schuldig gemacht. Die Strafe sollte der Tat angemessen sein. Damit werdet Ihr anderen zeigen, die sich in Gedanken vielleicht mit derselben Sünde beschäftigen, dass sie gut daran tun, keinen Aufstand gegen Eure erhabene Person anzuzetteln.«

»Ihr habt Recht. Mirza Koka«, der Angesprochene schaute zu Jahangir auf, »ich habe über dein Schicksal entschieden. Du warst der Monarchie gegenüber untreu und hast versucht, einen unreifen Jungen an die Macht zu bringen, der nicht imstande gewesen wäre zu herrschen, nur um deine eigenen Machtinteressen zu verfolgen. Du bist einer größeren Sünde schuldig; du hast einen Keil zwischen Vater und Sohn getrieben, du hast dich in die heilige Beziehung zwischen mir und Khusrau eingemischt ...«

»Eure Majestät!«

Der gesamte Hofstaat hielt die Luft an. Wer wagte es, den Mogulkaiser zu unterbrechen? Eine strenge Etikette schrieb ausnahmslos allen vor, so lange zu schweigen, wie der Monarch sprach, und niemals den Blick zum Thron zu heben, es sei denn, er sei direkt angesprochen. Die Unterbrechung überraschte auch Jahangir, und er hielt mitten im Satz inne, die Worte erstarben auf seinen Lippen. Mahabat Khan deutete schweigend auf die Empore der *zenana*.

»Nun?« Jahangir bemühte sich um einen freundlichen Ton.

»Eure Majestät, alle Begams der *zenana* sind hier versammelt mit dem Ziel, sich zugunsten von Mirza Koka zu verwenden. Am besten, Ihr kommt zu uns, sonst kommen wir zu Euch hinaus«, rief eine Stimme.

Es war die Stimme der Witwe seines Vaters, Salima Sultan Begam, die auch seine Stiefmutter war. Neben Ruqayya hatte Salima einen besonderen Platz im Herzen des verstorbenen Großmoguls inne. Akbar hatte ihrer Spontaneität nie Zügel angelegt, und nun war es ohnehin zu spät, sie unter Kontrolle zu halten. Jahangir überlegte. Er müsste wohl oder übel auf die Empore der *zenana* gehen, sonst würde Salima ihre Drohung gewiss wahr machen und herunterkommen. Es wäre das erste Mal am Hof des Kaisers, dass der Adel eine Angehörige des königlichen Harems zu Gesicht bekäme. Und wie er Salima kannte, würde sie womöglich unverschleiert kommen. Dieser Gedanke vor allem veranlasste Salim, sich unverzüglich von seinem Sitz zu erheben.

Als Jahangir aufstand, atmete Mirza Koka erleichtert auf und schaute zur Empore auf. Er erspähte eine der Damen, die ihm zuwinkte, und er lächelte matt und dankbar.

Jahangir betrat die Empore der *zenana*. Die Damen verneigten sich vor ihm, als er sich setzte.

»Eure Majestät, Ihr könnt Mirza Koka nicht mit dem Tode bestrafen«, begann Salima Sultan Begam.

»Ich kann tun und lassen, was ich will«, versetzte Jahangir barsch und fügte hinzu: »Liebe Maji.«

Salima lächelte. »Eure Majestät, Mirza Koka ist wie ein Onkel für Euch. Ihr seid zwar nicht vom selben Blut, doch dem verstorbenen Herrscher stand er näher als ein Bruder; sie tranken die Milch derselben Mutter. Und als Kokas Mutter starb, trug Akbar persönlich ihren Sarg auf den Schultern, um zu zeigen, wie sehr er sie geachtet hatte. Seine Majestät hätte gewollt, dass Ihr Mirza Koka verschont.«

Jahangir errötete. Ob er jemals ein so guter Mogul wäre wie sein Vater? Vielleicht war es nur natürlich, dass zu Beginn seiner Herrschaft und so kurz nach Akbars Tod Vergleiche angestellt wurden. Selbst aus dem Grab heraus beeinflusste Akbar ihn noch durch die Frauen, die er hinterlassen hatte. Sie erwarteten von ihm, dass er sich so verhielt wie sein Vater, dass er dieselben Entscheidungen traf und dieselben Befehle erteilte. Aber er war nicht sein Vater ... Er neigte den Kopf. Es war wichtig, dass Mirza Koka starb, daran gab es keinen Zweifel. Je weniger Anhänger Khusrau im Reich hätte, umso besser. Doch Salima hatte ihn um einen Gefallen gebeten ...

Ohne die Mogulwitwe anzuschauen, erhob sich Jahangir und ging wieder in den Hof.

»Mirza Koka, die Damen der *zenana* haben ein Wort für dich eingelegt. Obwohl ich nicht ganz von ihren Beweggründen überzeugt bin, scheinen sie dir sehr zugetan. Um ihretwillen«, Jahangir schaute zur Empore hinauf, »und meinem verehrten Vater zuliebe, der dich sehr geliebt und geachtet hat, werde ich dir das Leben schenken.«

Mirza Koka sank auf die Knie. »Eure Majestät sind äußerst gütig.«

»Deine Besitztümer, deine Macht und deine Würden werden dir vollständig entzogen. Agra heißt dich nicht länger willkommen, Mirza Koka, du hast nach Lahore zu gehen. Ich werde dir erlauben, deinen Titel beizubehalten.«

»Danke, Eure Majestät.« Als Mirza sich noch einmal verneigte, warf Jahangir ihm einen kurzen, nachdenklichen Blick zu. Nein, diesem Mann konnte er nie wieder vertrauen.

Jahangir verließ den Audienzsaal, und die Halle leerte sich. Die Haremsdamen auf dem Balkon der *zenana* kehrten aufgeregt schnatternd in ihre Paläste zurück. Eine Frau blieb, bis alle anderen gegangen waren. Sie trug noch ihren Schleier; sie hatte ihn über den Kopf gezogen, als Jahangir so unerwartet auf Salima Sultan Begams Forderung hin auf die Empore gekommen war. Mehrunnisa erhob sich langsam, denn ihr schwerer Körper machte ihr zu schaffen. Sie ging zu dem Diwan, auf dem Jahangir gesessen hatte, und berührte das Kissen, an das er sich gelehnt hatte. Dann wandte sie sich um und verließ den Balkon.

Langsam schlängelte sich die Karawane am Ufer des Yamuna entlang und folgte den glitzernden, silbrigen Windungen. An der Spitze ritt Ali Quli auf seinem Lieblingsaraber. Hinter ihm folgten zwanzig Pferde und Kamele, mit Sack und Pack beladen. Er schaute zurück zur Sänfte auf den Schultern von vier starken Männern, die in vollkommenem Gleichschritt ihrem eigenen Tempo folgten. Nur so würden sie in den vielen Stunden, in denen sie ihre Last trugen, nicht so schnell ermüden. Die Vorhänge der Sänfte flatterten im Wind, und eine zarte Hand kam heraus, um sie zu schließen.

Mehrunnisa zog die Vorhänge zu und lehnte sich in ein Kissen zurück, dessen Federfüllung ihrem Kreuz gut tat. Eine lange Reise nach Bardwan in Bengalen lag vor ihnen, und für sie würde es noch länger dauern, da sie hochschwanger war. Nach vielen Ehejahren erwartete sie erneut ein Kind. Als ob es auf ihre Gedanken reagieren wollte, bewegte es sich, und sie legte beruhigend eine Hand auf ihren Leib.

Endlich ein Kind. Nach der langen Wartezeit. Als sie kurz vor dem ersten Auftritt des Moguls bei Hofe ihren Bapa besucht hatte, wusste sie bereits seit vier Monaten, dass sie ein Kind in sich trug. Doch sie hatte es ihm noch nicht sagen wollen, nicht, ehe sie sicher sein konnte. Maji in ihrer fraulichen, mütterlichen Art hatte es gewusst, doch sie hatte nicht darauf bestanden, es alle wissen zu lassen. Mehrunnisa war ihr dankbar dafür. Nach den Fehlgeburten war es, als sollte dieses Kind, wenn es denn zur Welt käme, ganz und gar ihr gehören. In den ersten paar Monaten sagte sie es niemandem, wusch die Tücher für ihre Monatsblutung, als hätte diese sich tatsächlich eingestellt, damit die Dienerinnen nichts ausplaudern konnten. Auch diesmal hatte sie in der Anfangszeit unter Schmerzen gelitten. Ihr war elend und übel gewesen, doch Maji sagte, es sei ein gutes Zeichen. Mehrunnisa hatte tagsüber und nachts viel geschlafen und Monate in einer Art Dämmerzustand verbracht. Denn wenn sie wach war, drohten ihre Ängste sie zu ersticken. Doch das Kind war, Allah sei Dank, in ihr geblieben. Dann hatte sie es Ali Quli mitgeteilt.

»Ein Sohn!«, hatte er gesagt.

»Vielleicht«, antwortete Mehrunnisa und hoffte inständig, dass es so wäre.

Sie lugte aus der Sänfte und sah ihren Gemahl. Er ritt gut und saß militärisch gerade im Sattel. Jahrelange Ausbildung bei der Armee hatte seine Haltung geprägt; er war so schlank und gesund wie am Tag ihrer Hochzeit. Doch wenn sie jetzt gemeinsam die Verantwortung der Elternschaft zu übernehmen hätten, würde sich der Altersunterschied zwischen ihnen bemerkbar machen; Mehrunnisa war achtundzwanzig, Ali Quli fünfundvierzig. Nicht nur das Alter trennte sie; auch ihre Ansichten lagen weit auseinander.

Sie lehnte sich in die Seidenkissen zurück, und ihre Gedanken gingen zu der Szene in ihrem Haus zurück, als Ali Quli nach der ersten öffentlichen Audienz des neuen Kaisers vom Hof zurückgekehrt war.

Mehrunnisa hatte die Minuten gezählt, während sie in ihrem Zimmer wartete und zum Schein ein Stück Satin bestickte. Doch sie hatte vier Stunden lang keinen einzigen Stich zustande gebracht. Dann waren im äußeren Hof Geräusche zu hören, die auf Ali Qulis Rückkehr hindeuteten. Mehrunnisa zog sich den Schleier über den Kopf und lief auf den Balkon. Ali Quli stieg von seinem Pferd und kam ins Haus. Er wirkte erleichtert, glücklich und unzufrieden zugleich.

Eine Stunde verging, doch Ali Quli ließ sie nicht rufen. Mehrunnisa konnte die Spannung nicht ertragen und ließ ihm ausrichten, er möge in ihre Gemächer kommen. Schwankend und mit einer Flasche Wein in der Hand trat er ein.

»Was ist los?«

»Herr, was hat sich im Thronsaal zugetragen?«

»Hast du deshalb nach mir rufen lassen?«, grummelte Ali Quli. Sie nickte.

»Man hat mir den Kreis von Bardwan übertragen; wir sollen sofort nach Bengalen aufbrechen.« Er entblößte die Zähne. »Ich habe dir doch gesagt, sei unbesorgt. Der Mogulkaiser ist sich seiner Schuld mir gegenüber wohl bewusst. Schließlich habe ich ihn vor der Tigerin gerettet.«

Mehrunnisa schaute ihn mit hochgezogenen Augenbrauen an. Ali Quli war nicht nur ungestraft davongekommen, Jahangir hatte ihn sogar noch befördert und ihm Ländereien geschenkt. Warum?

»Wieso überrascht dich das?«, fragte Ali Quli. »Nicht einmal der Mogul kann mir etwas anhaben.«

Er ließ sich auf den Diwan fallen. Nachdem er einen Schluck aus der Flasche getrunken hatte, betrachtete er diese kritisch. »Der ist schlecht, ich werde Wein aus Kaschmir anfordern müssen.«

»Hat der Herrscher irgendetwas gesagt?«

»Er hat mir eine Rede über Pflicht und Treue gehalten.« Ali Quli grinste breit. »Aber ich wusste, dass er einlenken würde. Er verdankt mir sein Leben; wenn ich ihn nicht gerettet hätte, wäre er jetzt tot und« – seine Miene verhärtete sich – »Khusrau wäre Kaiser.«

Er warf die Flasche an die Wand, und Mehrunnisa zuckte zusammen, als sie dort zerbrach. Der dunkelrote Wein sickerte in den Teppich.

»Khusrau wäre an der Macht, und ich wäre nicht in Ungnade gefallen und nach Bardwan ins Exil geschickt worden«, schrie Ali Quli. »Bardwan! Das ist doch nur ein unbedeutendes Landgut! Was weiß ich schon von Landwirtschaft und der Führung eines Anwesens?« Er warf sich in die Brust. »Ich bin Soldat. Ich habe in vielen

Schlachten gekämpft, man lobt mich allenthalben, und was macht der neue Großmogul? Er verbannt mich ins Hinterland, nach Bardwan.«

Ein leises Lächeln legte sich auf Mehrunnisas Lippen, als sie sich von ihrem erzürnten Gemahl abwandte. Sie hatte sich doch nicht in Jahangir getäuscht. Es war ein diplomatisches Meisterstück. Ali Quli war bekannt für seinen Mut auf dem Schlachtfeld. Es hätte keinen Zweck gehabt, ihn zum Tode zu verurteilen. Im Übrigen war Bengalen eine Brutstätte der Unzufriedenheit, wen könnte er da besser hinschicken als einen Soldaten? Mit einem Streich hatte Jahangir Ali Quli ins Exil geschickt, inoffiziell natürlich, und einen Soldaten zur Unterdrückung der Abtrünnigen entsandt. Jetzt stand nicht mehr zu befürchten, dass Ali Quli den Prinzen noch einmal unterstützen könnte, nicht, solange Khusrau viele tausend Meilen entfernt unter der Aufsicht des Herrschers stand. Jahangir hatte sich des Thrones würdig erwiesen; Akbar wäre stolz auf ihn gewesen.

Da hatte sie ihm von dem Kind erzählt, um ihn zu besänftigen, weil sie ihm zu verstehen geben wollte, dass das Exil mit einem Kind nicht so hart wäre. Nun quälte sich Mehrunnisa mit seinem Wunsch nach einem Sohn. Und wenn sie ihm nun keinen Sohn schenkte?

Jetzt waren sie unterwegs nach Bardwan. Nicht einmal Ali Quli hatte gewagt, sich Jahangirs Befehlen zu widersetzen. Er hatte sich damit getröstet, dass Raja Man Singh der Gouverneur von Bengalen wäre und er mit ihm zusammen eine neue Verschwörung anzetteln könnte.

Vor ihrer Abreise hatte Mehrunnisa die *zenana* aufgesucht, um die Witwe des verstorbenen Kaisers zu besuchen. Ruqayya hatte sie in den Audienzsaal mitgenommen, wo sie Zeugin des Verfahrens gegen Mirza Aziz wurde. Mehrunnisa begleitete Ruqayya, weil diese es ihr befohlen hatte und weil sie einen letzten Blick auf Jahangir werfen wollte. Sie hatte nicht erwartet, dass er so nah herankommen würde. Vielleicht hatte das Schicksal es für das letzte Mal so gefügt. Jahangir würde Ali Quli niemals mehr aus Bengalen an den Hof zurückholen, das wusste Mehrunnisa genau. Und wie lange war es schon her, dass sie auf jener Veranda seine Umarmung, seine Lippen gespürt hatte. Bestimmt hatte er sie längst vergessen. Ein dumpfer Schmerz flammte in ihrem Kreuz auf, und sie massierte die Stelle, so gut es ging. Sie lehnte sich zurück und schloss die Augen. Wenn schon nicht Jahangir, so hätte sie nun wenigstens ein Kind.

Sie trafen vor dem Haus in Bardwan ein, als sich die Dunkelheit über die Stadt senkte. Beim Aussteigen aus der Sänfte fuhr Mehrunnisa ein stechender Schmerz in den Rücken, wie sie ihn noch nie zuvor gespürt hatte. Die Beine gaben unter ihr nach, und ein Schwall Nässe strömte aus ihrem Körper. Mit klopfendem Herzen legte sie eine Hand auf ihren seidenen Rock zwischen den Beinen, ohne darauf zu achten, dass sie im ersten Hof vor der gesamten Dienerschaft stand. Es war zu früh, erst achteinhalb Monate. Würde ihr treuloser Körper auch dieses Kind ausstoßen? An ihrer Hand klebte klare Flüssigkeit. Sie lehnte sich an die Sänfte und brach dann auf dem Boden des äußeren Hofes zusammen. Kein Blut, Allah sei Dank, kein Blut.

Die Sklavinnen hoben sie auf und trugen sie eilig ins Haus. Sie legten Mehrunnisa in einem der hinteren Räume auf ein Bett. Durch den zunehmenden Schmerz gewahrte sie Ali Qulis verängstigtes Gesicht an der Tür, ehe er, nach einer Geburtshelferin schreiend, verschwand. Sie waren neu in Bardwan, und mitten in der Nacht war es nicht leicht, eine Hebamme zu finden.

Mehrunnisa lag in ihren von der Reise staubigen Kleidern schwitzend auf der Matratze. Die Wehen kamen in immer kürzeren Abständen und fegten über sie hinweg, bis sie jeglichen Sinn für alles verlor, was um sie herum geschah. Wie hatte Maji nur sechs Kinder zur Welt bringen können? War es leichter, wenn man seinen Ehemann liebte?

Als die Hebamme schließlich kam, lag Mehrunnisa stöhnend auf dem Bett, die Unterlippe blutig aufgebissen in dem Versuch, ihre Schreie zu unterdrücken. Die Nacht war lang und qualvoll, und Mehrunnisa schwankte zwischen Bewusstsein und Ohnmacht. Wenn sie die Augen aufschlug, sah sie lauter Fremde um sich herum. Die Dienerinnen waren neu, die Hebamme kannte sie nicht. Ali Quli weigerte sich, den Raum zu betreten, denn das war eine Sache unter Frauen.

»Maji …«, flüsterte Mehrunnisa immer wieder und wünschte sich die tröstende, kühle Hand ihrer Mutter auf der Stirn, wollte ihr von ihren Ängsten erzählen, die sie hinterhältig überfielen. Es war zu früh. Wenn das Kind nun tot geboren würde?

Die Hebamme klopfte ihr auf die Schulter. »Alles wird gut, Sahiba«, sagte sie. Sie war nett, dachte Mehrunnisa bei der Betrachtung ihres ruhigen Gesichts. Sie klammerte sich an die Hand dieser Frau, doch es war nicht Maji.

Die Sklavinnen hatten die Vorhänge zugezogen, und die Luft im Zimmer war stickig und roch nach Schweiß. Lampen flackerten schwach in dem feuchten Dunst.

»Zieht die Vorhänge zurück«, keuchte Mehrunnisa, »ich bekomme keine Luft …«

Eine der Sklavinnen öffnete die Vorhänge einen Spaltbreit, und schon drang die kühle Nachtluft spürbar in den Raum. Sogleich fielen ihr die Wehen leichter. Vierzehn Stunden danach lag Mehrunnisa erschöpft auf der Matratze, und die Schreie des Neugeborenen hallten durch den Raum.

»Ein Mädchen«, hauchte die Hebamme kaum hörbar. Die Frau auf dem Bett tat ihr Leid. Nach all den Ehejahren hatte diese arme Frau ein schwächliches Mädchen zur Welt gebracht. Was für ein Pech!

Mehrunnisa streckte sofort die Arme aus und zog das Kind fest an sich. Ali Quli wäre enttäuscht, der große Soldat hatte nur eine Tochter; kein Sohn sollte zum Manne heranreifen und den Taten oder Untaten seines Vaters nacheifern. Sie schaute auf das runzlige, rosa Gesicht herab, auf die winzigen Beine, die sie von innen getreten hatten, auf die Schnittstelle der Nabelschnur, durch die sie das Kind im Mutterleib genährt hatte. Dieses Kind würde ihr gehören, dachte sie leidenschaftlich, und sie würde es beschützen wie niemanden bisher. Auch wenn Ali Quli das Kind ablehnte, sie wollte es.

Dann zählte sie wagemutig die Finger und Zehen der Kleinen, ohne das Schicksal, das ihr ein Kind geschenkt hatte, versuchen zu wollen. Zehn Finger und zehn Zehen. Eine Knopfnase. Augenbrauen, Flügelschwingen gleich in einem Gesicht, das mit kleinen roten, abblätternden Hautflecken aus dem Mutterleib übersät war. Dichtes, unbändiges Haar, das sich über ihre Wange kringelte. *Vergib mir meine Habgier, Allah*, betete Mehrunnisa still. *Danke für das Kind, und danke, dass es vollkommen ist.*

Wärme stieg in ihr auf, während sie ihre Tochter in den Armen hielt, ohne auf das falsche Mitgefühl der Hebamme und der Sklavinnen zu achten. Ali Quli schrie im Raum nebenan auf, als man ihm die Nachricht brachte. Mehrunnisa hörte nicht viel von dem, was er sagte, außer: »Ein Mädchen. Bloß ein Mädchen.«

Das Kind öffnete den winzigen Mund und gähnte, ehe es an Mehrunnisas Brust sank. Da wusste sie, wie es heißen musste.

Ladli.

Die geliebt wird.

Ali Quli kam nicht sofort, um Ladli zu sehen. Mehrunnisa, die nur das Kind bei sich behalten wollte, machte es nichts aus, dass er fernblieb. Und so schlief Mehrunnisa mit dem Kind in der Armbeuge die nächsten zwölf Stunden, erschöpft von der Reise und der Geburt.

Zehn Tage später erreichte Ali Quli und Mehrunnisa die Nachricht über die Geburt zweier weiterer Prinzen. Shahryar und Jahandar waren innerhalb eines Monats von zwei Konkubinen des Moguls zur Welt gebracht worden. Ungeachtet ihrer Abstammung waren auch sie potentielle Thronerben; das Mogulrecht kannte keinen Unterschied zwischen den Nachkommen von Gemahlinnen und Konkubinen. Jahangir hatte jetzt fünf Söhne. Khusrau, Parviz, Khurram, Shahryar und Jahandar.

Jahangir schaute angestrengt in die Ferne, die Stirn in Falten gelegt. Er saß im äußeren Hof seiner Gemächer. Neben ihm lagen ein Blatt Papier, ein Tintenfass und eine Feder.

Es war ein später Dezembernachmittag, eine sehr angenehme Zeit in Agra. Während die Sonne am westlichen Himmel versank, wurden die Schatten der Guaven und Mangobäume im Hof, die längst Früchte getragen hatten, immer länger. Musikanten spielten leise auf der Veranda über dem Herrscher.

Jahangir rieb sich nachdenklich die Stirn. Er wollte als gerechter und gütiger Herrscher gelten. Es war schwierig, in die Fußstapfen des Vaters zu treten; im Volk hieß er »Akbar der Große«. Die anfängliche Begeisterung über seine Mogulwürde hatte nachgelassen, und die Fülle seiner Verpflichtungen brach über Jahangir zusammen. Millionen Menschen waren von ihm abhängig. Akbar hatte ihm ein großes Imperium hinterlassen, dessen Verwaltung eine schwierige Aufgabe war. Mahabat, Sharif, Koka und Abdullah hatten zwar einen Großteil der Pflichten auf ihre Schultern genommen; doch ihm oblag es, das Reich zusammenzuhalten, sein Volk zu beschützen und sich im Wesentlichen um die Bedürfnisse aller zu kümmern.

Doch dafür war er zur Welt gekommen. Hätten Murad oder Daniyal noch gelebt, hätten sie diese Verantwortung nicht gut übernehmen können und wollen. Er würde den Menschen zeigen, dass er fähig war, das Erbe seines Vaters fortzuführen. Am Ende würden sie ihn ebenso lieben wie Akbar. Eines Tages würde ihn die Nachwelt als den Adil Padshah, den Gerechten Herrscher, ansehen.

Um sicherzustellen, dass seine Feinde die Besonderheiten seiner Herrschaft nicht verfälschten, würde er ein persönliches Tagebuch führen. Es sollte *Jahangirnama* heißen. Das Tagebuch würde mit dem Tag seiner Krönung beginnen. Ähnlich seinem Großvater würde er der Zukunft ein eigenhändig verfasstes Vermächtnis hinterlassen. Doch zuvor …

Er tunkte die Feder in das Tintenfass und schrieb die Worte *dasturu-l-amal* nieder – die Verhaltensmaßregeln. Hin und wieder hielt er inne, um nachzudenken. So schrieb er die Seite voll. *Sarais*, Rasthäuser, sollten zum Wohle der Reisenden entlang der Landstraßen errichtet werden; alle Waren und Karawanen der Händler durften nicht ohne ihre Einwilligung durchsucht werden; in den größeren

243

Städten waren Krankenhäuser zu gründen und ausgebildete Ärzte einzustellen.

Er zögerte, schaute auf den Weinkelch neben sich und fügte hinzu: Berauschende Getränke aller Art waren im Reich zu verbieten. Das entbehrte nicht einer gewissen Ironie, das wusste er, doch diese Verhaltensregeln galten für sein Reich, nicht für ihn.

Ein Schaudern lief durch seinen Körper; er machte Geschichte. Diese Regeln würden als Jahangirs zwölf Edikte bekannt werden. Obwohl er von königlichem Geblüt war und erwartungsgemäß die Krone übernehmen sollte, hatte er so lange davon träumen müssen, dass sie womöglich nie wahr geworden wären. Es war Glück, dachte Jahangir, wobei seine Hand über der Seite zitterte – dass Murad und Daniyal gestorben waren, womit zwei potentielle Erben wegfielen, Glück – dass Khusrau entmachtet war, noch ehe er lästig werden konnte, Glück – dass Akbar trotz allem, was er, Jahangir, sich hatte zuschulden kommen lassen, ihm letzten Endes verziehen hatte.

Jahangir holte tief Luft und schrieb weiter. Er revidierte das Erbrecht. Es bestimmte, dass das Eigentum eines Mannes nach dessen Tod nicht an seine Erben fiel, sondern zurück an die Krone. Der Monarch konnte dann entscheiden, ob er es auf die Erben übertrug. Jahangir verfügte nun, dass der Anspruch rechtmäßiger Erben unbestritten sei.

Die zwölf Edikte wurden im gesamten Reich verteilt, und die Menschen bewunderten die Güte und Gerechtigkeit ihres Herrschers. Das wiederum drang in den Palast des Moguls. Beflügelt von diesem Lob, befahl Jahangir, eine Kette der Gerechtigkeit aufzuhängen. Es war eine goldene, achtzig Fuß lange Kette, die zwischen die Zinnen der Festung zu Agra und einen Steinpfosten am Ufer des Yamuna gespannt werden sollte. Sechzig Messingglocken sollten daran hängen. Jahangir verfügte, die Kette der Gerechtigkeit solle dem gemeinen Volk dienen; jeder, der das Gefühl hatte, dass der Gerechtigkeit nicht Genüge getan war, konnte zur Festung kommen und an der Kette rütteln, so dass der Lärm die Aufmerksamkeit des Mogulkaisers höchstpersönlich erregte.

Des Weiteren berief sich Jahangir auf eines der Herrschaftssymbole, nämlich das Recht, Münzen herauszugeben. An einem günstigen Tag ließ er die goldenen Münzen und die Silberrupien in seinem Namen prägen. Einige Tage darauf brachte man ihm Proben an den Hof, die auf schwarzem Samt glänzten. Ihm war, als entfachten die Goldmünzen Feuer in seinen Adern; wieder ein bleibendes Andenken für die Nachwelt. Er würde sterben, seine Knochen und sein Fleisch zu Staub vergehen, doch Hunderte von Jahren später würde dieses Stück Metall noch in einer Hand glitzern. So war es, wenn man Monarch war. Beinahe ehrfürchtig legte der Kaiser die Münzen wieder auf das Tablett. In seinen Augen schimmerten Tränen.

Jahangir genoss seine neu erworbene Beliebtheit und Macht in vollen Zügen. Mohammed Sharif hatte als Großwesir alle Hände voll mit Staatspflichten zu tun, so sehr, dass er keine Zeit mehr fand, Prinz Khusraus Gefangenschaft persönlich in allen Einzelheiten zu überprüfen.

Ein schwerer Fehler, wie er und der Mogul bald feststellen sollten.

Kapitel 12

»Um ihr Ziel zu erreichen, richteten die unzufriedenen Fürsten
ihren Blick auf Chusero, hofften sie doch, mit seiner Hilfe eine
Revolution in ihrem Staate anzuzetteln ... Sie stachelten seinen
Ehrgeiz an, indem sie vergangene Taten lobten, und hielten
selbigen mit der schönen Aussicht auf den zu gewärtigenden
Erfolg aufrecht.«
Alexander Dow, The History of Hindostan

Es ist bald so weit.«

Khalifa schaute zu ihrem Gemahl auf und errötete. »Ja, Herr.« Ihre Stimme war leise und melodisch. »Ich habe gebetet, dass es ein Sohn werde, ein gesunder Junge.«

Prinz Khusrau runzelte die Stirn. »Was soll ein Junge schon nützen? Ich werde keinen Thron haben, den ich ihm vererben kann. Dafür hat mein Vater gesorgt.« Voll Bitterkeit deutete er mit weit ausholender Geste durch den Raum.

Khusrau und Khalifa befanden sich in den Gemächern des Prinzen. Auf den ersten Blick schien es, als mangelte es dem Prinzen an nichts. Doch nur auf den ersten Blick, dachte Khusrau und zog missmutig die Schultern hoch. Vor den Fenstern hingen elfenbeinfarbene Seidenvorhänge, der Steinfußboden war mit dicken persischen Teppichen in roten und grünen geometrischen Mustern bedeckt, auf Sandelholztischchen mit Perlmuttintarsien häuften sich Kuriositäten aus Terrakotta, und in riesigen Goldvasen prangten gelbe Sommerrosen. Doch draußen vor dem Haupteingang standen zwei starke Ahadis Wache, und als ein Windstoß die Vorhänge anhob, wurden hässliche schwarze Eisenstäbe sichtbar, welche die Pracht des Raumes verhöhnten.

»Der Tag wird kommen, an dem der Thron Euch gehört, Herr. Es ist nur eine Frage der Zeit.«

Khusrau wandte sich ihr zu, das junge Gesicht zu einer Fratze verzerrt. Er hatte Khalifa geheiratet, weil Akbar die Verbindung gewünscht hatte, doch Khusrau hatte sich hoffnungslos in das schüchterne Mädchen verliebt, dessen Gesicht er zum ersten Mal in der Hochzeitsnacht gesehen hatte. Ihre vollkommene Ergebenheit, die so weit ging, dass sie die Gefangenschaft in seinen Gemächern auf sich nahm, hatte ihn für sie eingenommen. »Ich will ihn jetzt. Er gehört von rechts wegen mir, mein Vater hat kein Recht, zu herrschen. Selbst Akbar hatte es gewollt.«

»Schsch, Herr.« Khalifa schaute mit bangem Blick zur Tür. »Der Mogul wird von Eurem Ausbruch erfahren.«

»Das kümmert mich nicht«, murmelte Khusrau etwas leiser. »Wie lange will er mich noch einschließen? Das geht jetzt schon seit sechs Monaten so.«

»Vielleicht, bis das Kind geboren ist, Herr. Er wird sich freuen, sein erstes Enkelkind zu sehen.«

»So lange kann ich nicht warten. Ich will nicht, dass mein Sohn in Gefangenschaft zur Welt kommt.« Khusrau sprang vom Diwan auf und durchmaß den Raum mit großen Schritten, die Hände hinter dem Rücken verschränkt. Er bebte vor Empörung. Das Reich gehörte ihm, es stand seinem Vater nicht zu, sein Königreich zu beherrschen. Erst recht nicht, ihn so schmachvoll im Thronsaal zu schelten, vor allen Höflingen, als wäre er ein Kind, das für seine Aufsässigkeit gerügt wurde.

Khusrau blieb am Fenster stehen und schaute hinaus. Die Haremsdamen, gekleidet in bunten Musselin und Seide, hatten es sich im Schatten bequem gemacht, ihre Dienerinnen schwirrten mit Kelchen voll kühlen Sorbets um sie herum. Wenn sie gewollt hätte, könnte Khalifa auch dort draußen sein; Jahangir hatte ihr die Wahl gelassen, und sie hatte sich entschieden, bei ihrem Gemahl zu bleiben.

Leise wurde eine innere Tür geöffnet, und ein Mann trat in den Raum.

»Eure Hoheit«, sagte er flüsternd.

Mit einem Ruck drehte sich Khusrau um. Khalifa zog sich den Schleier über das Gesicht.

Abdur Rahim, der Oberbefehlshaber der Armee, trat ein und verneigte sich vor dem Prinzen. Er war einer seiner eifrigsten Anhänger gewesen, als er den Aufstand um den Thron angezettelt hatte. Als Oberbefehlshaber in Akbars Armee bekleidete er eine Machtstellung, und diese Macht hatte er für Khusraus gescheiterte Sache eingesetzt. Wie viele andere, die den jungen Prinzen unterstützt hatten, zog er es vor, einem jungen, naiveren Herrn zu dienen als dem älteren, unabhängigen Jahangir mit seinen umsichtigen Beratern. Auch Ali Quli hatte die Treue zu Prinz Khusrau von ihm übernommen. Niemanden im ganzen Reich kannte Mehrunnisas Gemahl so gut wie Abdur Rahim. Vor Jahren, als der persische Soldat nach Indien kam, hatte er sich als Söldner bei Abdur Rahim verdingt, und Rahim hatte ihn Akbar vorgestellt.

»Ich bitte um Vergebung, Eure Hoheit, doch ich hatte keine Möglichkeit, mein Kommen anzukündigen, ohne dass der Kaiser es erfahren hätte.«

»Schon gut. Was gibt es Neues?«, fragte Khusrau neugierig.

»Es sind Pläne geschmiedet worden, Euch aus der Umklammerung des Moguls zu befreien. Husain Beg und Mirza Hasan sind bereit, Euch zu unterstützen.«

»Ausgezeichnet!« Khusrau lächelte. Sein Verdruss war verflogen, und an seine Stelle war die jugendliche Begeisterung getreten, die so viele Adlige und Bürgerliche im Reich betört hatte. »Wie sehen die Pläne aus?«

»In drei Tagen geht der Mogul auf Jagd. Ehe er aufbricht, wird er Euch wie üblich in den Turm sperren.«

Khusrau nickte. Wie er dieses kahle Gefängnis mit seinen Steinwänden hasste, in dem nur durch eine einzige Glasscheibe milchiges Licht in den Raum drang. Wenn Jahangir zu ausgedehnten Jagdausflügen aufbrach, verbrachte Khusrau die Tage im Turm; er durfte nicht einmal seinen täglichen Spaziergang durch die Gärten unternehmen.

»Die Jagdgesellschaft wird spätabends zurückkehren. Das verschafft uns genügend Zeit, aus Agra zu entkommen. Ihr müsst am Morgen fliehen, gleich nachdem die Jagdgesellschaft aufgebrochen ist«, fuhr Abdur Rahim fort.

»Aber wie soll ich denn hinausgelangen? Der Mogulkaiser erlaubt keinen Besuch und hat mir strikt verboten, den Turm zu verlassen«, sagte Khusrau.

»Ihr müsst entkommen, noch ehe man Euch in den Turm schickt. Am nächsten Tag ist der Geburtstag Eures Großvaters, Eure Hoheit. Vielleicht könntet Ihr um eine Pilgerreise zum Grabmal Akbars in Sikandara bitten. Ich werde unterwegs mit einem starken Trupp auf Euch warten, und wir befreien Euch von denen, die Euch gefangen halten.«

Khusrau schüttelte den Kopf. »Ich weiß nicht, ob es so leicht sein wird, meinen Wächtern zu entkommen, Abdur Rahim.«

Der Oberbefehlshaber schaute den jungen Prinzen streng an. »Ihr müsst es versuchen, Eure Hoheit. Es ist die beste Gelegenheit. Der Herrscher ist nicht da, es wird einige Stunden dauern, ehe er die Nachricht von Eurer Flucht erhält und etwas unternehmen kann. Die Wächter lassen in ihren Pflichten bereits nach; immerhin bin ich hierher gekommen, ohne entdeckt zu werden.«

»Was ist mit der Prinzessin?«, fragte Khusrau plötzlich und schaute Khalifa an.

Sie schüttelte den Kopf hinter ihrem Schleier. »Ihr müsst allein gehen, Herr. Auf diese Weise kommt Ihr schneller voran. Der Mogul wird mir kein Leid zufügen, vor allem …« Sie legte eine Hand auf ihren Bauch.

Khusrau nickte und wandte sich mit besorgter Miene an Abdur Rahim. »Ihr müsst dafür sorgen, dass die Prinzessin zu mir kommt, wenn wir am Ziel angelangt sind … wohin gehen wir eigentlich?«

»Nach Lahore.«

»Lahore?«, fragte Khusrau überrascht. »Warum nicht nach Bengalen? Mein Onkel, Raja Man Singh, wird uns helfen.«

»Nein, Eure Hoheit.« Abdur Rahim schüttelte entschlossen den

Kopf. »Euer Onkel und Mirza Aziz Koka sind dem Zorn des Herrschers knapp mit dem Leben entronnen. Selbst jetzt sind Spione auf sie angesetzt. Der Mogul würde sofort erfahren, wenn wir nach Bengalen zögen, und uns unterwegs gefangen nehmen lassen. Wenn wir nach Lahore weiterziehen, und es gelingt uns, die Festung einzunehmen, werden wir einen Stützpunkt haben, von dem aus wir operieren können. Gehört Lahore erst einmal uns, können wir nach Mirza Koka und Raja Man Singh schicken. Im Übrigen ...« Abdur Rahim zögerte.

»Im Übrigen was?«

»Wenn wir in Lahore keinen Erfolg haben, können wir weiter im Norden Zuflucht suchen. Der Schah von Persien wird seine Hilfe nicht verweigern, wenn Ihr ihn bittet. Von Bengalen aus könnten wir nirgendwohin, wenn wir dort eine Niederlage erlitten.«

»Du hast Recht«, sagte Khusrau. »Lass die notwendigen Vorbereitungen treffen.«

Abdur Rahim verneigte sich und schlüpfte zur Hintertür hinaus.

Khusrau wandte sich an Khalifa. »Kommst du ohne mich zurecht, mein Herz?«

»Es geht schon, Herr. Geht mit Allah, ich bete für Eure Sicherheit.«

Der Himmel im Osten färbte sich in der Morgendämmerung rosa, als Khusrau über das Fenstersims lugte. In der Ferne sah er den Staub, der hinter der kaiserlichen Jagdgesellschaft aufwirbelte. Sie waren früh am Morgen aufgebrochen, als es noch dunkel war. Auch jetzt im April war es bereits so heiß, dass die frühen Morgenstunden und der späte Nachmittag die einzigen Tageszeiten waren, an denen körperliche Betätigung möglich war.

Khusrau wandte sich mit klopfendem Herzen vom Fenster ab. Er war aufgeregt, denn jetzt war es an der Zeit zu handeln. Bald würden die Wärter kommen, um ihn zum Turm zu geleiten. Er warf rasch einen Blick durch den leeren Raum. Khalifa war über Nacht in die *zenana* geschickt worden, wie üblich, wenn Khusrau in den Turm ging. Er schritt an die Tür seiner Gemächer und klopfte.

Ein verschlafener Wachposten öffnete vorsichtig die Tür. »Ja, Eure Hoheit?«

»Ich will nach Sikandara und meinem Großvater die Ehre erweisen«, befahl Khusrau herrisch. »Die Stallknechte sollen mein Pferd satteln.«

»Aber ... Eure Hoheit ... der Herrscher hat keine Ausflüge genehmigt ...«, stammelte der Wachposten. »Ich muss die anderen Wachen fragen ...«

»Genug«, schrie Khusrau ihn an und mimte den erzürnten Prinzen, so gut er konnte. »Ich will von einem Untergebenen keine Ausflüchte hören. Es wird dich Kopf und Kragen kosten, wenn der Mogul erfährt, dass du mir nicht erlaubt hast, diese heilige Pilgerreise anzutreten. Ich werde mich bei Seiner Majestät ob deines Ungehorsams beschweren.«

»Aber, Eure Hoheit, das geht nicht«, sagte der Mann. »Ich kann Euch nicht einfach so gehen lassen ...«

Khusrau fuhr sich mit dem Finger quer über den Hals. In ruhigerem Ton sagte er: »Dein Leben scheint dir nicht viel wert zu sein. Stimmt das?«

»Eurem Wunsch soll entsprochen werden, Eure Hoheit«, sagte der Wachhabende ängstlich. »Bitte, verzeiht.«

Khusrau wedelte großzügig mit der Hand. »Schon gut. Jetzt geh und tu, was ich dir sage.«

Als der Wächter gegangen war und die Tür hinter sich geschlossen hatte, ließ Khusrau sich zu Boden gleiten. Ihm war elend zumute; Schweißperlen traten ihm auf die Stirn. War es zu viel, hatte er übertrieben? Glaubte ihm der Wächter, oder würde er mit dem Großwesir zurückkehren und ihn weiter ausfragen? Kalt lief es ihm über den Rücken. Das darf nicht sein, bitte, Allah, betete er im Stillen, noch immer auf dem Boden sitzend. Wenn Mohammed Sharif erst einmal an seine Tür käme, wahrscheinlich wütend darüber, dass man ihn zu so früher Stunde geweckt hatte, würde er Khusrau unverzüglich in den Turm sperren. Als es leise an der Tür klopfte, sprang Khusrau zitternd auf. Er war auf alles gefasst. Vor ihm stand der Wächter, und die Angst stand ihm im Gesicht geschrieben.

»Die Pferde stehen bereit, Eure Hoheit.«

Der Palast erwachte gerade erst, als Khusrau zu seinem Pferd lief. Die Wachen, die dort warteten, waren seine vertraute, vom Großwesir ernannte Garde. Khusrau schaute sie kurz an und fragte sich, ob sie wohl wussten, dass sie die nächste Stunde nicht überleben würden.

Sikandara, wo sich Akbars Grabstätte befand, lag sechs Meilen von Agra entfernt. Unterwegs wurde Khusraus Garde von Abdur Rahims Männern angegriffen und getötet. Sie ließen die Leichen am Straßenrand liegen, und der Prinz ritt mit dreihundertfünfzig Reitern nach Sikandara. Dort traf er Husain Beg und Mirza Hasan. Ihren Einwänden zum Trotz ließ Khusrau an Akbars Grabstätte kurz Halt machen, kniete nieder und betete für den Erfolg ihrer Unternehmung. Dann stieg er auf sein Pferd, und die Rebellen galoppierten nach Norden, in Richtung Lahore.

»Massiere mir die Schultern.«

Die Sklavin gehorchte und wanderte mit den Händen nach oben. Jahangir entspannte sich, während sich die Knoten in seinen erschöpften Muskeln unter den geübten Händen der jungen Frau lösten.

Der Herrscher langte nach dem Weinkelch und trank einen ausgiebigen Schluck. Er stellte den Kelch ab und schloss die Augen. Die Jagd war sehr erfolgreich gewesen. Nur zweimal hatte er sein Ziel verfehlt, alle anderen Schüsse hatten getroffen. Das war ein weiterer Vorteil, Monarch zu sein. Jetzt war es *sein* Reich, und die Jagd daher umso schöner.

Neben ihm stand eine riesige Messingwanne, die man eigens in seine Gemächer geschafft hatte. Nach der Massage würde der Mogul eine Zeit lang in dem köstlich duftenden Wasser ruhen und sich anschließend für die abendliche Lustbarkeit ankleiden.

Ein zögerliches Hüsteln ließ Jahangir aufhorchen. Träge hob er ein Augenlid. Hoshiyar Khan stand an der Tür. Der Eunuch hatte ihm im Laufe der Jahre gute Dienste geleistet, dachte Jahangir. Er wusste, dass Hoshiyar in seiner *zenana* große Macht ausübte und dass er Jagat Gosini besonders achtete, die jetzt seine Padshah Begam war. Obwohl sich Jahangir nur selten in Haremsangelegenheiten einmischte – das hatte er nicht einmal als Prinz getan –, wusste er genau, was um ihn herum vor sich ging.

»Worum geht's, Hoshiyar?«

»Verzeiht, Eure Majestät. Doch der Großwesir ist draußen in der Halle. Er bittet um Audienz«, sagte der Eunuch.

»Sag ihm, er soll eine Stunde warten. Er kann während der Darbietungen mit mir reden.«

»Es ist von äußerster Wichtigkeit, Eure Majestät. Der Wesir besteht darauf, sofort vorgelassen zu werden.«

Es mussten Nachrichten aus dem Dekkan eingetroffen sein. Jahangir hatte Akbars unvollendeten Feldzug wieder aufgenommen, fest entschlossen, das Vermächtnis des Vaters fortzuführen. Aber es konnten doch sicher noch keine guten Nachrichten von der Kriegsfront gekommen sein? Er stand auf. Sein Herz frohlockte bei der Aussicht auf einen so frühen Sieg in einem Kampf, den sein Vater viele Jahre erfolglos geführt hatte. Er zog seine rote Seidenrobe über und ging rasch hinaus in die äußere Halle. Nur Männer aus der Mogulfamilie durften die *zenana* betreten, daher musste Jahangir sich hinausbegeben, um Besucher zu empfangen.

Mohammed Sharif schritt auf und ab, als der Großmogul eintrat. Sobald er ihn sah, fiel er auf die Knie und führte den *konish* aus.

»Wie ich sehe, habe ich Eure Majestät beim Baden gestört. Verzeiht.«

»Welche Nachricht? Haben wir im Dekkan einen Sieg davongetragen?«, fragte Jahangir eifrig.

Mohammend Sharif schlug die Augen nieder. »Nein, Eure Majestät. Ich bringe schlechte Nachrichten …« Er zögerte. »Prinz Khusrau ist entkommen.«

»Entkommen!« Plötzliche Angst legte sich wie eine Zange um

sein Herz. »Wie konnte das geschehen? Habe ich dir nicht befohlen, eine Wache rund um die Uhr aufzustellen?«

»Ja. Eure Majestät«, antwortete Sharif zerknirscht. »Aber er ist entkommen. Heute Morgen, während Ihr auf der Jagd wart, hat der Prinz unter dem Vorwand, Akbars Grabstätte huldigen zu wollen, seine Pferde kommen lassen. Dann haben sich der Oberbefehlshaber sowie Husain Beg und Mirza Hasan ihm angeschlossen. Den letzten Meldungen zufolge wurden sie von etwa vierhundert Mann Kavallerie begleitet.«

»Warum hat man es mir nicht früher berichtet?«, donnerte Jahangir.

»Ich habe es erst vor ein paar Minuten erfahren, Eure Majestät. Der Laternenanzünder ging zum Turm, um die Lampen anzuzünden, und stellte fest, dass niemand dort war.« Sharif senkte den Kopf.

»Das ist allein deine Schuld«, sagte Jahangir. Khusrau war verschwunden. Wann? Wohin? Er selbst war erst seit kurzem an der Macht, sollte er den Thron schon so bald wieder verlieren?

»Ja, Eure Majestät. Ich bin bereit, jede Strafe auf mich zu nehmen, die Ihr mir aufbürdet. Ich bitte nur um einen Gefallen. Erlaubt, dass ich den Prinzen verfolge und zu Euch zurückbringe.«

Jahangirs Blick wurde milder, als er seinen Gefährten und Freund aus Kindertagen anschaute. Er rügte sich im Stillen; noch war es zu früh, in Panik auszubrechen. Pläne waren zu schmieden, und nur er konnte die Befehle erteilen. »Nun gut. Du sollst deinen Fehler wieder gutmachen, indem du Khusrau fängst. Richte dich darauf ein, sofort nach Bengalen aufzubrechen. Khusrau ist bestimmt auf dem Weg zu seinem Onkel Raja Man Singh.«

»Ich breche sofort auf, Eure Majestät.« Sharif verbeugte sich und ging rückwärts zur Tür.

»Warte«, befahl Jahangir, als Sharif schon gehen wollte. Beim Sprechen gewann seine Stimme an Kraft. »Schicke Kundschafter aus, um zu prüfen, welchen Weg Khusrau eingeschlagen hat, vielleicht flieht er gar nicht zu Raja Man Singh. Brich morgen auf, nachdem die Kundschafter Khusraus Absichten bestätigt haben. Sobald du es weißt, sollst du Khusrau schonungslos verfolgen. Bring ihn zu mir zurück, tot oder lebendig. Ich werde keine weitere Rebellion meines Sohnes gutheißen. Hast du verstanden?«

»Ja, Eure Majestät.« Sharif lächelte. Nichts wäre ihm lieber, als seinem Herrscher Prinz Khusraus Kopf auf einem goldenen Tablett zu servieren. »Darf ich mich jetzt entfernen?«

Jahangir nickte zerstreut. Er sah Sharif nach, wie dieser rückwärts aus dem Raum ging. Plötzlich kam ihm ein Gedanke. Wenn Khusrau sich nun weigerte, sich den Streitkräften des Moguls zu ergeben? Wenn er stattdessen gegen sie kämpfte? Khusrau wurde jetzt vom Befehlshaber der Armee und einem erfahrenen Soldaten und Veteranen aus vielen Kriegen unterstützt. Wenn Mohammed Sharif nun im Kampf umkäme?

»Mohammed«, sagte Jahangir in scharfem Ton, und Sharif blieb zum zweiten Mal stehen. »Schicke lieber Shaikh Farid Bukhari. Ihtimam Khan sollte ihn als Kundschafter und Nachrichtenoffizier begleiten. Ich will, dass du bei Hofe bleibst, du wirst hier gebraucht.«

Sharif zuckte zusammen. Damit war ihm die Möglichkeit genommen, den Prinzen zu verfolgen. »Aber, Eure Majestät ...«, begann er.

»Ich habe entschieden, Mohammed«, sagte Jahangir streng und fügte dann in freundlicherem Ton hinzu: »Du musst verstehen, wie wichtig du für mich bist. Wir werden gemeinsam aufbrechen, sobald sicher ist, wohin Khusrau unterwegs ist.«

»Wie Ihr wünscht, Eure Majestät.« Es hatte keinen Sinn, mit Jahangir zu streiten, wenn er einmal einen Entschluss gefasst hatte. Mohammed Sharif verneigte sich vor dem Mogul und ging.

Jahangir ging zurück in das Bad. Nachdenklich lag er im warmen Wasser, während die Sklavinnen ihm die Schultern einseiften. Hatte Akbar denselben Schmerz gespürt, hatte auch er Jahangirs Verhalten als Verrat empfunden? Bei einer Versöhnung in Agra war Jahangir an Akbars Seite gewesen, als dieser krank darniederlag. Er hatte ihm vorgelesen, doch Akbar hatte ihm Einhalt geboten und eine

Hand auf die Buchseite gelegt. Er hatte gefragt: »Sag mir, Salim, ist die Krone so wichtig?« Die Frage war so unvermutet gekommen, dass er seinen Vater nur stumm hatte anstarren können. Die Krone saß fest auf Akbars Haupt, er hatte ihr Gewicht neunundvierzig Jahre lang getragen. Woher sollte er wissen, wie es war, wenn man nach Macht gierte? Akbar hatte das Schweigen, das sich zwischen sie legte, andauern lassen. Dann hatte er auf die Buchseite gezeigt. »Fang bei dem Absatz an.«

Jetzt, dachte Jahangir, als er ins seifige Wasser schaute, wusste er, wie es war, Herrscher zu sein und einen Sohn zu haben, der verzweifelt die Macht übernehmen wollte. Jahangir hatte den Thron noch nicht lange inne; die Krone stand ihm rechtmäßig zu. Er war entschlossen, seinen Anspruch zu wahren.

Kundschafter wurden in alle Richtungen ausgeschickt, um Informationen über Khusraus Route einzuholen. Gegen Mitternacht erreichte die Nachricht den Palast, Khusrau sei unterwegs nach Lahore. Shaikh Farid Bukhari brach sofort auf, um ihn zu verfolgen. Von dem abendlichen Vergnügen zog sich der Kaiser früh zurück. Während Jahangir schlief, packten Sklaven und Eunuchen in wilder Hast. Die Armee in Agra wurde mobilisiert und erhielt den Befehl, sich zum Abmarsch bereitzuhalten.

Am nächsten Morgen brach Jahangir bei Sonnenaufgang an der Spitze seiner Armee von Agra auf. Keine zwölf Stunden nach der Meldung über Khusraus Flucht heftete sich der Mogulkaiser an die Fersen seines abtrünnigen Sohnes.

Kapitel 13

*»Sie ritten zwischen den gefallenen Adligen hindurch, die zu beiden
Seiten der Straße aufgereiht waren ... Mahabat Khan saß hinter dem
Prinzen und nannte ihm die Namen. Da die Leichen infolge des
Windes baumelten oder schaukelten, sagte er zu Khusrau: ›Sultan,
seht nur, wie Eure Soldaten gegen die Bäume ankämpfen.‹«*
B. Narain und S. Sharma, Übers. & Hg.,
A Dutch Chronicle of Mughal India

Warme, feuchte Nachluft fegte über Bengalen hinweg. Fünf Tage lang hatte es ununterbrochen in Strömen geregnet, und die Nässe legte sich auf die Lungen. Die Häuser in Bardwan rochen nach Schimmel und feuchter Kleidung. Moskitos kamen in Scharen und summten auf der Suche nach Blut und Fleisch mit einer Hartnäckigkeit um die Ohren, der noch so viele glühende Niemblätter nicht Herr zu werden vermochten. Hauchzarte, weiße Moskitonetze waren wie Geister über Kinderbetten und Matten drapiert. Mehrunnisa lag auf ihrem Bett und schaute unverwandt zu dem sich langsam bewegenden, rechteckigen Stoffwedel an der Decke empor. Er geriet ins Stocken und blieb dann stehen, das Zugseil hing schlaff unter der Türöffnung. Sie wartete, während die Feuchtigkeit sich wie ein lebendiges Wesen um sie legte, und sagte dann leise: »Nizam.«

Der Sklavenjunge vor ihrem Zimmer wachte mit einem Ruck auf und begann, noch halb im Schlaf, sein Bein von einer Seite auf die andere zu schwingen, womit er den Stoffwedel, dessen Seil an seinem Zeh befestigt war, wieder in Bewegung setzte.

Mehrunnisa drehte sich zu Ladli um, die neben ihr schlief, und zog ihren Arm sacht unter dem Kopf ihrer kleinen Tochter fort. Das Kind war verschwitzt, und auf Mehrunnisas Haut glänzte Schweiß. Sie wischte sich den Arm ab und blies ins Haar ihrer

Tochter. Ladli schnaufte und wälzte sich mit angewinkelten Armen und Beinen herum. Mehrunnisa stützte sich auf einen Ellbogen und schaute auf ihre Tochter. Die Hitze in Bengalen schien sie nicht zu stören. Ladli schlief selig mit offenem Mund; ihr Atem wurde von einem leichten Pfeifton in der Nase begleitet, da sie eine Sommererkältung hatte.

Mehrunnisa berührte sie sanft, ließ die Finger aber nicht so lange auf einer Stelle ruhen, dass durch den Hautkontakt Schweiß entstand. Sie strich über Ladlis runde Waden und Oberschenkel, über die Grübchen an ihren Gelenken, über die weiche Haut an ihrem Kinn. Zu Anfang, nachdem Ladli geboren war, blieb Mehrunnisa nachts wach, nur um sie zu beobachten, wenn sie schlief. Sie glaubte, dass dieses Bedürfnis bald nachließe. Doch sie wurde auch jetzt noch, nach sechs Monaten, davon wach. Die Verwunderung über ihr Kind hörte anscheinend nie auf. *Danke, Allah.* Sie beugte sich über Ladli und drückte ihr einen Kuss auf die Nase. Das Kind legte noch im Schlaf die Hand auf den Kopf der Mutter, die winzigen Finger umklammerten eine blauschwarze Locke und hielten sie fest. Mehrunnisa lächelte und löste die Finger sanft.

Der Stoffwedel unter der Decke quietschte und blieb dann wieder stehen. Nizam wird wieder eingeschlafen sein, dachte Mehrunnisa. Sie schaute auf, als der Stoffwedel heftiger als zuvor einsetzte und die feuchten Luftschwaden im Raum in Bewegung brachte. Was machte der Junge nur? Gerade als sie die Kraft aufbrachte, sich zu regen, tauchte eine große Gestalt im Türrahmen auf. Nach kurzem Zögern stürmte Ali Quli ins Zimmer, und seine Schritte dröhnten laut durch die Stille der Nacht.

Mehrunnisa legte einen Finger auf die Lippen und zeigte auf Ladli.

Ali Quli blieb stehen und winkte sie zu sich. Sie stand auf und schlüpfte unter dem Moskitonetz hervor, das sie hinter sich sogleich wieder fallen ließ. Nachdem sie das Netz wieder unter die Matratze gesteckt hatte, ging Mehrunnisa zu ihrem Gemahl. Sie stellten sich nebeneinander ans Fenster und schauten in den Garten hinunter.

Der Mond nahm ab, verbreitete jedoch noch so viel Helligkeit, dass ihre Gesichter zu erkennen waren. Ali Quli zog einen Brief aus der Tasche seiner *kurta*.

»Nachrichten von Bapa?«, fragte Mehrunnisa und streckte eine Hand aus.

»Nein. Vom Hof des Moguls. Prinz Khusrau ist entkommen.«

Mehrunnisa starrte ihn an, und ihr Blick verdüsterte sich. »Wie bitte?«

»Du hast dich nicht verhört. Prinz Khusrau ist nach Lahore geflohen.«

»Nach Lahore ...«

»Und nicht hierher, wo sein Onkel Raja Man Singh ist. Dummer Junge!«

»Der Großmogul würde ihn hier aber zuerst suchen«, sagte Mehrunnisa automatisch. »Es ist vernünftig, dass er die entgegengesetzte Richtung eingeschlagen hat. Wie ist ihm denn die Flucht gelungen? Ich dachte, er sei schwer bewacht worden.«

Ali Quli grinste. »Der Mogul hat die meisten Anhänger des Prinzen fortgeschickt, aber den Befehlshaber der Armee hat er vergessen. Mirza Abdur Rahim ist es gelungen, den Prinzen aus den Händen seiner Wächter zu befreien. Sie sind jetzt auf dem Weg nach Lahore.« Ali Qulis Stimme war währenddessen lauter geworden.

»Leise, Herr«, bat Mehrunnisa. Nizam stand vor der Tür. Wie alle guten Diener hatte er Elefantenohren. Man konnte ihm nicht trauen. Sie wandte sich von ihrem Gemahl ab. Viele Gedanken schossen ihr durch den Kopf. Khusrau war mit Abdur Rahim entkommen. Der Oberbefehlshaber der Armee war ein einflussreicher Mann und hatte mächtige Anhänger. War es möglich, dass ihm dieser Putsch gelang? Sollte Jahangir so bald schon die Krone verlieren, kaum dass sie auf seinem Kopf saß? Wie hatte er die Nachricht aufgenommen?

»Was hat der Mogulkaiser unternommen, Herr?«

»Er ist mit seiner Armee von Agra aufgebrochen und zieht nach Lahore. Doch sie werden den Prinzen nie einholen. Khusrau reist mit leichtem Gepäck, nur in Begleitung seiner Männer. Lahore hat gerade keinen Gouverneur. Die Stadt werden sie leicht einnehmen. Ist sie ihnen erst einmal sicher, gehört uns der Nordwesten, und dann …« – Ali Quli lachte und bemühte sich nicht länger darum, leise zu sprechen – »und dann das ganze Reich.«

Mehrunnisa blieb fast das Herz stehen. Er hatte Recht. Der Mogul hatte den Gouverneur von Lahore gerade entlassen und einen anderen Höfling geschickt, der seine Stellung einnehmen sollte. Er war noch unterwegs. Wie sollte eine führerlose Stadt sich gegen eine Armee verteidigen, die der Oberbefehlshaber persönlich anführte? Der Mogul hätte Abdur Rahim nach der Krönung entlassen sollen. Er hätte seine Mittäterschaft bei Khusraus Revolte nicht vergeben und ihn nicht wieder in sein Amt einsetzen dürfen. Plötzlich hallte ein weiteres Wort aus Ali Qulis Mund in ihren sorgenvollen Gedanken wider.

»Uns? Hast du gesagt, der Nordwesten gehört ›uns‹?«

Ali Quli nickte und betrachtete den Brief im schwachen Licht des Mondes. »Ich breche heute Abend auf. Pack meine Sachen, ich muss sofort zur Armee des Prinzen.«

»Was ist mit Raja Man Singh?«, fragte Mehrunnisa. »Und hast du etwas vom Oberbefehlshaber gehört?«

»Nein, doch das spielt keine Rolle. Raja Man Singh wird seinen Neffen unterstützen. Und Abdur Rahim wird bestimmt meine Dienste benötigen.«

Mehrunnisa schaute ihn an. Es war töricht von ihm zu glauben, er könnte das gesamte Reich durchqueren, um sich Prinz Khusrau und seiner Armee anzuschließen. Wie lange würde das dauern? Sechs Monate? Acht Monate? Unterdessen konnte viel geschehen. Falls der Kaiser Khusrau gefangen nahm, wäre Ali Qulis Leben nichts mehr wert. Ein zweites Vergehen gegen den Mogul wäre unverzeihlich. Ali Quli, das wusste sie, gab sich nicht mit solchen Gedanken ab, doch hätte er wenigstens darüber nachdenken sollen, warum sie in Bengalen waren, so weitab vom Hof des Moguls – doch genau deshalb, damit Ali Quli sich nicht mehr mit Prinz Khusrau verschwören konnte. Wie sollte sie ihn davon überzeugen, dass er einen Fehler beging?

»Wartet noch ab, Herr. Es ist besser, von einem der beiden Adligen zu hören, ehe Ihr eine Entscheidung trefft. Wir wollen weitere Nachrichten abwarten. Bitte.«

»Warten, warten! Das mache ich doch schon die ganze Zeit!«, schrie Ali Quli. Seine Stimme hallte durch den Raum, und Ladli wachte weinend auf.

Mehrunnisa lief zum Bett, löste das Moskitonetz und nahm das Kind auf. »Schsch, *beta*.« Sie tätschelte ihrer Tochter besänftigend den Rücken, damit sie wieder einschlief. Doch Ladli war wach, geweckt durch die Stimme des Vaters. Sie gluckste, als sie ihn sah.

Ali Quli wandte sich ab und ging zur Tür. »Ich muss gehen. Ich muss zur Armee des Prinzen. Was soll ich hier?«

Ladli begann wieder zu greinen, als sie ihn gehen sah.

»Bring sie zur Ruhe«, sagte Ali Quli. »Und pack meine Sachen. Ich breche bald auf.«

Mehrunnisa starrte ihn wütend an. Er konnte nicht, durfte nicht gehen. Was sollte aus ihnen werden, wenn er fortging? »Überlegt doch, Herr. Der Mogul hat Euch einmal am Leben gelassen und Euch hierher geschickt. Nimmt er den Prinzen erneut gefangen, wird er nicht zögern, Euch das Leben zu nehmen. Wartet, bis Ihr entweder von Raja Man Singh oder dem Oberbefehlshaber etwas hört. Euer Tun wird für uns alle Folgen haben, für Ladli, mich, sogar für Bapa.«

Ali Quli warf ihr einen zornigen Blick zu, die Stirn in tiefe Falten gelegt. Er wirkte derart verärgert, dass Mehrunnisa schon dachte, er wolle die Hand gegen sie erheben und sie schlagen. Sie blieb unerschrocken mit der weinenden Ladli auf dem Arm vor ihm stehen. Ali Quli drehte sich um und stapfte aus dem Raum. Als er an Nizam vorbeikam, der auf allen vieren um den Türpfosten lugte, bückte er sich und versetzte dem Jungen einen Schlag auf den Kopf, woraufhin dieser laut aufschreiend über den Steinboden der Veranda schlitterte.

»Wie viele Tage sind wir jetzt hier?«

»Acht, Eure Hoheit«, antwortete Husain Beg.

Prinz Khusrau drehte sich um und schaute den öden Berg hinab, dessen Hänge sich bis an den Schutzwall der Festung von Lahore zogen. Als sie Lahore erreichten, mussten sie feststellen, dass die Stadt verbarrikadiert und gegen einen Angriff befestigt war. Selbst die Landschaft wirkte so unwirtlich wie die Bewohner von Lahore. Die Erde versengt, Bäume und Sträucher durch Wassermangel verkümmert, die einzige Abwechslung von den trockenen Farben des Bodens waren graue Felsen und braune Felsbrocken. Tagsüber brannte die Sonne, und nachts sanken die Temperaturen beinahe auf den Gefrierpunkt. Der Kampf, das Wetter, die mangelnde Geschlossenheit der Truppen – all das zusammengenommen forderte seinen Tribut von den Männern.

»Sie werden der Belagerung nicht mehr lange standhalten«, sagte Khusrau mit hoffnungsvoller Stimme, doch im Innern war er wie abgestorben, taub vor Furcht, die ihn in den vergangenen Wochen ständig begleitet hatte.

»Ja, Eure Hoheit. Ihre Vorräte müssen zur Neige gehen. Nur ...« Husain zögerte.

»Wir müssen die Festung einnehmen, bevor die Armee des Mogulkaisers eintrifft. Dessen bin ich mir bewusst«, sagte Khusrau und zog die Schultern hoch. »Wie hat Ibrahim Khan erfahren, dass wir anrücken?«

»Seine Majestät hat ihm eine Botschaft geschickt. Ibrahim Khan war bereits unterwegs nach Lahore, um seinen Posten als Gouverneur anzutreten, als wir in Agra aufbrachen. Er ist vor uns nach Lahore geeilt und hat die Stadt befestigen lassen.« Husain Beg schaute seinem jungen Kommandeur forschend ins jammervolle Gesicht. »Eines ist günstig für uns, Eure Hoheit. Ibrahim Khans Truppen bestehen aus Dienern und Händlern; er hatte keine Zeit, eine Armee aus Soldaten auszuheben. Im Übrigen haben wir die Festung seit acht Tagen umstellt und keinerlei Nachschub durchgelassen. Sie werden sich bald ergeben.«

262

»Das hoffe ich.« Khusrau fuhr sich mit einer schmutzigen Hand durch die Haare. Dann legte er sie schützend über die Augen und versuchte, im gleißenden Sonnenlicht etwas zu erkennen. Tag für Tag hatte Khusraus Armee am Schutzwall Minen gezündet, doch Nacht für Nacht hatten Ibrahims Männer im Schutze der Dunkelheit rasch daran gearbeitet, die Breschen zu schließen. Dafür, dass sie Diener und Händler waren, hatten sie ein erstaunliches Maße an Treue und Durchhaltevermögen gezeigt, Eigenschaften, die Khusrau bei seinen Männern nicht hervorzurufen vermochte. Die acht Tage seit ihrer Ankunft vor Lahore hatten sich in die Länge gezogen. Und die Festung hatte standgehalten.

Er drehte sich um und ging zum Lager zurück. Dabei überfiel ihn die nur allzu vertraute Angst. Ob sie die Festung eroberten, noch ehe die Verstärkung des Moguls eintraf? Wenn nicht, hätte Khusrau keinen Ort, an dem er sich verstecken konnte, keine Verteidigung gegen die Armee seines Vaters. Jetzt war es zu spät, nach Persien zu fliehen und sich dort eine Zuflucht zu erhoffen; die Truppen seines Vaters würden ihn einholen, noch ehe er die Grenze erreicht hätte.

Der Prinz trat gegen einen Kieselstein und beobachtete, wie er durch den roten Staub trudelte. Hatte er zu übereilt gehandelt, ohne genau geplant zu haben? Auch dafür kam alle Reue jetzt zu spät. Jahangir würde ihm diesmal nicht verzeihen. Man munkelte, ein Preis sei auf seinen Kopf ausgesetzt worden.

Khusrau drehte den Kopf langsam hin und her, um die verkrampften Nackenmuskeln zu lösen, was eigentlich nur durch Schlaf zu beheben war, den er in den letzten acht Tagen kaum gefunden hatte. Er würde sein Leben lang vor seinem Vater davonlaufen müssen, denn Kapitulation bedeutete den sicheren Tod. Gleichwohl bestand noch Hoffnung. Seine Armee belief sich jetzt auf mehr als zwölftausend Mann Infanterie und Kavallerie, allesamt Abtrünnige, die sich ihm angeschlossen hatten, als sie auf ihrem Weg nach Lahore von Stadt zu Stadt gezogen waren. Khusrau überlief ein Schaudern, als er daran dachte, wie seine Armee sich unterwegs verhalten hatte. Sie hatten in den Ortschaften geraubt und geplündert, Frauen vergewaltigt und Kummer und Elend hinterlassen. Er war nicht imstande gewesen, sie unter Kontrolle zu halten.

»Eure Hoheit!«

Husain Beg kam mit einem Boten zu ihm.

»Eure Hoheit, die kaiserliche Armee unter Führung Shaikh Farid Bukharis ist noch einen Tagesmarsch entfernt.«

Khusrau erbleichte und atmete heftig aus. »Sie sind schnell vorangekommen. Und weiter?«

»Mirza Hasan ist tot.«

»Wie ist er gestorben?«

»Die Männer des Moguls haben ihn in Sikandara gefangen, wo er Streitkräfte um sich sammelte.« Der Bote wischte sich über das schweißnasse Gesicht. »Der Herrscher hat ihn von Elefanten zu Tode trampeln lassen.«

Khusrau biss sich auf die Lippe, um die plötzlich aufsteigenden Tränen zurückzuhalten. Jetzt hatte er einen weiteren Anhänger verloren. Er riss sich zusammen und wandte sich an Husain Beg. »Wir müssen Shaikh Bukharis Truppen heute Abend überrumpeln. Wo werden sie ihr Lager aufschlagen?«

»Bei Sultanpur, Eure Hoheit.«

»Eure Hoheit …« – der Bote zögerte, fuhr dann aber fort – »der Mogulkaiser persönlich folgt an der Spitze einer großen Armee; er befindet sich einen Tagesmarsch hinter Shaikh Bukhari.«

Sein Vater war ihm dicht auf den Fersen. Jetzt durfte er keine Zeit mehr verlieren. Khusraus Miene verhärtete sich plötzlich. Er würde im Kampf sterben, wenn nötig, doch er würde sich nicht ergeben.

»Wir können es uns nicht leisten, von beiden Seiten angegriffen zu werden. Stellt Infanterietruppen von zehntausend Mann zusammen. Ich werde sie in die Schlacht gegen Shaikh Bukhari führen. Unterdessen haltet mit den restlichen Männern die Belagerung aufrecht. Wenigstens eine Armee sollten wir bezwingen können.« Khusraus Stimme nahm eine neue Festigkeit an.

Er saß vor seinem Zelt auf einem Felsblock, während um ihn herum die Vorbereitungen liefen. Die Männer sollten ihn sehen und

264

wissen, dass er da war, um sie anzuführen. Das alles würde sich letzten Endes lohnen, dachte er, wenn die Krone erst auf seinem Haupt säße. Er hatte gehört, dass Jahangir zornig auf ihn war, dass die Haremsdamen ihn ob seiner Eigenwilligkeit verwünschten, dass die Adligen bei Hofe, die ihn einst unterstützt hatten, sein Vorgehen jetzt verurteilten. Solchen Schmähungen ausgesetzt zu sein, machte einsam und flößte Angst ein. Doch er tat nichts anderes als das, was sein Vater fünfzehn Jahre lang vorgelebt hatte – er gierte nach dem Thron. Wieso dann diese Empörung?

An jenem Abend, als Shaikh Bukharis nur fünftausend Mann starke Armee bei Sultanpur am Beas das Lager aufschlug, wurde sie angegriffen. Obwohl sie überrumpelt wurden, leisteten die Soldaten des Moguls erbitterten Widerstand. Khusraus Männer waren ihnen an Zahl weit überlegen, doch fehlte den Rebellen die Disziplin und die Ausbildung der Mogulstreitkräfte. Die beiden Armeen kämpften die ganze Nacht hindurch bis zum nächsten Tag.

Mit Ingwer gewürzte Hühner und köstlicher, am Fuße des Himalaja angebauter Reis verbreiteten ihren Duft im Zelt des Mogulkaisers. Jahangir wusch sich die Hände und ließ sich im Schneidersitz auf der Matte nieder. Er sog den Duft tief in sich ein, als ein Sklave das Silbertablett vor ihm absetzte. Das Wasser lief ihm im Mund zusammen. Am äußeren Rand der Platte standen vier silberne Schalen, die mit dampfendem Curry aus Huhn, Lamm und Fisch gefüllt waren. In der Mitte erhob sich ein kleiner Berg aus körnigem Reis, genau nach seinem Geschmack gekocht. Ein Klacks *raita* aus Gurken und Tomaten, bedeckt mit saurem Joghurt, lag neben dem Reis, auf der anderen Seite zwei eingelegte grüne Mangostücke, die mit einer glitzernden Mischung aus rotem Chilipulver und Öl bestrichen waren. Der Sklave verneigte sich und legte zwei knusprige *papads* aus Reismehl neben die Platte, ehe er rückwärts das Zelt verließ.

Gerade als Jahangir sich über die Platte beugte, riss Mahabat Khan die Zeltplane zur Seite und stürmte unangekündigt herein. »Eure Majestät, Prinz Khusraus Truppen kämpfen gegen Shaikh

Bukharis Armee. Sie sind der Armee des Shaikhs zahlenmäßig weit überlegen.«

Jahangir verzog das Gesicht. Er hatte seit dem vorangegangenen Abend nichts gegessen und war hungrig. Doch das war jetzt unwichtig. Er musste handeln. Er nahm ein wenig Reis zwischen die Finger, tauchte ihn in die Zwiebel-Tomaten-Soße des Hühnercurrys und schluckte das Ganze als Glücksbringer hinunter. Dann stand er sofort auf.

»Hoshiyar, bring mir meine Rüstung«, befahl er und wischte sich die Hand an einem Seidentuch ab.

Hoshiyar Khan verschwand eilig.

»Wir müssen umgehend nach Sultanpur aufbrechen, Eure Majestät, und dürfen keine Zeit verlieren.« Mohammed Sharif kam im Laufschritt in Jahangirs Zelt und schnallte seine Rüstung fest.

»Ist mein Pferd gesattelt?«

»Es wartet draußen, Eure Majestät.«

Jahangir eilte hinaus und kümmerte sich nicht um die Rüstung. Mahabat Khan warf ihm einen Speer zu. Nur mit Speer und Dolch bewaffnet, bestieg Jahangir sein Pferd und galoppierte seinen Truppen voran an den Beas. Unterwegs hatte er keine Zeit nachzudenken, keine Zeit, sich darum zu sorgen, dass er völlig ungeschützt in den Kampf zog. Jahangir stand kurz vor seinem vierzigsten Lebensjahr. Aber jetzt fühlte er nur Kampfeslust und ungehemmte Energie. Diese Hast, diese Erregung angesichts einer Gefahr hatte dem Mogulkaiser seit langem gefehlt. Nachdem er sich mit einem flüchtigen Blick vergewissert hatte, dass Mahabat Sharif und die anderen bei ihm waren, trieb er dem Pferd die Hacken in die Flanken und ritt an der Spitze seiner Armee gen Sultanpur.

Unterdessen kämpften Shaikh Bukhari und seine Soldaten eine aussichtslose Schlacht. Schon schien alles verloren, da stürmte Ihtimam Khan, der *kotwal*, den Jahangir zum Kundschafter ernannt hatte, mit einer kleinen Schar unter Jahangirs Standarte und Banner auf das Schlachtfeld. Sobald sie die Standarte Jahangirs sahen, ging es wie ein Lauffeuer durch die Reihen der rebellischen Armee, der

Kaiser persönlich sei auf dem Schlachtfeld eingetroffen. Abdur Rahim, der Oberbefehlshaber, geriet in Panik und ließ Khusraus Standarte fallen. Als die Rebellen nur noch die Standarte des Moguls sahen und nicht die Khusraus, hielten sie den Prinzen für tot. In der daraufhin entstehenden Verwirrung gewannen Shaikh Bukhari, die Barha Sayyids und Ihtimam Khan die Oberhand über die Rebellentruppen; ein Teil kam um, andere ergriffen die Flucht.

Khusrau, Abdur Rahim und Husain Beg flohen mit einer kleinen Schar von Kämpfern. Ihr Ziel war es, über Kabul nach Usbekistan zu entkommen und dort Zuflucht zu suchen.

Jahangir überquerte den Beas, und als er das Schlachtfeld erreichte, musste er feststellen, dass Khusraus Armee zerstreut und sein Sohn geflohen war. Er überantwortete die Abtrünnigen Shaikh Bukhari und begab sich in das Haus des angesehenen Adligen Mirza Kamran außerhalb von Lahore, um auf die Meldung von Khusraus Gefangennahme zu warten.

Khusrau und sein Trupp ritten in scharfem Galopp von Sultanpur in Richtung Kabul. Zwei Tage nach der Schlacht gelangten sie abends an den Chenab. Es war schon spät, und die Boote lagen bereits fest vertäut am Anleger. Die Bootsleute waren nach Hause gegangen, nur einer kam noch von einem späten Fischfang zurück. Er wurde vor Khusrau geführt.

»Mach dein Boot klar, damit du uns übersetzen kannst«, befahl Khusrau.

»Hoheit«, stammelte der Mann. »Der Mogul hat befohlen, dass niemand den Fluss ohne seine Erlaubnis überqueren darf. Ich muss das Siegel des Moguls sehen, bevor ich Euch auf die andere Seite hinüberbringen kann.«

»Ich befehle dir, uns überzusetzen«, schrie Khusrau ihn an. Er war außer sich. Er war nicht so weit gekommen, um sich jetzt von irgendeinem Bauern den Plan vereiteln zu lassen. Sie mussten an diesem Abend unbedingt den Fluss überqueren; wenn sie auf das erste Tageslicht warteten, wäre es zu spät.

»Ich kann nicht, Eure Hoheit, bitte verzeiht.«

In diesem Augenblick führte Abdur Rahim eine Frau und zwei Kinder vor Khusrau. Der Bootsmann erschrak, als er sie sah.

»Ist das deine Familie?«

»Ja, Hoheit.«

»Nun …« Khusrau besah sich die Frau, zog ein Messer hervor und fuhr mit einem Finger an der Schneide entlang, bis zwei Blutstropfen wie Perlen auf seine Haut traten. »Wie würde es dir gefallen, wenn sie tot wären?«

Der Bootsmann sank mit Tränen in den Augen auf die Knie. »Bitte, Hoheit«, bettelte er, »lasst sie am Leben. Ich werde Euch hinüberbringen. Ich bitte Euch nur, lasst sie leben.«

»Na gut«, sagte Khusrau kurz angebunden und wandte sich ab. »Macht das Boot fertig zum Ablegen. Abdur Rahim, lass die Familie des Mannes laufen. Befiehl der Armee nachzukommen, sobald wir auf der anderen Flussseite sind.«

Während das Boot klargemacht wurde, saß Khusrau am Ufer des Chenab, die Fersen in den Schlamm gebohrt. Er begann zu zittern, und die Schnittwunde an seinem Finger pochte. Wann war er so gewalttätig geworden? *Was* war aus ihm geworden? Angst, Anspannung und Schlaflosigkeit hatten ihn in ein Ungeheuer verwandelt, das ihm selbst fremd war. Was würde Khalifa von ihm denken? Beim Gedanken an seine Gemahlin ließ Khusrau den Kopf hängen und weinte. Würde er sie jemals wiedersehen? Und das Kind, ihr gemeinsames Kind – er wurde von heftigem Schluchzen geschüttelt.

Er saß noch dort, die Arme um sich geschlungen, als Abdur Rahim zu ihm trat, um ihm mitzuteilen, das Boot sei bereit zum Ablegen. Khusrau, Abdur Rahim und Husain Beg stiegen ein, und der Bootsmann begann, sie hinüberzurudern. Der Chenab war ein reißender Fluss. Es war nicht einfach, ihn zu überqueren, unvermutet tauchten Sandbänke auf, und nur ein erfahrener Bootsmann konnte die Tücken der Überfahrt bewältigen. Dieser Bootsmann jedoch war klug. Er hatte seine Familie aus Khusraus Fängen befreit, und er hatte nicht die Absicht, sich den Befehlen des Mogulkaisers zu widersetzen. Er steuerte das Boot auf eine Sandbank, wo es festsaß. Eine halbe Stunde lang tat er so, als versuchte er, das Boot frei zu bekommen. Als Khusraus Aufmerksamkeit abgelenkt wurde, sprang er ins Wasser und schwamm ans Ufer. Den Prinzen und seine Gefährten ließ er mitten im tiefschwarzen Fluss zurück.

Khusrau brüllte hinter dem Bootsmann hat, doch seine Stimme wurde vom Rauschen des reißenden Flusses hinweggetragen. Fluchend trat der Prinz gegen die Bootswand, woraufhin sie beinahe alle in den Fluss kippten. Schließlich gab er auf. So tapfer sie auch auf dem Schlachtfeld waren, die Männer hatten nicht den Mut, der Strömung zu trotzen.

Je länger die Nacht andauerte, umso ungeduldiger warteten die Männer auf die Hilfe ihrer Truppen. Das gurgelnde Wasser des Flusses hatte eine ganz eigene Melodie. Die Männer, von den Ereignissen der letzten Tage erschöpft, schliefen nacheinander ein.

Der Tag brach an. Verschlafen richtete sich Khusrau auf und rieb sich die Augen. Als er sie aufschlug, nahm er das Goldbanner mit dem hockenden Löwen zunächst nicht richtig wahr. Dann verflog der Schlaf schlagartig, als er erkannte, dass es sich um die Standarte des Mogulkaisers handelte. Der Prinz war auf beiden Ufern von der kaiserlichen Armee umzingelt. Während er im Boot schlief, hatte Jahangirs Armee Khusraus Männer mühelos am Ufer des Chenab besiegt und wartete jetzt auf den Sonnenaufgang. Ein paar Soldaten ruderten zu Khusrau hin und nahmen ihn gefangen.

Der Mogul bückte sich tief über eine leuchtend gelbe Rose und atmete ihren Duft ein. Sich aufrichtend fragte er: »Wann treffen sie ein?«

»Bald, Eure Majestät«, antwortete einer der Diener.

Jahangir nickte und schritt weiter den Gartenpfad hinunter. Seine Diener folgten in gebührendem Abstand. Mirza Kamran hatte etwas Großartiges geleistet, dachte er anerkennend. Trotz des trockenen Klimas war der Garten grün und üppig. Blumen blühten in verschwenderischer Fülle und erfüllten die Luft mit köstlichem

Duft. Lauschig murmelte das Wasser in den vielen Kanälen, die kreuz und quer die Rasenflächen durchzogen. Vögel zwitscherten fröhlich auf großen Blasenbäumen, die auf den Rasenflächen für schattige Plätze sorgten. Es war sehr friedlich, umso mehr noch, da man ihm die Nachricht von Khusraus Gefangennahme überbracht hatte.

Die Tür zum Garten ging auf, und das Geräusch marschierender Schritte unterbrach die Stille. Jahangir drehte sich um und wartete. Soldaten führten Khusrau, Husain Beg und Abdur Rahim vor. Die drei Gefangenen waren an Händen und Füßen gefesselt und untereinander mit Ketten verbunden. Khusrau schlurfte zwischen seinen Gefährten herein. Die drei blieben vor Jahangir stehen und verbeugten sich gemeinsam.

»Eure Majestät, ich bringe Euch Prinz Khusrau, Husain Beg und den Oberbefehlshaber«, verkündete Mahabat Khan.

Jahangir schaute Khusrau finster an. Unter dem Blick des Vaters brach Khusrau zusammen und begann zu weinen. Er wischte sich mit schmutzigen Händen über die Augen und hinterließ schwarze Streifen auf dem Gesicht. Angewidert verzog Jahangir die Oberlippe. Warum bereitete Khusrau ihm so viel Verdruss?

»Was hast du zu deinen Gunsten vorzubringen?«, wollte er wissen.

Laute, schwere Schluchzer erschütterten Khusrau. In den letzten Tagen war ihm alles über den Kopf gewachsen. Es war beinahe eine Erleichterung zu wissen, dass er keine Entscheidungen mehr treffen musste, dass der Kampf vorbei war. Khusrau war erst neunzehn Jahre alt. Allzu lange hatten machthungrige Männer im Reich ihm Geschichten über Würde und Glanz eines Monarchen eingeflüstert. Er hatte keine richtige Kindheit gehabt, und als er nun weinend vor seinem Vater stand, sah es so aus, als wäre ihm auch kein Leben als Erwachsener beschieden.

»Eure Majestät, verzeiht …«, begann Husain Beg, »ich wusste nicht, was ich tat …« Er zeigte auf Abdur Rahim. »Der Oberbefehlshaber hat mir Reichtümer versprochen, wenn ich dem Prinzen

270

helfe, sonst wäre ich meinem Herrscher gegenüber nie ungehorsam gewesen. Bitte, vergebt mir, Eure Majestät. Ich bin Euer ergebener Diener und werde es stets sein …«

»Genug!« Jahangir hob eine Hand. »Du bist ein Feigling und ein treuloser Diener. Deine Taten zeugen von deinem Charakter, und deine Strafe soll dem Verbrechen angemessen sein.«

Jahangir wandte sich an Mahabat Khan. »Wirf Prinz Khusrau ins Gefängnis. Er soll in Ketten bleiben. Was die anderen betrifft, die beiden Schurken sollen jeweils in die Haut eines Ochsen und eines Esels eingenäht werden, dann mit dem Gesicht zum Schwanz auf ein Maultier gesetzt und um Lahore herumgeführt werden, sodass alle ihrer Schande ansichtig werden.«

Husain Beg fiel auf die Knie und riss Abdur Rahim und Khusrau mit sich. Jahangir wandte sich angewidert ab. Man schleppte die drei Männer aus dem Garten. Husain Begs Schreie waren weithin hörbar.

Die Befehle des Herrschers wurden ausgeführt. Man schlachtete einen Ochsen und einen Esel und häutete sie. Die frischen Häute, noch blutig von ihren Vorbesitzern, wurden Husain Beg und Abdur Rahim mitsamt Hörnern und allem übergeworfen. Während die beiden Gefangenen um die Stadt geführt wurden, trockneten die Häute in der heißen Sonne aus, klebten an den Männern und verursachten großes Unbehagen und starke Schmerzen.

Nach zwölf Stunden starb Husain Beg auf seinem Esel. Seine Haut war erstickt, und seinem Körper war durch die ausgetrocknete Ochsenhaut sämtliche Flüssigkeit entzogen worden. Man enthauptete ihn, stopfte den Kopf mit Gras aus und schickte ihn durch Boten nach Agra, wo er als Lektion für andere Abtrünnige auf dem Schutzwall der Festung an einen Pfosten gehängt wurde.

Der Oberbefehlshaber jedoch überlebte. Abdur Rahim war als geliebter Sohn des *divans* Bairam Khan aufgewachsen. Das Volk kannte ihn gut und verehrte ihn. Den Befehlen Jahangirs zum Trotz schütteten die Menschen Wasser über ihn, damit die Eselshaut nicht austrocknete, und boten ihm Sorbet und Obst an, während er um die Stadt geschleift wurde. Nach zwei Tagen befahl Jahangir, den Oberbefehlshaber freizulassen.

Nachdem er sich der Rebellen entledigt hatte, ordnete Jahangir an, in vollem Pomp in die Stadt Lahore einzumarschieren. Es war sein erster Besuch als Kaiser von Indien. Ein paar Tage vergingen, in denen sich die gerade noch belagerte Stadt auf ihren Herrscher vorbereitete. Jahangir verbrachte die Zeit bei Mirza Kamran, hielt in dessen Haus Hof, spazierte durch die üppigen Gärten und versuchte sich eine Strafe für die übrigen Rebellen auszudenken. Er bereute die Strafe nicht, die er Husain Beg und Abdur Rahim hatte zuteil werden lassen. Jahangir hatte Abdur Rahim anläßlich seiner Krönung einmal verziehen, doch diesmal war es unmöglich. Wäre er gestorben, dann wäre sein Tod eine Lektion gewesen, einfach und prompt. Dass Abdur Rahim überlebte, war ein glücklicher Zufall; Jahangir war in der Lage, ihm öffentlich zu verzeihen. Wäre er erst einmal gedemütigt, würde der frühere Oberbefehlshaber nicht wagen, sich erneut zu erheben. Jetzt gehörte die Krone ihm, dachte Jahangir finster, und er hatte bis zu seinem Tode nicht die Absicht, sie aufzugeben. Aber da gab es noch das Problem von Khusraus so genannter Armee. Eines Nachts lag Jahangir unter dem Baldachin seines Bettes, als ihm plötzlich eine Idee kam. Am nächsten Morgen schickte er gleich nach dem Aufwachen nach Mahabat Khan.

»Mahabat, wie viele Soldaten Khusraus sind gefangen genommen worden?«

»Ungefähr sechstausend, Eure Majestät.«

»Ich habe über eine geeignete Züchtigung für diese Abtrünnigen nachgedacht. Ihre Bestrafung wird zu ihrem Vergehen passen. Sie haben es gewagt, gegen ihren Herrn und Mogul zu rebellieren, und darauf steht der Tod.«

Mahabat verneigte sich vor Jahangir. »So soll es geschehen, Majestät.«

»Ja«, sagte Jahangir nachdenklich, »aber in einer Art und Weise, dass ihr Tod eine Lektion für alle ist, die an eine solche Sünde denken. Ihre Leichen sollen für alle gut sichtbar aufgehängt werden, und Khusrau soll sehen, welche Folgen sein Handeln für seine Gefolgsleute hat.«

Mahabat Khan wartete. Er sah, dass Jahangir bereits einen Plan im Kopf hatte. Eine grausige Bestrafung stand bevor, nicht nur für Khusraus Anhänger, sondern für Khusrau selbst. Als der Mogul zu längeren Ausführungen anhob, erlaubte sich Mahabat Khan ein Lächeln. Das war noch besser, als er erwartet hatte; nicht nur Khusrau würde die Bestrafung nie vergessen, sondern die Nachwelt würde sich daran erinnern.

In den Tagen darauf herrschte in und um Mirza Kamrans Gärten ein geschäftiges Treiben. Man fällte zahlreiche Bäume, deren Stämme zu Pfosten mit spitzen Enden behauen wurden.

Schließlich war der Tag gekommen, an dem Jahangir nach Lahore einreiten sollte. Die Stadt war für das Reich strategisch wichtig, sowohl von der Verwaltung her als auch aus verteidigungstechnischen Gründen. Wären die Kriege im Dekkan nicht gewesen, hätte Jahangir gern in Lahore gelebt, wo die Temperaturen gemäßigter waren als in Agra. Das Schicksal und Khusrau hatten ihn in Eile nach Lahore geführt, dachte er an jenem Morgen, doch er war entschlossen, die Stadt in vollem Ornat zu betreten, wie es einem Monarchen geziemte. Er stand langsam auf, und während er den ganzen Morgen mit Baden und Ankleiden beschäftigt war, baute sich eine gewisse Spannung in ihm auf. Schon die Prozession nach Lahore war ein Ereignis, denn Khusrau sollte bestraft werden. Die Welt würde sehr bald davon erfahren, zukünftige Generationen würden noch über Jahrzehnte hinaus darüber reden. Er wartete vor Mirza Kamrans Haus, dass man ihm Khusrau brachte.

»Ich bin bereit, deinen Ungehorsam der letzten Tage zu vergessen. Zum Zeichen meiner Vergebung sollst du mit mir in der *haudah* reiten«, sagte Jahangir.

Khusrau fiel auf die Knie. »Danke, Eure Majestät.«

Man nahm dem Prinzen die Ketten ab und geleitete ihn zur *haudah* auf dem Elefanten. Jahangir kletterte zuerst hinein, dann Khusrau. Der Prinz stellte überrascht fest, dass Mahabat Khan hinter ihm aufstieg und sich direkt neben ihn setzte.

Der königliche Elefant erhob sich langsam auf das Kommando des Elefantenführers, und das Gefolge verließ den Hof von Mirza Kamran unter den Klängen einer Trompetenfanfare. Als der Elefant in die Straße einbog, hielt Khusrau vor Entsetzen hörbar die Luft an.

In regelmäßigen Abständen hatte man entlang der Straße von Mirza Kamrans Haus bis zum Stadttor Pfosten in die Erde gerammt. Auf jedem Pfosten war ein Mann aufgespießt, manch einer lebte noch und wand sich in Todesqualen. Auch an den wenigen Bäumen am Straßenrand baumelten Leichen an Stricken; die Erhängten hatten einen sanfteren Tod erlitten als ihre Kameraden, die zur Begrüßung ihres vormaligen Anführers lebend gepfählt und aufgereiht worden waren. Als die Prozession vorüberzog, schrien die noch lebenden Männer dem Prinzen zu.

Khusrau verbarg das Gesicht hinter zitternden Händen. Er erkannte die Männer; es waren ausnahmslos Soldaten, die ihm gedient hatten. Er hatte diesen Männern einen grausamen Tod beschert. Seinetwegen hingen sie hier in Schande und starben einen qualvollen Tod.

Jahangir beobachtete den Prinzen mit finsterer Miene. Dann zog er Khusrau die Hände vom Gesicht.

»Schau«, befahl er in barschem Ton, »sieh dir das Schicksal dieser Seelen an, die dir gedient haben. Es ist deine Schuld, dass sie so furchtbar sterben.«

Khusrau schaute sich mit bleichem Gesicht um; Tränen rannen ihm über die Wangen.

Mahabat Khan beugte sich über die Schulter des Prinzen.

»Eure Hoheit, erlaubt, dass ich Euch diese Männer vorstelle. Das hier ist …«

Khusrau hörte zu. Blankes Entsetzen zeichnete sein Gesicht, als Mahabat Khan fortfuhr, ihm jeden einzelnen Toten »vorzustellen«, während das herrschaftliche Gefolge die Straße entlangzog. Ein scharfer Wind wehte, als sich die Prozession der Stadt näherte, und Mahabat Khan lenkte Khusraus Aufmerksamkeit auf die Leichen, die an den Bäumen schwankten und gegen die Stämme klatschten.

»Prinz, seht nur, wie Eure tapferen Soldaten gegen die Bäume kämpfen«, sagte er sanft.

Der Prinz kniff die Augen fest zu, und diesmal ließ Jahangir ihn gewähren. Khusrau würde so schnell nicht wieder rebellieren. Die Lektion saß. Es hatte so sein müssen. Schließlich gelangte die Prozession nach Lahore, und Jahangir ritt in die Festung, ein Lächeln auf den Lippen, das nicht bis zu den Augen reichte. Er warf Silberrupien unter das Volk und spielte die Rolle des gütigen Herrschers.

Khusrau saß neben ihm, blass und zitternd, einen wilden, gehetzten Blick in den Augen, und wusste, dass sein Leben nie wieder so sein würde wie bisher.

In Bengalen hatte der Sommermonsun eingesetzt, Bäume und Gräser gediehen prächtig in der Nässe. Es regnete Tag und Nacht; die Häuser waren ständig feucht, Schimmel blühte, Haarnadeln rosteten über Nacht, Termiten nagten gierig an Möbeln, und Moskitos verfolgten mit unbeirrbarer Präzision ihre unglücklichen Opfer.

Mehrunnisa wandte sich seufzend vom Fenster ab. Hier in Bardwan bescherte der Regen, im Gegensatz zu den Ebenen am Ganges, dem Land kein neues Leben. Er brachte ein Übermaß an Leben mit sich: Regenwürmer, selbst Bäume und Büsche hatten etwas Raubtierhaftes. Letztere wuchsen wild und ungezähmt und streckten ihre blättrigen, fleischigen Finger aus jeder Steinritze am Wegesrand, um nach Passanten zu schnappen.

Mehrunnisa und Ali Quli lebten seit über einem Jahr in Bengalen, und es gab keinen Hinweis darauf, dass sie an den Hof des Moguls zurückkehren würden, kein Anzeichen dafür, dass der Herrscher sich ihrer erinnerte. Obwohl Bardwan so weit von dem Ort entfernt war, an dem sich das eigentliche Leben abspielte, hatte Mehrunnisa von der Strafe gehört, die Khusrau und seinen Gefolgsleuten auferlegt worden war. Es war eine grausame Strafe, doch Mehrunnisa bil-

275

ligte sie. Nichts war wichtiger als die Krone, und wenn es nötig war, ein Exempel zu statuieren, um jede weitere Rebellion zu Khusraus Gunsten zu unterbinden, dann musste es so sein. Sicher hatte der abtrünnige Prinz die Botschaft begriffen. Er würde nicht so bald einen weiteren Aufstand anzetteln.

Was Ali Quli betraf, er war noch in Bardwan. Wäre er dem Prinzen nach Lahore hinterhergeeilt, hätte er sich Jahangirs Zorn nicht entziehen können. Mehrunnisas vernünftige Worte hatten schließlich seine Tollkühnheit besänftigt. Als die Nachricht von Prinz Khusraus Gefangennahme eintraf, und sie war überraschend schnell gekommen, wie es schlechten Nachrichten eigen ist, hatte Ali Quli ihr den Brief entgegengeschleudert. Mehrunnisa hatte ihn sorgfältig gelesen und in einer ihrer Truhen aufgehoben.

Sie lehnte sich an die Fensterbank und stützte sich mit den Händen auf der Kante ab. Es war unbefriedigend, über Boten und Reisende Neuigkeiten vom Hof zu erfahren, schmerzlich, nicht dort zu sein, den Ereignissen beizuwohnen und alles hautnah zu erleben. Wäre ihr Gemahl nicht so dumm gewesen, Khusraus ersten Versuch der Machtübernahme zu unterstützen, wären sie noch bei Hofe. Wenigstens wusste jetzt niemand außer ihr, dass er Prinz Khusrau erneut hatte folgen wollen. Der Sklave Nizam war in sein Heimatdorf entlassen worden; Mehrunnisa hatte es für zu riskant gehalten, ihn in Bardwan zu lassen, wo er früher oder später reden konnte und würde.

Sie ging zu der Holzkiste mit Elfenbeinintarsien, in der sie alle kostbaren Briefe aufhob, und zog das Edikt hervor, das unter dem Stapel lag. Sie fuhr mit den Fingern über die Worte in Turki. Die Tinte verblasste allmählich; es war viele Jahre her, seit Prinz Salim das Edikt geschrieben hatte, mit dem er Ali Quli den Titel »Der den Tiger zu Fall bringt« verlieh. Mehrunnisas Blick blieb an dem merkwürdigen Satz am unteren Rand des Papiers haften. *Möget Ihr für immer in Frieden leben.* Sie berührte die Worte und bedeckte eins nach dem anderen mit dem Finger. Hatte der Prinz das geschrieben? Nein, es konnte nicht von seiner Hand stammen, sondern von der eines übereifrigen Beamten. Dennoch war der Satz merkwürdig für ein offizielles Dokument. Sie legte das Edikt wieder an seinen Platz und stapelte ihre Schleier über die Papiere, sodass die Briefe wieder unter glänzenden blauen, grünen, gelben und roten Seidenstoffen verborgen lagen. Dann erhob sie sich und trat wieder ans Fenster.

Plötzlich überkam sie eine gewisse Unruhe. Sie würde alles um einen Besuch in Lahore geben – und sei es nur für kurze Zeit –, um sich am Sitz der Macht, am Hof mit seinen Intrigen aufzuhalten.

Doch das würde nicht eintreten, dachte Mehrunnisa und verzog das Gesicht, als sie Schimmelstaub von den Händen klopfte. Ali Quli war noch in Ungnade, und als seine Frau war sie verpflichtet, ihm zu folgen, wohin er auch ging. Der einzige Trost war, dass Bapa ihr einmal im Monat schrieb und sich trotz seiner Verpflichtungen die Zeit nahm, Seite für Seite mit seiner fließenden Handschrift zu füllen. Er berichtete vom Hof, vom elterlichen Haus und, wenn möglich, von der Mogulwitwe und der *zenana*. Mehr noch, als in Lahore zu sein, wollte Mehrunnisa bei ihrem Vater sein, im Freien unter einem sternenübersäten Sommerhimmel sitzen und ihm zuhören, ihm Ladli zeigen, die Enkelin, die er noch nicht gesehen hatte. Die Briefe reichten nicht.

Mehrunnisa drehte sich wieder um und schaute in die regengepeitschte Landschaft hinaus; Bäume wurden vom Wind in die Knie gezwungen, Blätter und Gräser glitzerten in wucherndem Grün. Ein Schauer überlief sie; sie hatte das Gefühl, nie mehr aus Bengalen herauszukommen.

Während sie dort stand, schritt Jahangir tausend Meilen entfernt in Lahore in seinen Gemächern auf und ab, tief in Gedanken versunken. Jetzt, da er die Angelegenheit Khusrau erledigt hatte, war es an der Zeit, sich angenehmeren Dingen zuzuwenden.

Kapitel 14

»*Die Leidenschaft für Mehr-ul-Nissa, welche Salim aus Achtung und Angst vor seinem Vater unterdrückt hatte, kehrte mit doppelter Heftigkeit wieder, als er selbst den Thron von Indien bestieg. Er war jetzt ein absoluter Monarch; kein Untertan vermochte seinen Willen und sein Vergnügen zu vereiteln.*«
Alexander Dow, *The History of Hindostan*

Seufzend lehnte sich Jahangir in die Seidenkissen zurück und lockerte die Schnüre seiner *qaba*, um besser atmen zu können. Er konnte sich nicht erinnern, in den letzten Monaten so viel gegessen oder die Zeit gefunden zu haben, seine Mahlzeit zu genießen. Das Lammkebab war perfekt aufgespießt, in Limonensaft, Knoblauch und Rosmarin mariniert und über Holzkohle gegrillt. Er tätschelte sich den Bauch und griff nach dem Wein.

Über den Rand seines Kelches hinweg betrachtete Jahangir die Haremsdamen. Sie saßen um ihn herum, in farbenfrohen Musselin gekleidet, und lächelten, wenn sein Blick zufällig auf sie traf. Wer würde heute Abend sein Schlafgemach zieren, fragte er sich müßig. Es war wunderbar, sie hier in Lahore zu haben. Er hatte Agra abrupt verlassen, um Khusrau zu verfolgen, und sein Harem hatte ihn nicht begleiten können. Fast vier Monate später befahl er Prinz Khurram, die Damen nach Lahore zu begleiten.

Nach ihrer Ankunft nahm der Hof des Moguls seine übliche Routine wieder auf. Zuerst vergab Jahangir große Ländereien und Vergünstigungen an alle, die dem Reich während Khusraus Rebellion beigestanden hatten. Sowohl Mahabat Khan als auch Mohammed Sharif erhielten größere *mansabs* und verfügten somit über höhere Einnahmen.

Ein paar Monate darauf wurde Jahangir ein Aufstand in Rohtas in Bihar gemeldet. Er beschloss, Raja Man Singh an der Spitze der Mogularmee zu schicken, um die Rebellion niederzuwerfen. Der Raja sollte seine Stellung als Gouverneur von Bengalen aufgeben; statt seiner ernannte Jahangir Qutubuddin Khan Koka. Er wollte Koka nicht nach Bengalen gehen lassen, doch sein Stiefbruder hatte ihn um den Posten gebeten, und er hatte nachgegeben.

Der Mogul stellte seinen Kelch ab und winkte eine hübsche Konkubine zu sich. Das sechzehnjährige Mädchen, seine neueste Errungenschaft für die *zenana*, erhob sich hastig von ihrem Sitz und ging zu ihm.

»Begleite mich in mein Schlafgemach.«

»Ja, Eure Majestät.« Beim Klang ihrer verführerischen Stimme lief dem Herrscher ein Prickeln über den Rücken.

Die übrigen Damen sahen schweigend zu, wie ihr Herr und Meister aus dem Raum ging, gestützt auf seine auserwählte Gefährtin für die Nacht.

Die Staatsgeschäfte waren ermüdend, dachte Jahangir, als er mit halbem Ohr der singenden Stimme des Hofmarschalls lauschte. Der Mogulkaiser hielt Hof im Thronsaal. Bittschriften wurden verlesen, Ländereien und *mansabs* vergeben, und über den Kronschatz wurde Rechenschaft abgelegt. Im Hof hinter dem Thronsaal lockte einladend heller Sonnenschein. Er könnte in den Gärten bei seinen Haremsdamen sein, sie vielleicht in dem neuen Bad herumtollen sehen, das er eingerichtet hatte …

»Eure Majestät?«

Jahangir wurde von der plötzlichen Stille aus seinen Gedanken gerissen. Er warf dem Hofmarschall einen gereizten Blick zu. »Was ist?«

»Der *divan* des Reiches, Mirza Ghias Beg, bittet um eine Audienz, Eure Majestät«, sagte der Zeremonienmeister.

Jahangir nickte. »Er soll vortreten.«

Mehrunnisas Vater trat in den Saal und führte den *konish* aus. »Eure Majestät, ich erhielt die Nachricht, dass in Kandahar Gefahr droht. Die Gouverneure von Herat, Sistan und Farah haben unter dem Befehl des Schahs Abbas von Persien die Stadt angegriffen. Beg Khan, der Gouverneur von Kandahar, hat einen Boten geschickt und um Hilfe durch Eure Armee gebeten.«

Jahangir runzelte die Stirn. »Wie ist das möglich? Schah Abbas steht mir nah wie ein Bruder. Dringt ein Bruder in den Herrschaftsbereich eines anderen Bruders ein?«

»Eure Majestät, wir müssen unbedingt eine Armee schicken. Kandahar ist von großer Bedeutung für das Reich, das Zentrum des Handels zwischen Indien und den westlichen Ländern. Im Übrigen ist es einer der größten Außenposten des Reiches. Ihn an Persien zu verlieren würde bedeuten, Kabul und den übrigen Nordwesten zu gefährden.«

Jahangir sah die Logik hinter Ghias Begs Argumentation, konnte jedoch nicht recht glauben, dass Schah Abbas der Anstifter des Angriffs auf Kandahar war, hatten sie doch gerade ein Jahr zuvor noch einen Briefwechsel geführt, in dessen Verlauf der Schah ihm zu seiner Thronbesteigung gratuliert hatte.

»Na gut«, sagte er schließlich. »Schicke unsere Armee unter unseren Standarten nach Kandahar. Sorge dafür, dass keine Kampfhandlungen stattfinden, ehe die Sache geklärt ist. Übermittle dem Schah von Persien eine Botschaft, in der du ihn über den Angriff in Kenntnis setzt. Er wird entsprechende Maßnahmen gegen seine Gouverneure einleiten.«

Ghias verneigte sich und trat zurück. Die Stimme des Moguls gebot ihm Einhalt. »Mirza Beg«, sagte er. »Du sollst für deinen Dienst am Reich belohnt werden.«

»Das ist nicht nötig, Eure Majestät«, sagte Ghias. »Aber ich danke Euch.«

Jahangir wandte sich an Mohammed Sharif. »Wie können diese Gouverneure es wagen, ohne Erlaubnis ihres Schahs in unsere Provinz einzudringen?«

»Eure Majestät, in unserem Land herrscht ein neues Regime. Zweifelsohne dachten die Gouverneure, sie könnten in der Verwir rung nach dem Machtwechsel von Eurem hochstehenden Vater auf Euch Kandahar überwältigen. Allahs Güte ist zu verdanken, dass Eure Majestät sich in Lahore aufhalten und den Feldzug persönlich überwachen können.«

Jahangir nickte. »Das ist wahr. Setze die *zenana* davon in Kenntnis, dass wir unsere Rückreise nach Agra verschieben, bis das Problem in Kandahar gelöst ist.«

Nach Beendigung des *darbars* kehrte Jahangir in seine Gemächer zurück und suchte mit einem Beutel voll Weizen seinen Privathof auf. Die Tauben flatterten von ihren Schlafplätzen unter dem Dach der Veranda herab und pickten gierig die goldenen Körner aus seiner Hand. Mit einem vorsichtigen Hüsteln machte jemand in Jahangirs Nähe auf sich aufmerksam, und ein paar Tauben flogen zeternd davon, aufgeschreckt durch den Eindringling. Hoshiyar Khan war neben seinen Herrn getreten. Schweigend überreichte er einen versiegelten Brief. Jahangir nahm ihn entgegen und wartete, bis der Eunuch gegangen war. Dann brach er das Siegel auf und entrollte den Brief. Er war aus Bengalen. Er las ihn rasch durch und legte ihn neben sich. Jahangir lehnte sich an den Blasenbaum und blinzelte in den hellen Sonnenschein, der sich in den Marmorplatten im Hof spiegelte. Die Spione in Bengalen hatte gute Arbeit geleistet.

»Begam *Sahiba*, Boten haben Post aus Lahore gebracht.« Die Sklavin überreichte den Brief auf einem Silbertablett.

Mehrunnisa streckte die Hand danach aus, noch ehe die Sklavin zu Ende gesprochen hatte. »Gib her.«

Endlich Nachrichten aus Lahore. Es war fast drei Monate her, seitdem sie etwas von ihrem Vater gehört hatte. Für gewöhnlich konnte man sich auf Ghias' prompte Antworten verlassen, doch die zusätzliche Verantwortung, die ihm durch die Unternehmung in Kandahar übertragen worden war, hatte ihm keine Zeit gelassen. Mehrunnisa entrollte den Brief und genoss das Knistern des Papiers in ihren Händen. Dann setzte sie sich, um ihn zu lesen. Wie immer hatte er das Wort »sicher« an den Anfang des Briefes gesetzt. Das sollte ihr auf den ersten Blick sagen, dass es ihnen allen gut ging. In ihrer Eile, ihm zu antworten, ließ Mehrunnisa das Wort zu Beginn ihrer Briefe oft aus, und Ghias begann seine Antwort dann stets mit einer Rüge. Auch dieser Brief fing so an.

»Meine liebe Nisa«, hatte er geschrieben, »dein Brief liegt vor mir, und schon wieder hast du den Hinweis für mich vergessen, dass bei Euch in Bengalen alles in Ordnung ist. Ich musste deinen ganzen Brief bis zu Ende durchlesen, um festzustellen, dass dies wohl der Fall ist. Ich glaube, du hast meine Sturheit übernommen, den Anweisungen deines Bapa nicht zu folgen, denn mein Bapa schalt mich immer für andere Dinge. Wie dem auch sei, wenn ich deine Briefe lese, ist mir, als säßest du hier neben mir. Ich habe nur den einen Gedanken, dass du in einem Monat dieses Papier in Händen hältst und meine Worte liest.

Wie geht es Ladli? Ist sie gewachsen? Spricht sie viel? Die Zeichnung, die du von ihr geschickt hast, ist nur ein kleiner Trost dafür, dass Ihr nicht persönlich hier seid. Es ist schwer zu sagen, wem sie gleicht. Dir? Maji? Darf ich hoffen, mir? Erzähl ihr von uns, *beta*, lass sie uns durch deine Worte kennen lernen, wenn wir schon nicht bei ihr sein können.«

Eine kleine Hand zupfte an Mehrunnisas plissiertem Rock, und sie schaute hinunter und lächelte. Ladli hockte auf dem Boden und hatte die Arme um die Beine geschlungen, den forschenden Blick auf die Mutter gerichtet. Mit einem gebieterischen »gib« auf den Lippen streckte sie eine Hand nach dem Brief aus.

»Den nicht, *beta*«, sagte Mehrunnisa und hielt den Brief in die Höhe. »Du machst ihn kaputt. Spiel mit dem Pferd und dem Wagen, die Nizam dir gebaut hat.«

Ladli schüttelte den Kopf. »Gib.« Dann, als Mehrunnisa den Brief nicht herausrückte, verzog sie das Gesicht, als wollte sie weinen.

»Komm her«, sagte Mehrunnisa und legte den Brief auf einen Tisch außer Reichweite ihrer Tochter. Sie zog sie auf ihren Schoß und machte es sich auf dem Diwam bequem. Ladli legte sich auf ihre

Mutter und steckte den Daumen in den Mund. Ihre Widerborstigkeit war verflogen. Mehrunnisa strich ihr die Haare aus der Stirn. Dieses Kind hatte die Jahre der Trennung von Bapa und Maji erträglich gemacht.

»Der Brief ist von deinem Dada, Ladli. Er ist ein großer Mann, ein wichtiger Mann, der *divan* des ganzen Reiches.«

Auch ohne Ghias' Aufforderung hatte Mehrunnisa viel Zeit darauf verwendet, Ladli etwas über die Großeltern zu erzählen. Darüber hinaus auch Geschichten vom Hof des Mogulkaisers, über den Pomp und die Pracht, in der die Haremsdamen lebten, über Geld, das wie Wein floss, und Wein, der wie Wasser floss. Am meisten jedoch erzählte sie von Jahangir, wobei sie sich einredete, ihre Tochter müsse etwas über den Mogul wissen. Eines Tages, dachte Mehrunnisa, würde sie mit Ladli an den Hof zurückkehren, damit sie die Haremsdamen und die Mogulwitwe Ruqayya kennen lernte.

Sie schaute auf ihre Tochter hinab und begann zu erzählen. Sie hatte die Geschichte schon oft vorgetragen, doch Ladlis Augen weiteten sich vor Staunen. Sie sprach noch nicht viel, doch Mehrunnisa hatte den Eindruck, als verstünde sie, als lauschte sie gebannt den Erzählungen der Mutter. Nach zwanzig Minuten schlief Ladli ein, an ihre Mutter gelehnt. Mehrunnisa legte sie sacht auf das Bett und deckte sie mit einem kühlen Laken aus Baumwolle zu. Sie ging wieder an ihren Platz und nahm gespannt den Brief zur Hand.

»Mirza Masud hat Lahore wieder einen Besuch abgestattet und ein paar Monate bei uns verbracht. Er ist in den letzten Jahren sehr alt geworden; sein ältester Sohn leitet jetzt die Karawane. Wie immer hat er sich nach dir erkundigt, seiner Lieblingspflegetochter, und darauf bestanden, dass ich ihm all deine Briefe vorlese. Ich habe das Gefühl, dass wir ihn nicht wiedersehen werden, es sei denn, wir reisten nach Persien. Er glaubt, die Reise sei für sein Alter zu beschwerlich. Ich werde nie vergessen, was ich Mirza Masud zu verdanken habe, liebe Nisa, er hat dich zu mir zurückgebracht. Dafür werde ich ewig in seiner Schuld stehen.

Mohammed ist leidlich zur Ruhe gekommen. Ich hatte gedacht,

Ehe und Vaterschaft würden deinen ältesten Bruder bändigen, doch dem war nicht so. Er hat etwas Wildes an sich, das ich nicht zu zähmen vermochte. Wusstest du, dass Mohammed mit Prinz Khusrau ziehen wollte, als dieser aus der Gefangenschaft nach Lahore entkam? Selbst jetzt redet er noch in aller Öffentlichkeit über seine Treue zum Prinzen, wenn ich ihn nicht bremse. Und das, obwohl Jahangir sich unserer Familie gegenüber so großherzig erwiesen hat. Wir stünden nicht hier, wäre das Wohlwollen Seiner Majestät nicht gewesen. Selbst dein Gemahl genießt dank der Gunst des Kaisers enorme Freiheit und Wohlstand. Danke Allah, dass ihr in Bengalen wart und so weit entfernt, dass er mit dem Streich in Lahore nichts zu tun hatte.«

Ein bitteres Lächeln huschte über Mehrunnisas Züge. Wenn Bapa nur wüsste. Doch sie hatte es niemandem erzählt, gerade Bapa nicht. Sie wollte nicht, dass ihr Gemahl in den Augen des Vaters noch mehr an Achtung verlor. Dann runzelte sie die Stirn und las den Abschnitt über Mohammed noch einmal. Woher kam dieser Wahnsinn in ihm? Zwischen Mohammed und ihr hatte nie eine echte Bindung existiert; Abul war Mehrunnisas Lieblingsbruder. Mohammed war stets ruhelos gewesen, verlangte immer nach Dingen, die er nicht hatte. Jetzt wollte er Prinz Khusrau unterstützen. Allah sei Dank, dass Bapa ihn davon abgehalten hatte, voreilig zu handeln.

»Doch genug davon. Ich habe eine gute Nachricht. Dem Herrscher hat es gefallen, uns eine noch größere Gunst zu gewähren, indem er die beiden Familien verbindet. Kannst du dir das vorstellen? Seine Majestät hat für Prinz Khurram um die Hand von Arjumand Banu angehalten. Die Vermählung wird unserer Familie große Hochachtung verschaffen, wenn sie durch Heirat mit der Familie des Monarchen verbunden ist. Wer hätte gedacht, dass wir je solche Privilegien in Indien genießen würden?

Die Verlobungszeremonie wird in ein paar Monaten stattfinden, und deine Maji und ich wären überglücklich, wenn du an der Feier teilnehmen könntest. Komm her, meine liebe Nisa, und bring Ladli mit. Wir haben dich viel zu lange nicht gesehen. Das Fest ist ein guter Vorwand für die Reise, dein Gemahl kann sie dir nicht abschlagen. Ich habe einen Brief an ihn bezüglich dieser Angelegenheit beigefügt. Es ist schade, dass dein Gemahl sich nicht bei Hof blicken lassen und dem Mogulkaiser huldigen kann, doch so Allah will, legt sich der Zwist beizeiten. Bis dahin, auf jeden Fall für diesen Anlass, musst du allein kommen.«

Mehrunnisa errötete und legte den Brief beiseite. Erst vor ein paar Minuten hatte sie an den Hof des Moguls gedacht, und jetzt würde sie an den Hof zurückkehren, wenn Ali Quli es ihr erlaubte. Sie senkte den Kopf und betete im Stillen. *Bitte, bitte lass ihn ja sagen.* Sie warf noch einmal einen Blick auf das Papier. Arjumand Banu sollte mit Prinz Khurram verlobt werden. Ihre Nichte sollte den dritten Sohn des Mogulkaisers heiraten, den kleinen Jungen, der unter der Obhut der Mogulwitwe gestanden hatte. Arjumand war das Lieblingskind ihres Bruders Abul, sein kostbarstes Juwel. Abul hatte einmal zu Mehrunnisa gesagt: »Wenn du ein Kind erwartest, Nisa, bekomme eine Tochter, so eine wie meine Arjumand. Sie wird dein Herz mit unermesslicher Freude füllen.« Mehrunnisa schaute zur schlafenden Ladli hinüber, die ihre Knie fest an die Brust gezogen hatte. Abul hatte Recht gehabt. Und wie ging es ihm mit dieser Heirat? Er musste außer sich vor Freude sein. Es war eine beispiellose Ehre für ihre ganze Familie, die sie einzig und allein Bapa zu verdanken hatten. Die kleine Arjumand war noch keine vierzehn Jahre alt, und sie sollte Prinzessin werden.

Es hatte eine Zeit gegeben, da hatte Mehrunnisa geglaubt, sie selbst werde einmal Prinzessin. Nun sollte diese Ehre Arjumand zuteil werden. Ein Seufzer stieg in Mehrunnisa auf, den sie sofort unterdrückte. Es war sinnlos, ihren Träumen nachzuhängen oder sich die Vergangenheit anders zu wünschen, als sie nun einmal war.

Ali Quli erteilte seiner Gemahlin und seiner Tochter nur widerwillig die Erlaubnis, nach Lahore zu reisen. Eine Anfrage von Ghias Beg kam einem Befehl gleich; sein Schwiegervater war zu mächtig bei Hofe, als dass man sich ihm hätte widersetzen können.

Finsteren Blickes sah er zu, als die beiden mit fröhlichem Lächeln

285

auf den Lippen abreisten. Sie würden ihm nicht fehlen, aber er wollte auch nicht, dass sie gingen. Warum sollten sie sich vergnügen, wenn es ihm nicht vergönnt war? Der Soldat und Kämpfer war mit dem Leben unzufrieden. Er war nicht zum Grundbesitzer geboren. Raja Man Singh, der einzige Verbündete, den Ali Quli in Bengalen hatte, war nach Bihar geschickt worden. Der neue Gouverneur, Qutubuddin Khan Koka, ein treuer Gefolgsmann des Moguls, zeigte wenig Neigung, ihn freundlich zu behandeln. Aber, so dachte er, als seine Gemahlin mit der Tochter zu ihrer langen Reise nach Lahore aufbrach, es gab noch andere, die auf ihn hörten. Es gab immer andere.

»Sie sind da!«

Nach diesem Ausruf eilte Ghias Beg über die Steintreppe in den Hof hinunter. Ungeduldig wartete er darauf, dass die Träger die Sänfte abstellten, doch dann konnte er sich nicht mehr zurückhalten und trat herzu, um den Reisenden beim Aussteigen behilflich zu sein.

Zwischen den Vorhängen der Sänfte streckte ihm seine Tochter die kühle Hand entgegen. Sobald sie aufrecht vor ihm stand, nahm Ghias sie in den Arm. Dann hielt er sie von sich, um sie zu betrachten, ohne jedoch ihre Hände loszulassen.

Sie hob den Schleier vom Gesicht und lächelte ihn an. Die Mutterschaft hatte ihrem Gesicht eine neue Reife verliehen, doch die Haut war noch immer glatt, die Augen von einem klaren Azurblau, und ihre Haare, schwarz wie der Himmel um Mitternacht, fielen lockig über ihren Rücken. Sie war noch ebenso schlank und geschmeidig wie damals als junges Mädchen. Er beugte sich vor und gab ihr einen Kuss auf die Stirn. Er hatte sein Kind allzu lange nicht gesehen.

»Du hast dich seit dem Tag deiner Hochzeit nicht verändert, Mehrunnisa.«

Ein rosa Schimmer überzog ihre Wangen, und ihre Augen strahlten vor Aufregung. »Danke, Bapa, ich bin so froh, hier zu sein.« Sie umarmte ihn noch einmal und sagte dann besorgt: »Aber du bist älter geworden. Schonst du dich nicht?«

»Älter? Ich?«, fragte Ghias mit gespieltem Vorwurf. Dann legte er eine Hand auf sein ergrautes Haar und sagte: »Das meinst du? Das, meine Liebe, sind Zeichen von Weisheit, nicht von Alter. Der *divan* des Reiches muss seinem Rang gemäß aussehen.« Er schaute sich um. »Wo ist meine Enkelin?«

»Hier«, rief eine Stimme. Ladli lief auf Ghias zu, so schnell sie ihre pummeligen kurzen Beine trugen, und warf sich in seine Arme. Er hielt sie fest, und sein Gesicht glühte, als er die Wärme des Kindes spürte. Diese Enkelin hatte er noch nie gesehen, dennoch kam sie ohne weiteres zu ihm.

»Weißt du, wer ich bin?«, fragte er, als er sich zurücklehnte, um sie anzuschauen. Sie war ein zartes Kind – beinahe eine Miniatur ihrer Mutter. Ihr volles Haar trug sie in zwei festen Zöpfen zu beiden Seiten ihres Kopfes, *seine* Augenbrauen wölbten sich über einer breiten Stirn, und ein entschlossenes kleines Kinn streckte sich ihm entgegen.

»Ja, du bist Dada. Mama hat gesagt, du bist ein sehr großer Mann«, sprudelte Ladli rasch und ohne zu zögern hervor.

Ghias Beg brach in schallendes Gelächter aus und zwinkerte seiner Tochter zu. »Sie spricht schon so viel. Ganze Sätze, genau wie du, *beta*, immer in Eile, die Wörter herauszubekommen. Soso« – er wandte sich wieder an Ladli, die ihm einen Arm um die Schulter gelegt hatte –, »was hat sie dir noch gesagt?«

»Jahangir, der Mogulkaiser, sieht gut aus.«

»Ladli!«, sagte Mehrunnisa hastig. »Genug geschwätzt. Geh jetzt ins Haus.«

»Lass sie doch.« Ghias wandte sich seiner Tochter zu, und sie schlug die Augen nieder. Er schaute sie forschend an. Wenn die Dinge anders verlaufen wären, könnte sie inzwischen Padshah Begam sein ... Seine Gedanken wurden von Ladli unterbrochen, die an seinem Bart zupfte, um ihn auf sich aufmerksam zu machen. Er schaute sie an.

»Wo ist Dadi?«, wollte sie in herrischem Ton wissen.

»Drinnen, und sie wartet auf dich.« Ghias, der Ladli noch immer trug, legte Mehrunnisa einen Arm um Schultern und ging mit ihr ins Haus.

An den darauf folgenden Tagen wurde Ghias Begs Haus in Vorbereitung auf die Verlobung völlig auf den Kopf gestellt. Der Mogul persönlich würde zu Gast sein. Ein ganzes Heer von Dienern, bewaffnet mit Bürsten und Lappen, fiel über das Haus her. Jeder kleinste Winkel wurde gesäubert; Teppiche ins Freie geschleppt und ausgeklopft, Böden gewachst, Fenster geputzt, Wände getüncht, Messing und Silber auf Hochglanz gewienert. Für den Bräutigam und den Mogulkaiser wurden Geschenke vorbereitet. Das ganze Haus war ein Potpourri aus Gerüchen und Duftnoten. In den Küchen waren die Köche Tag und Nacht mit den Vorbereitungen für das Festmahl beschäftigt; Süßspeisen und Häppchen blubberten einladend auf gusseisernen Herden. Frische Blumen aus den Gärten zierten die Räume. Die Stimmung war voller nervöser Erwartung.

Schließlich brach der große Tag an.

Die Männer des Hauses stellten sich im ersten Hof in einer Reihe auf. Ghias als der Gastgeber stand gleich am Eingang. Die Damen drängten sich auf den Balkonen im ersten Stock, den Schleier über das Gesicht gezogen. Den ganzen Morgen über waren Diener aus dem Mogulpalast, Staatsminister, Wachen und andere Menschen, die mit dem Hof in Verbindung standen, ins Haus gekommen, hatten die Vorkehrungen und die Sicherheit überprüft und Befehle erteilt, bis Mehrunnisas Mutter beinahe ohnmächtig wurde. Dabei hatte der Tag offiziell noch nicht einmal begonnen.

Jetzt endlich kamen die Diener des Kaisers zum Haus gelaufen. »Der Herrscher ist unterwegs. Seid bereit.«

Mehrunnisa beobachtete, wie ihr Vater seine *qaba* glatt strich, und überprüfte, ob sein Schmuckdolch sicher am Kummerbund befestigt war. Seine Miene war beherrscht und würdevoll, doch innerlich war er aufgeregt, das wusste sie. Es war ein großer Tag für ihn;

Arjumand würde nicht mit Prinz Khurram verlobt, hätte Ghias dem Reich nicht so große Dienste geleistet. Neben Ghias stand Abul mit stolzgeschwellter Brust. Selbst Abul war älter geworden, dachte Mehrunnisa. Es war einige Jahre her, seitdem sie ihren geliebten Bruder zuletzt gesehen hatte, und sein Haar zeigte graue Strähnen. Doch in vielem war Abul derselbe geblieben, neckte sie nach anfänglicher Verlegenheit, kitzelte Ladli, bis sie vor Entzücken quietschte und darauf bestand, dass er sie auf seinen Schultern durch den Garten trug. Abul und Mehrunnisa hatten in den letzten Tagen kaum Zeit gehabt, miteinander zu reden, doch er hatte mit Staunen in der Stimme einen Satz gesagt, der ihr hinlänglich gezeigt hatte, was er fühlte. »Arjumand wird eine Prinzessin sein, Nisa. Stell dir vor. Meine kleine Arju. Eine Prinzessin.« Dann, als er sie kopfschüttelnd verließ, sagte er: »Wie soll ich sie anreden, wenn sie erst mit Prinz Khurram verheiratet ist?«

Aber er war glücklich, das wusste Mehrunnisa. Ebenso wie alle anderen. Vor Glück wie benommen, ohne zu wissen, wie oder warum sie zu dieser Ehre kamen, nur glücklich, dass es so war.

Kurz darauf hallten von den Wänden die Klänge des Hoforchesters wider.

Ein ehrfürchtiges Raunen lief durch den Hof, als zwei glitzernde Gestalten eintrafen. Selbst Ghias Beg, der den Mogul in seiner Staatsrobe bereits gesehen hatte, kam nicht umhin, tief Luft zu holen.

Jahangir und Prinz Khurram ritten an der Spitze der kaiserlichen Kavalkade. Dahinter folgten die Höflinge. Diamanten, Rubine und Smaragde funkelten im hellen Sonnenlicht auf ihren Kleidern und an ihren Fingern. Alle verneigten sich tief.

Dann richtete Ghias sich auf und eilte herbei, um dem Mogulkaiser beim Absteigen zu helfen.

Mehrunnisa beugte sich vor, um nach so langer Zeit einen ersten kurzen Blick auf Jahangir zu werfen. Das Herz schlug ihr bis zum Halse.

Ladli zupfte an ihrem Rock. »Mama, ich will den Mogulkaiser sehen.«

Mehrunnisa nahm sie auf den Arm.

Schweigend schauten sie zu, wie die üblichen Formalitäten ausgetauscht wurden. Jahangir und Prinz Khurram waren abgestiegen. Ghias setzte zu seiner Begrüßungsansprache an.

Mehrunnisa hatte die ganze Nacht wach gelegen. Fragen schwirrten ihr durch den Kopf. Ob Jahangir sich verändert hatte? Ob seine neue Stellung ihm Würde verliehen hatte? Und ob, dachte sie nun. Er wirkte ruhiger, gefasster, selbstsicherer. Die Krone saß fest auf seinem Kopf.

In ihrem Eifer beugte sie sich zu weit über das Balkongeländer, und beinahe hätte sie das Gleichgewicht verloren. Sie richtete sich wieder auf und hielt Ladli gut fest. Voller Sehnsucht schaute sie auf Jahangirs Gesicht und nahm seine Erscheinung in allen Einzelheiten in sich auf. Die grauen Strähnen, die sich unter seinem Turban zeigten, die Sonne, die auf seinen Kleidern funkelte, sein tiefes, fröhliches Lachen über etwas, das ihr Vater gesagt hatte. Sie wartete mit angehaltenem Atem, dass er einen Blick zum Balkon hinaufwerfen würde, damit sie sein Gesicht richtig sehen konnte.

»Mama.« Ladli legte ihr eine Hand auf die Wange und drehte ihren Kopf herum, sodass sie den Blick von Jahangir abwenden musste. »Ist das Prinz Khurram? Wie schön er ist!«

Das waren vertraute Worte. Damals, vor vielen, vielen Jahren, als Jahangir noch Prinz Salim war, hatte Mehrunnisa *ihn* ebenfalls für schön gehalten. Ihr flatternder Blick fiel auf Khurram. Sie war angenehm überrascht. Er war zu einem hübschen Jungen herangewachsen; Arjumand hatte großes Glück. Er stand etwas abseits und schaute sich unsicher um. Mehrunnisa lächelte und dachte an das lockige Kind, das sie einmal beaufsichtigt hatte. Khurram schien überwältigt, und zugleich war es ihm unangenehm, im Mittelpunkt der allgemeinen Aufmerksamkeit zu stehen. Das war ganz natürlich, denn er konnte nicht älter als fünfzehn sein. Er scharrte unruhig mit den Füßen, rieb sich über das glatte Gesicht und schaute zurück auf die Sänften, die in den Hof getragen wurden.

Nacheinander stiegen die Damen der *zenana* aus, angeführt von einer dicht verschleierten Dame. Wahrscheinlich die Mogulkaiserin Jagat Gosini, dachte Mehrunnisa. Dann war sie sicher. Jagat Gosini schritt auf Khurram zu und nickte nur kühl, als Ghias sich vor ihr verneigte.

Schade, dass Ruqayya nicht da war. Sie hatte es vorgezogen, in Agra zu bleiben, als der Harem nach Lahore umsiedelte. Mehrunnisa hätte die Mogulwitwe gern wiedergesehen. Sie fragte sich müßig, wer die *zenana* jetzt anführte, da Jahangir Mogulkaiser war. Für Ruqayya musste es unerträglich sein, Jagat Gosini und Jahangirs Frauen den Vorrang zu lassen, nachdem sie drei Jahrzehnte lang die Erste im Harem gewesen war.

Nach der formellen Begrüßung betraten Jahangir, Prinz Khurram und die Damen das Haus. Mehrunnisa setzte Ladli ab und drehte sich um, damit sie die Haremsdamen begrüßen konnte.

Die Verlobungszeremonie verlief sehr feierlich. Die Damen aus Ghias Begs Haushalt und die Frauen des Moguls hatten hinter einem seidenen Wandschirm Platz genommen und sahen zu. Arjumand saß ganz vorn neben dem *parda*. Ein goldener, mit Pailletten besetzter Schleier bedeckte ihren Kopf. Mehrunnisa sah, wie Khurram den einen oder anderen kurzen Blick auf ihre Nichte warf. Jedes Mal, wenn er sie anschaute, kicherten die Damen, und Khurram schaute rasch zur Seite. Mehrunnisa beugte sich vor und drückte Arjumand. »Er sieht sehr gut aus, Liebes«, flüsterte sie ihrer Nichte zu und wurde mit einem scheuen Nicken belohnt. Die Männer nahmen in der Mitte des Raumes Platz, der Qazi auf der einen, Jahangir und Ghias Beg auf der anderen Seite. Der Qazi registrierte die formelle Verlobung von Arjumand Banu Begam, Tochter des Abul Hasan und Enkelin des Ghias Beg, mit Prinz Khurram, Sohn des Mogulkaisers Jahangir. Ghias unterzeichnete den Vertrag und verneigte sich vor dem Herrscher, als er ihm die Gänsefeder reichte. Khurram stand eine sehr hübsche Überraschung bevor, dachte Mehrunnisa. Ihre Nichte war die schönste Frau in der ganzen Familie. Wenn er sie erst einmal sähe, wäre er zufrieden.

Nach der Zeremonie wurden die Zimmer für das Festmahl hergerichtet. Dann trugen Diener Schüsseln voll Ziegen- und Hühnercurry herein, ganzen Flussfischen, über Holzkohle gegrillt, mit Knoblauch und Limonensaft auf Kupferplatten angerichtet, *pulaus* mit Kurkuma und Safran gewürzt, verfeinert mit Rosinen, Cashewkernen und Walnüssen, und silberne Kannen mit *lassi* und Ingwerlimonade. Die Männer speisten in einem Teil des Raumes, die Frauen im anderen. Zwischen ihnen hingen lange Musselinvorhänge.

Hinter dem *parda* hatte Mehrunnisa nur Augen für den Mogul. Jahangir wäre ihr Gemahl, wenn das Schicksal anders verlaufen wäre, und heute hätte es ihr Sohn sein können, der die Chance hatte, der nächste Mogulkaiser von Indien zu werden. Ein bitteres Gefühl stieg in Mehrunnisa auf.

Sie schaute Jagat Gosini an. Die Padshah Begam hielt in einer Ecke des Raumes Hof; ihre Damen flatterten um sie herum. Kein Zweifel, wer jetzt die Vorrangstellung in der *zenana* innehatte. Jagat Gosinis Stimme klang herrisch, auf ihrem Gesicht lag ein arroganter Ausdruck, und sie hob angewidert die Augenbrauen, wenn ihr etwas missfiel. Genau wie Ruqayya.

Mehrunnisa lächelte leise. Diese Rolle zu spielen hatte Jagat Gosini altern lassen. Zu Ruqayya hatte es gepasst; die Mogulwitwe war nicht hübsch zur Welt gekommen, sodass sie ihre anderen Fähigkeiten nutzen musste, um ihren Platz in der *zenana* und in Akbars Herzen zu behaupten. Doch Jagat Gosini war eine schöne Frau, zumindest früher. Jetzt lächelte sie kaum, ihre Lippen schlossen sich zu einer dünnen, missmutigen Linie, ihre Miene war finster. Wie nahm Jahangir das alles auf? Der Mogul fühlte sich in der Regel nicht zu verdrießlichen Frauen mit langen Gesichtern hingezogen. Wenn sie sich recht erinnerte, gefiel es ihm, wenn seine Frauen gut gelaunt, verführerisch und geistreich waren.

»Der *barfi* schmeckt scheußlich.«

Mehrunnisa, in ihren Überlegungen unterbrochen, schaute auf. Jagat Gosini schob gerade einen Teller Kokosnussplätzchen beiseite.

»Verzeiht, Eure Majestät. Ich werde etwas anderes kommen lassen«, sagte Asmat Begam hastig und gab den Dienerinnen ein Zeichen.

»Nein, ich will nichts mehr. Hol mir ein Glas Wein«, befahl Jagat Gosini.

Asmat verneigte sich. »Sofort, Eure Majestät.«

Mehrunnisa runzelte die Stirn und straffte die Schultern. Seitdem Jagat Gosini das Haus betreten hatte, beklagte sie sich ohne Unterlass. Ob es das Essen war, das angeblich nicht schmeckte, oder der mangelhafte Eifer von Bediensteten – irgendetwas gab es immer zu bemängeln. Ihre Mutter hatte man herumgescheucht, die auserlesensten *pulaus*, Currys und Süßigkeiten für die Padshah Begam zu holen. Asmat hatte nicht einmal Zeit gefunden, sich zu setzen und ihre Mahlzeit zu sich zu nehmen. Sie wirkte mitgenommen und erschöpft; eine Strähne hatte sich aus dem für gewöhnlich sauber geflochtenen Zopf gelöst, und ihr Schleier war verrutscht. Mehrunnisa wusste, wie viel Mühe Asmat sich mit dem Fest und den Vorbereitungen für die Zeremonie gegeben hatte. Sie hatte ihre Mutter in den letzten Tagen kaum gesehen, hatte nur im Vorbeigehen einen kurzen Blick auf sie werfen können, während Asmat durch das Haus eilte, um persönlich das Essen und die Reinigungsarbeiten in Augenschein zu nehmen.

Jetzt schickte die Padshah Begam sie herum wie eine Dienerin. Mit erhobenem Kopf stand Mehrunnisa von ihrem Diwan auf und ging zu ihrer Mutter. »Ich bringe der Padshah Begam den Wein, setz dich doch einfach einen Augenblick hin.« Sie führte die zögernde Asmat zu einem Diwan und drückte sie resolut auf den Sitz.

»Wo bleibt mein Wein?«, herrschte Jagat Gosini.

»Sofort, Eure Majestät«, erwiderte Mehrunnisa. »Meine Mutter ist erschöpft, ich werde Euch besser dienen können.«

»Wer bist du?«

»Mehrunnisa, Ali Qulis Frau.« Sie entfernte sich, um Wein einzuschenken.

Als sie Jagat Gosini den Kelch reichte, fragte die Mogulkaiserin: »Wo habe ich dich schon einmal gesehen?«

Der Augenblick hatte etwas Dramatisches, fand Mehrunnisa, was sie sich unwillkürlich zunutze machte. *Khurram.* Sie musste nur den Namen des Prinzen nennen, und Jagat Gosini würde sich erinnern. Sie wollte schon etwas sagen, schloss den Mund aber wieder. Mehrunnisa kostete das Schweigen zwischen ihnen weidlich aus, während sich die Brauen der Padshah Begam allmählich zusammenzogen, und sagte dann achselzuckend: »Ich weiß nicht, Eure Majestät.«

Jagat Gosini nickte unwillig, denn sie hatte das Gefühl, irgendwie besiegt worden zu sein. Sie wandte sich ab, um zu überlegen. Dann sprach sie in scharfem, beißendem Tonfall: »*Jetzt* weiß ich, wer du bist, du bist mit diesem persischen Soldaten verheiratet, der so einen schlechten Ruf hat.«

Mehrunnisa funkelte sie böse an und schluckte die bitteren Worte hinunter, die ihr auf der Zunge lagen.

»Sag mal«, murmelte die Padshah Begam und schnippte mit den Fingern, damit die Haremsdamen ringsum aufmerksam zuhörten, »das letzte Mal, als ich Erkundigungen über dich einzog, gab es keine Kinder. Wie lange bist du verheiratet?«

Mehrunnisa beachtete die Frage nicht und sagte stattdessen leise: »Ihr habt Euch nach mir erkundigt, Eure Majestät? Nach der Frau eines einfachen Soldaten? Warum?«

»Ich und der Herrscher halten uns über unsere Untertanen gern auf dem Laufenden. Alle Untertanen, selbst diejenigen, die Verrat am Thron begehen, so wie dein Gemahl. Jetzt beantworte meine Frage, wie lange bist du verheiratet?«

»Dreizehn Jahre, Eure Majestät.«

»Und immer noch keine Kinder? Dein Mann sollte sich eine andere Frau nehmen, wenn er sie nicht schon hat, eine, die ihm besser dient.«

»Ich habe ein Kind, Eure Majestät«, sagte Mehrunnisa aufgebracht und trat einen Schritt zurück. Dabei stieß sie mit einer der Haremsdamen zusammen, die hinter ihr standen. Sie bückte sich kurz und zog Ladli in den Kreis.

Die Mogulkaiserin warf einen flüchtigen, abschätzenden Blick auf das Kind, sah seine strahlenden grauen Augen, das dichte Haar, das im Nacken in einem dicken Knoten zusammengehalten wurde, die rosa Wangen, den Zwischenraum an ihrer Taille, wo ihre seidene Mini-*choli* nicht ganz bis an den Bund ihres Rockes reichte.

»Ein hübsches Kind«, murmelte sie. Dann streifte sie ein paar Goldarmreifen vom Handgelenk und hielt sie Ladli hin. »Hier, nimm.«

Ladli verzog den Mund, denn sie spürte das Unbehagen ihrer Mutter, und schüttelte heftig den Kopf. »Will nicht. Kannst sie behalten.«

Jagat Gosinis Augen funkelten, als sie über Ladli hinweg Mehrunnisa anschaute. »Nur ein Mädchen für deinen Gemahl, meine Liebe? Noch dazu ein derart arrogantes. Du musst sie zur Demut erziehen. Bürgerliche dürfen ein Geschenk aus königlicher Hand nie ablehnen.«

»Aber unsere Familie wird mit Eurer verbunden sein, Eure Majestät«, entgegnete Mehrunnisa. »Dann sind wir doch sicher keine Bürgerlichen mehr?«

»Nur meiner Gnade ist es zu verdanken, dass deine Familie mit unserer verbunden wird, Mehrunnisa, vergiss das nicht«, fuhr Jagat Gosini sie an. Sie drängte Ladli die Armreifen noch einmal auf. »Nimm das, Kind. Ich befehle es dir.«

Mehrunnisa beugte sich über Ladli und nahm die Armreifen entgegen. Sie sagte: »Danke, Eure Majestät.« Sie verneigte sich und entfernte sich hoch erhobenen Hauptes aus dem Kreis um die Mogulkaiserin. Sobald sie den Raum verlassen hatten, schickte sie Ladli zum Spielen mit ihren Kusinen und lief dann in den hinteren Hof. Dort beugte sie sich im heißen Sonnenschein über den Brunnen und warf die Armreifen hinein. Sie sah ihnen nach, wie sie golden glitzernd durch die Luft trudelten, ehe sie ins Wasser platschten.

Das Geschenk war eine Aufforderung zur Demut; Ladli würde diese Armreifen niemals tragen. Sie, und auch Mehrunnisa, brauchten keine Almosen von Jagat Gosini. Außer sich vor Zorn, ließ sie sich zu Boden gleiten und lehnte sich an die Brunnenwand. Ihre spitze Zunge hätte ihr beinahe Ärger eingebracht und Arjumands Verlobungsfeier ernstlich gestört. Obwohl wahrscheinlich Jahangir die Verbindung angeordnet hatte, konnte ein Wort von Jagat Gosini sie leicht wieder rückgängig machen. Wie dumm sie doch gewesen war. Es hätte Schmach und Schande über ihren Vater, Maji, Abul gebracht ... und Arjumand hätte danach nie heiraten können. Die Abgelegte eines Prinzen würde nicht viele Brautbewerber finden.

Mehrunnisa blieb sitzen, bis ihr unbedeckter Kopf in der Sonne heiß wurde. Dann nahm sie sich zusammen und ging wieder ins Haus, um Asmat bei den weiteren Aufgaben zu helfen und die gute Tochter zu spielen.

Als es Nachmittag wurde, die Sonne hoch am Himmel stand und die Hitze unerträglich wurde, zogen sich die Höflinge für ein kurzes Nickerchen oder ein Rendezvous mit den Liebsten unter die schattigen Kreuzgänge in Ghias' Gärten zurück.

Der Raum war kühl und dunkel, Mattenvorhänge waren vor die Fenster gezogen worden, und draußen saßen Diener, die sie mit Wasser besprenkelten. Die *khus*-Binsen wuchsen an Flussufern, wo sie ihr schweres Aroma verbreiteten. Geschnitten, zu Matten geflochten und mit Wasser besprenkelt, ließen sie ihren Duft noch einmal frei. Der heiße Nachmittagswind, der über die Ebenen des Ganges blies, wurde wie durch ein Wunder in eine kühle, duftende Brise verwandelt, wenn er durch die Matten wehte. Über den ganzen Raum verstreut lagen die Damen auf ihren Diwanen, unwillig, auch nur die kleinste Bewegung zu machen. Diese Tageszeit war strapaziös, körperliche Betätigung war unmöglich, und das schwere Mittagsmahl lullte sie in einen angenehmen Dämmerzustand.

Mehrunnisa lehnte an der kühlen Steinwand des Raumes und schloss die Augen. Ladli schlief neben ihr und hatte den Kopf auf den Schoß der Mutter gelegt. Ladli wurde unruhig, und Mehrunnisa tätschelte ihr beruhigend den Rücken, sodass sie wieder einschlief.

Im Raum herrschte Stille. Nur das leise Gurgeln der Wasserpfeifen und die gedämpfte Unterhaltung der jüngeren Haremsdamen waren zu hören. Aus den Wasserpfeifen schwebte blauer Rauch langsam zur Decke empor und vermischte sich mit dem Sandelholzduft aus den Räuchergefäßen.

Mehrunnisa machte es sich an der Wand bequem und schaute sich um. Jagat Gosini ruhte auf einem Diwan, den Kopf auf ein Samtkissen gelegt. Sie lag vollkommen reglos da, die Hände über der Brust verschränkt. In der Ruhestellung war ihr Ausdruck weicher geworden, und sie sah jünger aus. Das erinnerte Mehrunnisa an den Tag, an dem sie ihr in Ruqayyas Gärten begegnet war. Mehrunnisa hatte Ruqayya viel zu verdanken. An ihrem Hof hatte sie Jahangir als Prinzen kennen gelernt. Allerdings – und hier überlief sie ein kalter Schauer – hätte Ruqayya ihren Einfluss nicht geltend gemacht, wäre sie, Mehrunnisa, nicht mit Ali Quli verheiratet.

In diesem Augenblick wurde die Matte vor der Tür angehoben, und greller Sonnenschein flutete in den Raum. Mehrunnisa bedeckte die Augen mit den Händen und wandte sich ab. Die Gestalt eines Mannes verdunkelte den Eingang. Das Gesicht war nicht zu sehen, doch sie erkannte ihn sofort an seinem Turban. Die große, weiße Reiherfeder war Jahangirs Lieblingsschmuck. Mehrunnisa saß wie versteinert an ihrem Platz, und ihr Herzschlag übertönte alle anderen Geräusche. Ihre Hand blieb regungslos auf Ladlis Schulter liegen.

»Eure Majestät, Ihr wollt uns Gesellschaft leisten«, riefen einige der Damen. Sogleich entstand Unruhe im Raum, als die Damen aufstanden und sich vor dem Herrscher verneigten. Verstohlen schauten sie in die kleinen Spiegel an ihren Daumenringen, um zu prüfen, ob ihre Frisur und die Schminke in Ordnung waren. Ein paar Konkubinen eilten zu Jahangir und hängten sich an seinen Arm, um ihn zu ihren Diwanen zu locken.

Jahangir lachte in ihre strahlenden Gesichter und wählte eine Konkubine aus. Sie zog ihn gerade zu ihrem Sitz, da meldete sich Jagat Gosini zu Wort. »Kommt her, Eure Majestät.«

Jahangir warf ihr einen kurzen Blick zu und löste sich dann sanft aus den Händen des Mädchens, nicht, ohne ihr vorher etwas ins

Ohr zu flüstern. Schmollend wand sie sich ab. Jahangir zuckte mit den Schultern, ging zu seiner Padshah Begam und setzte sich neben sie.

»Meinen Glückwunsch, meine Liebe. Du wirst eine sehr schöne Schwiegertochter haben«, sagte er.

»Danke, Eure Majestät. Wir können uns in der Tat glücklich schätzen, mit Mirza Begs Familie verbunden zu sein«, entgegnete Jagat Gosini.

Mehrunnisa hob ungläubig die Augenbrauen. War das dieselbe übellaunige Padshah Begam wie zwei Stunden zuvor? Jagat Gosini hatte sich verändert; sie säuselte und schäkerte wie ein junges Mädchen. Doch Jahangir nahm allem Anschein nach die Schmeicheleien seiner Gemahlin nicht wahr. Sein Blick schweifte immer wieder zu der hübschen jungen Konkubine ab, die sich jetzt verführerisch auf ihrem Diwan räkelte und Jahangir unter Einsatz ihres ganzen Zaubers ansah. Trotzdem blieb Jahangir bei seiner Kaiserin; er wollte sie an dem Tag, an dem ihr Sohn verlobt worden war, ehren.

»Asmat, bring etwas Wein für den Mogul«, befahl Jagat Gosini herrisch, ohne den Blick von ihrem Gemahl zu wenden. »Asmat!«

»Ich übernehme das, Eure Majestät«, ließ sich Mehrunnisa aus ihrer Ecke hören. Ihre Wangen waren zornesrot. Asmat war vor einer Weile in die Küche gegangen. Wie konnte die Padshah Begam es wagen, Mehrunnisas Mutter so zu behandeln?

»Worauf wartest du noch?«, drängte Jagat Gosini, ohne Mehrunnisa anzuschauen. Ihre wohlklingende Stimme hatte einen harten Ton angenommen. Plötzlich fuhr ihr Kopf herum, und sie sagte rasch: »Eine Dienerin soll es machen. Du nicht.«

»Aber, Eure Majestät, es sind keine Dienerinnen hier. Nur ich«, erwiderte Mehrunnisa. Sie bettete Ladli in ein Kissen, erhob sich und trat an das Tischchen neben Jagat Gosini. Die Padshah Begam schüttelte unwillig den Kopf und wies zur Tür, als wollte sie sagen, geh raus.

Mehrunnisa sah sie absichtlich nicht an, goss den Wein ein und hielt ihn Jahangir hin.

Ihr Herz klopfte, als er nach dem Kelch griff, doch Jahangir würdigte sie dabei keines Blickes. Kurz berührten sich ihre Finger. *Schau mich an.* Er sah sie nicht, denn seine Aufmerksamkeit war noch von der Konkubine gefangen genommen. Wohl überlegt ließ Mehrunnisa den Kelch los, noch ehe Jahangir ihn fest im Griff hatte, und trat zurück. Der Kelch rutschte Jahangir aus der Hand und fiel scheppernd zu Boden. Der Wein spritzte an den Diwan und befleckte den Rocksaum der Mogulkaiserin. Mehrunnisa war längst außer Reichweite.

»Dumme Gans! Weißt du nicht, wie man Wein serviert?« Jagat Gosini stand auf, schüttelte ihre Röcke aus und warf Mehrunnisa wütende Blicke zu. Mehrunnisa schaute die Padshah Begam unverwandt an, doch aus den Augenwinkeln bemerkte sie, dass Jahangir kurz zu ihr hinsah. Dann drehte er sich zu ihr um und betrachtete sie mit größerem Interesse.

»Verzeiht, Eure Majestät, es soll nicht wieder vorkommen«, sagte Mehrunnisa mit sittsamer, unschuldiger Miene.

»Das rate ich dir. Hol ein paar Tücher.«

»Halt!« Jahangirs Stimme erfüllte den Raum mit ihrem vollen Klang. Er erhob sich und stolperte dabei. »Wer bist du?«

Mehrunnisa lächelte ihn an, plötzlich die vollkommene Schauspielerin. Ali Quli in Bengalen beachtete sie nicht, die Kulis glotzten sie dumm an, doch hier, zwischen all diesen Schönheiten, konnte sie, die Mutter eines Kindes und in den Augen der Männer eine alte Frau, die Aufmerksamkeit des Mannes auf sich lenken, der alles besaß. Es war das schönste Gefühl der Welt. »Mirza Ghias Begs Tochter, Eure Majestät.«

Jahangir starrte sie an, und er verschlang sie mit Blicken wie einer, der viel zu lange nach Nahrung gehungert hat. Da stand sie, direkt vor ihm. Es war, als wären die vergangenen Jahre hinweggeschmolzen und sie stünden wieder auf jener Veranda, eng aneinander geschmiegt. Natürlich hatte er gewusst, wer sie war, doch er hatte etwas sagen müssen, und das war die erste Frage, die ihm einfiel.

Mit bebendem Atem holte er tief Luft. Das war sie, unauslöschlich in sein Gedächtnis geprägt, ihre aristokratische Nase, der Rosenmund, die schlanke Gestalt. Die Hofmaler würden sich um eine Sitzung reißen. Ihr Busen hob und senkte sich unter ihrem seidenen *choli*. Sie errötete, und die Farbe verstärkte ihren Zauber noch. Sie stand vollkommen still, die Arme hingen zu beiden Seiten herab, an den Fingern trug sie Ringe mit Diamanten und Rubinen.

Mehrunnisa hob den Blick und war erschüttert, als sie Jahangir ansah. Was als ein Spiel begonnen hatte, um Jagat Gosini zu ärgern, verwandelte sich auf einen Schlag in Ernst. Die Menschen um sie herum versanken an den Rand ihres Bewusstseins. Jahangir! Sie wollte ihn berühren, einfach nur seine Hand halten, die Wärme seiner Haut auf der ihren spüren. In der Nähe dieses Mannes, den sie doch nur von weitem kannte, fühlte sie sich beschützt und sicher, als müsse sie keine Kämpfe ausfechten. Er würde es ihr abnehmen. Er war wie ein sicherer Hafen, in dem ihre Gedanken zur Ruhe kamen. Plötzlich spürte sie die Erschöpfung nach all den Jahren, in denen sie sich erst nach ihm und dann nach einem Kind verzehrt hatte. Und sie spürte, dass ihr nur ein Lebenswunsch erfüllt worden war.

»Eure Majestät, ich bin durchnässt vom Wein. Schickt sie fort, dass sie mir Tücher holt«, rief Jagat Gosini und versuchte, Jahangir wieder zurück auf den Diwan zu ziehen.

»Schicke jemand anderen, meine Liebe«, sagte Jahangir und schob ihren Arm zur Seite. »Ich will mit ihr sprechen.« Er wandte sich mit sanfter Stimme an Mehrunnisa. »Wie heißt du?« Er kannte ihren Namen, er hatte ihn oft genug vor sich hin gesagt. Doch jetzt wollte er ihn aus ihrem Munde hören.

»Mehrunnisa.«

»Die Sonne unter den Frauen.« Jahangir lauschte seinen Worten nach. Nachdenklich schaute er sie an. »Ja, das bist du.«

Mehrunnisa erschrak unter seinem Blick. Ihr war, als nähme er alles von ihr, die Kleider, die Empfindungen, und berührte ihre tiefsten Geheimnisse. Würde er die Liebe sehen? Würde er dreizehn Jahre Sehnsucht sehen? Er hatte sie nicht vergessen, das erkannte sie an seinen Augen. Der Gedanke jagte ihr Hitze durch die Adern. Für sie war es leicht, sich an ihn zu erinnern: Sie hatte ihn seit ihrem achten Lebensjahr haben wollen. Doch dass er sie im Gedächtnis behalten hatte ... dass er sie nach ihrem Namen fragte, obwohl er ihn offensichtlich noch kannte ... dennoch hatte er nichts getan, um sie ausfindig zu machen, seitdem er an die Macht gekommen war. Was hatte das zu bedeuten? Wie hätte sie ahnen können, dass sie noch immer so viel Macht über ihn besaß? Was würde Jahangir tun? Es gab keinen Vater mehr, der seine Wünsche vereiteln konnte.

»Eure Majestät, Mehrunnisa wird in der Küche gebraucht. Sie muss den Köchen Anweisungen geben.« Asmat Begams Stimme durchbrach das Schweigen.

Sie drehten sich zu ihr um. Asmat stand neben ihnen mit respektvoller, aber wachsamer Miene.

Mit einem Mal wollte Mehrunnisa nicht gehen. Sie wollte diesen Augenblick festhalte, fortführen. Der Mogul hatte die Macht, ihr so viel zu geben, warum sollte sie es nicht nehmen? Sie richtete sich auf, und Asmat, die diese Geste kannte, sagte leise: »Bitte, Eure Majestät.«

»Schick eine andere, Asmat«, sagte Jahangir.

»Verzeiht, Eure Majestät, aber ...« – Mehrunnisas Mutter zögerte – »meine Tochter ist verheiratet und ...«

Jahangir schaute Asmat an, und mit einem Mal wurde ihm die Bedeutung ihrer Worte bewusst. Er nickte bedächtig. »Ich verstehe. Du hast die Erlaubnis, dich zu entfernen, Mehrunnisa.«

Mehrunnisa verbeugte sich und ging. Auf einmal fühlte sie sich unsicher. Sie stolperte aus dem Raum und spürte Jahangirs und Jagat Gosinis Blicke im Nacken. Als sie sich umdrehte, überlief es sie kalt. In den Augen des Herrschers lag Begierde, in denen der Padshah Begam unerbittlicher Hass.

Als sie an der Türschwelle zauderte, legte Asmat Begam ihr eine feste Hand auf den Rücken und schob sie hinaus.

In jener Nacht lag Mehrunnisa wach im Bett. Asmat hatte kein Wort gesagt, sondern sie nur mit fadenscheinigen Aufträgen in die Küche geschickt. Ein paar Stunden darauf wurde der Nachmittagstee gereicht, und dann war die Gesellschaft des Moguls in den Palast zurückgekehrt. Die Familie hatte sich früh zur wohlverdienten Ruhe in ihre Gemächer zurückgezogen; Mehrunnisa hatte keine Gelegenheit, mit ihrer Mutter zu sprechen.

Doch sie konnte nicht schlafen. War es richtig gewesen, Jahangir noch einmal auf sich aufmerksam zu machen? Ihre früheren Versuche, ihn zu erobern, erschienen ihr nun kindisch und naiv, vor allem jetzt, da so viel mehr auf dem Spiel stand. Es war viel, viel mehr zu gewinnen ... und zu verlieren.

Jahangir faszinierte sie. Verschwunden war der launische Prinz von damals; an seine Stelle war ein starker Mann getreten, der viel Macht, Charme und Grausamkeit besaß. Sein Leben lang war Jahangir daran gewöhnt, dass er bekam, was er wollte. Niemand außer Akbar selbst hatte ihm je etwas abgeschlagen, und jetzt, da er an der Macht war, konnte ihm niemand mehr etwas abschlagen.

Mehrunnisa schauderte. Sie stand auf, zog sich einen Schal über die Schultern und trat ans Fenster. Sie schaute in den Hof hinunter. Es war dunkel, nur eine Laterne über dem Eingang zu den Ställen warf einen kleinen Lichtfleck auf den Boden. Was würde der Mogulkaiser nun unternehmen? Jahangirs Sinn für Gerechtigkeit war legendär, seine zwölf Verhaltensedikte und die Kette der Gerechtigkeit waren in aller Munde. Ebenso legendär war aber auch seine Grausamkeit. Jahangir machte es nichts aus, ganze Heerscharen von Männern zu exekutieren und ihnen die grausamsten Strafen und Foltern aufzubürden. Wenn Jahangir Mehrunnisa haben wollte, dann würde Jahangir Mehrunnisa bekommen. Doch zu welchem Preis? Mehrunnisa war eine verheiratete Frau und gehörte Ali Quli.

Mehrunnisa hatte immer wieder versucht, sich den Luxus des Selbstmitleids zu versagen – über ihre Ehe mit Ali Quli, über ihre Beziehung, die immer schlechter wurde, über ihre jahrelange Kinderlosigkeit, über die Sticheleien und das Gekicher, denen sie deswegen ausgesetzt war, oder darüber, dass sie am Ende nur ein Mädchen bekommen hatte. Jetzt kam es ihr vor, als liefe ein Riss durch sie hindurch. Der eine Teil gehörte Ladli, und jeder Atemzug von ihr war ihr heilig, aber der andere Teil gehörte Jahangir, dem Mann, von dem sie so viele Jahre lang geträumt hatte. Das eine schloss das andere nicht aus, und beides, das erkannte sie jetzt, war ihr gleichermaßen wichtig. Sie konnte diese Teile nicht leugnen, und wenn sie sich noch so sehr zwang, nicht an Jahangir zu denken.

Sie hob den Blick und schaute über die Mauern des Hauses hinweg. Lahore schlief, doch das Licht der Straßenlampen funkelte in der Dunkelheit. In der Ferne sah sie den Schutzwall der Festung in das goldene Licht von Fackeln getaucht.

Die Lage war schwierig, zu schwierig. Mehrunnisa seufzte, drehte sich um und kroch wieder ins Bett. Sie musste unbedingt schlafen, sonst wäre sie nicht auf die Strafpredigt vorbereitet, die ihre Mutter ihr am nächsten Morgen erteilen würde.

Ghias Beg grub seine Fersen in die Flanken des Pferdes, um es anzuspornen. Der Mogul hatte dringend nach ihm geschickt. Er war überrascht und ziemlich erschrocken über diesen Ruf. Im Geiste ging er noch einmal die Ereignisse des vorangegangenen Tages durch. Hatte er etwas getan, was Jahangir missfallen hatte? Er glaubte nicht. Alles war glatt verlaufen. Der Herrscher hatte einen zufriedenen Eindruck gemacht und sich mit seinen Geschenken an Arjumand sehr großzügig gezeigt.

Ohne eine Antwort auf seine Fragen gefunden zu haben, meldete sich Ghias in der Empfangshalle an. Als er eintrat, sah er, dass Mahabat Khan und Mohammed Sharif rechts und links neben Jahangir standen.

»*Inshah Allah*, Eure Majestät.«

»*Inshah Allah*, Mirza Beg. Ich war sehr zufrieden mit den Vorkehrungen für die Verlobungszeremonie gestern. Die Verbindung zwischen unseren beiden Familien wird für uns beide von Vorteil sein.«

»Eure Majestät sind zu gütig«, protestierte Ghias. »Die Ehre ist ganz auf unserer Seite.«

»Ja, ja. Aber ich habe aus einem anderen Grund nach dir rufen lassen.« Jahangir schaute Ghias durchdringend an.

Doch der *divan* war vollkommen ahnungslos. Asmat Begam hatte am Abend zuvor ihm gegenüber nichts erwähnt, da sie glaubte, man ließe die Sache besser auf sich beruhen. Er wartete, dass der Herrscher das Wort ergriff.

»Du hast eine verheiratete Tochter?«

»Vier verheiratete Töchter, Eure Majestät, durch Allahs Güte.«

»Ich spreche von Mehrunnisa.« Jahangir wedelte ungeduldig mit der Hand. »Sie ist mit Ali Quli verheiratet.«

»Ja, Eure Majestät.« Ein kleiner Zweifel rührte sich in Ghias. Er schaute Jahangir an.

»Ali Quli ist ein Abtrünniger. Er hat sich während der Herrschaft meines Vaters meinem aufständischen Sohn Khusrau angeschlossen, um Khusrau an die Macht zu bringen. Ich habe seine Fehler und seine Untreue mir gegenüber großzügig übersehen.«

»Eure Majestät sind sehr gütig. Mein Schwiegersohn hat sich unbedacht mit Aufständischen abgegeben. Er war fehlgeleitet, und ich weiß, er bereut es außerordentlich, gegen Euch vorgegangen zu sein.«

»Ja, ja, aber trotzdem hat er ein großes Verbrechen begangen und muss für seine Sünden bezahlen. Verstehst du?«

»Eure Majestät … ich … Ali Quli ist Euch jetzt treu ergeben …«, stammelte Ghias. Wohin sollte das führen? Was hatte Ali Quli in Bengalen getan?

»Deine Tochter Mehrunnisa ist sehr schön und bezaubernd. Ich hatte gestern eine amüsante Begegnung mit ihr. Sie ist für den Haushalt eines jeden Mannes eine Zierde. Eigentlich ist sie würdig, die Frau eines Monarchen zu sein«, wurde Jahangir deutlicher.

Dem *divan* fiel es wie Schuppen von den Augen. Darum also hatte der Mogulkaiser ihn zu sich gerufen. Er wollte offenbar den *Tura-i-Chingezi* oder das Gesetz des Timur anwenden. Das bedeutete, Ali Quli sollte sich von Mehrunnisa scheiden lassen, damit Jahangir sie heiraten konnte.

Besorgnis zeigte sich im Gesicht des Staatsmanns. Der *Tura-i-*

Chingezi war durchaus gebräuchlich, und für jeden Mann bedeutete es eine große Ehre, wenn der Kaiser ihm befahl, seine Frau für ihn aufzugeben. Doch Ali Quli war aufsässig und ungehorsam. Ghias hatte insgeheim einen Seufzer der Erleichterung ausgestoßen, als sein Schwiegersohn nach Bardwan geschickt wurde, weit weg vom Hof des Moguls, denn er würde bestimmt wieder in Schwierigkeiten geraten, wenn er in der Nähe des Moguls bliebe. Jetzt forderte Jahangir, dass Ali Quli seine Frau aufgab. Ghias schüttelte den Kopf. All das brach so schnell und ohne Vorwarnung über ihn herein. Mehrunnisa als Jahangirs Frau! Das bedeutete Reichtum für die ganze Familie, Ansehen und hohe Ehrungen. Vielleicht würde er eines Tages noch der Großvater des nächsten Mogulkaisers. Aber Ali Quli ... wieder einmal Ali Quli ... jetzt war es zu spät, Fehler rückgängig zu machen. Der *divan* schaute auf und sah, dass Jahangir auf eine Antwort wartete.

»Euer Wunsch ist mir stets Befehl gewesen, Eure Majestät. Ich werde alles in meiner Macht Stehende tun, um Euer und das Glück meiner Tochter sicherzustellen.« Viel mehr konnte er nicht sagen.

Jahangir nickte erfreut. »Du darfst dich entfernen.«

Als Ghias abtrat, gab Jahangir sich zufriedenen Tagträumen hin. Bald würde er neben der schönen Mehrunnisa schlafen und beim Aufwachen ihre geschmeidige Gestalt neben sich sehen, ihre wundervollen Augen würden ihn wecken ...

»Eure Majestät«, Mahabat Khans Stimme drang in seine Gedanken. »Verzeiht, aber ...« Jahangir wandte sich ihm zu. »Ist Ali Qulis Frau wirklich eine gute Wahl? Sie hat dreizehn Jahre bei dem Mann gelebt und hegt wegen der Strafe, die Eure Majestät ihrem Mann aufgebürdet hat, zweifellos Groll gegen Euch.«

»Deine Sorge um mein Wohlergehen ist erfreulich, Mahabat. Aber wenn du sie gestern hättest sehen können so wie ich, Schönheit, Zauber und Anmut, alles in einer Person. Ach, sie ist die Krone aller Weiblichkeit ...« Jahangir hielt plötzlich inne.

»Eure Majestät«, drängte Mahabat. »Bitte, überdenkt Eure Wünsche.«

305

Doch so sehr Mahabat Khan es auch versuchte, er vermochte Jahangir nicht von seinem Entschluss abzubringen. Die Sonne unter den Frauen, Mehrunnisa, hatte den Monarchen in ihren Bann geschlagen, und er würde nicht eher ruhen, bis sie ihm gehörte.

Auch er hatte in der vergangenen Nacht wach gelegen und an sie gedacht. Als Jahangir für Khurram um die Hand von Ghias' Enkelin bat, war es seine Absicht, den *divan* zu ehren. Doch er wusste nur zu genau, dass Ghias Mehrunnisas Vater war und dass sie durch das Eheversprechen ebenfalls geehrt würde. Der Gedanke, sie bei der Verlobung zu sehen, war ihm nicht gekommen. Sie lebte in Bengalen, am äußersten östlichen Rand des Reiches, und doch war sie zu der Feier nach Lahore gereist. Als er sie sah, entflammte ein loderndes Feuer in ihm, das ihn überwältigte und verzehrte. Die ganzen Jahre über war sie ein Traum gewesen, eine ferne Erinnerung. Aber als er sie nun wieder vor sich sah, wusste er, warum er sich einst in sie verliebt hatte. Jetzt gab es kein Zurück mehr. Ali Quli war unbedeutend.

Er hatte keine Bedenken, den *Tura-i-Chingezi* in Anwendung zu bringen. Selbst Mahabat und Sharif war nicht bekannt – denn sie wussten nicht alles, obwohl sie es glaubten –, dass Jahangir vor einem Monat einen Brief erhalten hatte. Seine Spione gaben eine Geschichte wieder, die ein Sklavenjunge namens Nizam erzählt hatte. Als Khusrau damals nach Lahore floh, sei Ali Quli bereit gewesen, ihm zu folgen. Die *Sahiba* habe ihren Gemahl davon abgehalten.

Hatte sie es für ihn getan? Hatte auch sie jenen Moment auf der Veranda nicht vergessen? Und wäre sie jetzt wohl bereit, in seine *zenana* zu kommen? Zweifel schlugen über ihm zusammen. Aber sie musste kommen. Er senkte den Kopf und schloss die Augen. Bitte, Allah, auch wenn sie ihn nicht liebte, lass sie kommen. Er würde ihr zeigen, wie viel sie ihm bedeutete. Dann erinnerte er sich an das Lächeln in ihren Augen; an das Zögern, als sie den Raum verließ. Das musste ein Zeichen sein, ein Anlass zur Hoffnung.

»Nun?«, fragte die verhüllte Gestalt. »Was ist passiert?«

Mahabat Khan schaute sich rasch um und zog die Frau dann in

eine Laube aus süß duftenden Jasminranken. Ein paar Schritte von ihnen entfernt ging der Erste Eunuch des Harems, Hoshiyar Khan, auf dem von rotbraunen Lampen gesäumten Weg auf und ab. Ihre Flammen flackerten in der feuchten Nachtluft. Hoshiyar hob hin und wieder den Kopf, um zu prüfen, ob niemand kam.

Mahabat wandte sich der Frau zu. »Eure Majestät, ich hatte keinen Erfolg. Der Herrscher will sich auf den *Tura-i-Chingezi* berufen. Er hat Ghias Beg befohlen, Ali Quli zu schreiben.«

Jagat Gosini atmete einmal tief durch. »Hast du den Herrscher an das Doppelspiel des Mannes erinnert? Dass er sich mit Prinz Khusrau zusammengetan hat?«

Mahabat breitete hilflos die Arme aus. »Ja, Eure Majestät. Aber der Herrscher hat den Hinweis zu seinem Vorteil genutzt. Ali Qulis Aufstand liefert ihm den Grund dafür, dass er sich auf das Gesetz beruft. Der Herrscher ist in diese Frau vernarrt.«

Jagat Gosini runzelte die Stirn. Mahabat beobachtete sie genau und wünschte, er könnte das Gesicht der Padshah Begam deutlicher sehen.

Mahabat wusste sehr wohl, dass die Zusammenarbeit von Harem und Hof vonnöten war, um den Herrscher zu lenken. Während die eine hinter den Kulissen operierte und den Monarchen beeinflusste, arbeitete der andere bei Hofe vor den Augen aller Adligen. Gemeinsam waren sie stark, so stark, dass Jahangir nicht den leisesten Verdacht hegte, er könnte nach ihrer Pfeife tanzen. Da spielte es kaum eine Rolle, ob die anderen Höflinge davon wussten oder gar protestierten.

Mahabat verzog das Gesicht. Seit der Thronbesteigung Jahangirs war es immer schwieriger geworden, ihn zu steuern. Ganz unerwartet hatte der einst so leicht zu lenkende Prinz ausgeprägte eigene Vorstellungen entwickelt, sobald er den Turban des Großmoguls aufgesetzt hatte. Jahangir hatte nicht nur seine Verhaltensedikte herausgegeben und seine Gerechtigkeitskette aufgehängt. Er wurde überhaupt lästig, da er in den Angelegenheiten des Reiches herumschnüffelte. Er war für ihren Einfluss nicht mehr so empfänglich wie früher. Als Jagat Gosini ihn, Mahabat Khan, daher gebeten hatte, Jahangir die Ehe mit Mehrunnisa auszureden, war Mahabat einverstanden gewesen. Mit der Padshah Begam auf seiner Seite war es bestimmt viel einfacher, Jahangir von seinen wunderlichen Ideen abzubringen, damit das Reich wieder unter ihre Kontrolle kam.

»Und jetzt, Mahabat?«, fragte Jagat Gosini schließlich.

»Noch ist nicht aller Tage Abend, Eure Majestät.« Ein leises Lächeln legte Mahabats hageres, sonnenverbranntes Gesicht in lauter kleine Falten. »Ali Quli muss dem Befehl des Herrschers zustimmen. Und es kann durchaus sein, dass er sich weigert.«

»Meinst du?« Neue Hoffnung schwang in der Stimme der Padshah Begam.

Mahabat nickte. »Ja. Er neigt zu Wutanfällen und lässt sich zu der einen oder anderen Indiskretion hinreißen. Wenn nicht, können wir ihm ein wenig nachhelfen. Ihr müsst wissen, Ali Quli ist ein Soldat und hat keine Ahnung von Diplomatie. Es wäre taktvoll, wenn er seine Frau dem Herrscher überließe. Doch Ali Quli wird mit Sicherheit dagegen rebellieren. Uns bleibt nur, abzuwarten.«

Jagat Gosini biss sich auf die Lippe, bis Blut kam, das sie nicht schmeckte. »Wenn du meinst. Ich verlasse mich auf dich, Mahabat. Sorge dafür, dass meinen Wünschen entsprochen wird.« Ihre Augen funkelten ihn an.

»So soll es geschehen, Eure Majestät.« Mahabat verneigte sich. »Ich gehe jetzt lieber. Niemand darf uns zusammen sehen. Aber«, er wandte sich noch einmal an sie, »wenn Ihr mir die Frage erlaubt, woher kommt dieses Interesse an Mehrunnisa? Sie kann doch unmöglich eine Bedrohung für Euch darstellen? Das ist doch dasselbe wie bei dem Fall Anarkali. Wir wissen, dass die Vorlieben des Herrschers oft wundersame Wege gehen …« Er ließ den Satz in der Luft hängen und schaute sie an.

Schweigend dachten sie einen Augenblick lang an Anarkali oder »Granatapfelblüte«, den Namen, den Akbar einer seiner Lieblingskonkubinen gegeben hatte. Im Jahre 1598 hatte Akbar Prinz Salim und seine Konkubine dabei erwischt, wie sie im Spiegelsaal miteinander turtelten. Anarkali massierte Akbars Schultern, und als er aufblickte, sah er zufällig, wie sie Salims Spiegelbild ein Lächeln schenkte. Der Herrscher fuhr wütend auf und verurteilte sie auf der Stelle zum Tode. Sie wurde lebendig eingemauert.

»Die Sache hier ist ernster«, sagte Jagat Gosini. »Mit einer Toten kann ich es aufnehmen. Jahangirs angebliche Liebe zu Anarkali wurde durch ihren Tod nur angeheizt.« Sie lächelte freudlos. »Es ist leichter, sich in ein Bild zu verlieben; ist die Frau jeden Tag zugegen, kommen unweigerlich kleine Reibereien dazwischen, und die Liebe lässt nach.«

»Dann wäre es nach Euren eigenen Worten doch besser, sich den Wünschen des Kaisers in Bezug auf Mehrunnisa nicht in den Weg zu stellen. Soll er sie doch heiraten. In ein paar Monaten ist er ihrer überdrüssig.«

Die Padshah Begam zögerte. Wie viel dufte sie ihm erzählen? Dass sie ihm etwas sagen musste, daran bestand kein Zweifel; er bot seine Hilfe nicht umsonst an, und Jagat Gosini wusste, es war sinnlos, wenn sie selbst versuchte, Jahangir davon abzuraten. Schließlich sagte sie: »Mehrunnisa ist irgendwie … anders. Ihre Anwesenheit in der *zenana* ist eine Bedrohung für mich und vielleicht auch für dich.«

Mahabat lachte ungläubig. »Für mich? Wie sollte sie das anstellen? Ihr wisst doch, Eure Majestät, dass der Mogul mir bedingungslos vertraut. Wir haben unsere Kindheit gemeinsam verbracht. Dieses Vertrauen zu erschüttern, braucht einiges.«

»Sag, ist dem Mogulkaiser bewusst, dass er schon einmal in diese Frau verliebt war?«, fragte Jagat Gosini.

Mahabat schüttelte besorgt den Kopf. Jagat Gosinis ernster Tonfall hatte ihn getroffen. Die Padshah Begam fürchtete diese Frau. Sie dachte, Mehrunnisa könnte ihnen allen Schwierigkeiten bereiten. Obwohl Mahabat nicht einsah, wieso das möglich sein sollte, vertraute er Jagat Gosinis Gefühl.

»Nun, dann darf er nicht daran erinnert werden«, sagte Jagat Gosini. »Geh jetzt, Mahabat. Ich sehe Hoshiyar auf uns zukommen. Wahrscheinlich nähert sich jemand den Gärten.«

»Habt Geduld, Eure Majestät. Die Zeit ist auf unserer Seite. Wir werden abwarten, was geschieht.« Mit diesen Worten verließ Mahabat unbemerkt die Gärten der *zenana*.

Die Padshah Begam schaute ihm nach, bis er durch die Backsteinbögen am anderen Ende der Gärten verschwunden war. Sie lehnte sich an die steinerne Rückenlehne der Bank und verschwand im Schatten jenseits des Lichtscheins der Lampen. Mahabat war ein großes Risiko eingegangen, zu ihr in den Haremsbereich zu kommen, doch irgendwie hatte es Hoshiyar zuwege gebracht. Ohne Zweifel hatte er ein paar Leuten etwas zugesteckt, damit sie sich blind stellten.

Hinter ihr blühte ein Busch der »Königin der Nacht« und verströmte seinen sonnenerfüllten Duft. So nah war sein Aroma beinahe übermäßig süß. Jagat Gosini schaute auf ihre Hände. Auch sie war ein Risiko eingegangen. Wenn man sie hier mit einem Mann von draußen entdeckte, würde es keine Rolle spielen, dass sie die Padshah Begam und Mahabat ein mächtiger Minister war. Denn sie konnten die Wahrheit für den Grund ihrer Begegnung nicht zugeben. Jahangirs Zorn hätte sie getroffen. Ihre Hände begannen heftig zu zittern, und sie schlang die Arme um sich. Zum ersten Mal hatte Jagat Gosini außerhalb der Haremsmauern um Hilfe ersuchen müssen. Wegen Mehrunnisa.

Ein Hass, so stark wie die Hitze des Tages, flammte in ihr auf. Er war unlogisch, das zumindest sagte Jagat Gosinis gesunder Menschenverstand. Doch es war, als hätten all die Empfindungen, die sie in der *zenana* nie ausdrücken konnte – weil man vor ihr erwartete, ruhig und gefasst und weise zu sein –, in Mehrunnisa ein Ziel gefunden. Eifersucht, ja, auch die. Eine wilde, alles verschlingende Eifersucht, weil ihr Gemahl von dieser Frau derart geblendet war, dass die vielen Jahre der Trennung seine Leidenschaft für sie nicht gedämpft hatten. In der *zenana* gab es viele andere Frauen, denen Jahangir gleichermaßen zugetan war, doch stets hegte er eine besondere Vorliebe für Jagat Gosini. Die einzige Frau, die diese Zuneigung bedrohte, war Mehrunnisa. Denn Jahangir begehrte sie weder aufgrund ihres Titels – sie war keine Prinzessin – noch aufgrund ihrer Familienbeziehungen – ihr Vater war schließlich nur ein persischer Flüchtling und würde es immer bleiben –, sondern um ihrer selbst willen.

Es lag auch daran, dass Mehrunnisa Ruqayyas Schützling war. Keine dieser beiden Frauen würde ihr den Vorrang streitig machen, schwor sich Jagat Gosini. Daher rührte die kleine Lüge gegenüber Mahabat, dass Mehrunnisa auch ihn bedrohen könnte. Denn ohne diese Lüge wäre Mahabat nicht bereit gewesen, ihr zu helfen.

Ghias Beg ritt nach Hause, die Zügel locker in der Hand. Das Pferd fand seinen Rückweg in gleichmäßigem Trott. Die Andeutungen des Moguls schwirrten Ghias durch den Kopf. Seine Tochter als Frau des Monarchen! Die Verlobung seiner Enkelin mit Prinz Khurram war nichts dagegen.

Schlagartig verflog seine Euphorie. Es war alles schön und gut, sich zu überlegen, was sein könnte, doch wieder einmal vergaß er Ali Quli. Würde er Mehrunnisa kampflos aufgeben? Sie passten nicht zueinander, diese traurige Erkenntnis war ihm schon vor Jahren gekommen, doch Mehrunnisa hatte sich ihm gegenüber nie beklagt.

Als der *divan* sein Haus betrat, setzte man ihn davon in Kenntnis, dass ein Höfling in der Empfangshalle auf ihn warte. Ghias' Augen leuchteten, als er den Namen des Mannes hörte. Er eilte zu ihm, um ihn zu begrüßen, hörte sich seine Bitte an und versprach, in der Sache etwas zu unternehmen. Der Mann war entsprechend dankbar, und ein schwerer Beutel Goldmünzen wechselte den Besitzer. Als der Mann gegangen war, schickte Ghias nach seiner Tochter. Dann leerte er den Beutel auf einem Satintuch und fuhr liebevoll mit den Händen durch das Gold. Er zählte gerade die Münzen, als seine Tochter eintrat, ein Lächeln auf den Lippen.

Mehrunnisa blieb wie angewurzelt stehen und runzelte die Stirn. »Woher hast du die?«

»Ah, da bist du ja, komm setz dich, Nisa.« Ghias steckte die Goldmünzen wieder in den Beutel und verschloss ihn sorgfältig in seiner Geldkassette. Er steckte seine Schlüsselkette in den Kummerbund, als er den Gesichtsausdruck seiner Tochter bemerkte.

»Was ist, Liebes?«

»Woher hast du die Münzen, Bapa?«

»Einer der Höflinge will, dass sein Sohn eine Stellung in der Armee des Moguls bekommt. Ich habe versprochen, ein Wort beim Oberbefehlshaber für ihn einzulegen.«

»Ach so. Du hast dich bestechen lassen.« Ihre Stimme klang vorwurfsvoll, und Mehrunnisa legte all ihre Verachtung und Furcht hinein.

Ghias zuckte zusammen. »Keine Bestechung, *beta*. Das ist so ein hässliches Wort. Es ist … sagen wir … eine Bezahlung für gewisse Dienstleistungen.«

»Eine Bestechung«, beharrte sie. »Bapa, wie konntest du das tun? Weißt du nicht, dass du in größte Schwierigkeiten gerätst, wenn der Herrscher es herausbekommt? Hast du vergessen, was dich dazu veranlasste, aus Persien zu fliehen?«

Ghias wich ihrem anklagenden Blick aus. Was sollte er ihr sagen? Er schämte sich ein wenig, dass sie ihn erwischt hatte, aber sie wusste doch bestimmt, dass jeder einigermaßen einflussreiche Höfling dieser Sache frönte? Sie hatte Recht; er hatte seinen Kindern stets beigebracht, sie sollten ehrlich leben, und doch unternahm er gerade etwas Ehrenrühriges. Es gab natürlich Entschuldigungen dafür, tausend Entschuldigungen fielen ihm ein, wenn er wollte. So liefen die Dinge eben. Das Leben bei Hofe war ein nicht enden wollender Kreislauf des Gebens und Nehmens. Man nahm von dem einen und gab es diesem oder einem anderen zurück.

»Der Vorfall in Persien war anders«, sagte er schließlich.

»Eigentlich nicht. Du musstest fortgehen, weil du Schulden gemacht hast, die du nicht zurückzahlen konntest. Und es wäre nicht zu diesen Schulden gekommen, wenn du nicht Großvaters Stellung als *wazir* von Isfahan ausgenutzt hättest.«

Ghias stöhnte. Niemand aus seiner Familie hätte es gewagt, so mit ihm zu reden, nicht einmal Asmat. Aber Mehrunnisa war anders. Von Anfang an hatte er sie abgöttisch geliebt, hatte ihr Freiheiten eingeräumt, die er den anderen Kindern nicht durchgehen ließ. Jetzt warf sie ihm etwas vor, das im Leben bei Hofe üblich war.

»Du verstehst das nicht, *beta*.« Er nahm sie bei der Hand und deutete mit weit ausholender Geste durch den Raum. »Was glaubst du denn, wieso wir uns diese Pracht leisten können? Als *divan* beziehe ich ein ansehnliches Gehalt, doch es würde nicht für alle Zerstreuungen und Abendessen ausreichen, die ich ausrichten muss, um meine Position zu behalten. Sei unbesorgt. Ich habe dich aus einem anderen Grund zu mir rufen lassen.«

Mehrunnisa nickte widerwillig. »Worum geht es?«

»Ich komme gerade von einer Audienz beim Mogul.«

Mehrunnisa schaute ihn mit wachsamen Augen an und wartete darauf, dass ihr Vater fortfuhr.

»Warum hast du mir nicht gesagt, was gestern passiert ist?«, fragte Ghias.

»Es gab nichts zu berichten.« Mehrunnisas Stimme war leise. »Im Übrigen war es gestern Abend zu spät, und heute Morgen warst du schon fort. Ich dachte, Maji ... was hätte ich dir sagen sollen, Bapa?«, fragte sie abschließend. »Ich bin dem Mogulkaiser begegnet. Ich habe ihn im Harem gesehen. Das war alles.«

»Das hat gereicht. Er hat mir einen sehr schwierigen Vorschlag unterbreitet«, sagte Ghias. »Er will den *Tura-i-Chingezi* anwenden.«

Mehrunnisa erbleichte. »Damit wäre mein Gemahl niemals einverstanden, Bapa.«

»Und du?« Ghias schaute sie an. »Was willst du?«

Mehrunnisa schüttelte den Kopf. Sie hatten seit ihrer Kindheit über alles geredet, beinahe, seitdem sie sprechen konnte. Sie hatte sich an sein Knie gelehnt, zu ihm aufgeschaut und der wohlklingenden Stimme des Vaters gelauscht. Doch über eine Sache hatten sie nie gesprochen: über Ali Quli und ihre Ehe mit ihm. Das war ein Wunsch, den sie nicht einmal Bapa gegenüber laut äußern durfte. Sie wollte Jahangirs Frau sein. Eine plötzliche Eingebung sagte Mehrunnisa, dass es stimmte. Nicht wegen seiner Krone oder seiner

Juwelen oder seiner Macht – nun, deswegen vielleicht auch ein wenig –, sondern wegen seines Lächelns, der Zärtlichkeit in seiner Stimme, seiner Leidenschaft für das Reich. Sie wollte von diesem Mann, der sich seinen Ideen immer mit Leib und Seele verschrieb, begehrt werden. Diese Art Liebe wollte sie spüren. Die Antwort an ihren Vater lautete: »Ich werde mich deinen Wünschen fügen.«

Ghias seufzte. Wieder sprach sie, wie sie es von ihm gelernt hatte; sie unterwarf sich der Pflicht. Genau die Antwort hatte er von ihr hören wollen. So reizvoll der Vorschlag des Moguls auch sein mochte, und obwohl er dem Gesetz entsprach, erkannte sowohl Ghias als auch Mehrunnisa, dass ein Unterschied darin bestand, ob man sich etwas wünschte oder ob man richtig handelte. Für *ihn* traf das nicht zu, wenn er Bestechungen entgegennahm, doch von seiner Tochter erwartete er diese Ehrlichkeit. Das war unlogisch, das wusste Ghias, aber so war es nun einmal. Wenigstens würde er mit Mehrunnisa das Idealbild des Mannes hinterlassen, der er sein wollte.

»Dein Platz ist an der Seite deines Gemahls, Mehrunnisa. Ich wünschte, die Dinge lägen anderes, wären vor vielen Jahren anders verlaufen …«

»Sch!« Mehrunnisa legte ihm eine Hand auf den Arm. »Mach dir keine Vorwürfe. Du hast Ali Quli ein Versprechen gegeben und warst verpflichtet, es einzuhalten. Es war der Wunsch Akbars. Mein Platz ist an der Seite meines Gemahls, ihm obliegt es, zu entscheiden, was er mit mir anfangen will. Ich werde sofort meine Abreise nach Bardwan vorbereiten.«

Ghias schaute sie sorgenvoll an. Seine eigene Tochter musste aus dem Haus ihres Vaters fliehen, doch das war das einzig Richtige. Vielleicht würde der Mogul mit der Zeit und auf die Entfernung Mehrunnisa vergessen. Vater und Tochter saßen schweigend nebeneinander. Padshah Begam über das Mogulreich Indien zu sein war eine Ehre, die ihre wildesten Träume überstieg, doch Ali Quli stand ihnen im Weg. Gedanken, die sie nicht laut äußern konnten, kamen ihnen gleichzeitig in den Sinn. Sie schauten einander mit dem Einvernehmen an, das in ihrer Beziehung immer geherrscht hatte.

Ghias läutete die Glocke und forderte seine Schreibutensilien an. Es musste erledigt werden. Jahangir hatte seinen Wunsch angedeutet, dass er Mehrunnisa haben wolle, und es war Ghias' Pflicht, seinen Schwiegersohn darüber in Kenntnis zu setzen.

Gewiss würde Ali Quli Jahangirs Wunsch ablehnen. Wie mochte der Mogulkaiser reagieren? Jahangir war noch immer leicht aufbrausend. Seine neuen Pflichten als Herrscher hatten seine Impulsivität nicht verändert. Wie würde er auf den Ungehorsam eines Mannes reagieren, der ihn schon einmal verraten hatte?

Ghias seufzte noch einmal, als er seinen Gänsekiel ins Tintenfass tauchte und zu schreiben begann. Zögerlich schrieb er die Seite voll, hielt inne, um des Langen und Breiten über diplomatische und taktvolle Redewendungen zu sinnieren. Er wusste, dass Ärger ins Haus stand, ungeachtet dessen, was er schrieb oder wie er es formulierte. Wenn Allah ihnen gnädig war, würde Jahangir sich an all die Jahre erinnern, die Ghias dem Reich in Treue gedient hatte, und sich nicht an seinem Haushalt rächen.

Am nächsten Morgen brach Mehrunnisa mit Ladli nach Bardwan auf. Sie nahm den Brief an Ali Quli mit. Ghias hatte sie über den Inhalt nicht informiert, doch sie wusste, dass er ihren Gemahl über Jahangirs Wünsche in Kenntnis gesetzt hatte.

Jetzt lag die Entscheidung bei ihrem Gemahl.

Kapite 15

»Was soll ich über diese Unannehmlichkeiten berichten? Wie bekümmert und traurig ich wurde! Qutbu-d-din Khan Koka stand mir nahe wie ein geliebter Sohn, ein lieber Bruder und ein geistesverwandter Freund. Was soll man angesichts eines Gottesurteils tun?«
A. Rogers und H. Beveridge, Übers. & Hg.,
The Tuzuk-i-Jahangiri

Mehrunnisa stöhnte laut, als sie aus der Sänfte stieg. Jeder einzelne Muskel schmerzte vom ewigen Schwanken der Sänfte. Die Reise nach Bardwan war mühsam gewesen und hatte fast zwei Monate gedauert. Der Hinweg nach Lahore war ihr in gewisser Weise leichter gefallen, zumindest hatte sie sich damals auf etwas freuen können. Doch die Rückreise hatte sie körperlich und seelisch mitgenommen. Jeder Schritt, der sie weiter von Lahore entfernte, verstärkte das Gefühl, dass sie Jahangir nie wiedersehen würde.

Sie hatte nicht nach Bengalen zurückkehren wollen, wo sie zweifellos ein zorniger Gemahl erwartete, der sie des Versuchs bezichtigen würde, den Kaiser zu betören. Es stimmte ja. Nach nichts sehnte sie sich mehr, als in seiner Nähe zu sein, endlich ihrem Gefühl folgen zu können. Doch was sie auch für Jahangir empfinden mochte, sie musste zu Ali Quli nach Bengalen zurückkehren.

Aber nicht nur ihre eigene Lage bedrückte sie. Daneben gab es die Angelegenheit mit ihrem Vater, der sich bestechen ließ. Ein dumpfer Schmerz rumorte in ihr, wenn sie an Ghias Beg dachte. Sie wusste, dass alle Höflinge Bestechungen entgegennahmen, doch war sie eigentlich der Meinung gewesen, ihr Vater stünde über den Dingen; er hatte immer so ehrlich gewirkt, so unangefochten von jeglicher Korruption am Hofe des Moguls. Er gehörte zu den Besten im Reich, doch auch er war fehlbar ... und menschlich.

Als Kind hatte sie Ghias mit verschiedenen Männern reden sehen, die ihn aufgesucht hatten. Er hatte Geld oder einen Korb voller goldgelber, sonnengereifter Pfirsiche oder einen Araberhengst von ihnen entgegengenommen, doch sie hatte nie erkannt, was das zu bedeuten hatte. Jetzt drängten sich ihr diese Erinnerungen mit Macht auf. Seufzend strich Mehrunnisa ihren Rock glatt. Vielleicht war sein Verhalten am Ende doch nicht falsch. Aber richtig war es auch nicht. Sie schaute sich in dem verlassenen Hof ihres Anwesens um. War niemand da?

Die Dienerinnen eilten aus dem Haus. »Willkommen daheim, *Sahiba*.«

»Wo ist euer Herr?«, fragte sie, während sie die schlafende Ladli aus der Sänfte hob. Die Erschöpfung machte ihr das Reden schwer.

»Er ist auf die Jagd gegangen, *Sahiba*.«

»Ich habe ihm gestern meine Ankunft ankündigen lassen.«

Die Dienerinnen wichen vorsorglich ihrem Blick aus und machten sich eifrig daran, die Packpferde abzuladen.

Mehrunnisa wischte sich mit müder Hand den Schweiß von der Stirn. Zu diesem Mann war sie nun also in Hast und Eile zurückgekehrt, und er war so herzlos, dass er nicht einmal zu Hause war, um sie nach fast fünf Monaten Abwesenheit willkommen zu heißen. Vielleicht war es so am besten, dachte sie und schleppte sich mühsam ins Haus; jetzt konnte sie sich vor der Auseinandersetzung ausruhen.

Ali Quli kam erst spät von der Jagd zurück. Am nächsten Morgen, nachdem er gebadet und sein Frühstück zu sich genommen hatte, suchte er die Gemächer seiner Gemahlin auf.

Mehrunnisa schaute von ihrem Buch auf, als er eintrat. »*Inshah Allah*.«

Ali Quli brummte eine Antwort. »Hattest du eine angenehme Reise?«

»Ja.« Über die Begrüßung hinaus hatten sie einander nicht viel zu sagen. Ihre Hände wurden plötzlich feucht, und sie wischte sie an ihrem blauen Musselinrock ab. Wie sollte sie das Thema anschneiden?

Ali Qulis Stimme unterbrach ihre Gedanken. »Was ist das?« Er deutete auf den bestickten Briefbeutel, der auf einem Tisch lag.

»Ein Schreiben von meinem Vater. Er bat mich, es dir zu geben.« Ihre Stimme stockte.

Ali Quli nahm den Brief argwöhnisch an sich. »Gibt es irgendwelche Schwierigkeiten?«

Sie schüttelte den Kopf. In der vorangegangenen Nacht hatte Mehrunnisa am Fenster ihres Schlafgemachs gestanden und auf die Landschaft geschaut, die das Mondlicht in Schatten und Silber tauchte. Sie dachte an Jahangir, den Ausdruck seiner Augen, die Wärme seiner Hand, als er sie berührte. Aber das schien alles so fern. Zwei Monate waren vergangen, seitdem ihr Vater den Brief geschrieben hatte. Es war eine lange Zeit, und vielleicht, fiel ihr mit schmerzhafter Klarheit ein, hatte der Mogul seinen Befehl an den *divan* längst vergessen. Warum sollte sie schlafende Hunde wecken? Warum nicht einfach den Brief zerreißen und die Sache auf sich beruhen lassen? Dann fiel ihr ein, mit welchem Eifer Jahangir nach dem Thron gestrebt hatte. Fünfzehn Jahre lang hatte er sich danach gesehnt, zuweilen ungeduldig, doch meistens, eben weil es so lange gedauert hatte, mit Beharrlichkeit. Sie wusste, er würde auch sie nicht so schnell vergessen. Sie schauderte. Ihr Gemahl sollte den Brief sehen.

»Am besten lest Ihr ihn, Herr.«

Ali Quli riss den Beutel auf und zog den Brief heraus. Mehrunnisas Herzschlag dröhnte ihr in den Ohren, während das Papier in seinen Händen knisterte. Sie ließ Ali Quli nicht aus den Augen. Seine Miene wurde ausdruckslos, während er las. Dann stieg allmählich dunkle Röte vom Hals in sein Gesicht.

Er warf den Brief mit zitternden Händen zu Boden. »Ist dir der Inhalt des Briefes bekannt?«

Mehrunnisa biss sich auf die Lippen. »Ich ahne es, Herr.«

»Wie kommt es, dass der Mogulkaiser dich gesehen hat? Du bist meine Gemahlin. Du hättest darauf achten sollen, ihm dein Gesicht nicht zu zeigen, statt schamlos seine Aufmerksamkeit zu erregen. Warum warst du überhaupt in der Nähe des Herrschers?«

»Es war bei Arjumands Verlobungszeremonie. Ich musste dabei sein.«

»Ich werde niemals einwilligen.« Ali Quli funkelte sie zornig an. Sein Gesicht verzerrte sich. »Du bist meine Frau und bleibst es auch. Selbst der Mogul kann mir nicht befehlen, dich aufzugeben. Mogul! Ha!« Angewidert hob er beide Hände. »Wenn ich nur die richtigen Schachzüge gemacht hätte, dann wäre dieser Schwächling Khusrau heute an der Macht, und ich wäre Kommandeur der Streitkräfte und müsste nicht in diesem Höllenloch vermodern.« Wütend starrte er Mehrunnisa an, doch sie hielt seinem Blick stand.

»Schlage die Augen nieder, wie es einer züchtigen Frau geziemt«, brüllte er. »Ich wollte dich nicht nach Lahore gehen lassen. Jetzt siehst du, was dabei herausgekommen ist. Du Heuchlerin, ich weiß alles über dein früheres Techtelmechtel mit dem Mogulkaiser.«

Mehrunnisa riss vor Schreck die Augen weit auf. Ihr war, als habe man ihr einen Schlag in die Magengrube versetzt. Ja, sie hatte Jahangir geliebt, als er noch Prinz war, aber nur wenige Menschen ahnten …

»O ja! Du hast es nicht gewusst«, sagte Ali Quli mit tödlicher Verachtung, »aber ich wusste an dem Tag, als ich dich heiratete, dass ich dich Prinz Salim wegnahm. Er wollte dich damals; ich hatte dich. Er will dich jetzt, und ich habe dich noch immer. Ich werde ihm nie verzeihen, dass er meine militärische Laufbahn zerstört hat.«

Er wandte sich um und wollte gehen. Mehrunnisa schaute zu Boden, von panischer Angst erfüllt.

Ali Quli sagte von der Tür aus in barschem Ton: »Du bleibst in deinen Gemächern. Du darfst hier nicht raus, ehe ich es dir erlaube. Ich werde ein paar Tage unterwegs sein; du musst hier drinnen bleiben.«

Mehrunnisa verzog das Gesicht. Das war der Mann, den sie ge-

319

heiratet hatte, und ihm war sie verpflichtet. War er wirklich so töricht zu glauben, sich gegen den Kaiser auflehnen zu können? Das wäre das Ende für ihre Familie.

»Herr«, sagte sie hastig und zwang sich, einen neutralen Ton anzuschlagen. »Handelt nicht übereilt. Ein einfaches Nein an den Mogulkaiser wird genügen. Es wäre nicht ratsam, seinen Zorn auf Euch zu ziehen.«

»Also empfindest du noch immer etwas für deinen früheren Geliebten«, spottete Ali Quli. »Eine feine Art, so mit seinem Gemahl zu reden.« Er schenkte ihr ein abgründiges Lächeln. »Wir werden sehen, wie lange er noch an der Macht bleibt.«

Mehrunnisa sah ihm mit böser Vorahnung nach. Sie wusste, es hatte keinen Sinn, mit ihm zu reden. Ali Quli war verblendet und dumm genug, erneut einen Aufstand zu versuchen. Noch an jenem Morgen ritt er mit geheimnisvoller Miene fort. Raja Man Singh war nicht in Bengalen, doch in diesem Land der Abtrünnigen gab es viele andere, die ihm bereitwillig Gehör schenkten. So weit vom Hof des Moguls entfernt und erhitzt vom Gefühl der Freiheit, schien ihm alles möglich.

Doch Jahangir war kein Narr. Bengalen steckte voller Kundschafter im Dienste des Herrschers. Alle gegen den Thron gerichteten Absichten fanden ihren Weg unweigerlich an den Hof und das Ohr des Kaisers.

Jahangir saß am Fenster der *jharoka* über dem Haupthof außerhalb der Festung von Lahore. Die *jharoka* war ein besonderer Balkon, der in das Bollwerk der Burg eingelassen war. Von hier aus hielt der Mogul dreimal am Tag eine Audienz für die Öffentlichkeit ab: morgens, mittags und abends. Selbst wenn Jahangir krank war, schleppte er sich auf die *jharoka*. Schon sehr bald nach seinem Machtantritt hatte er entschieden, das Volk müsse seinen Herrscher sehen, es müsse sich von seinem Wohlergehen überzeugen, damit keine Unruhen im Lande entstanden.

Heute fand ein Elefantenkampf statt. Jahangir erinnerte sich an einen anderen Elefantenkampf vor vielen Jahren. Er hatte gesiegt, und Khusrau war der Verlierer. Er verzog den Mund, drehte sich um und betrachtete den Gegenstand seiner Gedanken.

Prinz Khusrau saß seinem Vater zur Seite und schaute finster drein. Der rebellische Geist hatte seinen Sohn nicht verlassen, dachte Jahangir, er würde ihn genau beobachten müssen. Er wollte als großzügiger und gerechter Monarch gelten, deshalb hatte er Khusrau öffentlich verziehen. Das hieß, er musste dessen Anwesenheit bei offiziellen Anlässen wie diesem ertragen. Er wandte sich von seinem Sohn ab, nicht bereit, ihn noch einmal anzuschauen. Jede Zuneigung, die er für Khusrau empfunden hatte, war nach den zahlreichen Versuchen des Prinzen, die Macht an sich zu reißen, vergangen. Jetzt konnte Jahangir es kaum ertragen, neben ihm zu sitzen; Wogen der Abneigung ließen die Luft um sie herum flimmern.

Jahangir seufzte. Er wünschte, er könnte Mahabat Khans Vorschlag folgen und Khusrau hinrichten lassen. Er würde ihm bestimmt nicht fehlen. Doch dann lägen ihm die Haremsdamen ständig in den Ohren, der Frieden im Palast wäre dahin. Dennoch musste er etwas wegen Khusrau unternehmen, ehe dieser einen ernsthaften Widerstand gegen Jahangirs Stellung als Mogul aufbauen konnte.

Die beiden Elefanten prallten heftig aufeinander. Die Menge jubelte, doch der Mogulkaiser schenkte dem Schauspiel keine Beachtung, denn ein tief sitzender Schmerz lähmte seine Sinne.

Ghias Beg war früh am Morgen zu ihm gekommen und hatte ihn davon unterrichtet, dass Ali Quli sich seinem Befehl widersetzte. Jahangir rieb sich das Kinn. Plötzlich spürte er beißende Tränen hinter den Augenlidern. Die Warterei hatte ihn ermüdet. Jeden Morgen, wenn er aufwachte, hatte er an sie gedacht. Ghias hatte sie nach Bengalen zurückgeschickt, und als Jahangir nach dem Grund gefragt hatte, lautete die Antwort des *divan*, er habe nur die Pflichten eines Vaters erfüllt. Daher hatte Jahangir nichts gesagt. Er würde geduldig abwarten. Die Zeit würde ihm auch sagen, ob jener kurze Blick ausgereicht hatte, seine Liebe zu ihr ganz zu verwurzeln. Genau das war eingetreten – seine Sehnsucht nach ihr hatte nicht nachgelassen, im Gegenteil. Und dann diese Antwort. Wie kam es, dass er nicht einmal die Macht hatte, die Frau zu bekommen, die er haben wollte? Wie konnte ein Verräter wie Ali Quli es wagen, sich seinem Herrscher zu widersetzen? Und er, Mogulkaiser von Indien, konnte nichts unternehmen. Er hatte Ali Quli einen unmissverständlichen Befehl geschickt; man hatte ihm nicht gehorcht. Schon kursierten bei Hofe Gerüchte, er fordere Mehrunnisa von ihrem Mann. Ohne Zweifel würde auch über Ali Qulis Weigerung bald geredet. Er konnte Ali Quli nicht zwingen, Mehrunnisa aufzugeben. Was sollte er nur tun?

Wenigstens die Nachrichten aus Kandahar waren ermutigend. Seine Armee hatte im vergangenen Monat den Außenposten erreicht, und die Angreifer waren geflohen, sobald Jahangirs Standarten und Banner auftauchten. Der Schah von Persien hatte einen Botschafter, Husain Beg, an den Hof des Moguls geschickt, um Jahangir seiner Freundschaft zu versichern und sich für das Verhalten seiner Gouverneure zu entschuldigen. Der Mogulkaiser hatte den Botschafter entgegenkommend behandelt und seine Entschuldigung mit diplomatischer Herzlichkeit angenommen. Doch er hatte sich weder durch ihn noch durch seinen Herrn täuschen lassen. Der Angriff auf Kandahar war nicht von subalternen Gouverneuren, sondern vom Schah persönlich ins Werk gesetzt worden, um Jahangirs Entschlossenheit auf dem Gebiet der Außenpolitik zu prüfen.

Jahangir schloss erschöpft die Augen. Irgendwie hatte er sich vorgestellt, das Leben würde leichter, wenn er erst Kaiser wäre. Doch er hatte zu viele Dinge im Kopf und wurde beständig von jenen blauen Augen verfolgt. Dieser eine kurze Blick, den er nach so vielen Jahren auf sie hatte werfen können, hatte ausgereicht, Erinnerungen wachzurufen, die er tief in seinem Inneren vergraben hatte. Jetzt, da sie geweckt waren, quälten ihn Sehnsucht und Ruhelosigkeit. Und sie war unerreichbar.

Ein Bote ritt unter die *jharoka* und sprang vom Pferd. Er verneigte sich und zog einen Brief aus seinem Kummerbund. Jahangir griff sofort danach. Er wusste, es war wichtig, sonst hätte der Bote gewartet, bis der Herrscher sich wieder an den Hof begeben hätte. Während Jahangir den Brief durchlas, verfinsterte sich seine Miene. Das war der Gipfel. Er erhob sich und kehrte in den Palast zurück.

Kurz darauf stellten Mahabat Khan und Mohammed Sharif mit einem Blick auf die *jharoka* fest, dass sie leer war. Sie verließen sofort ihre Plätze im Hof und eilten in den Palast.

»Eure Majestät, ich hoffe, es sind keine schlechten Nachrichten«, sagte Mahabat Khan, als er den Herrscher einholte.

»Doch«, sagte Jahangir kurz angebunden. »Ali Quli führt etwas im Schilde. Ich habe Nachricht aus Bengalen, dass er heimlich Truppen sammelt. Schicke eine Armee, um nach ihm zu sehen.«

»Eure Majestät, vielleicht wäre es ratsamer, die Sache zuerst zu untersuchen«, wandte Mohammed Sharif vorsichtig ein.

»Warum? Der Mann hat bereits bewiesen, dass er ein Abtrünniger ist. Er sollte für seine Verbrechen hingerichtet werden, stattdessen habe ich ihn begnadigt. Jetzt darf er nicht davonkommen«, sagte Jahangir und ging mit langen Schritten vor seinen Ministern auf und ab.

»Majestät ...« Sharif hüstelte und räusperte sich. Dann, als er sah, dass der Herrscher wieder ein paar Schritte vorausgeeilt war, lief er hinter ihm her, um ihn einzuholen. »Euer Interesse an seiner Frau – nun, der ganze Hof weiß Bescheid. Es wäre unschicklich, ihn jetzt auf einmal hinrichten zu lassen.«

»Was hat das mit Mehrunnisa zu tun? Meinst du, das Volk wird mich eines hinterhältigen Vorgehens beschuldigen, nur weil ich sie für mich gewinnen will?« Jahangir blieb stehen und drehte sich zu den beiden Männern um.

Sharif und Mahabat Khan schwiegen. Genau das dachten sie, und das ganze Land würde so denken. Es war eine heikle Situation, die mit größter Diplomatie zu handhaben war. Im Übrigen gab es da ja auch noch jenes Versprechen an Jagat Gosini. Mahabat stieß Sharif an.

»Eure Majestät, bitte überdenkt Eure Entscheidung«, sagte Sharif, der Mahabats Wink verstanden hatte. »Es wäre besser, die Angelegenheit zuerst zu untersuchen. Vielleicht könntet Ihr den Gouverneur von Bengalen veranlassen, Ali Quli einen Besuch abzustatten, oder Ihr könntet Ali Quli befehlen, Euch seine Aufwartung zu machen. Auf diese Weise sieht der gesamte Hof, dass Eure Absichten über jeden Vorwurf erhaben sind.«

»Hm ...« Jahangir strich sich über das Kinn. »Mag sein, dass du Recht hast. Ich bin mir ziemlich sicher, dass Beweise gegen diesen Mann zusammenkommen. Ich werde meinem Stiefbruder Qutubuddin Khan Kokan umgehend schreiben.«

Als er sich umdrehte und die beiden entließ, erlaubte sich Jahangir ein leises Lächeln. Das Schicksal hatte Ali Qulis Leben in seine Hände gelegt. Was Mahabat und Sharif betraf ... es hatte beinahe den Anschein, als versuchten sie, ihm die Sache auszureden. Warum? Sie waren Ali Quli nicht gerade zugetan, im Gegenteil, sie machten aus ihrer Abneigung keinen Hehl. Und über Mehrunnisa wussten sie nichts. Dennoch hatte Mahabat sich zum zweiten Mal abfällig über sie geäußert. Warum?

Der Mogul sah seinen mächtigsten Ministern nach, die sich unter Verbeugungen entfernten. Mahabats Hartnäckigkeit war verdächtig. Den Grund dafür würde er beizeiten herausbekommen. Es gab jetzt wichtigere Dinge: Vielleicht würde er Mehrunnisa am Ende doch noch bekommen. Es bestand Hoffnung. Mehrunnisa mit Gewalt von Ali Quli zu trennen, hätte er vor dem Volk nicht rechtfertigen können. Doch ein Aufstand war etwas anderes, selbst die Nachwelt konnte an seinen Entscheidungen jetzt nichts mehr auszusetzen haben.

An jenem Abend setzte er sich hin und schrieb an Qutubuddin Khan Koka, den Gouverneur von Bengalen. Koka sollte Ali Quli zu sich rufen und ihn genau über sein Vorgehen ausfragen. War Koka mit den Ergebnissen nicht zufrieden, sollte er Ali Quli an den Hof des Moguls schicken, damit er sich direkt vor Jahangir verantwortete. Unter allen Umständen sollte er sich mit dem Soldaten persönlich treffen und seine Entscheidung fällen. Jahangir fügte hinzu: Für den Fall, dass Ali Quli sich weigere, an den Hof zu kommen und Koka Anzeichen eines Aufstands entdecke, erteile er dem Gouverneur die Vollmacht, ihn nach eigenem Gutdünken zu bestrafen.

Ein paar Tage darauf zog der Hof des Mogulkaisers von Lahore nach Kabul um, wo er die kommenden Sommermonate in angenehmer Kühle zu verbringen gedachte.

Sobald der Brief des Moguls bei Qutubuddin Khan Koka in Bengalen eingetroffen war, schickte Koka eine Botschaft an Ali Quli, er solle bei ihm vorsprechen.

Ali Quli missachtete die Vorladung.

Nun war Kokas Zorn geweckt. Er handelte auf Jahangirs Befehl, demnach hatte sich Ali Quli indirekt der Aufforderung des Mogulkaisers widersetzt. Er stellte einen starken Trupp aus gut bewaffneten Soldaten zusammen und marschierte nach Bardwan.

Die Nachmittagssonne hielt am Himmel Wacht und ließ die Menschen im Schatten Schutz suchen. Stille senkte sich unter den heißen Strahlen auch über Ali Qulis Haus in Bardwan. Fensterläden wurden geschlossen und mit *khus*-Matten verhängt. Die Pferde in den Ställen stampften auf und zuckten mit den Muskeln, um lästige Fliegen zu verscheuchen. Die Stallburschen lagen ausgestreckt im Heu; ihre einzige Bewegung bestand darin, glühende *bidis* an den Mund zu führen. Erschöpft von dieser Mühe lehnten sie sich wieder zurück und sahen dem Rauch nach, der sich zum Dach emporkringelte.

Ein Bote kam in den Hof gerannt. Er war vollkommen verschwitzt. Am Kragen und unter den Achselhöhlen hatten sich dunkle Flecken gebildet. »Ruft euren Herrn«, keuchte er. »Ich bringe eine wichtige Nachricht.«

Einer der Stallburschen schoss in die Höhe und lief ins Haus. Ali Quli kam nach ein paar Minuten im Eilschritt heraus und knöpfte sich noch seinen Mantel zu; man hatte ihn aus dem Mittagsschlaf gerissen. »Was ist los?«

»*Sahib*, der Gouverneur von Bengalen, Qutubuddin Khan Koka, ist unterwegs hierher.«

Ali Quli runzelte die Stirn. Was wollte Koka? War es möglich, dass er etwas von seinen Plänen ahnte? Oder kam Koka nach Bardwan, weil Ali Quli seiner Aufforderung nicht Folge geleistet hatte? Auf jeden Fall stand eine Auseinandersetzung mit Koka bevor, und Ali Quli war entschlossen, sich darauf vorzubereiten. Die Diener beobachteten ihn schweigend; man hörte nur den schweren Atem des Boten. Ali Quli schaute den Mann an.

»Bringt ihn in die Küche und gebt ihm etwas zu trinken«, sagte er kurz angebunden. Er rief nach seinem Eunuchen. »Bakir! Schicke eine Botschaft an die Amirs in der Nachbarschaft, dass Koka hierher unterwegs ist. Sie sollen ihre Männer zum Kampf bereithalten, wenn nötig. Ich werde ihnen ein Zeichen geben. Warte …«, er wandte sich an den Boten. »Wie weit ist der Gouverneur von Bardwan entfernt?«

»Einen Tagesmarsch, *Sahib*.«

Ali Quli nickte und drehte sich zu Bakir um. »Sage den Amirs, sie sollen morgen bereitstehen.«

Bakir lief davon, um den Auftrag auszuführen.

Ali Quli ging wieder ins Haus. Als er seine Gemächer betrat, wartete seine Gemahlin bereits auf ihn.

»Herr, handelt nicht voreilig. Mag sein, dass der Gouverneur Euch nur mit einer Botschaft aufsucht«, bat Mehrunnisa. Aufgeschreckt durch den Lärm im Hof war sie ans Fenster getreten und hatte den Wortwechsel zwischen Ali Quli und den Dienern mitbekommen. Wenn er doch nur auf sie hören wollte … Doch Ali Quli war längst nicht mehr bereit, Ratschläge anzunehmen; er witterte eine Schlacht, ein Geruch, der ihn unerbittlich in seine Fänge zog.

»Geh zurück in deine Gemächer. Ich erledige die Sache«, sagte Ali Quli kurz angebunden.

»Bitte …« Mehrunnisa legte ihm eine Hand auf den Arm. »Wenn es eine Meinungsverschiedenheit gibt, sprecht mit dem Gouverneur darüber, er ist ein Gesandter des Moguls.«

Er schüttelte ihre Hand ab. »Was kümmert es dich? Schließlich stehe ich zwischen dir und deinem Mogulkaiser, dem Mann, der dich zur Padshah Begam machen soll.« Er funkelte sie an, und Mehrunnisa schlug die Augen nieder.

»Wie ich sehe, habe ich Recht.« Er lächelte sarkastisch. »Sei unbesorgt, meine liebe Gemahlin. Ich werde noch viele Jahre leben, für deinen Geschmack vielleicht zu lange.« Er stieß sie zur Tür. »Und jetzt geh, ich habe zu tun.«

Mehrunnisa verließ langsam seine Gemächer. Sie hatte das beklommene Gefühl, dass es nicht gut ausgehen würde.

»Attacke!«, schrie er, das Schwert erhoben. Auf seinen Befehl hin marschierte die Armee immer weiter und weiter … Ali Quli schlug die Augen auf und starrte an die dunkle Decke. Wo war er? Er stieß einen Seufzer der Erleichterung aus, sobald er den Raum wahrnahm. Er hatte geträumt. Als er sich umdrehte, wurde ihm bewusst, dass das Geräusch marschierender Schritte durchaus real war.

Mit einem Satz sprang er aus dem Bett und taumelte verschlafen ans Fenster. Er kniff die Augen zusammen, um trotz der Dunkelheit etwas zu erkennen, und lauschte. Alles war still. Er schaute hinab und sah, wie jemand ein Zündholz anstrich, um eine Fackel anzuzünden. Was war da los?

Ali Quli schüttelte sich, um wach zu werden, griff nach seinem Schwert und lief die Treppe hinunter. An der Eingangstür traf er auf Bakir.

»Was geht hier vor?«, verlangte Ali Quli zu wissen.

»Ich weiß nicht, Herr.« Bakir entriegelte die Tür.

Als die beiden Männer in den Hof liefen, flammten noch mehr Fackeln auf und beleuchteten jeden Winkel. Außer den Stallknechten befand sich niemand im Hof. Ali Quli atmete auf. Er hatte doch nur geträumt.

Drei Männer traten aus dem Schatten. Ali Quli packte das Schwert fester, als er sie erkannte. Qutubuddin Khan Koka, begleitet von Amba Khan und Haidar Mali, zwei Dienern aus Kaschmir, verbeugten sich vor Ali Quli.

»*Al-Salam aleikum*, Ali Quli«, sagte Koka.

»*Walekum-al-Salam*«, erwiderte Ali Quli, der sein Schwert noch immer umklammert hielt.

Koka breitete die Arme aus. »Ich bin unbewaffnet und komme in friedlicher Absicht.«

Ali Quli entspannte sich. Dabei wurde sein Blick von einer plötzlichen Bewegung angezogen. Einer der Stallknechte hatte eine weitere Fackel angezündet und trug sie gerade ans andere Ende des Hofes. Als die Düsternis wich, wurde eine Truppe des Mogulkaisers in voller Rüstung und in Reih und Glied hinter dem Gouverneur sichtbar.

Ali Quli ballte die freie Hand zur Faust und wandte sich an Koka, das Gesicht vor Zorn verzerrt. Das war also die Vorstellung des Gouverneurs von friedlicher Absicht? Der Hof verschwamm vor seinen Augen in einem roten Dunst.

Koka war vorgetreten. »Der Mogulkaiser schickt mich …«

Ein lauter Aufschrei entrang sich Ali Qulis Brust. Er enthielt geballte Wut, abgebrochenen Schlaf, all die Ungerechtigkeit, die ihm in den vergangenen Jahren widerfahren war. Schreiend wie ein Tier, stürzte sich Ali Quli auf Koka. Noch ehe der Gouverneur reagieren konnte, rammte er ihm das Schwert in den Bauch. Koka taumelte zurück und langte nach seinem Dolch. Ali Quli prallte blindlings gegen den Gouverneur und hackte wild auf ihn ein. In seinem verwirrten Geisteszustand empfand er Befriedigung, sobald er dabei mit Fleisch in Berührung kam.

Kokas Eingeweide quollen hervor und sammelten sich auf dem Boden zu einer blutigen Masse. Er presste eine Hand auf den Bauch, um seine Gedärme festzuhalten, und sank zu Boden. Aus den Augenwinkeln sah Ali Quli, wie Amaba Khan mit erhobenem Schwert auf ihn zu lief.

Ali Quli drehte sich zu ihm um. Er hob das Schwert und hieb mit einer Wucht auf Amba Khan ein, dass ihm der Schädel gespalten und beinahe der Kopf abgerissen wurde. Er war tot, noch ehe er auf dem Boden aufschlug.

Im selben Augenblick fielen Haidar Malik und Kokas restliche Truppen über Ali Quli her. Auf allen Seiten vom Feind umzingelt, kämpfte Ali Quli wie ein in die Ecke getriebenes Tier, mit seinem blutigen Schwert wild um sich schlagend und Schaum vor dem Mund. Es gelang ihm, zwei Männer zu töten, doch es waren zu viele. Plötzlich durchfuhr ihn ein brennend heißer Schmerz. Er schaute an sich herab und sah eine Schwertspitze aus seinem Bauch ragen. Seine Energie verließ ihn so rasch, wie das Blut aus seinem Körper strömte. Er versuchte, sein Schwert zu heben, doch er vermochte es nicht, der Schmerz war zu groß. Während Kokas Männer Schläge auf ihn niederprasseln ließen, hatte er das Gefühl, sein Körper stünde in Flammen, und dann war ... nichts.

Wie erstarrt stand Mehrunnisa am Fenster, die Hand noch erhoben, um die Vorhänge einen Spaltbreit zu öffnen. Als ihr Blutgeruch in die Nase stieg, musste sie unwillkürlich würgen und hielt sich die kraftlosen Hände vor den Mund. Verzweifelt versuchte sie, den Blick vom Gemetzel im Hof abzuwenden, doch sie musste immer wieder hinschauen.

Fasziniert und entsetzt zugleich sah sie, wie Kokas Männer sich auf die Leiche ihres Gemahls stürzten und sie in Stücke zerteilten. Sie hackten noch zu, als er schon längst tot war. Dann wandten sie sich Bakir und den Stallknechten zu. In wenigen Minuten war der Boden mit Blut durchtränkt und von abgetrennten Gliedmaßen übersät.

Die Männer dort unten hatten sich in wilde Tiere verwandelt, erregt durch den Geruch und den Anblick von Blut. Da ihre Mordlust noch unbefriedigt war, schauten sie sich nach weiteren Opfern um.

»Das Haus!«, schrie ein Mann.

Wie auf ein Kommando stürmten die Männer auf die Eingangstür zu und drängten einander wüst zur Seite, um hineinzukommen. Mit einem Schlag schwand Mehrunnisas Starre. Sie lief ins Zimmer ihrer Tochter und rüttelte sie an der Schulter. »Komm, wach auf. Wir müssen hier fort.«

Ladli wurde langsam wach und schaute ihre Mutter ungläubig an. »Ist denn schon Morgen?«

»Wir haben keine Zeit zu reden. Komm.« Mehrunnisa wickelte ein Laken um ihre Tochter, nahm sie auf den Arm und lief zur Tür.

Die Soldaten waren unten bereits ins Haus eingedrungen. Dienerinnen schrien, als sie aus dem Bett gezerrt und vergewaltigt wurden. Kessel schepperten zu Boden, Vorhänge wurden zerrissen und Möbel zertrümmert.

»Der Halunke hatte eine Frau«, schrie jemand. »Sucht sie.«

Mehrunnisa vernahm die Worte und blieb wie angewurzelt stehen.

»Mama«, jammerte Ladli.

»Sch!«, sagte Mehrunnisa streng und hielt ihr den Mund zu. »Sei still, sonst finden sie uns.«

Sie kamen jetzt die Treppe herauf. Mehrunnisa hörte schwere Schritte auf dem Treppenabsatz. Sie drehte sich um und stürzte wieder in ihre Gemächer. Vielleicht könnten sie aus einem Fenster klettern und entkommen. Blindlings prallte sie auf jemanden. Zwei Hände umklammerten ihre Arme mit festem Griff. Mehrunnisa erschrak zu Tode, als sie in die blutunterlaufenen Augen des Soldaten schaute.

»Bitte …« Doch über dieses flehentliche Wort kam sie nicht hinaus.

Er fragte sie heiser flüsternd: »Seid Ihr Ali Qulis Gemahlin?«

Sprachlos vor Angst konnte Mehrunnisa nur nicken. Ihr Herzschlag stockte, zum ersten Mal im Leben erfuhr sie, was blankes, grenzenloses Entsetzen war. Der Mann war blutbespritzt, über seinem rechten Auge klaffte eine tiefe, längliche Wunde, aus der Blut über das Gesicht auf die Hände tropfte.

»Kommt.« Er versuchte sie mit sich zu zerren.

»Nein!«

»Nicht so laut, die Soldaten hören Euch. Kommt …«, sagte er noch einmal, als sie sich aus seinem Griff winden wollte. »Ich beschütze Euch vor ihnen. Ihr müsst Euch verstecken, sie sind blutrünstig und werden nicht ruhen, bis Ihr tot seid ... oder noch Schlimmeres.«

Schritte kamen näher. Der Mann schob sie eilig in eine Ecke zu der großen Truhe, in der sie ihre Schleier aufhob. Kaum hatte er den Deckel geschlossen und den Schlüssel herumgedreht, als Soldaten in den Raum polterten.

»Ist sie hier?«

»Nein, sie muss aus dem Haus geflohen sein«, antwortete der Mann. »Sie kann zu Fuß nicht weit gekommen sein. Seht draußen nach.«

Doch die Soldaten hörten nicht auf den Mann. Sie liefen durch das Zimmer, zogen Schranktüren auf, verstreuten den Inhalt im Raum, fuhren mit den Schwertern durch Seide und Leinen. Einer trat gegen die Holztruhe, dass Mehrunnisa die Ohren dröhnten. Sie hockte in der Truhe und hielt Ladli fest an sich gepresst. Dann eilten alle plötzlich aus dem Raum und hinterließen eine spürbare Stille. Mehrunnisa drückte Ladli in der Truhe an sich und wollte schon erleichtert aufatmen, als sie Schritte zurückkommen hörte. Kurz darauf schloss der Mann die Truhe auf und lugte hinein. »Ihr könnt herauskommen. Sie sind fort.«

Er half ihnen aus der Truhe. Als Mehrunnisa herausstieg, jammerte Ladli, und da erst merkte sie, dass sie dem Kind noch immer den Mund zuhielt. Als sie die Hand fortnahm, hinterließen ihre Finger rote Eindrücke auf dem Gesicht der Tochter, und Blut trat an den Stellen aus den Lippen, wo die Zähne sich eingegraben hatten.

»Wer seid Ihr? Warum habt Ihr uns geholfen?«, fragte Mehrunnisa, die vor Schreck noch zitterte.

»Ich heiße Haidar Malik, *Sahiba*. Ich bin Diener im Hause Qutubuddin Khan Kokas. Es wäre nicht richtig gewesen, wenn die Soldaten Euch etwas zuleide getan hätten. Im Übrigen ...«, er zögerte. »Der Mogul hätte mir nie verziehen, wenn Euch etwas zugestoßen wäre.«

Mehrunnisa starrte ihn sprachlos an. Schlagartig kam ihr ein Gedanke. War Jahangir für den Überfall auf Ali Quli verantwortlich?

Bestimmt hatte nicht einmal der Kaiser das Recht, die Hinrichtung eines Unschuldigen anzuordnen. Doch Jahangir konnte nichts mit der Verwüstung zu tun haben; sie hatte den Gang der Ereignisse mit eigenen Augen verfolgt. Koka hatte kaum zu sprechen begonnen, als Ali Quli ihm das Schwert in den Bauch gestoßen hatte, anscheinend ohne provoziert worden zu sein. Sie zitterte und drückte ihre Tochter fest an sich.

»Ich bringe Euch ins Lager.«

Mehrunnisa nickte und ließ sich von Malik aus dem Haus und durch den verwüsteten Hof führen. Sie wäre mit ihm überallhin gegangen; sie war unfähig zu denken, zu viel war geschehen, zu schnell, noch ehe sie das Ausmaß begriffen hatte. Sie folgte Maliks großer Gestalt durch die menschenleeren Straßen von Bardwan. Er trug Ladli auf dem Arm, als wäre sie nichts weiter als ein Sack voll Federn. Mehrunnisa sah die verschlossenen Läden im Basar, die Straßenlaternen, die in der feuchten Nachtluft schwankten, vernahm das Scharren von Straßenhunden im Dunkeln, ohne etwas wahrzunehmen oder zu hören. Sie konzentrierte sich vollends darauf, Malik zu folgen, und setzte mechanisch einen Fuß vor den anderen.

Als die Sonne im Osten aufging, saß sie mit weit aufgerissenen Augen in Maliks Zelt, wie betäubt und fassungslos. Ihr *choli* und ihr Schleier waren an den Stellen, an denen Haidar Malik sie festgehalten hatte, mit verkrustetem, trockenem Blut verschmiert. Bei dem Geruch stieg Übelkeit in ihr hoch. In einem Haus in der Nähe krähte ein Hahn, und Mehrunnisa zuckte zusammen. Sie begann heftig zu zittern, als sie daran dachte, wie Ali Quli gestorben war. Wie ein Tier, das zur Schlachtbank geführt wird. Von ihm war nicht mehr viel übrig geblieben, nichts mehr von dem Mann, der einmal ihr Gemahl gewesen war. Nur Ladli. Das Kind, das mit der Widerstandskraft der Jugend neben ihr schlief und die Hand der Mutter festhielt. Malik war zum Haus zurückgekehrt, nachdem er um sein Zelt herum Wachen aufgestellt hatte.

Man ließ Ärzte kommen, die sich um die Wunden des Gouverneurs kümmern sollten. Im Hof wurde ein provisorisches Lager errichtet, und der Schwerverwundete wurde auf ein Bett gelegt. Malik sah zu, wie die Ärzte Kokas Bauch zunähten. Wenn Koka es nur überlebte, dachte er und wandte sich von seinem Herrn ab. Die Dame in seinem Zelt war in Sicherheit. Doch die Verletzungen waren zu schwer, der Gouverneur kam nicht wieder zu Bewusstsein. Noch ehe seine Familie zu ihm kommen konnte, starb er – zwölf Stunden nach dem Kampf.

Asmat und Ghias Beg hielten sich in ihrem Garten auf; er saß auf einer Steinbank, sie stand neben ihm. Es war schon lange finster, trotzdem hingen sie im Dunkeln ihren Gedanken nach, während Ghias den Brief noch in Händen hielt. Er war am selben Nachmittag eingetroffen, doch jedes Wort der kurzen Botschaft hatte sich in sein Gedächtnis eingeprägt. Ein gewisser Haidar Malik hatte den Brief geschrieben. Ghias schaute auf das weiße Blatt in seinen Händen, ohne die Worte zu erkennen. Mehrunnisa befand sich bei diesem Mann, ebenso Ladli. Ali Quli war tot. Ghias schüttelte ungläubig den Kopf, denn der Schreck, der ihn drei Stunden zuvor getroffen hatte, war noch nicht verflogen. Warum hatte Ali Quli den Gouverneur angegriffen? Warum hatte er ihn umgebracht?

Die Stimme seiner Gemahlin unterbrach seine Gedanken. »Ob sie wohl in Sicherheit ist?«

Ghias seufzte. »Ich weiß nicht, *jaan*. Ihr Schicksal liegt in Allahs Hand.«

Asmat Begam setzte sich neben ihren Gemahl und lehnte den Kopf an seine Schulter. »Kannst du den Mogulkaiser bitten, sie hierher zu holen?«

Ghias legte einen Arm um sie und küsste sie zärtlich. Er wünschte, er könnte die Sorgenfalten auf ihrer Stirn glätten. »Der Mogul ist außer sich über Kokas Tod. Und unser Schwiegersohn hat Koka umgebracht.«

Warum? Erneut traf ihn dieser Gedanke. *Warum?* Nie hätte er sich ein solches Ende vorgestellt, als Jahangir seine Tochter Mehrunnisa bei Arjumands Verlobung gesehen hatte.

Asmat schaute ihn mit tränenverschleierten Augen an. »Mehrunnisa trifft keine Schuld an Kokas Tod. Sie muss zu uns kommen. Ihr Leben ist in Gefahr.«

»Ich weiß«, sagte Ghias. »Ich weiß auch, dass Kokas Familie geschworen hat, sich an Mehrunnisa und Ladli zu rächen. Doch ehe der Mogulkaiser sie zu uns ruft«, er breitete hilflos die Arme aus, »können wir nichts unternehmen.«

Asmat verbarg ihr Gesicht in den Händen und weinte. Ghias beobachtete sie schweigend, während er selbst mit den Tränen kämpfte. Was nützte es schon, wenn er weinte? Es würde vielleicht den Schmerz für ein paar Stunden lindern, doch die Sorgen wären noch immer vorhanden. Mehrunnisa war in Bengalen, allein und nur unter dem Schutz dieses Haidar Malik, eines Mannes, den sie nicht kannten. *Allah, bitte, bitte, gib auf mein Kind Acht.* Er konnte nichts tun, außer für die Sicherheit seiner Tochter zu beten.

Er wandte sich von seiner Gemahlin ab. Noch eine Angelegenheit bereitete ihm Kopfzerbrechen. Sie verkam zwar zur Bedeutungslosigkeit, verglichen mit Ali Qulis Tod, war aber dennoch wichtig. Wegen Ali Quli und infolge dieser anderen Sache hatte er nicht den Mut, den Mogul zu bitten, Mehrunnisa eine Eskorte zu stellen, die sie nach Agra bringen sollte. Doch auch das würde bald ans Licht kommen. Dann verlor er womöglich sein hohes Ansehen im Reich. Warum, Allah, warum kam immer noch etwas hinzu, wenn man ohnehin schon am Boden lag?

Jahangir saß in seinem Gemach und starrte auf die tanzenden Schatten an der Wand. Der Palast um ihn herum ruhte in friedlichem, heiterem Schlummer. Er dachte an Koka. Er hatte so viele Erinnerungen an seinen Stiefbruder, beinahe so lange er denken konnte. Kokas Mutter war seine Amme gewesen; ihre Milch hatten sie getrunken, wenn sie nebeneinander satt und zufrieden an ihrer Brust lagen. Als Kinder hatten sie im selben Bett geschlafen, sich heftig um eine Steinschleuder gestritten, hatten vergessen – wie bei Kindern üblich –, dass der eine von königlichem Geblüt war, der Erbe eines Reiches, und der andere ein Bürgerlicher. Jahangirs leibliche Brüder, die Prinzen Murad und Daniyal, waren in anderen Gemächern aufgewachsen, und er hatte als Kind nicht viel von ihnen gesehen. Als er älter wurde, hatte er sie nur als Bedrohung für seinen Thronanspruch erlebt. Von Koka war eine solche Gefahr nicht ausgegangen, er war ihm immer treu ergeben. Jetzt war er tot. Die Botschaft aus Bengalen besagte, dass er unter großen Qualen gestorben war und mit dem letzten Atemzug den Namen des Mogulkaisers auf den Lippen hatte.

Jahangir schlug die Augen nieder, als Tränen ihm den Blick trübten. Er hatte nicht einmal Zeit, um ihn zu trauern; Monarchen hatten dazu nie Zeit. Das Reich verlangte seine Aufmerksamkeit. Eine Woge der Wut brach über ihm zusammen. Die Armee hätte ihm Ali Quli lebend ausliefern sollen, dann hätte er ihn von Elefanten in Stücke reißen lassen. Doch Ali Quli war tot. Und Mehrunnisa war in Bengalen.

Er wischte sich die Tränen aus dem Gesicht. War seine Liebe zu ihr es wert, dass so viele Menschen starben?

Trotz seines Kummers musste er ohne Unterlass an sie denken. Er sorgte sich um sie, denn jetzt sollte sie in Sicherheit sein und zu ihm kommen. Er würde sie zu sich rufen, sobald ein wenig Zeit verstrichen war. Doch … vieles war anders geworden. Die Art und Weise, wie Ali Quli ums Leben gekommen war, hatte alles verändert. Er war von Kokas Männern getötet worden, in gewisser Weise also vom Mogulkaiser selbst. Ob Mehrunnisa glaubte, er habe Ali Qulis Tod angeordnet? Ob sie ihm dann verzieh?

Kapitel 16

»Itimad-du-Din, Divan oder Kanzler von Amir-ul-Umra, hatte einen Heiden in seinen Diensten namens Uttam Chand, welcher Dinayat Khan berichtete, Itimad-ud-Daulah habe 50 000 Rupien veruntreut. Dinayat Khan erzählte es dem Monarchen, woraufhin Itimad-ud-Daulah unter die Obhut dieses Khans gestellt wurde.«
B. Narain und S. Sharma, Übers. & Hg.,
A Dutch Chronicle of Mughal India

Eine leichte Brise zog wispernd durch den stillen Raum und streifte die Laterne. Das Licht flackerte unsicher, Schatten schossen durch den Raum. Der Mann am Schreibpult legte die Feder aus der Hand, erhob sich vom Diwan und trat ans Fenster. Er schloss die beiden Flügel, stützte sich auf das Fensterbrett und lehnte den Kopf ans Glas.

Jetzt verbreitete die Laterne ihren warmen, tröstlichen Schein im Zimmer und verströmte ihr helles Licht über die Rechnungsbücher auf dem niedrigen Schreibpult, die mit Zahlen und Summen voll gekritzelt waren. Ghias Beg atmete tief ein und ging wieder an seinen Platz. Mit der Feder in der Hand begann er, die Reihen und Spalten noch einmal zu addieren und nach einer Diskrepanz, einem Fehler zu suchen.

Ein Schatten fiel durch die Türöffnung, und er erstarrte. Er rührte sich nicht, lauschte aber. Asmat Begam stand dort. Tiefe Falten hatten sich über ihren ängstlichen Augen auf der Stirn eingegraben. Kurz darauf ging sie wieder, die langen Röcke ihres *ghaghra* wischten über den Steinboden. Ghias beugte sich wieder über seine Bücher, und die Zahlen verschwammen ihm vor den müden Augen.

In einer Vase neben dem Schreibpult stand ein Zweig Frühlingsjasmin, lilienweiß und perlenrosa. Der zarte Blütenduft zog durch den Raum. Mehrunnisa trug diese Blumen gern zu einer Girlande geflochten im Haar, dachte Ghias plötzlich. Dann legte er den Kopf auf das Pult. Es war nun sechs Monate her, und noch immer hatten sie keine direkte Nachricht von ihr erhalten, nur einen weiteren kurzen Brief von Haidar Malik. Er gehe ihr gut, schrieb er, ebenso Ladli, doch noch immer sei ein Kopfgeld auf sie ausgesetzt. Es sei zu gefährlich, jetzt aus Bengalen abzureisen. Sechs Monate Wartezeit. Ghias hob den Kopf und warf noch einen Blick auf die Rechnungsbücher. Sechs Monate Warten. Und jetzt auch noch diese Bürde.

Ein paar Stunden darauf begann die Laterne zu blaken und ging aus. Der Raum versank in Dunkelheit. Draußen wurde der Himmel heller, und der Nachtwächter rief die Stunde aus. Seine Stimme hatte etwas Tröstliches; es war ein normales, alltägliches Ereignis. Ghias lauschte, bis das Tappen des Nachtwächterstocks in der Ferne verklang. In ein paar Stunden würde der Tag anbrechen … der Tag der Abrechnung für ihn.

»*Inshah Allah*, Ghias Beg.«

»*Inshah Allah*, Dinayat Khan.«

Dinayat Khan streckte eine Hand aus. »Bleibt eine Weile hier, alter Freund. Ich muss Euch etwas sagen.«

Dem *divan* wurde beim Anblick des Freundes das Herz schwer. Das Gesicht des Höflings war ernst.

»Uttam Chand kam gestern Abend zu mir«, sagte Dinayat ruhig. »Ich glaube, Ihr wisst, was er mir zu sagen hatte.«

Ghias nickte. Mit leerem Blick wandte er sich dem Fenster zu, lehnte sich hinaus und atmete die kühle Morgenluft ein. War damit seine glänzende Laufbahn als *divan* des Reiches beendet? Es geschah alles so schnell, ohne Vorwarnung. Von welchem Wahn war er nur besessen, als er Geld aus dem Staatsschatz unterschlug?

Er dachte an den Tag, an dem das Geld so einladend vor ihm gelegen hatte. Geld, von dem er geglaubt hatte, es würde sich im umfangreichen Rechnungssystem des Hofes verlieren. Einer der

Hoflieferanten hatte einen Kostenvoranschlag für einen zusätzlichen Flügel an die Festung in Lahore geschickt. Das Schatzamt hatte dem *divan* die Summe angewiesen. Dann waren aus unerklärlichen Gründen die Kosten um fünfzigtausend Rupien gesunken. Und das zu einer Zeit, als Ghias gerade in Geldnöten war; Arjumands Verlobung hatte seine Einkünfte überstiegen. Er hatte das Geld behalten und den Schatzmeister in dem Glauben gelassen, er habe es an den Hoflieferanten weitergeleitet.

Vor einem Monat hatte der Hoflieferant seine Rechnung geschickt, die im Schatzamt abgelegt wurde. Heute war der Tag, an dem Rechenschaft über das Jahresbudget abgelegt wurde, und Ghias war trotz aller Bemühungen nicht imstande gewesen, das Geld an das Schatzamt zurückzuzahlen oder die Rechnungsbücher so zu manipulieren, dass die Diskrepanz nicht auffiel. Außer ihm hatte nur Uttam Chand, sein Angestellter, von der Sache gewusst. Er war an dem Tag anwesend, als der Lieferant seine Rechnung schickte.

»Wie kamt Ihr dazu?« Dinayat Khans Stimme unterbrach seine Gedankengänge.

Ghias drehte sich niedergeschlagen um. »Ich weiß nicht. Es war ein Moment der Schwäche.«

Mit einem Mal wurde er sich seiner Schande bewusst. Beschämt musste er sich eingestehen, dass die Gier nach Pomp und Tand ihm zu Kopf gestiegen war. Zumindest, dachte Ghias, lebte sein Vater nicht mehr und musste das nicht mit ansehen. Aber seine Gemahlin. Und seine Kinder. Was er getan hatte, würde auf sie alle zurückfallen. Jetzt musste er seine Strafe annehmen. Es war nur recht so, er konnte seinen Kindern nicht länger Verhaltensregeln predigen und sich selbst nicht daran halten.

»Ich werde den Mogulkaiser darüber in Kenntnis setzen müssen. Das wisst Ihr, nicht wahr?«, sagte Dinayat ernst.

»Ja.« Ghias Beg schaute Dinayat Khan offen an. »Es ist Eure Pflicht.«

»Verzeiht.« Dinayat legte Ghias eine Hand auf den Arm. »Ich werde alles tun, um ein Wort für Euch einzulegen, Ghias. Ihr wart so gut zu mir und habt mich für die Stellung als Rechnungsprüfer im königlichen Schatzamt empfohlen. Nun möchte ich diese Schuld abtragen. Ich hoffe, der Mogul ist gnädig gestimmt.«

Das hoffe ich auch. Ghias folgte seinem Freund mit gesenktem Kopf in den Thronsaal, wo der Herrscher Hof hielt.

Jahangir zog erzürnt die Stirn kraus, als er die Empfangshalle vor der *zenana* betrat. Er war erschöpft; die Morgenaudienz bei Hofe hatte ewig gedauert. Gerade, als er sich zurückziehen wollte, hatte Dinayat Khan noch um eine Audienz gebeten. Hätte er nicht früher kommen können?

»Was gibt's?«, fragte Jahangir kurz angebunden und schnitt Dinayat Khans Begrüßung ab.

»Eure Majestät, ich bitte um Vergebung, wenn ich Eure Ruhe störe. Doch diese Angelegenheit war zu heikel, um sie in Anwesenheit aller Höflinge vorzutragen.«

»Fahr fort.« Jahangir machte es sich auf dem Diwan bequem und hörte zu. Die Falten auf seiner Stirn wurden noch tiefer, während Dinayat sprach. Das war zu viel. Wie konnte Ghias sein Vertrauen derart missbrauchen? Zuerst hatte Ali Quli seinen geliebten Stiefbruder umgebracht, und jetzt machte sich ein anderes Mitglied dieser Familie schuldig. Dabei verzehrte er sich noch immer nach Mehrunnisa. Gestern hatte er den Befehl erteilt, sie solle im Schutz einer Eskorte von Bengalen nach Agra reisen. Es war noch zu früh, an sie heranzutreten; die Menschen würden die falschen Schlüsse ziehen und über Ali Qulis Tod reden. Warum konnte er sie nicht einfach vergessen? Mahabat Khan hatte Recht; ihre Familie bereitete zu viel Ärger. Er durfte ihre Verfehlungen nicht dulden, das war er dem Reich schuldig. Aber das bedeutete auch, dass Mehrunnisa für ihn verloren war. Der Mogulkaiser stöhnte und lehnte sich noch tiefer in die Kissen seines Diwans. Er schaute auf. Dinayat Khan wartete auf eine Antwort.

»Legt den *divan* in Ketten«, befahl Jahangir seinen Ahadis gereizt.

»Eure Majestät, Mirza Ghias Beg hat Euch gute Dienste geleistet. Er war ein treuer und gerechter Verwalter ... bis jetzt. Bitte, verzeiht ihm«, sagte Dinayat Khan.

»Nein«, entgegnete Jahangir. »Ich will keine weiteren Verstöße vonseiten dieser Familie dulden. Ghias Beg hat das Gesetz missachtet und muss bestraft werden. Er wird wie jeder normale Verbrecher behandelt.«

»Eure Majestät, bitte ...«, wagte Dinayat Khan einen weiteren Vorstoß. »Erlaubt ihm wenigstens, sich in meinen Gewahrsam zu begeben, bis Ihr eine Strafe für ihn festgelegt habt.«

Jahangir warf Dinayat Khan einen wütenden Blick zu. Was sollte dieses Zaudern? Warum kümmerte es Dinayat, was mit Ghias passierte? Schweigen breitete sich im Raum aus, während Dinayat weiterhin vor ihm kniete. Der Kaiser holte tief Luft. Er würde Ghias die Chance geben, seine Unschuld zu beweisen. Schließlich hatte er sich tatsächlich um das Reich verdient gemacht. Außerdem war er der Vater der liebreizenden Frau in Bengalen, die seine Gedanken in Anspruch nahm. Plötzlich empfand er tiefen Schmerz. Immer gab es ein Hindernis, wenn er Mehrunnisa gewinnen wollte. Ihr Gemahl war im Weg gewesen, und jetzt stand ihr Vater vor ihm und war der Unterschlagung angeklagt. Jahangir seufzte. Konnte er denn von niemandem Treue erwarten?

»Na gut«, sagte Jahangir schließlich. »Du bist für ihn verantwortlich, bis ich entscheide, was zu tun ist. Aber denke daran«, er hob warnend den Zeigefinger, »wenn er aus deinem Gewahrsam entkommt, musst du mit deinem Kopf herhalten.«

»Ich verstehe, Eure Majestät.« Dinayat Khan entfernte sich unter tiefen Verbeugungen.

An jenem Abend wurde Ghias Beg unter Hausarrest gestellt und vorübergehend seiner Pflichten entbunden. Er zahlte das Geld zusammen mit einer Strafe von zweihunderttausend Rupien an das Schatzamt zurück und wartete ab. Die Zweifel des Moguls würden erst mit der Zeit verfliegen, dann konnte er nur versuchen, wieder Jahangirs Gunst zu gewinnen.

Das Schlimmste zumindest war überstanden, was sollte noch passieren?

Der junge Mann drehte sich um und warf einen Blick auf die Wachen. Sie waren außer Hörweite. Er berührte den Prinzen am Ellbogen und flüsterte ihm zu: »Eure Hoheit, ich habe einen Plan.«

Khusrau blieb auf der Stelle stehen und starrte seinen Kerkermeister ungläubig an. »Was für einen Plan?«

»Euch aus der Gefangenschaft zu befreien, Eure Hoheit.« Nuruddin schaute noch einmal hinter sich und drängte Khusrau sanft weiter.

Die beiden Männer schritten über den Gartenweg in Lahore. Es war noch früh am Morgen, und Khusrau war wie üblich zu seinem täglichen Spaziergang ins Freie gegangen. Vier schwer bewaffnete Wachen trabten verschlafen hinter ihnen her und versuchten, mit ihrem königlichen Gefangenen Schritt zu halten.

Als der Hofstaat nach Kabul gezogen war, um dort den Sommer zu verbringen, hatte man Prinz Khusrau in Lahore zurückgelassen und in den Gewahrsam des Amir-ul-umra Mohammed Sharif und des Höflings Jafar Beg gestellt. Mohammed Sharif war dem Hof nach Kabul gefolgt und hatte Beg und seinem Neffen Nuruddin die Verantwortung für den Prinzen übertragen.

Khusrau schaute Nuruddin von der Seite an und behielt seine stoische Miene bei; innerlich bebte er vor Spannung. Er hatte Nuruddins Freundschaft mit großer Sorgfalt gepflegt, denn er hatte in ihm gleich einen jungen Mann erkannt, der leicht zu beeindrucken war. Konnte Nuruddin ihm womöglich helfen zu entkommen?

Er holte tief Luft, um seiner Stimme einen festen Klang zu verleihen, und fragte beiläufig: »Wie ist das möglich? Ich stehe hier unter strengster Bewachung.«

»Es gibt nur eine Möglichkeit.« Nuruddin schaute noch einmal zurück, um sicherzugehen, dass die Wachen außer Hörweite waren.

»Der Mogulkaiser wird mir nie erlauben, mich frei zu bewegen.

341

Wenn ich entkäme, würde er bestimmt seine gesamte Armee hinter mir herschicken.«

»Nicht, wenn er dazu nicht imstande ist, Eure Hoheit«, sagte Nuruddin ruhig.

Khusrau schaute ihn verblüfft an. Wovon redete dieser Mann?

Nuruddin neigte sich vertraulich zum Prinzen und senkte die Stimme. »Der Mogul liebt die Jagd über alles, Eure Hoheit. Er sucht häufig die herrschaftlichen Jagdgründe auf. Was wäre, wenn ihm bei einer solchen Jagd plötzlich, sagen wir … ein Unfall zustieße?«

Unvermittelt beschleunigte Khusrau seine Schritte. Ein Mordanschlag! Vor Aufregung stieg ihm die Röte ins Gesicht. »Wie sollen wir das anfangen? Die Leibwächter des Moguls sind ihm äußerst treu ergeben. Die Hoffnung, die Mannschaften unterwandern zu können, ist abwegig.«

Nuruddin lächelte. »Das ist bereits geschehen, Eure Hoheit. Zwei Ahadis sind bereit, ihr Leben für Euch zu opfern. Sie werden den Herrscher auf seinem Jagdausflug begleiten und aus Versehen erschießen. Kein Verdacht wird auf Euch fallen. Ist der Mogulkaiser erst einmal tot, werden sich die Adligen Euch zuwenden. Schließlich seid Ihr der rechtmäßige Erbe.« Nuruddin hielt inne und schaute Khusrau an.

Khusrau erwiderte seinen Blick. Mogulkaiser zu werden! Das war sein sehnlichster Wunsch, und jetzt sah es so aus, als könnte es wahr werden. Ein Gedanke schoss ihm durch den Kopf. »Wir werden eine Armee benötigen, um meine Brüder zu bekämpfen.«

»Ich habe bereits Streitkräfte gesammelt, Eure Hoheit«, erwiderte Nuruddin. »Begah Turkman, Mohammed Sharif und Itibar Khan kommen heute Abend mit ihren Armeen hierher, um Euch die Lehenstreue zu schwören.«

Khusrau zog ungläubig die Augenbrauen hoch. »Der Großwesir ist bereit, meine Sache zu unterstützen?«

Nuruddin grinste. »Nicht der Großwesir. Der Mohammed Sharif, um den es hier geht, ist der älteste Sohn des *divans* Ghias Beg. Wie Ihr vielleicht wisst, Eure Hoheit, bin ich ein entfernter Vetter von ihm. Mein Onkel Jafar Beg ist Mirza Begs Vetter ersten Grades, daher die Verwandtschaft.«

Sie drehten sich hastig um, als eine der Wachen zu ihnen trat.

»Zeit, hineinzugehen, Eure Hoheit.«

Khusrau nickte zerstreut. Er warf Nuruddin einen raschen Blick zu.

»Ich verlasse Euch jetzt, Eure Hoheit.« Nuruddin verneigte sich förmlich und ging.

Jahangir wurde wach, als seine Diener sich in seinem Zelt zu schaffen machten und Feuer in den Kohlebecken entfachten. Genüsslich streckte er die Arme über den Kopf, schlenderte zum Eingang des Zeltes und lugte hinaus. Das Lager war in dichten, schweren Nebel gehüllt. Er runzelte die Stirn. Hoffentlich würde sich der Nebel bald lichten.

»Euer Bad ist angerichtet, Eure Majestät«, sagte eine Sklavin hinter ihm.

Jahangir nickte und ging zu der glänzenden Kupferwanne, die mit dampfendem Wasser gefüllt war. Eine Stunde später, nachdem er gebadet und sich angekleidet hatte, schaute er noch einmal ins Freie.

Der Nebel hatte sich aufgelöst, die Sonne schien hell und versprach einen klaren Tag. Perfekt für die Jagd, dachte der Herrscher, als er sich hinsetzte, um zu frühstücken – goldbraune, in *ghi* geröstete *chapatis* und mit Kreuzkümmel, Zwiebeln, grünen Chilis und Tomaten zubereitete Eier.

»Ich muss den Mogul sprechen.«

Gereizt schaute Jahangir von seinem Teller auf. Warum störte man ihn immer bei den Mahlzeiten? Er drehte sich zu Hoshiyar Khan um. »Sieh nach, was es mit diesem Lärm auf sich hat. Ich wünsche nicht gestört zu werden.«

»Ja, Eure Majestät.« Der Eunuch verneigte sich und ging hinaus, um sogleich zurückzukehren. »Eure Majestät, Khwaja Wais, der *divan* des Prinzen Khusrau, ersucht um eine Audienz. Er sagt, es sei dringend, und er müsse Euch sofort sprechen.«

343

Jahangir schnitt eine Grimasse. »Das kann warten. Sag ihm, er soll heute Abend zu mir kommen, wenn ich von der Jagd zurück bin.«

»Eure Majestät, ich bitte um Erlaubnis, mit Euch sprechen zu dürfen.«

»Ist das nicht Prinz Khurram?«

Hoshiyar lugte aus dem Zelt und nickte. Jahangir machte mit der linken Hand eine einladende Geste.

Khurram hob die Zeltbahn am Eingang und trat ein. Er legte die Hand an die Stirn und verneigte sich von der Hüfte aus zum *konish*. Er richtete sich auf, wetzte einen Fuß am dicken Flor des goldgrün gemusterten persischen Teppichs und räusperte sich.

»Was gibt's, *beta*? Ich frühstücke noch.«

»Verzeiht, Bapa. Aber es ist dringend. Khwaja Wais wünscht mit Euch zu reden. Er hat etwas Wichtiges aufzudecken.« Khurram zögerte und schaute den großen Eunuchen an, der mit eingezogenen Schultern unter dem niedrigen Zeltdach stand. »Unter vier Augen.«

»Hoshiyar Khan ist ein vertrauenswürdiges Mitglied meiner *zenana*. Du kannst frei sprechen.«

Khurram rieb sich die glatte Wange und sprudelte hervor: »Eure Majestät, ein Mordanschlag, der heute auf Euch verübt werden sollte, wurde aufgedeckt.«

»Was?«, brüllte Jahangir und sprang auf. »Wer würde so etwas wagen?«

Khurram zauderte und trat verlegen von einem Fuß auf den anderen. Er hatte nicht der Überbringer einer schlechten Nachricht sein wollen, doch Jahangir hatte sich geweigert, Khwaja Wais vorzulassen. Was der zu sagen hatte, würde den Herrscher auch nicht glücklicher machen.

Er holte tief Luft. »Khusrau. Zwei Ahadis sind von ihm bestochen worden und sollten Euch bei der Jagd aus Versehen erschießen. Khwaja Wais hat die Verschwörung herausbekommen und kam eilends zu mir. Ich dachte, Ihr wolltet ihn vielleicht persönlich befragen, daher habe ich ihn zu Euch geschickt.«

Jahangir schaute Khurram finster an. Mit zunehmender Wut bildeten sich rote Flecken an seinem Hals. Khusrau, immer wieder Khusrau. Hatte er auf dem Weg nach Lahore nichts gelernt? Glaubte er noch immer, er würde die Krone tragen? Selbst der Tod wäre nicht Strafe genug für ihn, falls diese Nachricht der Wahrheit entspräche. War denn jeder Vater mit dummen Söhnen gesegnet?

»Hol Wais herein.«

Khwaja Wais, der draußen wartete, kam sofort herein und vollzog den *konish*.

»Wie hast du das erfahren?«

»Der Prinz hat vierhundert Männer gesammelt, die ihm helfen sollten, Eure Majestät. Obwohl sie ihm alle die Treue schworen, waren einige unserer Spione darunter. Einer von ihnen kam mit der Nachricht zu mir. Die Begleiter sollten heute einen Mordversuch unternehmen. Euer Leben ist in Gefahr, Eure Majestät. Bitte, geht nicht auf die Jagd«, erwiderte Khwaja Wais mit gesenktem Kopf.

»Hast du Beweise?«

Wais langte in seine *qaba* und zog einen Stapel Briefe heraus. »Das ist der Briefwechsel zwischen Prinz Khusrau und Itibar Khan, seinem Eunuchen. Der Prinz hat die geplante Vorgehensweise genau beschrieben. An seiner Beteiligung gibt es keinen Zweifel, Eure Majestät.«

Jahangir wischte sich die Hand an einem Seidentuch ab und nahm den Stapel von Khwaja Wais entgegen. »Wie bist du in den Besitz dieser Papiere gekommen?«

»Ich habe die Diener des Eunuchen bestochen.«

Stille trat ein, als der Herrscher die Briefe durchblätterte. Er erkannte die Handschrift seines Sohnes. Zweifelsfrei plante Khusrau tatsächlich, ihn umzubringen. Zorn kochte in Jahangir hoch. Hass und Abscheu, die er bisher aus Pflicht und Verantwortungsgefühl unterdrückt hatte, wurden angesichts der krakeligen Handschrift seines Sohnes freigesetzt. Der verwünschte Junge wollte, dass er, Jahangir, starb; er war nicht mehr damit zufrieden, einfach nur auf die Krone zu warten. Die Briefe fielen Jahangir aus der Hand, und er rieb sich unwillkürlich die Hände an seinem Mantel ab, als habe er sich beschmutzt.

»Nehmt die Anführer fest und bringt sie zu mir«, befahl er kurz, dann, an Hoshiyar gewandt: »Sag die Jagd ab.«

Ghias Beg hatte das Haupt gesenkt, als die vier Männer vor den Thron schritten. Sie blieben vor dem Herrscher stehen und vollzogen unbeholfen den *konish*, wobei das Klirren ihrer Eisenketten in dem stillen, überfüllten Thronsaal laut zu hören war.

»Nuruddin, Itibar Khan, Mohammed Sharif und Begdah Turkman, ihr seid eines Mordkomplotts gegen den Herrscher angeklagt!«, ertönte die Stimme des Hofmarschalls.

Ghias hielt die Luft an, als er diese Worte vernahm. Er schaute einen der Männer streng an. Mohammed Sharif hielt den Kopf beharrlich gesenkt, denn er wollte dem Blick des Vaters nicht begegnen.

Wie konnte sein Sohn ihn nur dermaßen verraten, dachte Ghias. Sein Kummer darüber schlug ihm auf den Magen. All die Jahre, die Mohammed mit ihm unter einem Dach gelebt hatte, all die Fürsorge, die er ihm hatte angedeihen lassen, hatten ihn dahin gebracht, sich gegen seinen Herrscher zu verschwören. Sein Leben lang war Mohammed ungehorsam gewesen – hatte sich offenbar stets nach der einen Sache gereckt, die außerhalb seiner Reichweite lag, unentwegt von Unruhe getrieben. Er selbst hätte wissen müssen, dachte Ghias, dass so etwas passieren konnte. Als Mohammed ihm erzählt hatte, er wolle Prinz Khusrau auf seiner Flucht nach Lahore unterstützen, hatte Ghias ihm das Wort abgeschnitten und der Sache wenig Beachtung geschenkt. Aber wie hätte er ein Mordkomplott gegen den Monarchen vorhersehen sollen? Hatte Mohammed denn kein Ehrgefühl? Keinen Sinn dafür, was recht und unrecht war?

Zu Beginn der Woche hatte Ghias seinen Sohn im Gefängnis besucht. Er hatte kaum die Erlaubnis erhalten, seinen Sohn zu sehen; er war noch *divan*, doch infolge seines Hausarrests ohne Befugnisse. Die Begegnung war kurz und hastig ausgefallen. Ghias hatte vor

Mohammeds Zelle gestanden und ihn mit zusammengekniffenen Augen in der Dunkelheit gesucht, bis er ihn in einer Ecke hocken sah. Er hatte mit ihm geredet, hatte Mohammed von dem Kummer und den Sorgen der Mutter erzählt, ihm aber auch vorgeworfen, dass seine Taten einen Schatten auf den Namen ihrer Familie würfen. Mohammed hatte schweigend zugehört und seinen Vater kaum beachtet, bis auf den letzten Satz. Da hatte er den Kopf gehoben und so leise gefragt, dass die Worte in der Dunkelheit der Zelle aufgingen: »Habe ich denn Schlimmeres getan als du, Bapa?«

Damit war ihre Begegnung zu Ende gewesen. Nun stand Ghias da und betrachtete seinen Sohn. Er wusste, dass er in gewisser Weise Recht hatte. Auch er, Ghias, hatte Unrecht getan, wer war er denn, von Mohammed etwas Besseres zu erwarten?

»Sie sollen mit dem Tode bestraft werden!«

Entsetzen packte Ghias bei den Worten des Herrschers. Er hatte gewusst, dass die Strafe drakonisch ausfallen würde, doch nun war es ausgesprochen. Der Sohn sollte ihm für immer genommen werden.

»Eure Majestät …«, begann Ghias und vergaß in seiner Erregung die Hofetikette. Niemand meldete sich in Gegenwart des Moguls zu Wort, wenn er nicht angesprochen wurde.

»Was willst du?« Jahangir schaute seinen Minister ungehalten an.

Ghias schüttelte den Kopf. Was sollte er sagen? Welches Recht hatte er, um Nachsicht zu bitten? Erst hatte sein Schwiegersohn Koka ermordet, dann hatte er sich selbst der Unterschlagung schuldig gemacht … Ghias' Wangen wurden hochrot. Jetzt saß sein Sohn im Gefängnis, weil er einen Mordversuch am Herrscher geplant hatte. Wie konnte er um etwas bitten?

»Nun?«

»Nichts, Eure Majestät«, murmelte Ghias und trat zurück.

Jahangir wandte sich von ihm ab und nickte.

Die Ahadis stürzten sich auf die vier Männer und zerrten sie in eine Ecke. Ghias verbarg sein Gesicht hinter dem Ärmel, als die Schwerter im Sonnenlicht aufblitzten. Nachfolgend war der dumpfe Aufprall von Stahl auf Fleisch zu hören. Die Schreie der Sterbenden zogen durch den Hof, dann ein Wimmern, und dann war alles still. Der Gerechtigkeit war Genüge getan. Die Strafe vor dem versammelten Hofstaat würde anderen als Lektion dienen, die Verrat im Sinn hatten.

Ghias Beg stand abseits von den anderen Adligen, ohne sich der Tränen auf seinem Gesicht bewusst zu sein. Seine Welt war plötzlich dunkel geworden. Er würde nach Hause zu Asmat zurückkehren und ihr die Nachricht überbringen müssen, dass ihr Ältester tot war. Bei jedem anderen hätte er es für eine gerechte Strafe gehalten. Ein Anschlag auf das Leben des Mogulkaisers war nicht auf die leichte Schulter zu nehmen. Doch Mohammed war sein Sohn gewesen, trotz seiner Sturheit, seines Stolzes, seines Ungehorsams, *er war sein Sohn.*

»Das hast du gut gemacht, Mahabat.« Jagat Gosini überreichte ihm zwei bestickte Beutel voller Goldmünzen.

»Nicht der Rede wert, Eure Majestät«, protestierte Mahabat milde, griff aber trotzdem nach den Beuteln. Er spürte ihr angenehmes Gewicht auf den Handflächen.

»Es hat sich am Ende besser entwickelt, als wir uns erhofft hatten.« Die Herrscherin lehnte sich auf der Steinbank zurück und verschränkte die Arme im Schoß. »Der Herrscher spricht nicht mehr von dieser Frau. Wenn, dann erinnere ich ihn freundlich an ihre verräterische Familie; dass ihr Blut in den Adern dieser Frau fließt.«

»Und ich übernehme meinen Part bei Hofe, Eure Majestät.«

»Ja, und das sehr gut. Du bist ein treuer Diener, Mahabat.«

Mahabat senkte bescheiden den Kopf und erlaubte sich ein leises Lächeln. »Ich habe noch einen Plan, Eure Majestät.«

Jagat Gosini richtete sich mit einem Ruck auf. »Worum geht es?«

»Der Mogul ist äußerst aufgebracht über Prinz Khusrau. Vielleicht sollten wir ihn davon überzeugen, dass Khusraus Existenz eine Bedrohung für den Thron darstellt. Somit wären weniger Anwärter vorhanden.«

Jagat Gosini schlug lächelnd die Augen nieder. »Mein Sohn Khurram wäre der ideale nächste Mogulkaiser.«

»Das liegt auf der Hand, Eure Majestät. Prinz Khurram hat alle Eigenschaften, die in dieser Stellung gebraucht werden.«

Die Mogulkaiserin nickte. Mahabat war wirklich ein Gewinn für sie. Sollte es ihm gelingen, Khusrau zu beseitigen, wäre es für Khurram leichter, den Thron zu besteigen, und sie wäre auch nach Jahangirs Tod noch lange mächtig. Doch der Mogul war nicht dumm; der Vorschlag durfte nicht von ihr kommen. »Ich kann darüber nicht mit meinem Gemahl sprechen.«

Mahabats Augen leuchteten. »Dann erlaubt es mir, Eure Majestät. Ich wäre Euch gern noch einmal zu Diensten.«

Jagat Gosini schaute Mahabat mit strengem, durchdringendem Blick lange an. Als sie heranwuchs, hatte ihr einmal jemand gesagt, dass sie niemanden um einen Gefallen bitten sollte, den sie nicht leiden konnte, denn die Entschädigung eines solchen Menschen wöge dann schwerer als eine ganze Kamellast. Die Padshah Begam mochte Mahabat nicht, doch sie fand ihn nützlich und bewunderte seine Verschlagenheit. Die Lektion aus ihrer Kindheit war längst vergessen.

Daher sagte sie: »Du bist ein guter Mann, Mahabat. Ich werde deine Treue nicht vergessen.«

»Majestät, es ist am besten, wenn der Prinz hingerichtet wird. Bleibt er am Leben, ist er nur ein Problem für Euch.«

Jahangir schaute seine beiden Minister an und schüttelte bedächtig den Kopf. Die väterlichen Gefühle, die er für Khusrau gehegt hatte, waren restlos vergangen. Obwohl er häufig dachte, der beste Ausweg aus dem wiederkehrenden Dilemma wäre, Khusrau zum Tode zu verurteilen, war es unmöglich.

»Die Damen der *zenana* würden mir nicht verzeihen, wenn Khusrau hingerichtet würde«, sagte er.

»Warum überlegen wir uns dann keine andere Strafe, Eure Majestät«, sagte Sharif mit strahlenden Augen. »Vielleicht könnte man den Prinzen blenden? Er hätte dann den Wert für seine Anhänger verloren.«

Der Großmogul neigte den Kopf und fuhr mit plötzlich zitterndem Finger an der Gravur seines Jadekelches entlang. Hier tat sich endlich ein Ausweg auf. Er wäre ein für alle Mal die Bedrohung los, die von Khusrau ausging, und könnte seine Herrschaft genießen. Tief in seinem Innern flackerte ein Gefühl der Trauer auf. Man Bai, Khusraus Mutter und seine erste Gemahlin, hatte den Jungen unter seine Obhut gestellt. Sie war an Khusraus Rebellion gestorben. Sie hatte für ihn um Gnade gebeten, doch – an dieser Stelle verkrampfte sich Jahangirs Magen – sie hatte nicht lange genug gelebt, um mit anzusehen, wie der Sohn einen Mordanschlag auf den Vater plante.

»Ja«, sagte Jahangir schließlich, nachdem er die Zweifel zurückgedrängt hatte, »nehmt ihn mit …« – er hielt kurz inne – »nach Sultanpur, wo er so tapfer gegen meine Armee gekämpft hat. Es soll ihm eine Lehre sein. Er soll in Sultanpur geblendet werden.« Endlich war die Angelegenheit entschieden. Khusrau wäre kein Problem mehr für ihn.

»Im Übrigen, Sharif«, fuhr Jahangir fort, »kehren wir jetzt nach Agra zurück.«

Die Befehle des Mogulkaisers wurden wortgetreu ausgeführt.

Eine Eskorte geleitete Khusrau nach Sultanpur. Er saß in einem Käfig auf einem kaiserlichen Elefanten. Die Menschen kamen in Scharen heraus, um ihn anzugaffen und auf den unglücklichen Prinzen zu zeigen, der keine Möglichkeit hatte, sich ihren anklagenden Blicken zu entziehen. Am Ort seiner Niederlage bohrte man ihm glühend heiße Eisen in die Augen. Der Prinz litt ein paar Sekunden lang, ehe er in segensreiche Ohnmacht fiel.

Anschließend brachte man den blinden Khusrau nach Agra, wo er auf die Ankunft seines Vaters mitsamt Gefolge zu warten hatte. Während der zweiten Hälfte seiner Reise lag Khusrau auf dem Boden seines Käfigs und hielt sich die Hände über die Ohren, um die Buhrufe und Beleidigungen nicht mit anhören zu müssen.

Wenigstens konnte er seine Folterknechte nicht mehr sehen.

Kapitel 17

»Mher-ul-Nissa war eine Frau von unbeugsamem Geist ...
Um ihren Ruf im Serail zu verbessern und um sich größere An-
nehmlichkeiten zu verschaffen, als ihr kärgliches Vermögen es zuließ,
nutzte sie ihre Einfallsgabe und ihren Geschmack und fertigte ein
paar bewundernswerte Wandteppiche und Stickereien an, bemalte
Seiden mit äußerster Feinheit und erfand Ornamente jeder Art.«
Alexander Dow, *The History of Hindostan*

Eine weiche, freundliche Monsunsonne ging am westlichen Horizont unter und breitete ihre goldenen Strahlen über Agra. Wenn die Sonne schließlich hinter der flachen Linie im Westen verschwand, trat eine kurze, nur wenige Minuten anhaltende Dämmerung ein, die den Tag an den Rand der Erde schöpfte. Dann legte sich die dunkle Nacht geschwind über die Mogulpaläste. Laternen und Öllampen sollten sie vertreiben, aber sie lauerte dennoch in den Schatten außerhalb der Lichtkreise.

Bis zum Sonnenuntergang dauerte es noch eine Stunde. Die Mogulpaläste lagen still da, erfüllt von den Ereignissen des Tages. Sobald die Laternen angezündet wurden, verwandelten sich die Frauen der *zenana* in wundervolle, mit Edelsteinen geschmückte Schmetterlinge, in Rosenwasser gebadet, nach schweren, herabhängenden Jasminblüten duftend, bekleidet mit dünnem, schimmerndem Musselin – bereit, ihre Reize spielen zu lassen. Der Monsun hatte in diesem Jahr rechtzeitig eingesetzt und war von der vertrockneten Erde gierig aufgesogen worden. Die Rasenflächen leuchteten in üppigem Grün. Doch niemand war da, der sich an den abnehmenden Sonnenstrahlen erfreute. Die Gärtner, die ihr Tagewerk vollbracht hatten, waren längst verschwunden. Die Haremsdamen nutzten die Stunden am Ende des Tages, um sich auszuruhen und auf den Abend vorzubereiten. Selbst die Vögel hatten sich schon lange in Erwartung der bevorstehenden Nacht auf ihren Bäumen niedergelassen.

Eine Gestalt arbeitete allein in einem Melonenbeet in den Gärten der *zenana*. Sie trug grüne Kleidung, ein frisches, junges Melonengrün, passend zu der Farbe der Ranken am Boden. Aus den Ranken sprossen große, dreieckige, fleischige Blätter, unter denen die Pflanzen ihre Früchte verbargen. Die Frau kniete auf dem weichen, lehmigen Boden auf einem Stück Sackleinen, um ihren Rock nicht zu beschmutzen. Sie hatte langes Haar, das ihr in dichten, mitternachtsblau schimmernden Locken über den Rücken fiel und in der untergehenden Sonne glänzte. Sie trug keinen Schmuck, nicht einmal Ohrringe. Nur zwei silberne Armreifen klimperten, als sie den Boden um die Frucht herum auflockerte. Hin und wieder hob sie eine Melone sanft an und benutzte eins der großen Blätter als Teller, auf den sie die Frucht legte. Dann bedeckte sie die Melone mit einem anderen Blatt, um sie vor der Sonne zu schützen. Jemand hatte ihr einmal erzählt, die besten, süßesten Melonen reiften unter dem grünen Licht ihrer eigenen Blätter. Sie hielt inne, um sich mit dem Handrücken den Schweiß von der Stirn zu wischen, wobei sie eine Erdspur auf ihrer erhitzten Wange hinterließ.

»Mama!«

Mehrunnisa schaute von ihrer Arbeit auf. Ladli stand in einer Ecke des Gartens und versuchte, durch das Laub zu spähen. Schon begann sie zu schmollen.

»Hier bin ich, *beta*«, rief Mehrunnisa und hob eine Hand. Ihre silbernen Armreifen blitzten in der Sonne auf. Da entdeckte Ladli ihre Mutter. Sie lief auf sie zu und stieg dabei behände wie eine Gazelle über die Melonen. Ihre kleinen Füße versanken im Boden.

»Pass auf«, rief Mehrunnisa, doch Ladli war bereits auf dem Weg, über das ganze Gesicht strahlend. Stürmisch schlang sie die Arme um die kniende Mehrunnisa, sodass diese beinahe umfiel. Sie drückte ihr einen Kuss zuerst auf die eine, dann auf die andere Wange.

»Du bist schmutzig, Mama«, sagte Ladli und rümpfte die kleine

Nase. Sie trat einen Schritt zurück und klopfte sich den Staub von ihrem *kameez*. »Dieser ganze Dreck, warum arbeitest du jetzt im Garten? Warum bist du nicht bei der Mogulwitwe?«

Mehrunnisa lachte und setzte sich auf das Sackleinen. »Die Mogulwitwe braucht mich heute nicht, und deshalb dachte ich mir, ich könnte eine Weile im Garten arbeiten, bevor die Sonne untergeht. Wie war dein Unterricht? Hast du etwas gelernt, oder warst du wieder ungezogen? Der *mulla* hat sich ziemlich über dich beschwert.«

»Der *mulla* klagt über alles, Mama«, sagte Ladli. »Er ist so langweilig, von dem lerne ich nichts. Ich sei nur ein Mädchen und brauchte es nicht, sagt er. Kann ich mich eine Weile zu dir setzen?«

»Ja, *beta*«, sagte Mehrunnisa und klopfte einen anderen Sack aus. Amüsiert schaute sie zu, wie vorsichtig Ladli sich darauf niederließ und die Enden ihres *kameez* auf das Stück Sackleinen zog, damit sie nicht mit der Erde in Berührung kamen. Kaum zu glauben, dass Ladli erst sechs Jahre alt war; sie war bereits eine junge Dame. Mehrunnisa hatte oft zufällig mit angesehen, wie sich ihre Tochter vor einem Spiegel herausputzte und sich drehte und wendete, um zu prüfen, wie eine emaillierte Haarspange auf ihrem Kopf saß oder wie ein *dupatta* über ihre Schultern fiel. Oder sie kramte Mehrunnisas Schmuckschatulle hervor und probierte Schmuckstücke an, die sie danach vorsichtig wieder auf das Seidenpolster legte. »Mama, wann gehört das mir? Und das hier? Und das?«, fragte sie dann und schob einen großen Armreif fast bis zur Schulter hoch.

Beim Anblick der hellen Augen, die sie unentwegt anschauten, legte Mehrunnisa ihrer Tochter eine lehmige Hand unter das Kinn und hob ihren Kopf für einen Kuss auf den Mund.

»Mama, du bist dreckig!« Ladli wich zurück und wischte sich über das Gesicht.

Mehrunnisa schüttelte den Kopf und musste über das Kind schmunzeln. Als sie so alt war wie Ladli, war sie auf Bäume geklettert, hatte mit einer Schleuder auf Vögel geschossen und mit Macht versucht, schneller zu rennen als Abul. Aber sie hatte auch Abul und Mohammed als Spielkameraden gehabt, und Ladli hatte niemanden.

Sie drehte sich um und grub die Hände in die fruchtbare Erde. Der Schmutz unter ihren Fingernägeln und in den Falten ihrer Handflächen machte ihr nichts aus. Nur wenn sie sich hier im Garten aufhielt, musste sie nicht an all das denken, was in den vergangenen vier Jahren geschehen war. Nur wenn sie dieser körperlichen Tätigkeit nachging, fand sie nachts ein paar Stunden Schlaf und wachte nicht schreiend aus Albträumen über Ali Qulis Tod auf.

Die Sonne sank im Westen immer tiefer, doch die beiden blieben noch im Melonenbeet. Ladli saß fein wie eine Prinzessin auf dem Jutesack. Mehrunnisa, in schlichtem schmucklosen Grün wie eine Magd, klebten feuchte Haarsträhnen im Gesicht, die Arme waren bis zu den Ellbogen mit Erde bedeckt. Gedankenverloren versorgte sie die Melonen. Obwohl sie sich geschworen hatte, heute nicht an die Vergangenheit zu denken.

Nach Ali Qulis Tod hatte der Mogul einen persönlichen Ruf nach Bengalen ergehen lassen, der sie nach Agra beorderte. Haidar Malik, ein guter Freund des verstorbenen Qutubuddin Koka, hatte in jenen sechs entsetzlichen Monaten in Bardwan, die auf Ali Qulis Tod folgten, auf Ladli und sie aufgepasst. Irgendwie war es ihm gelungen, dass sie unversehrt blieben, und als der Ruf des Monarchen erging, hatte er den goldversiegelten Befehl dafür verwendet, Packpferde und Proviant für die Reise zu besorgen und sich von den Schikanen durch Kokas Verwandtschaft freizukaufen.

Mehrunnisa war wie betäubt nach Agra zurückgekehrt, da sie nicht wusste, was sie dort erwartete. Ihre Eltern waren am Hof in Kabul, doch der Mogulkaiser hatte vor, bald nach Agra zurückzukehren. Dann würden sie mit ihm kommen. Bis dahin brauchte sie einen Aufenthaltsort. Ein paar Tage nach ihrer Ankunft hatte Ruqayya, inzwischen eine sehr unzufriedene Mogulwitwe, sie wieder in den Harem und in ihre Dienste gerufen. Mehrunnisa war es recht, denn sie brauchte einen Ort, an dem sie sich verbergen konnte, um ihre Wunden zu lecken und nachzudenken. Der Harem mit seinem

Gewirr von Palästen, Höfen und Gärten und den zahlreichen Bewohnern war ideal, um anonym zu bleiben. In den darauf folgenden Monaten begann Mehrunnisa zu nähen und zu malen, wenn Ruqayya ihr Zeit dafür ließ. Schon bald entwarf sie für die Haremsdamen Röcke und *cholis*, die sie selbst anfertigte. Die Einnahmen daraus hob sie sorgfältig in einem Holzkasten auf. Sie wusste noch nicht, wofür, doch zum ersten Mal besaß sie eigenes Geld – nicht von Bapa, nicht von Ali Quli, nicht von Ruqayya.

Dann war der Hof nach Agra zurückgekehrt, und Mehrunnisa hatte auf ein Zeichen von Jahangir gewartet. Doch sie hatte nur über die Damen in der *zenana* etwas über ihn gehört, während er selbst sich in Schweigen gehüllt hatte, als hätte er sie vergessen.

Jahangir hatte seitdem zweimal geheiratet, zuerst die Enkelin von Raja Man Singh, Khusraus Onkel. Die Beziehung war kompliziert. Jahangir war jetzt mit der Nichte seines Sohnes und der Großnichte seiner Frau, Khusraus Mutter, verheiratet. Die Heirat war offenbar aus politischen Gründen vollzogen worden; der Herrscher sorgte dafür, dass Raja Man Singh es sich zweimal überlegte, ehe er seinen Neffen an die Macht bringen und seine eigene Enkelin zur Witwe machen würde.

Die zweite Ehe ging Jahangir ein Jahr später ein, als seine Armee das Königreich des Raja Ram Chand Bundela eroberte. Bundela hatte seine Tochter dem Kaiser als Frau angeboten, darum bemüht, gute Beziehungen zu seinem neuen Herrscher zu unterhalten. Damit kam die Prinzessin als neueste Frau in Jahangirs *zenana*.

»Sollen wir reingehen, Mama?« Ladlis Stimme riss Mehrunnisa aus ihren Gedanken. Sie sah, dass die Sonne schon vor einiger Zeit untergegangen war und die kurze Dämmerung von der Nacht verjagt wurde. Sie packte ihren Spaten und die Säcke in einen Korb, und sie machten sich auf den Weg durch das Beet zurück in ihre Gemächer.

Mehrunnisa wusch sich die Hände, gab Ladli etwas zu essen, aß selbst etwas zu Abend und legte ihre Tochter schlafen. Nachdem Ladli eingeschlafen war, nahm Mehrunnisa ein ausgiebiges Bad im *hammam* der *zenana* und kehrte in ihre Gemächer zurück. Wie fast an jedem Abend seit geraumer Zeit setzte sie sich vor den Wandspiegel und zündete eine Öllampe an.

Mehrunnisa fuhr sich langsam mit den Fingern über das Gesicht. Ihr Teint war noch makellos. Um die Augen herum hatten sich kleine Linien gebildet, ganz schwach nur, aber bei grellem Sonnenlicht sichtbar. Selbst im Sitzen konnte sie ihre Figur sehen: Ihre Taille war wieder schlank wie zu ihrer Jugendzeit, darunter wölbten sich die runden Hüften. Sie war sinnlich und begehrenswert wie eine jüngere Frau ... aber sie war nicht mehr jung und schon seit vier langen Jahren verwitwet. Wahrscheinlich würde sie ihr Leben lang hier, hinter den Mauern der *zenana*, bleiben müssen und alt werden wie eine längst vergessene Konkubine. Wenigstens hatte sie Ladli.

Mehrunnisa warf einen Blick auf ihre Tochter. Ladli schlief mit der Selbstvergessenheit eines Kindes, das leicht in die Leben spendende Bewusstlosigkeit sank und von den Dramen, die sich in ihrem jungen Leben abgespielt hatten, nichts wusste. Sie erinnerte sich kaum noch an Ali Quli und erkundigte sich nur selten nach ihm. Doch eines Tages würde sein unglücklicher Tod sie einholen, nämlich dann, wenn sie alt genug wäre, um zu heiraten. Dann wären die Ereignisse um Ali Qulis Ableben hoffentlich in Vergessenheit geraten oder würden zumindest im Gedächtnis der Menschen geringere Bedeutung haben.

Mehrunnisa erhob sich und trat ans Fenster. Sie öffnete es, und ein Schwall kühler Nachtluft drang in den stickigen Raum. Der angenehme Geruch nach feuchter Erde zog in ihre Nase, als sie sich hinauslehnte und wieder einmal, wie so oft, an den Mogul dachte. Jahangir erwies sich als kluger Staatsmann, dachte sie. Akbar wäre stolz auf ihn gewesen. *Sie* war stolz auf das, was er für Khusrau getan hatte.

Ein paar Monate nach der Rückkehr des Hofes nach Agra hatte der Mogulkaiser eines Nachmittags nach dem *darbar* endlich seinen Sohn gesehen. Jahangir empfand Trauer, als er Khusraus unglückliches, entstelltes Gesicht sah. Er schickte nach den besten Ärzten des

Reiches und befahl ihnen, den Versuch zu unternehmen, seinem Sohn das Augenlicht wiederzugeben. Die Ärzte hatten nur teilweise Erfolg; der Prinz konnte jetzt auf einem Auge ganz gut sehen, das andere war für immer blind. Doch er stand nach wie vor unter strenger Bewachung – selbst als Jahangir den Sohn wieder in seine Gunst aufnahm, die alle seine Söhne genossen, ließ er den beobachten, der nach der Krone gegriffen hatte, obwohl sie noch auf dem Kopf des Vaters saß. Khusraus Aufstand hatten weder der Mogulkaiser noch die Haremsdamen vergessen. Die Krone würde am Ende einem Prinzen gehören, doch erst nach Jahangirs Tod.

Um das zu fördern, hatten die portugiesischen Jesuitenpriester ein Jahr zuvor mit der gnädigen Erlaubnis Jahangirs drei Neffen des Moguls römisch-katholisch getauft. Die Zeremonie wurde in der Jesuitenkirche zu Agra abgehalten, und die nachfolgenden Feiern richtete der Kaiser persönlich in seinem Palast aus. Die drei Jungen waren Söhne des verstorbenen Prinzen Daniyal. Man stellte sie unter die Obhut der Jesuitenpriester, als sie an den Hof gebracht wurden. Die Jesuiten hatten Jahangir in den Ohren gelegen, er möge ihnen doch erlauben, die Kinder zu konvertieren, und er hatte mit nach außen zur Schau getragenem Widerwillen zugestimmt.

Mehrunnisa lächelte in die dunkle Nacht hinaus. Es war ein ausgezeichneter Schachzug. Gehörten die Jungen erst einem anderen Glauben an, wären sie keine Bedrohung mehr für den Thron und würden ihn Jahangirs Erben überlassen. Es war undenkbar, dass der Mogulkaiser von Indien einer anderen Religion angehörte als dem Islam. Auf jeden Fall hatte er damit mögliche Konkurrenten seiner Söhne auf schmerzlose Art aus dem Weg geräumt.

Die Jesuiten waren schon lange in Indien, nun gab es auch noch andere *firangis*. Die Welt öffnete sich. Die Neuen nannten sich »Botschafter« einer kleinen Insel namens England in Europa. Sie war angeblich so viele Meilen entfernt, dass die Reise über das Meer mindestens sechs Monate dauerte. Die Männer, die als Repräsentanten des Königs James I. von England an den Hof kamen, waren lediglich Händler und Kaufleute. Sie besaßen kein diplomatisches

Geschick und waren gekommen, um Handelsrechte von Indien zu erbitten.

Jahangir hatte den Kaufleuten keine Beachtung geschenkt, so wie er es mit indischen Kaufleuten auch halten würde – zu Recht, dachte Mehrunnisa. Es war höchst kränkend für die Würde des Mogulreichs, Bitten von Kaufleuten zu empfangen statt von Adligen am Hofe Englands. Was waren die Engländer schon außer einem Land von Fischern und Schäfern? Wie konnte ein so winziges Eiland sich erdreisten, es mit dem Ruhm des Mogulreiches aufnehmen zu wollen? Indien war selbständig und brauchte nichts. Die Fremden wollten Gewürze, Kattun und Salpeter, die es in Indien im Überfluss gab. Wenn, dann hätten sie sich die Mühe machen sollen, dem Mogulkaiser einen geeigneten Botschafter zu schicken.

William Hawkins, der Kapitän des ersten englischen Schiffes, das an Indiens Küsten vor Anker ging, war ein gebildeter Mann. Er sprach gut Turki, die Sprache, die bei Hofe gesprochen wurde, und Mehrunnisa, die an dem Tag, als er dem Herrscher vorgestellt wurde, auf der Empore der *zenana* neben Ruqayya gesessen hatte, war von ihm beeindruckt gewesen. Aber ob er nun fließend Turki sprach oder nicht, Hawkins war nur ein Kaufmann. Auf jeden Fall mussten die Engländer ihren Wert für das Reich erst noch unter Beweis stellen, wenn man sie mit besonderen Vorrechten ausstatten sollte. Im Moment hatten die portugiesischen Jesuiten eine zu starke Position bei Hofe.

Mehrunnisa trommelte mit den Fingern auf das Fensterbrett, denn die Nervosität ihrer Kindheit kam wieder über sie. Als sie jung war, wusste sie genau, dass nur die Damen der herrschaftlichen *zenana* die Regeln durchbrechen konnten, die diese Gesellschaft den Frauen auferlegte. Jetzt gehörte sie dieser *zenana* an und erkannte, dass es nicht ausreichte, einfach nur hier zu sein. Selbst hier besaßen nur eine Hand voll Frauen Macht – die mit dem Monarchen verheiratet waren, die mit ihm verwandt waren oder zu seinen Lieblingen gehörten. Ach, wäre sie doch nur als Mann geboren und könnte ihren Platz bei Hofe einnehmen! Das Auftreten der Engländer im Reich hatte die Jesuiten in ein Dilemma gestürzt, und wenn

Jahangir einen fähigen Berater hätte, wüsste er, wie er die beiden Seiten zum Nutzen des Reiches gegeneinander ausspielen könnte. Aber nun war sie hier, dazu verdammt, ihr Leben in der *zenana* zu verbringen, ohne Hoffnung, den Mogul je zu heiraten, und ohne Aussicht auf das spannende Leben bei Hofe und politische Intrigen. Der Himmel im Osten wurde hell, als Mehrunnisa sich vom Fenster abwandte. Während sie ihren Gedanken nachhing, war die Nacht vergangen. Langsam kroch sie ins Bett und schloss fest die Augen. Sie musste schlafen; in ein paar Stunden war es an der Zeit, aufzustehen und ihren Pflichten nachzugehen.

»Da ist sie ja. Was hat dich aufgehalten?«, fragte Ruqayya.

Mehrunnisa verbeugte sich vor der Mogulwitwe. »Verzeiht, Eure Majestät, ich habe verschlafen.«

»Schon wieder?« Ruqayya hob eine Augenbraue. »Du musst wirklich nachts besser schlafen, mein Kind. Jetzt hilf mir beim Ankleiden. Khurram will mich besuchen.«

In der nächsten Stunde versuchte Mehrunnisa nach besten Kräften, ihrer Herrin zu gefallen. Ein Kleidungsstück nach dem anderen wurde Ruqayya zur Begutachtung vorgelegt und wieder verworfen. Nein, das war unmöglich, das hatte sie bereits zweimal getragen, waren ihre Zofen denn so einfältig zu glauben, sie würde sich in Kleidern sehen lassen, die sie bereits zweimal getragen hatte? Warum war es nicht längst fortgeworfen worden? Das auch nicht, es war blau, und heute war kein blauer Tag. Und das würde einfach nicht gut aussehen, solange der Juwelier der *zenana* ihr nicht neue, in Diamanten gefasste Rubine brachte. Schließlich entschied sich die Mogulwitwe. Die Zofen atmeten erleichtert auf und machten sich an die Arbeit. Als Mehrunnisa der Mogulwitwe den Schleier aufsteckte, trat Prinz Khurram ein. Alle Damen verneigten sich.

Khurram gab Ruqayya einen Kuss auf die pergamentene Wange. »Wie geht es dir, Ma?«

»Gut. Noch besser allerdings, wenn du mich öfter besuchen kämest«, quengelte Ruqayya.

Khurram schenkte ihr ein gutmütiges Lächeln, denn er hatte diese Klage häufig gehört. Er setzte sich neben Ruqayya. Er konnte seine Großmutter mühelos um den kleinen Finger wickeln, sodass sie ihren Ärger bald vergaß. Mehrunnisa lächelte, als er nach einem *barfi* auf dem Silberteller neben dem Diwan griff und Ruqayya damit fütterte. Als sie dem jungen Prinzen zum ersten Mal begegnet war, hatte Ruqayya ihn ebenso liebevoll mit einem *barfi* gefüttert. Nach all den Jahren ahmte er sie unbewusst nach.

»*Inshah Allah*, Eure Hoheit«, sagte sie.

»*Inshah Allah*, Mehrunnisa.« Khurram musterte sie mit anerkennendem Blick.

»Khurram«, Ruqayya legte ihm eine Hand auf den Arm, nicht bereit, seine Aufmerksamkeit auch nur eine Sekunde mit anderen zu teilen. »Was hast du in der vergangenen Woche mit dir angefangen?«

Der Prinz wandte sich seiner Großmutter zu, sodass Mehrunnisa ihn betrachten konnte. Er war zu einem netten jungen Mann von neunzehn Jahren herangewachsen, und alle Welt nahm an, dass er der nächste Thronerbe sei. Glückliche Arjumand, dachte Mehrunnisa. Dann wurde ihr klar, dass bereits vier Jahre vergangen waren, seitdem ihre Nichte und Khurram offiziell miteinander verlobt wurden, seit dem Tag, an dem Jahangir sie gesehen hatte. Ihre Familie war nacheinander in Ungnade gefallen, angefangen mit – Mehrunnisa zuckte zusammen, denn die Erinnerung war noch zu frisch – Ali Quli, als er Koka umbrachte. Sie fragte sich, ob die Hochzeit jemals stattfände. Ihre Familie war streng genommen nicht mehr in Ungnade, und ihrem Vater war es sogar gelungen, in der Gunst des Herrschers wieder aufzusteigen. Doch Jahangir hatte die Verlobung anscheinend vergessen und Prinz Khurram offenbar auch.

Sie lächelte, als er ihr heimlich zuzwinkerte, ohne seine Erzählung zu unterbrechen. Ruqayya lehnte sich auf dem Diwan zurück, hatte die Augen geschlossen, und ihre Hand lag noch immer besitzergreifend auf Khurrams Arm.

»Nimmst du an den Nauroz-Feierlichkeiten teil?«

Mehrunnisa wandte sich an den Prinzen. »Ja, Eure Hoheit.« Das neue Jahr stand kurz bevor.

»Und du, Ma?«, fragte Khurram seine Großmutter.

Die Mogulwitwe streckte eine Hand aus und strich Khurram liebevoll über das Haar. »Ich auch, mein Kleiner. Mehrunnisa wird mir aufwarten.«

»Lass ihr ein wenig Zeit für sich, Ma. Die Basare werden in diesem Jahr herrlich sein. Ich habe vor, die ganze Zeit dort zu sein, natürlich nachdem ich dem Herrscher die Ehre erwiesen habe«, fügte er hastig hinzu.

»Vergiss nicht, dich jeden Tag Seiner Majestät zu zeigen«, warnte Ruqayya ihn. »Er wird sehr aufgebracht sein, wenn er dich nicht sieht.«

»Ja.« Khurram nickte. »Meine Mutter hat mir das auch schon gesagt. Ich weiß, was die Etikette erfordert, Ma. Warum schreibt ihr beide mit eigentlich andauernd vor, was ich tun soll?«

Khurram hatte seinen Satz erst halb ausgesprochen, als sich Ruqayyas Rücken bei der Erwähnung von Jagat Gosini versteifte, bis sie sich gerade wie eine Holzplanke aufgerichtet hatte. Mehrunnisa schlüpfte unbemerkt hinter die Mogulwitwe und versuchte verzweifelt, Khurrams Aufmerksamkeit abzulenken, doch er fuhr fort und wechselte das Thema. »Und was ist mit Mehrunnisa? Lass ihr doch ein wenig Zeit, damit sie über den Basar schlendern kann! Wie soll sie je einen Mann finden, wenn du sie hier bei dir einschließt?«

Doch die Mogulwitwe blickte starr geradeaus und sagte in sorgsam bemessenem Tonfall, in dem Jahre des Hasses und der Verletzungen widerhallten: »Wenn deine Mutter dir sagt, was zu tun ist, dann musst du sicher auf sie hören. Warum solltest du auch auf eine alte Frau hören, die hier doch nichts mehr zu sagen hat?«

Ruqayya hatte den Titel der Mogulkaiserin nur widerwillig an Jagat Gosini abgetreten, als Akbar starb. Seither begegneten sich die beiden Frauen in eisigem Schweigen und verneigten sich kaum voreinander. Ruqayya fand das alles ungerecht, doch Mehrunnisa wusste, wie grausam Ruqayya zu der jungen Jagat Gosini gewesen war, als

sie ihr den Sohn genommen hatte. Nun, da sie selbst die Prügel ein-
steckte, empfand Ruqayya ihre Situation als unerträglich. Es ärgerte
die Mogulwitwe, von einem halben Kind, wie sie es formulierte, in
den Hintergrund gedrängt zu werden. Allerdings redete Khurram
seine Großmutter mit »Ma« an. Dieses eine Wort war für beide
Frauen eine stete Mahnung an die Vergangenheit – eine Mahnung,
die Ruqayya schadenfroh und Jagat Gosini wütend machte.

So sehr sie Jahangirs Frau früher verabscheut hatte, empfand
Mehrunnisa inzwischen Mitleid für sie, weil sie Khurram in seinen
prägenden Jahren verloren hatte, ebenso wie sie nun Ruqayya be-
mitleidete. Doch Mehrunnisas Abneigung gegen Jagat Gosini hatte
nicht nachgelassen; in den letzten Jahren hatte sie nach und nach in
Erfahrung gebracht, wie sehr die jetzige Padshah Begam versucht
hatte, Jahangir von der Heirat mit Mehrunnisa abzubringen. In der
zenana gab es keine Geheimnisse.

Mehrunnisa wusste auch, dass Jahangir die Mogulwitwe nie besuchte, weil sie, Mehrunnisa, sich in Ruqayyas Gemächern aufhielt.
Wäre es nach Jagat Gosini gegangen, hätte sie Mehrunnisa entlassen, doch Ruqayya hatte auf Mehrunnisas Diensten bestanden. Jagat
Gosini ließ den Dingen ihren Lauf; sie hütete sich davor, die Mogulwitwe zu reizen, denn Ruqayya würde bestimmt Zeter und Mordio
schreien, was am Ende noch die Aufmerksamkeit des Moguls auf
sich zöge. Das Letzte, was sie wollte, war, dass Jahangirs Blick erneut
auf Mehrunnisa fiel.

Jetzt kniete Khurram sich neben die Großmutter, drückte seine
Wange an die ihre und legte die Arme um ihre fleischigen Schultern.
»Wer würde nicht auf dich hören? Du weißt, wie bedeutsam du für
mich bist, nicht wahr?«

»Wirklich?« Ruqayyas Verbitterung schwand rasch dahin. Khurram konnte mit seinem reizenden Wesen ihre schlechtesten Launen
vertreiben.

»Ja«, sagte Khurram und gab ihr auf beide Wangen einen lauten
Schmatzer. »Jetzt sag mir, was Mehrunnisa morgen auf dem Basar
macht?«

Ruqayya warf den Kopf zurück und lachte. »Woher das plötzliche Interesse an Mehrunnisas Familienstand? Warum heiratest du sie nicht?«

»Ma«, protestierte Khurram milde. »Du weißt, das es nicht geht. Obwohl …« Er schaute Mehrunnisa mit abwägendem Leuchten in den Augen an. »Sie ist schön.«

Mehrunnisa war unwohl unter Khurrams neugierigem Blick. Das war zu viel. Selbst wenn Khurram sich nicht bewusst war, dass er mit ihrer Nichte verlobt war, sie zumindest wusste es. Zuweilen ging Ruqayyas Hinterlist zu weit; sie wusste nicht, wann sie aufzuhören hatte.

»Eure Majestät«, protestierte sie. »Es ist höchst unschicklich, über solche Dinge zu reden. Bitte …«

»Na schön.« Ruqayya wedelte mit einer Hand. Das Spielchen langweilte sie. »Geh, Khurram. Ich sehe dich morgen bei der Feier.«

Prinz Khurram verneigte sich und ging mit breitem Grinsen auf dem Gesicht aus dem Raum. Mehrunnisa trat an den Schrank und begann, die Kleider der Mogulwitwe zusammenzulegen. Ihre Wangen waren noch rot vor Verlegenheit.

»Du weißt, dass Khurram Recht hat.«

Mehrunnisa drehte sich um.

»Ließe ich dich öfter ausgehen, würde der eine oder andere dich heiraten wollen.« Ruqayyas Augen in dem faltigen Gesicht zwinkerten. »Du musst unverschleiert zum Basar gehen. Die einzigen Männer dort gehören der Familie des Monarchen an. Wer weiß, vielleicht sieht dich der Mogulkaiser.«

Bei diesen Worten blieb Mehrunnisa beinahe das Herz stehen. Sie wandte sich ab, und ihre Augen strahlten bei dem Gedanken, Jahangir nach so vielen Jahren von Angesicht zu Angesicht gegenüberzutreten.

Ruqayya beobachtete sie genau, die schlanke Rundung ihres Rückens, das schwere, dichte Haar im Nacken, die schlanken Finger, die feine Stoffe falteten, und sie erinnerte sich daran, wie hingerissen der Herrscher von Mehrunnisa gewesen war. Diese Frau besaß eine

Macht über ihn wie keine andere in seiner *zenana*. Währenddessen nahm ein Gedanke in Ruqayyas lebhaftem Verstand Gestalt an. Mehrunnisas Schönheit durfte nicht im Harem verschwendet werden. Jahangir war einmal in sie verliebt gewesen; vielleicht, ja, vielleicht war er es noch immer. Ein kleiner Stoß in die richtige Richtung ... und sie, Ruqayya, würde die Vorteile einer wie auch immer gearteten Verbindung zwischen Jahangir und Mehrunnisa ernten. Noch wichtiger aber war – Ruqayya lächelte verschlagen –, Jagat Gosini wäre doch gewiss außer sich?

Kapitel 18

»*Der König, der sie über alles liebte, schickte einen Befehl an den Gouverneur von Patna, Sher Afgan sei zu ermorden. So geschah es, doch der heldenmütige Soldat tötete bei seiner Verteidigung acht Menschen, obwohl man ihn überrascht hatte … Sie war eine Frau von hervorragendem Urteilsvermögen und von einer Wahrhaftigkeit, die einer Königin würdig war.*«
William Irvine, Übers., *Storia do Mogor* by Niccolao Manucci

Bist du fertig? Können wir jetzt gehen?« Ladli sprang vom Hocker auf und tänzelte durch den Raum. Ihre Augen leuchteten vor Aufregung. »Werden wir den Mogulkaiser sehen? Worauf warten wir noch? Wann können wir gehen?«

Mehrunnisa belächelte die Ungeduld ihrer Tochter. »Gleich, *beta*. Wir müssen auf deine Dadi warten.«

»Wann kommt sie denn? Wieso ist sie nicht hier?«

»Ist sie doch.« Ein Kichern war am Eingang zu hören. Ladli lief Asmat Begam in die ausgebreiteten Arme und drückte die Großmutter fest an sich.

»Komm, wir gehen, Dadi.« Sie wand sich aus der Umarmung und zupfte Asmat an den Röcken.

Mehrunnisa ging auf ihre Mutter zu. Trotz der vielen Schicksalsschläge hatte sie ihre Stärke bewahrt. Mut hatte sie gezeigt, als Ghias Beg in Ungnade fiel, ihr war der unerschütterliche Glaube zu Eigen, dass ihr Gemahl Recht hatte, dass er immer im Recht war, auch wenn er schwankte. Für die Unterschlagung hatte es einen Grund gegeben. Als Mehrunnisa ihre Eltern nach deren Rückkehr in Agra traf, hatte sie nicht gewusst, wie sie Bapa gegenübertreten sollte. Doch eines Tages hatte Asmat sie beiseite genommen und einfach nur gesagt: »Er ist dein Bapa. Er hat dir das Leben geschenkt, er hat dich gelehrt, was du weißt. In mancher Hinsicht bist du, was er aus dir gemacht hat, *beta*. Wenn etwas Falsches geschehen ist, dann deshalb, weil er die Situation falsch eingeschätzt hat. Du weißt, wie freigebig dein Vater mit seinem Geld umgeht, dass kein Bedürftiger von unserer Tür fortgeschickt wird, auch wenn wir selbst gerade wenig zu bieten haben. Geh wieder zu ihm. Dein Schweigen bereitet ihm großen Schmerz. Es ist nicht an den Kindern, den Eltern zu vergeben. Ich kann nicht glauben, dass dein Bapa sich geirrt hat; und *du* darfst es auch nicht.«

Als Mehrunnisa ihre Mutter ansah, musste sie bei der Erinnerung an diese Unterhaltung lächeln. Sie war ihrem Vater gegenüber stets offen gewesen; sie hatten miteinander geredet, gescherzt und gelegentlich sogar gestritten. Asmat war schweigsamer, nachdenklicher, doch sie führte ihre Tochter mit zarter Hand wie damals. Mehrunnisa hatte daraufhin ihren Vater in seinen Gemächern aufgesucht. Er arbeitete an einem Hauptbuch des Staatsschatzes und hob die müden Augen, als sie eintrat. Mehrunnisa setzte sich neben ihn und lehnte den Kopf an seine Schulter. Dann hatten sie stundenlang in dieser Haltung miteinander gesprochen, und ihre Stimmen hatten ihre zerstörte Beziehung neu belebt. Und sie waren wieder miteinander ins Reine gekommen, weil ihre Mutter, die sonst immer im Hintergrund blieb, dieses eine Mal den Anstoß gegeben hatte.

»Kommst du nicht mit, *beta*?«, fragte Asmat.

»Noch nicht, Maji. Ich komme später nach«, erwiderte Mehrunnisa.

Asmat nickte und schob Ladli aus dem Raum. Kurz darauf waren sie verschwunden, und Mehrunnisa hörte Ladlis entzückte Aufschreie, als sie den Korridor entlanghüpfte.

Langsam trat sie auf den Balkon vor ihrem Zimmer. Segensreiche Wattewolken zogen müßig über den blauen Himmel, und die Sonne spielte hinter ihnen Verstecken. Es war spät am Nachmittag, und die goldenen, schräg stehenden Sonnenstrahlen hatten an Kraft verloren. Mehrunnisas Blick wanderte hinab in den Hof, wo der Mina-Basar in vollem Gange war. Gelächter drang zu ihr herauf, ebenso wie der köstliche Duft goldbrauner *jalebis*, die in heißem Öl brutzelten.

Der Basar war in dem Hof hinter dem Mina Masjid in der Festung von Agra aufgebaut worden. Der Hof war an vier Seiten von Ständen gesäumt, die mit frischen Blumen und bunten Papierfahnen fröhlich geschmückt waren. Die Verkäuferinnen boten alles feil: Blumen, Schmuck, Seide, Satin, sogar Gemüse und Gewürze.

Die Haremsdamen – für die der Basar eigentlich in Auftrag gegeben wurde – hatten ihren Spaß daran, so zu tun, als seien sie normale Hausfrauen, die für ihre Familien einkauften. Das so erstandene Gemüse und Obst schickte man in die Hofküche, und die Köche bereiteten daraus das Abendessen zu.

Mehrunnisa betrachtete die Auslage frischer Gemüse in einem der Stände: dicke Tomaten, grüne Mangos, Kohlköpfe, cremefarbener Blumenkohl, Karotten, Gurken, lange weiße Rettiche und schlanker Schlangenkürbis. Ein Eunuch stand Wache, während die Verkäuferin die Karotten, Gurken, Rettiche und Kürbisse fein säuberlich in Scheiben zerteilte und hintereinander schichtete. Als sie damit fertig war, nickte der Eunuch und schlenderte weiter. Das nur zur Freiheit in der *zenana*, dachte Mehrunnisa. Selbst das Gemüse wurde geschnitten, damit die Damen es nicht missbrauchen konnten.

Der Kaiser hatte einen Harem mit dreihundert Frauen, einschließlich Gemahlinnen und Konkubinen. Die Frauen konnten von Glück sagen, wenn ihr Herr sie wenigstens ein- oder zweimal im Jahr nachts besuchte und aus diesen Besuchen ein Kind resultierte, vorzugsweise ein Junge. Damit verbunden war die Macht – die höchste in einer *zenana* voller Frauen –, die Mutter eines potentiellen Thronerben zu sein. Gemahlinnen und Konkubinen wetteiferten miteinander um dieses Vorrecht. Dennoch bekamen viele den Großmogul ihr Leben lang nicht ein einziges Mal zu sehen. Nachdem sie das dreißigste Lebensjahr überschritten hatten, sah sie weder der Monarch noch ein anderer Mann jemals wieder.

Die *zenana* besaß für Mehrunnisa trotz aller Nachteile noch immer einen gewissen Zauber. Mit Hilfe des Harems konnte sie, die nur eine Frau war, reich werden und vielleicht sogar einen Erben zur Welt bringen; sie konnte in dieser Männerwelt mächtig werden. Aber sie war vierunddreißig, sagte ihr der Verstand traurig, und kein Mann fände sie mehr anziehend, schon gar nicht der Mogulkaiser.

Ein leichtes Hüsteln ließ sie aufhorchen, und sie drehte sich mit einem Ruck um. Ein Eunuch stand im Türrahmen. »Ihre Majestät wünscht Euch zu sehen«, sagte er.

»Ich komme gleich.«

Der Eunuch nickte und huschte ebenso leise hinaus, wie er hereingekommen war. Das war die *zenana*, neugierige Augen überall, Wispern in der Luft. Ein Versuch, dem zu entkommen, war vergebens. Man konnte sich nur so gut wie möglich damit arrangieren, musste stets auf der Hut sein, denn überhaupt nicht darauf zu achten wäre auch gefährlich. Als Asmat und Ghias nach Agra zurückgekehrt waren, hatten sie Mehrunnisa zu überreden versucht, mit Ladli zu ihnen zu ziehen. Sie war ihre Tochter, wo sollte sie sonst wohnen? Doch Mehrunnisa hatte sich diese kleine Unabhängigkeit bewahren wollen. Hier hatte sie Arbeit als Zofe der Mogulwitwe. All die Fertigkeiten, die Asmat ihr beigebracht hatte, wie Malen und Nähen, kamen ihr bei der Herstellung von Kleidern für die Haremsdamen zu Hilfe. Mehrunnisa wurde dafür reichlich entlohnt. Alles in allem hatte das Leben im Harem trotz der gläsernen Wände noch seine Vorteile. Nirgendwo sonst gab es diese Spannung, diese Intrigen, diesen Urinstinkt für das Überleben in einem goldenen Käfig.

Mehrunnisa trat an ihr Bett und nahm einen Schleier zur Hand. Sie befestigte ihn und trat vom Spiegel zurück, um sich zu betrachten. Ihr weißer *choli* und der gleichfarbige plissierte Rock waren mit Goldfäden bestickt, und an Hals und Armgelenken trug sie dicke Goldketten. Die Armreifen waren aus milchig weißen Perlen, und an ihren Ohren baumelten zwei riesige Perlen. Die Kleidung stand in Kontrast zu den hennagefärbten Händen und Füßen und den blauen Augen, die in einem zart getönten Gesicht strahlten.

Ein feines Lächeln legte sich auf ihre Gesichtszüge. Keine Frau über dreißig würde es wagen, Weiß zu tragen, das Symbol für Reinheit und Jungfräulichkeit. Doch ihr Spiegelbild bewies, dass es so sein durfte. Sie holte tief Luft, glättete ihren Rock und machte sich auf die Suche nach Ruqayya Sultan Begam.

Die Mogulwitwe hielt in einer Ecke des Basars Hof, umgeben von Eunuchen, ihren Zofen und Prinz Khurram.

Mehrunnisa trat auf Ruqayya zu. »Eure Majestät wünschten mich zu sehen?«

»Ja«, sagte Ruqayya, und ihr rundes Gesicht überzog sich mit Lachfältchen. »Geh zum Mogulkaiser und sag ihm, dass ich ihn hier zu sehen wünsche.«

»Zum Mogul, Eure Majestät?«, stammelte Mehrunnisa, von diesem Auftrag überrumpelt.

Sowohl Ruqayya als auch Khurram beobachteten sie genau, und auf ihren Gesichtern spiegelte sich eine Mischung aus Ironie und Ernst.

Sie führten etwas im Schilde, hatten irgendein Komplott ausgeheckt, eine Falle gestellt. Was hatten sie vor? Wollten sie Mehrunnisa demütigen? Das würde Ruqayya ihr bestimmt nicht antun. Doch Mehrunnisa wusste, dass Ruqayya, so sehr sie ihr zugetan war, durchaus imstande war, ihr hin und wieder einen kleinen, grausamen Streich zu spielen. Zaudernd stand sie neben der Mogulwitwe, und eine Stimme in ihrem Innern sagte ihr, sie solle doch gehen, es sei eine ausgezeichnete Gelegenheit, was habe sie schon zu verlieren; eine andere hielt sie zurück.

»Und? Gehst du nun?«, fragte Ruqayya streng.

»Wie Ihr wünscht, Eure Majestät.« Mehrunnisa verneigte sich und wandte sich ab, wobei sie sich den Schleier über das Gesicht zog.

»Lass deinen Schleier weg, Mehrunnisa. Den Mogul wird es kränken, wenn du verschleiert vor ihn trittst. Schließlich sind nur Damen hier anwesend.«

»Ja, Eure Majestät.« Langsam machte sie sich auf den Weg. Wenn sie denn gehen sollte, noch dazu unverschleiert, wollte sie nicht lammfromm auftreten. Wenn sie nur Zeit gehabt hätte, sich darauf vorzubereiten, dann hätte sie gewusst, was sie sagen sollte. Würde er sich an sie erinnern? Hatte er all die Jahre an sie gedacht? Nein, er musste sie vergessen haben, denn wenn er sich erinnerte, dann hätte es ein Zeichen gegeben, einen Hinweis. Die Gedanken in Aufruhr, bahnte sich Mehrunnisa ihren Weg durch den Basar. Hinter ihr brachen die Damen, die so lange still gewesen waren, in Gelächter aus.

Irgendwo in der Ferne gackerte Ruqayya vor Vergnügen, und Mehrunnisa hörte sie sagen: »Gib mir meine zehn Goldmünzen, Khurram.«

»Noch nicht, Ma«, vernahm Mehrunnisa Khurrams Stimme. »Warten wir es ab.«

Aha, dachte Mehrunnisa, also doch eine Falle. Sie hatten gewettet. Aus welchem Grund? Mehrunnisa zauderte. Dann schob sie energisch das Kinn vor. Zehn Goldmünzen nur? Mit Sicherheit war sie mehr wert. Obwohl sie vor Geld strotzte, wettete die Mogulwitwe liebend gern mit jedem, der ihr auch nur ein halbes Ohr schenkte, und forderte unnachgiebig die Bezahlung, wenn sie gewann. Wer von beiden hatte auf sie als Siegerin gesetzt?

»Eure Majestät«, eine Hand zog den Mogul am Arm, »ich möchte eine Rubinkette.«

Jahangir schaute das Mädchen an. Sie schenkte ihm ein hübsches Grübchenlächeln, hob eine Hand, um sich die Haare aus dem Gesicht zu streichen, und ließ ihn in den Genuss ihrer schlanken Taille und festen Brüste kommen.

»Die sollst du haben«, erwiderte er, legte einen Arm um sie und zog sie an sich. »Wo finden wir denn eine Rubinkette?«

Sie zeigte unverzüglich auf einen Schmuckstand. »Da, Eure Majestät.«

Die Haremsdamen bildeten eine Gasse, um sie hindurchzulassen. Der Herrscher fuhr mit einer Hand über den schmalen Rücken des Mädchens, das glücklich kicherte und ihn mit blitzenden Augen ansah.

Jahangir seufzte zufrieden. Der Tag war bisher erfreulich verlaufen. Am Morgen hatten ihm die Höflinge und alle Edelleute, die sich unter dem großen Baldachin versammelt hatten, um ihm zu huldigen, Geschenke überreicht. Nach dem Mittagsmahl und einer kurzen Ruhestunde war er in den Hof gegangen, um den Mina-Basar zu besuchen.

Das war der angenehmste Teil des Nauroz-Festes. Er begleitete seine verschiedenen Gemahlinnen und Konkubinen zu den Ständen und betätigte sich als Makler für sie, feilschte mit den Verkäuferinnen und flirtete ausgiebig mit allen Frauen. Es war eine erfreuliche Unterbrechung der langatmigen, langweiligen Staatspflichten. Und es gab ja so viele Frauen, die alle begierig waren, ihm zu gefallen.

Die Frauen der Adligen nahmen ihre Töchter mit auf den Basar in der Hoffnung, das Auge des Herrschers möge auf sie fallen, denn es war eine Ehre, auch wenn man nur als Konkubine in den Harem eingeführt wurde. Im Übrigen, wenn es den Frauen gelang, Jahangir auf sich aufmerksam zu machen und seine Geliebte zu werden, wäre es für sie und ihre Familien höchst lohnend. Daher hatten sich alle Frauen herausgeputzt. Der Basar wimmelte von farbenprächtig gekleideten Damen, deren Schmuck in der Sonne glitzerte. Fröhliches Gelächter, das Klirren von Armreifen und Parfümduft erfüllten die Luft.

Sie kamen an den Stand, und die Frau des Händlers kramte alle Waren für die neueste Favoritin des Herrschers hervor. Amüsiert schaute Jahangir zu, wie das Mädchen sich auf der Suche nach einer Kette konzentrierte und dabei die Stirn krauszog. Er sah seine Frauen gern glücklich, und das vergnügte Lächeln auf dem Gesicht dieser Konkubine sagte ihm, dass sie ihn heute Abend nach bestem Vermögen zufrieden stellen würde. Bei dem Gedanken lief ihm ein Prickeln über den Rücken.

Er schaute sich nach Hoshiyar Khan um, der vortrat und der Verkäuferin das Geld gab.

»Danke, Eure Majestät«, hauchte das Mädchen, als es sich die Kette um den Hals legte. Ihre Augen strahlten vor Bewunderung.

371

Jahangir lächelte ihr zu. »Jetzt wollen wir uns ein wenig umsehen.« Er legte einen Arm um sie und betrachtete das Gesicht des Mädchens. Sie musste die hübscheste Frau in seiner *zenana* sein. Ach, wie angenehm war es doch, Mogulkaiser zu sein.

Plötzlich blieb er wie angewurzelt stehen und hielt die Luft an. Die Sonne war hinter einer Wolke verschwunden, und im gedämpften Licht des Nachmittags sah es aus, als schwebte sie durch die Luft; ihr weißer Schleier wogte wie Nebelschwaden über dem Boden.

Die Damen verstummten und beobachteten den Monarchen neugierig, als Mehrunnisa sich näherte. Er stand reglos da und wartete auf sie, vergessen war das junge Mädchen an seiner Seite.

Als sie vor Jahangir stand, verbeugte sich Mehrunnisa anmutig zum *konish*. »*Inshah Allah*, Eure Majestät. Die Mogulwitwe Ruqayya Sultan Begam wünscht Euch zu sehen.«

Mehrunnisa. Er war wie vor den Kopf gestoßen. Vier lange Jahre. Jeden Tag hatte er an sie gedacht, jede Nacht erschien sie in seinen Träumen. Er hatte gewusst, dass sie in der *zenana* war, hatte aber nicht nach ihr geschickt. Zu viel war geschehen. Mahabat hatte immer wieder zur Vorsicht geraten. Was würden zukünftige Könige über den Mogulkaiser Jahangir sagen, wenn er sich derart von einer Frau betören ließe? Er hatte auf seine Ratgeber gehört, denn er wusste, sie hatten Recht. Andere Angelegenheiten hatten ihn beschäftigt: die Feldzüge, Vorgänge bei Hofe, sogar Heiraten aus politischen Gründen. Doch als er sie hier vor sich stehen sah, waren all diese Gründe wie weggewischt. Er räusperte sich.

»Geh voran, Mehrunnisa. Gewiss werde ich dem Befehl meiner Mutter Folge leisten«, sagte er und trat zurück, um sie vorbeigehen zu lassen. Er folgte ihr gemächlichen Schrittes, nahm die schlanke Taille, den geraden Rücken und den anmutigen Hüftschwung in sich auf, als sie vor ihm herging. Plötzlich überkam ihn das unwiderstehliche Bedürfnis, die glatte Haut ihrer Taille zu streicheln und seine Hand in der Rückenbeuge liegen zu lassen. Das Alter hatte Mehrunnisas Zauber keinen Abbruch getan. Die vergangenen vier Jahre waren ruhig gewesen und hatten sie in eine noch anmutigere Frau verwandelt. Sie fühlte sich wohler in ihrer Haut, in ihrem Körper. Jahangir ging hinter ihr her und konnte kaum atmen, so schmerzhaft war es, sie zu sehen, ohne sie berühren zu können.

Stille senkte sich über den ganzen Basar. Die Damen stießen sich gegenseitig an, hörten auf zu feilschen und drehten sich mit offener Neugier zu Mehrunnisa um. Sie hörte, wie ihr Name geflüstert wurde. Alle wussten natürlich von ihr, viele Haremsdamen trugen ein von ihr entworfenes Kleid.

Als sie zu Ruqayya kamen, trat Mehrunnisa in den Hintergrund.

Jahangir verneigte sich vor seiner Stiefmutter. »Eure Majestät, Ihr habt mir nicht gesagt, dass Ihr ein solches Juwel in Eurer Obhut habt.«

»Jetzt weißt du es, mein Sohn.« Ruqayya schaute Jahangir listig an. »Denke daran, sie ist mir lieb und teuer.«

Jahangir schaute Mehrunnisa ewig lange an, während die umstehenden Damen die Szene stumm verfolgten. *Das ist sie mir auch*, dachte er. Worin lag ihr Zauber? Warum erinnerte er sich an jede Einzelheit ihrer Begegnungen, an jedes Lächeln auf ihrem Gesicht, jedes Glänzen in ihren Augen? Sein Herz schlug heftig, als Mehrunnisa tief Luft holte und errötete. Der erste Gedanke, der ihm durch den Kopf schoss, war die Hoffnung, dass sie nicht wieder geheiratet hatte. Er durfte sie nicht verlieren. Nicht jetzt, nicht noch einmal. Sie musste die Seine werden.

In dem Bewusstsein, dass alle Augen im Basar auf ihnen ruhten, sagte er zu Ruqayya, die Worte mit Bedacht wählend: »Wenn Eure Majestät erlauben, würde ich sie gern über den Basar führen.«

Ruqayya strahlte. »Gib gut auf sie Acht, *beta*. Sehr gut.«

Jahangir wandte sich an Mehrunnisa, die kurz nickte und kaum den Kopf hob, um ihn anzusehen. Er wollte ihr die Hand reichen, hielt sich aber zurück. Stattdessen sagte er zu Ruqayya, ohne Mehrunnisa aus den Augen zu lassen: »Euer Wunsch sei mir Befehl, Eure Majestät.«

Nach den Worten des Moguls breitete sich ein Murmeln im Basar aus, als sich die Nachricht verbreitete. Jahangir und Mehrunnisa machten sich auf den Weg, wobei sie eine Armlänge Abstand voneinander hielten.

Kaum waren sie gegangen, ließ Khurram zehn Goldmünzen in die ausgestreckte Hand seiner Großmutter gleiten.

Jagat Gosini betrachtete gerade eine Kette aus Türkisen und Perlen, als ihre Sklavin sich zu ihr neigte und ihr etwas ins Ohr flüsterte. Sie richtete sich auf, drehte sich um und folgte mit den Augen dem ausgestreckten Arm des Mädchens. Jahangir und Mehrunnisa waren vor einem Stand für Textilien stehen geblieben. Die Verkäuferin entrollte einen Ballen farbenprächtiger Satin- und Seidenstoffe nach dem anderen.

Die Padshah Begam rührte sich nicht und sah mit ausdrucksloser Miene zu. Jahangir legte Mehrunnisa einen Arm auf die Schultern, und sie sagte etwas. Sogleich zog der Großmogul den Arm fort und lachte sie an.

Jagat Gosini drehte sich wieder um.

Die Händlerin schaute sie an. »Wollen Eure Majestät die Kette kaufen?«

»Nein«, erwiderte sie zerstreut.

Sie schwieg und dachte angestrengt nach. Nicht schon wieder Mehrunnisa. Würde diese Frau sie denn nie in Frieden lassen?

»Hol Hoshiyar Khan her«, sagte sie zu der Sklavin.

Kurz darauf verneigte sich der große Eunuch vor ihr.

»Wie konnte das geschehen, Hoshiyar?«, fragte die Padshah Begam in schneidendem Ton.

Hoshiyar zuckte mit den Schultern. »Ihre Majestät Ruqayya Sultan Begam hat Mehrunnisa zum Mogul geschickt.«

»Warum?«

»Damit er Notiz von ihr nahm, Eure Majestät. Ich kann mir keinen anderen Grund denken. Es war offensichtlich ein Trick, den Mogul auf sie aufmerksam zu machen.«

»Denke dir einen Vorwand aus, ihn von dort wegzurufen. Ich

374

will, dass Mehrunnisa bei Anbruch der Dunkelheit die *zenana* verlassen hat. Der Mogulkaiser darf sie nicht wiedersehen.«

Hoshiyar zuckte erneut mit den Schultern. »Ich kann nichts ausrichten, Eure Majestät. Der Mogulkaiser lässt sich von mir nicht ablenken.« Da er sah, wie sich Jagat Gosinis Stirn furchte, fügte er hinzu: »Ich habe es bereits versucht, Eure Majestät. Im Übrigen gehört Mehrunnisa, wie Ihr ja wisst, Ruqayya Sultan Begams Gefolge an, und die Mogulwitwe ... äh ... nimmt von niemandem Befehle entgegen.«

Jagat Gosini nickte und wandte sich mit finsterer Miene ab. Sie würde sie mit ihren eigenen Waffen schlagen. Hoshiyar konnte ihr nicht mehr helfen, eben sowenig wie Mahabat Khan. In den letzten Jahren hatte Mahabat Khans Einfluss bei Hofe in demselben Maße zugenommen wie Jagat Gosinis Einfluss in der *zenana*. Jahangir ließ es sich gut gehen und überließ Mahabat und Mohammed Sharif die meisten Entscheidungen, solange sie ihm nicht zu sehr gegen den Strich gingen. Demzufolge hatte Mahabat zu viel zu tun, um sich heimlich mit der Mogulkaiserin zu treffen, und im Laufe der Zeit hatte sich ihre Verbindung gelockert. Im Übrigen handelte es sich hier um eine Haremsangelegenheit, in der Mahabat nicht von Nutzen war. Sein Wert lag woanders, bei Hofe, außerhalb des Harems.

Das hier, dachte sie, musste sie allein in die Hand nehmen. Und das würde sie auch. Sie hatte gewusst, dass ihre Begegnung irgendwo, irgendwann unvermeidlich war. Doch die Zeit war auf ihrer Seite gewesen. Mehrunnisa war nicht mehr jung. Ihr Zauber gehörte der Vergangenheit an. Die Padshah Begam drehte sich noch einmal mit triumphierendem Lächeln zu ihnen um, das ihr im Nu verging.

Mehrunnisa schaute lächelnd zu Jahangir auf. Im gedämpften Sonnenlicht schimmerte sie wie eine Perle zwischen den farbenfroh gekleideten Damen, die um sie herumstanden. Sie war anscheinend überhaupt nicht älter geworden, wenn überhaupt, verfügte sie über eine neue Reife und bewegte sich mit größerer Selbstsicherheit. Der Mogulkaiser war diesem Zauber gegenüber nicht blind. Er beugte sich über sie mit dem Ausdruck unverhohlenen Begehrens in den

375

Augen. Jagat Gosinis Magen verkrampfte sich. Jahangir hatte einst, vor vielen, vielen Jahren, auch sie in dieser Weise angeschaut. Auch sie hatte ihn damals betört, war nackt dem Wasserbecken in ihren Gemächern entstiegen, Tropfen glitzerten auf der Haut, und sie war sich sicher gewesen, ihren Gemahl fest im Griff zu haben. Doch das war lange her; Jagat Gosini war mit den Pflichten, die ihr abverlangt wurden, gealtert.

In diesem Augenblick warf Mehrunnisa einen kurzen Blick zu Jagat Gosini hinüber, und die beiden Rivalinnen starrten einander sekundenlang an. Mehrunnisa hob beim Anblick der Padshah Begam eine vollendet geschwungene Augenbraue und wandte sich dann wieder dem Mogul zu.

Die Mogulkaiserin erstarrte. Eine Woge des Hasses spülte über sie hinweg. Diese Frau würde nicht in die *zenana* kommen, wenn es nach ihr ging. Ein Zweifel nagte an ihr, den sie nicht abzuschütteln vermochte. Was besaß Mehrunnisa? Schönheit? Zauber? Aber im Harem gab es mindestens hundert Mädchen, die schöner und bezaubernder waren. Bei den anderen Frauen ihres Gemahls war ihr nicht so unbehaglich zumute gewesen. Sie waren alle viel jünger, kaum der Schule entwachsen, unreif, mehr daran interessiert, sich zu verschönern und vor dem Spiegel herauszuputzen.

Von dem Augenblick an, da Jagat Gosini einen Fuß in den Harem setzte, hatte sie die Verantwortung übernommen. Sie verbrachte viel Zeit mit den *mullas* und Lehrern, lernte Turki, Persisch, Geschichte, Philosophie und Lyrik. Trotz ihrer Jugend wusste sie, dass Schönheit vergänglich war; der Mogul brauchte eine Frau, die ihn begleitete, eine, mit der er kenntnisreiche Gespräche führen konnte, eine, die nicht nur seine Leidenschaft, sondern auch seinen Geist anregte. Sie hatte hart daran gearbeitet, diese Stellung zu erlangen. Sie war die Erste Dame der *zenana*, niemand stand über ihr.

Jagat Gosini schüttelte den Kopf. Was dachte sie da? Sie hatte Jahangir einen wunderbaren Sohn geschenkt, den nächsten Mogulkaiser, sie hatte fünfundzwanzig Jahre mit Jahangir gelebt, wie sollte jemand sie von ihrem Platz verdrängen? Selbst wenn Mehrunnisa in den Harem einträte, würde sie ihren Wert unter Beweis stellen und einen Thronerben zur Welt bringen müssen. Leider war das durchaus im Bereich des Möglichen, sie war noch jung genug, um Kinder zu bekommen. Und selbst wenn, sagte sich Jagat Gosini, der Mogul würde sie mit der Zeit vergessen, wie alle anderen Frauen bisher. Er würde zu Jagat Gosini zurückkehren und ihre Freundschaft suchen.

Als die Padshah Begam sich zu ihren Dienerinnen umdrehte, hatte sie wieder ihre normale, selbstgefällige Miene aufgesetzt. Nur wer genauer hinsah, bemerkte die Kampfeslust in ihren Augen.

Kapitel 19

»Er (Jahangir) hätte sie (Mehrunnisa) in seinen Harem
gebracht ... und sie dort wie eine seiner Konkubinen gehalten,
doch die ... ehrgeizige Frau lehnte ab ... Die Liebe eroberte des
Königs Herz erneut im Sturm; auch mit Hilfe von
Zaubermitteln, wie man munkelt ...«
Edward Grey, Hg., *The Travels of Pietro Della Valle in India*

Dichter Frühnebel lastete hartnäckig auf Agra. Er wirbelte als weißer, feuchter Dunst durch die Pflasterstraßen, über den Schutzwall der Mogulfestung, durch die Gärten und die Paläste aus rotem Sandstein. Nur wenige Menschen waren zu dieser Zeit wach: Laternenanzünder, die Straßenlampen löschten und reinigten, Milchmänner, die ihre Kühe vor die Türen führten, um Messingkannen mit frischer, schäumender warmer Milch zu füllen, Straßenkehrer, die Wasser aus Tonkrügen über die Straßen spülten, Händler, die vom Gemüsemarkt zurückkehrten, ihre Karren hoch mit Gemüse für den Tagesverkauf beladen.

Ghias Begs Haus an einer breiten, von Bäumen gesäumten Allee, ein gutes Stück von der Straße zurückgesetzt, war vom Nebel verhüllt. Es war still im Haus, denn die meisten Bewohner schliefen. In den Ställen kauten die Pferde in gleichmäßigem Rhythmus auf frischem Heu, im Hof dahinter scharrten Hühner im Erdreich nach nicht vorhandenen Leckerbissen. Nur der Koch und seine Helfer waren schon wach, der größte Herd war bereits angeheizt und blies weißen Rauch durch den Hof.

In einem Zimmer auf der ersten Etage lag Mehrunnisa im Bett und schlief, eine Decke aus Baumwolle bis an die Taille hochgezogen, die Hand unter den Kopf geschoben, die Haare wie eine Masse aus Ebenholz um sich ausgebreitet. Ein Hahn krähte, plötzlich seiner Pflicht bewusst. Mehrunnisa schlug langsam die Augen auf und starrte an die gegenüberliegende Wand. Wo war sie? Die Gemälde waren ihr nicht bekannt. Der Raum war viel größer als der, den sie in der *zenana* bewohnte. Dann fiel ihr ein, dass sie sich im Haus ihres Vaters befand. Sie war am Abend zuvor zurückgekehrt und hatte Ruqayya und ihre Pflichten hinter sich gelassen.

Der Nebel schickte seine kalten Finger durch die Fensterläden in den Raum, und Mehrunnisa fröstelte. Sie zog sich die Decke bis an den Hals und verkroch sich in die tröstende Wärme darunter. Mehrunnisa war zu faul, in der verlöschenden Glut im Kohlebecken zu stochern, drehte sich zum Fenster um und sah zu, wie der weiße Schein der schwachen Morgensonne allmählich den Raum erhellte.

Die Mogulwitwe war nicht gerade erfreut, als Mehrunnisa ihr mitteilte, sie wolle gehen. »Für wie lange?«, hatte Ruqayya in strengem Ton gefragt.

»Ich weiß nicht, Eure Majestät. Ich kann hier einfach nicht mehr bleiben. Jetzt sollte ich bei meinem Vater sein, in seinem Haus«, sagte Mehrunnisa und wich Ruqayyas bohrenden Blicken aus. Also hatte man die Sänfte kommen lassen, und Mehrunnisa war aus einer der Hintertüren geschlüpft, die schlafende Ladli auf dem Arm. Bapa und Maji hatten geschlafen, wurden aber wach, als sie kam. Sie stellten keine Fragen, sagten nichts und ließen keine Bemerkungen über ihre rot geweinten Augen fallen. Maji beauftragte nur eine Magd, einen Raum für Mehrunnisa herzurichten, und nahm Ladli mit in ihr eigenes Bett.

Ghias war zu ihr gekommen, kurz bevor sie einschlief. »Ich bin froh, dass du zu Hause bist, *beta*«, sagte er und küsste sie auf die Stirn.

»Ich hoffe, es bereitet euch nicht zu viel Umstände.«

»Kann es einem Vater zu viel sein, wenn sein Kind nach Hause kommt? Schlaf jetzt, Maji kümmert sich um Ladli, und wir können später miteinander reden.«

So kam es, dass Mehrunnisa eine Woche nach ihrer Begegnung

mit dem Großmogul im Basar zu ihren Eltern zurückkehrte. Sie lag im Bett und lauschte auf die Geräusche des erwachenden Haushalts. Auch die Stallknechte waren wach, und sie hörte ein leises Rascheln, als sie die Pferde in den Boxen unter ihrem Fenster striegelten.

Die vergangene Woche hatte ihre Welt vollkommen auf den Kopf gestellt. Am Tag nach dem Basar waren Diener mit Geschenken in Ruqayyas Gemächer geströmt. Auf goldenen Tabletts schimmerten Juwelen, dazu Weinflaschen, meterweise Satin und Seide, verbunden mit der Einladung, Jahangir zum Abendessen Gesellschaft zu leisten. Mehrunnisa saß verblüfft auf ihrem Diwan und schaute die vor ihr ausgebreiteten Geschenke an. Sie schickte alles mit einer kurzen Notiz zurück. Ein Abendessen sei nicht möglich; die Präsente seien zu viel. Sie hoffe, Seine Majestät verstünde das.

Tags darauf kam Jahangir persönlich vorbei, und sie gingen in den Gärten der *zenana* spazieren. Eine Unterhaltung war fast unmöglich. Die königlichen Gärtner waren alle draußen bei der Arbeit. Fast jede Haremsdame hatte ausgerechnet diese Zeit ausgewählt, um spazieren zu gehen oder sich in den Schatten der Blasenbäume zu setzen. Scharen von Eunuchen und Hofdamen hatten unzählige Besorgungen zu erledigen. Jahangir schien sie nicht wahrzunehmen. Für Mehrunnisa aber war es sehr schwierig. Plötzlich vereinte sie alle Blicke auf sich, allenthalben tuschelte man über sie, alle, die vorüberkamen, stießen sich an und warfen ihr verstohlene Blicke zu. Und so waren Jahangir und sie schweigend nebeneinanderher gegangen. Zuletzt hatte sie gesagt: »Eure Majestät, vielleicht wäre es am besten, wenn wir uns eine Woche lang nicht sähen.«

»Ich will dich sehen. Nicht nur morgen, sondern immer.«

Mehrunnisa senkte den Kopf und schaute dann wieder zu ihm auf. »Ich erbitte mir ein wenig Zeit, Eure Majestät. Mehr nicht.«

»Gut. Aber ehe du gehst«, Jahangir ergriff ihre Hand und hielt sie fest, »sollst du wissen, dass ich mich sehr wohl an dich erinnere, Mehrunnisa. Vor vier Jahren wollte ich den *Tura-i-Chingezi* in Anspruch nehmen. Die Entscheidung fiel mir nicht leicht. Ich habe sie durchaus nicht vergessen, nicht einmal nach Ali Qulis Tod.«

Als er sie losließ, rannte Mehrunnisa förmlich davon und ließ ihn stehen. Die Woche war tags zuvor vorbei gewesen, und Mehrunnisa hatte sich ins Haus ihres Vaters geflüchtet.

In der *zenana* war es unmöglich gewesen nachzudenken. Früher war sie ein Niemand und der Beachtung nicht wert. In der vergangenen Woche hatten Sklavinnen, Eunuchen, Schreiber, ja selbst die Köchinnen Zeit gefunden, stehen zu bleiben und sie anzugaffen. Auch Ruqayya war über diese Neugier nicht erhaben. Jedes Mal, wenn sie Mehrunnisa anschaute, erhellte ein kleines, triumphierendes Lächeln ihre Züge. Alle rechneten damit, dass sie Jahangir heiraten würde, und dass auch sie davon profitierten. Die Menschen waren freundlicher zu ihr als früher, ehrerbietiger und nach Mehrunnisas Dafürhalten falscher. Bei all dem war sie sich nicht sicher, was *sie* eigentlich wollte.

Mehrunnisa richtete sich im Bett auf und schlang die Decke um ihre Knie. Was wollte sie? Jahangir? Ja. Daran bestand kein Zweifel. Ihn wollte sie schon seit ihrem achten Lebensjahr, und dieses Begehren war selbst in den Jahren ihrer Ehe mit Ali Quli nicht ins Wanken geraten. Jetzt war es so weit; sie musste nur ja sagen. Dann wäre ihr ein Leben mit dem ersehnten Mann in unermeßlichem Luxus beschert – ein Leben, das sie bisher als Randfigur mitbekommen hatte. Warum zögerte sie dann noch?

Man munkelte bereits, sie habe das Interesse des Mogulkaisers mit Listen auf sich gelenkt und über eine so lange Zeit hinweg gefesselt. Sie sei eine Hexe, sie habe ihn verzaubert. Diese Gerüchte waren niederträchtig und schmerzten, doch sie kamen aus Mündern, aus denen der reine Neid sprach. Trotz seiner hohen Stellung, seiner Aufgabe als Mogulkaiser, sah Mehrunnisa nicht ein, warum Jahangirs Liebe zu ihr nicht ebenso stark und beständig sein konnte wie ihr Gefühl für ihn.

Mehrunnisa atmete tief. Endlich durfte ihre Liebe wahr werden. Eine Welle des Glücks durchlief sie, aber im nächsten Moment mischte sich Angst hinein. Ihr ganzes Leben würde sich verändern. Sie würde lernen müssen, Jahangir mit anderen zu teilen, sich älteren Frauen unterzuordnen, sich einen Platz in der Hierarchie der *zenana* zu verschaffen. All das gab ihr zu denken. Mehrunnisa wollte Jahangirs Zuneigung nicht mit anderen teilen, seine Zeit vielleicht, nicht aber seine Gedanken. Die sollten ihr allein gehören. Sie wusste nicht, wie sie auf diesen Mann reagieren sollte, dessen Lachen ihr so wohl tat, in dessen Gegenwart ihr das Herz leicht wurde. Die Macht ihrer Gefühle für ihn erschreckte sie. Mehr denn je zuvor, da ihrem Zusammensein nun keine Hindernisse mehr im Weg standen. Doch sie hatte sich für ihn entschieden, als sie acht Jahre alt war, und sie entschied sich mit vierunddreißig noch immer für ihn. Er würde ihr Leben lang so wichtig für sie bleiben. Sollte sie ihn überleben, würde es keinen anderen Mann mehr geben. Dessen war sie sich sicher.

Mehrunnisa wand eine Haarsträhne um die Finger und zog daran. Sie befürchtete, seine Liebe könnte nachlassen, er könnte andere Frauen betörender finden, wenn sie ihn mit ihnen teilte. Diesen Gedanken konnte sie nicht ertragen. Doch sie wusste auch, dass ihr Glück bei ihm lag und dass sich ihr hier eine Chance bot, die sie einfach ergreifen musste.

Sie würde Jahangir weder Ruqayya noch ihrem Bapa, noch einem anderen Menschen zuliebe heiraten, der eventuell davon profitieren könnte. Sollte sie nach all den Jahren wieder heiraten – zu einer Zeit, da sie finanziell nicht länger von einem Mann abhängig war, da sie nicht mehr unter dem Druck stand, heiraten oder ein Kind haben zu müssen –, dann nur deshalb, weil sie ihn letzten Endes liebte wie keinen anderen Mann zuvor.

Ein schiefes Lächeln huschte über ihre Züge. Wahrscheinlich war sie die einzige Frau im gesamten Kaiserreich, die so lange überlegte, ob sie den Monarchen heiraten sollte.

Die Tür ihres Zimmers ging auf. Ghias trat mit einer Tasse *chai* ein.

»Hast du gut geschlafen, *beta*?«

»Ja, Bapa.« Mehrunnisa drehte ihre Haare im Nacken zu einem

losen Knoten zusammen. »Bapa, ich muss dir sagen, warum ich zurückgekommen bin. Ich ...«

»Ich glaube, ich weiß Bescheid«, sagte er gütig und reichte ihr die
Tasse. »Maji hat mir von deiner Begegnung mit dem Herrscher auf
dem Basar erzählt. Von Höflingen habe ich erfahren, dass er dir Geschenke gemacht hat. Warum hast du sie nicht angenommen?«

Mehrunnisa schüttelte den Kopf. »Ich konnte es nicht. Der Mogul und ich sind uns noch nicht einig. Er hat mich tags darauf besucht, Bapa. Aber es war so schwierig, weil so viele Leute da waren.
Was soll ich nur machen, Bapa?«

»Das musst du entscheiden, *beta*. Warte ab, erst mit der Zeit wirst
du wissen, was zu tun ist. Ich glaube fest, dass du die richtige Entscheidung triffst. Aber überlege sorgfältig, ehe du irgendetwas ent-
scheidest, Nisa. Bedenke, dass es nicht gut ist, den Mogulkaiser zu
verärgern. Mehr sage ich nicht. Hier«, er zog einen Brief aus der Tasche seiner *kurta*, »das ist bei Tagesanbruch für dich abgegeben worden.«

Mehrunnisa nahm den Brief entgegen und drehte ihn um. Das
Siegel obenauf prangte in der Form eines hockenden Löwen mit ei-
ner lodernden Sonne im Hintergrund. Das Siegel des Mogulkaisers
Jahangir. Sie sah ihrem Vater nach, als er den Raum verließ, dann
nahm sie ihren *chai* mit ans Fenster und löste mit einem vergoldeten
Brieföffner das Siegel des Monarchen.

Die Sonne drang mit Mühe durch den Nebel und vermochte nur
hier und da einen goldenen Strahl auf die Paläste von Agra zu werfen. In der Ferne hörte man von den Moscheen in der Stadt den
melodischen Ruf der Muezzins zum ersten Gebet des Tages.

Jahangir erhob sich von seinem Diwan, zog einen Gebetsteppich
hervor und breitete ihn auf dem Boden aus. Er kniete mit dem Gesicht nach Westen nieder, hob die Hände und folgte dem Gebet der
Muezzins. Abschließend berührte er Augen und Gesicht mit den
Händen und setzte sich auf die Fersen. Einen Moment lang war er
innerlich zur Ruhe gekommen.

Dann überfielen ihn wieder die Gedanken an Mehrunnisa, die ihn die ganze letzte Woche hindurch schon beschäftigt hatten. Nie hatte er eine so reizende, zauberhafte, gelassene und in ihrer Schönheit ruhende Frau gesehen. Durch und durch Frau. Jahre waren seit ihrer letzten Begegnung vergangen, und damals war sie voller Leben gewesen, zu Scherzen aufgelegt, mit raschem Verstand. Doch auf ihren Spaziergängen über den Basar und durch die Gärten der *zenana* hatte sie kaum gesprochen. Doch das war gar nicht nötig gewesen. Ihm genügte, dass sie bei ihm war, an seiner Seite. Er betrachtete sie eingehend, ihre Wimpern, die sich wie ein Halbmond an ihre Wangen schmiegten, die pulsierende Ader an ihrem Hals, die er am liebsten berührt hätte, ihre blauen Augen, nach deren Lächeln er sich verzweifelt sehnte.

Jahangir erhob sich und trat ans Fenster. Er schaute hinaus auf den behäbig dahinziehenden Yamuna. Er lehnte sich an die Fensterbank und sah zu, wie die Sonne den Morgennebel vertrieb. Jetzt musste sie seinen Brief erhalten haben. Jetzt musste sie ihn lesen. Was würde sie sagen? Würde sie ihn erneut abweisen? Er legte den Kopf an den Fensterladen und schloss die Augen.

Nach seiner Rückkehr vom Basar hatte er Mahabat Khan beauftragt, sich zu erkundigen, ob sie verheiratet war, und hatte unruhig auf die Antwort gewartet. Sie war unverheiratet. Ali Quli war seit vier Jahren tot. Sie konnte schon bald zu ihm kommen, in seine *zenana*. Dennoch hatte sie ihn fortgeschickt, beinahe in Tränen aufgelöst. Was hatte er falsch gemacht? Er dachte zurück an ihren Spaziergang durch die Gärten. Wohin sie ihre Schritte auch lenkten, stolperten sie über irgendjemanden. Jahangir machten die Menschen nichts aus; so war das Leben bei Hofe, es gab nur wenig Zeit, die er für sich allein hatte. Selbst jetzt räumten hinter ihm Sklavinnen und Eunuchen die Gemächer auf, draußen vor der Tür standen Minister und warteten auf eine Morgenaudienz. Was er aß, wann er schlief, wo er badete, nichts war vor der Öffentlichkeit sicher. Was machte es schon? Ob *sie* sich daran störte?

Erschöpft rieb er sich den Nacken. Die ganze Woche lang hatte er beinahe ohne Unterlass an sie gedacht. Er wusste, dass sie in seiner unmittelbaren Nähe war und er nicht bei ihr sein konnte. Dann hatten ihm die Dienerinnen der *zenana* am Abend zuvor mitgeteilt, sie verließe Ruqayyas Gemächer. Er hatte sie gehen lassen. Was hätte er sonst tun sollen? Keine Frau hatte ihm je etwas abgeschlagen. Nun hatte er niemanden, mit dem er hätte reden oder den er hätte fragen können. An wen wandte sich ein Monarch, wenn er wissen wollte, wie man seiner Liebsten den Hof macht? So kam es, dass er ihr einen Brief schrieb, unsicher in der Wortwahl, denn er wollte ihr nicht zeigen, wie sehr er sich davor fürchtete, sie könnte wieder nein sagen.

Vier Tage zuvor hatte Jagat Gosini bei der Mahlzeit am Abend den Deckel von einem Lamm-*pulau* mit Rosinen und Sultaninen gehoben. Sie hatte ihm das *pulau* angeboten und dabei nachdrücklich betont: »Mirza Qutubuddin Koka liebte Sultaninen. Als Kind hat er immer nach einem Gericht mit Sultaninen verlangt.« Jahangir hatte ein Weile nicht an Koka gedacht, doch Jagat Gosinis Worte brachten ihm seinen Stiefbruder wieder in Erinnerung. Er hatte Koka immer damit aufgezogen, er werde vom übermäßigen Essen fett und müsste diese Welt früher verlassen, als ihm lieb wäre. Doch die Völlerei hatte ihn nicht umgebracht; Koka war durch Ali Qulis Hand umgekommen. Plötzlich misstrauisch geworden, warf Jahangir seiner zweiten Gemahlin einen kurzen Blick zu. Doch sie hatte sich von ihm abgewandt und sprach mit dem Tafeldecker.

Danach hatte Jagat Gosini ihn in ihre Gemächer gebeten. Als Jahangir vor ihrem Altar für hinduistische Götter saß, hatte ihm die Padshah Begam eine *tikka* – ein zinnoberrotes Mal – auf die Stirn gedrückt. »Diese *puja* soll Krishna dafür danken, dass er Euch vor Mördern beschützt hat, Eure Majestät. Wir leben in schwierigen Zeiten. Wenn sogar der Sohn des *divan* Mirza Ghias Beg sich an einem Mordkomplott gegen Euch beteiligt.«

Jahangir nickte und verließ die Gemächer seiner Gemahlin tief in Gedanken versunken. Die Kaiserin warnte ihn vor Mehrunnisa. Warum? Was kümmerte es sie? Sie hatte sich nie feindselig gegenüber seinen anderen Gemahlinnen oder Konkubinen gezeigt. Sie war als Prinzessin geboren und wusste, dass die Heiraten politisch wichtig waren. Doch hier handelte es sich nicht um eine politische Ehe. Lag es daran?

Im Übrigen hatte es keine Rolle gespielt. Seine Gedanken waren zu sehr mit Mehrunnisa beschäftigt, als dass er Jagat Gosinis Versuchen große Beachtung geschenkt hätte. Er hatte Mehrunnisa einen Brief geschrieben und die ganze Nacht lang ausgiebig nachgedacht. Ungewöhnlich für ihn war die Angst, dass sie nicht in seine *zenana* käme. War es möglich, dass sie glaubte, er habe Ali Qulis Tod angeordnet?

»Eure Majestät.«

Jahangir drehte sich um. Hoshiyar war mit einem Silbertablett in den Händen neben ihn getreten. In der Mitte lag ein Briefchen. Er nahm es an sich und wartete, bis Hoshiyar sich unter Verbeugungen entfernt hatte. Das Herz schlug ihm plötzlich bis zum Hals, als er das Briefchen öffnete. Es enthielt nur ein Wort. Er presste die Lippen auf das Papier; ihre Hände hatten die Stelle vor kurzem noch berührt. »Kommt.«

Mehrunnisa wartete in einem inneren Hof im Hause von Ghias Beg auf ihn. Es war spät am Nachmittag, und die Sonne, die jetzt auf ihrem Weg zum Horizont bereits niedrig stand, hatte tagsüber den Nebel vertrieben. Draußen war es noch immer atemberaubend heiß, doch die Backsteinböden im Hof waren kühl, die Veranda ringsum lag im Schatten. Ein Tschampakbaum in der Mitte breitete anmutig seine Äste aus. Mehrunnisa saß auf dem Mauerabsatz, der um den Baum errichtet worden war, und lehnte sich an den Stamm. Sie schaute in den Baum über sich; er blühte zum ersten Mal, sieben Jahre, nachdem er gepflanzt worden war. Die cremefarbigen Blüten waren kegelförmig und hatten einen festen, runden Blätterstand. Die Luft im Hof war geschwängert vom schweren Duft der Tschampakbaumes, beinahe zu süß.

Ruhig saß sie da, die Hände im Schoß gefaltet, und lauschte auf die Schritte des Mogulkaisers. Ghias Beg hatte darauf bestanden, dass ein paar Dienerinnen zugegen waren, wenn Jahangir zu Besuch käme. Mehrunnisa wehrte ab. Sie musste Jahangir allein sehen, ohne Gefolge. Sie hatte die erste Auseinandersetzung mit ihrem Vater seit Jahren. Was mit dem Skandal sei, hatte Ghias gefragt. Doch Mehrunnisa wollte ihm weder zuhören noch Erklärungen abgeben. Eine innere Stimme riet ihr, sich allein mit Jahangir zu treffen.

Eine entfernte Tür fiel krachend ins Schloß, und sie schaute auf. Das Gebet auf ihren Lippen erstarb. Die geschnitzte Holztür zum Hof ging auf, und Jahangir trat ein. Er blieb dort stehen, umrahmt von einer rankenden Bougainvillea, die ihre zarten, braunweißen Blüten an der Türschwelle verstreute. Mehrunnisa stand auf, berührte ihr Haar mit den Fingerspitzen und verneigte sich zum *konish*. »Seid willkommen, Eure Majestät.«

Sie richtete sich auf und begegnete seinem Blick. Ihre Gedanken waren wie fortgewischt, und sie war nur noch überwältigt von seiner Gegenwart.

»Danke«, sagte Jahangir. Er stolperte über die nächsten Worte. »Bitte … setz dich.«

»Ich hoffe, es ist Euch recht so, Eure Majestät.« Mit einer weit ausholenden Geste wies sie über den Hof.

Er schaute kaum hin, den hungrigen Blick ausschließlich auf sie gerichtet. »Ja. Setz dich, Mehrunnisa.«

Sie ließ sich auf den Mauerabsatz nieder und wusste mit einem Mal nicht, was sie sagen sollte. Sie hatte mit ihm allein sein wollen, doch nun, da dies eingetreten war, wusste sie nicht, wie sie ihre Empfindungen zum Ausdruck bringen sollte. »Danke, dass Ihr auf mich gewartet habt, Eure Majestät.«

»Ich hätte noch länger gewartet, wenn du gewollt hättest.«

Dann setzte er sich neben sie, nahm seinen bestickten Seidenturban ab und legte ihn neben sie. »Ich komme nicht als König zu dir, sondern als Freier. Wenn du mich nimmst.«

Wenn sie ihn nähme. Ihr Herz klopfte. Und sie wusste, dass es nichts gab, was sie mehr wollte. Sie schaute ihn an, seine Haare, mehr grau als schwarz, die hohen Wangenknochen, die er seiner Abstammung aus dem Hause Timur verdankte, die Bartstoppeln an seinem Kinn. Die Haare lagen an den Stellen, auf denen der Turban gesessen hatte, flach am Kopf an, und an seiner Stirn zeigte sich eine Druckstelle. Er war ein anderer geworden als der Junge, den sie in Ruqayyas Gärten getroffen hatte, nicht mehr schlank und ungestüm. Er war ruhiger, gelassener in seinen Bewegungen, jetzt, da er ein Mann war. Seine mit weißen Härchen bedeckten Hände waren kräftig, eher die eines Kriegers denn eines Monarchen. Dennoch schienen sich die Jahre zwischen ihnen in nichts aufzulösen; es war wie die erste Liebe, mit derselben Leidenschaft, demselben Schmerz, aber mit Geduld vermischt.

Jahangir griff in die Innentasche seiner *qaba* und holte ein dünnes Buch hervor, in rotes Leder gebunden. Auf dem Einband waren persische Buchstaben in Gold geprägt. »Das ist für dich. Ich wusste nicht, was ich dir bringen sollte … ich dachte, vielleicht hast du Firdausi gelesen …«

Sie nahm das Buch und blätterte in den Seiten mit Goldschnitt. »Aus der kaiserlichen Bibliothek«, stellte sie voller Ehrfurcht fest.

»Mein Vater, Mogulkaiser Akbar …«

»Ich weiß, wer Euer Vater war, Eure Majestät.« Ihre Augen blitzten schelmisch auf.

»Er hatte diese Ausgabe in seiner Bibliothek. Ich dachte, du würdest es gern lesen, die Geschichte von Rustem, dem großen persischen König. Deine Geschichte, Mehrunnisa.«

Andächtig strich Mehrunnisa über die Seiten. Die kaiserliche Bibliothek war für ihre Sammlung, die Buchbindekunst und die ausgezeichnete Schreibkunst berühmt. Ein Teil war in der *zenana* untergebracht, ein Teil außerhalb, doch Mehrunnisa war es während ihrer Zeit im Harem nicht gelungen, die Erlaubnis zu erhalten, dort hineingehen zu dürfen. Prosa und Lyrik in allen nur denkbaren Sprachen – Hindi, Persisch, Griechisch, Kaschmiri, Arabisch – lebten in der Bibliothek. »Es ist ein schönes Buch, und ich kenne die Geschichte Rustems, des Königs, der aus dem Leib der Mutter geschnitten wurde, weil er darin zu schwer wurde«, sprudelte es lebhaft aus ihr hervor aus lauter Freude, ein Buch aus der Bibliothek in Händen zu halten. »Aber sie überlebte, geheilt von einer Packung aus Moschus und Milch und Gras. Er war ein Geschenk für sie von Khuda, dem tapferen Sohn des Zal, des Enkels von Saum.«

»Nur dass er seinen eigenen Sohn eines Tages umbrachte.«

»Ja, aber es war ein Sohn, von dessen Existenz er nichts wusste, dessen Geburt ihm von seiner Frau verschwiegen worden war. Als sie sich auf dem Schlachtfeld trafen, waren sie einander fremd.«

»Aber Sohrab fragte ihn immer wieder, ob er der große Krieger Rustem sei, und Rustem leugnete es.«

Mehrunnisa blätterte ans Ende des Heldenepos von Firdausi und deutete auf eine Seite. »Seht, seine Mutter beklagt Sohrabs Tod und fragt sich, warum er Rustem nicht sagte, dass er sein Sohn sei. Sie fragt, warum er ihm nicht das Armband gezeigt habe, das ihre Verwandtschaft bewiesen hätte. Warum er so stur gewesen sei, warum er seinen Vater immer wieder auf dem Schlachtfeld und auf der Ringmatte getroffen habe, ohne es ihm zu sagen.«

Jahangir schenkte ihr ein Lächeln und lehnte sich an den Baumstamm. »Ich sehe, du hast das Gedicht gelesen. Es ist manchmal nicht so leicht, darüber zu sprechen, was einem am Herzen liegt.«

Sie schaute ihn an. »Ihr habt es in dem Brief getan, den Ihr mir geschrieben habt, Eure Majestät.«

So kam es, dass sie sich in Ghias Begs innerem Hof unterhielten, vor neugierigen Augen sicher. Die Tage gingen dahin, träge Sommertage, angefüllt mit Liebe. Meistens sprachen sie nur miteinander und berührten sich nur selten. Hin und wieder beugte sich Mehrunnisa vor, um einen Kuss zu empfangen, zitternd bei der Berührung seiner Lippen. Bewegt über die Macht, die sie über ihn hatte, zog sie sich dann wieder zurück. Einmal kam Ladli auf der Suche nach ihrer Mutter in den Hof gelaufen. Als sie sich davon überzeugt hatte, dass Mehrunnisa noch im Hause war, kletterte sie Jahangir auf den Schoss und griff an seinen Schnauzbart, um ihn auf seine Echtheit zu prüfen.

»Ladli!«, rief Mehrunnisa erschrocken.

»Lass sie«, sagte Jahangir lachend und versuchte, durch Drehen des Kopfes den Kinderhänden zu entkommen. Schließlich erlaubte er ihr, daran zu ziehen, und verzog in vorgetäuschtem Schmerz das Gesicht.

»Oh, er ist echt«, sagte Ladli enttäuscht. »Das muss ich jetzt meinem Dadaji sagen. Er behauptet, er sei nicht echt.« Sie lief davon, ihr langer Zopf hüpfte auf ihrem Rücken hin und her.

»Verzeiht, Eure Majestät, mein Bapa hätte nicht …« Mehrunnisa hielt mit hochrotem Kopf inne. Das Kind redete zu viel. Sie schalt sich innerlich dafür, dass sie Ladlis Zunge nie Einhalt geboten hatte.

Jahangir sagte, noch immer lachend: »Ich weiß, Mehrunnisa. Sie hat wahrscheinlich missverstanden, was Ghias Beg gesagt hat. Schimpfe heute Abend nicht mit ihr. Ich weiß so wenig von der Kindheit meiner Söhne. Sie muss ein Segen für dich sein.«

»Nachdem ich vorher viele verloren hatte«, flüsterte Mehrunnisa, mehr zu sich selbst.

Jahangir hörte auf zu lachen und fragte: »Wie bitte? Das wusste ich nicht.«

Sie wickelte ein Ende ihre Schleiers um ihre Finger. »Wie solltet Ihr auch? Es war kein Geheimnis, aber ich habe nicht viel darüber gesprochen. Dann kam Ladli, und es bestand kein Grund, darüber zu reden. Doch manchmal frage ich mich, was für Menschen sie wohl gewesen wären, was aus ihnen geworden wäre, welche Freuden und Sorgen ihr Leben gezeichnet hätten.«

»Wie viele?«, fragte Jahangir.

Mehrunnisa beugte sich vor und stützte das Gesicht in die Hände. Ihre Antwort klang gedämpft. »Zwei. Zwei vor Ladli. Danach keins mehr.«

Jahangir legte ihr einen Arm um die Schultern und näherte sich ihrem Gesicht, das noch immer hinter ihren Händen verborgen war. »Es hätte mir nichts ausgemacht. Ich wollte immer nur dich.«

Sanft küsste er sie auf die Stirn, und sie lehnte sich an ihn. Sie wusste, dass er die Wahrheit sagte. Er hatte Söhne von anderen Frauen, doch von ihr wollte er nur geliebt werden. Und dafür hatte er ihr seine Liebe geschenkt. Jahangir wiegte sie sanft in seinen Armen und zog sie dann auf seinen Schoß. Mehrunnisa ließ den Tränen über die Seelen ihrer Kinder freien Lauf, froh darüber, ihre Trauer endlich mit jemandem teilen zu können. Sie hatte versucht, vor Maji und Bapa nicht zu weinen, denn das hätte sie tief getroffen. Vor Ali Quli hatte sie es nicht gekonnt, jedenfalls nicht aus diesem Grund. Als ihr Schluchzen nachließ, hob Jahangir ihr Kinn und drückte ihr sein Taschentuch an die Nase.

»Schneuz dich«, befahl er.

Mehrunnisa wich zurück. »Eure Majestät ...«

»Keine Widerrede, Mehrunnisa. Du debattierst zu viel. Hör auf deinen Herrscher und putz dir die Nase.«

Sie tat wie geheißen und lächelte ihm unter Tränen zu, diesem Mann, der sie so liebevoll behandelte. Dann küsste sie ihn, und ihre Lippen begegneten sich feurig, während er noch ihre Tränen auf seinem Gesicht spürte.

Am nächsten Tag brachte der Herrscher ihr wieder ein Geschenk mit. Er ließ es nicht auf einem goldenen Tablett von Dienern hereintragen, er brachte es eigenhändig mit. Zwölf mit Smaragden besetzte Armreifen, dünn wie Draht, die in der Sonne glitzerten.

»Für dich, Mehrunnisa«, sagte er schlicht und wartete mit ängstlichem Blick auf ihre Reaktion.

Wortlos streckte sie ihre Arme danach aus, und er legte die Armreifen ab, um sie dann einzeln über ihre Hand zu streifen, wobei seine Finger jedes Mal an ihren Fingerknöcheln verweilten. Sechs Stück an jedem Handgelenk. Mehrunnisa streckte langsam eine Hand aus, um sein Haar zu berühren, und die Armreifen klirrten bei der Bewegung.

»Komm wieder in die *zenana*, Mehrunnisa. Ich möchte dich dort haben. Ich möchte nach dir schauen, mich um dich kümmern. Komm zu mir, Geliebte. Bitte sag, dass du kommst.« Lächelnd fuhr er fort: »Dieses Werben ermüdet mich. Ich bin nicht mehr jung. Ich brauche dich in meiner Nähe.«

Mehrunnisa stand vor Jahangir, und ihre Gedanken überschlugen sich. Das waren die Worte, die sie hatte hören wollen. Sie streckte eine Hand nach ihm aus, zog sie dann aber wieder zurück. Von Heirat, von einer Hochzeit, war keine Rede. Schamesröte zog ihr ins Gesicht. Vielleicht hatte Bapa am Ende doch Recht gehabt. Sie hatte darauf bestanden, dass keine Anstandsdame ihren Treffen beiwohnte, und jetzt behandelte er sie wie eine gewöhnliche Frau.

Nach all den Jahren fiel ihr ein, wie sie damals an jenem Nachmittag in Ruqayyas Garten gesessen und Akbars Konkubinen beobachtet hatte, die sich gegenseitig mit Hennamustern bemalten. Sie hatten nur geringen Wert in der *zenana*, keine Titel, kein Ansehen, keine richtige Stellung. Deshalb wetteiferten sie untereinander um die Aufmerksamkeit des Monarchen. Damals war sie dankbar gewesen, nicht zu ihnen zu gehören. Trotz ihrer Jugend hatte sie erkannt, dass sie es nicht ertrüge, wenn Salim nicht mit einem Verlangen zu ihr käme, das ihn für alles andere auf der Welt blind und taub machte. Wie lange sie das aufrechterhalten konnte, wusste sie nicht. Doch sie war sicher, dass es möglich war. Jetzt kam er mit Worten zu ihr, nach denen sie sich so verzweifelt gesehnt hatte – dass er sie brauchte, dass ihn nach ihr verlangte –, doch in Papier gewickelt, nicht in Seide. Tränen stiegen in ihr auf, aber sie schluckte sie hinunter. Er sollte sie nie wieder weinen sehen. Warum sollte sie für diesen Mann weinen?

Sie wählte ihre Worte mit Bedacht, als sie sagte: »Eure Majestät, es ist besser, wenn Ihr jetzt geht. Ich kann und will nicht Eure Konkubine sein.«

Jahangir schrak zurück, das graue Haar erschien im Sonnenlicht weißer, die Sorgenfalten auf der Stirn traten deutlicher hervor, sein Gesicht wirkte ernster. »Warum?« Es war der qualvolle Schrei tiefen Schmerzes.

Mehrunnisa starrte ihn hilflos an. Warum? Er fragte nach dem Warum? Begriff er nicht? Hatte sie ihre Absichten nicht deutlich gemacht? Es machte sie wütend, denn jetzt war sie die Närrin, die geglaubt hatte, es könnte mehr daraus werden.

Er ergriff ihre Hände und hielt sie fest, als sie versuchte, sie ihm zu entziehen. »Mehrunnisa, bitte, sag mir, warum. Ich kann nicht leben …«, er hielt kurz inne, schaute auf ihre Hände hinab und küsste eine nach der anderen, »nein, es geht nicht um mein Verlangen, obwohl du auch das kennst. Dass ich nicht mehr ohne dich leben kann, dass ich morgens an deiner Seite wach werden muss. Ich hatte gehofft, dass du das auch willst. Ich dachte, du hättest es mir gezeigt.«

»Das habe ich auch, und es ist wahr, Eure Majestät.« Dann kamen die Tränen doch, schnell und wütend, und tropften auf ihre ineinander verschränkten Hände. Sie hatte in diesen beiden Monaten bereits mehr mit Jahangir gesprochen als jemals mit Ali Quli. Über Dichter und Dichtung, über das Reich und seine Belange, über die *zenana*, über die Jagdleidenschaft des Moguls, über sein Versprechen, ihr das Jagen beizubringen. Sie hatten gelacht, ihre Gesichter berührt und sich aneinander gelehnt, was ihnen vollkommene Geborgenheit gab. Ohne Erwartungen an den anderen, ohne Bedürfnisse, die der andere nicht befriedigen konnte. Dabei hatte Mehrunnisa mehr über Jahangir erfahren, als sie je über ihren Gemahl gewusst hatte, mit dem sie dreizehn Jahre lang verheiratet war.

Trotzdem konnte sie ihm nicht sagen, warum sie ihn abwies – den aus seiner Sicht einfachen Antrag. Was sollte sie sagen? Macht mich zu Eurer Gemahlin, Eure Majestät – um sich dann ein Leben lang fragen zu müssen, ob er sie nur aus diesem Grund geheiratet hatte.

Jahangir wischte ihr die Tränen mit einem Zipfel ihres Schleiers ab. Seine Berührung war zart, als wäre sie ein Kind. »Warum denn? Sag es mir, ich verstehe es nicht. Andere Dinge, wenn es um das Reich geht, die Königreiche, die ich erobere, das Schlachtfeld, selbst die *zenana* – die sind einfach. Aber warum sagst du nein?«

Sie schüttelte nur stumm den Kopf.

Er legte sich ihre Hand vor den Mund und sprach leise hinein, sein besorgter Blick ruhte auf ihrem Gesicht. »So viel weiß ich. Ich biete dir ein besseres Leben an, als du es je führen kannst. Und jetzt, nach all der Zeit mit mir, wird dein Ruf leiden, wenn du nicht in die *zenana* eintrittst. Die Leute werden reden, Mehrunnisa. Die abgelegte Konkubine des Moguls hat kein Ansehen in der Gesellschaft.

Ich weiß«, er hob die andere Hand, um ihr Einhalt zu gebieten, als sie protestieren wollte, »dass wir uns nie so ... so nahe waren. Aber niemand außer uns weiß es. Selbst ich kann sie nicht davon abhalten, sich die Mäuler zu zerreißen. Aber in der *zenana* stehst du unter meinem Schutz, dort kann dir keine böse Zunge etwas anhaben.«

Sie wich zurück. Angestaute Wut brach sich bei seinen Worten Bahn. »Deshalb also bietet Ihr mir diese hochstehende Position einer Konkubine an, Eure Majestät? Um mich zu schützen? Ihr vergeßt, dass ich nun schon seit vier Jahren auf mich allein gestellt bin, ohne Eure Hilfe oder die meines Bapas in Anspruch zu nehmen. Zweifellos werde ich eine Gestrauchelte sein, doch ich will auf gar keinen Fall als Konkubine in Eure *zenana* kommen.«

Jahangir starrte sie betroffen an, aller Empfindungen beraubt; ihre Worte schnitten ihm mitten ins das Herz. Dann drehte er sich langsam und schwerfällig um, als wäre er in der letzten Stunde alt geworden, und verließ den Hof, ohne ihr auch noch einen Blick zuzuwerfen.

Mehrunnisa schaute ihm nach und hätte ihm am liebsten nachgerufen – ich will Eure Konkubine sein, Eure Majestät. Sie wollte ihn nicht gehen lassen. Doch sie konnte nicht sprechen, aus Wut, aus Scham, aufgrund des tiefen Schmerzes, den es ihr bereitete. Von ihm hatte sie dieses feige Ansinnen bloßen Schutzes nicht erwartet. Er hatte nicht von Liebe gesprochen, nun ja, das hatte er, aber nur beiläufig. Entscheidender war die Tatsache, dass er es für sie tat, damit sie erhobenen Hauptes auftreten konnte. All die Jahre, in denen er sie nicht beachtete, hatten alle – Bapa, Maji, Ruqayya – seine Worte gebraucht, dass sie ohne den Schutz eines Mannes kein Ansehen habe.

Würde diese Verzweiflung nachlassen, würde sie wieder zu Kräften kommen? So wie damals, als sie zwei Kinder verloren hatte und nicht wusste, ob sie je ein Kind in den Armen halten würde. Wie damals, als sie darum gekämpft hatte, ihren Namen und ihren Ruf zu erhalten, nachdem ihr Vater der Unterschlagung bezichtigt und ihr Bruder zum Tode verurteilt worden war, weil er versucht hatte, Jahangir zu töten, nachdem ihr Gemahl den Favoriten des Herrschers umgebracht hatte.

Sie heulte laut auf und brach auf dem Hof zusammen. Schreie entrangen sich ihrer Brust. Ihre Welt war zerschmettert. Nach so vielen Jahren, in denen sie Jahangir begehrt hatte, war sie sicher, diesen Mann nie wiederzusehen, der ihr Gemahl hätte sein sollen.

Kapitel 20

»Es ist beinahe unnötig, an die romantische Geschichte von Nur Jahan zu erinnern – ihre Ehe mit Shir Afghan, seine Ermordung und ihre nachfolgende Verbindung mit dem Herrscher, der sich bereits vor ihrer ersten Ehe zu ihr hingezogen fühlte. Zu dieser Zeit war ihr Einfluss über ihren Gemahl bereits so grenzenlos, dass sie praktisch das Reich beherrschte ...«
William Foster, Hg., *The Embassy of Sir Thomas Roe to India*

Ein lautes, kehliges Brüllen hallte durch die Mogulpaläste und Höfe in Agra und riss die Familie des Mogulkaisers aus dem Schlaf. Die Frauen in der *zenana* umklammerten einander oder ihre Kinder und lauschten, während das Gebrüll von den Wänden widerhallte, ehe es in ein leises Knurren überging. Dann brüllte es wieder.

Jahangir saß vor dem Käfig, in dem der Tiger auf und ab lief, und beobachtete seinen geschmeidigen Schritt. Er maß die zehn Meter des Käfigs in gemächlichen, maßvollen Schritten ab, wobei die Muskeln unter seinem gelbschwarzen Fell spielten.

Ein kalter Schauer überlief ihn, und auf seinen Armen entstand eine Gänsehaut. Das Gebrüll erschütterte ihn bis ins Mark. So nah, nur einen Meter vom Käfig entfernt, und nur dünne Eisenstäbe trennten ihn von dem Tiger. Es war Paarungszeit, und der Tiger brüllte des Nachts, jede Nacht, auf der Suche nach seiner Gefährtin. Jahangir hatte befohlen, ein Tigerpaar lebend zu fangen, denn die Geschöpfe faszinierten ihn. Die Käfige wurden gebaut und in die Festung von Agra in die Nähe des Delhi-Tores im Westen geschleppt. Sie wurden nebeneinander aufgestellt, der Tiger in dem einen, die noch unbeeindruckte Tigerin im anderen. Ringsum brannten Fackeln und erhellten den festgetretenen Boden vor den Käfigen und die vierzig Wachen, die mit Luntenschlössern und

Büchsen bewaffnet waren. Sollte einer der beiden Tiger entkommen, würde er großen Schaden in der Festung anrichten. Außerdem waren diese als menschenfressende Tiger bekannt, da man sie am Rande der Wälder um Agra gefangen hatte, wo sie monatelang angrenzende Ortschaften in Angst und Schrecken versetzt hatten. Hatte ein Tiger erst einmal einen Menschen getötet, konnte er nie wieder in die Wildnis zurückkehren, denn Menschen waren leichte Beute, sie waren schwach und wehrten sich selten, wenn sie unbewaffnet waren.

Jahangir wartete still auf das nächste Brüllen und auf eine Reaktion der Tigerin. Er saß auf einer Holzkiste nahe am Käfig, das Kinn in eine Hand gestützt, und begegnete den vorbeiziehenden goldenen Augen des Tigers, ohne mit der Wimper zu zucken. Das Tier schenkte ihm anscheinend wenig Beachtung, während es auf und ab schritt. Hin und wieder bebten die Nüstern, wenn es die menschliche Witterung aufnahm, den Geruch nach Beute. Obwohl man es gerade gefüttert hatte.

Jahangir lächelte in sich hinein; ein schiefes, ironisches Lächeln. Er, der Mogulkaiser von Indien, konnte einen menschenfressenden Tiger und dessen Gefährtin fangen und in Käfige sperren lassen, doch er konnte die Frau, die er liebte, nicht zu sich holen. Was Mehrunnisa betraf, so gab es anscheinend keine Gesetze.

Zwei Wochen lang lebte er nun schon in einer Art Betäubung. Er ging wie gewöhnlich auf den *jharoka* und zu den täglichen *darbars*, schenkte jedoch den Vorgängen nur wenig Beachtung. Warum hatte sie sich geweigert? Warum sah sie nicht, dass es die beste Lösung für sie wäre?

In kurzen Momenten der Vernunft fragte er sich, was ihn an Mehrunnisa so faszinierte. Er versuchte, logisch darüber nachzudenken, doch es, sie, verdrehte alle Logik. Er begehrte sie bereits länger, als er je den Thron begehrt hatte. Es lag nicht nur daran, dass sie eine schöne Frau war. Für schöne Frauen brauchte er nur mit dem Finger zu schnippen oder kurz mit dem Kopf zu nicken. Er bewunderte ihren Stolz, ihre Unabhängigkeit, ihr Selbstwertgefühl, ihre überzeugte Vorgehensweise. Sie verachtete die Regeln, trat sie mit Füßen.

Eines Tages war er während seines Besuchs bei Mehrunnisa zerstreut gewesen. Erzähl, hatte sie gebeten, lass mich die Last abnehmen.

»Die Jesuitenpriester sind mit der Anwesenheit des englischen Botschafters William Hawkins bei Hofe nicht zufrieden«, sagte Jahangir.

»Warum?«, fragte Mehrunnisa. »Sie sind hierher gekommen, um zu bekehren, Hawkins will einen Handelsvertrag. Das beißt sich nicht.«

»Hawkins verspricht Sicherheit für unsere Handelsschiffe im Arabischen Meer.«

»Aha«, sagte Mehrunnisa mit leuchtenden Augen. »Und das greift auf portugiesisches Hoheitsgebiet über, weil die jetzt unsere Schiffe schützen. Die Jesuiten werden zu hochmütig. Solange sie die einzigen sind, die uns Schutz anbieten, und kein Wettbewerb existiert, steht das Reich unter ihrer Fuchtel. Ihr dürft Hawkins nicht gehen lassen, Eure Majestät. Benutzt ihn.«

Jahangir rieb sich das Kinn. »So einfach ist das nicht, Mehrunnisa. Muqarrab Khan schreibt über das schlechte Benehmen englischer Soldaten in Surat, dass sie rauben und plündern und unser Volk schlagen. Und Hawkins, sosehr er sich auch als Botschafter geriert, ist nur ein Kaufmann. Mit Schmutz unter den Fingernägeln, seinem heiseren Lachen, seinen schlechten Manieren und seinem Mangel an Etikette.«

»Warum habt Ihr ihn dann so lange an Eurer Seite geduldet?«

»Weil er unterhaltsam ist. Er spricht fließend Turki; ich brauche bei ihm keinen Dolmetscher. Hast du ihm bei Hofe zugehört? Er ist wie ein Affe, dem man Kunststücke beigebracht hat.«

Mehrunnisa stimmte ihm zu. »Dann bringt ihm neue Kunststücke bei, Eure Majestät.« Sie legte ihm eine Hand auf den Arm. »Sagt, ist Muqarrab Khan nicht kürzlich zum Katholizismus übergetreten?«

»Mir ist so etwas zu Ohren gekommen«, sagte Jahangir bedächtig. »Dass er sich jetzt John nennt. Meinst du, er handelt unter dem Einfluss der Jesuitenpriester?«

»Kann sein, dass er die Wahrheit verbiegt, Eure Majestät. Er würde es nicht wagen, Euch anzulügen, auf jeden Fall nicht offen. Wenn Hawkins Sicherheit für unsere Schiffe verspricht, dann solltet Ihr über sein Angebot nachdenken.«

Jahangir war nach seinem Gespräch mit Mehrunnisa an jenem Abend tief in Gedanken in den Palast zurückgekehrt. Was sie ihm gesagt hatte, war ihm nicht neu, er hatte bereits lange und ausgiebig darüber nachgedacht. Was ihn überraschte, war, dass sie Bescheid wusste, dass sie, die nur eine Frau war, sich für die Angelegenheiten des Reiches interessierte. Es begeisterte ihn, dass er mit ihr darüber reden konnte. Im Gegensatz zu seinen Ministern war sie ein sicherer Ratgeber; sie hatte keine persönlichen Ambitionen, wünschte sich nichts anderes als er. Er folgte also ihrem Rat und seinen Überlegungen und nahm amüsiert zur Kenntnis, dass die Jesuiten sich krampfhaft bemühten, ihm nun noch bessere Geschenke und Vorteile zu bieten, um ihn zufrieden zu stellen.

Mehrunnisa irrte sich, wenn sie glaubte, er habe ihren Aufenthaltsort in den letzten vier Jahren nicht gekannt. Jahangir hatte davon gewusst und ein Auge auf sie gehabt. Er hatte eine bewaffnete Eskorte für ihre Reise von Bardwan nach Agra geschickt. Er hatte Ruqayya gebeten, sich Mehrunnisas anzunehmen, eine Bitte, der sie nur zu gern entsprach, denn die Mogulwitwe hatte Mehrunnisa in ihr Herz geschlossen. Innerhalb des Harems stand sie unter seinem Schutz, auch wenn sie Ruqayya diente. Denn der Harem mit seinen Palästen, Höfen, Gärten und den verschiedenen Bewohnern gehörte ihm.

Der Tiger blieb vor Jahangir stehen. Sie starrten sich an, Mann und Tier, Eroberer und Eroberter. Er streckte eine Hand aus, um ihn zu berühren, zog sie aber hastig zurück. Das Tier sah harmlos wie eine große Katze zum Streicheln aus. Beinahe wäre er darauf hereingefallen. Der Tiger bleckte fauchend die Zähne und nahm verächtlich seine Wanderung wieder auf. Der Geruch der Tigerin hüllte ihn ein.

Jahangir seufzte und ließ den Kopf hängen. Nachts konnte er nicht schlafen, nur ein paar kurze Stunden gönnte ihm der Körper Ruhe, doch Mehrunnisa verfolgte ihn in seinen Träumen. Vielleicht hätte er früher zu ihr gehen, sie nicht in Ruhe lassen, nicht zweifeln und befürchten sollen, dass sie ihm Ali Qulis Tod anlastete. Das war vielleicht seine Schwäche.

Wieder brüllte der Tiger und warf den schweren Kopf zurück. Das Gebrüll ließ die Käfigstäbe erzittern, und Jahangir lief es kalt über den Rücken. Dann endlich legte sich die Tigerin auf den Boden ihres Käfigs und antwortete mit leisem, anhaltendem Stöhnen.

Der Herrscher stand auf und kehrte durch die Nacht in seine Gemächer zurück, ohne den Wachen Beachtung zu schenken, die sich bis hinunter auf den Boden verbeugten, als er vorüberschritt. Er wusste, er durfte Mehrunnisa nicht wieder verlieren. Er hatte die Krone so heftig begehrt, dass es ihn erschreckt hatte, denn eine andere Alternative wäre undenkbar gewesen. Jetzt begehrte er Mehrunnisa sogar noch stärker und konnte sich ein Leben ohne sie nicht vorstellen.

»Er kommt! Der Mogulkaiser kommt!« Ladli stürmte in den Raum und wedelte aufgeregt mit beiden Ärmchen.

Mehrunnisa schaute von ihrem Buch auf. Sie lächelte froh. »Hast du seine prächtige Barkasse gesehen?«

»Ja«, antwortete das Kind atemlos. »O Mama, was meinst du, was er mir heute mitgebracht hat?«

»*Beta*, du darfst nicht so schamlos um Geschenke bitten. Jetzt geh und wasch dir Gesicht und Hände. Wir dürfen nicht so vor den Herrscher treten, und denk dran, den *konish* so auszuführen, wie ich es dir beigebracht habe.«

Auf der Stelle vollzog Ladli die Verbeugung. »Ist das so richtig?«

»Ja«, sagte Mehrunnisa. »Und jetzt geh.« Sie klappte das Buch mit Firdausis Gesichten zu, während Ladli das Zimmer verließ. Dann erhob sie sich und lief auf den Balkon hinaus.

Die Nachmittagssonne schien Mehrunnisa ins Gesicht, und sie musste eine Hand über die Augen halten, um etwas sehen zu können. Die kaiserliche Barkasse kam den Yamuna hinunter, die Flagge des Moguls mit einem hockenden Löwen vor einer aufgehenden Sonne leuchtete golden auf roter Seide. In einem Anflug von Schwäche lehnte sie sich an das Geländer, denn plötzlich gaben die Beine unter ihr nach. Warum kam er?

Die vergangenen beiden Wochen waren elendig langsam vergangen, kein Augenblick, in dem sie nicht an Jahangir gedacht hätte, an ihre Begegnungen. Bapa und Maji hatten Mehrunnisa meistens in Ruhe gelassen. Bapa kam am dritten Tag, nachdem Jahangir im Zorn das Haus verlassen hatte, einmal zu ihr. Vor den Eltern und ihnen zuliebe versuchte sie, normal zu sein. Es fiel ihr schwer zu lächeln, zu essen, zu schlafen und so zu tun, als sei alles in Ordnung. Aber sie musste es tun. Am schwierigsten war es, Ladli zu beruhigen. Jahangir hatte ihr stets ein kleines Geschenk mitgebracht, eine Schachtel Murmeln, ein Holzpferd, einen Satz winziger Messingtöpfe und -pfannen. Da er nicht mehr kam, erkundigte sich Ladli nach ihm, und Mehrunnisa sagte ihr, er ist der Kaiser, *beta*, ein bedeutender Mann. Seine anderen Pflichten halten ihn ab.

Die Barkasse kam näher und schnitt silberne Spuren in das ruhige Wasser des Yamuna. Der Mogul stand am Bug und hielt ungeduldig nach ihr Ausschau. Als er sie erblickte, winkte er mit der Leidenschaft eines mindestens fünfzehn Jahre jüngeren Liebhabers. Mehrunnisa hob die Hand; selbst bei seinem Anblick lief ihr ein Schauer über den Rücken. Kam er nur zurück, um sie zu quälen? Würde er ein weiteres inakzeptables Angebot machten, einen neuen Annäherungsversuch, den sie ablehnen müsste?

Mehrunnisa wandte sich ab. Sie hatte sich in den vergangenen beiden Wochen nicht erlaubt, daran zu denken, was hätte sein können oder was noch eintreten könnte, obwohl der Mogulkaiser indi-

401

rekt an dem Tag, nachdem sie ihn abgewiesen hatte, eine Geste des guten Willens vollzogen hatte.

Jahangir hatte ihren Vater und ihren Bruder Abul Hasan in den Thronsaal eingeladen und Ghias' *mansab* dort vor dem gesamten Hofstaat auf 1800 Pferde erhöht. In ähnlicher Weise wurde ihr Bruder geehrt und erhielt den Titel Itiqad Khan sowie eine erhöhte *mansab*.

An jenem Abend hatte Ghias zum ersten Mal mit ihr über den Mogul gesprochen. Nach der Auseinandersetzung wegen der Anstandsdame hatten Mehrunnisa und ihr Vater nur wenig miteinander geredet; sie war in Gedanken zu sehr mit Jahangir beschäftigt, um mit jemandem zu sprechen, selbst mit Bapa.

Er kam ins Zimmer, in dem Mehrunnisa ihrer Tochter gerade beim Turki-Alphabet half. Ghias betrachtete seine Tochter, als sähe er sie zum ersten Mal. Er nahm ihre anmutigen Bewegungen auf, ihre beruhigende Art und ihre melodiöse Stimme, wenn sie Ladlis Fehler korrigierte. Es lag auf der Hand, warum der Mogulkaiser so verliebt war.

Doch Ghias Beg gab sich in Bezug auf seinen Monarchen keinerlei Illusionen hin. Jahangir war bekanntermaßen sprunghaft in seinen Liebesaffären. Ghias war überrascht, dass Jahangirs Verlangen so lange angehalten hatte, und dachte praktisch genug, um zu erkennen, dass der Mogul einen Harem voller jüngerer Frauen hatte, über die er jederzeit verfügen konnte, auch wenn Mehrunnisa schön war und jünger aussah, als sie tatsächlich war. Ghias schüttelte den Kopf. Er bewunderte seine Tochter mit der Leidenschaft eines Vaters für sein Kind, doch womit hielt sie Jahangir in der Hand?

In diesem Moment begegnete sie dem Blick ihres Vaters. »Genug für heute, Ladli. Geh zu Dai. Ich möchte mit deinem Dada reden.«

Ladli klappte gehorsam das Buch zu und ging aus dem Zimmer. Mehrunnisa faltete die Hände im Schoß und wartete, dass Ghias das Wort ergriff.

»Der Mogulkaiser hat meine *mansab* erhöht und auch Abul geehrt.«

»Ich weiß.« Mehrunnisa gestattete sich ein kurzes, triumphierendes Lächeln. Es war tatsächlich eine Auszeichnung für ihre Familie, die sie ohne Zweifel ihr, Mehrunnisa, zu verdanken hatten. Und er hatte es nach ihrer Auseinandersetzung getan. Als sie sich daran erinnerte, verging ihr das Lächeln. Was nutzten schon Ehren, wenn er nicht hier war?

»Mehrunnisa, du musst wissen, warum der Mogul uns mit Ehren überhäuft. Ist es klug, ihn so lange zurückzuweisen? Seine Konkubine zu sein ist doch keine Schande.«

Mehrunnisa schaute überrascht zu ihm auf. »Woher weiß du?«

Ghias lächelte. »Er ist der Herrscher, *beta*. Jedermann weiß, was er macht, wohin er geht, was er sagt. Die Nachricht erreichte Maji aus der *zenana*. Du hast im Harem gelebt, es muss dir doch klar sein, dass nur wenig geheim bleibt. Aber ist es klug, was du tust? Viele Frauen würden für diese Gunst sterben.«

»Das weiß ich, Bapa«, sagte Mehrunnisa bedächtig. »Aber du kennst den Kaiser nicht so wie ich. Oh«, sie unterband seinen Protest mit einer Handbewegung, »du kennst ihn als Monarchen, als Herrscher, aber ich kenne ihn als Mann. Ein Mann, der keine weitere Konkubine braucht – davon hat er reichlich –, sondern eine Frau, die ihn mit liebevoller Hand führt, die immer bei ihm ist. Erinnerst du dich daran, Bapa, als der Mogulkaiser mich vor siebzehn Jahren heiraten wollte?«

»Damals war es nicht möglich, Nisa.«

»Damals wollte ich ihn auch heiraten. Das wollte ich immer schon, als er noch ein Prinz war«, sie zögerte, »und auch noch, als er die Thronfolge angetreten hatte. Warum sollte ich das aufgeben und bloß eine Konkubine werden?«

Mehrunnisa ließ ihre Worte einwirken, während sie Ladlis Buch aufschlug und die Seiten durchblätterte, ohne die gedruckten Wörter wahrzunehmen. Wenn sie seine Frau wäre, dann wäre sie alles für ihn, nicht nur die Pashah Begam, sondern Geliebte, Freundin, eine *Frau*.

»Das wusste ich nicht«, sagte Ghias mit gequälter Miene. »Ich dachte immer, es sei der Prinz, der dich begehrte ... Ich wusste nicht, dass du auch ...«

»Deshalb habe ich mich gegen die Heirat mit Ali Quli gesperrt. Aber das ist so lange her, so vieles ist seither geschehen.«

Ghias ließ sich schwer auf einen Sitz fallen. Wie hatte er so blind sein können? Hätte er davon gewusst, dann hätte er vielleicht den Mut aufgebracht, mit Akbar zu reden. Selbst wenn seine Bitte abzulehnen war, so hätte sie gehört werden müssen. Doch Ghias wusste, dass er als der Mann, der er siebzehn Jahre zuvor war, Akbar nicht um das Glück seiner Tochter gebeten hätte – aus Angst, vor Akbar in Ungnade zu fallen. Ghias seufzte. Was war er doch für ein fehlbarer Mensch, jemand, der durch eigenes Zutun Schande über sich gebracht hatte und der trotzdem mit der Versöhnlichkeit der Menschen gesegnet war, die ihm nahe standen. Jahangir hatte stillschweigend über seine Unterschlagung hinweggesehen; seine Kinder hatten die Schwierigkeiten übersehen, die sie infolge dieses einen Vergehens heimgesucht hatten. Und Asmat, sie hatte ihn nie angezweifelt, sie glaubte fester an ihn als er an sich selbst. Jetzt, da er derart gesegnet war, würde auch er seinen Wohltätern Gutes tun. Der Mann, der er heute war, würde den Wünschen seiner Tochter nicht im Wege stehen. Er schaute sie an.

»Mehrunnisa, ich habe große Achtung vor dir. Das sollst du wissen; kein Vater ist mit einem strahlenderen und intelligenteren Kind gesegnet.« Er hielt inne und fuhr dann fort: »Ich will in dieser Angelegenheit nichts mehr sagen, es soll so geschehen, wie du es wünschst.«

»Bapa«, sagte sie verzweifelt, wollte etwas erklären und gleichzeitig auch nicht. Wenn sie alle Verbindungen zu Jahangir abbrach, würden sie alle darunter leiden. Selbst wenn der Mogul sich nicht direkt an ihnen rächte, würde der Klatsch bei Hofe Rache üben. Alles, wofür Bapa in all den Jahren gearbeitet hatte, würde sich infolge des Verhaltens der eigensinnigen Tochter in nichts auflösen.

»Nein«, sagte Ghias. »Ich verstehe, aber ich will, dass du glücklich bist, Nisa. Alles andere ist unwesentlich. Wenn wir Indien verlassen müssen, werden wir woanders eine Bleibe finden. Das habe ich bereits einmal gemacht, und es kann so schwer nicht sein, es wieder zu versuchen.«

Mehrunnisa wandte sich von ihrem Vater ab, denn sie wusste, dass er die Unwahrheit sagte, doch sie war ihm dankbar dafür.

Dann hatte sich Jahangir erneut in Schweigen gehüllt. Das kurze, berauschende Gefühl der Macht wich rasch nagenden Zweifeln. Warum blieb er fort? Warum ehrte er Bapa und Abul und sagte danach nichts? War es ein Abschiedsgeschenk?

Mehrunnisa schaute vom Balkon hinab. Das Boot hatte am Steg unterhalb des Hauses ihres Vaters angelegt, und Jahangir sprang an Land. Als er das Haus betrat, ging Mehrunnisa wieder in ihr Zimmer und wartete auf ihn. Mit einem Mal war sie sehr, sehr müde. So viele Erwartungen wurden an sie gestellt. Ihr Vater riet zur Vorsicht, riet ihr dazu, das erste Angebot des Moguls anzunehmen. Vor ein paar Tagen hatte auch Abul eine beiläufige Bemerkung fallen lassen. Selbst die Mogulwitwe schickte ihr eine bissige Notiz – *ob sie sich für etwas Besonderes halte? Werde nicht lästig, Mehrunnisa.* Ruqayya wollte ihre Stellung in der *zenana* wiedererlangen, und sie dachte, sie könnte das über Mehrunnisa erreichen. Nichts würde ihr mehr Vergnügen bereiten, als Jagat Gosini verdrängt und gedemütigt zu sehen, und Mehrunnisa war anscheinend so töricht, das alles von sich zu weisen.

Dann hatte ihr Hoshiyar Khan vor ein paar Tagen einen Korb voll grüner Mangofrüchte von Jagat Gosini überreicht. Es war eine Beleidigung. Wie die goldenen Armreifen, die sie Ladli in herablassender Weise geschenkt hatte. Unreife Mangos als Symbol für einen unerfüllten Traum.

Doch Mehrunnisa dachte, ganz gleich, was die Menschen erwarteten, ging es letztlich um sie – und Jahangir. Unwillkürlich ließ sie den Kopf hängen, der ihr plötzlich schwer wurde. Dann holte sie tief Luft und richtete sich auf.

Jahangir betrat ihr Gemach mit beschwingten Schritten, die seine zweiundvierzig Lebensjahre Lügen straften.

»*Inshah Allah*, Eure Majestät.«

Jahangir kam eifrig auf sie zu und streckte die Arme aus.

»Sonne unter den Frauen«, sagte Jahangir ehrfürchtig, nachdem er ihre Hände in die seinen genommen hatte. »Dein Name paßt genau zu dir. Aber ich werde dir einen anderen Titel verleihen, mein Liebling.«

Mehrunnisa schaute zu ihm auf.

»Ich weiß jetzt, dass ich einen Fehler begangen habe, als ich dir die Stellung einer Konkubine anbot«, sagte Jahangir. »Ver...« Er hielt mitten im Wort inne, denn er war nicht daran gewöhnt, es auszusprechen. »Verzeih.«

Sie betrachtete ihn schweigend.

»Ich wusste nicht ... dachte nicht, dass es wichtig wäre. Es hätte mir gereicht, dich in meiner Nähe zu wissen.« Jahangir verzog das Gesicht. »Aber natürlich ist es wichtig. Ohne Titel hättest du in der *zenana* kein Ansehen. Das ist mir jetzt klar. Sag also, dass du als meine Mogulkaiserin zu mir kommen willst. Ja? Bitte!« Er schaute sie mit bangen Augen an.

Endlich. Endlich hatte er verstanden, ohne dass sie es ihm gesagt hatte. Darauf hatte sie gewartet, dennoch pochte ihr das Herz in der Brust – so laut, dass es alle anderen Geräusche übertönte und alle Gedanken überlagerte. Kaum verstand sie Jahangir, als er erneut das Wort ergriff.

»Sag, dass du meine Frau werden willst, Mehrunnisa.«

Mehrunnisa stand reglos mitten im Raum, die Hände mit Jahangirs Händen verschränkt. Zu Beginn des Werbens hatte sie sich geschworen, niemals darum zu bitten, Jahangirs Frau zu werden, da es ihm nur wenig bedeuten würde. Die Frage, der Wunsch, musste von ihm kommen. Jetzt hatte er sie endlich gestellt. Sie schaute ihn wieder an. In Jahangirs Blick lag eine innige, unvergängliche Liebe. Er bat sie nicht nur, seine Frau zu werden. Er legte sein Leben in ihre Hand.

»Wie könnte ich diesem Befehl Eurer Majestät den Gehorsam verweigern?« Sie sprach leise, so leise, dass Jahangir sich vorbeugen musste, um ihre Worte zu verstehen.

406

Er setzte sich auf den Diwan, der neben ihnen stand, und streckte eine Hand nach ihr aus. »Komm her.«

Mehrunnisa nahm seine Hand und setzte sich auf seinen Schoß, lehnte den Kopf an seine Schulter, sodass ihr Kopf neben dem seinen ruhte. Er strich ihr sanft über den Arm und atmete tief ihren Duft ein – die Jasminblüten im Haar, das Öl aus Kampfer und Aloe, in dem sie badete. Er hielt sie in den Armen, sie war seine Welt, er wollte sie nie mehr loslassen. So blieben sie eine Weile sitzen, in dem Gefühl, einander Geborgenheit zu schenken.

»Ich fürchtete …«, sagte Jahangir unvermittelt.

»*Ihr* habt Euch gefürchtet? Dass ich nein sagen würde?« Sie lachte übermütig. Wie konnte man nur so glücklich sein?

»Ich habe Ali Quli nicht umbringen lassen, Mehrunnisa. Das sollst du wissen. Die Gerichtsprotokolle haben es zwar so dargestellt. Ich hätte Qutubuddin Koka den Befehl erteilt, aber …«

»Ich war dabei, Eure Majestät«, sagte Mehrunnisa ruhig. »Ich habe gesehen, wie es passiert ist. Ali Quli hat das Schwert zuerst gezogen und Koka getötet. Trotz der Gerüchte habe ich nie geglaubt, Ihr hättet seinen Tod angeordnet, weil er sich Eurem Befehl widersetzte.« Sie schmiegte sich noch enger an ihn und blinzelte ihm lachend zu. »Es bringt Unglück, über den einen Gemahl zu reden, wenn ich kurz davor stehe, den nächsten zu heiraten.«

Weit zurückgelehnt lagen sie halb auf dem Diwan, so nah beieinander, dass sie dieselbe Luft einatmeten und ihre Lippen sich beinahe berührten. Als Jahangir zögerte, schlang Mehrunnisa ihm die kühlen Arme um den Hals.

»Erinnert Ihr Euch an den Kuss auf der Veranda der *zenana*?«

»An jeden kleinsten Augenblick«, sagte Jahangir und zog sie noch näher in seine Umarmung. »Was ist damit?«

Mehrunnisa schüttelte den Kopf. »Nur so, es ist schon lange her.« Dann, als er verwirrt die Stirn runzelte, bedeckte sie seinen Mund mit ihren Lippen. Ein verzehrendes Feuer loderte in ihnen auf und versengte jeden anderen Gedanken. Sie konnte ihn riechen, schmecken, spürte seine glatte Haut, als sie mit den Fingern in den Kragen seiner *qaba* fuhr. Sie hing an Jahangir, preßte sich an ihn und wollte ihn nie wieder loslassen.

Als sie sich schließlich heftig atmend voneinander lösten, sagte Jahangir: »Ich werde mit deinem Vater sprechen.« Er bedeckte ihre Hand mit kleinen Küssen. Heiß spürte sie seinen Atem auf der Haut. »Meinst du, er erlaubt mir, dich zu heiraten?«

Da lachte sie ihn mit offenem Blick an. »Ich denke schon. Er hat seit langer Zeit auf nichts anderes gewartet, Eure Majestät.« Sie erhob sich von seinem Schoß und streckte ihm eine Hand entgegen, um ihn vom Diwan zu ziehen.

Ehe er ging, wandte sich Jahangir noch einmal kurz um. »Wartest du auf mich, Mehrunnisa?«

Wieder lachte sie entzückt. Er wusste es vielleicht nicht mehr, aber sie erinnerte sich. Genau dieselben Worte hatte er an jenem Tag vor so vielen Jahren in der *zenana* gebraucht, als er sie gebeten hatte, auf ihn zu warten. Damals hatte sie nicht gewartet.

»Ich bin hier, Eure Majestät«, sagte sie leise. »Ich werde hier sein, wenn Ihr zurückkommt.«

Jagat Gosini saß in Jahangirs Gemächern am Fenster, das auf den Fluss hinausging. Mitternacht war bereits vorüber, und Jahangir war noch nicht von Ghias Beg zurückgekehrt. Heute war er mit einem rätselhaften Lächeln auf den Lippen zu Mehrunnisa aufgebrochen. Wie ein Kind, entzückt über sich selbst, und selbst gutes Zureden hatte ihm das Geheimnis nicht entlocken können.

Jagat Gosini schaute stirnrunzelnd aus dem Fenster. Der Yamuna strömte ruhig dahin, keine Barkasse teilte die spiegelglatte Oberfläche. Wo blieb Jahangir? Warum war er so lange fort? Die Besuche bei Ghias Beg beunruhigten sie. Noch nie hatte sie Jahangir so entschlossen erlebt, so beständig in seinem Verhalten. Konnte es sein, dass er sich tatsächlich in diese Frau verliebt hatte?

Eine Stunde später betrat Jahangir gähnend sein Zimmer und blieb wie angewurzelt stehen, als er seine Gemahlin erblickte. »Was gibt es, meine Liebe?«

Jagat Gosini wurde das Herz schwer, als sie das glückliche Lächeln auf seinem Gesicht sah. »Herr, ich wollte nur sehen, ob alles in Ordnung ist.«

»Das ist sehr aufmerksam von dir. Aber ich habe Mehrunnisa besucht.«

»Ich weiß, Herr«, sagte sie. »Warum holt Ihr sie nicht hierher in die *zenana*? Dann ermüdet Ihr nicht so bei diesen nächtlichen Besuchen.«

»Sie wird bald hier sein.« Jahangir legte seinen Kummerbund ab und begann, sich die *qaba* aufzuknöpfen.

»Wir alle sehen dem Tag mit Spannung entgegen, Eure Majestät. Sie wird Euch Glück bringen«, sagte Jagat Gosini vorsichtig. »Ich lasse die Sklavinnen ein Gemach für Eure Konkubine herrichten.«

Jahangir drehte sich zu ihr um. »Aber sie wird als meine Gemahlin hier einziehen, nicht als meine Konkubine. Ich werde Hoshiyar Khan persönlich anweisen, ihr die Gemächer im Palast zu richten. Vielleicht baue ich ihr auch einen Palast. Sie hat alle Reichtümer und Gaben verdient, die ich ihr schenken kann.«

Die Pashah Begam spürte, wie das Blut aus ihrem Gesicht wich. Ihr wurde übel. Nur mit Mühe nahm sie sich zusammen. Vielleicht gab es ja noch die Möglichkeit, Jahangir umzustimmen. Während er sprach, fürchtete sie indes, dass der Versuch zwecklos war. Hatte Jahangir einmal einen Entschluss gefasst, ob richtig oder falsch, hatte er noch nie im Leben davon Abstand genommen. Es war, als wollte eine Brise versuchen, einen Berg zu versetzen. Sie suchte nach Worten, und in ihrer Hast verfiel sie auf eine längst benutzte Methode, die sich schon einmal als vergeblich erwiesen hatte. Ihre Not war so groß, dass Jagat Gosini ihre sorgsam kultivierten Fähigkeiten, die *zenana* und auch den Mogul zu lenken, einfach außer Acht ließ.

»Eure Majestät, bitte, vergeßt nicht, wessen Frau sie war. Qutubuddin Koka fehlt uns allen, sein Tod war ein schwerer Schlag. Für mich war er wie ein Bruder. Und er ist durch die Hand dieses Schurken Ali Quli gestorben.«

Jahangir drehte sich zum Fenster um und betrachtete die klare,

409

dunkle Nacht. Wieder dieser Fingerzeig, wie schon so oft in den vergangenen beiden Monaten. Was führten sie im Schilde, Mahabat, Sharif und Jagat Gosini? Würden sie Mehrunnisa Schwierigkeiten bereiten? Er wusste, dass Mehrunnisa gut auf sich selbst Acht geben konnte oder es lernen würde. Er mischte sich nie in die Angelegenheiten der *zenana*, auch jetzt nicht. Aber so konnte es nicht weitergehen.

»Es ist unpassend, mit mir über diese Dinge zu reden. Alle Frauen in der *zenana* werden sich nach Kräften anstrengen, sie willkommen zu heißen«, sagte Jahangir in ruhigem Ton. »Verstehen wir uns?«

»Ja, Eure Majestät«, erwiderte Jagat Gosini schweren Herzens.

Jahangir wandte seiner Gemahlin den Rücken zu und sagte dabei: »Geh jetzt und schick Hoshiyar Khan zu mir. Ich werde nun zu Bett gehen.«

Die Pashah Begam verneigte sich und verließ schleppenden Schrittes den Raum. Mehrunnisa würde als Jahangirs Gemahlin in den Palast einziehen, aber nicht als Mogulkaiserin, wenn es nach ihr ginge, dachte Jagat Gosini aufgebracht. Sie richtete sich auf, als sie den Korridor hinunterging. Auf dem Weg zu ihren Gemächern dachte sie bereits fieberhaft nach und plante die nächste Angriffswelle.

Mehrunnisa schaute seltsam berührt um sich. Sie war wieder in Ruqayya Sultan Begams Gemächern im Palast. Die Mogulwitwe hatte es sich nicht nehmen lassen, die Hochzeitsfeier auszurichten. Mehrunnisa saß auf den persischen Teppichen, während Eunuchen mit großen goldenen und silbernen Tabletts, beladen mit Geschenken aller Art, in die Gemächer strömten.

Dutzende Meter Stoffbahnen – Seide, Satin und Samt in unzähligen Farbtönen. Schmuck in unüberschaubaren Mengen; Perlen, groß wie Taubeneier, die rosa und weiß auf schwarzem Samt schimmerten; riesige Diamanten, in Ketten, Ohrringe, Armbänder und Armreifen gearbeitet; Rubine in goldenen Knöpfen; dunkelviolette

Granate und Amethyste auf silbernen Kelchen. Kräftiger Rotwein vom Fuße des Himalaja in goldenen, mit Halbedelsteinen besetzten Flaschen. Parfüms in winzigen Flakons aus Gold, Silber und Glas aus der ganzen Welt. Holztruhen mit Perlmuttintarsien, aus denen meterlange, farbige Seidenstoffe quollen.

Sie holte tief Luft. In ihren wildesten Träumen hatte sie sich solche Reichtümer nicht vorgestellt. Sie streckte die Hand aus, strich zärtlich über eine Diamantkette und ließ die Finger über die fein geschliffenen Steine gleiten.

In unmittelbarer Nähe machte sich ein Diener durch Hüsteln bemerkbar. Mehrunnisa schaute auf. Schweigend reichte er ihr eine Papierrolle. Das Siegel des Herrschers war ein Zeichen dafür, dass es sich um ein Edikt des Moguls handeln musste. Sie erbrach das Siegel und las das Edikt mit klopfendem Herzen durch. Jahangir schenkte ihr die Bezirke Ramsar, Dholpur und Sikandara.

Die Haremsdamen erhielten entsprechend ihrem Stand in der *zenana* oder häufiger, je nach Lust und Laune des Herrschers, jährliche Zuwendungen. Das Einkommen wurde zuweilen zur Hälfte in bar und zur Hälfte in Form von Grundbesitz ausgezahlt, der wiederum genügend Einkünfte sicherstellte, um für das Ganze aufzukommen.

Mehrunnisa starrte auf das Edikt. Sie war reich. Der kostbarste der drei Bezirke war Sikandara, eine kleine Stadt, die gegenüber von Agra am Ufer des Yamuna lag. Die Lage war strategisch wichtig, denn alle für Agra bestimmten Waren aus Ost- und Nordostindien kamen durch Sikandara. Wenn sie Offiziere in Sikandara stationierte, könnten sie auf die Waren, die nach Agra gingen, hohe Zölle erheben: Baumwolle aus Bengalen, Rohseide aus Patna, Lavendelöl, Borax, Grünspan, Ingwer, Fenchel, Opium und andere Arzneien sowie die Güter, die zum Verbrauch vor Ort bestimmt waren, wie zum Beispiel Butter, Korn und Mehl. Allein ihre Einkünfte aus Sikandara wären mindestens dreimal so hoch wie die ihres Vaters.

Sie schlang die Arme um sich. So war es also als Kaiserin. Hatte sie Jahangir erst geheiratet, musste sie sich um Ladlis Vermählung keine Sorgen mehr machen. Um die Hand der Stieftochter des Mogulkaisers würden sich die Bewerber reißen. Kokas Tod war vergessen, an Ali Qulis Schmach würden sich die Menschen mit ihrem günstigen kurzen Erinnerungsvermögen schon bald nicht mehr erinnern.

Wichtiger als alle diese Reichtümer waren aber die beiden wunderbaren Worte: *Jahangirs Gemahlin*.

Sie lehnte sich in ein Samtkissen zurück, das Edikt auf der Brust. In zehn Tagen wäre sie die Mogulkaiserin.

Die Tage vergingen wie im Fluge. Adlige eilten auf der Suche nach geeigneten Geschenken durch ganz Agra. William Hawkins, der englische Kaufmann, war inzwischen mit der Etikette bei Hofe vertraut. Er schickte seinen Vermittler zum Markt, um Edelsteine für Jahangir und Mehrunnisa auszusuchen, die er dem Monarchenpaar persönlich in tadellosem Turki präsentieren würde. Die Sprachkenntnisse waren sein einziger Vorteil gegenüber den Portugiesen.

Der Exklusivhandelsvertrag mit der britischen Ostindischen Kompanie war noch nicht unterzeichnet; der Mogul war mit seiner neuesten großen Liebe beschäftigt. Dennoch hatte es Gunstbeweise gegeben, dachte Hawkins, der inzwischen drei langweilige Jahre in diesem unzivilisierten Land unter Ungläubigen verbracht hatte. Neuerdings schien Jahangir sich mehr dafür zu interessieren, mit ihm bei Hofe zu plaudern, er erkundigte sich nach seinen Geschäften, ob er gut untergebracht sei, ob seine Diener ihm Schwierigkeiten bereiteten, ob die Guavenfrüchte aus den Palastgärten seinem Geschmack entsprächen. Hawkins' Vermittler ging also auf den Basar, um nach etwas Ausgefallenem für den Mogulkaiser zu suchen, und Hawkins hoffte, das Geschenk und die Zufriedenheit nach der Hochzeit würden es der Hand des Monarchen erleichtern, die Vertragspapiere zu unterzeichnen.

Hawkins stand mit seinen Bemühungen nicht allein da. Die Jesuitenpriester versuchten ihrerseits, seine Angebote zu übertreffen, und beäugten misstrauisch jede seiner Bewegungen, voller Wut über

412

diesen anderen Fremden in *ihrem* Land. Alle Höflinge wetteiferten um das beste und ungewöhnlichste Geschenk, etwas, das Jahangirs oder Mehrunnisas Blick auf sich lenkte, denn das wiederum würde Ehren und Geschenke vonseiten des Monarchenpaares bedeuten.

Endlich war der Tag der Hochzeit gekommen.

Ganz Agra war mit Girlanden aus bunten Papierfahnen, frischen Tagetes- und Jasminblüten geschmückt. In den Straßen drängten sich festlich gekleidete Menschen, um die zwanzigste Hochzeit ihres Monarchen zu feiern. Alle hatten den Eindruck, dass diese Vermählung etwas Außergewöhnliches war. Zum ersten Mal in seinem Leben hatte Jahangir seine persönliche Wahl getroffen, hingerissen von einem blauen Augenpaar und einem bezaubernden Lächeln, nicht von politischer Strategie. Die Gerüchte waren voll des Lobes für Mehrunnisas Schönheit, so sehr, dass die Menschen sie allmählich für die Inkarnation einer Göttin hielten.

Die Festung zu Agra hatte sich ebenso festlich herausgeputzt wie die Stadt. Diener waren seit Tagen damit beschäftigt, die Gemächer der *zenana* und die Festung herzurichten. Die Hofgärtner hatten schwer gearbeitet und die Hecken geschnitten, den Rasen gemäht und Blumen vorzeitig zum Blühen gebracht. Topfpflanzen sorgten innen und im Freien für üppiges Grün. In diskret verborgenen Töpfen auf der roten Brustwehr aus Sandstein blühten Blumen, Girlanden verzierten die Säulen in den Palästen, und lange, schimmernde Seidenbänder hingen gleich leuchtenden Bannern an den Bäumen.

Die Diener, Sklavinnen und Eunuchen erhielten neue Kleider, und die Haremsdamen versuchten einander an Schönheit zu übertreffen. Stundenlang verbrachten sie in parfümierten Bädern, bei der Massage und beim Ankleiden.

In Ruqayya Sultan Begams Gemächern betrachtete Mehrunnisa verträumt ihr Spiegelbild in einem goldumrahmten Spiegel.

»Es wird Zeit.«

Mehrunnisa schaute Hoshiyar Khan im Spiegel an. »Ruf die Sklavinnen.«

Er nickte und ging zur Tür. Mehrunnisa lehnte sich auf dem Diwan zurück und schaute ihm nachdenklich nach.

Sie hatte einen ersten Sieg über Jagat Gosini errungen. Hoshiyar Khan, der Erste Eunuch der *zenana*, der seit fünfunddreißig Jahren bei Jahangir lebte und enorme Macht in der *zenana* ausübte, war von Jagat Gosini abgezogen und zu Mehrunnisas persönlichem Eunuchen ernannt worden.

Obwohl Mehrunnisa nie dem Harem angehört hatte, war sie dort lange genug aus und ein gegangen, um zu wissen, dass Hoshiyar ein mächtiger Verbündeter war, doch solange er in Jagat Gosinis Diensten stand, hätte Mehrunnisa keine Chance, ihr die Macht abzuringen. Die Pashah Begam war zu lange die Erste im Harem gewesen, um ihre Stellung einfach einem Neuling wie Mehrunnisa zu überlassen.

Sobald sie in Jahangirs Harem eintrat, musste ihr erster Schritt darin bestehen, diese Macht zu erlangen. Das war unbedingt nötig, denn die Herrscherin mochte sie nicht, und von Ruqayya wusste sie, dass in dieser Welt der Frauen nur die Mogulkaiserin die höchste Stellung innehatte. Diskretion war angesagt, denn Jahangir verabscheute es, wenn seine Damen miteinander stritten. Sobald sich eine von ihnen bei ihm beklagte, wurde sie auf unbestimmte Zeit aus seiner Nähe verbannt. In der *zenana* zu leben und vom Mogul nicht beachtet zu werden bedeutete, was die Damen betraf, den sicheren Tod. Ihr Leben drehte sich um ihn; er verlieh ihnen Macht und konnte ihnen diese ebenso gut wieder nehmen.

Mehrunnisa lächelte schief. Sie war nicht dumm, sie wusste, wie das Spiel um die Macht in der *zenana* aussah, und so musste sie vom ersten Augenblick an alle ihr zur Verfügung stehenden Kräfte sammeln; zuerst brauchte sie Hoshiyar. Ein Wort in Jahangirs Ohr hatte gereicht, und obwohl Jagat Gosini innerlich kochte, wagte sie nicht, sich bei ihrem Herrn zu beschweren. Das war gut so, denn hätte die Pashah Begam Einwände erhoben, dann hätte Mehrunnisa fürs Erste einen Rückzieher machen müssen. Sosehr Jahangir sie auch verehrte, und das tat er wirklich, müsste sie noch immer auf der Hut sein. Vorläufig schmeckte der Sieg in der Tat süß.

Ruqayya hatte es in der vergangenen Woche vorgeschlagen. »Du willst doch keinen unbeholfenen Trottel um dich haben, Mehrunnisa. Hol dir Hoshiyar Khan«, hatte sie gesagt.

»Das wird der Pashah Begam nicht gefallen, Eure Majestät«, erwiderte Mehrunnisa automatisch.

Dann lächelten sich die beiden Frauen zu. Gewiss wäre Jagat Gosini alles andere als erfreut. So kam es, dass Mehrunnisa Hoshiyar Khans Dienste genoss.

Die Sklavinnen eilten geschäftig in den Raum, brachten Körbe voller Schmuck mit, das Hochzeitskleid und verschiedene Flaschen Parfüm und Öl. Hoshiyar stolzierte durch den Raum, wies die Sklavinnen eifrig an und brüllte Befehle.

Er fühlt sich hier offenbar ganz zu Hause, dachte Mehrunnisa. Warum auch nicht? Obwohl er Jagat Gosini zwanzig Jahre lang zur Seite gestanden hatte, war Hoshiyar doch ein verschlagener Mann und sah auf den ersten Blick, dass Mehrunnisa eine Macht über Jahangir ausübte, zu der keine andere Haremsdame fähig gewesen war. Sie konnte ihm vertrauen, aber nicht vollkommen. Solange sie die Autorität besaß, wäre Hoshiyar ihr Verbündeter, doch verlöre sie diese, würde er zu ihrer Gegnerin überlaufen. Trotzdem, solange sie die Erste in der *zenana* war, würde Hoshiyar alles in seiner Macht Stehende tun, würde sogar sein Leben dafür einsetzen, ihr zu dienen.

»Wir sind jetzt fertig«, sagte Hoshiyar respektvoll.

Mehrunnisa erhob sich und blieb still stehen, während die Sklavinnen sie entkleideten. Dann begann die Prozedur des Ankleidens. Eine Stunde danach brachte man ihr einen mannshohen Spiegel.

Mehrunnisa betrachtete ihr Spiegelbild.

Unruhig fuhr sie mit den Händen über ihre Kleidung. Hunderte winziger Rubine funkelten auf dem mangoblattgrünen Rock und dem *choli* aus Rohseide. Sie trug schwere Rubinohrringe, eine Goldkette mit Rubinen, Armreifen und Ringe aus Rubinen und mit Rubinen besetzte Armspangen. Die einzige abweichende Farbe war das Tiefblau ihrer Augen und das Ebenholzschwarz ihrer Haare. Ein

Sklavenmädchen setzte ihr einen grünen Seidenturban auf den Kopf; eine einzelne weiße Reiherfeder, ein weiteres Geschenk des Herrschers, ragte aus der Aigrette, die aus einem limonengroßen zinnoberroten, von Perlen umsäumten Rubin bestand. Unter dem Turban wallte ihr grüner Musselinschleier, durchsichtig wie das Wasser in einem Teich, über ihren Rücken fast bis auf den Boden.

»Der Herr wartet auf Euch, Eure Majestät«, sagte ihr Hoshiyar über die Schulter.

Eure Majestät! Vor Erregung schoss ihr das Blut durch die Adern. In ein paar Minuten sollte sie Mogulkaiserin werden! Um Fassung bemüht, atmete sie tief durch und schritt langsam aus dem Raum zu den Gemächern des Moguls.

In den Gängen und auf den Veranden, die zum Mogulpalast führten, standen Sklavenmädchen und Eunuchen. Im Vorübergehen hörte Mehrunnisa, wie sie nach Luft schnappten. Ihr erschien das alles unwirklich. Als sie näher kam, schwangen die beiden riesigen Türen zu Jahangirs Räumen lautlos auf. Dahinter befand sich nur eine Hand voll Menschen. Darauf hatte Mehrunnisa bestanden. Jahangir hatte zunächst protestiert, denn er wünschte eine öffentliche, außergewöhnliche Zeremonie. Doch Mehrunnisa lehnte es ab. Warum? Weil sie den Rest ihres Lebens in aller Öffentlichkeit verbringen würden. Dieser Augenblick, in dem sie sich vereinten, durfte nur ihnen gehören. Selbst die Zeremonie war gekürzt worden. In ihrem Herzen war sie bereits mit ihm verheiratet, hatte ihn vor langer Zeit geheiratet. Dieses Ritual war nur eine Formalität.

Als sie eintrat, fiel ihr Blick sogleich auf ihn. Jahangir trat mit ausgestrecktem Arm auf sie zu, und sie gab ihm ihre Hand. Den Hochzeitsritualen folgend, hatten sie sich zehn Tage lang nicht gesehen. Mehrunnisa hatte es nichts ausgemacht, wusste sie doch, dass sie bald zusammen wären. Das hatte ihr genügt. Sie vertrieben sich die Zeit mit Briefen, zwei oder drei täglich. Sie teilte ihm mit, wie sehr sie sich über seine Geschenke freute, er schrieb ihr, er würde noch mehr schicken, alles, was sie wollte. Er schickte ihr die Schlüssel zur Bibliothek, als Dank dafür streifte sie durch die hohen

Räume auf der Suche nach einem Buch, das sie ihm schicken könnte. Sie entdeckte eine persische Übersetzung der *Jataka*-Erzählungen. In jener Nacht kam er heimlich zu Besuch. Sie saßen zu beiden Seiten eines Seidenwandschirms und freuten sich wie die Kinder, dass sie eine Regel verletzten, dass sie zwar dem Geist des Gesetzes gehorchten, nicht jedoch dem Gesetz selbst. Abwechselnd lasen sie sich aus dem Buch vor, knurrten wie der Löwe und kreischten wie der Affe in den Geschichten. Wenn sie das Buch unter dem Wandschirm durchreichten, berührten sich ihre Hände, und sie küssten sich durch den Stoff. Als sie sich zurückzog, hatte Mehrunnisa die Bitte geäußert, Hoshiyar in ihr persönliches Gefolge aufnehmen zu können.

»Du siehst wundervoll aus, Sonne unter den Frauen«, sagte Jahangir und schenkte ihr einen Blick voller Liebe.

»Danke, Eure Majestät«, erwiderte Mehrunnisa leise und setzte sich neben ihn.

Sie warf einen Blick durch den Raum. In einer Ecke saß Ruqayya mit unergründlicher Miene, ein winziges Lächeln in den Augenwinkeln. Ghias Beg war aufgeregt, der Stolz stand ihm ins Gesicht geschrieben. Ihre Mutter schaute bekümmert drein. Vor zwei Tagen hatte sie Mehrunnisa abends gefragt, ob sie das wirklich wolle, und Mehrunnisa hatte nur genickt. Sie war es leid, Erklärungen abzugeben. Sonst war nur noch ihr Bruder Abul mit im Raum. Auch er war vor zwei Tagen bei ihr gewesen, wenn auch aus einem anderen Grund. Arjumand Banu Begam war nun seit vier Jahren mit Prinz Khurram verlobt, was nach geltenden Maßstäben in der Tat eine lange Wartezeit war. Er hoffte, seine Schwester würde die Hochzeit vorantreiben. Sie schaute ihn an und nickte besänftigend. Amüsiert registrierte sie die Erleichterung auf seinem Gesicht.

Dann wandte sie sich Jahangir zu und schenkte ihm ihre ungeteilte Aufmerksamkeit. Ein Gefühl der Sicherheit überkam sie, als seine große Hand sich auf ihre schmalen Finger legte.

Jahangir beugte sich zu Mehrunnisa. »In wenigen Minuten sind wir verheiratet.«

417

Ihr Herz tat einen Sprung bei seinen Worten. »Ja, Eure Majestät.«

Mehrunnisa lehnte sich kurz an Jahangirs Schulter und ließ die Stirn auf seinem Arm ruhen. Ebenso kurz hob er eine Hand und berührte ihr Antlitz.

Der Qazi bat um Aufmerksamkeit. Er hob die Hände und murmelte ein kurzes Gebet, dem sich alle Anwesenden anschlossen. Mehrunnisa hielt die Luft an, als der Qazi Jahangir fragte, ob er sie zur Frau nehmen wolle.

»Ja, ja«, erwiderte Jahangir ungeduldig. »Fahr fort.«

Der Qazi wandte sich an Mehrunnisa und wiederholte die Frage. Sie sah, dass seine Lippen die Worte formten, doch sie drangen nicht zu ihr durch. Als er die Frage wiederholte, drückte Jahangir ihre Hand, und sie vernahm eine Stimme, ihre eigene, die antwortete, sie wolle Nuruddin Mohammed Jahangir Pashah Ghazi zum Manne nehmen.

Der Qazi trug die Ehe ein und bat den Mogulkaiser, sein Siegel auf die Seite zu drücken. Sie waren offiziell Mann und Frau. Mehrunnisa nahm wie betäubt die Glückwünsche ihrer Verwandten entgegen, die sich um sie drängten. In der Ferne hörte sie die Trompeten, die der Stadt verkündeten, dass die Vermählung stattgefunden hatte. Plötzlich verstummten alle. Mehrunnisa schüttelte ihre Tagträume ab und schaute sich um. Jahangir hatte eine Hand erhoben.

»Ich möchte etwas bekannt geben.« Er schaute auf sie herab. »Ab sofort soll meine geliebte Gemahlin den Titel Nur Jahan tragen.«

Mehrunnisas Herz klopfte. Der Herrscher hatte ihr so viel geschenkt. Im äußeren Palasthof stand in eine schwarze Steinwanne, die als Teil ihrer Geschenke in Auftrag gegeben worden war, das Datum in Persisch eingraviert: 25. Mai 1611. Und nun hatte er ihr diesen strahlenden Titel verliehen. »Nur Jahan – Licht der Welt«.

Plötzlich empfand sie Angst. Früher war sie in diesem Harem eine Unbekannte gewesen – eine unter vielen, ein schönes Gesicht in einer hübschen Menge. Jetzt würde man sie beobachten, alle ihre Worte bedenken, sich ihr fügen. Es war nicht einfach eine Vermählung. Nicht, wenn man einen Monarchen heiratete. Sie war nicht nur mit Jahangir verheiratet, sondern mit dem ganzen Reich. Würde sie dieser Aufgabe gewachsen sein?

Die Macht gab ihr die Möglichkeit, Einfluss auf den Gang der Geschichte zu nehmen. Es würde nicht leicht werden. Frauen gestand man keine solche Bedeutung zu. Das hatte Mehrunnisa ihr Leben lang erfahren. Wenn Bapa mit ihr über seine Arbeit sprach, über die Vorgänge bei Hofe, hatte er sie nie wie eine Frau, sondern wie eine Gleichgestellte behandelt. Sosehr er Maji auch liebte, mit ihr hatte er nur sehr selten so geredet. Würde Jahangir sie auch so behandeln? Hielt er sie dessen für würdig?

Sie hatte Jahangirs Liebe erkämpft, das kostbarste Glück ihres Lebens. Nun musste sie die Vormachtstellung im Harem erkämpfen. Dann bei Hofe. Wenn es stimmte, was der Ungläubige William Hawkins berichtete, dann traten die europäischen Königinnen bei Hofe an der Seite ihres Gemahls auf. Oh, es hatte vor nicht allzu langer Zeit in England auch eine Königin gegeben, die allein geherrscht hatte, die als Tochter eines Königs sogar rechtmäßig an die Macht gekommen war.

Mehrunnisa wusste, dass sie über derartige Vorteile nicht verfügte. Sie war nicht in der Lage, neben dem Mogulkaiser zu herrschen, sondern nur hinter ihm, verborgen hinter dem Schleier. Jahangir wollte seinem Namen jetzt und für die Nachwelt Glanz verleihen – das würde auch der Fall sein, denn sein Leben war schon seit dem Tag seiner Geburt fest in der Geschichte verankert. An Mehrunnisa würden sich vielleicht ein paar Menschen erinnern. Würde jemand in hundert, dreihundert, vierhundert Jahren den Namen der Herrscherin Nur Jahan noch nennen?

Gemeinsam mit Jahangir wollte sie das Mogulreich zum herrlichsten und strahlendsten der Welt machen. Sie wollte es für den Mann tun, den sie liebte, denn er wollte es so. Und, dachte Nur Jahan – die sich mit dem neuen Titel bereits angefreundet hatte –, sie wollte die Kraft hinter dem Thron sein, mit der man rechnen musste.

Sie wollte eine Macht hinter dem Schleier sein.

419

Nachwort

Der vorliegende Roman ist eine Fiktion, die allerdings auf wahren Begebenheiten beruht. Mehrunnisa war vierunddreißig, als sie den Mogulkaiser Jahangir heiratete. Während der nächsten fünfzehn Jahre beherrschte sie das Reich in seinem Namen. Reisende aus dem siebzehnten Jahrhundert, die an den Hof des Moguls kamen, schenkten ihr in ihren Berichten an die Heimat höchste Aufmerksamkeit, denn sie war damals im Zenit ihrer Macht. Keiner jener Männer hat sie tatsächlich zu Gesicht bekommen; ihre Berichte an die Teilhaber der britischen und holländischen Ostindischen Kompanie sind teils Tatsachen, teils Legende, teils Klatsch aus den Basaren vor Ort.

Sie alle weisen einheitlich auf die dramatische Geschichte ihrer Geburt hin, auf eine Liebesaffäre mit Salim, ehe er den Thron bestieg, und auf den Verdacht, der anlässlich des Todes ihres Mannes auf den Mogul fiel. Zeitgenössische Historiker stimmen dem in der Regel nicht zu. Dennoch ist allen Autoren an ein paar Punkten etwas gemeinsam: Jahangir hat nie wieder geheiratet; Mehrunnisa war seine zwanzigste – und letzte – Frau. Obwohl er in seinen Memoiren nur kurz auf sie anspielt, war sie bis zu seinem Tode im Jahre 1627 der wichtigste Mensch in seinem Leben. Ihre Liebe war der Stoff für Gedichte, Lieder und Balladen in Indien. (Das Gedicht »Lalla

Rookh« des irischen Romantikers Thomas Moore bezieht sich auch auf ihre Geschichte.)

Mein Interesse war geweckt. Wer war diese Frau, verborgen hinter dem Schleier, um die sich Legenden rankten? Was verschaffte ihr den festen Platz im Herzen des Mogulkaisers? Warum räumte er ihr so viel Macht ein? Zu einer Zeit, in der Frauen angeblich nur selten zu sehen und zu hören waren, ließ Mehrunnisa Münzen mit ihrem Namen prägen, gab Edikte heraus, handelte mit fremden Ländern, besaß Schiffe, die Routen über das Arabische Meer befuhren, förderte die Künste und ließ viele Gärten und Grabmäler anlegen, die heute noch existieren. Mit anderen Worten, sie überschritt die Grenzen der Konvention. Das alles durch den Mann, der sie abgöttisch verehrte.

Die Erzählungen über sie waren widersprüchlich. Sie sei großzügig. Sie sei grausam und knauserig. Sie liebe Jahangir leidenschaftlich. Sie habe ihn derart betört, dass er nicht mehr allein zu denken vermöge. Sie betäube seine Sinne mit Wein und Opium. Dennoch war sie diejenige, an die er sich im Falle einer Krankheit wandte, da er nicht einmal den Hofärzten traute. Aus all diesen Berichten über Mehrunnisa, die meist nach ihrem Tod und während ihrer Herrschaft geschrieben wurden, entstand »Pfauenprizessin«.

Es ist eine fiktive Erzählung über ihr Leben vor ihrer Vermählung mit Jahangir, die gleichwohl ihre Wurzeln in der Geschichte hat. Salims Rebellion gegen Akbar, Khusraus Aufstand gegen ihn, die Strafe, die Khusraus Männern nach seiner Flucht nach Lahore auferlegt wurde, die Bedrohung durch den usbekischen König und den Schah von Persien an der nordwestlichen Grenze des Reiches, die Kriege im Dekkan, sogar die Verlobung von Mehrunnisas Nichte mit Prinz Khurram basieren ausnahmslos auf historischen Tatsachen. Wahr sind auch die Berichte über Ali Qulis Fahnenflucht aus dem Heer Prinz Salims in Agra nach dem Sturm auf den Staatsschatz, seine Unterstützung Khusraus, sein Mord an Qutubuddin Khan Koka und seine Ermordung durch die Armee des Moguls. Bei dem Rest habe ich mich auf Basarklatsch, die Erzählungen der Indienreisenden aus dem siebzehnten Jahrhundert, die Legende von Mehrunnisa und meine eigene Phantasie verlassen.

Betrachtet man die sechs bedeutendsten Moguln, dann geschieht das in aller Regel in den folgenden Kategorien: Babur gründete das Reich; Humayun verlor es, wurde aus Indien vertrieben und kehrte zurück, um es wiederzugewinnen; Akbar, der im Alter von dreizehn Jahren den Thron erbte, festigte das Reich; Jahangir fügte dem Erbe, das sein Vater ihm hinterließ, ein paar Königreiche hinzu und wurde durch seine romantischen Abenteuer legendär; Schah Jahan baute das Taj Mahal, das ihm einen festen Platz in der Geschichte einräumt; Aurangzeb, durchdrungen von religiöser Intoleranz, war entscheidend für den Zerfall des Reiches.

Die Frauen, welche diese Könige geheiratet haben, oder die Macht, die sie ausgeübt haben, werden kaum erwähnt. »Pfauenprinzessin« versucht diese Lücke zu schließen.

Eine Tatsache ist unumstößlich. Die Frau aus Ghias Begs Familie hatte ihre Männer und die indische Geschichte fest im Griff. Mehrunnisa, die der Nachwelt als Kaiserin Nur Jahan bekannt ist, stieg in der Zeit zwischen ihrer Vermählung mit Jahangir bis zu seinem Tode im Jahre 1627 zu großer Macht auf. Sie bildete eine Gruppe, die ihr behilflich sein sollte zu herrschen. Diese bestand aus drei Männern: ihr Vater Ghias Beg, ihr Bruder Abul Hasan und Jahangirs dritter Sohn, Prinz Khurram. Diese Geschichte wird in der Fortsetzung unter dem Titel »Königin des Taj Mahal« erzählt. Ein Jahr, nachdem Mehrunnisa als Herrscherin in den Harem eintrat, hat Khurram ihre Nichte geheiratet (Abuls Tochter und Ghias' Enkelin), Arjumand Banu Begam. Sie starb wenige Jahre nachdem Khurram als Schah Jahan an die Macht kam, bei der Geburt seines vierzehnten Kindes. Ihr zu Ehren ließ er noch zu Lebzeiten Mehrunnisas das Taj Mahal bauen. Mehrunnisa ist die Frau, die hinter dem Bau dieses Grabmals steht.

Es besteht kein Zweifel daran, dass Jahangirs Liebe zu Mehrunnisa der seines Sohnes in nichts nachstand, ja, sie sogar übertraf. Er hat vielleicht für die Nachwelt kein Grabmal hinterlassen, doch er gab ihr – der Liebe seiner reifen Jahre – die Macht, das Reich zu lenken. Mehrunnisa handelte selbständig, und sie liebte ihn dabei genug, um seine Wünsche zu respektieren. Man sagt, sie habe das Reich beherrscht. Doch sie war mächtig durch ihn, nicht gegen ihn.

Indu Sundaresan

Danksagung

Mein großer Dank gebührt:

Meinen »Schreibfreunden«, für freundliches Lob und sorgfältige Kritik, und dafür, dass sie das Schreiben so lieben wie ich: Janet Lee Carey, Julie Jindal, Vicki d'Annunzio, Nancy Maltby Henkel, Angie Yusuf, Joyce O'Keefe, Beverly Cope, Louise Christensen Zak, Gabriel Herner, Sheri Maynard, Michael Hawkins und Laura Hartman.

Meiner Agentin, Sandra Dijkstra – die ein unerwartetes Geschenk ist – und anderen in ihrer Agentur für ihr Wissen und ihre Erfahrung und ihr überzeugtes Eintreten für meine Arbeit.

Meiner Lektorin bei Pocket Books, Tracy Sherrod, für ihre Weitsicht und die klugen und treffenden Erkenntnisse über das Manuskript.

Meiner Verlegerin bei Pocket Books, Judith Curr, für ihr Vertrauen in mich und meine Arbeit.

Meinem Ehemann Uday, der mich in meinem Schreiben immer unterstützt hat und den Roman in seiner allerersten Fassung las und jenseits aller Pflicht schätzte und lobte.

Meiner Schwester Anu, die nächtelang die Geschichte las, während sie sich um meine neugeborene Nichte kümmerte (und bei aller Freude über ihr Kind auch noch Begeisterung dafür aufbrachte).

Meiner Schwester Jaya, deren Liebe in meinem Leben ständig wirksam ist und die größtes Vertrauen in ihre kleine Schwester hat.

Den hervorragenden Bibliotheken von King County und der Suzzallo and Allen Bibliothek der Universität von Washington, ohne die meine Recherchen nie möglich gewesen wären.

Liste der wichtigsten Personen (alphabetisch)

Abdur Rahim	der Oberkommandierende der kaiserlichen Armee
Abul Hasan	Mehrunnisas Bruder
Akbar	Dritter Mogulkaiser von Indien, Vater von Salim
Ali Quli Khan Istajlu	Mehrunnisas erster Gemahl
Asmat	Mehrunnisas Mutter, verheiratet mit Ghias Beg
Aziz Koka	Khusraus Schwiegervater
Ghias Beg	Mehrunnisas Vater
Hoshiyar Khan	Erster Eunuch in Salims Harem
Jagat Gosini	Salims zweite Gemahlin
Jahangir	Salims Titel als vierter Mogulkaiser Indiens
Khurram	Salims dritter Sohn, Mutter: Jagat Gosini
Khusrau	Salims erster Sohn, Mutter: Man Bai
Ladli	Mehrunnisas Tochter, Vater: Ali Quli
Mahabat Khan	Salims Freund aus der Kindheit
Mehrunnisa	Ghias' Tochter, erhielt später den Titel **Nur Jahan**

Mohammed Sharif	Salims Freund aus Kindertagen, später Großwesir
Mohammed Sharif	Mehrunnisas älterer Bruder, (ein anderer als der Großwesir)
Qutubuddin Khan Koka	Salims Freund aus Kindertagen, später Gouverneur von Bengalen
Raja Man Singh	Khusraus Onkel
Ruqayya Sultan Begam	Akbars Mogulkaiserin bzw. Padshah Begam
Salim	Akbars erster Sohn, später Mogulkaiser **Jahangir**

Glossar

Indische Namen und Begriffe werden im folgenden Glossar ebenso wie im gesamten Text des Romans grundsätzlich entsprechend der in Indien verbindlichen Schreibweise angegeben. Anders als in manchen anderen deutschen Texten wird bewusst nicht die Lautumschrift verwendet, da die betreffenden Bezeichnungen in Indien landesweit und auch international einheitlich benutzt werden. Die englische Schreibweise ist zwar nur eine nachgeformte und häufig misslungene Aufzeichnung der indischen Aussprache, doch hat sie sich in dieser Form schon lange eingebürgert.

Für die Aussprache gilt Folgendes: ch wird tsch, j wie dsch mit stimmhaftem sch, sh wie sch, v wie w, y wie j, q wie k (im Rachen artikuliert), s stimmlos und z wie ein stimmhaftes s ausgesprochen.

ahadi	Wache; Leibwache
amir	Kleinfürst
ayah	Hebamme, Amme
baba	Vater; auch allg.: ehrende Anrede
barfi	kleine süße Kuchenstückchen
begam	respektvolle Bezeichnung für eine Frau
beta	wörtlich »Sohn«; hier: Kosewort für Kinder

bidi	kleine, selbst gedrehte Zigarette
chai	Tee
chapati	Fladenbrot
choli	Leibchen, Mieder, als Oberteil zum Sari getragen
darbar	königlicher Hof; Audienzhalle
dhoti	Tuch um die Hüfte, vor allem von Männern getragen
divan	Kämmerer, Schatzmeister
dupatta	Schleier oder Schal
fath-al-malik	Krummschwert des Moguls
firangi	Fremder
gaddi	Sitz oder Polster
gajra	Blumengirlande, meist als Haarschmuck
gilli-danda	Straßenspiel mit zwei Stöcken
hakim	Arzt
hammam	Bad
haudah	überdachte Sänfte, meist auf einem Elefanten
huzoor	Sire, Eure Majestät
jaan	Liebling, wörtl.: »mein Leben«
jalebi	Süßigkeit aus frittiertem Mehl, in Zuckersirup getaucht
jharoka	Balkon (überdacht)
kameez	weites Oberteil mit langen Ärmeln, zum *salwar*
konish	Form der Begrüßung
kotwal	Polizeioffizier
kurma	Currysorte
kurta	langärmeliges Hemd, das am Hals offen ist
laddu	süße weiße Kugeln aus Milch und Zucker
mansab	Verantwortlichkeit für eine bestimmte Anzahl von Kavallerie und Infanterie für die kaiserliche Armee
mardana	Quartiere der Männer im Palast
mirza	respektvolle Anrede für einen Mann
mulla	muslimischer Geistlicher
nan	Brotsorte
nautch	Tanz

429

pan	eingerolltes Betelblatt, gefüllt mit Betelnusssplittern, Kalk, einer Gewürzmischung und Tabak
papad	dünne Fladen aus Kichererbsenmehl
parda	Vorhang oder Schleier
puja	täglich verrichtete Opferandacht der Hindus
pulau	Reis, mit Fleisch und/oder Gemüse gekocht
qaba	langer, weiter Mantel
raita	Mischung aus Joghurt und Gurke
raja	Titel indischer Fürsten
Ramayana	indisches Epos in 24 000 Versen
rana	Fürst
rangoli	komplizierte Muster, mit Reismehl oder Kalk auf Böden gemalt
sahib	Anredeform, für gewöhnlich »Herr«
salwar	Pumphose
santuk	Parfüm aus Aloe, Zibet und Rosenwasser
sitar	Saiteninstrument
tabla	aus zwei Trommeln bestehendes Schlaginstrument
talaq	Scheidung
tikka	zinnoberrotes Mal
wazir	Erster Minister, Wesir
zenana	Harem, Wohnbereich der Frauen im Palast

Rebecca Ryman

Shalimar

Roman
Aus dem Amerikanischen
von Manfred Ohl und Hans Sartorius
Band 14789

Delhi im Jahre 1889. Als Emma Wyncliffe dreiundzwanzig Jahre alt
ist, stirbt ihr geliebter Vater bei einer Expedition im Himalaja. Nun
trägt ihre Mutter allein die Sorge, ihre Tochter standesgemäß in der
englischen Gesellschaft zu verheiraten. Aber Emma ist an einem
Mann gar nicht interessiert. Ihr Ziel ist es, die wissenschaftliche Arbeit ihres Vaters zu vollenden und zu veröffentlichen. Eines Tages
tritt unerwartet ein Fremder in Emmas Leben: Damien Granville.
Keiner weiß Genaueres über diesen Mann, der angeblich wegen Geschäften aus Kaschmir angereist ist und alle Frauenherzen Delhis
höher schlagen lässt. Er wirbt um Emma, doch sie weist ihn schroff
zurück. Als ihr Bruder bei einem Glücksspiel das Haus der Familie
an Granville verliert, wendet Emma sich an ihn. Damien Granville
ist nur unter einer Bedingung bereit, die Spielschuld zu erlassen:
Emma soll seine Frau werden. Und so folgt Emma einem Fremden
nach Kaschmir. Doch je tiefer Emma in sein Geheimnis eindringt,
umso weiter öffnet sich ihr Herz für diesen Mann, der einen gefährlichen Plan verfolgt.

Fischer Taschenbuch Verlag